JAMES HUNTER & DAKOTA KROUT

BIBLIOMANT

EINE GESCHICHTE AUS DER WELT DER CHRONIKEN DES KOMPLETTISTEN

Impressum

Bibliomant (dieses Buch) ist ein fiktives Werk.
Alle Charaktere, Organisationen, und Ereignisse, die in diesem Roman geschildert werden, sind entweder das Produkt der Fantasie des Autors oder frei erfunden. Manchmal beides.

Copyright der englischen Ausgabe: 2019 Mountaindale Press
Copyright der deutschen Ausgabe: 2021 LMBPN® Publishing

LMBPN Publishing unterstützt das Recht zur freien Rede und den Wert des Copyrights. Der Zweck des Copyrights ist es Autoren und Künstler zu ermutigen die kreativen Werke zu produzieren, die unsere Kultur bereichern.

Die Verteilung von diesem Buch ohne Erlaubnis ist ein Diebstahl der intellektuellen Rechte des Autors. Wenn Du die Einwilligung suchst, um Material von diesem Buch zu verwenden (außer zu Prüfungszwecken), dann kontaktiere bitte international@lmbpn.com Vielen Dank für Deine Unterstützung der Rechte der Autoren.

LMBPN International ist ein Imprint von
LMBPN® Publishing
PMB 196, 2540 South Maryland Pkwy
Las Vegas, NV 89109

Version 1.01 (basierend auf der englischen Version 1.00), Juni 2021
Deutsche Erstveröffentlichung als e-Book: April 2021
Deutsche Erstveröffentlichung als Paperback: April 2021

Übersetzung des Originals Bibliomancer
(WOLFMAN WARLOCK 1 – A Completionist Chronicles Series)
ins Deutsche sowie Lektorat und Satz der deutschen Version durch:
4media Verlag GmbH,
Hangweg 12, 34549 Edertal,
Deutschland

ISBN der Taschenbuch-Version:
978-1-64971-688-0

DE21-0026-00088

Übersetzungsteam

Übersetzung
Jens Schulze

Lektorat
Esther Nemecek

Betaleser-Team
Stefan Krüll
Jürgen Möders
Volker Tesche

Danksagungen

James

Ich möchte mich bei all den Lesern und Fans bedanken, die mich Jahr für Jahr, Buch für Buch unterstützt haben, denn ohne euch wäre das alles nicht möglich. Ein großes Dankeschön an meine Frau und Geschäftspartnerin Jeanette, die stets an mich geglaubt hat und an unsere beiden wunderbaren Kinder Lucy und Sam, die mich jeden Tag dazu antreiben, ein besserer Mensch zu werden. Danke an all die Beta-Leser, Lektoren und Korrekturleser, die dieses Buch möglich gemacht haben – sie haben sich durch die groben, hässlichen, unordentlichen ersten Entwürfe gequält, damit es niemand anderes tun musste. Natürlich ein riesiges Dankeschön an Dakota, Danielle und all die Leute bei Mountaindale für die phänomenale Arbeit, die sie in dieses Buch gesteckt haben. Insbesondere möchte ich Dakota dafür danken, dass er mich in seinem Sandkasten herumspielen ließ. Dieses Buch als Co-Autor zu schreiben, war ein absolutes Vergnügen und ich kann nur sagen, dass alle schlechten Stellen meine Schuld sind und alle tollen Sachen Dakota zu verdanken sind, der sowohl den Donner als auch die Wortspiele beisteuert.

Dakota

Es war eine tolle Gelegenheit, mit James Hunter an diesem Projekt zu arbeiten. Ich habe nicht nur das Gefühl, dass ich als Autor an dieser Erfahrung gewachsen bin, ich glaube wirklich, dass wir zusammen ein großartiges Buch gemacht haben. Vielen Dank an alle, die dazu beigetragen haben, von unseren Frauen – die uns unglaublich unterstützen – bis hin zu unseren Fans, die dieses Buch lesen und rezensieren. Ein besonderes Dankeschön an diejenigen, die uns auch außerhalb unserer Bücher unterstützen, vor allem an meine Gönner: Justin Williams, Samuel Landrie, William Merrick, Brayden Wallach, John Grover, Dominic Q Roddan, Keifer Gibbs und Ethan.

Kapitel 1

Hinter dieser Tür wartete etwas auf ihn. Er wusste es und er wusste, dass er eintreten musste. Trotzdem verweilte Sam King auf der Treppe.

Seine Hände waren schwitzig, der Koffer war seltsam schwer, als er auf die Doppeltüren aus dunklem Holz und Milchglas starrte. Hinter ihm schnurrte ein Motor und die Reifen knirschten, als sein Uber-Fahrer wegfuhr und ihn dort ohne weitere Optionen zurückließ. Kein Entkommen. Er leckte sich über die Lippen und blickte nach oben – alles, um das Unvermeidliche noch eine Sekunde länger hinauszuzögern. Das Haus war ein massives Ding – drei Stockwerke aus grauem Backstein, spitze Giebel und glänzende, übergroße Fenster, die alle mit weißem Marmor verkleidet waren. Er hatte das Anwesen seit über einem Jahr nicht mehr gesehen und nachdem er so viel Zeit eingesperrt in seinem winzigen Studentenwohnheim verbracht hatte, fühlte sich alles an diesem Ort ... übertrieben an.

Sam atmete tief ein *und hielt den Atem* an, während er sich auf den Schmerz und die Unbehaglichkeit vorbereitete, die sicher kommen würden. Schließlich – als er das Gefühl hatte, seine Lungen würden explodieren – atmete er aus, drehte den verschnörkelten Silberknauf und schob sich in ein Foyer, das größer war als der Gemeinschaftsraum in seinem Wohnheim.

»Überraschung!«, ertönte ein Chor von Stimmen, die vom Gewölbe über ihm widerhallten.

Es war sogar schlimmer als erwartet! Er *hasste* Überraschungspartys, aber zum Glück wurde er dieses Mal nicht ›überrascht‹. Sams Vater hatte ihm in seiner unendlichen Güte ›versehentlich‹ in der Woche zuvor einen Tipp gegeben, also ging er nicht blind in diese Sache hinein. Der Eingangsraum war voller Menschen, alle trugen Sportmäntel, Tennispullover oder luxuriöse Sommerkleider.

Ein Meer von Zähnen leuchtete ihm aus künstlich gebräunten Gesichtern entgegen, die viel zu glatt und faltenfrei aussahen, um natürlich zu sein. Eine Horde silberner und goldener Luftballons drängte sich um den Kristallluster, während eine Vielzahl von Bändern schlaff von der Decke hing. Ein Banner mit leuchtenden Buchstaben hing an der gegenüberliegenden Wand: *Glückwunsch! Du hast es geschafft!*

Es gab einen höflichen Jubel, gefolgt von erhobenen Champagnergläsern und einem kurzen Trinkspruch zu seinen Ehren – dem er, ehrlich gesagt, kaum zuhörte. Als die halb gehörten Plattitüden und Glückwünsche endlich zu Ende waren, setzte Sam ein sehr breites, sehr *falsches* Lächeln auf. Seine Wangen wölbten sich, während er seinen Blick über die Menge der versammelten Heimkehrer schweifen ließ. Einige dieser Gesichter waren willkommen.

Seine Mutter mit ihren freundlichen Augen und blonden, grau melierten Haaren. Sein Vater, kräftig gebaut, breitschultrig, in Bluejeans und schwarzes Poloshirt gekleidet. Seine kleine Schwester Jenna – erst sechzehn und eine echte Nervensäge – machte gerade eine Gothic-Phase durch, erkennbar an der komplett schwarzen Kleidung und dem weißen Make-up. Ein paar Mitarbeiter seines Vaters – hauptsächlich Vorarbeiter und Architekten – die für Sam eher wie Onkel waren als sein eigentlicher Onkel.

Die meisten der Gesichter waren jedoch nicht *annähernd* so willkommen. Sam erkannte einige der ›Nachbarn‹, alle in Klamotten gekleidet, mit denen man in den meisten amerikanischen Städten die Miete für einen Monat bezahlen könnte, sowie eine Handvoll seiner alten ›Freunde‹, wobei er den Begriff im denkbar lockersten Sinne verwendete. Er war mit diesen Kindern aufgewachsen, klar. In der Tat waren Jack und Becky seit der Grundschule immer wieder in sein Leben getreten.

Aber in Wirklichkeit hatte er mit den meisten von ihnen ungefähr so viel gemeinsam wie die Trekkie-Gemeinde mit dem Star-Wars-Fandom. Er verdrängte seine Sorgen und lähmenden Ängste. Seine Eltern meinten es nur gut und hatten nur das Beste für ihn im Sinn, also konnte er lächeln und die Unbehaglichkeit ertragen. Das war *sein* Tag, erinnerte er sich. Obwohl er nicht viel für Partys übrig hatte, hatte er hart gearbeitet und *verdiente es* zu feiern!

»Ich danke euch allen so sehr«, zwang er die Worte heraus und kämpfte verzweifelt darum, echt und aufrichtig zu klingen. »Es ist so schön, alle wiederzusehen und ich bin so überwältigt, dass ihr euch alle die Zeit genommen habt, hier zu sein. Ich kann euch nicht genug danken.«

Eine weitere höfliche Runde Applaus folgte, die Art von Golfklatschen, die man auf dem Putting Green bei einem Golfturnier hören könnte. Die Stimme seines Vaters schnitt durch die Menge wie ein Hai, der durch die weißgekräuselten Wellen schneidet: »Steht doch nicht einfach nur so da. Lasst uns mit der Party beginnen!«

»Es ist schön, dich zu sehen, Junge.« Er schlang einen breiten Arm um Sams Schultern und zog ihn in eine schiefe Umarmung. Er sagte die Worte leise, denn sie waren nur für Sams Ohren bestimmt. Der Rest der Menge verließ das

Foyer und wurde von seiner Mutter tiefer ins Haus geführt, wo ein wahres Festmahl bereitstand.

»Tut mir leid wegen all dem«, flüsterte sein Vater verschwörerisch, während sie die Menge davonschlurfen sahen. »Ich habe versucht, es deiner Mutter auszureden, aber du weißt ja, wie sie ist. Sie setzt sich eine Idee in den Kopf und nicht einmal eine höhere Macht kann sie davon abbringen.«

Sam zuckte gleichgültig mit den Schultern. »Es ist okay. Ich verstehe das. Es macht mir nichts aus. Wirklich. Das war nett von euch. Ich bin nur froh, zu Hause zu sein. Noch wichtiger, ich bin *sooooo* froh, mit der Schule fertig zu sein.«

Die letzten vier Jahre waren ein heilloses Durcheinander aus Kursen, langen Nächten, Hausarbeiten, literweise Kaffee und endlosen Tests gewesen. Aber das war vorbei. Das Leben als Erwachsener würde seine eigenen Herausforderungen haben, das wusste er, aber zumindest würden es *andere* Herausforderungen sein. Er hatte es satt, in der Schwebe zu hängen, gestrandet in diesem Zwielicht, in dem er noch nicht *ganz* erwachsen, aber auch nicht mehr *ganz* ein Kind war.

»Zumindest im *Moment*.« Sein Vater schenkte ihm ein böses Grinsen. »Ein kleines Vögelchen hat mir geflüstert, dass du über ein Jurastudium nachdenkst. Ich hätte nie gedacht, dass wir mal einen *Anwalt* in der Familie haben werden, aber das gibt mir immer eine gute Ausrede, um in Schwierigkeiten zu geraten.«

Sam wollte zusammenzucken, aber er unterdrückte den Drang, um die gute Stimmung nicht zu ruinieren. »Ich will gerade nicht über die Zeit nach dem Abschluss *nachdenken*. Für eine lange Zeit nicht.«

Nie wäre eine viel genauere, passendere Aussage, obwohl Sam diese Information fest für sich behielt. Er hatte die letzten vier Jahre damit verbracht, sich durch einen Abschluss zu quälen, den er nicht mochte – Betriebswirtschaftslehre mit Nebenfach Wirtschaft – und ein Jurastudium kam für ihn nicht infrage, egal wie praktisch das auch sein mochte. Er hatte eine Handvoll Vorlesungen besucht und hasste jede einzelne Minute davon. Langweilig, ermüdend und unbefriedigend. Er würde einspringen und das Familienunternehmen leiten, aber nicht als Anwalt.

»Nun, das ist in Ordnung.« Sein Vater ließ das Thema und gleichzeitig seinen Arm fallen. »Du nimmst dir so viel Zeit frei, wie du willst. Du hast es dir verdient. Falls ich es nicht oft genug erwähne, wollte ich dir nur sagen, wie stolz ich auf dich bin. Wie auch immer …« Sein Vater zögerte einen Moment, bevor er sich räusperte und wegschaute. Nach einem Moment fuhr er fort: »Warum legst du nicht deine Sachen in deinem Zimmer ab und kommst dann zum Essen. Deine Mutter hat ›Fat Dave's‹ für das Catering gebucht. Wir haben genug Barbecue, geräucherte Rippchen und Pulled Pork da drin, um eine ganze Armee hungriger College-Kids satt zu bekommen.«

»Wird gemacht«, antwortete Sam, der sich endlich auf *etwas* auf der Party freute. Sein Vater klopfte ihm auf die Schulter und schlenderte dann davon, wobei seine nackten Füße auf dem teuren Marmorboden klatschten. Sein Vater hasste Schuhe fast so sehr, wie er eine gute Jogginghose liebte. Das waren seine *wahren* Wurzeln, die durchschimmerten wie ein goldener Strahl in der Morgendämmerung. Obwohl seine Eltern Geld hatten, viel Geld, erinnerten Kleinigkeiten wie diese ständig daran, dass sie nicht so angefangen hatten.

Der Patriarch verschwand um die Ecke, verschluckt vom Stimmengemurmel, das aus dem Esszimmer herüberdrang. Sam ließ seinen Koffer stehen, wo er war und statt in sein

Zimmer zu flitzen, beschloss er, einen Abstecher in den Garten zu machen. Ein bisschen frische Luft würde nicht schaden. Außerdem konnte er seine Gedanken neu ordnen, bevor er sich mit der wahllosen Ansammlung von Leuten befasste, die in sein Haus eindrangen wie eine Horde grillfleischfressender, tennisshirt-tragender Beverly-Hills-Mongolen. Sam schaffte es irgendwie, sich an den Menschenmassen vorbeizuschleichen und die wohlbekannten, hinteren Flure zu nehmen.

Unglücklicherweise fand er, als er durch die Garage hinausschlüpfte, auch den Hinterhof besetzt vor und das war die Gruppe, die er am meisten zu vermeiden gehofft hatte – seine ›Freunde‹. Jack und Becky waren hierher vor den Erwachsenen geflüchtet und lümmelten auf den Liegestühlen, die den gefliesten Pool säumten. Sie waren nicht allein. Da war die schwarzhaarige Olivia Rutherford, die Tochter von Big Jim, dem mindestens zwanzig Autohäuser in Orange County gehörten, Carter Hawthorne, der Sohn eines Ölmagnaten und Isabella Paige, die Tochter eines Immobilienmoguls. Der Schlimmste war Barron Calloway, Star-Quarterback und Sohn eines US-Senators. Er lag direkt am Pool, ohne Hemd, die Arme auf dem Beton drapiert, die rothaarige Isabella neben ihm zusammengerollt.

»Na, sieh mal einer an, wen wir *hier* haben.« Barron zauberte sofort ein breites Lächeln auf sein Gesicht, obwohl es seine Augen nicht mal ansatzweise erreichte. »Das ist *Sammy*! Zurück vom Friedenskorps oder wohin auch immer du gegangen bist.«

»Es war die Hochschule«, erklärte Olivia unnötigerweise und aschte eine Zigarette ab, die zwischen zwei Fingern mit übertrieben langen Fingernägeln baumelte. »Hast du dir nicht die Mühe gemacht, die Einladung zu lesen?«

Sie richtete ihren rauchigen Blick auf Sam. »Was war es, Berkeley?«

Mehr als alles andere wünschte sich Sam, er wäre in sein Zimmer gegangen, aber er konnte sich jetzt nicht einfach umdrehen und durch die Garage zurück verschwinden. Dafür hatte er zu viel Stolz. Obwohl er diese Leute nicht mochte, wollte ein Teil von ihm sie auch beeindrucken. Sie hatten die letzten vier Jahre damit verbracht, die Treuhandfonds der Familie auszusaugen, Sprösslinge der wohlhabenden Generation, die keinen einzigen Tag arbeiten mussten, wenn sie nicht wollten. Aber nicht Sam. Er hatte sein ganzes Leben lang gearbeitet, um anders zu sein, um sich seine Noten zu verdienen, um sich anzustrengen, um seinen eigenen Weg zu gehen, so wie seine Eltern es vor ihm getan hatten. Er war immer ein Außenseiter gewesen und seine Studienzeit nach der Highschool hatte diese Kluft nur vergrößert.

Sam wollte ihnen zeigen, dass ihre Meinung keine Rolle mehr spielte. Also blieb er standhaft. »Jepp, Berkeley. Habe endlich meinen Abschluss gemacht.«

Barron rollte mit den Augen und stieß einen übertriebenen Seufzer aus. »Friedenskorps, College, *wen interessiert das schon*? Beides ist gleichermaßen wertlos. Ich meine, ich will dir nichts wegnehmen, aber was bringt es dir, aufs College zu gehen? Du wirst einfach im Geschäft deines Vaters arbeiten und es ist ja nicht so, dass er dir keinen Job geben würde. Was hat es für einen Sinn, reiche Eltern zu haben, wenn du nicht wie der *Rest* von uns die Vetternwirtschaft einfach akzeptierst?«

»Ach, hör doch auf, Barron.« Isabella gab ihm einen leichten Klaps auf die nackte Schulter, eine Mischung aus gespielter Irritation und Flirt. »Du weißt, dass Sam nicht wie der Rest von uns ist und das ist schon okay so.«

»Außerdem«, warf Becky ein und beäugte Sam unter der Krempe eines breiten Prada-Sonnenhuts, der von einer rosafarbenen Schleife auf der Vorderseite dominiert wurde, »sieht es so aus, als hätte ihm die Hochschule gutgetan. Er hatte einen ziemlichen Wachstumsschub, nicht wahr?«

»Hey. Ich wette, ich könnte ihm immer noch einen atomaren Hosenzieher verpassen, ohne in Schweiß auszubrechen.« Barron musterte Sam nonchalant und erntete dafür höhnisches Gelächter.

Sam spürte, wie ihm die Röte in die Wangen kroch, zu gleichen Teilen Scham und Verlegenheit. Er wollte eine witzige Antwort geben – ich *würde gerne sehen, wie du es versuchst, Kumpel* – aber sein Verstand gefror und sein Mund weigerte sich, ihm zu gehorchen. Er hatte sich diesen Moment mehr als ein paar Mal in seinem Kopf ausgemalt, davon geträumt, wie er nach Hause kommen und diese Leute konfrontieren würde, die seine Kindheit und Jugend zur Hölle gemacht hatten, aber es lief überhaupt nicht so, wie er es erwartet hatte. Dabei war er *vier Jahre* lang weg gewesen! Es hätte ihm egal sein sollen, was diese Leute von ihm dachten ... aber es war ihm leider nicht egal.

Er sorgte sich viel mehr, als er zugeben wollte und das war das Schlimmste von allem. Sam räusperte sich, sein Gesicht brannte wie ein Lagerfeuer.

»Es ist *so* schön, euch zu sehen«, murmelte er halbherzig, bevor er sich abwandte, wobei jegliches Maß an Stolz, das er hatte, in seiner Brust zusammenschrumpfte wie eine tote Blume. Er schob sich durch die Garagentür zurück und rief über die Schulter: »Ich bin gleich wieder da. Ich habe vergessen, meinen Dad nach etwas zu fragen. Danke fürs Kommen.«

Er hörte das leise Flüstern von unterdrücktem Gekicher und Lachen hinter sich. Beschämt schlich er sich davon und weigerte sich, noch einmal zurückzublicken. Sam holte seinen Koffer aus der Eingangshalle, umging den Rest der Partygäste und schaffte es ohne weitere Zwischenfälle auf sein Zimmer, ein Wunder der Wunder. Sicher in seinem Zufluchtsort, schloss er leise die Tür hinter sich und atmete ein paar Mal tief durch. Er ließ die Scham und die Schuldgefühle verblassen, die Knoten in seinen Schultern lösten sich dabei auf.

Sam wollte nicht unhöflich sein, aber vielleicht sollte er einfach die Klappe halten und den Rest der Party hier in seinem Zimmer überstehen. Er ließ seinen Koffer auf den Boden knallen und ließ sich prompt auf die Matratze fallen, bevor er sich auf die Ellbogen stützte. Sein Bett war eine Kingsize-Monstrosität auf einem schweren Eichengestell, das aussah, als gehöre es in das Zimmer von jemandem, der dreißig Jahre älter war als er, aber es war *seine* Matratze. Irgendwie verbannte die Tatsache, dass er in seinem eigenen Bett lag, die Gedanken an seine falschen Freunde unten am Pool, diese dämliche Überraschungsparty und alles andere.

Er stieß einen Seufzer der Erleichterung aus. Endlich hatte er das Gefühl, zu Hause zu sein. Sein Schlafzimmer war mehr oder weniger in dem Zustand, in dem er es verlassen hatte. Wobei es so aussah, als wäre das Hausmädchen wahrscheinlich einmal oder zweimal durchgekommen, da alles ordentlich und aufgeräumt war, der Boden akribisch gesaugt und kein Fleckchen Staub auf einer Kante oder einem Regal zu sehen war.

Der Raum war deutlich größer als der, den er auf dem Campus gehabt hatte. Teure Bücherregale aus dunklem Holz säumten eine Wand, die Regale waren bis zum Rand mit Büchern gefüllt – hauptsächlich Fantasy, obwohl es auch ein paar klassische Sci-Fi-Romane wie *Ender's Game* und

Dune gab – und eine Fundgrube an D&D-Handbüchern und Kampagnenbüchern. Die meisten davon waren leider unbenutzt. Sicher, er hatte die Seiten öfter durchgeblättert, als er zählen konnte, die verschiedenen Klassen durchgelesen und die Spielmechanik verschlungen, aber er hatte nie die passenden Freunde gehabt, in einer Rollenspielrunde zu spielen. Eine der größten Ironien von D&D war, dass es für ein nerdiges Spiel so *viele* andere Leute brauchte.

Er hatte auch eine ganze Reihe von Handbüchern zu MMO-Spielen und einige der Hochglanz-Konzeptkunstbücher, die Firmen wie Imagine Quest, Frontflip oder StormShard Studios regelmäßig veröffentlichen.

Sam hatte noch mehr solcher Bilder an seinen Schlafzimmerwänden hängen – Poster von einigen seiner Lieblings-MMOs: Masterwind Chronicles, World of Alphastorm, Celestial Conquest Online. Er fühlte einen Stich von Schuldgefühlen, als sein Blick über die Poster glitt, denn es war zu lange her, dass er irgendwelche Stunden online verbracht hatte. Die meiste Zeit seines Lebens als Jugendlicher war er ein Gamer gewesen, aber in den letzten Jahren auf dem College hatte er kaum noch Zeit für irgendetwas gehabt, das nicht Studium, Studium oder noch mehr Studium war. Seine Gedanken schweiften zu Rachel ›DizzySparrow‹ Poulson, Caleb ›StormMachine‹ Tucker, Sean ›Potatoad‹ Bowman und Jacob ›MajesticRhino‹ Watson. Seine alte Crew.

Müßig fragte er sich, wie es ihnen ging, ob sie immer noch zusammen spielten. Sobald er von seiner Reise zurück war und sich in so etwas wie eine normale Routine eingelebt hatte, würde er für eine Weile wieder eintauchen müssen – vielleicht konnte er ein paar dieser Jungs aufspüren. *Wo wir gerade von meiner Reise sprechen …*

BIBLIOMANT

Sein Blick blieb an den Hochglanzbildern hängen, die die Wände neben seinem Schreibtisch schmückten: die glänzenden Glastürme von Notre Dame, die zu einem modernen Meisterwerk der Kunst und Schönheit umgebaut worden waren; die Neonlichter von Amsterdam, die wie ein Feuerwerk in einer samtenen Nacht glitzerten; das breite stoische Gesicht von Big Ben, der wie ein stattlicher Monarch über der Themse thronte. Er fühlte eine Woge der Erheiterung. Er war ein paar Mal mit seinen Eltern nach Kanada und Mexiko gereist, aber das war so ziemlich das Ausmaß seines weltlichen Jet-Sets. Seine Eltern mochten zwar reich sein, aber sie waren überraschend sparsam mit solchen Dingen und sein Vater war ein ziemlicher Stubenhocker.

Aber all das sollte sich ändern. Wenn alles nach Plan verlief, würde er den Sommer mit dem Rucksack durch Europa reisen – ein Geschenk seiner Eltern zum Schulabschluss. Er konnte es kaum *erwarten*, das alles hinter sich zu lassen, auch wenn es nur für eine kurze Zeit war.

Kapitel 2

in scharfes *Klopf-Klopf-Klopf* an der Tür riss Sam aus seinen trüben Gedanken an weit entfernte Orte.

»Herein.« Er schob sich aufrecht, sodass er auf dem Rand der Matratze saß und die Beine über die Kante hingen, wobei seine Schuhe den braunen Teppichboden streiften.

Sein Vater steckte seinen Kopf herein, ein wissendes Grinsen auf seinem wettergegerbten Gesicht. »Hast du einen Moment Zeit, Champ?« Er hielt sich an der Tür fest und seine Finger trommelten unruhig gegen das weiß gestrichene Holz.

»Ja, natürlich.«

»Ich wollte nur kurz vorbeischauen und mich vergewissern, dass es dir gut geht. Ich weiß«, er winkte in Richtung der Tür, als er sich hineinschob und sie mit einem *Klick* leise hinter sich schloss, »das ist nicht wirklich dein Ding. Der Partykram, meine ich. Ich habe dich auch dabei erwischt, wie du mit diesem hirntoten Haufen am Pool geredet hast.«

Der ältere Mann schnitt eine Grimasse und fuhr sich mit der Hand durch sein kurzgeschnittenes Haar, das ein ewiges Überbleibsel aus seiner Zeit beim Marine Corps war. »Sie sind keine schlechten Kinder, aber ich schwöre bei allem, was heilig ist, dass es keine einzige lebende Gehirnzelle unter ihnen gibt. Es ist nicht ihre Schuld, ihre Eltern tragen die meiste Verantwortung für ihren derzeitigen Status als

Blutsauger, aber guter *Gott*, ich habe in meinem Leben noch nie eine verwöhntere oder anspruchsvollere Gruppe von Menschen gesehen.«

Sam zuckte hilflos mit den Schultern und versuchte, nicht *allzu* bereitwillig zuzustimmen. »Sie sind nicht alle schlecht.«

»Nein, definitiv nicht«, antwortete sein Vater und schüttelte den Kopf. »Das wollte ich auch gar nicht sagen. Ich weiß nur, dass du nicht wirklich ... du weißt schon ... sehr gut zu diesem Haufen passt. Das hast du nie wirklich. Ehrlich gesagt, es gibt nur wenige Dinge in meinem Leben, auf die ich stolzer bin als auf die Tatsache, dass du *nicht zu* diesen Schwachköpfen passt. Deine Mutter und ich, wir haben uns immer Sorgen darüber gemacht. Wir hatten Angst, du würdest nur dahinvegetieren, aber du gehst aufs College. Und das auch noch mit Bravour. Nun, ich denke, das ist eine Angst, über die ich mir keine Sorgen mehr machen muss. Das hast du gut gemacht, Junge.«

Sam wurde rot und sah weg. »Danke. Trotzdem, es wird wirklich gut sein, wegzukommen und etwas von der Welt zu sehen. Ich meine, Berkeley war cool, sicher, aber vieles war *gleich* – wenn das Sinn ergibt. Die Landschaft war anders, aber es waren dieselben Leute, mit denen ich schon immer zusammen war. Die gleiche Art von Umgebung in vielerlei Hinsicht und ich kann es nicht erwarten, für eine Weile von hier wegzukommen.«

Sein Vater blickte zu Boden und trat nervös von einem Bein auf das andere. »Ja. Was das angeht. Deine Mutter und ich haben nachgedacht. Ein bisschen geredet ...«

Der Mann zögerte, suchte offensichtlich nach den richtigen Worten. »Hör mal, die Sache ist die: Ich weiß, du wolltest unbedingt nach Europa, aber wir haben uns überlegt, dass das vielleicht keine so gute Idee ist.«

Sams Magen verknotete sich, sein Herz rutschte ihm förmlich in die Hose und Sorgen stiegen hinten in seiner Kehle auf. »*Ernsthaft*?«

Sein Vater sah endlich auf, die Lippen zu einer dünnen Linie gepresst. »Es ist kompliziert. Wir hatten eine andere Idee, aber die ist ein bisschen schwer zu erklären. Es wäre wahrscheinlich einfacher, wenn ich es dir einfach zeigen würde, aber dazu müssen wir eine Fahrt machen. Ich nehme nicht an, dass du was dagegen hast, von dieser lahmen Party zu verschwinden?«

Mit einer unbestimmten Mischung aus Verärgerung und Neugier stand Sam auf und folgte seinem Vater aus dem Haus, ohne sich zu bemühen, die Partygäste zu verabschieden.

Die Fahrt war eine angespannte, unruhige Sache. Sam arbeitete wütend daran, seinen Vater dazu zu bringen, ein paar Details preiszugeben, *irgendwelche* Details darüber, was los war, wohin sie fuhren und vor allem *warum*. Normalerweise konnte sein Vater kein Geheimnis für sich behalten, aber plötzlich war er so redselig wie eine Ziegelmauer und genauso aufschlussreich. Sie lebten in Orange County, aber am Rande der Stadt, eine Handvoll Meilen von San Clemente entfernt. Sein Vater wollte ihm nicht sagen, wohin sie fuhren, aber sie waren auf dem Weg nach Norden in Richtung Anaheim und krochen durch den dichten Verkehr auf der Interstate 5.

Sam konnte sich nicht einmal ansatzweise ausmalen, was Unheilvolles in Anaheim auf sie warten könnte. Er ging jede Erinnerung durch, jedes Gespräch, das er in den letzten Monaten mit seinen Eltern geführt hatte und fand absolut nichts, das einen Sinn ergab. Dann – weil er nichts Besseres zu tun hatte, da sein Vater ihn mit eisernem Schweigen bedachte – dachte er an die Nachrichten zurück. Hatte es kürzlich eine Art Terroranschlag in Europa gegeben? Etwas, das seine Eltern vielleicht davon überzeugt hätte, ihn nicht auf seine Rucksacktour zu schicken? Gerüchte über einen Krieg? Ein Ausbruch der Schweinegrippe? Es gab Spannungen in Übersee, aber es gab eigentlich schon *immer* Spannungen in Übersee. Ehrlich gesagt, fiel ihm nichts ein, was passte.

Schließlich sackte er resigniert auf dem ledernen Beifahrersitz zurück, schaltete die Musik ein und gab sich mit dem zufrieden, was auch immer kommen mochte. Nach weiteren zwanzig Minuten verließen sie die Interstate 5, schlängelten sich durch die breiten Straßen der Stadt und bogen in einen unscheinbaren Büropark mit einem bemannten Wachhäuschen und einem gewaltigen Tor ein. Abgesehen von der Anwesenheit des Wachmanns – einem bulligen Kerl, der aussah, als hätte er Nägel und Punks zum Frühstück gegessen – hätte der Komplex dahinter in jede beliebige Stadt in Amerika gehören können.

Das Bürogebäude war vier Stockwerke hoch, kastenförmig und weiß, mit Reihen über Reihen von verspiegelten Fenstern. Auf Sam wirkte es wie ein Ort, der wahrscheinlich mit langweiligen, trostlosen Bürokabinen in Großraumbüros versehen war und Angestellte zu Suizidgedanken verleitete. Was konnten sie an einem solchen Ort schon zu suchen haben? Er blinzelte, als der Wachmann an der Hütte einen Knopf drückte, das Tor öffnete und sie mit einer dickfingrigen Hand durchwinkte. Als sich der Wagen in Bewegung setzte, konnte Sam endlich die Beschriftung des Gebäudes erkennen.

In fetten Buchstaben war der Name der Firma auf dem weißen Stuck angebracht: *Elon Electronics, eine Abteilung von Space-Y*. Sam hatte natürlich von Space-Y gehört, einer

Tochterfirma des Firmengeflechts, das von Präsident Musk geleitet wurde. Er konnte sich gar nicht vorstellen, dass es *irgendjemanden gab*, der nicht von Space-Y und seinem brillanten, aber exzentrischen Gründer gehört hatte, aber … in seinem Kopf passte das alles nicht zusammen.

Je mehr Teile des Puzzles er fand, desto bizarrer wurde das Bild. Das Einzige, was ihm einfiel, war, dass seine Eltern beschlossen hatten, ihn ins All zu schicken. Was natürlich eine verrückte Schlussfolgerung war, aber jedes andere Szenario schien ebenso absurd. Er musste zugeben, in den Weltraum geschossen zu werden klang ziemlich lustig.

Sein Vater parkte den Oberklassewagen in eine breite, mit frischer, weißer Farbe abgegrenzte Lücke, auf der ein Schild mit der Aufschrift ›Reserviert für VIP-Kunden‹ stand. Der nächste Platz war ebenfalls besetzt … von dem Auto seiner Mutter, einem schnittigen Audi in Schiefergrau – oder zumindest war es ein Auto, *das genauso* aussah wie das Auto seiner Mutter, obwohl Sam annahm, dass es möglicherweise jemand anderem gehören könnte. Er hatte sich nie die Mühe gemacht, sich das Kennzeichen zu merken und es gab keine anderen Erkennungszeichen, keine Stoßstangenaufkleber oder anderweitige Aufkleber. *Aber wie groß war die Wahrscheinlichkeit?*

»Komm schon«, sagte sein Vater, als er den Motor abstellte. Jetzt unterdrückte der alte Mann eindeutig ein Lächeln. Etwas ungeheuer Unorthodoxes ging hier vor sich, aber Sam bekam langsam das Gefühl, dass es nichts Schlechtes war. Nicht unbedingt. Sam stieg aus dem Auto, die Schlösser zirpten leise, als er die Tür schloss. Dann ging er einen kurzen Betonweg hinauf, der an einer Reihe von verspiegelten Glastüren endete, die sein Spiegelbild zeigten, aber nichts dahinter. Sein Vater zog die Tür auf und gestikulierte mit einer Hand in Richtung der gähnenden Öffnung. »Nach dir, Junge.«

Sam ging auf den wenig einladenden Eingangsbereich zu und mit jedem Schritt wuchsen seine Befürchtungen. Er war nicht im Entferntesten darauf vorbereitet, als seine Mutter hinter einem Blumenkübel in der Bürolobby hervortrat und »Überraschung« rief, während sie wild mit den Händen in der Luft fuchtelte. Noch mehr Luftballons schmückten das Innere der Lobby, aber zum Glück war der Ort frei von den restlichen Partygästen – alle mussten im Haus zurückgelassen worden sein, was für Sam in Ordnung, aber dennoch schockierend war, wenn man bedachte, wie seine Mutter normalerweise mit Gästen umging.

»Überraschung, Überraschung, Überraschung, Süßer!«, kreischte seine Mutter und tanzte vor lauter Aufregung fast über den Boden auf ihn zu. »Diesmal ist es wirklich *wahr*!«

Die Eingangstür schwang mit einem **whoosh** zu und sein Vater schlenderte neben ihm her und klatschte eine schwielige Hand – die Hand eines Arbeiters, trotz des Geldes – auf Sams Schulter. Er *versuchte* nicht einmal zu verbergen, wie zufrieden er mit sich selbst war.

»Ich hätte es fast verraten.« Er strahlte Sams Mutter an. »Du hättest sein Gesicht sehen sollen, als ich ihm sagte, dass es ein Problem mit der Reise gibt – der arme Junge sah aus, als hätte ich ihm ein Messer in die Eingeweide gesteckt. Ich hätte mich fast verplappert, aber ich bin froh, dass ich durchgehalten habe. Das war es auf jeden Fall wert. Sieh dir sein Gesicht an! Immer noch verwirrt. Was für ein Anblick.«

Sam hob die Hände, sein Kopf drehte sich wie ein Karussell. »Okay. Würde mir bitte jemand sagen, was zum *Teufel hier* los ist?«

»Wir schicken dich ins All! *Oof*« Sein Vater grunzte, als ihn ein spitzer Finger in die Rippen traf.

»Tun wir natürlich *nicht*. Das ist deine *eigentliche* Überraschung«, erwiderte seine Mutter und faltete ihre Hände zusammen. »Ich wusste, dass *jemand* vielleicht die Katze aus dem Sack gelassen hat, was die erste Party angeht, also habe ich beschlossen, zwei Partys zu schmeißen.«

Sie warf einen Seitenblick auf Sams Vater und wackelte dann mit den Augenbrauen zu Sam. »Eine falsche Party, um dich auf die falsche Fährte zu locken, aber ich wusste, dass dir das hier tatsächlich gefallen würde.«

Sie trat zur Seite und wies auf einen Bereich auf der anderen Seite der Lobby. Hinter dem Tresen saß eine lächelnde Empfangsdame von vielleicht dreißig Jahren, die einen adretten, weißen Anzug trug und ihr rotes Haar zu einem engen Dutt am Hinterkopf zusammengebunden hatte. An der Wand hinter dem Serviceschalter hing ein glattes Chromschild, die Linien scharf und präzise, auf dem lediglich *Eternium* stand.

Die Rädchen in Sams Kopf setzten sich langsam ächzend in Bewegung und das Geheimnis lüftete sich langsam aber sicher. Eternium war das brandneue, auf voller Immersionstechnik basierende Onlinespiel, das … *heute* erschien. *Das kann nicht sein. Das gibt's doch nicht!* Das ganze Internet war voller Spekulationen gewesen. Spekulationen, die Sam größtenteils ignoriert hatte, da er *erstens in den* Abschlussprüfungen steckte und *zweitens das* Gerücht umging, dass die früheste Version des Spiels ein Vermögen kostete. Natürlich hatte er sich die Videotrailer angesehen – er kannte niemanden, der das nicht getan hatte – aber er hätte nie gedacht, dass er eine Chance haben würde, es zu spielen. Zumindest nicht in der ersten Runde der Gamer.

»Jepp.« Das Grinsen seines Vaters wurde irgendwie – was fast unmöglich war – noch breiter. »Deine Mutter und ich wussten, dass du unbedingt auf diese Reise gehen wolltest, aber dann erwähnte ein Kumpel von mir, dass dieses Spiel herauskommen würde und wie ich dich kenne, nun ja ...«

Er zuckte mit den Schultern. »Nun, wir dachten, es wäre vielleicht besser als eine Rucksacktour durch Europa. Es schien einfach so perfekt zu sein. Ich meine, das Spiel startet heute, an dem Tag, an dem du nach Hause kommen solltest. Die Plätze waren so *schnell* weg, also mussten wir spontan eine Entscheidung treffen. Wir hatten nicht einmal Zeit, mit dir darüber zu reden.«

Der Mann hielt verlegen inne und rieb sich mit einer Hand den Nacken. »Wir haben einfach den Abzug gedrückt und losgelegt.«

»*Und*«, unterbrach ihn seine Mutter, »du bekommst sogar eine noch *längere* Pause, als du dachtest! Wendy hier – die übrigens ganz reizend ist – hat deinem Vater und mir etwas erklärt, das sich *Zeitdilatation* nennt. Klingt sehr kompliziert und ausgefallen. Ich bin mir immer noch nicht ganz sicher, wie es funktionieren soll, aber so wie es sich anhört, wird sich eine dreimonatige Reise innerhalb von Eternium für dich wie sechs Monate anfühlen.«

Sie zögerte einen Moment und suchte sein Gesicht nach einem Zeichen einer Reaktion ab. Sam war still. Sehr still. Sie zuckte zusammen und schwankte leicht, verunsichert aufgrund seiner fehlenden Reaktion, bevor sie leise hinzufügte: »Ich ... *wir* hoffen, dass du es nicht hasst.«

Sam stürzte ohne ein Wort auf sie zu, warf seine Arme um sie und zog sie an sich. Er war viel gewachsen, seit er zum College gegangen war, hatte einen halben Meter an Größe und fast fünfzig Pfund zugelegt – das meiste davon

Muskeln – und seine Mutter schien kleiner zu sein als je zuvor. Ein zartes und zerbrechliches Ding, aber trotzdem umarmte er sie ganz fest. »Ich *liebe* es, Mom.«

Es dauerte einen Moment, aber schließlich ließ er sie los. Sam drehte sich um und stürzte sich nun auf seinen Vater. »Das ist das beste Geschenk *aller Zeiten*! Ich glaube, ihr kennt mich sogar besser, als ich mich selbst kenne.«

Es war wahr. Trotz der Tatsache, dass Sams Vater in der Highschool ein Football-Star gewesen war, hatte er Sam nie dazu gedrängt, Sport zu treiben. Vor allem nicht, als klar wurde, dass er lieber mit seinen Freunden online spielen würde. In der Mittelstufe hatten sich seine Eltern sogar beide für *World of Alphastorm* angemeldet, damit sie ›als Familie zusammen spielen konnten‹ – so die Worte seiner Mutter. Sie waren beide *schrecklich*. Sein Vater schien die Steuerung einfach nicht in den Griff zu bekommen und seine Mutter verbrachte die meiste Zeit damit, in Ecken zu rennen und sich dann aus Versehen mit Feuerbällen in die Luft zu sprengen, aber sie hatten es versucht und nur das zählte.

Er konnte die sichtbare Erleichterung auf dem Gesicht seiner Mutter sehen, als sie tief seufzte. »Oh gut. Ich bin so froh, dass es dir gefällt, Schatz. Ich war ein wenig besorgt, dass du vielleicht aus diesen Spielen herausgewachsen bist, aber dein Vater hat mir versichert, dass dies besser ist als alles andere, was wir dir geben können.«

»Willkommen, Sam«, begrüßte ihn die Frau hinter dem Tresen und stand auf. Sie lächelte, ihre Zähne waren weiß und unnatürlich gleichmäßig. »Wir freuen uns sehr, Sie bei uns zu haben und als einer der ersten Menschen, die jemals Eternium gespielt haben – und das auch noch in einer DIVE-Kapsel – werden Sie eine Menge Spaß haben. Wenn Sie bereit sind, können Sie loslegen, wir haben alles vorbereitet und warten auf Sie. Ihre Eltern haben den meisten Papierkram schon ausgefüllt, also müssen wir nur noch ein paar Formulare unterschreiben, Ihnen Blut abnehmen und ein paar Werte messen lassen, aber dann wartet Ihr Abenteuer auf Sie.«

Kapitel 3

Seine Eltern hatten zwar den meisten Papierkram ausgefüllt, aber die ganze Abenteuersache war um einiges komplizierter, als Wendy anfangs behauptet hatte. Die Krankenschwester – oder vielleicht Verwalterin, Sam war sich nicht sicher, was sie eigentlich war – hatte ihn durch eine Schar von Tests gejagt, von denen die meisten extrem unangenehm und ziemlich invasiv waren. Es gab Blutabnahmen, MRTs, eine kurze psychologische Untersuchung und eine Standarduntersuchung, die einen Zwei-Meilen-Lauf mit Klebepads auf seiner Brust beinhaltete, die jedes Piepen seines Herzens überwachten.

Er hatte keine Ahnung, wie Eternium sein würde, aber wenn es das war, was nötig war, nur um *hineinzukommen*, konnte Sam sich vorstellen, dass es anders sein würde als alles, was er bisher erlebt hatte. Nur … hoffentlich auf eine gute Art. Das fühlte sich eher an, als würde man dem Militär beitreten.

Jetzt fand sich Sam flach in einer glatten, weißen Kapsel liegend wieder – der Raum war ein wenig klaustrophobisch – als ein seltsames Headset auf seinen Kopf herabgelassen wurde. Es war kein Vollhelm wie einige der einfacheren Virtual-Reality-Headsets, die er seit Jahren gesehen hatte, sondern eher ein einfaches, gewebtes Band mit einem Edelstein in der Mitte. Der Edelstein selbst war ungefähr so groß wie ein Zehncentstück, schimmerte wie ein Diamant und glühte in einem schwachen, jenseitigen Licht. Das seltsame

Band legte sich auf seine Schläfen, der Edelstein ruhte sanft über seinem Nasenrücken.

Ehrlich gesagt war Sam nicht sicher, was ihn als Nächstes erwartete, aber es war definitiv nicht die dünne Textzeile, die in der Luft über ihm erschien. Die Nachricht war einfach und geradlinig:

Willst du Macht*? **[Ja/Nein]**

Hm. Das war eine seltsame Frage. Nicht, ob er *weitermachen* wollte, sondern ob er *Macht* wollte. Sam dachte darüber nach, drehte die Frage in seinem Kopf hin und her. *Wollte er Macht?* Er hatte sich noch nie wirklich mit dem Gedanken beschäftigt. Er wollte gute Noten bekommen – aber das hatte er geschafft. Außerdem wollte er Spaß haben und das Leben genießen. Daran arbeitete er im Moment. Eines Tages wollte Sam eine Freundin haben und vielleicht eine Familie gründen, auch wenn das noch in weiter, weiter Ferne zu liegen schien, aber die Vorstellung, tatsächlich *Macht haben* zu wollen, war ein neues Konzept für seinen jungen College-Verstand. Er bemerkte, dass es ein Sternchen gab, das mit einem Hyperlink verbunden war.

Sam wollte in das Spiel einsteigen, kein Zweifel, aber nachdem er viele Stunden in die Vorbereitung investiert hatte, war er nicht in blinder Eile. Neugierig wählte er also mental die Option. Die Eingabeaufforderung verschwand und wurde durch eine Wand aus Text ersetzt.

Macht ist eine seltsame Sache. Manche Menschen sind zufrieden mit dem Leben, das ihnen vorgezeichnet ist, andere nicht so sehr. Wähle ›Nein‹ und du wirst zwar immer noch ins kalte Wasser geworfen, aber du wirst die Welt von Eternium als einen freundlicheren Ort empfinden. Betreibe ein Gasthaus, arbeite dich zum Schneider hoch, vielleicht öffnet sich dir sogar der Weg zum Meisterhandwerker! Entscheide dich für die Macht und du hast die Chance, die Welt durch Gewalt zu verändern. Beherrsche die Elemente. Töte das Monster. Werde sogar selbst zum Monster, wenn du nicht aufpasst. Aber sei auf der Hut, denn Macht hat ihren Preis. Bereite dich auf große Unannehmlichkeiten und maximale Anstrengung vor!

Nachdem er die kurze Beschreibung durchgelesen hatte, kehrte Sam zur ursprünglichen Eingabeaufforderung zurück, die ihn wie ein riesiges Auge anstarrte und ohne zu blinzeln darauf wartete, dass er eine Entscheidung traf. Diese Entscheidung klang, als hätte sie weitreichende Auswirkungen auf die nächsten Monate seines Lebens. Obwohl die Idee, ein Gasthaus zu führen oder ein Handwerksmeister zu sein, einen gewissen Reiz hatte, wusste Sam, dass er sein ganzes Leben lang mit dem Status quo zu kämpfen hatte, aber wie viele Chancen würde er bekommen, die Elemente zu schwingen oder die Grundfesten der Welt zu erschüttern? Nicht viele.

Jetzt, entschied er, war die Zeit für ein Abenteuer. »Ja. Ich will Macht.«

Gute Wahl. Weißt du, was jetzt passieren wird? Hast du die Allgemeinen Geschäftsbedingungen* gelesen?

Sam bemerkte, dass es einen weiteren Hyperlink neben den Geschäftsbedingungen gab und beschloss, dass es wahrscheinlich eine kluge Entscheidung wäre, zumindest einen Blick darauf zu werfen. Sofort erschien ein kilometerlanger Schriftblock vor ihm in der Luft, vollgepackt mit juristischem Fachjargon, der so dicht war, dass selbst jemand mit einem echten Jurastudium Schwierigkeiten hätte, sich durch das Dickicht zu wühlen. Anstatt sich wirklich durch die einschüchternde Wand zu lesen, überflog er die Überschriften, ließ seinen Blick daran entlang hüpfen und suchte nach allem, was in seinem Kopf ein rotes Alarmlicht aufleuchten ließ. Schon jetzt bereitete ihm das alles Kopfschmerzen, aber jede Vorlesung, die er je besucht hatte, hatte ihm eingebläut, den Text bis zum Ende zu lesen.

Bis jetzt war alles ziemlich alltäglich. Außerdem war dies nur ein Videospiel – auch wenn es ein sehr fortschrittliches war. Er warf einen Blick auf den Schieberegler. Er war erst zu einem Viertel durch. Ätzend! Was konnte schon schlimmes passieren? Er scrollte ganz nach unten, ohne sich den Rest wirklich anzusehen, dann ging er zurück zur Frage und wählte noch einmal ›Ja‹ Die Worte blitzten in einem leuchtenden Scharlachrot auf.

Ah, so nah und doch so weit weg. Okay ... Bereite dich auf Schmerzen vor. Auch Spaß! Wahrscheinlich. Hoffentlich? Wir werden sehen, denke ich. **[Ja/Ja]**

Nun, das war nicht ominös oder so. Mit so einem Intro hätte er die AGBs vielleicht doch zu Ende lesen sollen ...

»Hey, ist das richtig?«, rief Sam, in der Hoffnung, dass die Schwester ihn hören konnte, aber es kam keine Antwort. »Hallo? Hier steht: ›Auf Schmerzen vorbereiten‹? Das muss doch ein Tippfehler sein, oder? Irgendjemand? Hallo, hört mich irgendjemand?«

Er hob eine Hand, um auf den Deckel zu schlagen, aber dann ergoss sich eine brodelnde Flüssigkeit über sein Gesicht, füllte seinen Mund und lief ihm in die Nase. Er hustete, versuchte sich zu befreien, aber die Flüssigkeit – klebrig und gallertartig – machte es fast unmöglich, sich zu bewegen. Jepp. Er hätte die AGBs definitiv bis zum Ende lesen sollen. Er bereute seine Entscheidung bereits. Er versuchte, die Luft anzuhalten, aber es gelang ihm nicht und als er einatmete … strömte Luft in seine Lunge.

Innerhalb eines Wimpernschlages war die Kapsel verschwunden und er fand sich in einem leeren, weißen Raum wieder, der bis auf die Worte, die wie eine Gewitterwolke vor ihm in der Luft hingen, völlig schlicht war:

Willkommen in Eternium! Es sind keine Daten für dein Profil gespeichert. Möchtest du einen neuen Charakter erstellen? **[Ja / Nein]**

Nun, er war ganz sicher nicht hier, um sich zu einer Wattwanderung anzumelden, daher eine einfache Antwort.

Großartig! Du kannst in Eternium zur gleichen Zeit nur ein einziges Charakterprofil haben – keine Alternativen, das tut mir leid – also wähle mit Bedacht! Wenn du zu einem späteren Zeitpunkt einen neuen Charakter startest, gehen alle Fortschritte mit dem aktuellen Charakter für immer verloren, einschließlich Fähigkeiten, Gegenstände und jegliches Gold, das dein Charakter besitzt, obwohl Gold über ein sicheres Bankkonto in der Welt übertragen werden kann!

Möchtest du eine verfügbare Startklasse auswählen oder dich Tests und Prüfungen unterziehen, um zu sehen, was die richtige Wahl für dich ist? Diese Tests können je nach deinen gezeigten Fertigkeiten und Fähigkeiten verschiedene oder sogar einzigartige Klassen freischalten, aber sei gewarnt! Wenn du dich den Tests unterziehst und nur geringe

Begabungen zeigst, kann dies die Anzahl der verfügbaren Klassen reduzieren! Du kannst diese Tests jederzeit beenden!
[Spiel starten / Tests ablegen]

Sam wurde immer genervter. Noch mehr *Tests*. Er wollte nicht noch mehr Tests machen, er wollte das Spiel spielen. Ein kleiner Teil von ihm verlangte, dass er einfach die Option ›Spiel starten‹, auswählte und seine Zehen in das Wasser tauchte. Schließlich konnte er später immer wieder zurückkommen und einen neuen Charakter erstellen, wenn er es brauchte.

Aber ... er hatte die AGBs übersprungen und bereute diese Entscheidung bereits sehr. Außerdem spielte er schon lange genug, um zu wissen, dass der Erwerb einer potenziell einzigartigen Klasse – vor allem gleich zu Beginn, bevor fast alle anderen auf dem Server waren – auf lange Sicht *große* Vorteile mit sich bringen könnte. Da er für sechs Monate im Spiel in der DIVE-Kapsel sein würde, wären ein paar zusätzliche Langzeitvorteile definitiv nicht verkehrt. So ärgerlich der Gedanke an weitere Tests auch war, der richtige Start wäre es wert, was auch immer für Härten oder kleinere Verzögerungen damit verbunden waren. Also streckte er widerwillig eine Hand aus und wählte die Option ›Tests durchführen‹.

Die Luft um ihn herum flirrte und plötzlich stand er in einem höhlenartigen Gang. Die Wände waren aus rauem, rötlichem Stein, zwei Meter breite, grob behauene Quader, pockennarbig von der Zeit und dem unerbittlichen Ansturm der Elemente. *Wahnsinn.* Die Grafik war absolut erstaunlich. Unheimlich, eigentlich. Er hob seine Hände und untersuchte seine Finger, die von echten nicht zu unterscheiden waren. Ein leises Seufzen des Windes klang sanft in seinen Ohren, gefolgt von einer kühlen Brise, die über seine Wange strich. Die Höhle war ziemlich kalt, was eine weitere Überraschung war und die Luft roch schwach nach Meersalz und Meeresgischt. Langsam schritt er zu einer der Wände hinüber und fuhr mit seinen Fingern über die Oberfläche des Steins.

Haptik. Nuance. Textur. Wärme. Jede Empfindung war da. Orange County war wunderschön, aber die Strände unten in San Diego gehörten zu den besten der Welt. Seine Familie war in den Sommermonaten oft in den Süden gefahren, um Sonne, Sand und Surfen zu genießen. Einer von Sams Lieblingsplätzen in ganz Kalifornien war das Cabrillo National Monument, eingebettet an der Spitze der Point Loma Halbinsel, südlich von Ocean Beach und direkt westlich von Coronado. Es war weder ein auffälliger Ort, noch gab es viele Strandbesucher. Stattdessen gab es ein kleines Besucherzentrum und ein seit langem bestehendes Denkmal für Juan Rodriquez Cabrillo, der als erster europäischer Entdecker einen Fuß auf die Westküste der Vereinigten Staaten gesetzt hatte.

Ein steinerner Leuchtturm überblickte die weiten Gewässer des Pazifiks, aber der wahre Schatz des Cabrillo National Monuments war eine geheimnisvolle Höhle, versteckt in der Nähe der Wasserlinie. Sam hatte sie mit seiner Schwester gefunden. Sie hatten sich an den Gezeitentümpeln vorbeigeschlichen und waren dann vorsichtig den Bluff Trail hinuntergegangen, der an einer Reihe von Steinstufen endete, die sich an den Rand einer ziemlich steilen Felswand schmiegten. Unten, vor neugierigen Blicken verborgen, befand sich eine wunderschöne, in den Fels gehauene Höhle. Der Einstieg war nur bei Ebbe möglich, aber die Aussicht darin war zum *Sterben schön*. Buchstäblich, wenn man bis zur Flut dort blieb.

BIBLIOMANT

Es war einer von Sams Lieblingsorten in ganz Kalifornien und dieser merkwürdige Flur erinnerte ihn daran. Die gleichen porösen Wände. Derselbe Geruch nach Meersalz. Er blickte nach unten und fand feinen, weißen Sand unter seinen gestiefelten Füßen. Sam lächelte und schüttelte den Kopf. Schon jetzt hatte dieses Spiel seine Erwartungen über den Haufen geworfen und es war erst in der Testphase!

Die Luft vor ihm flirrte und tanzte, ein einziges Wort materialisierte sich vor seinen Augen.

RENNEN!

Huh, das war verrückt. Warum sollte er weglaufen? Dieser Ort war absolut fantastisch. Eigentlich wollte er tiefer in die Höhle eindringen, um zu sehen, ob sich vielleicht Beute oder andere coole Dinge in den Winkeln und Ritzen der Felsen versteckten. Doch plötzlich gab es hinter ihm einen *dumpfen Schlag* und der Boden begann unter seinen Füßen zu Beben. Langsam drehte er sich um und bewegte sich, als wäre er in einer Melasse gestrandet. Ein Felsbrocken so groß wie in einem Indiana-Jones-Abenteuerfilm rollte auf ihn zu, locker drei Meter hoch und drei Meter breit und nahm jeden verfügbaren Zentimeter des Tunnels ein.

Plötzlich ergab die Aufforderung zu rennen eine Menge Sinn. Mit einem Aufschrei drehte er sich um und rannte los, die Beine pumpten unter ihm. Zu spät. Er schaffte keine drei Meter. Angst und Schmerz schossen gleichermaßen durch seinen Körper, als der Felsbrocken ihn überrollte und seine zerbrechliche Gestalt unerbittlich wie einen Styroporbecher unter einem LKW-Reifen zerquetschte.

Kapitel 4

Sam kam einen Wimpernschlag später zu sich, ein Schrei riss sich aus seiner Kehle, bevor er verwirrt abbrach. Der Moment des Schmerzes war vorbei, ebenso wie der riesige Felsbrocken, der ihn Sekunden zuvor zerquetscht hatte. Sein Herz donnerte in seiner Brust, während er mit wildem Schrecken umherstarrte. Dieser ganze Ort war anders. Die Höhle war verschwunden, die ganze Landschaft durch einen gespenstisch vertrauten Flur ersetzt – kariertes Linoleum unter den Füßen, orangefarbene und blaue Spinde zu beiden Seiten, Halogenlampen über dem Kopf. Oh nein.

Der rollende Stein war schlimm gewesen – abrupt und traumatisch – aber das hier war noch *schlimmer* als ein schneller, grausamer Tod unter einem massiven Hollywood-Felsbrocken. Das ... das war das *ultimative* Trauma – Highschool.

Sam schauderte, als er die Schließfächer abtastete. Er hatte die Hallen der Laguna Hills Unified nicht mehr besucht, seit er vor fünf Jahren sein Abschlusszeugnis abgeholt hatte und wenn er nie wieder zurückging, wäre es immer noch zu früh. Dennoch war er hier, die Lichter flackerten wie in einem schlechten Horrorfilm und genau so fühlte es sich auch an. Trotzdem musste Sam zugeben, dass die Grafik absolut spitze war, obwohl er sich nicht einmal *ansatzweise vorstellen konnte*, wie das Spiel von all dem gewusst hatte. Ganz im Ernst. Er hatte einen kurzen Psychotest gemacht, bevor er das Spiel betreten hatte und er nahm an, dass es Zugriff auf die meisten seiner öffentlichen Daten hatte – zum Beispiel, wo er die Highschool abgeschlossen hatte – aber die Details hier konnten in den wenigen Stunden, die er vor Ort war, nicht programmiert werden.

Wie auch immer das Spiel diesen Inhalt generierte, lag jenseits seiner Vorstellungskraft, aber es war offensichtlich auf dem neuesten Stand des technologischen Fortschritts. Diesmal gab es keine Eingabeaufforderung, nichts, was ihm sagte, was er tun sollte, aber er konnte nicht ewig herumstehen. Nach ein paar weiteren Sekunden der Unentschlossenheit machte er sich auf den Weg nach rechts, in Richtung dessen, was der Ausgang sein sollte … vorausgesetzt, dieser Ort entsprach der realen Version von Laguna Hills Unified.

Er ging eilig über eine Flurkreuzung – der rechte Zweig führte in den Wissenschaftsflügel, der linke in die Sprachabteilung – und hielt geradeaus auf den Ausgang zu. Er war noch keine zehn Meter weit gekommen, als er ein Klappern und ein schmerzhaftes Stöhnen hörte, das aus einer Tür drang, die leicht angelehnt war. Ein dünner Lichtstreifen schnitt wie ein Rasiermesser über den Boden. Die Toiletten. Er schluckte, aber er ging langsam vorwärts, in Richtung der Jungentoilette. Weitere Grunzer und der gedämpfte Klang von Stimmen waren jetzt klarer, aber immer noch nicht deutlich genug, um sie zu verstehen.

Er blieb vor der Tür stehen, hockte sich auf die Zehenspitzen und versuchte herauszufinden, was er hier tun sollte. Einfach weitergehen oder seine Nase in Angelegenheiten stecken, die wahrscheinlich besser in Ruhe gelassen werden sollten? Ein Kommentar erschien in der Luft vor ihm.

Deine Entscheidung.

Ja, natürlich. Das Klügste wäre gewesen, weiterzugehen, die nächste Aufgabe zu finden, sie zu erledigen und zu ignorieren, was auch immer hinter der angelehnten Tür vor sich ging. Nur konnte er das nicht. Er war auf dem College *sehr erwachsen geworden*, hatte sogar ein paar Judokurse belegt, damit er nie wieder einen Unterhosenzieher oder eine Kopfnuss abbekommen würde, aber in der Highschool war Sam eine ganz andere Person gewesen. Er war fast für jeden ein Sandsack. Zu reich, um mit den Stadtkindern abzuhängen. Nicht reich genug, um wirklich zur Eliteclique zu passen. Gerade klug genug, um als Nerd abgestempelt zu werden, aber nicht annähernd klug genug, um mit den echten Nerds mitzuhalten. Nicht besonders sportlich oder groß oder aufgeschlossen.

Er hatte in den letzten Jahren hart daran gearbeitet, *diesen* Sam so weit wie möglich aus dem Rückspiegel seines Lebens zu verbannen, aber er konnte nicht zulassen, dass ein anderes armes Kind das durchmachen musste. Nicht, wenn er helfen konnte. Der neue und verbesserte Sam? Er konnte helfen und er *würde* helfen. Entschlossen schob sich Sam ins Innere der Toilette, Urinale und Kabinen zu seiner Linken, billige Porzellanwaschbecken und noch billigere Spiegel zur Rechten. Er war auf fast alles gefasst, außer auf das, was er tatsächlich vorfand.

Er selbst. Oder zumindest so, wie er vor fünf oder sechs Jahren gewesen war. Um den jungen, frisch aussehenden Sam herum standen ein paar Sportler in Trainingsjacken, angeführt von keinem Geringeren als Barron Calloway. Derselbe selbstgefällige Barron Calloway, der auf seiner Abschlussfeier gewesen war – und der wahrscheinlich immer noch im Pool seiner Familie abhing, Zigaretten rauchte und Bier trank. Die Rüpel drängten sich vor, umringten den jungen Sam wie eine Schlinge und dabei veränderten sie sich. Die Schultern schwollen an, die Jacken rissen an den Nähten, die Arme wurden länger und die Haut färbte sich aschfahl und blassgrün.

Sie sahen aus wie *Trolle*. Allerdings Trolle in Schuljacken und teuren Bluejeans. Sam überlegte kurz, sich umzudrehen und abzuhauen ... aber nein. Nicht dieses Mal. Er hatte Barron auf der Party unter seine Haut gehen lassen, aber das würde nicht noch einmal passieren. Sam hatte *Jahre* darauf gewartet, diesen Idioten zu zeigen, dass er keine Angst mehr vor ihnen hatte. Ja, vielleicht waren das nicht wirklich die Tyrannen, die ihn die meiste Zeit seines jungen Lebens gequält hatten, aber sie waren nahe genug, um zu zählen.

Sam ließ die Tür hinter sich zuschlagen, das Geräusch prallte von den Kachelwänden ab. Die neu entstandenen Trolle drehten sich fast geschlossen zu ihm um, ihre schwarzen Augen starrten ihn mit kaum verhohlener Freude an. Sie waren auf der Suche nach einem Kampf und sie hatten endlich einen gefunden. Sam tat sein Bestes, um seinen Ton leicht, aber bestimmt zu halten. »Lasst ihn in Ruhe.«

»Wird gemacht«, grunzte Troll Calloway und zeigte ein Paar hervorstehender unterer Reißzähne. »Wir werden stattdessen ein Stück aus *dir* herausreißen!«

Troll Calloway verfiel in einen langsamen, gorillaähnlichen Gang, seine Knöchel scharrten über den Boden, als er sich bewegte. Sam wusste, dass er sich zu Tode erschrecken sollte, aber stattdessen fühlte er einen Ruck der Aufregung. Er passte seine eigene Haltung an, die Knie leicht gebeugt, den Kopf in der Körpermitte, die Füße schulterbreit auseinander. Die Kreatur näherte sich mit unnatürlicher Geschwindigkeit, die Arme ausgestreckt, die Hände jetzt so groß wie Essteller. Sam schoss in Barrons Nahbereich hinein, eine Hand griff nach dem Revers der Schuljacke des Trolls und zog die deformierte Kreatur nach unten und aus dem Gleichgewicht, während sein anderer Arm sich um den Kopf des Dings schlang. Sam drehte seinen Oberkörper im Uhrzeigersinn, ruckte nach unten und zerrte Troll Calloway in einem klassischen Judowurf über seine Hüfte.

Er hatte noch nie einen Wurf gegen einen echten Gegner benutzt, aber er grinste wie ein Wahnsinniger, als der Troll den Boden verließ und in einem scharfen Bogen durch die Luft flog. Bevor sein albtraumhafter Rüpel landete, löste sich die Kreatur in seinen Händen einfach auf, verwandelte sich in Rauch, der in der Luft schwebte und sich in eine neue Aufforderung auflöste:

Überleben.

Die Highschool verschwand genauso schnell, wie sie gekommen war und nun fand sich Sam in einem zerklüfteten Dschungel wieder, der sich um ihn herum in alle Richtungen ausdehnte. Der Boden unter ihm war lehmig – fast schwammig – und bedeckt mit dicken Flecken verdrehter Vegetation und einer knorrigen Decke aus kriechenden Baumwurzeln. Riesige, moosbewachsene Stämme reichten *hoch, noch höher, ganz hoch* und dazwischen waren Palmen mit riesigen Wedeln und tausend andere Baumarten, die Sam nicht benennen konnte. Das Blätterdach verdeckte den Himmel komplett, abgesehen von ein paar verirrten Sonnenstrahlen und die Luft war heiß und schwül – viel feuchter als in Südkalifornien.

BIBLIOMANT

Überall um ihn herum waren die Geräusche des Regenwaldes zu hören – das Rufen der Affen, das Zwitschern der bunten Singvögel, das leise Rascheln einer Brise durch die hohen Blätter. Es gab ein *Schnapp-Knack*, als sich etwas Großes durch das Laub schob, gefolgt von einem seltsamen gurgelnden Geräusch, das er nicht genau zuordnen konnte. Er drehte sich um und suchte das Gewirr zur Linken ab. Ein weiterer *Knacks* im tiefen Gebüsch und ein lila-schwarzer Klecks von der Größe eines Minivans rollte ins Freie. Das Ding ließ sich nicht erklären – Sam hatte nicht einmal einen Bezugsrahmen für das, was er sah.

Verwöhnte Götterspeise mit Gefühlen vielleicht? Wenn er eine D&D-Kampagne spielen würde, würde er sagen, dass dies ein Dungeon-Schleim war, aber es sah nicht wie irgendeine Art von Schleim aus, von dem er jemals gehört hatte.

Es hatte kein Gesicht. Keinen Mund. In seinem Inneren schwebte, wie kleine Fruchtstücke in Tante Janes Thanksgiving-Preiselbeer-Wackelpudding-Salat, ein Mischmasch aus Knochen: Schädel, Oberschenkelknochen, ganze Rippenbögen – nicht nur Knochen von Menschen, sondern von so ziemlich allem. Es hatte eine kleine Armee rudimentärer Gliedmaßen, die aus den Knochen im Inneren geformt waren, aber keine dieser Gliedmaßen schien besonders funktional zu sein. Mit einem weiteren Glucksen wankte es vorwärts, bewegte sich in einem schnellen Trab, wenn auch nicht annähernd im Laufschritt und seine seltsamen Gliedmaßen wackelten manisch wie bei einem dieser verrückten, winkenden, aufblasbaren, fuchtelnden Schlauchmänner. Rein oberflächlich betrachtet schien dieses Ding weit weniger furchteinflößend und gefährlich zu sein als die Troll-Bullies aus der Highschool, aber Sam hatte seine Lektion aus dem ersten Test gelernt.

Laufen bedeutete *laufen*. *Entscheiden* bedeutete *entscheiden*. Überleben bedeutete überleben. In diesem Fall bedeutete es *auch* rennen – manchmal konnte man nur überleben, wenn man dem Problem davonlief.

Da dieses Ding Teil des ›Überleben‹-Teils des Tests war, stellte es eindeutig eine ernsthafte Bedrohung dar. Sam hatte keine Waffe und er bezweifelte sehr, dass seine rudimentären Judo-Kenntnisse gegen einen gallertartigen Blob, der ihn wahrscheinlich um tausend Pfund überragte und keine richtigen Gliedmaßen hatte, gut funktionieren würden. Beim Judo ging es um Hebelwirkung und in einem Kampf gegen dieses Ding würde Sam keine haben. Also drehte er sich stattdessen um und joggte davon, immer tiefer in den dichten Busch hinein. Überleben bedeutete nicht unbedingt *töten*, also konnte er vielleicht einfach die Zeit ablaufen lassen.

So ging es gefühlt die nächsten Stunden. Wo war eigentlich die verdammte Uhr? Sam bewegte sich weiter, immer weiter, stolperte über freiliegende Wurzeln, kämpfte sich an leise plätschernden Bächen vorbei und stapfte durch dornige Lianen, die an seiner Haut kratzten und an seiner Kleidung zerrten. Der Dschungel verschob und veränderte sich, während er sich bewegte, aber es gab keinen erkennbaren Ausweg. Der Haufen aus Glibber und Knochen blieb ihm auf den Fersen wie ein Bluthund, der entschlossen ist, seine Beute zur Strecke zu bringen. Die Kreatur bewegte sich nie schneller, aber auch nie langsamer. Es war ein unerbittlicher Jäger und Sam war bald sauer, müde und hungrig.

Es gab keine Möglichkeit, so ein Ding zu besiegen, also ging er weiter. Er hatte keinen Zugang zu Nahrung oder Wasser, aber es gab Beeren und andere seltsame Früchte, die auf schweren Baumzweigen lagen. Gegen Stunde acht oder so knurrte sein Magen aus Protest und seine Kehle brannte. Die Kreatur war vielleicht ein paar hundert Meter zurück und arbeitete daran, durch eine natürliche Barrikade aus umgestürzten Bäumen zu kommen, also riskierte Sam, eine Handvoll Beeren zu pflücken und sie in seinen Mund zu stecken. Der Geschmack war brillant, wie die süßesten Himbeeren, die er je gekostet hatte. Dann tauchte er seinen Mund in einen kleinen Bach, nicht größer als sein Oberschenkel. Das Wasser war, wie die Beeren, frisch und erfrischend und löschte seinen rasenden Durst im Handumdrehen.

Ein weiteres *Knacken* und *Blub* brachte seinen Kopf wieder nach oben. Der nun von Blättern überwucherte Schleim hatte sich von den Bäumen gelöst. Sam drehte sich um, joggte abermals los und beschleunigte das Tempo. Er schaffte gerade mal hundert Meter, bevor ein Schmerzstich ihn umwarf. Er fiel auf die Knie, während eine Schmerzwelle in seinem Bauch rumorte. Als er versuchte, auf die Beine zu kommen, verweigerten diese einfach die Zusammenarbeit.

Sam warf einen Blick über seine Schulter zurück und sah, dass die Kreatur stetig auf seine Position zukam. Er kämpfte darum, noch einmal aufzustehen, aber als es völlig offensichtlich wurde, dass das nicht passieren würde, biss er die Zähne zusammen und kroch von dem herannahenden Monster weg. Er zog sich Hand um Hand mühsam weiter, grub sich mit seinen Knien und Zehen ein, aber er war nicht schnell genug. Nicht einmal annähernd.

»Wow, dieses Spiel ist das absolut *Schlimmste*«, knurrte Sam einen Augenblick, bevor das gallertartige Knochenkriechtier über ihn hinwegdampfte und die violette Flüssigkeit sich wie Säure in seine Haut fraß, als er in das Innere des Monsters gezogen wurde. Nicht mehr in der Lage zu sprechen, konnte er nur noch denken: *Jepp, das absolut*

Schlimmste. Warum in aller Welt würde jemand so ein Spiel machen?

Aber trotz allem war er noch nicht ganz bereit, aufzugeben. Immerhin war er schon so weit gekommen und er war fest entschlossen, auch als der Schleim ihn verschlang. Einige Zeit später öffnete er die Augen und stellte fest, dass das Monster nirgends zu sehen war und der Dschungel gegen ein Klassenzimmer ausgetauscht worden war. Zum Glück nicht wieder die Highschool, Gott sei Dank. Diesmal war es die gemütliche und vertraute Bestuhlung eines College-Kurses auf niedrigerem Niveau. Im Gegensatz zu vielen der höheren Klassen – die kleiner und traditioneller waren – hatte dieser Raum eine stadionähnliche Bestuhlung, um große Erstsemestergruppen von hundert oder mehr Personen unterzubringen. An der Vorderseite befand sich ein hölzernes Podium, obwohl kein Lehrer in Sicht war und dahinter war eine echte Kreidetafel.

Quer über die Tafel waren in einer eleganten Schrift drei Worte geschrieben:

Gib dein Bestes!

In dem Moment, in dem Sam den gekritzelten Text zu Ende gelesen hatte, erschien auf dem hölzernen Klapptisch vor ihm ein Testheft aus Papier, dessen Seiten mit einer Vielzahl von Fragen gefüllt waren. Neben dem Heft lag ein angespitzter Bleistift, bereit, benutzt zu werden. Nun, das war nicht gerade *lustig*, aber wenigstens war das etwas, was Sam verstand. Verglichen damit, bei lebendigem Leibe von einem riesigen Felsbrocken zermalmt zu werden, sich prügelnden Albtraumtyrannen zu stellen oder vergiftet und dann langsam von einer riesigen, menschenfressenden Schnecke verzehrt zu werden, schien dies tatsächlich ziemlich schick zu sein.

Sam brach das Siegel des Heftes auf und stürzte sich mit der rücksichtslosen Hingabe eines Jungen, der frisch vom College kam, hinein, den Kopf vollgestopft mit nutzlosen Fakten, die in der realen Welt kaum Anwendung fanden. Er stürzte sich auf den Englischteil, beantwortete Fragen zu Gleichnissen und Metaphern, beendete den Teil zum Leseverständnis und schrieb dann einen vollständigen, langen Aufsatz über klassische Literatur. Als Nächstes kam Mathematik, gefolgt von einem Teil der Weltgeschichte, Astronomie – was seltsam war – Biologie und allgemeine Anatomie, grundlegende Psychologie und sogar Politik und Religion.

Jedes Mal, wenn er einen Abschnitt beendete, verschwand er einfach und nahm seine Antworten mit, bis das Heft ihn mit neuen auszufüllenden Seiten anstarrte. Es gab ein paar Abschnitte des Tests, durch die er sich durchkämpfte, aber insgesamt fühlte er sich in diesem Teil der Prüfung sicherer als in allen anderen, durch die er sich durchgeschlagen hatte. Was auch Sinn machte, wenn man bedenkt, dass er bisher in zwei von drei Prüfungen gestorben war. Endlich, nach einer gefühlten Ewigkeit – sein Geist war benebelt, sein Rücken schmerzte, sein Magen knurrte noch mehr – erschien die nächste Aufforderung.

Zeit ist abgelaufen! Wähle ›Fortfahren‹, um den nächsten Test zu beginnen.

Er wusste nicht, was als Nächstes kommen würde, aber solange es besser war als der Dschungel-Schleim-Überlebensmarathon, würde er das schon schaffen. Sam streckte die Hand aus und tippte auf ›Weiter‹. Während eines

Augenzwinkerns verschob sich die Welt um ihn herum, als er in den nächsten Bereich gebracht wurde. Dieses Mal änderte sich nicht der Raum, sondern nur seine Position darin. Anstatt auf einem Platz im hinteren Teil des Hörsaals zu sitzen, befand er sich nun in der Mitte des Raumes und stand hinter dem hölzernen Podium mit einem Bündel von Notizen, die vor ihm aufgereiht waren. Obwohl sich der Raum selbst nicht verändert hatte, gab es *eine* eher beunruhigende Ergänzung – die Sitze waren jetzt mit Menschen gefüllt.

Ein Meer von eifrigen Gesichtern starrte ihn erwartungsvoll an. Die Notizen vor ihm zappelten an den Rändern des Blattes, verdrängt von einem dunklen, fetten Text, der mit seinen nächsten Anweisungen auf dem Blatt erschien.

Erkläre die Grundlagen der Trigonometrie.

Von allen Abschnitten des Tests war der Mathematikteil mit Abstand sein schlechtester Bereich gewesen. Natürlich war das die Sache, die er erklären musste. Die Tatsache, dass er eine *grenzwertige Angst* vor öffentlichen Vorträgen hatte, half der Situation nicht gerade. Wenn Sam ehrlich zu sich selbst war, war das vielleicht sogar noch schlimmer als der Dschungelschleim, wenn auch aus *ganz* anderen Gründen.

Damals hatte er noch nicht aufgegeben und trotz der Tatsache, dass er langsam die Geduld mit diesem Einstufungsprozess verlor – es war ein Spiel und zwar eines, das Spaß machen sollte – war er noch nicht bereit, das Handtuch zu werfen. Nicht ganz. Also richtete er gegen jeden Instinkt in seinem Körper sorgfältig die Papiere auf seinem Pult aus, räusperte sich und verbrachte die nächste Stunde damit, sich durch die schlechteste Vorlesung zu kämpfen, die je in Trigonometrie gehalten wurde. Am Ende fühlte er sich wie ein Wrack – seine Stimme war heiser, seine Handflächen schwitzig, seine Nerven lagen blank. Jepp, er hatte definitiv keinen Spaß. Nicht einmal im Entferntesten. Er hatte selten eine größere Welle der Erleichterung gespürt, als *die* Prüfung zu Ende war und sich das Auditorium auflöste und sich wieder in …

Der gleiche steinige Durchgang wie beim ersten Versuch. Die gleichen grob behauenen Wände. Derselbe körnige Sand unter den Füßen. Der Geruch von Salz und Meerwasser kitzelte ihn in der Nase. Nur, dass der Gang jetzt eine Gabelung hatte. An der einen Weggabelung standen seine Mutter und sein Vater, beide lächelten, als sie ihm aufmunternd zuwinkten. Auf der anderen Seite stand seine Schwester, die Hände in die Hüften gestemmt, mit einem finsteren Blick auf ihren schwarz-grauen Lippen. Neben ihr saß ihr Deutscher Schäferhund Max, dessen Hundezunge seitlich aus dem Maul heraushing. Vor Sam war ein Hebel, an dem ein Schild hing, auf dem zu lesen war:

Rette einen.

Es gab einen dumpfen Aufprall und ein Knirschen, als der Indiana-Jones-Felsbrocken aus der Luft fiel und bei seiner Landung den Boden erschütterte. Sam blickte auf den Hebel hinunter und ihm dämmerte das Grauen, als ihm klar wurde, was dieser Test von ihm verlangte. Diesmal sollte der Felsbrocken nicht ihn zerquetschen, sondern entweder seine Eltern *oder* seine Schwester und seinen Hund auslöschen. Der Hebel vor ihm war im Grunde eine Weiche und er war derjenige, der entscheiden musste, wer lebte und wer starb.

»Nein«, murmelte er und schüttelte den Kopf. »Nö. Ich habe genug getan und ich werde nicht mehr tun.«

Ohne zu überlegen, sprintete er auf den Felsbrocken zu, der nun auf seine Eltern zurollte. Er sauste zwischen Mama und Papa hindurch, seine langen Beine verschlangen die Distanz in kürzester Zeit. Der Felsbrocken traf ihn wie eine Abrissbirne, begleitet von einem kurzen Aufblitzen von Schmerz und dann war er wieder da. Er war wieder da, wo er einen Moment zuvor gestartet war. Der höhlenartige Flur mit dem Schalter und dem Schild, die Eltern, die ihn anlächelten, während seine Schwester finster dreinschaute und Max mit seinem flauschigen Schwanz wedelte.

Das Spiel wollte ihn *zwingen,* sich zu entscheiden – es testete seine moralischen Grenzen. Instinktiv wusste er, dass es keinen Weg gab weiterzukommen, nicht ohne den Hebel zu ziehen und eine der Gruppen dem Tod zu überlassen. Das war etwas, wozu er einfach nicht bereit war.

»Ich bin *fertig*!«, schrie er in die Luft um ihn herum. »Ich will die Prüfungen beenden. Das ist nicht das, wofür ich gekommen bin. Das macht keinen Spaß mehr. Diese ganze Sache hat nie Spaß gemacht, aber das? Das ist zu viel. Bitte hol mich hier raus.«

Der Felsbrocken fiel mit einem *Schlag* und knirschte über den sandigen Kies auf dem Boden. Für eine Sekunde stellte sich Sam einen Superhelden vor, der in einer Zeitschleife immer und immer wieder gegen ein großes Übel antritt und dabei jedes Mal einen schrecklichen Tod erleidet. Er hoffte nur, dass es nicht das war, wofür er sich verpflichtet hatte. Er zog eine Grimasse, stellte sich darauf ein, wieder zu sterben und machte sich erneut auf den Weg zum Felsbrocken.

Kapitel 5

Sam war nicht gestorben, wie er es erwartet hatte. Es war ein seltsames Gefühl, am Leben zu sein, wenn man es eigentlich nicht sein sollte. Etwas, das sehr schwer zu beschreiben war, aber er hatte das Gefühl, dass die meisten Menschen es irgendwie verstehen würden. Die ganze Welt war stehen geblieben, eingefroren, der Felsbrocken nur Zentimeter davon entfernt, ihn unter seinem immensen Gewicht und seiner scheinbar nicht zu stoppenden Wucht zu zerquetschen.

Seine Eltern waren noch da, ebenso seine Schwester und sein Hund, aber jemand hatte bei allen außer Sam die Pausentaste gedrückt. Es gab ein scharfes *ding-ding-ding*, gefolgt von einer Nachricht, die sofort in der Luft erschien wie eine Fata Morgana in der tiefen Wüste.

Nun, du hast nicht alle Versuche beendet, aber hey, du weißt, was du willst und du hälst dich an deine Prinzipien – schön für dich! Außerdem hast du es wirklich versucht. Du warst ziemlich nah dran. Weiter als irgendjemand sonst es geschafft hat ... obwohl dies der erste Tag ist, also ist das keine super große Leistung. Aber hey, nimm deine Siege, wo du sie kriegen kannst! Basierend auf den Ergebnissen deiner Versuche wurden neue Startklassen freigeschaltet! Deine Grundwerte werden basierend auf dem Ergebnis jeder Prüfung angepasst, nachdem du eine Klasse gewählt hast!

Titel freigeschaltet: High Five, ich habe es versucht! Dieser Titel bewirkt, dass Nichtspielercharakter (NSCs) Mitleid mit dir haben, denn verdammt, du bist ein guter Mensch und hast es versucht! Effekt: Zufällig schenkt dir ein NSC ab und an etwas. Dabei kann es sich um eine Brotkruste, eine kleine Information oder sogar um einen unschätzbaren Gegenstand handeln. -5 % Preise in gut oder neutral ausgerichteten Geschäften.

Bitte beachte, dass alle Titeleffekte gleichzeitig aktiv sind, aber der Titel, den du ausgerüstet hast, ist der einzige, den andere ohne Analysefähigkeiten sehen können. Die maximale Anzahl von Titeln, die du zu einem bestimmten Zeitpunkt haben kannst, ist zehn.

Die Welt drehte sich um ihn herum und verschwamm an den Rändern, als er in einen neuen Raum transportiert wurde, voll mit Menschen. Nicht irgendwelche Menschen, sondern *er*. Fünfzig Iterationen von Sam in verschiedenen Kleidern und Posen, die alle in ordentlichen, geordneten Reihen standen. Wenn er sich bewegte, bewegten sie sich und ahmten jede seiner Bewegungen nach. Er hob einen Arm und sie taten es auch. Wenn er lächelte, strahlte eine Klonarmee von ihm zurück. Na also! *Das* war es, wofür er gekommen war!

Langsam bewegte sich Sam durch die Reihen und untersuchte die unheimlichen Doppelgänger.

Es gab Versionen von ihm mit wulstigen Muskeln, schwerer Rüstung und allen Arten von Waffen. Versionen mit ihm in Leder, andere, wo er Becher und Fläschchen hielt. Klassennamen hingen über jedem Kopf wie schwache Gewitterwolken, gefärbt mit geisterhaftem Licht. Er ignorierte die Barbaren und die schwerfälligen Nahkämpfer. Die Sache war die, dass Klassen wie diese einen riesigen Vorteil im frühen Spielverlauf haben würden. Die Chancen standen gut, dass er eine Waldläufer- oder Kriegerklasse auswählen würde, bereit, Leuten in den Hintern zu treten – und das sofort effektiv.

Aber er würde für drei verdammte Monate in einer DIVE-Kapsel sein und mit der Zeitkompression würde sich das wie sechs Monate anfühlen. *Sechs Monate*, in denen er ständig im Spiel war, vierundzwanzig Stunden am Tag. Obwohl Mathematik seine mit Abstand schlechteste Fähigkeit war, hatte er gerade eine Vorlesung über Trigonometrie gehalten, also war es nicht schwer, eine grobe Schätzung der Zeit zu erstellen, die er in Eternium verbringen würde. Zweitausendeinhundertsechzig Stunden im wirklichen Leben oder viertausenddreihundertzwanzig Stunden, wenn er die Kompression berücksichtigt. Das war eine ganze Menge an Spielzeit.

Wenn er seine Karten richtig ausspielte, könnte er am Ende einer der mächtigsten Spieler in der Betaphase sein, besonders wenn einige dieser Optionen eingeschränkte oder seltene Klassen waren. Eine magische Klasse wäre anfangs so schwach wie einlagiges Toilettenpapier, aber später ... später hätte er einen enormen Vorteil. Also ignorierte er die Raufbolde, umging sie, ohne weiter darüber nachzudenken und konzentrierte sich stattdessen auf die leuchtenden Versionen seiner selbst, die meisten von ihnen in Roben gekleidet. Er untersuchte eine, die ein gewöhnlicher Priester hätte sein können, überging sie aber. Er war hier, um Abenteuer zu erleben, um Quests zu erfüllen und hatte *keine* Lust, eine reine Unterstützungsklasse zu spielen.

Zumindest nicht ausschließlich. Er hatte kein Problem damit, ein paar Team-Buffs zu verteilen, aber er wollte töten. Heilen war für Leute, die Angst davor hatten, *andere* Leute bluten zu lassen! Er befahl der Gruppe ... *sich selbst*, »Kampfmagie-Klassen.«

Die Figuren verschoben sich und wirbelten herum, die Säulen und Reihen ordneten sich neu an, bis nur noch fünf Gestalten vor ihm standen, die alle von einem ätherischen Leuchten erhellt wurden. Eine sah aus wie eine Druidengestalt – in Felle und weiches Leder gekleidet – eine andere war eindeutig ein Beschwörer, mit den stattlichen schwarzen Roben, die mit mystischen Siegeln bestickt waren und einem Trio kleiner, gremlinartiger Kreaturen, die in einem Kreis um ihn herum marschierten.

Das könnte eine interessante Option sein, auch wenn die Vorstellung, hinter einer Wand aus Marionetten zu lauern und darauf zu warten, dass seine Lakaien die schwere Arbeit erledigen, nicht besonders lustig klang. Sam schaute sich jede Klasse an, bevor er zu einer Klasse namens *Aeolus-Magier* weiterging, die eine Unterklasse des Magierzweigs war. Das sah vielversprechend aus. Mit dem Tooltip-Symbol in der Ecke seines Blickfelds rief er weitere Informationen auf.

Aeolus-Magier. Eine Unterklasse des Magiers, die die Kräfte von Wind und Luft beherrscht. Der Aeolus-Magier versteht Magie intuitiv – sie ist ein Teil von ihm, der so natürlich ist wie das Atmen. Wer diese Klasse wählt, hat standardmäßig sein Manareservoir freigeschaltet. Aeolus-Magier erlernen außerdem auf natürliche Weise neue, mit der Klasse kompatible Zaubersprüche auf jeder dritten Stufe, ohne dass sie von außen trainiert werden müssen. Obwohl sie über einige defensive Fähigkeiten verfügen, neigen Aeolus-Magier zu kampforientierter Zauberei und sind daher ausgezeichnete Feldmagier.

Insgesamt sind ihre Zauber weniger mächtig als die eines einfachen Magiers der gleichen Stufe, aber die Zauber können weniger als die Hälfte des Manas kosten. Der Aeolus-Magier erhält vier Eigenschaftspunkte zum Ausgeben pro drei Stufen und einen Punkt Intelligenz und Weisheit auf jeder geraden Stufe. Er erhält zwei freie Talentpunkte, die er pro Stufe ausgeben kann. Intelligenz, Weisheit und Geschicklichkeit sind die vorgeschlagenen Eigenschaften für diese Klasse. Möchtest du das ›Spiel‹ als Aeolus-Magier beginnen?

Bingo. Dies war das Richtige, er konnte es fühlen. Da *Eternium* so neu und ein streng gehütetes Geheimnis war, gab es wirklich nichts über das Gameplay oder die allgemeine Mechanik im Internet, aber basierend auf Sams früherer Erfahrung mit Onlinerollenspielen sah dies genau wie die Art von Klasse aus, die er wollte. Abenteuerorientiert, actionbasiert, gutes Gameplay am Anfang mit dem Potenzial für hohe Leistung später. Das Wichtigste von allem? Es sah aus, als würde es *Spaß machen*! Er hatte nicht die Absicht, ein Profi-Gamer zu werden oder seinen Lebensunterhalt als Live-Streamer zu verdienen. Schließlich war sein Plan, in die reale Welt zurückkehren und seine Eltern dabei zu unterstützen, das Familienunternehmen zu führen.

Aber bis dahin? Er wollte sich einfach nur amüsieren. Das war es. Die Prüfungen waren schrecklich gewesen, aber das hier war *definitiv* die Schmerzen wert.

Herzlichen Glückwunsch! Du hast die Unterklasse Aeolus-Magier angenommen. Berufe werden auf Stufe 5 freigeschaltet. Du hast vier Attributpunkte, die du ausgeben kannst. Bitte beachte, dass deine Startcharakteristiken aufgrund deiner Prüfungen, deiner realen Fähigkeiten und deiner Klassenwahl bereits modifiziert wurden. Bitte vergebe jetzt deine restlichen Punkte.

Mit einem Gedanken rief Sam sein Charakterblatt auf. Es gab zehn Werte zur Auswahl: Stärke, Geschicklichkeit, Konstitution, Intelligenz, Weisheit, Charisma, Wahrnehmung Glück und Karmisches Glück. Als ehemaliger Gamer schienen die meisten dieser Begriffe ziemlich selbsterklärend zu sein, aber in einem Spiel, das so neu, fremd und immersiv war, wollte er jedoch nichts für selbstverständlich halten und das Risiko eingehen, falsch zu liegen. Immerhin wussten die meisten Leute nicht, dass D&D-Magier Charisma anstelle von Intelligenz als primäre Eigenschaft für die Zauberei verwendeten. Was wäre, wenn sich herausstellen würde, dass das hier ähnlich ist? Anstatt also diese Details einfach zu übergehen, benutzte er wieder die Hilfefunktion der ›Tooltipps‹. Diese kleinen Texthinweise, die in seinem Blickfeld erschienen, sobald er sich mit seinem Blick auf einen Eintrag konzentrierte, verschafften ihm einen Überblick, was alles möglich war.

Stärke, so schien es, war der Wert, der bestimmte, wie viel er tragen konnte und wie hart er mit Waffen oder seinen Fäusten zuschlagen konnte. Geschicklichkeit war die explosive Geschwindigkeit, die er aufbringen konnte, seine Fähigkeit, seinen Körper zu verformen und wie gut er komplizierte Aufgaben, wie das Knacken von Schlössern, das Herstellen von Waren oder die Verwendung von Fernkampfwaffen, erledigen konnte – eine Eigenschaft, die sich als Fernkampfmagier wahrscheinlich als nützlich erweisen würde.

Die Konstitution bestimmte, wie gesund er war, wie viel Ausdauer er hatte und seine allgemeinen Resistenzen gegen Gift und Krankheiten. Sie bestimmte auch sein körperliches Aussehen und machte es schwieriger, auf höheren Stufen umgestoßen zu werden. Das ist besonders für ›tankende‹

Klassen gut, also wo die Krieger besonders viel gegnerischen Schaden absorbieren mussten. Das war wahrscheinlich die am wenigsten wichtige Eigenschaft für Sam, wenn man bedachte, dass er vorhatte, aus der Entfernung hart zuzuschlagen. Ein bisschen zusätzliche Gesundheit würde aber wahrscheinlich nicht schaden. Es ergab keinen Sinn, unnötig gebrechlich zu sein, wenn er es vermeiden konnte, besonders wenn er für längere Zeit allein spielen wollte.

Wie erwartet, bestimmte die Intelligenz, wie viel Mana er zu einem bestimmten Zeitpunkt hatte, zusätzlich dazu, wie gut er komplizierte Konzepte wie Zaubersprüche oder Technik verstehen konnte. Der interessanteste Tooltipp war der Eintrag für Weisheit. Offenbar bestimmte Weisheit, wie schnell sich sein Mana regenerierte, sowie die esoterische Aussage, dass Weisheit ›helfen würde, zu entscheiden, ob er etwas tun *sollte*‹. Es würde ihm auch erlauben, verschiedene Konzepte zu kombinieren und mit seiner Intelligenz zu arbeiten, um neue und verbesserte Dinge herzustellen.

Das Problem war, dass er diesen Gedanken nicht wirklich fassen konnte. Wie um alles in der Welt sollte ihm ein veränderter Weisheitswert helfen zu verstehen, ob er etwas tun *sollte*? Es war ja nicht so, dass das Spiel ihn tatsächlich weiser machen konnte, aber das schien die Implikation zu sein. Nun, die Zeit würde zeigen, wie diese Mechanik tatsächlich funktioniert.

Charisma, wie in verschiedenen Rollenspielen, die er gespielt hatte, bestimmte, wie die Leute mit ihm interagieren würden und seine Fähigkeit, gute Preise beim Kauf oder Verkauf zu erzielen. Es würde auch seine Fähigkeit beeinflussen, andere zu führen oder zu überzeugen, Dinge mit oder für ihn zu tun. Als sozialer Außenseiter erwartete er einen niedrigen Charisma-Wert, aber er war angenehm überrascht, dass er einen Wert von dreizehn hatte, was gar nicht so schlecht war, wenn man bedachte, dass sein höchster Wert, die Intelligenz, bei siebzehn lag. Er war sich nicht sicher, ob das Sinn ergab, aber er würde jeden Vorteil nehmen, den er bekommen konnte.

Glück war etwas, das alle anderen Werte auf einer unbestimmten Ebene beeinflusste, ebenso wie seine Chancen, seltene Gegenstände oder Beute zu finden, ohne gezielt danach zu suchen. Wie im wirklichen Leben schien er mit einem Basiswert von fünfzehn abnormales Glück zu haben. Das karmische Glück wurde nicht einmal ansatzweise erklärt, aber wenn Sam wetten müsste, würde er sagen, dass es wahrscheinlich daran lag, wie die Ausrichtung eines Spielers bewertet wurde. Er hatte schon Spiele gespielt, bei denen eine einzige gute oder schlechte Entscheidung einen drastischen Einfluss auf fast jeden Handlungsstrang haben konnte, also war dies vielleicht ähnlich.

Schließlich war die Wahrnehmung die Fähigkeit, Details zu erkennen. Dies war alles, was aus dem sensorischen Input kam und trug dazu bei, wie gut er die Welt erlebte und mit ihr interagierte. Er bemerkte, dass er irgendwie eine unglaublich niedrige *Fünf* in der Wahrnehmung erreicht hatte, was noch schockierender schien, als dass sein Charisma-Wert so hoch war. Die Leute hatten ihm ein- oder zweimal vorgeworfen, geistesabwesend zu sein, aber eine *Fünf*? Wirklich? *So* geistesabwesend und unaufmerksam war er doch nicht, oder? Das konnte nicht sein. Aber da war es, starrte ihm direkt ins Gesicht wie ein anklagender Finger.

Direkt unter der Wahrnehmung war eine Notiz an der Seite, die seine Aufmerksamkeit erregte.

BIBLIOMANT

Warnung! Durch die Erhöhung der Wahrnehmung wird das Schmerzempfinden des Spielers erhöht, ebenso wie alle anderen Empfindungen! Eternium ist nicht verantwortlich für Schäden am mentalen Zustand des Spielers. Für weitere Informationen lese bitte das Kapselhandbuch, das deiner Lieferung beiliegt!

Auf der positiven Seite hast du die Wahrnehmung eines verbrannten Stücks Toast, also solltest du dir nicht allzu viele Sorgen machen müssen! Allerdings würde ich mich an deiner Stelle vor verdorbenem Essen und Gift in Acht nehmen. Außerdem solltest du dich von den Schurkenklassen fernhalten, denn eine Magierklasse mit einer Wahrnehmung von fünf stellt ein größeres Hindernis dar als Big Mark – ein robuster Spelunkenrausschmeißer, der zufällig Mark heißt und weißt du was? Big Mark hat eine weitaus höhere Wahrnehmung als du.

Na ja. Das war super beleidigend. Ich schätze, das war einfach Teil des Geschmacks des Spiels. Die Nachricht wegwinkend, überblickte Sam seine aktuellen Statistiken und überlegte, welche Werte er steigern sollte.

Charakterattribut: *Grundwert (Modifikator)*
Stärke: *12 (1,12)*
Geschicklichkeit: *13 (1,13)*
Konstitution: *11 (1,11)*
Intelligenz: *17 (1,17)*
Weisheit: *16 (1,16)*
Charisma: *13 (1,13)*
Wahrnehmung: *5 (0,05)*
Glück: *15 (1,15)*
Karmisches Glück: *+2*

Das ganze System erschien ihm ein wenig verworren, vor allem die rohe Punktzahl im Vergleich zur modifizierten Punktzahl und welche praktischen Auswirkungen das hatte, aber nachdem er ein wenig mehr Zeit damit verbracht hatte, die Tooltipps zu studieren, die Statistiken und ihre Beziehungen zueinander zu untersuchen, erhielt er ein weiteres Pop-up, das alles schön und ordentlich darzustellen schien:

Wachstum in Eternium ist schwierig, wenn du nichts tust! Im Gegensatz zu anderen Systemen wird jeder Tag ein Kampf ums Überleben sein, besonders zu Beginn deiner Reise. Aufgrund der Schwierigkeit werden die Belohnungen sicherlich deine Mühe wert sein! Da dieses System etwas unorthodox ist, beachte bitte, dass ein Modifikator von 1 als normaler, gesunder, erwachsener Mensch gilt. Da du ein bücherschlaues, hirnverbranntes College-Kind mit einer verwöhnten Erziehung, unnützen Theoriewissen und keinerlei Erfahrung in der realen Welt bist, ist dein Wahrnehmungswert in hohem Maße negativ beeinflusst!

Jeder zugewiesene Punkt erhöht deinen Modifikator um ein Hundertstel eines Punktes. Eine Ausnahme hiervon ist, wenn du deine ersten zehn Punkte in einer Kategorie erreichst. Zu diesem Zeitpunkt erhöht sich dein Modifikator in dieser Kategorie auf 1,1. Im weiteren Verlauf erhöht sich der Basiswert jedes Mal um 1, wenn eine Kategorie auf das nächste Vielfache von fünfzig Punkten ansteigt. Bei fünfzig Punkten beträgt dein Modifikator 2. Bei einhundert Punkten beträgt der Modifikator 3. Zum Beispiel hat ein Charakter mit neunundvierzig Punkten in einer Eigenschaft einen Modifikator von 1,49, was neunundvierzig Prozent stärker ist als ein durchschnittlicher Mensch! Wenn er dann fünfzig Punkte in der Kategorie erreicht, springt er auf einen Modifikator von 2,0!

Die Diskrepanz in der Attributstärke soll dich dazu bringen, dich so schnell wie möglich zu entwickeln. Geschickte Nutzung deiner Fähigkeiten in den Bereichen, auf die du dich konzentrierst, wird es dir schnell ermöglichen, höher zu kommen als andere der gleichen Stufe, selbst wenn du ähnliche Werte hast! Du kannst durch deine Aktionen Talentpunkte und Attributpunkte verdienen, also arbeite hart! Du musst so mächtig wie möglich sein, wenn das erste große Update in Kraft tritt. Das heißt ... wenn du überhaupt überleben willst!

Mmh, die Entwickler dieses Spiels hatten wirklich ein Gespür für ominöse und leicht gruselig angehauchte Beschreibungstexte. Abgesehen davon hatte Sam eine ziemlich gute Vorstellung davon, was er genau tun sollte. Fünfzig Punkte in einer bestimmten Kategorie zu erreichen, klang wie das eigentliche Ziel, da dies den Punktemultiplikator maximieren würde, was den größten Gesamtschub geben würde, aber er musste wirklich seinen Wahrnehmungsstatus verbessern, der einen negativen Wertmultiplikator hatte. Mit einem Komma-Null-Fünf-Modifikator konnte er so leichtgläubig wie ein Kleinkind sein und so ziemlich alles verpassen, was ihm nicht direkt wie ein Baseballschläger ins Gesicht schlug.

Nach einem Moment entschied er sich, zwei seiner vier Punkte in die Wahrnehmung zu stecken, sodass er zumindest *ein wenig* aufmerksamer war als eine glänzende Kartoffel. Dann fügte er einen weiteren Punkt zu Weisheit hinzu, was ihn auf siebzehn brachte. Seinen letzten Punkt steckte er in Geschicklichkeit, da dies die niedrigste seiner drei klassenessenziellen Charakterattribute war.

Als seine Punkte verteilt waren, gab er endlich einen Namen ein. Theoretisch könnte er einen neuen Charakter starten, wenn er es zu sehr vermasseln würde – auch wenn ihm die Vorstellung, die Tests zu wiederholen, nicht gefiel – aber er wollte wirklich nicht für die nächsten drei Monate mit einem dummen Spielernamen feststecken. Wie schlimm wäre es, für den Rest seiner Tage in diesem Spiel einen lahmen Namen wie PwnerBwner_69 zu haben? Also wählte er stattdessen seinen eigenen Namen, Sam_K und war angenehm überrascht, als es klappte.

Aber der Tag war noch jung. Das Spiel war erst seit weniger als vierundzwanzig Stunden aktiv und zu diesem Zeitpunkt waren wahrscheinlich nur diejenigen dabei, denen das Geld locker von der Hand ging. Darüber hinaus würden die meisten Spieler auf dem Server wahrscheinlich lustige Namen wie Shadow_Stalker, GlitterGurl, ExcitedPear oder Kangaroar auswählen!

Sein gewählter Name ploppte auf, gefolgt von dem leicht beleidigenden Titel, den er sich verdient hatte.

Name: Sam_K ›High Five, ich habe es versucht!‹
Klasse: Aeolus-Magier
Beruf: gesperrt
Stufe: 1
Erfahrungspunkte: 0
Erfahrungspunkte zur nächsten Stufe: 1000
Trefferpunkte: 70/70 (60+(10)*)
Mana: 212,5/212,5 (12,5 pro Intelligenzpunkt)
Manaregeneration: 4,25/Sek (0,25 pro Weisheitspunkt)
Ausdauer: 65/65 (50+(10)**+(5)***)

*10 Punkte für jeden Punkt in Konstitution, sobald er über 10 gestiegen ist.

**5 Punkte für jeden Punkt in Stärke, sobald er über 10 gestiegen ist.

***5 Punkte für jeden Punkt in Konstitution, sobald er über 10 gestiegen ist.*

Charakterattribut: Grundwert (Modifikator)
Stärke: 12 (1,12)
Geschicklichkeit: 14 (1,14)
Konstitution: 11 (1,11)
Intelligenz: 17 (1,17)
Weisheit: 17 (1,17)
Charisma: 13 (1,13)
Wahrnehmung: 7 (0,07)
Glück: 15 (1,15)
Karmisches Glück: +2

Klassentalente und Zaubersprüche

Windklinge (Neuling I): Wähle ein feindliches Ziel zum Angriff aus und füge diesem 3n Schaden zu, wobei n der Talentstufe entspricht. Auf Luft ausgerichtete Magie. Reichweite: 10 Meter. Kosten: 5n. Abklingzeit: 1,5 Sekunden. Zum Wirken müssen Handgesten ausgeführt werden.

Instinktive Zauberei (Neuling I): Als Magier hast du automatisch ein angeborenes Wissen über das Zaubern. Du bist in der Lage, jeden Zauber, der den gleichen Rang wie diese Fähigkeit hat, für erhöhte (variable) Manakosten zu wirken. Passiv, keine Kosten.

Cool. Sam würde also auf Anhieb Magie schleudern können und mit der Fähigkeit *Instinktive Zauberei* sah es so aus, als müsste er nicht einmal viel trainieren. Zu diesem Zeitpunkt hatte er weder Geld noch Rüstung, aber er hatte einen noch zu vergebenen Talentpunkt – obwohl es so aussah, als würde er damit bis zur zweiten Stufe nichts anfangen können, was wahrscheinlich das Beste war. Er wusste noch nicht genug über das Gameplay oder die allgemeinen Spielmechaniken, um eine fundierte Entscheidung darüber zu treffen, wofür er diese Punkte verwenden sollte, obwohl die Tooltipps ein wenig Kontext lieferten.

Die meisten Talente und Zaubersprüche begannen bei ›Neuling‹ und wurden mit der Zeit immer besser, je mehr sie verwendet wurden. Wenn die Stufe IX, überschritten wurde, wurde das Talent auf eine Null des nächsten Ranges aufgewertet. Von der niedrigsten zur höchsten Stufe waren die Ränge: Neuling, Anfänger, Lehrling, Student, Geselle, Experte, Meister, Großmeister und Weiser. Das bedeutete, dass er noch einen *langen* Weg vor sich hatte, bevor er auch nur annähernd ein einziges Talent beherrschte. Aber das war in Ordnung. Ein Spiel wie dieses würde nicht wirklich Spaß machen oder sein Interesse wecken, wenn er seinen Charakter in der ersten Woche voll ausreizen könnte. Es war besser, wenn er eine Weile daran arbeiten musste.

In Vorfreude auf das kommende Abenteuer akzeptierte er alle Veränderungen und die Welt um ihn herum löste sich auf.

Kapitel 6

Ein opalisierendes Licht umhüllte Sam, durchflutete seinen Körper mit Energie und Kraft und innerhalb eines Wimpernschlags war er auf dem Platz einer riesigen, mittelalterlichen Stadt erschienen. Der Atem blieb ihm in der Kehle stecken, die Augen weiteten sich, als er die Stadtlandschaft überblickte. Der Boden unter seinen Füßen war ein knochenweißes Mosaik aus einem komplizierten, geometrischen Muster und direkt in seiner Mitte befand sich ein riesiger Marmorbrunnen, der Wasser in die kristallklare Luft sprühte wie das Blasloch eines riesigen Wals. Kopfsteinpflasterstraßen zweigten vom Stadtplatz ab und bahnten sich ihren Weg zwischen Geschäften mit spitzen Dächern und hölzernen Fensterläden, die im gleißenden Licht des Vormittags weit aufgerissen waren.

In der Stadt herrschte reges Treiben, Männer und Frauen liefen über den Platz, das leise Brummen von leerem Geschwätz erfüllte die Luft. Im Gegensatz zu vielen Onlinerollenspielen, die er im Laufe der Jahre gespielt hatte, waren die Bewohner dieser Stadt – was auch immer diese Stadt war – alless Menschen. Kein einziger Zwerg, Elf oder Halb-Ork war zu sehen, was Sam ein wenig traurig fand. Er hatte bei der Charaktererstellung nicht wirklich darüber nachgedacht – er war zu überwältigt von den möglichen Klassenoptionen – aber es gab keine Option zur Auswahl der Rasse. Was sehr schade war. Normalerweise spielte er eine nicht-menschliche Rasse, nur um die Dinge ein wenig interessanter zu machen.

Trotz des Meeres aus reiner Menschlichkeit gab es jedoch eine enorme Menge an Variationen. Es gab massige Krieger in schweren, mit aus Silber oder Gold geätzten Rüstungen, ledergekleidete Waldläufer mit Bögen auf dem Rücken und Kurzschwertern an der Hüfte und einfach aussehende Leute in Leinengewändern oder der Stoff- und Lederkleidung eines Dorfbauern.

Eine Frau in kunstvollen, bunten Petticoats schlenderte vorbei, einen Sonnenschirm über dem Kopf, während ein Söldner mit einem konischen Helm und einer segmentierten Loricarüstung, ähnlich einem römischen Legionär, in die entgegengesetzte Richtung schlich. Sam schielte zu einem kleinen Mann in einer kratzigen, braunen Robe – vielleicht eine Art Kleriker – und bemerkte, dass das Gesicht des Mannes an den Rändern ein wenig verschwommen war.

Mmh. Seltsam. Er konzentrierte sich auf einige der anderen Passanten und bemerkte das Gleiche – dass jedes Gesicht ein wenig verschwommen war. Auch die Kanten und Umrisse von Gebäuden waren ein wenig unscharf. Er hatte sein ganzes Leben lang eine Brille getragen, obwohl er heutzutage Kontaktlinsen trug. Im Großen und Ganzen war es noch eine recht schwache Kurzsichtigkeit und dies fühlte sich ein wenig so an, als würde er nachts durch das Haus stolpern, wenn er vergessen hatte, seine Brille aufzusetzen. Machbar, aber unbequem und mehr als nur ein bisschen lästig.

Ehrlich gesagt, konnte er nicht glauben, dass seine erhöhten Dioptrienwerte ihm auf die andere Seite gefolgt waren … Oder doch? Dann dämmerte es ihm. Seine geringe Wahrnehmung. Was, wenn sein negativer Punktestand ihm tatsächlich ein *schlechtes* Sehvermögen beschert hatte, das es ihm wirklich erschwerte, Dinge klar wahrzunehmen? Das war ein interessanter Gedanke. Plötzlich war er froh, dass er diese zwei Extrapunkte in die Wahrnehmung investiert hatte, sonst wäre er wahrscheinlich so blind wie seine Großmutter Tessa, die auf drei Meter Entfernung nicht zwischen Sam und einem Golden Retriever unterscheiden konnte. Ja, er würde definitiv seine Punktzahl erhöhen müssen, um zu sehen, ob es einen spürbaren Unterschied machte.

Aber dafür würde später noch Zeit sein. Im Moment freute er sich darauf, mit seinem epischen Sommerurlaub zu beginnen. Aber wo sollte er überhaupt anfangen?

Die Hände in die Hüften gestemmt, nahm er den Platz in Augenschein, auf der Suche nach einer Art Aufforderung, einem Ausrufezeichen, das frei über dem Kopf eines NSCs schwebte oder einem Quest-Alarm, der ihm sagen würde, was er tun sollte. Nichts. Es gab keinen klaren Hinweis darauf, welchen Weg er einschlagen sollte. So schockierend, seltsam und geradezu aufdringlich der Test auch gewesen war, diese Stadt war auf ihre eigene Weise noch viel erschreckender. Es war nicht unbedingt die Fremdartigkeit des Ortes – denn in vielerlei Hinsicht war es genau so, wie er es sich vorgestellt hatte – sondern die schiere Größe des Ortes war sowohl beängstigend als auch beeindruckend.

»Ich muss die Renderdistanz der Grafikanzeige aufdrehen.« Sams Gesicht verfinsterte sich angesichts des offensichtlichen Effekts, den seine niedrigen Charakterattribute auf ihn hatten. Die Stadt war in einem geordneten Raster aus Straßen, Geschäften und Häusern angelegt und obwohl er nicht alles sehen konnte, musste er annehmen, dass diese Stadt leicht groß genug war, um eine Bevölkerung von fünfzigtausend oder mehr zu beherbergen. Wahrscheinlich *viel* mehr, wenn man bedachte, wie viel er von der Stadt nicht sehen konnte.

»Hey. Biste geistig da?«, rief jemand, die Stimme war weiblich und mit einem leichten Unterschichtenakzent versehen. Sam drehte sich um, bis er eine ziemlich dralle Frau mit blondem Haar entdeckte, das zu einem einzelnen, engen Zopf geflochten war, den sie über eine Schulter drapiert hatte.

»Ich?« Sam hakte den Daumen in seinen Hosenbund, während er nach links und rechts blickte.

»Nun, wer sonst, Schätzeken?« Sie ging in seine Richtung, ihre bunten Röcke flatterten um ihre Beine, als sie sich bewegte. »Ich hab' dich schon jute dreißig Sekunden lang anjebrüllt. Du hast nur dajestanden und dich jedreht wie ein Possenreißer, der weich im Kopf ist.«

Sam runzelte die Stirn. Nein, das konnte nicht richtig sein. Er hatte das leise Summen einer Unterhaltung gehört, aber sicherlich hätte er bemerkt, dass ihn jemand dreißig Sekunden lang buchstäblich anschrie. Es sei denn … seine schreckliche Wahrnehmung war wieder am Werk. Er seufzte und merkte bereits, dass er ein paar taktische Fehler gemacht hatte und er hatte gerade erst angefangen.

Die große Frau, jetzt nur noch eine Handvoll Meter entfernt, schnippte mit den Fingern. »Hallöchen. Du bist jerade wieder ein bissken abjedriftet, Schnuckelchen.« Sie runzelte die Stirn, dann neigte sie den Kopf zur Seite. »Aber es sieht so aus, als ob de dir Mühe jibst. Außerdem biste neu, also kann ich wohl nachsichtig mit dir sein. Wie dem auch sei, willkommen in Ardania, der Hauptstadt des ›neu in die Welt zurückgekehrten‹ menschlichen Königreichs! Obwohl …« Sie hielt inne und kratzte sich am Kinn. »*Neu* is' irjendwie ein bissken trüjerisch, oder? Es is' etwa zweihundert Jahre her, schätze ich.«

»Es tut mir leid.« Sam hob die Hände, um ihre verbale Flut zu bremsen. »Wer genau bist du?«

»Ich bin natürlich Kathleen«, antwortete sie, als ob das selbstverständlich sein sollte. »Du, Schätzeken, siehst aus wie ein kleines, verlorenes Kätzchen, das seine Nase nicht vom Schwanz unterscheiden kann. Ich nehme an, du bist einer von den Reisenden?«

Sam stand einen Moment lang mit offenem Mund da, dann nickte er.

»Nun, du siehst *wirklich* so aus, armes Ding. Ich bin auf dem Weg zum Markt – muss ein paar Rüben für einen Eintopf holen – und habe dich dort stehen sehen. Ich weiß nicht, was ich tun kann, aber vielleicht kann ich dir den Weg zeigen. Dich auf den richtigen Weg bringen, sozusagen. Also, in welcher Klasse biste denn, Schätzeken?«

»Ähm, ich bin ein Aeolus-Magier. Ein Magier.«

Kathleen schnaubte und rollte mit den Augen. »Natürlich biste das und ich bin die Könijin der hohen Magie.«

Sie lachte, klimperte mit den Wimpern und machte einen kleinen Knicks. »Es ist mir ein Vergnüjen, euch kennenzulernen, hoher Lord Zauberhose.«

»Was?« Sam fühlte sich, als hätte ihm jemand einen Schlag in die Magengrube verpasst. »Ich verstehe nicht, was hier los ist. Du hast mich nach meiner Klasse gefragt und ich habe es dir gesagt.«

»Aye, du hast es mir jesagt, Schätzeken. Magier, sagtest du.« Kathleen rollte mit den Augen.

»Richtig. Ja, das ist genau richtig. Aeolus-Magier«, bestätigte er, als hätte sie ihn beim ersten Mal vielleicht einfach falsch verstanden.

Diesmal lachte sie ihn aus vollem Halse aus und klammerte sich an ihre Seiten. Als ihr Lachanfall nachließ, fragte sie schließlich: »Willste mich verarschen, Schätzeken? Die einzijen Magier in Ardania kommen aus den Reihen der Adligen und selbst die sind'n unjewöhnlicher Anblick. Ich glaube nicht, dass ich jemals einen echten Magier aus der Nähe jesehen habe. Wenns'te damit fertig bist, dich auf meine Kosten zu amüsieren, sag mir deine wahre Klasse und ich zeije dir die richtige Richtung. Aber beeile dich damit, Schätzeken. Ich muss heute noch Besorgungen machen. Wenn du eine Kriejerklasse bist, brauchst du die Wachen und wenn du eine Waldläufer- oder Schurkenklasse bist, jibt es einen Geschicklichkeitskurs drüben in Westham, nicht weit von der Taverne zum Grünen Auge.«

Sam lächelte und breitete die Arme aus. »Ich weiß nicht, was ich sagen soll. Ich bin ein Aeolus-Magier – das ist eine Magier-Unterklasse, glaube ich.«

Das Grinsen wich langsam aus ihrem Gesicht, während sie die Arme verschränkte. »Na los, dann zeig uns mal ein bisschen Magie.«

Sam stand für einen langen Moment mit offenem Mund da. Er wusste nicht einmal, was zum Teufel er damit anfangen sollte. Er hatte das Gefühl, dass die Frau, die offensichtlich ein Nicht-Spieler-Charakter – oder NSC – war, einfach seine angeborene Magie anerkennen sollte. Er hatte nicht einmal in Betracht gezogen, dass er sich von Anfang an beweisen musste. War Magie in dieser Welt wirklich *so* selten? Es schien unwahrscheinlich, fast schon absurd, aber es gab keine andere Lösung, die zu passen schien. Wie auch immer. Das war in Ordnung. *Alles in Ordnung!* Als Magier hatte er die Fähigkeit des instinktiven Zauberns, also sollte er *theoretisch* in der Lage sein, seinen Windklingen-Zauber einfach auszuführen.

»In Ordnung, das werde ich«, sagte er und schob die Ärmel seiner Robe hoch – warte, er trug eine *Robe?* Wann war das denn passiert? O Gott! Diese Sache mit der Wahrnehmung würde noch sein Tod sein.

Konzentriere dich!, schimpfte er mit sich selbst. *Konzentriere dich auf die Magie.*

Windklinge richtete eine Menge Schaden an, also wollte er vorsichtig sein, wo er seine potenziell tödliche Zauberei einsetzte. Auf einen NSC zu zielen – oder auch nur aus Versehen einen zu treffen – könnte ihn in eine Gefängniszelle bringen, noch bevor er überhaupt angefangen hatte zu spielen. Er konzentrierte sich auf ein Schild in der Nähe, das an einem Holzpfahl hing, der aus der Seite eines steinernen Gebäudes ragte. *Feinschneiderei Aristo-Cut.* In den Glasfenstern saßen altmodische Schaufensterpuppen, gekleidet in feine Seide, üppigen Samt und geschmeidiges Leder. Es sah aus wie ein Laden, in dem ein reicher Adliger einkaufen würde.

Sam atmete tief ein, fokussierte seine Absicht und plötzlich erblühte das Wissen in seinem Kopf wie eine Blume, die sich in der Frühlingssonne entfaltet. Kraft loderte in seinem Zentrum – seinem magischen Kern – und Energie strömte durch seine Glieder, während seine Hände durch eine komplexe Reihe von Gesten flogen. Sams Finger bogen und krümmten sich auf eine Weise, die nicht natürlich erschien. Er spürte, wie die Kraft aus seinen ausgestreckten Handflächen herausströmte und ihn innerlich ein wenig leer zurückließ ... aber es gab kein sichtbares Zeichen der Magie. Kein blaues Licht oder krachendes Donnern. Aber Sam *wusste, dass* der Zauber gewirkt hatte, denn das Schild, das an einer Stahlkette am Mast hing, schwang, als hätte ihm jemand einen kräftigen Schlag verpasst.

Mit einem Anflug von Stolz brach er in ein Lächeln aus und ging auf die Frau zu, wobei er mit einer Hand auf das leicht schwankende Schild deutete. »Siehst du das? Magie.«

Kathleen zog eine Augenbraue hoch, die Lippen zu einer dünnen Linie gepresst. »Dat schwingende Schild dort, Schätzeken?«

»Ja«, sagte er und wippte mit dem Kopf. »Das war ich. Ich habe es so schwingen lassen.«

»Dat war der *Wind*, Schätzeken. Biste sicher, dass du nicht vielleicht eine Art Narr bist? Oder vielleicht ein Barde? Deine Jazzhände waren ziemlich beeindruckend, dat muss ich zujeben. Damit kann man bestimmt jut ein Instrument spielen.«

Sam fühlte sich, als würde er vor Scham explodieren. »Das waren keine Jazzhände, meine Dame. Das waren arkane *Handgesten* und ja, der Wind hat das Schild bewegt, aber ich habe den Wind gemacht. Das ist meine Klasse, ich bin ein Windmagier.«

Schließlich seufzte sie und gab ihm einen Rat, obwohl sie äußerst skeptisch klang: »Okay, Schätzeken. Bist'n Windmagier. Na schön. Rede dir ein, wat immer du willst. Ich glaube nicht, dass ich dich zur Vernunft bringen kann, aber wenns'te in deinem Kopf wirklich überzeugt bist, dann ist es die Magierhochschule, wo du hinwillst. Angenommen, du bist wirklich ein jeborener Magier, dann musst du dich registrieren lassen, was dich einijes an Gold kosten wird. Aber wenns'te *wirklich* die Fähigkeiten und das Jeld hast«, fuhr sie fort, »dann könntest du eines Tajes etwas Besonderes sein. Ich war selbst noch nie in der Hochschule – sie würden nicht wollen, dass eine Bürjerlische wie ich sich auf ihrem *kultivierten* Jelände herumtreibt – aber es liegt weit im Osten. Ein großer, runder Turm, den man nicht verfehlen kann, selbst wenn man es wollte.« Sie hielt inne, fasste mit einer Hand an das Ende ihres Zopfes und zog leicht daran. »Du bist wohl nicht janz richtig im Kopf, aber scheinst ein lieber Junge zu sein. Hier, nimm das.« Sie tauchte ihre andere Hand in einen Beutel und zog einen groben Papierplan der Stadt heraus. »Ich denke, du wirst ihn mehr brauchen als ich. Viel Glück, Schätzeken.«

Kathleen neigte ein letztes Mal den Kopf, dann drehte sie sich um und rauschte eine Verbindungsstraße hinunter, wobei sie schnell in der Menge unterging. Sam blickte auf das Papier hinunter, das nicht wirklich eine Karte war, obwohl es einen allgemeinen Überblick über die Stadt gab und einige wichtige Wahrzeichen eingezeichnet hatte, darunter die Hochschule, das als langer, dünner Turm dargestellt war. Während er die grobe Zeichnung studierte, erschien schließlich seine erste Aufforderung.

Quest-Alarm! Kleine Schritte: Reise zur Magierhochschule und lerne einige grundlegende Informationen über den Einsatz deiner Fähigkeiten. Belohnung: Robe des Anwärters, Erfahrungspunkte: 500. **[Annehmen / Ablehnen]**

Sam akzeptierte ohne zu überlegen, rollte die Karte zusammen und machte sich auf den Weg in Richtung Osten. Seine erste Begegnung mit einem Eingeborenen aus *Eternium* war nicht gerade reibungslos verlaufen, aber das war okay. Er hatte eine Klasse – und wie es sich anhörte, eine seltene – seine erste Quest und eine einfache Karte, die ihm den Weg wies. Die Dinge sahen gut aus und es würde noch besser werden, sobald er herausfand, was er tat und wie das System funktionierte. Es war nur eine Frage der Zeit. Zeit war das Einzige, wovon er eine Menge hatte. Außerdem wollte er einen Haufen Magie lernen. Wie cool war *das denn*?

Kapitel 7

Sam bahnte sich seinen Weg durch die schachbrettartig angelegten Straßen der Stadt und landete schließlich auf dem eigentlichen Marktplatz, der so war, wie er es sich erträumt hatte. Es gab nur eine Merkwürdigkeit. Seine Wahrnehmung spielte *eindeutig* mit ihm. Der Geruch von gegrilltem Fleisch, Moschusparfüm und der Geruch von ungewaschenen Körpern berührte seine Nase ... und verschwand, als hätte er gerade ein sauberes Zimmer in einem Krankenhaus betreten. Was für einen *Augenblick* bunte Wimpel gewesen waren, waren einen Moment später graue und gedämpfte, schlaffe Stoffe, die träge in der Luft flatterten, aufgehängt an Seilen, die die Straßen kreuzten.

Diese Leinen erfüllten auch einen sekundären Zweck – sie trugen die Papierlaternen, die sich sanft in der Brise wiegten. Überall gab es Läden, die so ziemlich alles verkauften, was er jemals zu kaufen hoffen konnte. Von Schwertern über Rüstungen bis hin zu Büchern, Pergament und seltenen Handwerkszutaten. Hastige Stände unter freiem Himmel säumten die Gassen und bildeten kleine Inseln im Verkehrsfluss, während Straßenhändler sich durch die Ebbe und Flut potenzieller Käufer schlängelten und versuchten, ihre Waren an jeden zu verhökern, der ein paar Münzen auszugeben hatte.

Obwohl Sam für den flüchtigen Beobachter vielleicht arm aussah, war er alles andere als das. Während er sich den zahlreichen Tests unterzogen hatte, die für seine DIVE-Kapsel-Erfahrung erforderlich waren, hatten seine Eltern Sam freundlicherweise mitgeteilt, dass sie eine beträchtliche Summe auf sein Spielerkonto eingezahlt hatten, die, wie die Techniker erklärten, ins Spiel übertragen würde, sobald er in der Spielwelt war.

Es schien seltsam, dass ein Spiel wie dieses kostenpflichtig sein sollte – vor allem, wenn man bedachte, wie teuer es war, überhaupt Zugang zu bekommen – aber so war es nun einmal. Ehrlich gesagt, konnte Sam sich gut vorstellen, dass Spieler auf der ganzen Welt in Scharen Schlange stehen würden, um dem Hersteller von Eternium eine Stange Geld zu geben.

Sam zählte sich selbst zu dieser Zahl. Seine Eltern hatten ihm satte *fünfzig Riesen* auf sein Spielerkonto überwiesen, was bei einem Verhältnis von zehn zu eins der Summe fünftausend Gold im Spiel entsprach. Das war eine Menge Geld, aber er musste es sich gut einteilen, denn dieser Betrag würde für seinen gesamten Aufenthalt im Spiel reichen müssen. Er begann mit einigen ernsthaften Vorteilen – das wusste er – aber wenn er gewinnen und einen wettbewerbsfähigen Charakteraufbau haben wollte, war es immer noch klug, sparsam und anspruchsvoll zu sein, wie er seinen begrenzten Vorrat an Münzen ausgab.

Er kaufte sich eine dampfende Truthahnkeule, die vor Fett und Saft triefte und ging an einem seltsam geformten Gebäude vorbei – die Winkel waren falsch, die Türen unzusammenhängend, kein Fenster in Sicht – das sich als Bardenschule herausstellte. Schließlich kam der riesige, runde Turm, den Kathleen erwähnt hatte, in Sicht, wie ein Phantom, das am Horizont Gestalt annimmt. Der Turm beherrschte einen Großteil der Skyline so weit im Osten.

Soweit Sam sagen konnte, war er vollkommen rund, die Höhe konnte er allerdings nicht genau abschätzen. Ehrlich gesagt, war es ein eher *unscheinbarer* Anblick. Das Gebäude änderte jede Minute oder so seine Farbe, wechselte endlos von Rot zu Lila zu Blau und dann wieder zu Lila, was irgendwie cool war.

Und sonst? Äh. Großes Achselzucken. Für Sam sah es aus wie eine schmucklose Suppendose, die in einer staubigen, hinteren Ecke der Speisekammer versteckt war. Der Rest der Stadt war atemberaubend und er hatte angenommen, dass dieser Ort es noch mehr sein würde. Eine Vision einer bestimmten Schule für Magier schwirrte ihm durch den Kopf – stattlich und anmutig mit ihren gewölbten Brücken, kegelförmigen Türmen und zahnartigen Zinnen – aber das hier war weit davon entfernt.

Auch wenn sein Äußeres eher glanzlos war, genau wie bei einer Verabredung mit jemandem, war es das, was *im Inneren* war, was wirklich zählte. Er trabte durch das Fallgitter in der äußeren Verteidigungsmauer, die den gesamten Turm umgab. Im Inneren befand sich ein großer Innenhof, der allerdings genauso langweilig und unscheinbar war wie der Turm selbst. In diesem speziellen Teil des Hofes gab es ein paar Bäume, unter denen steinerne Bänke für die kontemplative Seele aufgestellt waren, aber … es gab keine Kunst, keine epischen Statuen von Magiern im Kampf, überhaupt keine wirklichen Figuren der Selbstdarstellung. Es sah weniger wie eine arkane Hochschule aus, sondern eher wie ein spießiges, mittelalterliches Finanzamt – eine Einrichtung, die sich der Aufrechterhaltung spießiger Gesetze und der endlosen, selbsterhaltenden Tätigkeit einer großen Bürokratie widmet.

Aber Sam *wusste* aus dem Bauch heraus, dass er sich irren musste. Er hatte in seinen Jahren eine Menge Online- und

Offlinerollenspiele gespielt und obwohl der Stand der Magier typischerweise eine Art formale Hierarchie hatte, war sie nie wirklich *langweilig*. Normalerweise gehörten die auf Magie basierenden Questreihen zu den lustigsten in jedem Spiel, das er je gespielt hatte. Da Magie in der Welt von Eternium so selten war, waren die Questreihen wahrscheinlich *hundertmal* cooler. Das war wahrscheinlich eines dieser ›Beurteile ein Buch nicht nach seinem Einband‹-Dinge. *Das muss es sein. Komm schon.*

Es gab mehrere kleine Gruppen von Leuten, die im Hof herumlungerten und sich mit gedämpften Stimmen unterhielten. Sie waren alle in Roben gekleidet, obwohl die Qualität der Ausrüstung sehr unterschiedlich war – von einfachen, braunen Roben bis hin zu kunstvollen, schwarzen Roben, die mit Gold oder Silber verziert waren und mit mystischen Siegeln der Macht glühten.

Zumindest *nahm* Sam *an, dass* es mystische Siegel der Macht waren. Keiner von ihnen trug die schlichten Leinengewänder eines Startspielers und plötzlich fühlte sich Sam noch deplatzierter als bei der Abschlussfeier. Gab es eine Art Kleiderordnung, über die ihn niemand informiert hatte? Wenn ja, hätte er sich eine schicke Magierkleidung zulegen sollen, bevor er hierher wanderte?

Während er zusah, hob ein Magier eine Hand und murmelte irgendeinen unhörbaren Zauberspruch. Im nächsten Moment blitzte der ganze Turm auf und wechselte von Rot zu einem tiefen Violett. Eine Gruppe auf der anderen Seite des Hofes – gekleidet in rote Roben, die mit orangefarbenen, goldenen und auch stetig wechselnden Runen, die wie heiße Glut glühten, akzentuiert waren – sah diesen finster an. Sam war sich nicht sicher, was das zu bedeuten hatte, aber die Gruppe, die den Zauber gesprochen hatte, sah furchtbar stolz auf sich selbst aus, selbstgefällige Zufriedenheit strahlte in Wellen von ihnen ab.

Sam wich der lilaberobten Gruppe aus und steuerte auf eine kastenförmige Holztür zu, die in den Turm führte. Die Roten schienen außerordentlich mürrisch zu sein und die Violetten schienen auf einen Kampf aus zu sein – ein Neuling wie Sam wäre das perfekte Ziel für einen Haufen mystischer Tyrannen. Das war etwas, das er, wenn möglich, vermeiden wollte. Die Vorstellung, sich in einem *Videospiel* durch noch mehr Idioten durchschlagen zu müssen, erschien ihm einfach lächerlich. Er war hier, um Monster zu töten, epische Beute zu bekommen, seinen Charakter hochzustufen und die Zeit seines Lebens zu haben.

Das Schuldrama würde also schwer zu überstehen sein. Er hatte den größten Teil des Weges zur Tür hinter sich gebracht, als eine Stimme die relative Stille des Innenhofs durchbrach wie ein heißes Messer, das durch ein Stück Butter glitt. Diese Stimme klang ganz und gar *nicht* glücklich oder amüsiert. »Du da! Was um Himmels willen glaubst du, was du hier tust, mmh?«

Sam zögerte und drehte sich widerwillig um, um einem streng dreinblickenden Magier in sandfarbenen, goldumrandeten Gewändern gegenüberzustehen, der wie ein wütender Rodeobulle über den Hof stürmte. Er war massiv, mindestens eins achtzig groß, eine breite Brust und Schultern, mit braunem Haar, das ihm bis zu den Schultern hinunterfloss. Seine Kieferpartie sah scharf genug aus, um Glas zu schneiden. Sam dachte sofort an Barron Calloway, auch wenn die beiden nur eine flüchtige Ähnlichkeit miteinander hatten. Als der Mann näher kam, erkannte Sam, dass er Barron gar nicht wirklich ähnlich sah, obwohl seine Haltung die gleiche war. Anspruchsvoll. Herablassend. *Mächtig.*

Er musste schlucken.

»Dies ist die *angesehene* Magierhochschule«, bellte der Mann und pflanzte sich vor Sam, um ihm den Weg zu versperren. »Nicht irgendeine *Herberge* für reisende Landstreicher, in der man betteln kann. Ich weiß nicht genau, wo du sein *sollst*, aber hier ist es nicht. Also warum drehst du nicht um und gehst den Weg zurück, den du gekommen bist, Bauer? Ich bin mir sicher, die Stadtwachen wären mehr als glücklich, dir zu zeigen, wie man einen Stock schwingt oder einen Schlag im Gesicht einsteckt.«

Der Mann grinste, als er von den Wachen sprach und eine Runde abfälliges Gekicher brach über das Gelände aus. *Wow. Unhöflich bis zum Anschlag.*

Anstatt zuzuschlagen, lächelte Sam und verbiss sich eine sarkastische Antwort. Immerhin sah er mehr als nur ein wenig deplatziert aus neben all den fein gekleideten Männern und Frauen, die im Hof herumstanden. Männer und Frauen, die ihn jetzt alle mit einem Blick anstarrten, als hätte er gerade Schlamm auf den *guten* Perserteppich gekleckert. Sam war sich nicht ganz sicher, wie er sich fühlen oder verhalten sollte. Er hatte nie zu seinesgleichen gepasst, aber er hatte sich auch noch nie so sehr als Außenseiter gefühlt wie in diesem Moment. Ein Ausgestoßener. Ein Aussätziger. Eines war jedoch sicher: Er war erwachsen, ein College-Absolvent und er hatte nicht vor, sich von ein paar bösen Blicken abschrecken zu lassen.

»Nein, guter Herr, Sie haben das ganz falsch verstanden!«, erwiderte Sam, hob protestierend die Hände und versuchte, den Mann zu beschwichtigen. »Ich *bettle* nicht. Sehen Sie, ich *sollte* hier sein. Ich habe eine Frage ...«

»Wahrscheinlich nicht«, schoss der Mann zurück und unterbrach Sam mit einem finsteren Blick. »Diese geschätzte

Anlage ist nicht für deinesgleichen. Dies ist ein Ort des Lernens. Des Wissens. Der *Magie*. Gewöhnliche Menschen betreten die Hallen einer solchen Institution nicht und du hast weder das Auftreten eines Aristokraten noch die …«

Er hielt inne, die Lippen zu einer dünnen Linie zusammengepresst, als sein Blick über Sams glanzlose Erscheinung schweifte: »*Das Verhalten* eines wohlhabenden Reisenden. Ich bezweifle *sehr, dass* du die nötigen Mittel hast, um auch nur die einfachsten Zaubersprüche zu lernen und das deckt nicht einmal die Lizenzgebühr.«

»Moment, ist das eine Erpressung oder ist das alles eine riesige … ›Pay to win‹ … Sache?«

»Ich denke, vielleicht fängst du erst mal an, die Grundzüge der Konversation zu verstehen, du Vagabund. Also geh. Jetzt. Bevor ich dich bestrafe. Streng.« Seine Augen funkelten in einem fiebrigen Licht, das Sam innehalten ließ.

»Wie auch immer, Idiot«, brummte Sam und bot dem Mann seinen Rücken an. »Wenn das so ist, überspringe ich diese dämliche Anleitung einfach. Es ist ja nicht so, dass ich das, was ihr Betrüger verkauft, wirklich brauche. Meine Klasse erlaubt es mir, die Magie auf natürliche Weise selbst zu erlernen, also brauche ich das nicht.«

Eine unnatürliche Stille senkte sich über den Hof und Sam nahm an, dass es daran lag, dass alle noch von dem verbalen Rundumschlag, den er gerade hingelegt hatte, geschockt waren. Aber als er über eine Schulter zurückblickte, verlor er ein wenig von seiner Angeberei. Alle starrten ihn an, als ob ihm ein zweiter Kopf gewachsen wäre und er sich in einen Drachen verwandelt hätte, während er gleichzeitig drohte, die Hochschule aus der Luft zu versenken.

»Magie *lernt* man nicht einfach so, du ungebildetes *Schwein*«, flüsterte der Trottel und seine Stimme drang dennoch über den Hof. »So *funktioniert* das nicht. So funktioniert das *alles nicht*. Du und deinesgleichen können nicht einmal ansatzweise begreifen, welche Verantwortung und Hingabe von einem lizenzierten Magier verlangt wird! Wir, die wir die arkanen Künste beherrschen, können die Elemente erschaffen und formen – wir sind die Herolde allen Wissens und die Bruderschaft der geheimen Künste. Unsere Wege können *nur* in unseren gewölbten Hallen der Akademie erlernt werden!«

»Nö.« Sam schüttelte den Kopf. »Ich kann auch ohne dich Magie lernen. Ich kann schon welche.«

Er streckte eine Hand aus und zielte auf einen der wenigen dürren Bäume in der Gegend, dann ließ er eine unsichtbare Windklinge los, die den hölzernen Ast mit einem fast lautlosen *Zischen durchtrennte*. Der Ast fiel herunter und klapperte auf den Pflastersteinen. Das Geräusch war leise, aber in der Stille, die folgte, schien es so laut wie eine läutende Glocke. Schlimmer noch, jeder einzelne Blick war auf den Ast gerichtet.

»Also, wie ich schon sagte«, fügte Sam hinzu und verschränkte die Arme, »ich brauche euch Jungs *nicht*. Ich habe das nur gemacht, weil ich eine Quest-Aufforderung bekommen habe, aber wenn das die Art und Weise ist, wie ihr die Gilde – oder die Hochschule oder was auch immer es ist – leitet, dann bin ich *weg*.«

Das Gesicht des Mannes war gespenstisch weiß geworden und er stammelte einen Moment lang, eindeutig überrascht. »Alle Mann, blockiert den Eingang. Er darf nicht raus.«

Sam erstarrte, nicht wissend, was in der Welt vor sich ging, als eine Horde Magier in bunten Roben auf das Tor zustürmte, durch das er einen Moment zuvor eingetreten war und sich in geordneten Schlachtreihen formierte.

»Nun«, die Stimme des Mannes nahm eine dunkle Schärfe an und er trat bedrohlich vor Sam, »erkläre dich *sofort*.«

Sam rollte so heftig mit den Augen, dass er dachte, sie würden ihm gleich aus dem Schädel fliegen. »Das versuche ich schon, seit ich hier bin, du Walnuss! Ich bin ein *Aeolus-Magier und* ich habe bereits die beiden Zauber Instinktive Zauberei und Windklinge gelernt. Außerdem lerne ich klassenspezifische Zaubersprüche auf natürliche Weise auf jeder dritten Stufe ohne jegliches Training. Vielleicht hätten wir keine Probleme, wenn du von vornherein einfach *zugehört* hättest, aber ich bin fertig mit deiner Hochschule. Ich möchte nicht Teil einer Gruppe sein, die andere Menschen so behandelt. Also geh mir bitte aus dem Weg.«

»Nun, *das* ist einfach keine Option.« Der Mann verschränkte die Arme. Die Farbe war wieder in sein Gesicht zurückgekehrt und wenn überhaupt, sah er noch zufriedener und selbstsicherer aus als zuvor. »Da du bereits einen Zauber der Magierklasse beherrschst, *musst du* dich nun per Dekret des Königreichs in der Hochschule registrieren lassen und den Kontrakt unterzeichnen, der unsere Lebensart regelt und unsere Gesellschaft schützt.«

»Der Kontrakt?«

»Er ist das Einzige, was uns vor Hexenmeistern schützt und mächtige Zauberwirker aus Politik und Regierungspositionen heraushält.«

»Das soll wohl ein Witz sein.« Sam begann, sich den Nasenrücken zu reiben. »Vor nicht einmal zehn Sekunden wolltest du mich noch rauswerfen und jetzt lässt du mich nicht gehen, wenn ich mich nicht bei deiner Hochschule einschreibe?«

Der Mann schaute grimmig wie ein Grab. »Das ist der Weg unserer Art. Wenn du auch nur einen einzigen

Magierzauber hast, musst du unterschreiben. Auf *deine* Kosten, möchte ich hinzufügen.«

»Du bist verrückt«, erwiderte Sam barsch. »Was, wenn ich einfach nein sage, mmh? Wirst du mich umbringen? Mich einsperren? Was?«

»Weigere dich und wir werden dich als Hexenmeister kennzeichnen und ein Kopfgeld auf dich aussetzen, das so hoch ist, dass du nie einen Tag des Friedens erleben wirst. Da du außerdem behauptest, ein echter Magier zu sein, wird von dir erwartet, dass du nicht nur den Kontrakt unterschreibst, sondern auch ein vollwertiges Mitglied der Hochschule wirst. Das bedeutet verpflichtendes Training, von der Hochschule gestellte Aufgaben und ein vorher genehmigtes Kurspensum.«

Sam warf einen Blick auf den Kerl, dann auf die Reihe der Magier, die ihm den einzigen möglichen Ausgang abschnitten. Er war ein Magier der Stufe eins mit genau einem Zauber – einem Zauber, den er nur zweimal benutzt hatte. Wenn er hier Widerstand leistete, gab es keine Möglichkeit, den Hof lebend zu verlassen und selbst nach der Wiederbelebung würde er es mit einem mächtigen und offensichtlich rachsüchtigen Feind zu tun haben.

Er war schlecht behandelt worden – und das war noch milde ausgedrückt – aber gleichzeitig war er gekommen, um der Hochschule beizutreten und jetzt hatte er seine Chance. Sam wollte wütend davonstürmen, aber das war mehr aus Stolz als alles andere. Wahrscheinlich war es das Klügste, das Pragmatischste ... die Beleidigung hinter sich zu lassen und weiterzumachen.

Schließlich, nachdem er eine Minute lang darüber nachgedacht hatte, nickte Sam. »Gut. Ihr lasst mir hier nicht viele Möglichkeiten. Ich schätze, ich werde mich anschließen. Wo soll ich hingehen und mit wem muss ich reden?«

Der Magier brach in ein breites, bösartiges Grinsen aus. »Du sprichts bereits mit ihm. Ich bin Octavius Igenitor, Spitzenstudent und verantwortlich für die Bearbeitung neuer Aspiranten.«

Er warf einen Blick auf den umgefallenen Ast. »Dafür wirst du bezahlen und für alles andere auch. Jetzt komm! Wir haben eine *Menge* Papierkram zu erledigen.«

Moment, *dieser* Typ sollte für ihn verantwortlich sein? Sam schluckte und hatte das Gefühl, sich in der Erde aufzulösen. Oh nein. Er fühlte sich wie eine unglückliche Kröte, die gerade von einer brutzelnden, heißen Bratpfanne direkt in das von einem Magier beschworene Feuer gesprungen war.

Kapitel 8

Sam ließ sich in einen Holzstuhl fallen, er fühlte sich bereits erschöpft vom Tag, obwohl er nicht wirklich *etwas* getan hatte. Sich mit dem ganzen Verwaltungskram zu beschäftigen, war sowohl geistig als auch emotional anstrengend gewesen, auch wenn es ihm körperlich gut ging.

Offensichtlich hatte Octavius Igenitor – Steinmagier, Spitzenstudent und das menschliche Äquivalent zu ranziger Milch – keinen Scherz gemacht, als er sagte, Sam würde ›bezahlen‹. Und das war nicht nur im übertragenen Sinne, als böser Bösewicht, sondern der Kerl hatte es ganz wörtlich gemeint. Nicht nur, dass Sam eine Strafe von fünfundzwanzig Goldstücken für die ›Sachbeschädigung‹ aufgebrummt bekam – was für das *Beschneiden* eines Astes ein bisschen übertrieben schien – er musste auch für ungefähr tausend andere Dinge bezahlen. *Alles* in der Hochschule kostete einen Arm und ein Bein. Sam hatte keine Ahnung, wie normale Spieler mit den hohen Gebühren umgehen würden, die mit einer Magierklasse im Spiel gestartet waren.

Er begann zu vermuten, dass der Grund dafür, dass Magie in Eternium so unglaublich selten war, darin lag, dass die Magierhochschule die Branche gewissermaßen im Würgegriff hatte und die Konkurrenz verdrängte. Allein der einfache Schritt, ein ›lizenzierter Magier‹ zu werden, kostete hundert Goldstücke, umgerechnet *tausend Dollar* und es gab einfach *keine* Möglichkeit, ein ›unlizenzierter‹ Magier zu werden.

Wenn man sich weigerte, ihre Gebühren zu zahlen und ihre Verträge zu unterschreiben, würden sie einem das Etikett ›Hexenmeister‹ auf den Kopf hauen und von Kopfgeldjägern wiederholt töten lassen, bis man nachgab. Schlimmer noch, die Mitgliedschaft brachte einem nicht wirklich irgendwelche greifbaren Vorteile. Ganz im Gegenteil. Die Hochschule kassierte einen hohen Prozentsatz aller Quest-Belohnungen und die Mitglieder bekamen nicht einmal sowas wie einen Rabatt auf Klassen oder Gegenstände. Laut dem ›allwissenden‹ Octavius zahlten die Eingeweihten für das *Privileg* der Vereinigung.

So wertvoll. Viel Magie. Sehr viel Assoziation. Wow. Das war nur die Spitze des arkanen Eisbergs. Die Kurse waren sogar noch unverschämter als das Startgeld. Viele der Grundkurse kosteten fünfzig Goldstücke pro Person – stolze fünfhundert Dollar – während einige der seltenen, hochrangigen Kurse zwischen eintausend und zehntausend Goldstücke kosten konnten.

Es schien, dass der Name ›Magierhochschule‹ passend war, da diese Gilde echte Hochschulpreise für ihre Dienste verlangte – obwohl die Absolventen nicht einmal ein Zeugnis für ihre Mühe bekamen. Auf den ersten Blick war es ein hässliches, gemeines System und Sam war überrascht, dass eine Spielefirma die Frechheit besaß, eine Gilde zu entwerfen, die zweifellos von allen Spielern gehasst werden würde.

Hoffentlich würden sie die Dinge in zukünftigen Patches beheben, aber bis dahin war dies der einzige Weg, für ihn weiter als Magier zu spielen. Sam wollte wirklich nicht als ein gewöhnlicher Kämpfer neu anfangen und er hatte das Geld, um es auszugeben. Also zahlte er widerwillig die Anmeldegebühr und meldete sich für seine Kurse an. Viele davon waren ›Vorschläge‹, wenn auch sehr *eindringliche*

Vorschläge. Am Anfang nahm er *Manamanipulation und Innere Verschmelzung* – natürlich *mit* einem geführten Meditationsmodul – *Magische Schilde und Du: Die Kunst der defensiven Magie* und *Hier kommt der Knall: Grundlagen des offensiven Magiewirkens*.

Das waren die erforderlichen Kurse für jemanden, der hoffte, sich in den Rängen nach oben zu arbeiten oder zu grinden, wie man in Spielerkreisen sagte. Um ehrlich zu sein, klangen sie alle nach praktischen Kursen, die einige gute, vernünftige Anwendungen hatten, aber weil Sam tatsächlich daran interessiert war, das Spiel zu spielen – das heißt Dungeonexpeditionen oder Abenteuer zu erleben und nicht nur im stickigen College herumzusitzen – entschied er sich auch für ein Wahlfach namens *Monsterkunde*, das einer der billigeren Kurse war. Die aktuelle Sitzung behandelte die Wolfsmenschen, ihre Sprache, Kultur und Praktiken, was sowohl interessant als auch potenziell nützlich klang, da die Wolfsmenschen die Hauptbösewichte im Spiel zu sein schienen.

Sam verdrängte all diese Gedanken aus seinem Kopf, als einer seiner neuen Lehrer das Podium im vorderen Bereich des kleinen Klassenzimmers betrat. Es gab nur zehn Schüler und alle waren Neulinge, genau wie er – obwohl nur ein weiterer Reisender anwesend war. Die meisten dieser ›Spieler‹ waren in Wirklichkeit NSCs, die alle aus adligen Familien stammten, bei denen das Geld locker saß.

Sie würden eine Menge Geld brauchen, da dies einer der teuersten Kurse überhaupt war, mit schwindelerregenden *eintausend Gold – ein Fünftel* seines gesamten Dreimonatsbudgets – aber laut Octavius war dies der wichtigste Kurs, den er während seines Aufenthalts an der Hochschule belegen würde. Es war die Grundlage für alle Magie, der Grundstein, auf dem alles andere aufgebaut werden würde.

Manamanipulation und Innere Verschmelzung.

Die Lehrerin war eine zierliche Frau namens Akora, die aussah, als wäre sie Ende vierzig oder Anfang fünfzig, obwohl man munkelte, dass sie eigentlich *viel* älter war. Sie hatte ein mausgraues Gesicht, eine ziemlich große Nase und silberne Strähnen in ihrem braunen Haar. Sie konnte nicht viel größer als anderthalb Meter sein oder mehr als 45 Kilogramm wiegen, doch in ihrer tiefvioletten Robe strahlte sie Macht und Autorität aus – eine Lehrerin, die ihr Handwerk verstand und keinen Unsinn von helläugigen, jungen Leuten akzeptierte, die zum ersten Mal Magie lernten. Da er frisch vom College kam, kannte Sam ihren Typus gut und erwartete, dass sie eine gute Lehrerin sein würde, wenn auch wahrscheinlich keine freundliche – oder besonders geduldige.

»Achtung«, rief sie, ihre Stimme war knapp, ihre Worte präzise. »Willkommen zu Manamanipulation und Innere Verschmelzung. Wie die meisten von euch wissen, ist dies vielleicht der wichtigste Kurs, den ihr jemals belegen werdet und das liegt daran, dass ihr hier die Grundlagen und die Kernphilosophie der Kontrolle eures magischen Potenzials lernen werdet. Wisst ihr, die Wahrheit ist, dass jeder in diesem Raum – selbst diejenigen, die noch nie in ihrem Leben einen einzigen Zauber gewirkt haben – Zugang zu dem haben, was wir einen Manapool und Manakanäle nennen. Der Manapool ist der Sitz eurer Macht, die Quelle der Energie, die die Kräfte der Schöpfung antreibt.«

»Stellt euch euren Manapool als ein riesiges Reservoir vor, während eure Manakanäle die kleineren Nebenflüsse sind, die von diesem Reservoir abzweigen. Diese Zuflüsse leiten die Kraft aus eurem Zentrum heraus und davon weg, sodass sie auf praktische Weise genutzt werden kann – ein

Bauer, der seine Felder bewässert, jemand, der in einem weit entfernten Haus Geschirr spült, ein Kind, das Wasser für ein Bad holt. So ist es auch bei euch. Aber dieses riesige Reservoir an Kraft kann für diejenigen gefährlich sein, die ihren richtigen Gebrauch nicht verstehen.«

»Wenn einer von euch«, ihr Blick schien auf Sam zu verweilen, »einen Zauber sprechen würde, ohne diesen Ansturm an Kraft durch die *entsprechenden* Kanäle zu leiten, könnte er großen Schaden anrichten. Alles von Erschöpfung über Schmerzen bis hin zu Anfällen von starker Übelkeit. In gewisser Weise wäre es so, als würde der Stausee über die Ufer treten, all das Wasser würde umherfließen, ohne irgendwo hinzugehen und alles auf seinem Weg wahllos zerstören.«

»Zum Glück für euch kann ich euch lehren, wie ihr auf euren Manapool zugreifen und wie ihr diese Energie sicher lenken könnt, was eure Manakanäle mit der Zeit erweitern wird und euch erlaubt, viel mehr mit Magie zu tun, als die meisten der ungewaschenen Massen sich jemals erträumen könnten. Ich könnte euch mehr über die Geschichte und die Theorie rund um die Manamanipulation erzählen, aber ehrlich gesagt habe ich festgestellt, dass der beste Weg zum Lernen eine praktische, geführte Meditation ist, deren Meister ich bin. Zuerst möchte ich, dass ihr alle die Augen schließt und euren Manapool tief in eurem Zentrum lokalisiert.«

Sam tat wie ihm geheißen, kniff seine Augen fest zu und vertiefte sich tief in sich selbst, um die rollende Masse an Energie aufzuspüren, die wie ein Kaleidoskop in ihm brannte und sich bewegte. Als er sich dieser Energie näherte, begannen die sich verschiebenden Farben und verschwimmenden Linien Form anzunehmen und lösten sich in ein chaotisches Bündel von Blau- und Weißtönen auf, das wie ein Hurrikan kurz vor der Landung wütete. Sam starrte einfach auf das Bild vor seinem geistigen Auge, ehrfürchtig vor der Macht dieser Magie. Irgendwo durchtrennte eine Stimme seine Konzentration, obwohl sie gedämpft und verschwommen klang, als würde er sie durch Hunderte von Metern Wasser hören.

»Gut«, lobte Magierin Akora, »ich sehe, dass eine Handvoll von euch es gefunden hat, aber der Rest hat einige Schwierigkeiten. Bitte, ihr alle, öffnet euch und erlaubt mir, euch zu führen.«

Als sie zu Ende gesprochen hatte, erschien eine Eingabeaufforderung, die Sam nur mit einem halben Gedanken akzeptierte, immer noch fixiert auf den Anblick all der Energie, die in seiner Brust brodelte und wirbelte.

Magierin Akora möchte die Fähigkeit ›Geführte Meditation‹ bei dir anwenden! Akzeptieren? [Ja / Nein]

Die Zeit schien mit halber Geschwindigkeit zu vergehen, aber schließlich sprach die Magierin Akora wieder: »Ausgezeichnet, jetzt ist es soweit. Ihr alle habt es geschafft, euren Manapool zu finden, aber das ist nur der erste Schritt. Was ihr jetzt tun müsst – und was ihr *jeden Tag* üben müsst – *ist,* euren Manapool zu verdichten, während ihr ihn durch eure Zauberkanäle schickt. Während ihr eure Energie beobachtet, möchte ich, dass sich jeder von euch vorstellt, wie dieser Ball arkaner Energie *schrumpft, sich verdichtet,* ihr ihn nach unten und wieder auf sich selbst zurückdrückt. Schmiedet die Energie zu einer Kugel, die sich wie ein Kreisel dreht, wirbelt, wirbelt, wirbelt. Du musst es dir nur vorstellen ... deinen Willen aufzwingen ... und es wird so sein.«

Sam leckte sich über die Lippen, ein feiner Schweißschimmer bildete sich auf seiner Stirn, dann folgte er ihren

Anweisungen. Langsam und fleißig streckte Sam seine Gedanken nach dem Ball aus Orkanböen aus. Sofort reagierte das Bündel aus chaotischer, formloser Energie, die Kanten glätteten sich, die Seiten rundeten sich zu etwas, das eher einer Kugel ähnelte. *Oh mein Gott, es funktioniert*, dachte er mit einer Welle von Stolz und Aufregung. Angespornt durch seinen winzigen Erfolg, drückte er noch fester zu, bearbeitete die Energie wie einen Klumpen Ton, rollte, schob und drückte sie zwischen den Handflächen der mentalen Hände, bis sie eine perfekte runde Kugel war, wie eine Murmel, die einen Schneesturm in sich birgt.

Dann begann er, die Kugel in eine Drehung zu zwingen, während er die Energie in sich selbst zurückdrängte, sodass die Kugel schrumpfte. Nach gefühlten *Jahren* konzertierter Anstrengung hörte die Kugel schließlich auf, sich zusammenzuziehen. Sie war nur noch etwa halb so groß wie zuvor und egal, wie viel Druck Sam ausübte, die Energie bewegte sich keinen Millimeter mehr. Ein donnernder Kopfschmerz begann in seinem Gehirn zu pochen, heiße Qualen kringelten sich um die Seiten seines Schädels wie Widderhörner.

Die Ausbildung durch einen Meister eines Handwerks hat deine Auffassungsgabe stark erhöht!

Neues Talent erhalten: Koaleszenz (Anfänger 0). Du hast die ersten Schritte auf dem Pfad des Geistes gemacht! Indem du dein Mana in geordneter Form sammelst, kannst du mehr Mana in eine einzige Anwendung packen, mit weitaus größerer Wirkung. +1 % Zaubereffizienz und +2 % Manaregeneration pro Talentstufe. Weisheit +1. Erhöhe deine Weisheit, um dein Mana in einem höheren Maße zu bündeln (maximal 50 % Zaubereffizienz).

Da du zum ersten Mal zusätzliche Zaubereffizienz erlangst, hier eine kurze Erklärung. Zaubereffizienz ermöglicht es dir, die Manakosten jeder Aktion, die Mana benötigt, zu verringern, indem du Mana dichter in den Zauber packst. Zaubereffizienz ist also eine andere Art, ›verringerte Manakosten‹ zu sagen.

»Sehr gut«, dröhnte die Lehrerin aus einer Million Kilometer Entfernung, »aber das war nur der erste Schritt von zwei. Zu lernen, wie man seinen Manapool formt und verdichtet, ohne zu lernen, ihn auf natürliche Weise zu kanalisieren, ist ein Rezept für eine Katastrophe. Einige von euch werden vielleicht Probleme mit diesem nächsten Teil haben, aber keine Angst – das ist der Grund, warum dieser Kurs einen Monat lang dauert. Mehr Zeit, um euren Manapool aufzubauen und euren Kern zu perfektionieren. In der nächsten Übung werdet ihr vorsichtig etwas von eurem Mana ergreifen und es achtsam vom Pool wegziehen, aber achtet darauf, dass es an ihm haften bleibt. Euer Mana sollte ein bisschen wie ein Faden sein. Sobald ihr einen Faden aus Energie habt, beginnt ihn entlang der Tunnel zu ziehen. Geht einfach und zieht. Geht und zieht. Je mehr Mana ihr bei jedem Durchgang mitnehmt, desto besser wird euer Gesamtbonus am Ende sein.«

Bisher war ihr Rat gut gewesen, also befolgte Sam ihn, griff mit flinken, mentalen Fingern nach einem haarfeinen Strang der Macht und dehnte ihn wie Kinderknete, bis er einen Strang hatte, der so dick wie sein kleiner Finger war. Er fand die Übung überraschend einfach, obwohl Magierin Akora angedeutet hatte, dass es ein etwas schwieriger Prozess sein könnte, aber bisher waren alle seine magischen Fähigkeiten einfach zu benutzen gewesen, fast zur zweiten Natur geworden, was, so dachte er, wahrscheinlich etwas mit seiner Fähigkeit des instinktiven Wirkens zu tun hatte. Vielleicht betraf es nicht nur Zaubersprüche, sondern *jeden* Aspekt, der mit dem Zaubern zu tun hatte.

Wenn dem so war, bedeutete das, dass er vielleicht einen signifikanten Vorteil gegenüber einigen der anderen Zauberkünstler hatte, die in Eternium herumliefen.

Mit dem Energiestrang in der Hand machte er sich daran, diese brennende Energie entlang seiner Manakanäle zu dehnen. Er fühlte sich, als würde er durch ein dunkles Höhlensystem mit tausend Windungen, Kurven und Sackgassen wandern, aber vor ihm schwebte ein weicher Ball aus weißem Licht wie ein ätherisches Irrlicht, das ihn durch das dunkle Gewirr eines überwucherten Waldes führte. Irgendwie wusste er, dass es sich bei der kleinen Lichtkugel um die Magierin Akora handelte und obwohl Sam keine Ahnung hatte, wohin er ging, schien sie die Passagen seines Geistes mit erschreckender Leichtigkeit und Vertrautheit zu durchqueren.

Die ganze Zeit über folgte ihm die Fessel aus Mana wie ein verlorenes Hündchen. Eine Kurve nach der anderen, mehr als ein paar Serpentinen, die seinen Orientierungssinn völlig durcheinander brachten, bis der Lichtball schließlich um eine Ecke bog und Sam sich dabei ertappte, wie er den Mana-Ball anstarrte, den er vor ein paar Minuten zurückgelassen hatte.

»Nein, du bist nicht verloren«, flüsterte die Magierin Akora in seinen Geist, obwohl Sam nicht sagen konnte, ob ihre Stimme von außerhalb seines Körpers oder innerhalb seines Kopfes kam. Das Geräusch hallte in Stereo wieder, was ihn vermuten ließ, dass die Antwort beides gewesen sein könnte. »Wir sind wieder da, wo wir angefangen haben, aber du wirst bemerken, dass ein dünner Strang Mana von der anderen Seite deines Manapools absteht. Wir haben erfolgreich durch deinen Hauptkanal navigiert und es ist an der Zeit, sich wieder mit der Quelle zu verbinden, um die Schleife zu vervollständigen. Beende jetzt den Prozess.«

Mit einem Gedanken glitt Sam nach vorne und lenkte den Manafaden in seiner Hand, um sich mit dem Pool zu verbinden. Sobald der leuchtend blaue Faden Kontakt mit der Kugel hatte, begann sein Mana zu pulsieren und im Takt mit dem felsenfesten Schlagen seines Herzens zu pochen.

Die Ausbildung durch einen Meister eines Handwerks hat deine Auffassungsgabe stark erhöht!

Neues Talent erhalten: Manamanipulation (Anfänger 0). Wo andere sich damit begnügen, grobe Mengen an Macht in einen Zauber zu werfen – und damit ihren eigenen Untergang beschleunigen – gehst du behutsamer vor. -20 % Mana. +1 % Mana und +1 % Zaubereffizienz pro Talentstufe. (Maximal 25 % Zaubereffizienz). Intelligenz +1.

Sam las die Nachricht wieder und wieder, die Verwirrung wuchs schnell, als er in seinem Kopf einige grobe Berechnungen anstellte. Jepp, die Zahlen stimmten – minus zwanzig Prozent Mana schien definitiv eine *schlechte* Sache zu sein, keine gute Sache.

»Wartet einen Moment.« Er öffnete die Augen. Einen Herzschlag lang schwankte er in seinem Sitz, während die Welt um ihn herum taumelte. Ihm war schwindelig, er war benommen und erschöpft bis ins Mark. Er schüttelte den Nebel in seinem Gehirn ab und machte weiter. »Das ergibt doch keinen Sinn. Laut der Talentbeschreibung für *Manamanipulation* habe ich tatsächlich einen Haufen Mana *verloren. Sehr viel* sogar. Ich dachte, das sollte mir helfen, besser zu zaubern und meinen gesamten Manapool zu vergrößern.«

Die Professorin schenkte ihm ein schiefes Lächeln und ein Kopfschütteln, ein schelmisches Funkeln in den Augen. »Das ist die Unwissenheit der Jungen und Untrainierten. Du hast wohl die empfohlene Übersichtsfibel der Magierhochschule nicht gelesen, junger Mann. Sonst *wüsstest* du, dass man seinen Manapool erst ab dem Studentenrang vergrößern kann und wenn du es irgendwie bis zum Weisenrang schaffen solltest, kann dieses Talent deinen Pool sogar um *siebzig* Prozent erhöhen.« Sie wandte den Blick von ihm ab und ließ ihn über die Klasse schweifen. »Ihr solltet euch jedoch privilegiert fühlen. Ihr werdet bemerkt haben, dass ihr den Neulingsrang hinter euch gelassen habt und direkt in den Anfängerrang aufgestiegen seid – nur *einer* der vielen Vorteile, wenn ihr von einem Meister wie mir unterrichtet werdet.«

»Dieser Kurs wird in den nächsten vier Wochen fortgesetzt«, fuhr sie fort und sprach nun zu allen, »wo ich euch durch eine Vielzahl von Techniken und Übungen führen werde, die alle darauf ausgelegt sind, euer Mana zu entleeren, euren Manapool zu komprimieren und gleichzeitig eure Kanäle zu dehnen. Angenommen, ihr kommt alle regelmäßig und beachtet meine Anweisungen, dann erwarte ich, dass ihr alle *mindestens den* Lehrlingsrang Null erreicht habt, was keine geringe Leistung ist. Das bedeutet auch, dass ihr zwei Kanäle offen haben werdet, was ziemlich nützlich sein sollte, wenn ihr eure anderen Kurse absolviert. Also, wenn es keine *weiteren* Fragen gibt?«

Ihr harter Blick sagte unmissverständlich, dass es *besser war, keine* weiteren Fragen zu stellen. »Dann ist die Klasse entlassen.«

Kapitel 9

Als Sam mit den Kursen, der Registrierung und all den anderen bürokratischen Aufgaben seines ersten Tages an der Hochschule fertig war, fühlte er sich so ausgepresst wie ein altes Geschirrtuch. Was verrückt war, weil er im Großen und Ganzen nicht wirklich viel getan hatte – er hatte keine Monsterscharen getötet, keine Schlösser gestürmt oder irgendwelche Jungfrauen in Not gerettet. Technisch gesehen hatte er die in Spielen übliche *Babyschritte-Quest* abgeschlossen *und* sich damit eine verbesserte Anwärterrobe und hundert zusätzliche Erfahrungspunkte verdient – aber das war nichts, worüber man sich wirklich freuen konnte.

Sicher, er war eine Weile in der Stadt herumgelaufen und hatte ein wenig gezaubert, aber ein typischer Tag auf dem Berkeley-Campus war weitaus anstrengender als das hier gewesen. Er war noch nicht einmal annähernd so weit, sich hochzustufen. Er hatte bisher satte fünfhundert Erfahrungspunkte gesammelt, was ihn ungefähr auf die Hälfte der Stufe 2 brachte. Es gab also so gut wie keinen Grund für seine Erschöpfung. Sam vermutete, dass es etwas mit den Tests vor seinem Erscheinen im Spiel zu tun hatte. Nun, das und seine Zeit mit Magierin Akora. Obwohl der Kurs kaum mehr als eine geführte Meditationssitzung gewesen war, war es *anstrengend gewesen,* seinen Kern zu komprimieren und seine Kanäle zu weiten.

Die Sonne war schon vor ein paar Stunden am Horizont untergegangen und obwohl Sam zurück in die Stadt gehen wollte – um noch ein wenig zu erkunden, vielleicht noch ein paar Reisende zu treffen und einen Platz zum Pennen zu finden – entschied er sich dagegen. Ihm stand ein wichtiger Morgen bevor und ein *unglücklich* früher noch dazu. Um sieben Uhr morgens hatte er einen Termin vor den hohen Tieren der Hochschule, um den ›Kontrakt‹ zu unterschreiben und ein offiziell lizenzierter Magier zu werden. *Juhu! Ach nee, doch nicht. Weitere hundert Goldstücke in einem Wimpernschlag weg.* Wenn er das dann erledigt hatte, standen mittags und abends zwei Kurse hintereinander auf dem Programm – *Magische Schilde* und *Grundlagen des offensiven Magiewirkens* – die beide ebenfalls ein hübsches Sümmchen gekostet hatten.

Zum Glück konnte er sich den hohen Preis leisten. Sobald er den Kontrakt unterschrieben und ein paar weitere Kurse absolviert hatte, würde er endlich für eine Weile auf eigene Faust losziehen können. Er plante, ein paar Quests zu machen und das Spiel so zu spielen, wie er es wollte. Bis jetzt war die Hochschule im Grunde eine Katastrophe, aber auf lange Sicht würde sich das alles auszahlen. Da war sich Sam *sicher*.

Anstatt also raus in die Stadt zu gehen und ein ordentliches Gasthaus zu finden, biss er metaphorisch in den sauren Apfel und entschied sich, auf dem Gelände der Hochschule zu bleiben. Der Preis für das Zimmer war happig, ein Goldstück pro Nacht, aber er dachte sich, dass er für die Bequemlichkeit zahlte, nicht jeden Tag den ganzen Weg durch die Stadt laufen zu müssen. Außerdem war das etwas, das er mehr oder weniger erwartet hatte. Das Wohnen auf dem Campus war immer eine Zumutung, warum sollte es hier anders sein? Er lächelte, als er um eine Ecke bog und geradeaus sein Zimmer fand: eine schlichte Holztür mit einer seltsamen Glyphe, die in das Holz geritzt war.

Home sweet home. Sam fischte einen kleinen Stein, etwa so groß wie eine Vierteldollarmünze, aus seiner Tasche. Der Stein selbst war vollkommen glatt, teerschwarz, auf Hochglanz poliert und mit einem brennenden Symbol versehen, das die Glyphe auf der Tür widerspiegelte. Er hielt den Stein hoch und drückte ihn gegen die verschlossene Tür. Es gab ein **Klick**, als ein Mechanismus nachgab und die Tür auf lautlosen Scharnieren nach innen schwang.

Wie ein Großteil der restlichen Hochschule, war auch die Einrichtung des Raumes eher ... *unscheinbar* war wohl ein zu mildes Wort. *Unterwältigend? Glanzlos?* Es war schwer, es genau zu benennen. Aber ein Wort, auf das er sich mit sich selbst auf jeden Fall einigen konnte, war *klein.* Der Raum hatte ungefähr die Größe eines Lagerschranks und war noch klaustrophobischer als sein Zimmer in Berkley.

Es gab ein Feldbett – kein Einzelbett, sondern ein richtiges Campingbett auf einem verwitterten Holzrahmen, darauf eine dünne Matratze aus Segeltuch und eine grüne Wolldecke. Es gab nicht einmal ein Kopfkissen. Neben dem Bett stand ein kompakter, hölzerner Nachttisch mit einer Öllampe aus Messing, einer angerissenen Porzellanschüssel zweifelhafter Funktion und einem Krug Wasser. *Offensichtlich* gab sich die Hochschule Mühe, die neuen Rekruten für den saftigen Zimmerpreis zu beeindrucken.

Sam rollte mit den Augen und seufzte, er fühlte sich noch niedergeschlagener als während seiner Zeit im Dschungel, als er unerbittlich von einem menschenfressenden Schleimhaufen von der Größe eines Minivans verfolgt wurde. Das war natürlich *bei Weitem* schlimmer gewesen, aber die Prüfung *sollte ja* auch furchtbar sein. Aber das hier? Das sollte der lustige, *coole* Teil des Spiels sein. Bis jetzt war Sam ziemlich enttäuscht. Wenn dies das Tutorial für alle Magier war, würde dieses Spiel mit *Sicherheit* ein Reinfall werden.

»Nein«, murmelte er vor sich hin und schüttelte seine Verärgerung ab. »Es hat keinen Sinn, über Dinge zu jammern. Vielleicht kann ich meine Umstände nicht ändern, aber ich kann meine Einstellung dazu ändern! Kopf hoch, alter Knabe, es wird schon besser werden! Außerdem muss ich nur hier schlafen, nicht hier leben.«

Als das geklärt war, lud er seine wenigen mageren Habseligkeiten ab, spritzte sich ein wenig Wasser aus dem Krug ins Gesicht. Lauwarm – er kam sich dumm vor, etwas anderes erwartet zu haben. Sam ließ sich auf das absichtlich unbequeme Feldbett fallen und dachte darüber nach, dass eine Rucksacktour durch Europa vielleicht doch der richtige Weg gewesen war. Da es kein Kopfkissen gab, knüllte er seine Starterrobe zusammen und klemmte sie sich unter den Kopf. Sam hatte erwartet, dass es ihm schwerfallen würde, einzuschlafen, da sich die ›Matratze‹ wie Beton anfühlte, aber er hatte seine Augen nicht länger als einen Moment geschlossen, bevor es schon wieder Zeit war, aufzuwachen. Er konnte sich nicht daran erinnern, eingeschlafen zu sein und er konnte sich auch nicht daran erinnern, sich in der Nacht auch nur einmal umgedreht zu haben. Er schien geradezu ausgeknockt gewesen zu sein.

Als Sam sich aufsetzte und seine Beine über die Bettkante schwang, erwartete er, eine Art ›*Gut ausgeruht*‹-Bonus zu bekommen, aber er fühlte sich tatsächlich *schrecklich* – *als* hätte ihm jemand mit einem Baseballschläger auf den Kopf und die Schultern geschlagen. Das schien nicht einmal *im Entferntesten* richtig zu sein. *Tolle Wurst*. Wenn er noch einen Happen essen wollte, bevor er den Kontrakt unterschrieb und seinen Tag begann, musste er sich wirklich beeilen. Obwohl er sich wund und schläfrig fühlte, hievte er sich von der schmerzhaft dünnen Matratze, machte sich fertig und schlich aus dem Zimmer.

Sein Magen ließ ein lautes Hungergrummeln verlauten, also macht er einen kurzen Zwischenstopp im Speisesaal der Hochschule. Sam nahm eine Schüssel mit geschmacklosem Haferschleim, der kein geschmackliches Highlight war, sondern nur das Loch füllte, das in seiner Mitte nagte. *Obwohl…* Nach weiterem Nachdenken entschied Sam, dass es durchaus möglich war, dass das Essen tatsächlich *ausgezeichnet* war und dass es nur seine schreckliche Wahrnehmung war, die wieder am Werk war.

So oder so, unter keinen Umständen hätte man es ein *angenehmes* Frühstück nennen können. Er verschlang das Essen so schnell wie möglich und zog die ganze Zeit eine Grimasse. Dann gab er die Schüssel beim mürrischen Küchenpersonal ab und schlängelte sich durch die seltsamen und verwinkelten Gänge, um sich zum Treffpunkt mit Octavius vorzuarbeiten. Sich in den Gängen zurechtzufinden, war eine knifflige Angelegenheit, wie er herausgefunden hatte.

Erstens sahen die Gänge alle auffallend ähnlich aus – keine Kunst, die sie voneinander unterschied, keine Orientierungspunkte, an denen er sich hätte orientieren können – und zweitens galten die Gesetze der Physik an diesem Ort dank etwas, das eine seiner Mitstudentinnen ›Raummagie‹ genannt hatte, nicht. Die Korridore verbanden sich nicht auf logische Weise und der Raum faltete sich *buchstäblich* in sich selbst. Dies hatte den Effekt, dass das Innere der Hochschule hundertmal größer war, als das Äußere vermuten ließ, aber für das aufmerksame Auge gab es eine Reihe von Runen, die in jeden Torbogen oder Türrahmen eingearbeitet waren und die als rudimentäre Anweisungen fungierten – vorausgesetzt, der Reisende wusste, wie man sie entziffert.

Rate mal, wer *kein* aufmerksames Auge hatte. Lausig niedrige Wahrnehmung … das Vokabular der Runen war ziemlich umfangreich und das meiste davon war für Sam unverständlich, aber Octavius hatte sorgfältig auf eine Reihe verschiedener Symbole hingewiesen – darunter auch eines für die große Eingangshalle, in der sie sich treffen sollten.

Das Symbol war ein länglicher Kreis, der von einer Vielzahl seltsamer Linien durchzogen war – wie Fahrradspeichen – mit einem halbmondförmigen Zeichen, das aus der Spitze einer Speiche herausragte. Sam bog viermal nach links ab, dann kehrte er um und ging viermal nach rechts zurück. Theoretisch hätte er wieder bei der Cafeteria ankommen müssen, aber stattdessen fand er sich in einer kreisförmigen Kammer mit hohen, gewölbten Decken und kannelierten, wuchtigen Säulen wieder, die im Kreis angeordnet waren.

»Ich kann mich nicht entscheiden, ob ich diesen Ort liebe oder hasse«, murmelte er vor sich hin. Dies war *mit Abstand* der interessanteste Raum, den er bisher in der Magierhochschule gesehen hatte. Sam war nur ein paar Herzschläge lang da, bevor das **Klick-Klack** von Stiefeln auf dem Fliesenboden durch das Rund hallte, kurz darauf gefolgt von einem Schimmer aus elektrisch-blauem Licht.

Octavius Igenitor materialisierte sich scheinbar aus dem Nichts, obwohl Sam wusste, dass das nur einer der vielen Tricks der Raummagie war. Der Spitzenstudent, der für die Betreuung der neuen Studenten zuständig war, sah so verärgert aus wie immer, ein falsches Grinsen, das ständig in seine Gesichtszüge eingearbeitet schien und sein gut frisiertes Haar, das er nach hinten und aus der Stirn strich. Er hatte Sam gestern geholfen, sich zurechtzufinden, aber es war offensichtlich, dass der Mann ein ernstes Hühnchen zu rupfen hatte. Es war *ebenso* offensichtlich, dass er darauf aus war, dieses Hühnchen auf Sams Schädel zu rupfen.

Jeder Ausrutscher von Sam würde strenge und schreckliche Konsequenzen nach sich ziehen, da war sich Sam sicher. Im Großen und Ganzen war Octavius ein *Niemand*, aber in einem winzigen Bereich hatte er die Macht eines Diktators. Unglücklicherweise fiel Sam zufällig in diesen kleinen Bereich. Sam kannte Typen wie Octavius schon sein ganzes Leben lang und der beste Weg, mit ihnen umzugehen, war, sie entweder ganz zu meiden, oder, wenn das nicht möglich war, dafür zu sorgen, dass sie keinen Grund hatten, einem Ärger zu machen.

»Du bist hier«, stellte Octavius das Offensichtliche fest, während er die Hände hinter dem Rücken verschränkte. »Oh, *gut*.«

Sein Tonfall sagte, dass die Dinge überhaupt nicht gut waren und dass er in der Tat tief enttäuscht war, dass Sam pünktlich war. Abgrundtief, wie es schien. In Sams Ohren klang der Mann enttäuscht, dass er die Nacht überhaupt überlebt hatte. Vielleicht hatte der Schmerz in seinem Kopf, als er aufwachte, weniger *natürliche* Ursachen, als er gedacht hatte.

»Nun, wir haben keine Zeit zu verlieren, *Anwärter*. Der Erzmagier und der Rest des Rates werden bereits versammelt sein. Es wäre unklug, sie zu lange warten zu lassen.« Er drehte sich um, hielt dann inne und blickte über eine Schulter zu Sam. »Außerdem … Nimm dich in Acht, Anwärter. Es wäre *ebenso* unklug, dem Erzmagier oder dem Rat die gleiche *Respektlosigkeit zu* zeigen, die du mir bisher entgegengebracht hast. Wenn du sie beleidigst oder mich in irgendeiner Weise blamierst, *schwöre* ich *dir, dass* du auf eine Weise leiden wirst, die du dir nicht einmal ansatzweise vorstellen kannst. Jetzt komm mit mir.«

Er drehte sich wortlos um und marschierte durch einen Torbogen auf der rechten Seite der Kammer. Sam wollte seinen Schuh auf den Hinterkopf von Octavius' dummen, egogeschwollenen Kopf werfen, aber er biss sich auf die Zunge, behielt seine Schuhe fest an den Füßen und folgte seinem direkten ›Vorgesetzten‹ widerwillig. Er mochte den Kerl nicht, nicht einmal ein *bisschen*, aber er musste nicht jeden mögen. Früher oder später würde er ein lizenzierter Magier und voll für die Welt der Abenteuer gerüstet sein und dann konnte er die Füße hochlegen und Octavius und seine schlechte Einstellung fest in den Rückspiegel stellen. Bis dahin musste er einfach mitspielen.

Der Spitzenstudent führte ihn unbeirrt durch einen Durchgang nach dem anderen, einen Korridor nach dem anderen, wobei sie sich scheinbar willkürlich abwechselten, bis sie schließlich in eine weitere Kammer traten, die mit Abstand der seltsamste Ort war, den Sam gesehen hatte, seit er Eternium betreten hatte. Der überdimensionale Raum war kugelförmig und so groß, dass er unmöglich in den eigentlichen Turm hineinpassen konnte, nicht ohne ernsthafte arkane Hilfe. Die Hälfte des Raumes war mit stadionähnlichen Bänken bedeckt, die den Zuschauern einen perfekten Blick auf das Geschehen ermöglichten. Apropos Zuschauer, es gab eine Menge von ihnen, die ein paar Reihen der Tribüne füllten – weniger, als er dachte, aber immer noch mehr, als er überhaupt erwartet hatte.

Eine weitere Reihe von Sitzen – die weit weniger zahlreich waren und viel bequemer aussahen – befand sich auf einer Plattform in der Mitte des Raumes. Auch diese Sitze waren besetzt und die Magier auf diesen Stühlen strahlten geradezu vor Macht und Autorität, gekleidet in förmliche Insignien, die so hell und prunkvoll waren wie das Gefieder eines Pfaus. Ein einziger, thronartiger Stuhl, größer und prächtiger als der Rest, wurde von einem enorm fettleibigen Mann mit grausamen Schweinsaugen besetzt, gekleidet in eine schillernde, mehrfarbige Robe und mit einem gewundenen Stab in der Hand. Dieser sah ein wenig wie ein Hirtenstab aus – allerdings einer aus reinem Gold und mit Juwelen besetzt.

All diese Details wurden jedoch durch das wahre Herzstück des Raumes in den Schatten gestellt – eine gigantische Glasröhre, größer als die größten Mammutbäume im Sequoia-Nationalpark, die vom Boden bis zur Decke reichte. Seltsamerweise verengte sich die Röhre in der Mitte, als wäre sie eine riesige Sanduhr und in der Mitte, wo das Glas sich getroffen hätte, hing ein Buch in der Luft.

Der Wälzer schwebte einfach da, strahlte Licht und Energie aus wie ein kleiner, persönlicher Stern. Farbige Lichter rasten durch die Röhren und verdichteten sich zu winzigen Energiestrahlen, die in das seltsame Buch schossen – und offenbar von ihm absorbiert wurden. Als Sam die Röhre, das Buch und die versammelten Magier betrachtete, konnte er nicht anders, als sich bei all dem *zutiefst* unsicher zu fühlen.

Es war nichts, worauf Sam genau zeigen konnte, kein greifbarer Gegenstand, aber die Haare in seinem Nacken standen trotzdem hoch und ein durch und durch unangenehmes Kribbeln lief ihm über den Rücken. Irgendetwas stimmte an dieser ganzen Vorstellung *nicht* – vor allem nicht die steinernen Gesichter und leblosen Blicke der Ratsmitglieder, die auf ihrem Podium saßen.

Aber Sam konnte nichts mehr dagegen tun. Er war schon zu weit gekommen und wenn er den Kontrakt nicht unterzeichnete, würde man ihn als Hexenmeister abstempeln und seine Tage als Magieanwender wären gezählt. Er würde wieder von vorne anfangen und als Waldläufer oder Kämpfer spielen müssen und dabei war noch nicht einmal das ganze Geld berücksichtigt, das er bereits an der Hochschule ausgegeben hatte. Das war seltsam und er mochte es nicht, aber für den Moment war das seine Zukunft.

Vor ihm räusperte sich Octavius und warf Sam einen Blick zu, der intensiv genug war, um einen Lattenzaun abzubeizen. Octavius legte den Kopf schief und deutete mit einem Finger auf die Stufen neben ihm. Sam nickte, fühlte sich seltsam betäubt und schloss sich ihm an.

»Hochgeschätzter Rat und Eure Exzellenz«, sagte Octavius förmlich und verneigte sich, »darf ich Ihnen einen neuen Kandidaten für die Aufnahme vorstellen: Sam_K. Obwohl er kein Adliger oder ein Eingeborener unserer Ländereien ist, hat er sich als ein eher seltener *Aeolus-Magier* erwiesen, ein natürlicher Magier und er wird zweifellos ein Segen für unseren höchst angesehenen Orden sein. Ich war es, der ihn gefunden und davon überzeugt hat, sich unseren Reihen anzuschließen – nicht nur als lizenzierter Magier, sondern als vollwertiges Mitglied.«

Der Mann in dem grandiosen Stuhl stand mit einem Stöhnen auf – sein Körperumfang machte den Vorgang mühsam – und hob eine Hand, um das leise Geschnatter von der Tribüne zu unterdrücken. »Gut gemacht, Spitzenstudent Octavius Ignitor. Einmal mehr bringst du deinem Haus und der Hochschule Ehre ein. Wenn du so weitermachst, wirst du bald bereit sein, noch einmal aufzusteigen und in die Reihen unserer Gesellen einzutreten. Was dich betrifft, Junge …«

Der Mann fixierte Sam mit glänzenden, kalten Augen. »Wenn du hart arbeitest und dem Willen deiner *Vorgesetzten folgst*, kannst auch du deinen Weg in unsere hohen Ränge finden, aber der Weg ist mühsam, kostspielig und erfordert äußersten Gehorsam.«

»Der erste Schritt auf dieser Reise, ein Schritt der Demut und des Vertrauens in die Hochschule, ist die Unterzeichnung des Kontraktes.« Er drehte sich um und winkte mit einer plumpen Hand zu dem Buch, das in den riesigen Glassäulen hing. »Der Kontrakt, musst du wissen, ist der heilige Pakt unseres Volkes. Magie ist eine mächtige und potenziell zerstörerische Kraft und es ist inakzeptabel, sie in die Hände von *Ungehobelten* zu geben – von solchen, die völlig ungeeignet sind und denen es an moralischer Autorität fehlt. Diejenigen, die sich nicht unserer Denkweise beugen, dürfen niemals Zugang zu den tiefen Geheimnissen unserer Wege haben. Mit der Unterzeichnung dieses Vertrages erkennen wir alle diese grundlegende Wahrheit an. Mit deiner *Unterschrift unterwirfst* du, Anwärter, dich der Vormundschaft, Tradition und Autorität dieses Kollegiums. Mit deiner Unterschrift erkennst du an, dass *dein* wilder Wille durch unsere Weisheit ergänzt werden muss. Willst du, Sam_K, den Kontrakt unterschreiben?«

Die Frage hing schwer in der Luft. Alle Augen waren jetzt auf Sam gerichtet und der ganze Raum schien den Atem angehalten zu haben, während sie auf seine Antwort warteten. Jedes Wort, das der Erzmagier gesagt hatte, machte Sam nervös, aber wahrscheinlich hatte er nur überreagiert. Außerdem war dies nur ein Spiel, erinnerte sich Sam. Es *fühlte sich* wie mehr als ein Spiel an, wegen der Grafik und wie immersiv das Erlebnis war, aber in Wirklichkeit war es *nur* ein Spiel.

Er würde nicht *wirklich* sein Leben oder seine Rechte weggeben. Aller Wahrscheinlichkeit nach ging Sam durch eine vorprogrammierte Zwischensequenz, die wahrscheinlich alle Magieanwender durchmachen mussten. Er machte einen Elefanten aus einer Mücke, was einfach nur dumm war. Er schüttelte sein Unbehagen ab und nickte.

»Natürlich, ich bin bereit zu unterschreiben«, krächzte er, seine Kehle war merkwürdig trocken. »Ich habe die Gebühr bereits bezahlt, richtig? Zeit, etwas coole Magie zu lernen. Lass uns das Ding durchziehen.«

»Ausgezeichnet«, hauchte der Erzmagier und rieb seine schlaffen Hände gierig aneinander. »Dann erkläre ich, dass du nicht länger ein Anwärter bist, sondern ein *Novize* unseres erhabenen Ordens. Tritt heran, Novize Sam_K, und unterschreibe den Kontrakt, wie es unsere Tradition ist!«

Der ganze Raum stieß einen seltsamen, kollektiven, *spürbaren* Seufzer der Erleichterung aus und brach dann sofort in einen wilden Applaus aus. Octavius packte Sam an der Schulter und lenkte ihn die Marmortreppe hinauf, wo er auf einer Plattform direkt vor dem leuchtenden Buch stehen blieb. Der schwebende Wälzer sprang sofort auf, die Seiten flatterten wie verrückt, bevor sie schließlich auf einem leeren Abschnitt mit einer quer über die Seiten verlaufenden Linie zum Stehen kamen – bereit und darauf wartend, dass Sam seinen Namen auf etwas setzte, das er nicht ganz verstand.

Seine Anwaltseltern würden jetzt einen *Anfall* bekommen. Obwohl es wahrscheinlich ein dummer Gedanke war, konnte Sam sich des Gefühls nicht erwehren, dass das Buch irgendwie *lebendig* war. Seine aufgeschlagenen Seiten erinnerten ihn seltsamerweise an ein Raubtier, das bereit war, sein Maul für ein ahnungsloses Tier zuzuschnappen.

Sam leckte sich über die Lippen, Schweißperlen standen ihm auf der Stirn und er streckte eine zitternde Hand aus. Ein wunderschöner Federkiel aus leuchtendem, blauem Licht – ein Konstrukt aus reinem Mana – materialisierte sich über dem Buch, nur wenige Zentimeter von seinen ausgestreckten Fingern entfernt. Bevor Sam zu viel über die Situation nachdenken und seine Erfolgschancen in der Hochschule harpunieren konnte, griff er nach der Feder.

Energie strömte durch seine Hand und er schrieb schnell seinen Namen in die Zeile. In der Sekunde, in der Sam mit dem Schreiben fertig war, sprang ein kleiner Energiebogen aus dem Kontrakt, raste seinen Arm hinauf und schoss in den Kern seines Wesens wie ein roher Blitz. Als diese Kraft ihn wie eine Welle durchspülte, folgten süße Erleichterung und scharfsinnige Klarheit.

»Warum habe ich mir solche Sorgen gemacht?«, murmelte Sam, wirklich verwirrt darüber, wie er irgendwelche möglichen Vorbehalte haben konnte. Vielleicht hatte er nicht ganz verstanden, was der Kontrakt war, aber es war jetzt so kristallklar, dass er *gut* war. Vielleicht hatte Sam ein paar Probleme mit der Hochschule selbst … aber das hatte alles mit den versnobten Leuten zu tun. Leute wie Octavius. Sicherlich hatte es nichts mit dem Kontrakt zu tun, der die Säulen darstellte, die die Institution davor bewahrten, über allen zusammenzubrechen. Tatsächlich war der Kontrakt, *die Rechtsstaatlichkeit*, das Einzige, was Leute wie Octavius in Schach hielt.

Während diese Gedanken in seinem Schädel aufgewühlt wurden, erschien eine Nachricht:

Quest-Alarm: Der Arkane Pfad I. Du bist der Magierhochschule beigetreten und hast den Kontrakt unterzeichnet, womit Du den Arkanen Pfad betreten hast! Erfahrungspunkte: 500.

Dafür, dass du einer der ersten 100 Reisenden bist, die den Kontrakt unterzeichnet haben, wurde der Rufgewinn verdoppelt! (Anmerkung: Das ist ungewöhnlich in einer rauen, gefühllosen Welt wie Eternium, aber einer der Ersten zu sein, der etwas tut, ist es auch). Die Reputation bei der Magierhochschule wurde um 2000 Punkte erhöht, von ›Neutral‹ direkt auf ›Freundlich‹ (unter Umgehung von ›Widerwillig freundlich‹). Es fehlen noch 1000 Reputationspunkte, um den Status ›Freund der Magierhochschule‹ zu erreichen.

Da dies deine erste Steigerung in Reputation ist, beachte bitte, dass es viele verschiedene Stufen der Reputation gibt. Von der niedrigsten bis zur höchsten: Blutfehde, Verabscheut, Verhasst, Ablehnend, Vorsichtig, Neutral, Widerwillig Freundlich, Freundlich, Freund, Verbündeter und Familienangehöriger. Zwischen den einzelnen Stufen liegen jeweils 1.000 Reputationspunkte.

Während er las, fühlte Sam eine neue Welle der Macht. Goldenes Licht wirbelte in einer Wolke um ihn herum und hob ihn in die Luft. Er hatte noch nie etwas auch *nur annähernd* so empfunden wie die schiere Euphorie, die durch seine Adern schoss und seine Nervenenden durchflutete. Es war die Glückseligkeit eines guten Schlafes, der Rausch eines gewonnenen Marathons oder einer bestandenen Zwischenprüfung, der Rausch der Macht und ein Gefühl, dass *nichts* unmöglich war. Als Sam zwei und zwei zusammenzählte, wurde ihm schnell klar, dass er sich hochgestuft haben musste. Wenn sich das Hochstufen so anfühlte … Sam musste seine früheren Gedanken revidieren.

Eternium würde *nie* aus dem Geschäft gehen. Egal wie schwer das Spiel war oder wie viel es kostete, die Leute würden ihren linken Arm hergeben, nur um diesen kurzen Blitz der Ekstase immer wieder zu erleben. Dann, einfach so, war Sam wieder auf dem Boden, das Licht verblasste und erstarb, während die Zuschauer johlten, brüllten und jubelten und eine Legion von Fäusten in die Luft stemmten. Sam wollte sich sein Charakterblatt ansehen, aber er hatte keine Chance dazu.

Octavius führte ihn aus dem Raum, dann wirbelte er herum und stellte sich vor ihn, die Arme verschränkt und ein böses Grinsen auf seinem ansonsten selbstgefälligen Gesicht. »Herzlichen Glückwunsch zum Stufenaufstieg, *Novize*. Nun möchte ich dich in unseren hohen Rängen willkommen heißen, indem ich dir deine erste *formale* Aufgabe in der Hochschule erteile.« Er hielt inne, sein Lächeln vertiefte sich auf eine äußerst unfreundliche Art. »Kanalisationsdienst.«

Quest-Alarm: Der Arkane Pfad II (Fortlaufend). Als lizenzierter Magier und Novize der Magierhochschule musst du tägliche Aufgaben oder offiziell sanktionierte Aufträge im Namen der Hochschule erledigen! Melde dich täglich beim Spitzenstudenten Octavius Igenitor, um Einzelheiten zu erfahren – wenn du dies nicht tust, musst du mit Geldstrafen oder anderen Strafmaßnahmen rechnen und kannst deinen Ruf in der Magierhochschule verlieren!

Na ist ja wunderbar. Sams Magen sank ihm in die Kniekehlen. Kanalisationsdienst … das konnte ja heiter werden. Er fragte sich, ob es ein so beschissener Job war, wie er sich anhörte.

Kapitel 10

Sam watete knietief durch einen langsam fließenden Fluss von Abwässern unter der Stadt Ardania. Als Kind einer großbürgerlichen Familie mit riesigem Immobilienbesitz, eigenem Anwesen und so ziemlich allem, was man für Geld kaufen kann, war Sam noch nie an einem Ort gewesen, *der auch nur annähernd* so aussah. Er hatte genug Filme gesehen und Onlinerollenspiele gespielt, um sich mit der Umgebung vertraut zu fühlen, aber die Realität war viel schlimmer, als er es sich je hätte vorstellen können. Zum ersten Mal war er *sehr* froh über seine schreckliche Wahrnehmung.

Die Tunnel waren aus altem, grauem Backstein, bedeckt mit Flecken von schwarzem Schimmel und grünem Schleim. In gleichmäßigen Abständen hingen stoffumwickelte Fackeln an den Wänden, orangefarbene Flammen erhellten den Gang und warfen tiefe, tanzende Schatten. Leider taten auch die Fackeln nichts gegen die unnatürlich kühle, feuchte Luft in den Abwasserkanälen, die durch seine einfachen Gewänder seine Haut malträtierte. Die Tatsache, dass Sam in eiskaltem Schlamm stand, machte die Sache auch nicht besser, aber er nahm an, dass kalter Schlamm wahrscheinlich besser war als warmer, *frischer* Schlamm. Als kleinen Silberstreif am Horizont nahm er mit seiner gottlosen, niedrigen Wahrnehmung den Geruch kaum wahr.

Also, das ist es zumindest. Außerdem ist Octavius nirgends zu sehen. Also, ein Gesamtsieg? Der ›Spitzenstudent‹

hatte ihn hierher in diese feuchte Grube geschubst, aber anscheinend hatte er Besseres zu tun, als das ›Gesindel‹ auf so einer gewöhnlichen Mission zu babysitten. Sam war froh. Sicher, es wäre ein wenig nervig gewesen, den zimperlichen Trottel dauernd dabei zu sehen, wie er durch den Schlamm und Dreck watete, mit *unaussprechlichen* Dingen zwischen den Zehen, aber dann hätte er sich auch anhören müssen, wie er über dümmliche Bürger schimpfte. Sam war nicht ganz allein in der Kanalisation unterwegs, es war noch ein weiteres Paar Novizen niedriger Stufe anwesend, zusammen mit zwei Kriegern.

Der erste Krieger war ein bulliger Kämpfer namens Geffrey der Rote, der breit wie ein Scheunentor war und ein schweres, silberumrandetes Kettenhemd trug. Krieger Nummer Zwei, Karren die Klinge, war schlank, in ein Kettenhemd gehüllt und trug ein fingerdickes Rapier. Die beiden waren lokale Wachen – beides NSCs, soweit Sam das beurteilen konnte – und die Führer für diese spezielle Mission.

Die kleine Gruppe wartete auf einen weiteren Nachzügler, also beschloss Sam, die Zeit zu nutzen, um seine Charakterwerte zu überprüfen, jetzt, da er aufgelevelt war. Als Aeolus-Magier erhielt er automatisch einen Punkt Intelligenz und Weisheit auf jeder geraden Stufe, aber er würde keine Punkte erhalten, die er manuell verteilen könnte, bis er seine nächste Stufe erreichte. Dennoch konnte er nicht umhin, einen Blick auf die Änderungen zu werfen, obwohl er wusste, dass sie zu diesem Zeitpunkt minimal sein würden.

»Delta-Status«, murmelte er unter seinem Atem – ein Schnellzugriffsbefehl, der es ihm erlaubte, nur die Teile seines Charakterbogens zu überprüfen, die sich geändert hatten.

Name: Sam_K ›High Five, ich habe es versucht!‹
Klasse: Aeolus–Magier
Beruf: gesperrt
Stufe: 2
Erfahrungspunkte: 1.000
Erfahrungspunkte zur nächsten Stufe: 2.000
Trefferpunkte: 70/70 (60+(10)*)
Mana: 190/190 (12,5 pro Intelligenzpunkt, -20 % (Manamanipulation))
Manaregeneration: 5,7/Sek (0,25 pro Weisheitspunkt, +20 % (Koaleszenz))
Ausdauer: 65/65 (50+(10)**+(5)***)
*10 Punkte für jeden Punkt in Konstitution, sobald er über 10 gestiegen ist.
**5 Punkte für jeden Punkt in Stärke, sobald er über 10 gestiegen ist.
***5 Punkte für jeden Punkt in Konstitution, sobald er über 10 gestiegen ist.

Charakterattribut: Grundwert (Modifikator)
Stärke: 12 (1,12)
Geschicklichkeit: 14 (1,14)
Konstitution: 11 (1,11)
Intelligenz: 19 (1,19)
Weisheit: 19 (1,19)
Charisma: 13 (1,13)
Wahrnehmung: 7 (0,07)
Glück: 15 (1,15)
Karmisches Glück: +2

Als Sam auf seinen Charakterbogen schaute, war er langsam frustriert. Er hatte noch nicht viel im Spiel gemacht, aber dies war sein zweiter voller Tag und seine Zahlen schienen sich kaum zu bewegen! Seine Intelligenz und Weisheit waren jeweils um zwei Punkte gestiegen und seine Manaregenerationsrate hatte sich ein wenig erhöht, aber der Rest seiner Werte war gleich geblieben und seine gesamte Manareserve war deutlich *gesunken*. Nachdem er ein wenig nachgerechnet hatte, erkannte Sam, dass er ohne das Manamanipulations-Talent, das zwanzig Prozent seines gesamten Manapools abzapfte, eher bei zweihundertfünfzig Mana liegen würde.

Ja, definitiv ein Wermutstropfen, also kein Grund, sich damit zu beschäftigen. Außerdem musste er langfristig denken und Talente wie Manamanipulation würden sich *in Zukunft* definitiv auszahlen. »Ich werde noch früh genug fantastisch sein, ja. Ich schaffe das. Los, Team Sam!«

Das plötzliche Platschen von Füßen im ranzigen Wasser erregte Sams Aufmerksamkeit und er schloß sofort seinen Charakterbogen, als das letzte Mitglied der Gruppe eintraf. Er war ein gertenschlanker, junger Mann – wahrscheinlich ein oder zwei Jahre jünger als Sam – mit einem Schopf aus maisseidenem Haar, einer Brille auf der kantigen Nase und einem drahtigen Körperbau, der in Roben gehüllt war, die ihm viel zu groß erschienen.

Seine Roben, obwohl überdimensioniert, sahen im Vergleich zu Sams schlichter, brauner Version teuer aus. Ganz zu schweigen von dem kunstvoll gearbeiteten Stab, den er in einer Hand trug und der seine Eltern wahrscheinlich ein kleines Vermögen gekostet hatte. Dieser Junge – oder eher seine Familie – hatte *wirklich* tiefe Taschen. Das bedeutete, dass er entweder ein weiterer reicher Reisender oder eine Art Adliger aus Eternium war. Aber warum in aller Welt sollte ein wohlhabender Adliger aus Eternium in der Kanalisation herumtrampeln?

BIBLIOMANT

»Gut, jetzt, wo wir alle *hier* sind«, eröffnete Karren die Klinge ins Gespräch, bevor Sam die Gelegenheit hatte, sich dem Neuankömmling vorzustellen, »können wir anfangen. Ich sehe ein paar neue Gesichter, also lasst mich erklären, womit wir uns heute beschäftigen werden. Die Abwasserkanäle sind voll von allen möglichen bösen Dingen, obwohl die meisten von der eher banalen Sorte sind – Ratten, Spinnen, der gelegentliche Fuchs, der es geschafft hat, die Stadtgrenzen zu überwinden. Diese Biester meiden Gruppen wie unsere, also würde ich nicht erwarten, sie zu sehen, aber es gibt auch einige fiesere Dinge. Am auffälligsten unter ihnen sind die Jellies. Unnatürliche kleine Biester, die durch das Zusammenfließen von Mana wachsen.«

»Diese Jellies«, spuckte sie in den fließenden Schlamm, »die meisten von ihnen sind nicht so gefährlich, aber sie *sind* magisch. Ihre Fähigkeiten hängen davon ab, welche Art von Mana sich zu ihnen verklumpt hat. Das heißt, sie können Kräfte haben, die von Feuer über Eis bis zu Säure reichen. Die meisten sind so dumm wie ein Eimer voller Steine. Sie wandern einfach umher, fressen alles, was sie finden können und werden mit der Zeit immer mächtiger, je mehr Erfahrung sie sammeln. Im Anfangsstadium sind sie nicht viel größer als eine Hauskatze, aber wenn man sie zu lange sich selbst überlässt, können sie zu einer ziemlichen Plage werden. Also kommen wir ein paar Mal pro Woche hierher und machen einen Rundgang, um sicherzustellen, dass keiner von ihnen zu groß wird. Die Herde wird sozusagen ausgemerzt.«

Sam streckte zaghaft seine Hand in die Luft, die Stirn in Verwirrung gerunzelt. Der bullige männliche Wächter, Geffrey der Rote, grunzte und nickte mit dem Kopf. »*Was,* Junge?«

»Das klingt, als wüsstet ihr, was ihr tut und ihr seht beide ein ganzes Stück besser aus als der Rest von uns.« Sam hielt inne, die Lippen zu einer dünnen Linie geschürzt, als er ihre teuer aussehende Ausrüstung betrachtete. *Ja, definitiv höhere Stufen.* »Also, meine Frage ist, warum braucht ihr eine Gruppe von Neulingen wie uns auf einer Mission wie dieser?«

Geffrey grunzte wieder, schmatzte mit den Lippen und rollte mit den Augen. »Bist du doof, Junge? Bist du etwa erst gestern geboren?«

Ein Erröten kroch in Sams Wangen. Er war in der Tat gestern geboren worden – zumindest was Eternium anging – aber er wollte es nicht unbedingt zugeben.

»Das liegt in der Natur der Jellies«, bot der Neuankömmling an, seine Stimme war ziemlich hochfrequent. »Die Stadtwache hat derzeit einen Vertrag, der uns Führer für den Job zur Verfügung stellt, aber da die Jellies selbst aus verschmolzenem Mana geformt sind, können sie nur durch Magie getötet werden. Sie machen diese Patrouillen regelmäßig, also sind die Jellies ziemlich harmlos. Das hat zur Folge, dass die neuen Rekruten und alle, die am unteren Ende der Hackordnung der Hochschule stehen, diese Missionen ausführen. Vor allem, wenn man *jemandem* auf den Leim gegangen ist, aber hör mir ruhig zu, wie ich vor mich hinplappere, als wüsstest du nichts davon!«

»Aye. Was er sagte«, grunzte der schweigsame Geffrey.

»Nun«, warf Karren ein und betrachtete die versprengten jungen Magier, »wir halten die Bedrohung für minimal. Diese Kreaturen sind von vergleichbarem Schwierigkeitsgrad wie die Füchse, die durch die Landschaft streifen, mit einem außergewöhnlichen Unterschied – sie sind fast unverwundbar gegen normale Waffen, aber *extrem* empfindlich gegen Magie. Um also Zeit zu sparen und ein größeres Gebiet abzudecken, werden wir uns in zwei Gruppen aufteilen.«

»Ihr zwei«, sie deutete mit dem Finger auf die beiden Magier, die nicht weit entfernt verweilten, »werdet mich begleiten. Ihr zwei«, diesmal zeigte sie auf Sam und den hilfreichen Neuankömmling, »werdet Geffrey begleiten. Die Vorgabe für den heutigen Tag ist für jede Gruppe, insgesamt fünfzig Jellies zu erledigen und alle Seelensteine, die auftauchen, für die Hochschule zu holen. Ein weiser Rat: *Denkt nicht einmal daran, diese Seelensteine zu stehlen*, denn die Hochschule findet es *immer* heraus. Immer.«

Sie hielt inne, eine Hand ruhte auf dem Knauf ihres Rapiers und spießte jeden von ihnen nacheinander mit einem vernichtenden Blick auf. »Wenn es keine weiteren Fragen gibt, lasst uns aufbrechen, Leute. Wir vergeuden das Tageslicht und ich für meinen Teil möchte nicht eine Sekunde länger als nötig hier unten herumwaten.«

Quest-Alarm: Der Arkane Pfad II (Fortlaufend). Als lizenzierter Magier und Novize der Magierhochschule musst du tägliche Aufgaben oder offiziell sanktionierte Aufträge im Namen der Hochschule erledigen! Heute musst du die Abwasserkanäle unter Ardania von empfindungsfähigen Jellies befreien! 0/50 abgeschlossen.

Ganz kleiner Erfolg: Du bist einer Gruppe beigetreten! Gute Arbeit, hier hast du etwas Erfahrung. Erfahrungspunkte: 5.

Ohne weitere Anweisung trennte sich die Gruppe. Eine Entscheidung, die in Sams Kopf sofort die Alarmglocken schrillen ließ – man sollte sich nie von einer *Gruppe trennen* – aber das lag nicht in seiner Hand, also hielt er den Mund

und folgte seinem Führer in einen abzweigenden Tunnel, während sein neuer Freund direkt hinter ihm herlief.

»Danke für die Info da hinten.« Sam lächelte den Jungen an, als sie sich einen Weg tiefer in das Gewirr aus verwinkelten Gängen und ekelhaftem Dreck bahnten. »Das ist mein erstes Mal und ich bin neu hier.«

»Du bist also ein Reisender?«, fragte der Junge mit der Brille, dessen Augen vor Aufregung glühten. Sam nickte und hielt seinen Blick fest auf das Wasser gerichtet, um nach irgendwelchen Anzeichen der Kreaturen Ausschau zu halten, die sie jagten. »Ich hatte gehört, dass es ein paar neue Leute gibt, die Wellen schlagen, aber ich hätte nicht gedacht, dass sie dich in so eine Aufgabe stecken würden.«

»Ja, ich auch nicht«, brummte Sam, als er auf etwas trat, das unter seinem Stiefel wie eine verfaulte Tomate zerquetscht wurde.

»Lass mich raten, du bist an Octavius geraten?«

Sam grinste und nickte wieder. »Du auch?«

»Durchaus«, antwortete der Junge und schob seine Brille höher auf den Nasenrücken. »Octavius und ich haben so etwas wie … eine *Vorgeschichte*, deshalb gibt er sich alle Mühe, mich bei jeder Gelegenheit zu bestrafen. Übrigens, ich bin Finn. Nun, technisch gesehen Lord Finneas Laustsen, aber meine Freunde nennen mich Finn. Zumindest *würden* sie das, wenn ich Freunde hätte, was ich nicht habe. Meine Familie wird vom überwiegenden Teil des Adels als Verräter angesehen, also haben wir bestenfalls Geschäftsbekanntschaften.«

»Sam.« Er bot Finn seine Hand an, die der Junge widerwillig ergriff, sie einmal schwach drückte und dann schnell wieder wegzog.

»Es ist mir ein Vergnügen«, sprach Finn ein wenig zu ernst für Sams Bequemlichkeit.

»Was genau meinst du mit ›Familie der Verräter‹?« Sam fragte ihn und spürte einen Anflug von Sorge. Finn schien nett genug zu sein, aber er war bereits mit der Magierhochschule zerstritten, also war es vielleicht keine so gute Idee, sich mit jemandem einzulassen, der zutiefst unbeliebt war.

»Alte, alte Geschichte, fürchte ich. Eine Geschichte, die mich in Konflikt mit Octavius und seiner Sippe bringt. Haus Laustsen und Haus Igenitor haben seit über zweihundert Jahren eine Blutfehde, seit der Zeit vor der Zentralisierung der Macht in Form der Tyrannen, König Henry und Königin Marie.« Finn warf einen langen Blick auf die Wache, die eifrig durch das Wasser stapfte, in der einen Hand eine Fackel, in der anderen eine gebogene Axt.

Finn senkte die Stimme und warf einen verschwörerischen Blick auf Geffrey. »Nur wenige Bürger Ardanias sprechen natürlich über die alte Geschichte, aber es gab so etwas wie einen Krieg, bevor die Linie von König Henry die Macht übernahm. Haus Igenitor war einer der lautstärksten Befürworter des jetzigen Regimes, während mein Haus die unterlegene Fraktion unterstützte, den Sektenführer von Charibert. Natürlich wurden die meisten der gegnerischen Häuser zerrieben, aber mein Haus wurde als zu wertvoll angesehen, um es einfach auszulöschen.«

»Die Dezimierung von Haus Laustsen hätte Ardanias Wirtschaft in eine Todesspirale geworfen, also wurden wir vom Thron begnadigt, nachdem wir *den Fehler unseres Handelns eingesehen hatten*. Haus Igenitor hat uns jedoch nie vergeben. Octavius scheint mich irgendwie persönlich verantwortlich zu machen für die jahrhundertealte ›Beleidigung‹ von …« Finn stockte und zuckte mit den Schultern: »Nun, ich bin mir nicht sicher, wovon genau, aber offenbar ist es schlimm. Also, hier bin ich und stapfe durch die Kanalisation.«

Na toll, natürlich stellt sich die erste anständige Person, die ich innerhalb der Hochschule getroffen habe, als Octavius' Todfeind heraus. Aber nachdem er einen Moment darüber nachgedacht hatte, entschied Sam, dass das Finn sogar noch cooler machte. Jeder, den Octavius hasste, war wahrscheinlich gut zu kennen und Sam wollte nicht zulassen, dass ein kleinlicher Tyrann eine potenziell gute Freundschaft ruinierte.

»Nun, du weißt ja, was man sagt: Jeder Feind von Octavius ist ein Freund von mir.« Sam streckte grinsend eine Hand aus.

»Hey, Magierwelpen«, bellte Geffrey über eine Schulter und unterbrach ihre Unterhaltung, »macht euch bereit. Wir haben Jellies.«

Der Mann brach in einen schwerfälligen Lauf aus und sprang aus dem Gang in eine nabenartige Kammer mit Tunneln, die in jede Richtung abzweigten. Sam beschleunigte das Tempo, Wasser spritzte, als er mit erhobenen Händen auf Geffrey zustürmte, bereit, magischen Schaden auszuteilen.

Im Raum dahinter *wimmelte es nur so* von Viechern in den verschiedensten Formen, Größen und Farben. Alle waren gallertartige Kleckse aus neonleuchtendem Glibber, die Sam an Miniaturversionen der kolossalen Kreatur erinnerten, die ihn durch den Dschungel gejagt hatte, obwohl zugegebenermaßen, keine von ihnen mit Knochen gefüllt war. Einige waberten durch das Wasser auf sie zu, während andere die Wände und Decken wie krebsartige, vielfarbige Wucherungen übersäten. Sam kam ins Schleudern und stellte sich hinter Geffrey, der jetzt ein Schild herausgeholt und an seinen linken Arm geschnallt hatte.

Sams Blick huschte durch den Raum und er zählte dabei. Es waren sechzehn dieser Kreaturen und obwohl sie oberflächlich betrachtet nicht besonders gefährlich zu sein schienen, konnte er sich lebhaft an das Gefühl erinnern, im Bauch des Monsters aus dem Dschungel aufgelöst zu sein. Bei so vielen Jellies könnte es problematisch werden, wenn sie sich alle zu einer Einheit zusammenschließen würden.

»Also gut, ihr zwei«, brüllte Geffrey, »ich werde ihren Zorn auf mich ziehen, während ihr zwei etwas Schaden austeilt, aber haltet unbedingt Abstand – selbst eine Berührung könnte einen jungen Magier wie euch in ein frühes Grab schicken. Also, wer will was abkriegen?«, rief er, watete vorwärts und schlug die Axt gegen den Rundschild. *klirr-klirr-klirr* Das Geräusch lockte Jellies zu ihm wie eine Motte zur Flamme.

Die erste Welle von Kreaturen stürzte sich auf den Wächter und schwärmte in einem Halbkreis um ihn herum. Glibberige Tentakel schlugen wie empfindungsfähige Peitschen aus. Diese quirligen, gallertartigen Gliedmaßen schlugen harmlos gegen Geffreys Rüstung, aber der Mann stieß ein dumpfes Grunzen aus, wenn sie auf freies Fleisch trafen. Sam hörte, wie die Haut zischte und fettige Rauchschwaden in die Luft stiegen, die den Gestank von verbranntem Haar trugen. *Super eklig.* Wenn Sam es mit *seiner* jämmerlichen Wahrnehmung riechen würde, wäre der Geruch für jemanden wie Finn wahrscheinlich unerträglich gewesen, aber ein Blick auf seinen neuen Freund zeigte genau das Gegenteil.

Finn schien der Büchertyp zu sein, fühlte sich wahrscheinlich wohler in einer Bibliothek als auf einer Party, aber hier in der Hitze des Gefechts sah er aus, als war er endlich in seiner Komfortzone. Er knallte seinen Stab in den Dreck und eine Kuppel aus sich veränderndem, blauem Licht brach kreisförmig um ihn herum aus und strahlte unergründliche Kälte aus. Finn streckte seine rechte Hand aus, die Handfläche nach oben und beschwor einen blassblauen Eisspeer von einem Meter Länge. Der Eisspeer sauste wie ein Pfeil durch die Luft und durchschlug ein triefendes, violettes Jelly mit einem roten Schimmer in der Mitte. Die Kreatur hatte keine Chance, fiel auseinander und verschwand im Schlamm.

Finn feierte die Tötung nicht, sondern ging weiter und zielte kalt und methodisch auf einen sich nähernden Jelly auf der linken Seite, der sich entlang der Wand auf sie zubewegte. Direkt vor ihnen brüllte Geffrey, während sein Körper rauchte und seine Gesundheit in stetigen Schritten abnahm. Er absorbierte eine ganze Reihe von Angriffen mit seinem Schild und seiner Rüstung, aber es waren einfach so *viele* von diesen Kreaturen. Der Mann schlug mit seiner Axt auf sie ein, spaltete die Jellies in zwei Hälften, um sie zu verlangsamen, aber der Schaden schien nie irgendetwas zu bewirken.

Die Kreaturen formierten sich schnell wieder, nicht schlechter als zuvor, aber so wütend wie hirnlose Klumpen eben sein können. Es gab ein *Zischen*, als ein wütender Feuerball aus der Reihe der Feinde hervorbrach, der gegen Geffreys Schild explodierte und den großen Krieger zurückstolpern ließ. Die Jellies kamen noch schneller näher, mehr Kreaturen arbeiteten daran, ihn von links und rechts zu flankieren.

Sam verspürte einen Anflug von Panik. Geffrey würde sterben, wenn er nicht etwas unternahm. Aber was sollte er tun? Er hatte noch nicht einmal den Grundkurs für Offensivmagier absolviert! Er war nicht auf das hier *vorbereitet*! Plötzlich wünschte er sich, er hätte sich Kleriker als seine Klasse ausgewählt. Sein Werdegang wäre wahrscheinlich *viel* lustiger und sanfter abgelaufen.

Aber jetzt war keine Zeit für Zweifel. Ein Wort aus seiner Prüfung schwebte in seinem Kopf hoch: *Entscheide dich.* Er konnte weglaufen oder er konnte sich diesen Monstern stellen, so wie er sich diesen trollischen Rüpeln im Badezimmer gestellt hatte. Die Entscheidung war ein Kinderspiel. »Finn, gib mir Rückendeckung und pass auf, dass diese Dinger nicht hinter mich kommen!«

»Was? Ich kann das besser als du.« Finn spottete, während er seinen nächsten Zauberspruch vorbereitete.

Sam watete in eine Lücke direkt hinter Geffrey und hielt einen sicheren Abstand zum nächsten Jelly. Er hatte keine Waffe, aber er hatte sich endlich daran erinnert, dass *er* eine Waffe war. Er handelte nach seinem Instinkt – vielleicht das beste Werkzeug im Arsenal eines Magiers – streckte beide Arme in einem Winkel aus, sodass sie ein ›V‹ bildeten und fing an, mit der Windklinge zu zaubern, indem er komprimierte Luftstöße aus jeder Hand abfeuerte. Obwohl Sam wusste, dass der Zauber für das bloße Auge unsichtbar sein würde, waren die Ergebnisse für jeden, der sehen konnte, offensichtlich. Die gallertartigen Monster taumelten davon, der Glibber wirbelte durch die Luft, als sie fielen und die wabbelnden Körper wurden sauber aufgeschlitzt.

Mit beiden Händen zu zaubern war langsamer als mit nur einer Hand und er hatte etwa jeden dritten Angriff eine Fehlzündung, aber das machte kaum etwas aus. Sam wirkte immer noch alle zweieinhalb Sekunden einen Zauberspruch. Da er die Hände abwechselnd benutzen konnte, feuerte er ununterbrochen und schoss Jellies auf beiden Seiten ihres bewaffneten Begleiters weg. Die Windklinge war nicht stark genug, um die Monster auf Anhieb zu töten, aber zwei oder drei Schüsse schienen in den meisten Fällen auszureichen.

Die Manamanipulation hatte seinen gesamten Reservepool reduziert, das stimmte wohl, aber er *fühlte sich* immer noch so, als könnte er das den ganzen Tag lang tun. Eine Woge der Erregung durchströmte ihn. Das war es, wofür er gekommen war! Action. Abenteuer. Monster und Kämpfe! *Magie!*

»Zu deiner Rechten!«, rief Finn von hinter ihm. »*Oben!*«

Sam schwenkte den Kopf und erblickte einen basketballgroßen Jelly, der direkt über ihm an der Decke hing. Das Monster fiel wie ein Groschen, der vom Empire State Building geworfen wurde.

Verzweifelt sprang Sam nach rechts und warf sich in eine Rolle, wie er es schon hundertmal beim Judo gemacht hatte. Nur dass er beim Judo keine Magierroben getragen hatte und nicht in knietiefem Abwasser gestanden hatte. Sam wich der fallenden Kreatur nur um Zentimeter aus, bekam dafür aber ein Gesicht voller ranzigem Dreck und auch seine Gesundheit nahm Schaden, was ihn acht seiner mageren siebzig Trefferpunkte kostete.

Er kam schnell wieder auf die Beine und keuchte, als er versuchte, sich nicht zu übergeben. Der Jelly kam seinem persönlichen Bereich gefährlich nahe, aber ein Eisprojektil flog durch die Luft, teilte den Jelly und tötete ihn im Nu. Sam strich sich mit einer Hand über das Gesicht, um den Schlamm der Kanalisation aus den Augen zu wischen, dann drehte er sich um und suchte nach weiteren Bedrohungen. Es gab keine.

Der Kampf war so schnell passiert … und einfach so war alles vorbei. Sechzehn Tote in wenigen Sekunden verzweifelten Kampfes. So wie es aussah, hatte Finn den Großteil der schweren Arbeit geleistet. Aber ein Sieg war ein Sieg und Sam fühlte sich übermäßig aufgeregt, besonders als er einen Ansturm von Meldungen erhielt, eine nach der anderen:

Erfahrung erhöht aufgrund des niedrigen durchschnittlichen Gruppenlevels! Erfahrungspunkte: 240 (Empfindungsfähiger Jelly × 16) (10 pro Jelly × 1,5 Schwierigkeit).

Quest aktualisiert: Der Arkane Pfad II (Fortlaufend). Als lizenzierter Magier und Novize der Magierhochschule musst du tägliche Aufgaben oder offiziell sanktionierte Aufträge im Namen der Hochschule erledigen! Heute musst du die Abwasserkanäle unter Ardania von empfindungsfähigen Jellies befreien! 16/50 abgeschlossen.

Neues Talent erhalten: Doppelwirkung (Neuling I). Da du keine Waffe besitzt, ist es generell schwieriger, Angriffe abzuwehren. Du hast jedoch einen Weg gefunden, deine Angriffe tödlich zu machen, ohne dass du einen Stock oder ein spitzes Metall in der Hand halten musst! Ob du nun den gleichen oder einen anderen Zauber wirkst: Solange du nur eine Hand für jeden Zauber benötigst, bist du in der Lage, zwei Zauber gleichzeitig zu wirken! Effekt: Wirke zwei Zaubersprüche zur selben Zeit. Verlängert die Vorbereitungszeit um 51-1n %, wobei n der Talentstufe entspricht. 33 % Chance auf Fehlschlag aufgrund schwankender Zauberstabilität, +1n % Zauberstabilität pro Talentstufe.

Sam grinste wie ein Irrer, als er die Nachrichten durchlas. War die Hochschule *so etwas* wie das Schlimmste? Ja. War Octavius das menschliche Äquivalent zu verdorbener Milch? Sicher. War Sam mit Dreck und Abwasser bedeckt? Offensichtlich. Aber Junge, *Junge,* er hatte im Moment einen Mordsspaß.

»Also gut.« Geffrey zog eine Phiole mit roter Flüssigkeit aus einem Beutel an seiner Seite. »Ihr fangt besser an, nach den Seelensteinen zu wühlen und dann geht's los. Wir haben noch vierunddreißig von diesen Dingern zu töten, bevor wir für heute fertig sind. Am besten, wir beeilen uns damit.«

Sam gefiel der Gedanke nicht, mit bloßen Händen durch rohes Abwasser nach Monsterkernen zu krabbeln, aber wenn dies das Schlimmste war, was er auf der Hochschule erleben würde, wäre es vielleicht doch nicht so schlimm.

Kapitel 11

Mit bloßen Händen durch ungeklärtes Abwasser zu kriechen, war *nicht* das Schlimmste, was Sam tun musste. Nicht im Entferntesten. Die nächsten vier Tage vergingen wie im Fluge: zu wenig Schlaf, zu wenig Essen – alles schlecht – zu wenig Spaß und zu *viel* von allem anderen.

Tatsächlich waren Sams gelegentliche Ausflüge in die Kanalisation die Höhepunkte seiner Zeit an der Hochschule, denn das waren die seltenen Momente, in denen er Abenteuer erleben, Kampferfahrung sammeln und etwas tun konnte, das sich *nützlich* anfühlte. Der Rest der Zeit fühlte sich an, als wäre er der ewige Anwärter in einer Studentenverbindung – etwas, das Sam schon früh in seiner eigenen Collegezeit abgelehnt hatte, weil er kein Fan von gnadenloser Schikane war. Octavius hingegen wirkte, als wäre er von der Wiege an in einem Verbindungshaus aufgewachsen, das darauf ausgelegt war, den Geist der Neulinge zu brechen.

Jeden Tag ließ der Spitzenstudent Sam und die anderen vor Sonnenaufgang aufstehen, um Aufgaben zu erledigen – Kanalisationspatrouillen, Toiletten putzen, Böden mit dem Eternium-Äquivalent von Zahnbürsten schrubben, in der Mensa servieren und endloses Katalogisieren von Büchern, die er nicht einmal öffnen durfte. Dann gab es ein schnelles Bad, einen Happen zu essen – wenn Sam Glück hatte – und dann ging es für den Rest des Tages zum Unterricht.

Als er endlich mit dem Unterricht fertig war? Partytime! *Ha! War nur ein Scherz.* Mehr Hausarbeit. Die Instandhaltung des Geländes war üblich, gefolgt von einem kurzen wie geschmacklosen Abendessen und einem Aufenthalt in der beschränkten Bibliothek, wo er Octavius bei einer Art von Forschung half. Obwohl *Sams* Teil der ›Forschung‹ darauf hinauslief, Bücher zu schleppen, stundenlang Kerzen zu balancieren, Federkiele oder frisches Pergament zu holen oder Pergamentkarten der Umgebung festzuhalten.

Wenn es jedoch einen Lichtblick gab, dann war es der, dass Sam durch seine Hausarbeit, die Kurse und seine magischen Einsätze in der Kanalisation 4.620 Erfahrungspunkte gesammelt hatte. Das bedeutete, dass er zwei weitere Stufen gewonnen hatte, was ihn auf Stufe 4 brachte. Fast *fünftausend Erfahrungspunkte*, gewonnen auf die erniedrigendste Art und Weise, die möglich war. Sam versuchte, nicht zu laut zu seufzen. Die Jellies in der Kanalisation boten anständige Erfahrung und die Kurse – obwohl sie größtenteils langweilig waren – halfen ihm, seine primären Fähigkeiten zu verbessern, was ebenfalls zum Stufenaufstieg beitrug.

Darüber hinaus hatten ihm seine Klassen fünf zusätzliche Punkte in Intelligenz und Weisheit eingebracht und dank eines ziemlich rigorosen Trainings im Kurs ›Grundlagen des offensiven Magiewirkens‹ hatte er sogar je einen Punkt in Stärke, Konstitution und Geschicklichkeit hinzugewonnen. Sams angeborene Klassenfähigkeiten hatten ihm auf Stufe 3 vier Eigenschaftspunkte zum Verteilen gegeben und auf Stufe vier je einen Punkt in Intelligenz und Weisheit.

Aber die Entscheidung, wie er sein begrenztes Punktekontingent ausgeben sollte, war keine leichte Entscheidung gewesen. Sam ärgerte sich darüber, wie *langsam* er war und wie müde ihn selbst relativ einfache Aktionen machten.

Dennoch konnte er es nicht rechtfertigen, Punkte in Stärke oder Konstitution zu investieren. Stattdessen fügte er zwei Punkte in Intelligenz hinzu – sein primäres Klassenattribut – einen in Weisheit und den letzten in Wahrnehmung. Er *hasste es*, Punkte für klassenfremde Attribute zu verwenden, aber gleichzeitig begann ihn seine niedrige Wahrnehmung zu kosten.

Er war schon einmal zu spät zum Unterricht und zweimal zu spät zur Hausarbeit gekommen, weil er einfach das Zeitgefühl verloren hatte. Zu allem Überfluss hatte er sich auch noch vergiftet, weil er irrtümlich einen Klumpen Kanalschimmel gegessen hatte. Er dachte, es sei eine Art neumodisches Dessert. Die Magenschmerzen hatten *stundenlang* angehalten und er hatte Glück, dass er überhaupt überlebt hatte. Wenn er an den Vorfall zurückdachte, gab es nichts, was erklären konnte, *warum* er so etwas tun würde. Er konnte es sich nur mit einer seltsamen Spielmechanik erklären.

Sein Wahrnehmungsdefizit *musste* so schnell wie möglich verschwinden. Bis er also ein ›normales‹ Niveau in dieser Eigenschaft erreichte, würde er bei jeder dritten Stufe mindestens einen Punkt einsetzen. Sicher, Sam brach nicht gerade Rekorde oder schlug Wellen, aber zumindest stagnierte sein Fortschritt nicht *völlig* und in diesem Stadium des Spiels musste er seine Siege nehmen, wo er sie bekommen konnte.

Name: *Sam_K ›High Five, ich habe es versucht!‹*
Klasse: *Aeolus-Magier*
Beruf: *gesperrt*
Stufe: *4*
Erfahrungspunkte: *6.003*

Erfahrungspunkte zur nächsten Stufe: *3.997*
Trefferpunkte: *70/70*
Mana: *270/270*
Manaregeneration: *7,8/Sek.*
Ausdauer: *75/75*

Charakterattribut: *Grundwert (Modifikator)*
Stärke: *13 (1,13)*
Geschicklichkeit: *15 (1,15)*
Konstitution: *12 (1,12)*
Intelligenz: *27 (1,27)*
Weisheit: *26 (1,26)*
Charisma: *13 (1,13)*
Wahrnehmung: *8 (0,08)*
Glück: *15 (1,15)*
Karmisches Glück: *+2*

Außerdem hatte er auf Stufe 3 automatisch einen neuen Zauber gelernt – ein weiterer Vorteil, wenn man ein Aeolus-Magier ist. Leider war Sam nicht in der Lage gewesen, den Zauberspruch auszuwählen, aber es stellte sich heraus, dass es sich um eine ziemlich effektive Verteidigungsaura namens *Magierrüstung* handelte. Dank seines belegten Kurses *Magische Schilde und Du: Die Kunst der defensiven Magie* hatte er es geschafft, die Technik bis auf Anfänger II zu bringen, was respektabel schien, wenn auch *nur* knapp überragend.

Magierrüstung (Anfänger II). Magier sind im Grunde genommen aus Papier und Glas gemacht – schon die kleinste Beule kann sie aus der sterblichen Hülle reißen, aber zum Glück gibt es die Magierrüstung! Mit dieser ist der typische

Magier etwas widerstandsfähiger als eine Styropor-Kaffeetasse auf einer Herdplatte! Ich meine, es ist nicht viel, aber zumindest wird dich ein starker Wind nicht mehr töten. Na ja ... mittelstarker Wind. Wirkung: Für jeden Manapunkt, der diesem Zauber gewidmet wird, wird ein Punkt Schaden aus primären magischen Quellen und ein halber Punkt aus primären physischen Schadensquellen negiert. Erhöht die Umwandlung um 0,025n, wobei n der Talentstufe entspricht.

Sam schob die Gedanken in den Hinterkopf, als er sich auf eine lange Holzbank fallen ließ, die vor einem polierten Holztisch im ziemlich großen Speisesaal der Hochschule stand. Finn saß bereits auf der anderen Seite und wühlte sich durch einen Teller mit Reis und mysteriösem Fleisch, das mit einer ebenso mysteriösen klebrigen, grauen Soße überzogen war, die Sam an seine Zeit in der Kanalisation erinnerte. Auch der Geschmack war fast derselbe, zumindest für Sams Zunge.

Sie hatten diese gleiche Mahlzeit mindestens einmal am Tag und es wurde nie besser. Nur geschmackloser, fader Brei mit zähen Fleischstückchen von fragwürdiger Herkunft. Die Höhergestellten bekamen natürlich die guten Sachen – Steak, Hummer, Gänseleber und Crème brûlée. Im Grunde genommen Gerichte, die für einen König geeignet waren. Nicht so sehr für die Novizen.

Sam war jedoch am Verhungern, also stählte er seine Entschlossenheit, nahm einen Löffel und schaufelte sich einen großen Bissen in den Mund, wobei er angesichts des Geschmacks und der zweifelhaften Konsistenz eine Grimasse zog. Während er den Schleim mit seinem Kiefer verarbeitete, betrachtete er Finn, der fast so müde aussah, wie Sam sich fühlte. Der normalerweise blasse Teint des Adligen war noch wächserner als sonst und unter seinen Augen trieben sich tiefviolette Säcke herum.

»Lange Nacht?« Sam tauchte seinen Löffel für einen weiteren Bissen ein, sobald die Frage ausgesprochen war.

»*Himmelhochjauchzend*, fang gar nicht erst an«, stöhnte Finn und stach mit dem Löffel lustlos in sein Essen. »Ich hatte gestern Nacht Bibliotheksdienst und ich *schwöre*, dass Octavius bis viertel vor drei auf war. Ich glaube, ich bin erst um kurz vor *fünf* ins Bett gegangen. Dann hatte ich um acht Uhr fünfzehn Bodenreinigungsdienst! *Dann Kampfmagie für Fortgeschrittene* bis halb zwölf. Ich schlafe vielleicht eine Stunde und heute Nachmittag habe ich einen Test in *Zaubertränke und Transmutationsstoffe*. Ich bin mir ziemlich sicher, dass Octavius das *wusste* und extra Zeit in der Bibliothek verbrachte, nur um mich zu ärgern. Er murmelte etwas von einem möglichen Durchbruch, aber ich sah ein schmutziges Glitzern in seinen Augen. Er hat es auf mich abgesehen, sag ich dir! Ich nehme an, das sollte mittlerweile keine Überraschung mehr für mich sein, aber es ist ärgerlich.«

Sam grunzte unverbindlich und hob einen weiteren Bissen zum Mund, kaute zielstrebig, um das Fleisch, zäh wie Schuhleder, zu etwas weitestgehend Verdaulichem zu zermahlen. Als er endlich schlucken konnte, fragte er: »Irgendeine Idee, woran er arbeitet?«

»Tatsächlich, ja!« Finns Gesicht hellte sich sichtlich auf. »Ich habe versucht, es herauszufinden und ein Textfetzen von letzter Nacht war der letzte Hinweis. Spitzstudent – diejenigen, die kurz vor der Beförderung zum Gesellen-Status in der Hochschule stehen – müssen normalerweise irgendeine große Leistung oder Arbeit im Namen der Hochschule vollbringen.«

Finn schlürfte einen weiteren Bissen mit einer Grimasse hinunter und fuhr fort: »Octavius ist ein Erdmagier und ich glaube, er konstruiert ein massives, erdbasiertes Zauberkonstrukt. Es ist schwer zu sagen, was genau der Zauber bewirken wird, aber nach dem, was ich herausgefunden habe, ist er offensiver Natur und potenziell *verheerend*. Ähnlich wie Octavius' Persönlichkeit, *offensiv* und *zerstörerisch*. Wenn ich wetten müsste, würde ich sagen, es ist wahrscheinlich eine Art Präventivschlag gegen die Wolfsmenschen. Zumindest der Zauberspruch. Seine Persönlichkeit ist mit Sicherheit ein Schlag gegen die *Frauenwelt*.«

Die Wolfsmenschen … *das* war zumindest ein Thema, mit dem sich Sam gerne beschäftigt hatte. Apropos, Sam musste seinen Hintern bewegen, sonst würde er zu spät kommen. *Schon wieder.* Wenn das passierte, würde Octavius ihn wahrscheinlich Toiletten schrubben lassen, bis es Zeit war, sich aus dem Spiel auszuloggen und in die reale Welt zurückzukehren. *Da kann ich nur schwerlich nein sagen.* Er stopfte sich das letzte Stückchen Essen in den Mund, schoss auf die Beine und kletterte von der Bank.

»Tut mir leid, Finn«, er würgte den letzten Bissen hinunter, »aber ich muss rüber zum Anbau für meinen Kurs in Dungeonkunde. Man sieht sich später.«

Sam winkte dem Adligen zu und eilte aus dem Speisesaal, wobei er versuchte, sich nicht in dem Gewirr von unsinnig verschlungenen Gängen und Korridoren zu verirren und sich mithilfe des Runensystems zurechtzufinden, von dessen Beherrschung er noch *lange* entfernt war. Sam beschleunigte das Tempo, nahm eine Linkskurve nach der anderen, eine Rechtskurve nach der anderen. Er wollte zwar nicht zu spät kommen, weil er Octavius' Zorn vermeiden wollte, aber er wollte es auch schaffen, weil dies sein bisheriger Lieblingskurs war. Die anderen Kurse – obwohl praktisch – waren stumpfsinnig wie die Sünde. Etwas über die mysteriösen Dungeons zu erfahren war jedoch etwas ganz anderes.

Sam bog um eine Kurve und die Welt schien auf den Kopf zu fallen. Ein Schwindelgefühl durchflutete ihn und ließ ihn einen Moment lang unsicher taumeln, bevor sich alles wieder aufrichtete und er das Gleichgewicht wiederfand. *Gah*. In den Anbau zu gehen war das *Schlimmste*. Obwohl die ganze Hochschule ein riesiger Zauberwürfel war, war der Anbau bei Weitem der problematischste Teil des riesigen Komplexes.

Der Rest des Gebäudes, obwohl verwirrend, schloss sich nahtlos an. Es gab nie eine signifikante physische oder zeitliche Verzerrung. Dann war da noch der Anbau. Laut den Historikern der Hochschule war der Anbau der erste Bereich der Magierhochschule, der mit räumlicher Magie erschaffen wurde – und zwar zu einer Zeit, als dieses spezielle Studiengebiet noch weitgehend unerprobt und experimentell war.

Die Ergebnisse schrien nach Amateurarbeit. Zeittaschen. Schwerkraftbrunnen. Räumliche Anomalien und Achseninversionen. Im Anbau der Hochschule, wie in fast allen Anbauten der realen Welt, steckten sie die Leute, die die Hochschule verabscheute, darunter die Professoren, die die ›Abenteuerkurse‹ unterrichteten. Diese Kurse wurden von allen Top-Magiern allgemein verachtet. Denn warum sollte ein Magier, der etwas auf sich hält, einen Kurs über das Überleben im Feld, medizinische Hilfe *ohne Magie* oder Dungeonkunde belegen?

Dungeons zu erforschen und niedrigstufige Monster zu zermalmen war etwas für Unerleuchtete und keine Aufgabe für einen richtigen Magier. Die Professoren, die diese Kurse unterrichteten, waren überhaupt keine Magier, sondern erfahrene Abenteurer, die seit Ewigkeiten mit der Hochschule zusammenarbeiteten. Zum Glück hatte Sam nicht das geringste Verlangen, ein ›richtiger‹ Magier zu werden, sonst hätte er dieses Juwel von einem Kurs verpasst.

Sam warf einen Blick auf eine Handvoll anderer Schüler, die bereits an ihren Plätzen saßen – Krieger, Bogenschützen und Kleriker, kein weiterer Magier in Sicht – und nahm einen Platz ganz vorne ein. Nicht eine Sekunde zu früh.

Eine Tür schwang auf und ein alter Mann stolzierte herein, den Rücken leicht gekrümmt, den Kopf kahl bis auf einen Kranz spärlicher Haare, die an den Seiten seines Schädels klebten, die Haut wie verwittertes Sattelleder. Sir Tomas war ein altmodischer Abenteurer und Anthropologe, der auf die Hundert zugehen musste. Trotzdem bewegte sich der Mann mit flottem Schritt und schien immer ein Grinsen im Gesicht zu haben, das die vielen Lücken zeigte, in denen Zähne hätten sein sollen, aber nicht waren.

Er trug dunkles Leder und darüber eine Kombination aus fein gearbeiteten Schuppenpanzerplatten. Das Outfit wurde in der Mitte mit einem Ledergürtel zusammengehalten, in dem ein Streitkolben steckte, der für einen so kleinen, ansonsten zierlichen Mann unmöglich groß und schwer aussah. Sam hatte Sir Tomas bei einer Handvoll kurzer Demonstrationen gesehen, wie er die Waffe führte und obwohl er *aussah, als hätte er* die Kraft und Konstitution eines anämischen Kleinkindes, benutzte der Abenteurer die Waffe mit Leichtigkeit und Anmut.

»Ich habe eine ziemliche Überraschung für euch, liebe Kursteilnehmer!« Sir Tomas gackerte und rieb die faltigen Hände aneinander. »In den letzten drei Sitzungen haben wir uns mit der Sprache, der Kultur und den allgemeinen

Bräuchen der Wolfsmenschen beschäftigt, aber heute werden wir etwas über die Anatomie der Wolfsmenschen lernen. Dann ... nun, *dann* werdet ihr eine der Kreaturen in natura zu sehen bekommen! Oder besser gesagt, im *Pelz,* nehme ich an. Dieses besondere Exemplar habe ich vor nicht einmal drei Tagen gefangen. Ein Wolfsmenschen-Späher. Er trieb sich am Rande der Stadt herum und zwar ganz allein, was ziemlich selten ist, glaubt mir das. Normalerweise kämpfen diese Kerle in Rudeln und sie haben fast immer reguläre Wolfsvertraute dabei, die ihnen helfen.«

Er blickte durch die Reihen der Studenten. »Das ist eine Lektion, die man immer im Kopf behalten muss! Wenn man diese Kreaturen in der Wildnis findet, sollte man immer nach Verstärkung Ausschau halten. Aber nicht unser Mann. Er hat wahrscheinlich versucht, die Stadtverteidigung zu erkunden, Schwachstellen in unserem System zu finden und das ist so ziemlich der einzige Grund, warum ich ihn lebendig einfangen konnte. Wären noch andere von seiner Sorte in der Nähe gewesen, hätte ich wohl nie eine Chance gehabt, ihn zu erwischen.« Er schnaufte und schüttelte den Kopf. »Der Mistkerl hat immer noch gekämpft wie eine Bärenmutter, lasst euch das sagen. Ich habe ihn ausgiebig verhört, aber er hat weder seine Leute noch seine Absichten verraten.«

Sir Tomas war nun ganz in seinem Element. »Nicht, dass ich wirklich erwartet hätte, dass er sie verrät, wohlgemerkt. Seht, das ist eines der merkwürdigen Dinge an den Wolfsmenschen – es ist fast unmöglich, sie richtig zu foltern, aufgrund der Tatsache, dass jede Interaktion, die sie haben, sogar mit ihrer eigenen Art, Schmerz erzeugen *muss*. Das ist die Art ihres Volkes. Sie glauben, dass das Verwöhnen des Fleisches Schwäche ist und dass nur durch Stärke und

Schmerz Reinheit der Absichten und des Geistes folgen kann.«

»Wir wissen, dass das, was sie tun, nur ihre Konstitution und Stärke aufbaut, aber wie bringt man ein *Tier* dazu, vernünftig zu denken? Wenn man ihnen also die Daumenschrauben anlegt, werden sie nur grinsen und sich dafür bedanken, dass man ihnen auf ihrem Weg hilft. Sie nehmen das alte Sprichwort ›*Alles, was dich nicht umbringt, macht dich stärker*‹ außerordentlich ernst. Das macht sie zu furchterregenden Gegnern auf dem Schlachtfeld.«

»Bis jetzt hatte ich mit diesem Exemplar das meiste Glück.« Sir Tomas zog eine lange Feder aus einem Lederbeutel an seinem Gürtel hervor. »Ich habe den Tiermenschen *stundenlang* gekitzelt, aber irgendwie hat er durchgehalten. Was eine gute Überleitung zu unserer ersten Lektion des Tages ist – Anatomie der Wolfsmenschen.«

Er ging zu einer freistehenden Kreidetafel hinüber und drehte sie um, sodass ein Diagramm eines Wolfsmenschen zum Vorschein kam, das er sorgfältig vorher skizziert hatte.

»Nun, die Wolfsmenschen haben nicht dieselbe Physiologie wie ihr oder ich. Sie sehen zwar humanoid aus, aber sie haben andere Gelenke und Muskelgruppen als wir. Viele Dinge, die uns verkrüppeln könnten, behindern sie nur geringfügig. Auf der anderen Seite gibt ihnen das auch einzigartige Verwundbarkeiten. Wenn man zum Beispiel das Sprunggelenk ausschalten kann«, er deutete mit einem knorrigen Finger auf einen Unterschenkel auf dem Diagramm, »das selten geschützt ist, weil es die Bewegung einschränkt, kann man sie ganz schön verkrüppeln.«

In den nächsten dreißig Minuten durchlief Sir Tomas die Wolfsmenschen-Anatomie, die so trocken und staubig war wie die Sahara im Sommer, aber sie brachte Sam ein neues

Talent und ein +1 an Intelligenz ein, was er natürlich gut gebrauchen konnte.

Talent gesteigert: Wolfsmenschen-Physiologie (Anfänger III). Der Fußknochen ist mit dem Beinknochen verbunden, der Beinknochen ist mit dem Knieknochen verbunden, der Knieknochen ist mit dem Oberschenkelknochen verbunden, jetzt tanzt du den Wolfsmenschen-Skelett-Tanz! Wenn es der Schlüssel zum Sieg ist, deinen Feind zu kennen, dann bist du näher dran als fast jeder andere. Erhöht Schaden oder Heilung um 1n %, wobei n der Talentstufe entspricht. Setze dein Wissen weise ein. Intelligenz +1!

»Also gut«, schlug Sir Tomas schließlich die Hände auf die Beine, als er mit dem Vortrag fertig war, »ich schätze, es ist Zeit für die *richtige* Show. Nun, wie ich schon sagte, ich bezweifle, dass wir viel aus ihm herausholen werden, aber so wie ich es mir vorstelle, werdet ihr den pelzigen Schurken hier in der Sicherheit eines Klassenzimmers sehen können und vielleicht sogar ein wenig eure aufkeimenden Sprachkenntnisse ausprobieren. Bleibt auf der Hut und haltet unbedingt einen Sicherheitsabstand ein. Diese Wolfsmann-Späher sind berüchtigt als Meister der Flucht. Sie sind schlaue Kerle und werden jeden Vorteil nutzen, den ihr ihnen bietet. Es gibt einen verdammt guten Grund, warum sie die größte Bedrohung für die Menschheit sind. Ohne weitere Umschweife …«

Sir Tomas schlüpfte aus dem Raum, stieß die schwere Holztür auf und rollte dann vorsichtig einen massiven Käfig in den Raum. Der Kurs hatte Wolfsmenschen durchgenommen, aber einen lebendig zu sehen, war eine ernüchternde Erfahrung. Die Bestie war ein wenig größer als ein durchschnittlicher Mensch, sah aber einem Wolf viel ähnlicher als einem Menschen.

Dieses Exemplar hatte eine eher magere Statur, sein Körper war mit grobem, grauem Fell bedeckt und eine grobe, lederne Rüstung zierte seine Schultern und Beine. Die Kreatur hatte gefährlich aussehende Klauen, bösartige Reißzähne und bernsteinfarbene Augen, die jeden Schüler, jeden Winkel, jedes Detail auf einmal zu erfassen schienen. Bisher war die tödlichste Bedrohung, der Sam begegnet war, die Jellies in der Kanalisation gewesen, aber dieses Ding war Terror auf einer ganz neuen Ebene.

Sam konnte kaum glauben, dass von Menschen erwartet wurde, gegen etwas so Furcht erregendes und offensichtlich tödliches Wesen zu kämpfen. Sir Tomas schlurfte zur Seite und winkte die Kreatur mit einer leberfleckigen Hand heran. »Wie ihr sehen könnt, hat dieser Kerl keine Waffe bei sich und doch ist er eine *lebende* Waffe. Wolfsmenschen ziehen es vor, mit Klingen, Äxten und Pfeilen zu kämpfen – allesamt reichlich mit Gift bestrichen – aber wenn es hart auf hart kommt, sind sie im Nahkampf genauso tödlich wie die meisten der besten Krieger unseres Königreichs mit einer Waffe.«

»Ich habe noch nie einen getroffen, der nicht stärker oder schneller war als ein Mensch der gleichen Stufe. Der wirkliche Vorteil, den *wir* haben, ist, dass die Wolfsmenschen dazu neigen, leichte Rüstungen aus Leinen, Leder und Fellen zu bevorzugen, was bedeutet, dass *wenn* du einen soliden Schlag landen kannst, du sie richtig verletzen wirst. Sie scheinen der Meinung zu sein, dass Bergbau, Handwerk und Schmieden nur auf hohen Stufen respektable Berufe sind, bei denen man beeindruckende Dinge tun kann, daher bevorzugt der Großteil ihrer Bevölkerung *stark* die Kampfrolle.«

»Nun, wir werden hier nicht jünger – vor allem ich nicht! *Ha!* Bildet eine Reihe und probiert einige der grundlegenden Sprachfertigkeiten aus, die wir besprochen haben. Seid nicht überrascht, wenn ihr hier eine neue Fähigkeit erlernt – oft werden diese Sprachfähigkeiten nicht richtig aufgenommen, bis ihr sie an einem Einheimischen ausprobiert. Wenn er nicht antwortet ... Nun, denkt nicht zu viel darüber nach. Er hasst euch alle und will jeden von uns tot sehen. Also nichts Persönliches.« Sir Tomas hielt inne und legte den Kopf schief, ein verschwommener Blick in den Augen. »Oder *völlig* persönlich, je nachdem, wie man es betrachtet, nehme ich an. Wie auch immer ... fangen wir mit der Show an.«

Die Kursteilnehmer stellten sich schnell auf, um die Chance zu bekommen ihre Sprachfähigkeiten bei dem Wolfsmann anzuwenden, aber Sam hielt sich zurück. Plötzlich wollte er irgendwie nicht mehr hier sein. Diese Klasse war lustig und alles – wirklich die beste die er bisher belegt hatte – aber gleichzeitig fühlte sich das alles auf subtile Weise ... *falsch an.* Der Wolfsmensch im Käfig mit den an den Boden geketteten Füßen war nur ein paar Codezeilen in einem Computerspiel. Sam *wusste* das intellektuell, aber es *fühlte sich* nicht wie eine digitale Kreation in einem Computerspiel an.

Dieses Ding war nicht irgendein hirnloses Gelee, das unten in einer ranzigen Kanalisation herumkroch. Es war eine denkende Kreatur mit einer Kultur und einer Gesellschaft. So etwas in der Wildnis zu bekämpfen, als Teil eines größeren Spiels, war eine Sache, aber das hier schien einfach ein wenig grausam.

Schließlich aber schob Sam seine Zweifel in den Hintergrund und ging zum Ende der Schlange. Er ging im Geiste das rudimentäre Sprachtraining durch, das sie durchgenommen hatten und im Handumdrehen war er an der Reihe. Der Wolfsmann stand vor ihm, die bernsteinfarbenen Augen brannten wie glühende Kohlen, die Reißzähne in offensichtlicher Feindseligkeit gefletscht. Sam leckte sich nervös über die Lippen, verzichtete aber auf ein Lächeln, da er wusste, dass die Kreatur es als Zeichen der Bedrohung und nicht der Beruhigung auffassen würde. Stattdessen hob Sam seine Hände, die Handflächen nach außen, die Finger geöffnet, dann hob er sein Kinn und entblößte seine Kehle – ein Zeichen des Vertrauens. Der Wolfsmann knurrte ihn immer noch an, aber da war etwas Neues in seinen Augen, etwas, das fast schon Interesse hätte sein können.

Das ... oder *Hoffnung*? Sam hoffte nicht, denn es gab nichts, was er tun konnte, um dieser Bestie zu helfen. Er senkte sein Kinn und beugte sich vor, um sicherzugehen, dass er niedriger war als die gefangene Kreatur, dann begann er, die rauen, gutturalen Worte zu sprechen, die man ihnen beigebracht hatte: »*Sei gegrüßt, Fellbruder. Ich werde Sam genannt.*«

Die Kreatur betrachtete ihn einen langen Moment lang, bevor sie eine Flut von Worten sprach. Sam hatte keine Hoffnung, alles zu verstehen, er fing nur ein Wort von dreien auf. »*Wir sind keine Brüder, Vragnik. Nur der grausamste Feind würde einen anderen auf diese Weise behandeln.*« Seine Ohren zuckten – so etwas wie ein Achselzucken. »*Mein Volk hat ein Sprichwort: ›Ruazhi noare vragnik, ibois najstarkei vragnu prinosit velichayshuyu silzha.‹ Es stammt aus der ältesten Sprache, aus der Zeit, bevor die Welt zerbrach. Es bedeutet ›dem Feind Ehre erweisen, denn der wahrhaftigste Feind erzwingt die größte Stärke‹. Doch deinesgleichen behandelt mich mit Verachtung – wie ein Tier, das man vor seinen Jungen zur Schau stellt. Wären unsere Situationen umgekehrt, würde dir wenigstens die Ehre eines schnellen, sauberen Todes zuteilwerden lassen. Merk dir meinen Namen. Ich bin Velkan vom Stamm der Rotmähnen. Ich werde noch frei sein und du und deinesgleichen werden dafür bezahlen.«*

Damit entblößte er seine Reißzähne und verstummte. Sofort folgte eine Systemmeldung:

Neues Talent erhalten: Wolfsmenschen-Sprache (Gesprochene Sprache/Körpersprache) (3/10). Du hast die Grundlagen der Wolfsmenschen-Sprache erlernt und kannst nun genug gebräuchliche Phrasen sprechen, damit deine Absichten verstanden werden! Zum größten Teil. Da es sich hierbei um ein Basistalent der Rassensprache handelt, gibt es im Gegensatz zu den typischen Rängen nur zehn Stufen. Es können keine Talentpunkte vergeben werden, allein Studium und Training steigern dieses Talent.

Neuen Titel erhalten: Angehender Anthropologe. Indem du dir die Zeit genommen hast, die Kultur und Sprache einer fremden Rasse – und noch dazu einer feindlichen Rasse – zu studieren, wurde dir der erste Schritt auf dem Weg des Anthropologen gezeigt. Fahre fort, andere Kulturen, Sprachen und Rassen als deine eigene zu erforschen, um dir die Chance zu verdienen, den Beruf des Anthropologen freizuschalten! +20 % Geschwindigkeit beim Erlernen aller gesprochenen oder Körpersprachen, +500 Ansehen bei feindlichen Völkern, +1 Weisheit.

Zum Abyss, jawohl! Das war ziemlich gut, obwohl Sam immer noch ein vages, unbehagliches Gefühl bei dieser ganzen Sache hatte, als Sir Tomas die silberpelzige Kreatur wegrollte. Es half nicht, dass der goldene Blick des Wolfsmannes Sam nie verließ. Sein Blick schien praktisch Tod und

Zerstückelung in nicht allzu ferner Zukunft auszustrahlen.

Leider hatte er wenig Zeit, sich mit dem unangenehmen Gefühl zu beschäftigen, das sich in seiner Brust breit machte. Der Unterricht war vorbei und er musste noch die Abendarbeit erledigen, aber zum Glück würde morgen sein erster offizieller ›freier‹ Tag sein. Sam würde immer noch die morgendlichen Aufgaben erledigen müssen, aber dann gehörte der Rest des Tages ihm und ehrlich gesagt, *konnte er es kaum erwarten*, von der Hochschule wegzukommen und sich unter die anderen Spieler zu mischen. Er grinste wie ein Verrückter bei dem Gedanken, als er aus dem Zimmer schlich, durch den Anbau und sich auf den Weg zum Magier Greentouched machte, einem pflanzlichen Meistermagier, der für die Instandhaltung des Hochschul-Gartenanlagen verantwortlich war. Nur ein paar Stunden dort, ein schneller Happen zu essen und dann zu seiner Abendschicht mit Octavius in der Bibliothek.

seufz. Der morgige Tag konnte nicht früh genug kommen.

Kapitel 12

Sam sprintete die verwinkelten Gänge der Hochschule hinunter und schwitzte wie verrückt. Die kleinen Kerben, Schnitte und blauen Flecken, die sein Gesicht und seine Arme bedeckten, brannten wie Höllenfeuer. Seine Ausdauer ließ nach, während er seine Arme und Beine pumpte, seine Lungen brannten fast so sehr wie die Armee der kleinen Wunden, aber er war der Bibliothek jetzt *so* nahe. Er schlitterte blind um eine Ecke und bog nach links ab, wich nur knapp einem älteren Magier mit silbernem Haar und goldenen Roben aus – dessen Nase in irgendeinem staubigen Wälzer vergraben war – und überquerte die Schwelle in die riesige Bibliothek, die das kollektive Wissen des Kollegs enthielt.

Er kippte gegen eine der Regalwände, keuchend und japsend, die Hände auf den Knien. Der Magier Greentouched hatte ihn bis zur *letzten* denkbaren Sekunde festgehalten, obwohl der Mann wusste, dass das *erstens* bedeutete: Sam würde kein Abendessen bekommen und *zweitens*: er würde wahrscheinlich zu spät zu seinen Pflichten bei Octavius kommen. War es dem Magier Greentouched egal?

Nö. Er war etwas weniger erfreut über das Leiden der neuen Studenten als Octavius, aber nur ein wenig. Als Sam sich zum Dienst gemeldet und ihm seinen Arbeitsplan mitgeteilt hatte, hatte der Mann darauf bestanden, dass die fleischfressenden Rosen – eine *wichtige* Zutat in vielen alchemistischen Mischungen, wie ihm der Magier Greentouched versicherte – gepflegt werden mussten.

Leider war der eigentliche Garten, in dem die alchemistischen Zutaten angebaut wurden, so weit wie möglich von der Bibliothek entfernt. Wenn man die räumliche Magie, die das Gebäude beherrschte, mit einbezog, waren das am Ende *einige Kilometer*. Als Sam höflich darauf hinwies, hatte der alte Mann ihm einen weisen Rat gegeben, der im Grunde auf ›Komm damit klar‹ hinauslief. *Du musst so geschmeidig wie eine Weide und doch so robust wie eine Eiche sein, nur dann hast du die Stärke, die ein Magier braucht, um zu gedeihen.* Eingebildeter alter Sack.

»Ist *alles* in Ordnung, junger Mann?«, kam eine knarrende Stimme von geradeaus. Sam richtete sich auf, die Hände in die Hüften gestemmt, seine Atmung war immer noch rau, wenn auch etwas besser, als sie es ein paar Augenblicke zuvor gewesen war.

Direkt vor ihm stand eine gekrümmte alte Seele, Magier Solis, der Nachtbibliothekar und Wächter der Regale. Er war spindeldürr, sein Rücken gekrümmt von unzähligen Nächten, die er über Büchern verbracht hatte, eine Brille so dick wie ein Flaschendeckel saß auf seiner krummen Nase. Anders als viele der Magier trug er schlichte, braune Roben und schien ständig Tintenkleckse auf seinen faltigen Wangen zu haben. Er betrachtete Sam, blinzelte und rückte seine Brille zurecht.

»Ah, der junge Sam«, keuchte er und Sam hätte *schwören können*, dass beim Ausatmen Staubschwaden zu sehen waren. Unter seinem Schreibtisch tauchte ein Gesundheitstrank in seiner Hand auf und er nahm einen langen Schluck. Er schauderte, dann sprach er mit größerem Elan: »Ich nehme an, du suchst den Spitzenstudent Octavius, mmh?«

»Ja, Sir«, antwortete Sam und wippte mit dem Kopf. »Ist ... ist er schon drin?«

»Nein, nein«, antwortete Magier Solis mit seiner großväterlichen Stimme und winkte Sams offensichtliche Besorgnis mit einer dürren Hand ab, »aber du, mein Junge, siehst aus, als wärst du mit deinem Latein am Ende. Bedeckt mit Schnitten, grünen Flecken und Schmutz ... ich nehme an, das ist das Werk von Greentouched?«

Sam nickte wieder.

»Er war schon immer ein übellauniger Mensch, der junge Greentouched. Für jemanden, der den wiederherstellenden und ausgleichenden Eigenschaften der Erde so nahe steht, ist er ein seltsam zänkischer Kerl. Ich glaube, er hat das Einfühlungsvermögen eines Felsblocks geerbt ... was bedeutet, dass er keines hat.« Der alte Mann lachte trocken über seinen eigenen Scherz. »Eine Eigenschaft, die er und der junge Octavius gemeinsam haben.«

Er hob eine Hand und zupfte an der Spitze eines wuscheligen Lenkerschnurrbarts, der von seinen schlaffen Wangen herabfiel. »Ich nehme an, der alte Greentouched hat dich lange genug bearbeitet, um die Essenszeit zu verpassen, mmmh?«

Sam bewegte sich unbehaglich von einem Fuß auf den anderen – stoisches Schweigen war ein Hauptgrundsatz der Magierhochschule – aber sein Magen wählte genau diesen Moment, um wie ein wütender Luchs zu knurren. Der alte Mann kicherte wieder und wandte sich wieder seinem Schreibtisch zu, winkte Sam herüber, als dieser auf müden Füßen davonschlurfte. Magier Solis setzte sich mit einem Stöhnen wieder auf seinen Platz und zog eine kleine Leinenserviette hervor. Er wickelte das kleine Päckchen aus und enthüllte eine Scheibe Mohnbrot, die mit dicker, goldener Butter bestrichen war.

Solis runzelte die Stirn und schob Sam den Bissen zu. »Ich habe mir das für später aufgehoben – ein kleiner Mitternachtssnack. Aber diese alten Knochen brauchen kein Essen und ich denke, es könnte dir besser schmecken. Wenn du das nächste Mal vorbeikommst, kannst du dann vielleicht meine Bestellung an Gesundheitstränken aus der Alchemieabteilung abholen? Ich neige dazu, sie in diesen Tagen ziemlich schnell zu verbrauchen.«

»Es wäre mir ein Vergnügen.« Sam starrte auf das Brot und ihm lief das Wasser im Mund zusammen, wenn er nur daran dachte zu essen. Bisher hatte seine Erfahrung ihn gelehrt, dass, wenn jemand im Kollegium auch nur das kleinste bisschen Besorgnis zu zeigen schien, es so war, dass sie ihm gewaltsam den Teppich unter den Füßen wegziehen konnten. Aber … Magier Solis schien immer anders zu sein. Freundlich. Geduldig. Großzügig und gnädig. Bevor Sam es sich anders überlegen konnte, nahm er das Brot und verschlang es. Selbst mit seiner geringen Wahrnehmung schmeckte das Brot wie göttliches Mana aus dem Himmel über ihm, was bewies, dass das den Studenten servierte Essen einfach schrecklich *war*.

»Das ist gut, mein Junge.« Magier Solis nickte weise. »Halte einfach durch. Sie können deinen Geist nur brechen, wenn du es zulässt und irgendwann wird es besser werden. Nicht immer *großartig*, aber besser.« Er hielt inne und hustete heftig, die Augen tränten und weiteten sich, als wollte er noch mehr sagen.

Das Klacken von Stiefeln auf Steinkacheln ließ Sam aufhorchen. Er schob sich den letzten Bissen Brot in den Mund, schluckte ihn hinunter, wischte seine Handflächen an der Hose ab und drehte sich um, um Octavius zu sehen, der lässig auf ihn zuschlenderte, scheinbar ohne sich um die Welt zu kümmern. Octavius war spät dran, aber die Regeln, die für Sam und die anderen frischgebackenen Magier galten, galten nicht für Leute wie *Octavius.*

»Da bist du ja«, spottete Octavius mit lässiger Verachtung. »Das ist wirklich schade. Der Koch im Speisesaal hat die Rippchen verbrannt und ich hatte wirklich gehofft, du würdest dich verspäten, damit ich dich ordentlich schlagen kann, um meinen Frust abzubauen.«

Er seufzte und warf die Hände hoch. *So ist das Leben*, schien die Geste zu sagen. »Nun, ich bin sicher, du wirst bald genug etwas *anderes vermasseln* und dann habe ich alle Gründe, die ich brauche. Nun, wenn du fertig bist mit dem Herumlungern und dem Faulenzen in Anwesenheit deiner Vorgesetzten, komm mit. Ich stehe kurz vor einem Durchbruch und ich glaube, heute Nacht *könnte* die Nacht sein!«

Ohne ein weiteres Wort ging Octavius auf die hohen Stapel zu, die Hände hinter dem Rücken verschränkt, die Ränder seiner Robe um die Knöchel flatternd, während er sich bewegte. Octavius machte sich nicht einmal die Mühe, zurückzublicken, um zu sehen, ob Sam ihm folgte ... denn *natürlich* würde Sam ihm dicht auf den Fersen sein.

Für einen *unterlegenen* Magier war es einfach undenkbar, etwas anderes zu tun und solch offener Ungehorsam würde mit einer schnellen und schrecklichen Strafe geahndet werden. Die schiere Arroganz machte Sam wahnsinnig, aber er biss sich auf die Zunge und versuchte, die wachsende Wut zu verdrängen, indem er sich auf die hoch aufragenden Bücherregale konzentrierte, die bis zum Rand mit arkanen Bänden mit dem seltensten Wissen gefüllt waren.

Die Hochschule war insgesamt eine eher schlichte Angelegenheit, aber die Erhabene Arkane Bibliothek war ein ganz anderes Thema. Die Böden waren mit Brettern aus dunklem Holz bedeckt, aber so perfekt zusammengefügt, dass sie nie ein Quietschen oder Stöhnen von sich gaben. Ganz im Gegenteil – diese Böden verschluckten Geräusche wie ein gefräßiger Löwe.

Der ganze Bereich war ein gewundenes, sich drehendes Labyrinth aus miteinander verbundenen Bücherregalen, unterbrochen von gelegentlichen offenen Bereichen, in denen Tische und Stühle zum Studieren standen und kleinen Ecken sowie Nischen mit alten Artefakten und mächtigen Relikten, die prominent ausgestellt, aber offensichtlich geschützt waren. Gespenstische Kerzen und unmögliche Öllampen schwebten in der Luft und brannten unaufhörlich mit blassviolettem Hexenlicht, obwohl sie keine erkennbare Wärme abgaben.

Ziemlich cool, wenn Sam ehrlich war. Am coolsten waren die Gänge, die völlig freitragend in der Luft hingen, flankiert von immer mehr Bücherregalen und immer mehr Büchern. Der Blick nach oben war ein wenig so, als würde man ein Gemälde mit seltsam zusammengesetzten Treppen und Gängen betrachten, die alle nach oben ragten, ohne dass irgendeine Decke in Sicht war. Dieser Ort war das Nonplusultra der Raummagie und trotz der ganzen Zeit, die Sam bisher hier verbracht hatte, konnte er sich keinen Reim auf die Existenz dieses Ortes machen.

Trotzdem machte es Spaß, es anzuschauen.

Nachdem er fast zehn Minuten lang durch die Regalreihen gewandert war, trat Octavius in eine kleine Arbeitsnische, die der Spitzenstudent für sich und seine Forschungen reserviert hatte. Die Nische war ein geräumiger Raum, etwa sechs mal sechs Meter, mit einem kolossalen Mahagonischreibtisch in der Mitte und einem dazu passenden Plüschledersessel. Natürlich gab es nur einen einzigen

Stuhl, denn Octavius war der einzige, der heute Abend sitzen würde. Auf dem Schreibtisch stand eine Öllampe aus Messing, verzaubert, um mit gelbem Licht zu leuchten, das nie flackerte oder ausfiel. Oft jedoch schaltete Octavius die verzauberte Lampe *aus* und zwang seine Assistenten, Kerzen zu halten. Er behauptete, das schwache, wässrige Licht sei besser für seine Augen.

Der Rest des Schreibtisches wurde von Stapeln aus Pergament und verzaubertem Pergament, Federkielen und Tintenfässern, wackelnden Stapeln von Büchern, geografischen Karten der Stadt und des Umlandes sowie Bauplänen für etwas, das vage wie ein tragbarer Belagerungsturm aussah, eingenommen. Oben auf den Entwürfen war in sauberer Schrift ein einziges Wort abgebildet: *LAW*.

Octavius ließ sich prompt auf seinen Sitz plumpsen, kreuzte die Knöchel und zog einen dicken Band mit dem Titel *Magische Theorie der sympathischen Magie: Die Beherrschung der arkanen Kräfte des Faltens von Zaubern* hervor. Von all den Bänden, mit denen Octavius sich beschäftigte, war dies derjenige, mit dem Sam ihn am häufigsten und fleißigsten hatte studieren sehen. Offensichtlich war es der Schlüssel zu seinen Forschungen.

Nach dem, was Sam bisher herausgefunden hatte – mit ein paar hilfreichen Hinweisen von Finn – schien es, als ob Octavius nicht nur versuchte, einen großen, komplizierten Zauber durchzuführen, sondern etwas Neues zu erschaffen. Eine Art Waffe, so wie die Entwürfe aussahen, an denen Octavius ständig herumfeilte. Octavius' Notizen waren viel zu kompliziert, als dass Sam die Einzelheiten des Zaubers hätte verstehen können – oder *war es eine Maschine? Vielleicht beides?* Aber die Chancen standen gut, dass das, was er baute, wirklich tödlich sein würde, sobald der Magier die Feinheiten der Mechanik ausgearbeitet hatte.

Für die nächste halbe Stunde stand Sam an der Seite des Schreibtisches, die Hände hinter sich verschränkt, den Rücken vollkommen gerade, nicht bewegend, nicht redend, nichts tuend. Nun, zumindest nicht *offiziell*. Er studierte die Textfetzen, die er sehen konnte und er betrachtete sorgfältig eine der großen Karten, wobei er die vielen roten ›X‹-Markierungen bemerkte, die Wolfmenschen-Truppenbewegungen und mögliche Lagerstandorte anzeigten. Gerade als Sam dachte, er würde vor lauter Langeweile umfallen, räusperte sich Octavius und zog einen Schlüsselbund aus seinem Gürtel. Mit einer Bewegung des Handgelenks warf der Spitzenstudent die Schlüssel zu Sam.

»Ich brauche einen Text aus dem Sperrbereich.« Octavius trommelte unruhig mit den Fingern auf dem Tisch. »Es wird in einem neuen Bereich der beschränkten Bibliothek sein, in dem du noch nicht warst – im Gewölbe der Weisen. Wenn du in die Hauptkammer kommst, gehe durch das violette Portal und dann den ersten Gang rechts, bis du einen Bereich erreichst, der mit *Fortgeschrittene Verdrängungsmechaniken* beschriftet ist. Oh, und nur damit du es weißt, in diesem Bereich gibt es ein sprechendes Buch. Es ist hinter ein paar ziemlich furchteinflößenden Gittern verschlossen, aber du solltest trotzdem ignorieren, was immer es sagt oder es wird dich in unendliche Verzweiflung treiben.«

»Oder hör es dir an. Das würde mir letztendlich mehr Spaß bringen«, gab Octavius die Anweisung mit dem unerschütterlichen Hohn, für den er so bekannt war und entließ Sam dann mit einer wegwerfenden Geste. »Nun beweg dich schon und beeile dich, wo kein Eis ist kann gerannt werden! Ich will nicht bis in die Puppen hier rumhängen.«

Sam knirschte mit den Zähnen, machte auf dem Absatz kehrt und navigierte vorsichtig zurück zum Eingang der Bibliothek. Dummer Octavius. *Er will hier nicht so lange herumhängen? Was für ein Scherzkeks.*

Magier Solis saß immer noch an seinem Schreibtisch und trank etwas, das verdächtig nach Kaffee roch, aus einem großen Porzellanbecher, während er in einem dicken, in Leder gebundenen Band blätterte. Sam warf einen Blick auf den Titel, der den oberen Rand jeder Seite zierte. Er war mehr als nur ein wenig überrascht, als er sah, dass da stand: *Die fesselnden Abenteuer von D.K. Esquire: Dungeonausräumer.* Was? Er studierte nicht die tiefen Geheimnisse des Universums, sondern las einen billigen Abenteuerroman? Der alte Mann blickte mit einem schuldbewussten Grinsen auf, bevor er Sam ein Augenzwinkern und ein Achselzucken schenkte.

»Es gibt mehr im Leben als nur *zu studieren*, junger Mann.« Sein wässriger Blick fiel auf den dicken Messingschlüsselring in Sams Hand. »Ah, ab in den Sperrbereich, nehme ich an. Dieser junge Octavius ist ziemlich machthungrig. Hoffentlich weiß er genau, woran er ist.« Der alte Mann klappte seufzend das Buch zu. »Die Arbeit mit titanischen Kräften, wie er sie *vorhat*, kann *verheerende* Folgen haben, wenn auch nur die kleinste Berechnung daneben geht. Ein falscher *Windhauch* kann oft das Ende einer edlen Linie bedeuten. Aber ich plapper schon wieder, geh weiter, junger Mann. Ich möchte nicht, dass Octavius dich wegen meiner flatternden Lippen schimpft.«

Magier Solis winkte in Richtung einer Reihe von drohenden Doppeltüren auf der linken Seite. Der Rest der Bibliothek war für alle Schüler ab dem Rang eines Lehrlings zugänglich, aber dieser Bereich war nur für die etabliertesten

Magier gedacht – im Allgemeinen für diejenigen mit dem Rang eines Gesellen oder höher. Octavius, so hatte Sam gelernt, war so etwas wie eine Ausnahme von den Regeln; sowohl weil er *fast* ein Geselle war, aber auch weil er als eine Art Wunderkind unter den Erdmagiern galt.

Außerdem war das Haus Igenitor mit dem aktuellen Monarchen eng verbandelt und ein langjähriger Unterstützer des Erzmagierkollegiums. Solches Ansehen und diese Unterstützung hatten mehr als nur ein wenig Gewicht in diesen gewölbten Hallen des Lernens – genug Gewicht, dass Octavius Zugang zu fast jedem Bereich der Hochschule hatte, einschließlich der Bereiche, die nur für die mächtigsten lebenden Magier bestimmt waren. Was Sam eines ziemlich gut bewies – die größte Macht in Eternium war nicht Magie, sondern Geld und Vetternwirtschaft. Diese beiden konnten jede Tür weit besser öffnen als die mächtigsten Zaubersprüche.

Leider nicht so anders als in der realen Welt. Die Türen, die den Sperrbereich bewachten, waren aus mattschwarzem Stahl gebaut und mit Glyphen und Runen der Macht bedeckt. Sie hatten große Griffe, die nach außen ragten, aber um sie herum war eine Kette gewickelt, die so dick wie Sams Unterarm war. Die Kette war mit einem Schloss von der Größe von Sams Schädel gesichert. Angenommen, ein Dieb würde es jemals bis hierher in die Hochschule schaffen – was zweifelhaft war, da sich sogar Leute, die an diesen Ort gewöhnt waren, verirrten – würde dieses Schloss ihn kaltstellen.

Sam hob den bronzenen Schlüsselring an und arbeitete sich durch eine Reihe verschiedener Schlüssel – er hatte keine Ahnung, was sie alle taten oder wohin sie führten – bis er zu einem goldenen Schlüssel kam, in dessen Kopf ein

Diamant von der Größe eines Rotkehlcheneis eingelassen war. Das Schloss gab unter dem Ansturm der gezackten Zähne des Schlüssels nach und sprang ohne den geringsten Widerstand auf. Auf der anderen Seite der kolossalen Türen befand sich ein rechteckiger Gang, sechs Meter lang und anderthalb Meter breit.

Auf beiden Seiten des Flurs befanden sich Türen; obwohl *Portale* wahrscheinlich ein besserer Begriff war, da es keine richtige Tür zu sehen gab. Nur sieben schimmernde, *türförmige* Durchgänge, jeder in einem anderen Farbton. Drei Portale auf der linken Seite des Flurs, drei auf der rechten Seite und eines ganz am Ende des Flurs, das in ätherischem, violettem Licht brannte und Sam anlockte wie eine Flamme eine Motte. Jedes Tor repräsentierte einen der *höheren* Ränge: Lehrling, Schüler, Geselle, Experte, Meister, Großmeister und Weiser.

Bisher war Sam in seiner Zeit als Octavius' Forschungsassistent immer nur durch zwei Türen gegangen, das karmesinrote Lehrlingstor und das mandarinenfarbene Studententor. Dieses Mal jedoch nicht.

Dieses Mal marschierte Sam geradewegs auf das Ende der Halle zu und drückte seine Augen fest zu, als er das violette Tor durchschritt. Eisige Energie strömte wie ein Wasserfall über seine Haut, als er durch die Lichtwand trat, aber das Gefühl ging schnell vorbei, denn innerhalb eines Herzschlags hatte er die Hauptkammer hinter sich gelassen. Sofort fand er sich auf einem Gang wieder, der dem in der unteren Bibliothek sehr ähnlich war. Allerdings gab es einen *bemerkenswerten* und essenziellen Unterschied: Die Böden unter ihm waren nicht aus dunklem, fugenlosem Holz, sondern aus halbtransparentem violettem Glas. Sam hatte noch nie ein Problem mit Höhen, aber jetzt befand er sich auf der höchsten Ebene der schwebenden Bibliothek und er konnte all die anderen Gänge und Etagen sehen, die sich unter ihm ausbreiteten wie ein Ameisenhaufen.

Sam schluckte und leckte sich die plötzlich ausgetrockneten Lippen. Er musste dreihundert Meter hoch sein, vielleicht mehr. Soweit er erkennen konnte, stützte nichts den Boden, auf dem er gerade stand. *Dies ist ein Spiel*, erinnerte er sich – nicht zum ersten oder gar zum einhundertsten Mal. *Die Regeln der Physik müssen keinen Sinn ergeben. Der Quellcode hält mich aufrecht und in einem Videospiel ist der Code so solide wie Stahl*. Mit diesem Gedanken im Hinterkopf machte Sam einen zaghaften Schritt nach vorne. Als das lila Glas nicht sofort zersprang und ihn in sein sicheres Verderben schickte, machte er noch ein paar Schritte.

Da er keine Sekunde länger als unbedingt nötig im Bereich der Weisen verbringen wollte, beeilte sich Sam, bis er die kristallinen Böden entlangjoggte, wobei er sich bemühte, sich nicht zu lange auf die verschiedenen Bücher zu konzentrieren, die die Regale füllten. Es waren seltsame Wälzer, die vor Magie glitzerten. Er konnte fast das Flüstern einer geisterhaften Stimme hören, die in der Luft flatterte, als er vorbeiging. Vor ihm befand sich der Gang, in den Octavius ihn geschickt hatte. Jemand hatte sorgfältig ein hölzernes Schild mit der Aufschrift *Fortgeschrittene Verdrängungsmechaniken* an einen Pflock an der Kreuzung gehängt. Sams Füße schwankten, als er an einer Nische vorbeiging, die nicht viel größer als eine Besenkammer war und mit schweren Stahlstäben verschlossen war.

In Wahrheit sah es aus wie eine Gefängniszelle und hinter den Gitterstäben stand ein einfacher Steinsockel, auf dem ein weinrotes Buch lag. Der Einband des Buches trug keinen Titel, dafür funkelten unverständliche, goldene Runen entlang des Buchrückens. Aus dem Leder ragte jedoch ein humanoides Gesicht, das aus verschiedenen, grob zusammengenähten Fellstreifen zusammengesetzt war. Das Buch würde keinen Schönheitswettbewerb gewinnen, das war sicher, aber Sam spürte ein seltsames Kribbeln ... fast ein Jucken, das ihm sagte, er solle das Buch in die Hand nehmen. Zögernd blickte er auf den Schlüsselbund in seiner Hand hinunter.

Sicherlich, dort hing ein lila Kristallschlüssel, der perfekt zum Schloss zu passen schien. Aber nein. Octavius' Warnung – mehr noch, das kichernde Grinsen, das ihm sagte, er solle *es tun* – *lastete* wie ein Amboss auf ihm. Sam steckte die Schlüssel fest in eine Tasche an seinem Gürtel, drehte dem seltsamen Buch den Rücken zu und machte sich auf den Weg zur Abteilung *Fortgeschrittene Verdrängungsmechaniken*.

Er hatte schon genug Ärger mit der Magierhochschule und er hatte nicht vor, jetzt – am Abend vor seinem ersten freien Tag – alles aufs Spiel zu setzen, um in einem Buch herumzustochern, das ihn wahrscheinlich zu feiner Asche verbrennen würde, sobald er einen Finger darauf legte. Es gab offensichtlich einen Grund dafür, dass das Buch in der obersten Etage der gesperrten Bibliothek lag und dann zusätzlich noch hinter einem verschlossenen Tor gesichert war.

Er bog um die Ecke und fand Octavius' Buch ohne große Schwierigkeiten, aber auf dem Weg zurück nach draußen ... er hätte schwören können, dass er die Seiten des seltsamen Buches rascheln hörte, als er daran vorbeischlurfte.

Kapitel 13

Sam schlief wie ein Toter, wachte früh auf und arbeitete seine morgendliche Schicht in der Küche wie ein Zombie durch. Sein Verstand war völlig darauf fixiert, was für großartige Dinge er tun würde, wenn er aus der Hochschule herauskam. Er hatte vor, die Stadt zu verlassen, das war sicher. Jellies mit seinen auf Wind basierenden Kräften zu erschlagen machte Spaß, aber in den Abwässern der Stadt herumzutrampeln *nicht*. Außerdem freute er sich darauf, einige der anderen herausfordernden Kreaturen zu sehen, die das Spiel zu bieten hatte. Er bezweifelte, dass er auf die Wolfsmenschen treffen würde – wenn man bedachte, dass er nur Stufe vier war – aber jede Abwechslung wäre schön.

Horninchen? Füchse? Wölfe? Her mit ihnen! Eigentlich wollte er nur Monster zermalmen, bis sich seine Muskeln wie Wackelpudding anfühlten und so viel Erfahrung wie nur irgend möglich sammeln. Um das zu tun, brauchte es ein wenig Planung.

Sam hatte am Tag zuvor einige Gesundheits- und Manatränke aus der Hochschule mitgenommen – zusammen mit einem Lederbandolier zur Aufbewahrung der Tränke – obwohl die magischen Gebräue *unerschwinglich* teuer waren. Aber da Kleriker und andere Magieanwender so selten waren, war es unwahrscheinlich, dass er es schaffen würde, sich einer Gruppe anzuschließen, die einen richtigen Heiler hatte. Sam war die schwächste aller Glaskanonen und das bedeutete, dass er Tränke brauchte. Außerdem hatte die Magierschule die besten Preise für Tränke. Eigentlich die *einzigen* Preise, denn sie besaßen ein Monopol und konnten sich aussuchen, an wen sie verkauften, aber laut Finn war der Rest ihrer Ausrüstung *maßlos* überteuert. Finn sagte, er kenne einen Ort in der Stadt, wo Sam ein paar verdammt gute Angebote bekommen könne, ohne seine Niere verkaufen zu müssen.

Dafür, dass er ein Adliger mit viel Gold war, war Finn überraschend sparsam. Was gut war, denn Sam musste sich eindecken. Seine *Anwärter-Robe* war kaum mehr als brauchbar, er hatte keine Ersatzwaffe – ein Muss, falls sein Manapool jemals versiegen sollte – und er brauchte *zumindest* einen Rucksack, wenn er überhaupt Beute machen wollte.

Im Gegensatz zu vielen anderen Spielen, die er zuvor gespielt hatte, gab es kein bodenloses Inventar, in dem man Gegenstände aufbewahren konnte. Allerdings hieß es, dass dieses Problem behoben werden konnte, wenn man Geld im Überfluss hatte oder das Glück, einen seltenen Boss zu besiegen. Magische Aufbewahrungsgegenstände, die es in diesem Spiel anscheinend gab, funktionierten ähnlich wie die Hochschule, indem sie eine persönliche Taschendimension schufen, in der Ausrüstung gespeichert werden konnte.

Sam würde nach so etwas Ausschau halten. Er würde sechs Monate am Stück hier sein. Es gab keinen Grund, warum er alles in einem sperrigen Rucksack mit sich herumschleppen sollte, der wahrscheinlich seine ohnehin schon miserable Ausdauer belasten würde. Also würden er und Finn anhalten, um sich richtig auszurüsten, dann würden sie sich auf den Weg in die Stadt machen und eine Gruppe finden, mit der sie feiern konnten.

Ehrlich gesagt war das der Teil, über den sich Sam am wenigsten Sorgen machte. Obwohl Sam bisher nur sehr wenig Zeit in Ardania selbst verbracht hatte, deuteten seine kurze Begegnung mit Kathleen – der Frau, die ihn zur Hochschule geführt hatte – und die Handvoll Nahkämpfer, denen er auf dem Hochschulgelände begegnet war, darauf hin, dass er keine Probleme haben würde, eine Gruppe zu finden. Die Chancen standen gut, dass er und Finn sich gegen den Ansturm von Angeboten würden *wehren* müssen.

Als Sam endlich mit der letzten Runde Geschirr fertig war, zog er sich die Küchenschürze aus und schlich durch die Flure in Richtung Hof. Es war erst halb neun am Morgen. Gar nicht so schäbig. Wenn sie sich beeilen würden, hätte Sam fast den ganzen Tag Zeit zum Schleifen!

Er fand Finn auf einer Bank im Hof sitzend. Der junge Adlige saß allein da und beschwor und bannte immer wieder kleine Kugeln aus gefrorener Macht – zweifellos arbeitete er daran, seinen Frostkugelzauber zu verbessern. Der Junge sah ziemlich einsam und zurückgezogen aus, sein Gesicht eingefallen, die Augen hohl, aber er leuchtete auf wie eine Kerze, als er Sam sah, der sich über den Hof auf ihn zubewegte.

»Ausgezeichnet! Ich dachte schon fast, du hättest *kalte Füße* bekommen«, er wackelte mit den Augenbrauen zu Sam, offensichtlich selbstgefällig über sein eisbasiertes Wortspiel, »und beschlossen, dich auf dem Hochschulgelände zu langweilen wie der Rest dieser zaubernden Idioten.«

»Ja, klar«, schnaubte Sam, während er mit den Augen rollte. »Ich wäre schon früher hier gewesen, aber ich wurde mit dem Frühstücksdienst aufgehalten.«

»Ah, das erklärt es dann. Ich hatte das Glück, eine Stelle bei der Verzauberin Claifax zu bekommen. Sie hatte nichts für mich zu tun, also hat sie mich weggescheucht, kaum dass ich da war. Aber genug davon! Es gibt Abenteuer zu bestehen und ich habe endlich jemanden, mit dem ich es tun kann! Das ist ein Vergnügen, weißt du. Ich habe noch nie ein richtiges Abenteuer erlebt. Streng genommen ist es uns Adligen nicht erlaubt, uns mit den niederen Kasten zu verbrüdern. Es ist nicht gerade ein formelles Gesetz, aber eine unausgesprochene Regel. Als Magier ist es sogar noch schlimmer – mit Nichteingeweihten herumzutollen ist schwer verpönt.«

»Warte, sollen wir das nicht machen?« Sam hielt inne, auch als Finn einen Arm um seine Schultern legte und ihn zum Fallgitter zog.

Finn zuckte mit den Schultern und ein verschmitztes Lächeln zog über sein Gesicht. »Wieder eine dieser unausgesprochenen Regeln. Ich denke, wenn man sich mit den *technischen Details befassen* will, dann ja, wir sollen uns nicht wahllos irgendwelchen Gruppen anschließen – die Hochschule kontrolliert gerne, welche Gruppen sanktioniert werden und welche nicht. Aber …«

Er hielt inne und zwinkerte Sam zu. »Das ist nur wichtig, wenn wir erwischt werden und das *werden* wir *nicht*. Also, willst du jetzt ein bisschen Abenteuer erleben oder nicht?«

Die Hochschule war *besessen* davon, die Magie zu kontrollieren, zu kontrollieren, wer sie ausüben durfte und wie. Sie gingen sogar so weit zu kontrollieren, mit wem ihre Mitglieder verkehren durften? Nun, Sam hatte es langsam satt, keine Kontrolle über sein Leben im Spiel zu haben. Also *was*, wenn sie eine kleine Regel brachen? Er war nach Eternium gekommen, um das Spiel zu spielen, neue Freunde zu treffen und ein paar fantastische Quests zu absolvieren! Er wollte nicht zulassen, dass ein nervtötender Idiot wie Octavius dieser Welt jedes bisschen Spaß nimmt.

Stattdessen lächelte Sam, nickte und ging einfach weiter, um die Hochschule hinter sich zu lassen, zumindest für ein paar Stunden. Sie arbeiteten sich durch die Stadt und erfreuten sich an den Farben, dem Leben und der Vitalität, die überall außerhalb der ruhigen, geheiligten Hallen der magischen Akademie blühten. Die Dinge hatten sich bereits erheblich verändert, seit Sam ein paar Tage zuvor hierhergekommen war.

Die Gebäude waren alle gleich, aber die Straßen waren jetzt voll mit Menschen. Er sah viel mehr Reisende, die sich durch den Verkehr schlängelten, Essen am Straßenrand zu sich nahmen oder aus den unzähligen Läden, Gasthäusern und Tavernen kamen, die das Stadtbild prägten. Die Reisenden fielen durch ihre klapprigen Anfängerrüstungen und rostigen Waffen auf, die die meisten von ihnen trugen.

Es ergab Sinn, dass die Leute noch keine tolle Ausrüstung hatten. Obwohl die Zeit hier nicht mit der Realität übereinstimmte, war er seit ungefähr sechs Tagen in Eternium. Das bedeutete, dass das Spiel in der realen Welt seit *drei* Tagen live war. Das war gerade lang genug für die erste Welle von Spielern, um sich die Füße nass zu machen, aber kaum genug Zeit für jemanden, um wirkliche Fortschritte im Spiel zu machen. Das Hochstufen war zu schwierig und die Art der Quests war zu offen, als dass sich jemand durch die frühen Spielinhalte hätte kämpfen können. Verdammt, Sam war sich nicht einmal sicher, ob es ›frühe Spielinhalte‹ gab – zumindest nicht im traditionellen Sinne des Wortes.

Finn führte ihn schließlich zu einem Laden für Secondhand-Ware namens *Nicks Kramkiste: Secondhand-Ware zu Hammerpreisen! Achten Sie nur auf die Rasierklingen!*

Von allen Orten, die Sam bisher besucht hatte, war dieser bei Weitem der skizzenhafteste. Der Laden war überraschend *schmal*, die gesamte Ladenfront nicht viel breiter als ein normaler Flur, mit einer Holztür, die einst in einem hellen Grün gestrichen worden war. Jetzt war der größte Teil der Farbe stumpf und abgeplatzt und zeigte das raue Holz darunter.

Das Schild über dem Gebäude war ebenfalls in einem schrecklichen Zustand und die Markise, die aus der Fassade ragte, hatte mehr Löcher als eine normale Scheibe Schweizer Käse. Sam hätte den Laden nicht einmal bemerkt, bevor Finn sich die Freiheit nahm, ihn darauf hinzuweisen. Es war fast so, als wären seine Augen an dem harmlosen kleinen Laden vorbeigeglitten. Wahrscheinlich nur ein weiteres Opfer seiner geringen Wahrnehmung … oder war es ein weiteres Zeichen dafür, dass Blödsinn im Gange war?

»Wirklich?« Sam stockte, als Finn auf die Tür zusteuerte. »*Das* ist der Ort, von dem wir unsere Ausrüstung holen sollen? Wenn ich mich nicht völlig täusche, bist du doch ein *Adliger*, oder? Warum sollte jemand wie du in so einem Laden einkaufen? Das ist die Art von Laden, für den man extra die Straßenseiten wechselt. Habt ihr hier in Ardania schon mal was von Tetanus gehört? Denn wenn man da reingeht«, Sam deutete mit dem Daumen in Richtung Tür, »bekommt man garantiert Tetanus. Lass dir das von einem Kerl sagen, der die letzten paar Tage damit verbracht hat, durch echtes Abwasser zu waten.«

Finn hob seine Hände, ein schiefes Lächeln auf seinen Lippen. »Ich weiß, wie es aussieht, aber dieser Ort ist der beste, Sam. Wahrhaftig. Dies ist so ein Fall, bei dem man ein Buch nicht nach seinem Umschlag beurteilen sollte. Vertraue mir.«

Misstrauen durchströmte Sam, aber Finn hatte ihn noch nie in die Irre geführt, also folgte er dem Adligen widerwillig in das Innere des klapprigen Ladens. »Wenn ich abgestochen werde oder mir irgendeine schwere Schwächung einhandle, mache ich dich dafür verantwortlich.«

Nur, dass das Innere *alles andere* als klapprig war. Irgendwie widersetzte es sich den Gesetzen der Physik, genau wie die magische Hochschule. Der Innenraum war geräumig, die Hartholzdielen unter den Füßen schimmerten in einem matten Glanz vom fleißigen Polieren und handwerklich sorgfältig gearbeitete Tische verteilten sich im Raum, auf denen Waren aller Art ausgestellt waren: Rüstungen, Waffen, Rucksäcke und Taschen. An den Wänden standen Bücherregale, gefüllt mit alten, in Leder gebundenen Büchern und Regale, vollgepackt mit Handwerkszutaten der einen oder anderen Art. Sam glaubte zu spüren, wie ihm der Kiefer auf den Boden schlug und er überprüfte seine Gesundheitsleiste, in der Erwartung, Schaden genommen zu haben.

Im hinteren Teil des gut ausgestatteten Ladens befand sich ein Verkaufstresen, hinter dem ein zu dünner Mann in einem Tweed-Anzug stand. Er sah aus wie ein Adliger aus der viktorianischen Ära, mit seinem bleistiftdünnen Schnurrbart und der selbstgefälligen Zufriedenheit, die ihn wie ein Samtmantel umgab.

»Herr *Laustsen*«, strahlte der Mann förmlich, während er die Hände auf dem Tresen faltete. »Es ist schön, Sie zu sehen, junger Herr. Diesmal haben Sie einen jungen Freund mitgebracht. Herrlich!« Frostig blaue Augen, scharf, kalt und berechnend wie ein Habicht, musterten Sam. »Wie reizend, in der Tat. Gibt es irgendetwas, womit ich den beiden jungen Herren heute helfen kann?«

»Wir bereiten uns auf ein kleines Abenteuer vor, Herr Nicolas, aber für den Moment denke ich, dass wir uns nur umsehen werden. Vorausgesetzt, es macht Ihnen nichts aus?«

»*Natürlich* nicht, Herr Laustsen«, antwortete der Mann so glatt und schmierig wie ein Ölfleck in einer Autowerkstatt. »Ihre Familie war immer einer unserer größten Unterstützer. Ich bin im hinteren Bereich. Läuten Sie einfach«, er tippte auf eine kleine Messingglocke, die auf dem Tresen stand, »und ich bin gleich da, um Ihnen zu helfen, was auch immer Sie brauchen.«

Damit gab Herr Nicolas von Nicks Kramkiste seinem Tweedanzug einen Ruck und verschwand prompt durch eine Tür mit Fledermausflügeln. Sam war sich ziemlich sicher, dass diese zu einem Lagerraum hinter dem Tresen führte. So oder so, einfach so … waren sie allein.

»Hat er keine Angst vor *Dieben*?« Sam senkte seine Stimme auf ein leises Flüstern.

»Wohl kaum«, Finn legte Sam eine Hand auf die Schulter und führte ihn hinüber zu einem Tisch, auf dem sich Roben und verschiedene Gelehrtengewänder stapelten. »Dieser Ort ist … besonders. Es *ist* wirklich ein Secondhandladen, aber einer für die Adelshäuser. Die Finanzen der Adelshäuser, weißt du, sind eine heikle Sache. Genauer gesagt sind sie ein Thema, das in der höflichen Gesellschaft nicht diskutiert wird, aber wie alle Menschen geraten auch adelige Häuser *gelegentlich* in eine schwierige Lage und müssen aus verschiedenen Gründen wertvolle Gegenstände verkaufen. Als Adliger kann man nicht einfach in ein teures Geschäft drüben im Nordwasser-Viertel gehen und unbezahlbare Familienerbstücke veräußern. Es sei denn, man will jede Zunge im Königreich tratschenderweise zum Wackeln bringen.«

Finn verstummte und betrachtete einen Satz eisblauer Roben, die aus Seide zu sein schienen. »Solche wertvollen Gegenstände zu verkaufen, wäre ungeheuer *geschmacklos* und würde ein schlechtes Licht auf das betreffende Haus werfen. Wir *kaufen* verschwenderisch. Wir verkaufen nicht, wir feilschen nicht und wir klauen ganz sicher keine Münzen. Also wurde Nicks Kramkiste als eine weitere dieser unausgesprochenen sozialen Nettigkeiten eröffnet, die in der gehobeneren Gesellschaftsschicht so weit verbreitet sind. Der Laden liegt in einer der schlimmsten Gegenden der Stadt und ist mit mächtiger Illusionsmagie geschützt, damit die falschen Leute ihn nicht finden. Wenn Adlige etwas verkaufen oder kaufen müssen – und dabei nicht gesehen werden wollen – schicken sie einen Diener hierher, um die notwendigen Dinge abzuholen.« Finn deutete mit der Hand einen großen Bogen an, der die ganzen Regale einschloss. »Das ist das Beste, was die Stadt zu bieten hat und das zu vergleichsweise günstigen Preisen. Leider ist mein Haushalt nach dem verlorenen Krieg in *besonders* schwere Zeiten geraten. Unnötig zu sagen, dass wir die meisten unserer Geschäfte hier machen und *jeder* weiß das.« Finn schenkte Sam ein schiefes Lächeln, obwohl sich direkt hinter seinen Augen Schmerz verbarg. »Noch ein Grund mehr für jedes andere Haus, unsere Existenz zu verabscheuen. Wir Laustsens sind zwar hochgeboren, aber nur im wahrsten Sinne des Wortes – zu reich, um mit den niederen Kasten zu schuften, zu arm, um richtig zu den Adeligen zu gehören – aber so ist das Leben in Ardania. Also, lasst uns diesen Ort überfallen, uns wie Banditen aus dem Staub machen und ein echtes Abenteuer finden, ja?«

Finns Worte hallten bei Sam nach und obwohl dieser schlaksige, unbeholfene Junge nur ein simuliertes Stückchen

Code war, fühlte sich Sam mit ihm tief verbunden. Er war froh, einen Freund zu haben, auch wenn er nicht gerade … real war. Sam konnte das nicht einfach so *sagen*, also nickte er stattdessen und stürzte sich in die Stapel epischer Ausrüstung und wühlte mit absoluter Freude darin herum.

Der junge Mann hatte sich nicht in diesem Laden geirrt – er hatte so ziemlich alles. Vieles erschien Sam immer noch übertreuert, aber er konnte es sich leisten, mehr als der durchschnittliche Spieler auszugeben und Finn versicherte ihm, dass er nirgendwo sonst in der Stadt bessere Preise finden würde. Zumindest nicht für Ausrüstung dieser Qualität. Sie verbrachten die nächste halbe Stunde damit, sich für die Gefahren zu rüsten, die sie in der weiten und wilden Welt vor den Toren der Stadt erwarteten.

Sam nahm ein Paar Standard-Lederstiefel mit Silbereinfassung, die einen Vorteil für Konstitution, Bewegungsgeschwindigkeit und das Akrobatik-Talent boten; allerdings verringerten sie auch sein Glück um zwei Punkte, was ein unglücklicher Kompromiss war.

Stiefel des Stadtschleichers. Diese fantasievollen Stiefel sind eine Sonderanfertigung, die von einem unbedeutenden Adligen angefertigt wurde, der sich für einen Abenteurer hielt, obwohl er noch nie einen Fuß in die Wildnis von Eternium gesetzt hatte. Unnötig zu sagen, dass er einen schrecklichen und schmerzhaften Tod starb, als er sich das erste Mal in das große Unbekannte hinauswagte. Sei weiser als er! +2 Konstitution, +2 % Bewegungsgeschwindigkeit, Sturzschaden wird um 2 % reduziert, -2 Glück.

Sam verkaufte auch seine alte Anwärter-Robe für vierzig Silbergroschen und wechselte dann zu einem Outfit aus leichtem Stoff und Leder namens *Prachtvoller Arcanus*. Er betrachtete sich in einem Ganzkörperspiegel in der Nähe der Kleidungstische und stellte fest, dass er jetzt wie ein Cosplayer aus dem sechzehnten Jahrhundert aussah, der sich auf einen Kampf vorbereitete. Vielleicht wie einer der drei Musketiere, obwohl ihm deren charakteristischer, breitkrempiger Kavaliershut fehlte.

Alles andere war perfekt – eine schicke Hose, eine figurbetonte Weste, eine verzierte Außenjacke, die einem Trenchcoat ähnelte, allerdings mit einem hohen, steifen Kragen. Das merkwürdige Outfit brachte einen Charisma-Bonus von +1 und senkte die Preise für gekaufte Gegenstände um fünf Prozent, was sich, wie Sam wusste, mit der Zeit zu einer Menge Geld summieren konnte. Außerdem sah es so scharf aus wie die Klinge eines Dolches und die Gesamtbewertung der Rüstung war ausgezeichnet. Das Beste von allem war, dass er keine dieser verhassten Roben trug, sich wieder normal bewegen konnte und die ›Rüstung‹ keine seiner Zauberfähigkeiten behinderte.

Eine Win-Win-Win-Situation, soweit es Sam betraf. Er verbrachte einige Zeit damit, sich eine Auswahl an Rucksäcken anzusehen, entschied sich aber schließlich für einen magischen Behälter namens *Bodenlose Flasche des Trunkenbolds*. Oberflächlich betrachtet war es nur ein abgenutzter Silberkolben, nur dass dieses Ding dem Besitzer des Kolbens erlaubte, entweder eine praktisch unbegrenzte Menge an Wein oder zusätzliche Waren und Gegenstände im Wert von zweihundert Pfund zu speichern.

Laut Finn waren magische Behälter wie der Flachmann *technisch gesehen* verboten, da Schmuggler sie einst benutzt hatten, um große Mengen an Drogen in die noblen Bezirke zu importieren ... aber es gab eine Reihe von Regeln für die große Mehrheit der Bürger Ardanias und *eine* ganz *andere* Reihe von Regeln für Leute, die von Nicks Kramkiste wussten. ›Pay to play‹ in seiner hässlichsten Form, aber in diesem Fall machte es ihm nichts aus, auf der Gewinnerseite zu stehen. Sam brauchte den Behälter und sich zu weigern ihn zu kaufen würde das Problem nicht so bald lösen. Er nahm auch einen verzauberten Dolch mit, der von Magiern benutzt werden konnte. Er hatte ein paar nette Boni für diejenigen, die den Weg des Arkanen einschlugen.

Dolch des mystischen Pfades. Du hast dich also entschieden, ein Magier zu werden, was? Schön für dich, aber es ist immer gut, ein wenig Unterstützung zu haben, wenn dir die Magie ausgeht, mit der du wild um dich wirfst. Vergiss nie, dass ein Stück Metall mit einem spitzen Ende in den richtigen Händen genauso tödlich sein kann wie ein fliegender Eiszapfen. +1 Stärke, +1 auf eine beliebige Klingenwaffen-Fertigkeit (Schwert, Dolch, Säbel, etc.) (gesperrt). Kann in der freien Hand verwendet werden.

Nach einem anstrengenden Feilschen mit dem Ladenbesitzer ging Sam mit einer Menge neuer Ausrüstung weg und war bereit zu töten. Er ging auch um vierzig Goldstücke erleichtert weg, obwohl sich das, nachdem er alle seine Kurse an der magischen Hochschule bezahlt hatte, wie ein Diebstahl anfühlte. Er versuchte, nicht daran zu denken, wie viel Geld er tatsächlich weggeworfen hatte, um alles zu bekommen und begann zu schwitzen. Nein, komm schon, es war Zeit für Spaß!

Alles, was noch zu tun war, war, einer Abenteurergruppe beizutreten und jemandem oder etwas in den Hintern zu treten.

Kapitel 14

Nachdem sie *Nicks Kramkiste* hinter sich gelassen hatten, fanden sich Sam und Finn in einem schwach beleuchteten Gasthaus am Rande der Stadt wieder, nicht weit von dem Tor entfernt, das auf das hügelige Feldland hinausführte. Das Gasthaus selbst war ein dreistöckiges, baufälliges Gebäude. Die Dielen knarrten, die Tische waren aus grob behauenem Holz und die Gäste waren genauso ruppig und schmutzig wie der Rest der Einrichtung. Kellnerinnen in Leinenhemden und grünen Wollkleidern zirkulierten über den Boden und brachten Platten mit dampfendem Essen oder Krüge mit bernsteinfarbenem Bier. Sams Augen folgten den Speisen und Getränken hungrig, bis zu dem Punkt, an dem er sich daran erinnern musste, warum er hier war.

Auf einer erhöhten Bühne stand ein breitschultriger Barde, der ausgerechnet einen *Kilt* trug und auf einem, wie Sam vermutete, behelfsmäßigen Dudelsack eine übermäßig laute und vor allem übermäßig schräge Version von ›Danny Boy‹ vortrug. *Das* war definitiv etwas, das man nicht jeden Tag sah. Aber die Barbesucher genossen die Melodien, aßen, unterhielten sich und scherzten gutmütig über ihren dampfenden Tellern. Eine Handvoll Gäste schunkelte sogar fröhlich auf einer frei gewordenen Fläche vor der Bühne.

Trotz des Schmutzes und des übelriechenden Geruchs von ungewaschenen Körpern und getrocknetem Blut war die Atmosphäre freundlich. Einladend. Oberflächlich betrachtet war die Magier-Hochschule stilvoller, sauberer und raffinierter, aber dieser Ort hatte eine Sache, die die Hochschule nicht hatte – und dieser Ort hatte sie in *Hülle und Fülle – Spaß*.

Die meisten der Leute in dieser Taverne waren Spieler und als Sam ihre Gesichter betrachtete, konnte er feststellen, dass jeder einzelne von ihnen froh war, hier zu sein. Sie waren *zufrieden* mit ihrem Spielerlebnis. Plötzlich überdachte er *alle* seine Eternium-Entscheidungen. Als ehemaliger Spieler nahm Sam an, dass eine mächtigere Klasse das Spiel interessanter machen würde und daher auf lange Sicht mehr Spaß machen würde, aber … aber vielleicht hatte er sich *geirrt*. Wenn er ehrlich zu sich selbst war, hatte er in diesem Spiel nicht so viel Spaß gehabt, wie diese Leute offensichtlich hatten. *Niemals.* Hatte er wirklich so schlecht gewählt?

Er wusste es nicht, aber er war *jetzt* hier *und* er hatte vor, so viel von der Atmosphäre aufzusaugen, wie er konnte. Sam beugte sich vor und sprach in Finns Ohr, um über die Menge hinweg gehört zu werden: »Komm schon, Kumpel. Das sieht absolut fantastisch aus. Wie wär's mit einem Drink, bevor wir weitermachen?«

»Du liest meine Gedanken! Aber hey, das ist ein *völlig* illegaler Zauberspruch in Ardania!« Finn antwortete mit einem leichten, schiefen Grinsen, auch er sah lebendiger aus, als Sam ihn je auf dem Hochschul-Campus gesehen hatte.

Sam ging voran, schlängelte sich durch die Gäste und wich nur knapp den Kellnern, Kunden und betrunkenen Tänzern aus. Er fühlte sich wie eine Abrissbirne, als er sich durch die engen Räume bewegte. Sein Geschicklichkeitswert war keine große Hilfe und seine grässlich niedrige Wahrnehmung war fast vollständig für das verantwortlich, was als Nächstes passierte. Sam wich einer Kellnerin aus, die ein hölzernes Tablett mit schmutzigem Geschirr in der Hand hielt und verfehlte sie nur um Zentimeter … nur um dann mit dem Gesicht voran in eine andere Frau zu rasen, diese mit einem Schopf roter Haare und einer Runde voller Krüge in ihren Händen. Ihre hellgrünen Augen weiteten sich, die Lippen zogen sich von den perfekt geraden Zähnen zurück, als sie und Sam zusammenstießen.

Sie zu treffen war, als ob man gegen eine Ziegelwand rennen würde. Sie war ganz aus hartem Stahl und strammen Muskeln, ohne ein einziges Gramm Nachgiebigkeit in ihrem Körper. Sam prallte zurück, seine Gesundheit sank durch den Aufprall um ein paar Punkte. Sie schien nicht im Geringsten verletzt zu sein, aber die vier Krüge, die sie trug, verkrafteten den Aufprall nicht ganz so gut. Das Bier explodierte wie ein Geysir aus Gold, durchtränkte Sam und spritzte ihr direkt ins Gesicht. Wenigstens konnte sie sich an den Krügen festhalten, damit sie nicht auf dem Boden zerschellten.

Sam taumelte mit rudernden Armen, um das Gleichgewicht zu halten, sein Gesicht war fast so rot wie das Haar der Frau. Er dachte, er würde vor lauter Verlegenheit sterben. Finn lehnte sich von hinten an ihn heran, stützte ihn mit einer Hand und kämpfte sichtlich darum, seine Fassung zu bewahren. »Geschickter Schachzug, mein Freund. Glatt wie Eis. *Genau* so habe ich es erwartet.«

»Oh, es tut mir *so* leid!«, platzte Sam heraus, als er endlich sein Gleichgewicht gefunden hatte. »Ich habe versucht, jemand anderem auszuweichen und … ich habe Sie gar nicht gesehen.«

Er sah sich hektisch um und versuchte, ein paar Servietten zu finden, um die Sauerei aufzuräumen, aber *natürlich gab* es keine Servietten. Dies war eine Fantasiewelt, kein Burgerladen in Anaheim. Das brachte ihn dazu, noch mehr sterben zu wollen. Zum Glück sah die Frau nicht wütend aus. Sie grinste sogar und schüttelte nur den Kopf, bevor sie die nun leeren Krüge auf einem Tisch in der Nähe abstellte.

»Ist schon gut.« Sie zog ein hellbraunes Taschentuch aus einer Tasche an ihrem Gürtel und wischte sich schnell den Bierschaum aus Gesicht und Händen. »Das hätte jedem passieren können. Wirklich. Wie wär's, wenn du einfach noch eine Runde Gerstensaft für meine Freunde und mich spendierst, um es wiedergutzumachen?«

Sam erstarrte, als er ihr zuhörte. Diese *Stimme*. Er *kannte* diese Stimme! Er hatte diese Person nie im wirklichen Leben getroffen, aber er hatte sie in hundert Gilden-Raids laufen und in tausend Spielstunden mit ihm reden gehört. Sam stand stocksteif mit offenem Mund da und studierte sie. Sie war ein paar Zentimeter kleiner als er, sah aber doppelt so breit aus, dank des schweren Silberpanzers, der ihren Oberkörper bedeckte. Sie trug einen zerlumpten, scharlachroten Umhang, einen Dolch an der einen Hüfte, einen massiven Streithammer an der anderen und hatte einen riesigen Schild auf dem Rücken befestigt. Mit dem Schild sah sie ein wenig aus wie eine mittelalterliche Version einer Ninja Turtle.

Diese Frau musste eine Barbarenklasse spielen oder vielleicht sogar eine Art Paladin, vorausgesetzt, dieses Spiel hatte ein Paladin-Äquivalent. Das passte zu dem, was er wusste. Das *musste* sie sein.

»Hallo?« Sie schnippte mit den Fingern in sein Gesicht. »Bist du okay? Habe ich dich verloren? Laggt vielleicht deine Internetverbindung? Das oder der Schlag muss etwas in deinem Kopf gelöst haben.«

Sam war völlig sprachlos und statt wie ein normaler Mensch auf ihre Fragen zu antworten, platzte er mit dem Einzigen heraus, was ihm in den Sinn kam. »Rachel? Rachel Poulson? Bist … bist du das?«

»Ja.« Diesmal war sie an der Reihe, stocksteif und wie vom Donner gerührt zu stehen. Nach einem langen, *angespannten* Schlag antwortete sie schließlich, eine Hand sank auf den Griff ihres Dolches. »Woher wissen Sie das? Wer sind Sie?«

Ihre Augen verengten sich misstrauisch und ihr zuvor freundliches Auftreten verschwand, ersetzt durch ein Knurren und den kalten Blick einer Warnung.

»Ich bin's«, ignorierte Sam alle eklatanten ›Schneller Rückzug‹-Zeichen, »Sam King! Ich meine, ich weiß, es ist eine Weile her, aber *so* lange ist es gar nicht her. Du hast die Bannergarde-Gilde in Masterwind Chronicles geleitet und warst der Teamleiter für die Shivercrawlers in Celestial Conquest Online! Wir müssen schon eine *Trillion* Mal zusammen online gespielt haben.«

Das Knurren verwandelte sich in eine Grimasse, bevor es langsam verschwand, obwohl sie immer noch skeptisch aussah. Als würde sie immer noch über seine Worte nachdenken, fragte sie schließlich: »Sam King aus Anaheim?«

»Ja. Ich habe früher unter dem Gamertag BadKraken gespielt. Ich habe mich entschieden, dieses Mal etwas zu nehmen, das näher an meinem echten Namen ist, da meine Eltern mir eine DIVE-Kapsel besorgt haben und ich die nächsten drei Monate Vollzeit im Spiel sein werde.«

Sie packte seinen Arm – ihre Finger fühlten sich an wie Stahlbänder, die sich in sein Fleisch gruben – und zog ihn an sich. Sie schaute sich verstohlen um, auf der Suche nach jemandem, der ihn vielleicht gehört hatte. Als klar war, dass es niemand gehört hatte – oder es zumindest niemanden interessierte – stieß sie einen rauen Seufzer aus und ließ seinen Arm ein wenig lockerer. »An deiner Stelle würde ich dieses Kapselzeug für dich behalten«, zischte sie.

»Wir stehen noch am Anfang, aber es gibt bereits einige schlechte Äpfel, die sich in Eternium herumtreiben. Gruppen von Spielerkillern, die es speziell auf DIVE-Nutzer abgesehen haben. Aber das ist nicht das Einzige, wirf hier bloß nicht mit *echten* Namen um dich, okay? Ich weiß, dass du es nicht böse gemeint hast, aber im Ernst, es gibt einige Leute, von denen ich nicht möchte, dass sie wissen, wer ich bin. Mein Gamertag ist derselbe wie immer, DizzySparrow, aber im Moment nenne ich mich einfach Dizzy. Ich versuche, möglichst unauffällig zu bleiben.«

Sie zögerte, als wollte sie noch mehr sagen, aber dann hielt sie in letzter Sekunde inne. Finn schob sich neben Sam. Der Adlige errötete heftig, ein überbreites Lächeln auf seinem verkniffenen Gesicht. »Nun, Sam, wann wirst du mir endlich deine … Bekanntschaft vorstellen? Ich bin Finn aus dem Haus Laustsen. Sam und ich sind im selben Jahrgang drüben in der Magierhochschule«, krähte er stolz und blähte seine Brust auf wie ein werbender Pfau.

»Unmöglich. Ihr seid beide Magier?« Dizzys Augen flackerten. Sie blickte sich wieder um, diesmal wie ein gieriger Dieb, der gerade einen epischen Haufen Beute entdeckt hatte. »Wie echte Magier, die *zaubern* können?«

Sie flüsterte das letzte Wort. Als Antwort hob Finn eine Hand und beschwor mühelos eine Kugel aus langsam drehendem Eis, die über seiner Handfläche schwebte.

»Ich bin ein Eiswächter und Sam hier ist ein Aeolus-Magier – im Grunde ein Windmagier, obwohl es ein wenig komplizierter ist als das. Ziemlich *cool*, oder?«

Sie lächelte und schlang einen Arm um beide. »Weißt du was? Vergiss es, uns Drinks zu besorgen. Die nächste Runde geht auf meine Freunde und mich, die ich euch übrigens *gerne* vorstellen würde.«

Bevor sie protestieren konnten – nicht, dass Sam protestieren wollte, er war schließlich gekommen, um eine Gruppe zu finden – führte sie sie durch das Gedränge von Körpern und hinüber zu einem rechteckigen Tisch, an dem drei andere Spieler warteten – zwei Männer und eine weitere Frau. Der Ausrüstung nach zu urteilen, schätzte Sam, dass sie wahrscheinlich neu in dem Spiel waren. Rachel, das heißt *Dizzy*, sah definitiv wie das ranghöchste Mitglied der Gruppe aus, was ziemlich normal war. Sie war eine geborene Anführerin, so sehr, dass sie in jeder Gilde oder Gruppe, in der Sam jemals gewesen war, immer die Führung übernahm. Sie war eine großartige Allzweckspielerin, aber sie verstand auch Metastrategie und behielt einen kühlen Kopf, selbst wenn die Dinge hitzig und angespannt wurden.

Die Abenteurerin schob sowohl Sam als auch Finn auf ein paar leere Hocker, dann ließ sie sich auf ihren eigenen Hocker fallen. Sie warf einen Blick auf einen braunhaarigen Mann in schäbigen Lederklamotten mit einem Recurve-Bogen auf dem Rücken. »Arrow, besorg uns allen eine Runde Drinks, ja? Stell sicher, dass du auch genug für unsere neuen Freunde mitbringst.«

»Aber *Dizzy* ...«, begann er zu protestieren.

Sie unterbrach ihn mit einem Blick, der deutlich sagte: »Jetzt ist weder die Zeit noch der Ort dafür. *Geh und* hol die *Drinks*.« Sam fragte sich, ob das eine Art Einschüchterungstechnik war. Wenn ja, war ihm das recht. Arrow räusperte sich, stand auf und rieb sich den Nacken. »*Sicher*. Ich bin gleich wieder da. Trinkt ihr Jungs etwas Besonderes?«

Sam zuckte nur mit den Schultern und schüttelte den Kopf.

»Ja, ich nehme den besten Flower Brandy, den sie zur Verfügung haben oder wenn das nicht geht, nehme ich das Hausgebräu, nehme ich an«, bot Finn mit einem zähnezeigenden Lächeln an. Seine Worte brachten ihm ziemlich lange Blicke von allen Anwesenden ein, aber Finn schien es nicht zu bemerken.

»Also, Sam, dein Freund hat gesagt, dass ihr beide Magier von der Hochschule seid«, mischte sich Dizzy ein, bevor es unangenehm werden konnte. »Wir haben bisher noch niemanden von dort getroffen. Ich habe Gerüchte gehört, dass da und dort ein paar Priester herumlaufen, aber ihr seid die ersten echten Magieanwender, die ich gesehen habe. Wie ist es denn so? Wie hast du es geschafft, eine Magierklasse freizuschalten? Habt ihr eine andere primäre Klasse?«

Sie ratterte die Fragen herunter wie Maschinengewehrfeuer, *bumm-bumm-bumm*. Sam war sich nicht einmal sicher, wo er anfangen sollte. »Nun, ich glaube nicht, dass Finn die Klasse freigeschaltet hat.«

Er fuhr langsam fort, nicht sicher, wie er Finn erklären sollte: »Er ist von *hier*. Er ist von einem der noblen Häuser Ardanias. Was mich betrifft, so habe ich mich während der frühen Spielphase den Prüfungen unterzogen und es war nur eine der Optionen, die mir zur Verfügung standen. Ich wusste ehrlich gesagt nicht, dass es so selten sein würde, als ich es wählte.«

Sam zuckte entschuldigend mit den Schultern. »Ehrlich gesagt hat es aber bisher nicht so viel Spaß gemacht, wie ich dachte. Ich bin jetzt seit sechs Tagen hier in Eternium und ich habe praktisch die ganze Zeit in der Hochschule damit verbracht, Hausarbeiten zu erledigen, Besorgungen zu machen und Kurse über magische Theorie und Anwendung zu besuchen. Nicht gerade der aufregende Sommerurlaub, den ich mir vorgestellt hatte, eher die Wiederholung meiner verdammten Highschoolzeit mit allen Tiefen.«

»Nun, *all das wird* sich bald ändern«, versprach Dizzy ihm und sie winkte den versammelten Mitgliedern zuversichtlich zu. »Jetzt, wo ihr uns gefunden habt, meine ich. Es gibt noch nicht wirklich Spielerclans oder Gilden, aber wir arbeiten daran, eine zu gründen. Im Moment ist es hier draußen wie im Wilden Westen. Alle sind frisch, komplette Noobs und keiner weiß, was zu tun ist. Obendrein sind die Wikis im Moment nutzlos. Niemand ist sehr weit gekommen und wir sind uns nicht mal sicher, was die Voraussetzungen *sind*, um eine Gilde zu gründen. Aber mit *euch beiden* in unserer Truppe hätten wir eine echte Chance, weiterzukommen, sobald die Infos rauskommen.«

Sie stützte sich auf die Ellbogen, senkte die Stimme und blickte verstohlen nach links und rechts. »Ich sage dir, Sam, da draußen gibt es so gut wie *keine* Magieanwender. Was, wenn das eine der Voraussetzungen für die Gründung einer Gilde ist? Ich meine, ich sage nicht, dass es *so ist*, aber es *könnte* so sein, oder? Selbst wenn nicht, eine Gruppe mit zwei verifizierten Magiern kann uns nur helfen. Wir werden die Aufmerksamkeit auf uns ziehen, können höherstufige Mobs grinden, bessere Spieler rekrutieren und Missionen erfüllen, die sonst niemand erledigen kann, was unseren Ruf nur noch mehr steigern wird. Wenn ihr mit uns an Bord kommt, mache ich euch beide zu Offizieren und gebe euch einen großen Anteil an der Beute ... was immer ihr wollt.«

Der braunhaarige Ranger, Arrow, kam mit einer Runde Getränke zurück, die er unmöglich hoch auf seinen Händen balancierte. Der Kerl hatte sechs Krüge, die wie ein

Kartenhaus gestapelt waren, aber sie *wackelten* nicht einmal, als der Mann sich bewegte. Als Ranger – oder was auch immer das Äquivalent in Eternium war – hatte er wahrscheinlich einen lächerlich hohen Geschicklichkeitswert und das zeigte sich. Sam versuchte, die Eifersucht zurückzuhalten. Mit einem Lächeln verteilte Arrow schnell Getränke an alle. Die Ablenkung gab Sam einen Moment Zeit, um über Dizzys Vorschlag nachzudenken und er ließ ihre Worte in seinem Kopf herumschwirren.

Sam konnte nicht für Finn sprechen – obwohl er *stark* vermutete, dass der Adlige mitmachen würde, egal wie Sam sich entschied – aber er war von der Idee ziemlich angetan. Sam mochte Dizzy. Er hatte schon öfter mit ihr zusammengearbeitet, als er sich erinnern konnte. Er vertraute ihr, dass sie das Richtige für ihn tat und ein gutes Team zusammenstellte, ein Team, das die Chance hatte, in einem späten Spiel ein ernsthafter Konkurrent zu sein. So früh einzusteigen? Es war eine *fantastische* Gelegenheit. Außerdem wollte er Questen erleben und das würde ihm die perfekte Chance geben, das zu erreichen, wozu er ins Spiel gekommen war.

Er nahm seinen Krug in die Hand, schwenkte die bernsteinfarbene Flüssigkeit und nahm schließlich einen langen Zug des Biers mit dem Honiggeschmack. »Finn wird sich seine eigene Meinung bilden müssen, aber ich denke, ich wäre interessiert. Ein Offizier zu sein ist definitiv ein Bonus, aber ich brauche keinen größeren Anteil an der Beute als jeder andere. Ich will, dass die Dinge gleich sind, sonst ärgern sich alle anderen über mich. Aber es gibt da ein paar Dinge. Erstens: Die Magierhochschule ist anspruchsvoll und ich denke, das wird noch eine Weile so bleiben. Das heißt, ich muss euch *neben* meinen Kursen und Pflichten dort unterbringen. Zweitens: Ich brauche Erfahrung. Im Moment habe ich nur einen Tag in der Woche für mich selbst, also muss ich den gut nutzen.«

»Überhaupt kein Problem.« Dizzy rieb ihre Hände aneinander. »Das scheinen beides absolut verantwortungsvolle Anliegen zu sein. Was ist mit dir? Du heißt Finn, stimmt's?«

»Ja. Finn.« Der Adlige wippte recht energisch mit dem Kopf. »Was euer *großzügiges* Angebot angeht: Wenn Sam für euch bürgt, werde ich mich euch ebenfalls anschließen. Wenn du mir einen Deal mit denselben Vorteilen gewähren könntest, sehe ich keinen Grund, unsere kollektive Macht nicht zu vereinen. Ich bezweifle *sehr,* dass einer meiner adligen Mitstreiter in absehbarer Zeit einer solchen Gruppe beitreten wird, also gibt es eine Reihe von potenziellen Vorteilen für mein Haus. Vielleicht kann ich sogar dabei helfen, die Räder zu schmieren, sozusagen, bei eurem Bestreben, eine Gilde zu gründen. Meine Verbindungen zum Hof könnten durchaus ausreichen, um die richtigen Türen zu öffnen.«

Dizzy und die anderen tauschten einen kurzen Blick aus. »Würde es euch etwas ausmachen, uns eine Minute allein zu lassen, um sicherzustellen, dass alle damit einverstanden sind? Als Team ist es wichtig, dass wir gemeinsam Entscheidungen treffen.«

»Auf jeden Fall.« Sam war froh, das zu hören. Es bedeutete, dass Dizzy, wenn sie akzeptierten, nicht seine Meinung oder seine Gedanken übergehen würde. Sam stand auf und schwankte ein wenig von seinem Bier. Das war zweifellos seiner schwachen Konstitution geschuldet. Zum Glück hatte er nur ein paar Schlucke getrunken. Er würde sich in Zukunft daran erinnern müssen, wie leicht es war, beschwipst zu werden. Gut zu wissen, dass Magier und Alkohol sich nicht vertrugen. Er klopfte Finn auf die Schulter und ruckte mit dem Kopf in Richtung Ausgang. »Wir werden draußen warten.«

»Nun, das lief gut. Findest du nicht auch?« Finn strahlte, ziemlich zufrieden mit sich selbst und er wippte auf seinen Absätzen hin und her, als sie in die frische Morgenluft hinaustraten. »Ich muss gestehen, dass ich noch nie mit einer *gewöhnlichen* Abenteurergruppe ausgegangen bin, aber das klingt geradezu genial.« Er hielt inne und warf einen Seitenblick auf Sam. »Was … *genau* ist die Geschichte hinter dieser Kriegerin, Dizzy? Sie ist ziemlich …« Finn zögerte, rang sichtlich um das richtige Wort. »*Interessant.* So selbstbewusst und *kühn.* Ziemlich geradlinig und unprätentiös. Es ist ziemlich … *erfrischend*, wirklich. So ganz anders als die Adligen am Hof, die deinen Untergang und Ruin planen und ihn hinter einem Krokodilslächeln verstecken. Die reuelose Schönheit, die sie besitzt, tut meinem Interesse auch keinen Abbruch.«

»Dizzy und ich kennen uns schon sehr lange«, antwortete Sam, der mit seinen Gedanken halb bei anderen Dingen war. »Wir haben schon früher zusammengearbeitet und sie ist ein guter Mensch. Ich bin mir über den Rest ihrer Crew nicht sicher, aber wenn sie ihnen vertraut, würde ich sagen, dass sie wahrscheinlich ein solider Haufen sind.«

Die Holztür öffnete sich quietschend auf rostigen Scharnieren und spuckte Dizzy und ihre Teamkollegen auf die Kopfsteinpflasterstraße hinaus. Sie hatte ein Grinsen so breit wie der Grand Canyon auf dem Gesicht und ein Funkeln in den Augen.

»In Ordnung«, sprach sie mit einem Nicken. »Ihr seid beide dabei. Wir müssen zwar noch warten, bis wir offiziell eine Gilde gegründet haben, bevor ich einen Vertrag für euch beide aufsetzen kann, aber ihr habt mein Wort. Sobald wir die Sache ins Rollen gebracht haben, werdet ihr beide Offiziere und *Gründer* sein und einen vollen Anteil an der Beute haben, die wir machen. Aber all das kann warten. Ihr Jungs sagtet, ihr wollt etwas Erfahrung sammeln, also lasst uns gehen und euch etwas Erfahrung besorgen. Es ist Zeit für ein wenig Powerleveln.«

Sam gab Finn breit grinsend einen Faustcheck. »Das wird großartig.«

Kapitel 15

Die neu formierte Gruppe war auf dem Weg durch die östlichen Stadttore – riesige Dinger, leicht groß genug, um einen Schwarm T-Rexe zu beherbergen – als ihnen der Weg von einer Gruppe prahlerischer, gepanzerter Abenteurer versperrt wurde. In der Sekunde, in der Sam ihren Anführer erblickte, wusste er, dass dieser Typ Ärger bedeutete. Er beschloss, dass es am besten wäre, ihm aus dem Weg zu gehen, wenn es überhaupt möglich war.

Da war etwas an der Art, wie er dastand – die Schultern zurück, ein verächtliches Grinsen auf den Lippen, die Augen zusammengekniffen, eine Hand ruhte auf dem Griff eines Schwertes an seiner Hüfte. Dieser Kerl war kein protziger, aufgeblasener Idiot wie Octavius oder sogar Barron Calloway … nein. Er war bei Weitem schlimmer. Der Typ wirkte wie ein Soziopath, wie jemand, der Spinnenbeine aus reinem Vergnügen ausriss. Was noch schlimmer war, er ging direkt auf sie zu.

»*Dizzy*.« Der offensichtliche Soziopath beugte sich vor und spuckte auf die Straße, während sich sein Team in einem Halbkreis um ihn herum auffächerte. »Hast du dir mein *Angebot überlegt*? Die Zeit läuft ab, aber es ist immer noch Platz für dich und deine … *Spielkameraden* bei den Hardcores.«

»Keine Chance, *Headshot*.« Ihre Stimme triefte vor Bosheit. Dizzy rollte mit den Augen und ließ eine Hand auf ihren massiven Streithammer fallen, um die Haltung des Mannes zu spiegeln. »Besonders nicht nach dem Mist, den du vor ein paar Tagen abgezogen hast. Ich bin *fertig* mit dir. Lass mich das deutlich genug sagen, damit es auch jemand mit einem walnussgroßen Gehirn wie du verstehen kann. *Du. Bist. Toxisch.* Jeder, der auch nur einen *Funken* gesunden Menschenverstand hat, wird sich so weit wie möglich von dir fernhalten.«

»Ich liebe es immer, wenn du so schön mit mir redest.« Der Blick von Headshot hüpfte abwechselnd zu jedem Mitglied von Dizzys Gruppe. Schließlich blieb er auf Sam und Finn hängen. »Ooh, *schicke* Jungs! Was haben wir denn hier, hm? Roben, Stäbe, Zaubertränke. Wenn ich es nicht besser wüsste, Dizz, würde ich denken, du hättest ein paar Magieanwender gefunden und würdest sie mir vorenthalten.«

Dizzy stellte sich wieder vor den Mann, streckte einen Arm aus und legte ihre Handfläche auf seine Brust, damit er keinen weiteren Schritt vorwärts machen konnte. »Ich enthalte dir nichts vor, weil ich dir *nichts* schulde. *Gar nichts.* Du hältst dich von ihnen fern, Headshot und du hältst dich von meinen Leuten fern oder ich werde es zu meiner persönlichen Mission machen, *dich* und alles *um* dich *herum* in Schutt und Asche zu legen. Hast du mich verstanden?«

»Oh, ich *höre* dich, aber wie wäre es, wenn du deine hübschen, kleinen Ohren mal für eine Sekunde öffnest. Das wirst du noch bereuen.« Seine Stimme war so scharf und so schneidend wie eine scharfe Klinge. Sams Mund war trocken. Wie konnte jemand in nur wenigen Tagen so ausgeflippt sein? Es musste eine Fähigkeit sein, Einschüchterung vielleicht? *Hört sich zumindest ganz so an.*

»Ja, viel Glück dabei.« Ihre Lippen waren zu einem knurrigen Grinsen verzogen. »Du wirst *nie* stark genug sein, um mich auszuschalten, wenn du weiter Erfahrung durch das Töten von Spielern verlierst. Wie wär's, wenn du jetzt aufhörst, *echte* Spieler zu belästigen und dich verziehst, du Versager. Du und deine ganze hirntote Crew. Die sollten dich *alle* verlassen, bevor du etwas zu Dummes tust und in deinem Schlamassel erwischt wirst.«

Bevor Headshot etwas erwidern konnte, bewegte sie sich, rammte ihn mit der Schulter und schlug anschließend ein Loch quer durch ihre Reihen. Sam folgte ihr und warf dem großen Redner einen frostigen Blick zu.

»Sollten wir uns Sorgen um ihn machen?«, fragte Sam leise, als sie endlich hinter den Toren waren und Headshot und den Rest der Hardcores hinter sich ließen.

»Der Typ ist ein totaler Punk«, spottete sie, der Inbegriff von Selbstbewusstsein. »Mach dir nichts aus ihm oder den Hardcores. Sie reden viel, aber sie haben es nur auf die neuesten Neulinge abgesehen. Das Einzige, worüber ihr euch Sorgen machen müsst, ist, lange genug am Leben zu bleiben, um all die Mobs auszuschalten, die wir für euch heranlocken werden.«

Schlechte Gesellschaft zu vermeiden ist der Schlüssel zu langfristigem Erfolg, das weiß jeder! Na ja, bis auf all die Leute, die es ständig falsch machen. Aber nicht du! Selbst mit deiner miserablen Wahrnehmung erkennst du einen wirklich faulen Apfel, wenn du ihn siehst. Gute Arbeit! +1 Weisheit, +1 Wahrnehmung. Aber im Ernst, diese Typen sind die schlimmsten!

»Wow. Das *Spiel* belohnt mich dafür, dass ich mich von ihnen fernhalte«, sagte Sam zu seiner Gruppe. Die Blicke richteten sich für einen langen Moment auf ihn, bevor sie wieder zu Dizzy zurückschnappten.

»Also gut, Leute«, dröhnte Dizzy und projizierte ihre Stimme so, dass die ganze Crew sie hören konnte. »Ich weiß, dass euer Blut gerade heiß ist, aber lasst euch von den Typen nicht verrückt machen. Wir können es uns nicht leisten, schlampig zu spielen. Nutzt stattdessen diese Wut, um da draußen absolute Killermaschinen zu sein! Heute dreht sich alles um unsere beiden neuen Teamkollegen. Wir werden Mobs anlocken und sie auf eine Stufe bringen, wie es noch keiner geschafft hat!«

»Zu diesem Zweck«, fuhr Dizzy mit ihrer Rede fort, »halte ich es für das Beste, wenn wir uns vorerst aufteilen. Größere Gruppen bedeuten weniger herausfordernde Begegnungen, was insgesamt weniger Erfahrung bedeutet. Also teilen wir uns in der Mitte auf. Arrow und ich«, sie nickte dem schlaksigen Ranger zu, der ihnen vorhin die Getränke besorgt hatte, »werden mit Finn nach Osten gehen, das Horninchengebiet umgehen und in die Fuchszone gehen. Da Finn ein Eingeborener ist und nicht wie der Rest von uns wiederbelebt werden kann, gehen wir auf Nummer sicher und konservativ vor.«

Finn sah hocherfreut aus, dass er mit Dizzy zusammen unterwegs sein würde.

»Sam, Finn, das ist Cobra_Kai_Guy.« Sie winkte einem stämmigen Mann mit wallendem, zu einem Haarknoten gebundenem Haar, bulligen Armen und einem schweren Leinengewand, das wie ein Judogi aussah, allerdings ohne Ärmel. »Alle nennen ihn einfach Kai oder Guy. Sam, für die nächste Zeit wird er der Gruppenführer deiner Gruppe sein. Kai, ich möchte, dass du und Sphinx mit Sam in den Nordwesten geht. In der Bar wird gemunkelt, dass in dieser Gegend ein Schattenwolf oder vielleicht sogar ein Rudel Wolfsmenschen lauert. Die Berichte sind nicht annähernd akkurat, da alles, was wir haben, Klatsch ist, aber die hohe Anzahl von Spieler-Todesfällen auf diesem Weg sagt mir, dass da etwas vor sich geht. Da Sam darauf aus ist, schnell zu grinden, kann deine Crew die Dinge ein wenig mehr auf die Spitze treiben. Geht ein paar Risiken ein. Es stimmt, ihr könntet alle ausgelöscht werden, aber die Chancen, viel Erfahrung zu sammeln, sind *um ein Vielfaches* besser, wenn ihr alle bereit seid, die Würfel ein wenig zu rollen. Er ist immer noch auf einer niedrigen Stufe, also sage ich, es ist das Risiko wert. Hat jemand Fragen oder Anmerkungen dazu?«

Stummes Nicken beantwortete ihre Frage. Jeder wusste, dass er seine Zunge im Zaum halten musste, wenn es darum ging, hart zu grinden, also zu versuchen so schnell wie möglich so viele Monster zu erledigen. »Gut. Dann lasst uns da raus gehen und es geschehen lassen. Denkt daran, alle! Spielt schlau. Spielt eure Rollen. Wir brauchen keine Helden, wir haben *Pläne* und gute Pläne sind allemal besser als Helden. Haltet euch daran und wir treffen uns vor Einbruch der Dunkelheit vor den Toren.«

Sie hielt inne und sah jeden von ihnen nacheinander an. »Dieser letzte Teil ist wichtig. Wenn ihr aus irgendeinem Grund getrennt werdet, kommt ihr hierher zurück. Seid *sicher, dass* ihr zurück seid, bevor es dunkel wird.«

»Was passiert bei Dunkelheit?« Sam kam sich naiv vor, aber es war besser zu fragen, als sich Ärger einzuhandeln.

»Sie schließen die Tore, was das Nächstbeste zu einem garantierten Todesurteil ist. Bis jetzt hat keine einzige Seele, die nach Einbruch der Dunkelheit vor den Toren gefangen war, überlebt.« Der Plan war gemacht, die beiden Teams teilten sich auf. Dizzy, Finn und Arrow starteten in die eine Richtung, während Sam und seine beiden neuen Teamkollegen in die andere Richtung marschierten und sich durch das hohe Gras und das niedrige Gestrüpp außerhalb der Stadtmauern schlugen.

Wildspuren bedeckten das Gebiet, was das Auffinden der Mobs – im Sprachgebrauch der Onlinerollenspieler stand das für ›Monster or Beast‹, also feindlich gesinnte, vom System gesteuerte Wesen – in der Nähe der Stadtmauern lächerlich einfach machte.

»Bro, wir sind *auf jeden Fall* im Anflug«, rief Kai, seine helle Stimme war sanft wie die der Surfer-Kids aus SoCal, mit denen Sam in Berkeley studiert hatte. Vor ihnen erhaschte Sam einen ersten Blick auf die Mobs, die dieses kleine Stückchen Land ihr Zuhause nannten. Horninchen, wie ihm das System verriet. Obwohl, um fair zu sein, das waren nicht gerade die durchschnittlichen, gewöhnlichen Horninchen. Sie hatten die Größe von großen Rotluchsen und jedes hatte ein kleines, stumpfes Horn, das aus seinem Schädel ragte. Außerdem waren sie schnell, territorial und *fiese* kleine Dinger.

»Sam. Siehst du den kleinen Hügel?« Kai winkte in Richtung einer kleinen Anhöhe, die am Ende eines grasbewachsenen Tals lag. »Stell dich einfach da oben hin und ich werde diese kleinen Kerle in deine Richtung lenken. Hoffentlich kommen sie einer nach dem anderen auf euch zu. Sphinx, da drüben, zwanzig Meter in die Richtung, ist noch eine Höhle von denen, lock sie hier in diese Richtung.«

Sam folgte den Anweisungen, als der Surfer im Körper eines Mönchs durch den kleinen Schwarm ankommender Horninchen schlüpfte und sich wie eine Schlange bewegte, während er Rammversuchen mit dem Horn und kauenden, eckigen Zähnen knapp auswich. Es sah fast so aus, als würde er eine Art komplizierte, einstudierte Kata vorführen. Er wirbelte, duckte sich, tauchte, wechselte von einer Stellung in die andere, viele der Stellungen erkannte Sam sofort aus langen Nächten in seinem Dojo. Rückenlage. Katzenstellung. Halbmond-Stellung. Offene Beinstellung. Es gab etwa zwanzig weitere Stellungen, die Sam nicht einmal *ansatzweise* erkennen konnte.

Trotz der absurden Anzahl von Horninchen, die sich um Kai scharten, musste dieser anscheinen keinen Schlag einstecken und auch nie einen abgegeben. *Eindeutig eine Mönchsklasse.* Kai tanzte und schlängelte sich weiter, lockte die bösartigen, mutierten Horninchen in das enge Tal zwischen den beiden Hügeln, lockte sie näher und näher …

Schließlich, als er nur noch wenige Meter von Sam entfernt war, sprang der Mönch in die Luft, drehte sich und wirbelte herum, während er über Sam hinwegsegelte und so sanft wie ein Kätzchen auf dem Gras landete. Das ließ Sam natürlich offen und völlig ungeschützt vor der Horde des pelzigen, putzigen Todes. Die aggressiven Nager schwankten für einen Moment, offensichtlich verwirrt und verblüfft über das plötzliche Verschwinden des Mönchs, aber sie fanden schnell ein neues Ziel, auf das sie ihre mümmelnde Wut richten konnten – den armen kleinen Magier, der nur eine Handvoll Meter entfernt war. Gemeinsam stießen sie ein kakofonisches Gebrüll aus und stürmten in Massen vor, wobei sie sich schneller bewegten, als es die Jellies in der Kanalisation je getan hatten.

Sam war bereit und reagierte aus reinem Instinkt. Er hob die Hände. Die voluminösen Ärmel seines neuen Umhangs fielen weg. Sam begann, mit den Armen zu gestikulieren und *Windklingen* zu wirken, als gäbe es kein Morgen. Seine Zeit unten in der Kanalisation hatte die Fertigkeit auf *Neuling III* gebracht, was den Schaden nicht erhöht hatte, aber jedem Angriff einen Hauch von blauem Licht hinzugefügt hatte. Das Ergebnis war eine Flut von blauen Hieben, die die Luft erfüllten und sich mit erbärmlicher Leichtigkeit durch die Horninchen fraßen. Der erste Schlag landete direkt und schnitt den führenden Mümmler in zwei Hälften, während der nächste ein Horninchenbein abtrennte und die Kreatur zum Krüppel machte, bevor ein dritter die Aufgabe endgültig erledigte.

Die furchtlosen Horninchen kamen immer weiter und sprangen über ihre niedergestreckten Brüder, um Rache zu üben. Das Problem für sie war, dass das Tal sie zwang, in einer einzigen Reihe auf Sam zuzugehen. Es war eine Art perfekter Engpass, der die Senke in ein Schlachtfeld verwandelte. Sie alle auszulöschen, war eine Sache von Sekunden und fühlte sich fast ... *unfair an*. Im Ernst, es war, als würde man Fische in einer Tonne schießen – oder in diesem Fall Horninchen in einem Trichter. Dank der fast *absurden* Menge an Mana, die er aufbringen konnte und der relativ geringen Kosten seines Windklingen-Zaubers, verbrauchte Sam nicht einmal viel von seinem Manapool.

Doch bevor er sich niederlassen konnte, materialisierte sich Sphinx aus dem Nichts, ihre Beine waren wie verschwommen, als sie auf ihn zu sprintete und dabei eine Spur von Schmutz hinter sich herschleuderte. Hinter ihr folgten weitere fünfzehn oder zwanzig Horninchen, obwohl die genaue Anzahl schwer zu zählen war. »*Ope*, mach dich bereit, Schätzchen! Diese kleine Gruppe von Rammlern ist *sehr* wütend. Upsie!«

Dies war das erste Mal, dass Sam die geheimnisvoll aussehende Sphinx sprechen hörte und er war völlig geblendet von dem, was er hörte. Sie klang wie eine gebürtige Wisconsinerin! Wer in aller Welt waren diese Leute und woher hatte Dizzy sie rekrutiert?

Sam schüttelte den Kopf – es würde später Zeit sein, solche Fragen zu beantworten. Im Moment war er im Horninchenjägermodus. Er stellte sich breitbeinig hin, atmete ein paar Mal tief durch und startete die nächste Runde Windklingen. Der Zauber dauerte anderthalb Sekunden, ein wenig länger, wenn er ihn mit jeder Hand wirkte, aber er verursachte momentan neun Schadenspunkte bei einem Treffer. Soweit er das beurteilen konnte, war das fast das Dreifache der Gesundheit, die diese Dinger hatten. Wenn die Windklinge nicht durch irgendetwas aufgehalten wurde, lief sie über die gesamte Reichweite von zehn Metern weiter.

Das bedeutete, die ankommende Welle von Horninchen *abzuschlachten*, die genau die gleiche Route wie die vorherige Gruppe nahmen, obwohl der Weg mit Leichen und Hasenfetzen übersät war. Dieser Gruppe von Horninchen, obwohl sie viel zahlreicher war als die letzte, erging es nicht besser. Sam schnitt sie nieder wie ein Bauer, der eine geschärfte Sense zur Getreideernte nimmt. Als der letzte langohrige Kopf von den pelzigen Schultern kippte, blieb Sam einfach stehen und starrte auf die Kadaver. »Igitt. Ich schätze, ich musste *scharfklingende* Worte mit ihnen wechseln, aber trotzdem.«

Wow. Die ganze Zeit hatte er gedacht, seine Ausbildung an der Hochschule sei wertlos, aber wenn diese Begegnung ein Hinweis war, dann hatte er sich gewaltig geirrt. Er war *fantastisch!* Genau wie die Magie! Wirklich eine *Klasse* für sich!

Wütendes Horninchen × 23 besiegt. Bonus: Sieg ohne Hilfe, Sieg ohne Fehler. Erfahrungspunkte: 138 (4 × 23 Horninchen × 1,5 für Bonusinhalt). Weil du schlauer statt härter gekämpft hast: Weisheit +1.

Tein Talent Windklinge ist auf (Neuling VI) gestiegen. Töten macht dich wieder besser im Töten. Du bist mir ja ein schöner Held!

Neuen Titel erhalten: Horninchen-Schnitter. Wenn dieser Titel aktiv angezeigt wird, jagst du den Horninchen Angst ein, sodass sie 11 % Bonusschaden erleiden! Gute Arbeit, Horninchen in Angst und Schrecken zu versetzen. Du musst wirklich stolz auf dich sein.

Horninchen-Schnitter! Oh, verdammt, das war ein *viel* besserer Titel als *High Five, ich habe es versucht!* Außerdem funktionierten sein vorheriger Titel auch, wenn er ihn nicht aktiv trug, während er den neuen Titel zeigen musste, um den Bonus zu erhalten. In Anbetracht der Umstände war das ein klarer Fall. Er holte schnell sein Charakterblatt hervor und tauschte die Titel mit einem Gedanken aus. Ein Blick auf seinen Windklingen-Zauber ließ ihn innehalten. Der Schaden war auf achtzehn pro Treffer gestiegen, aber die Kosten waren auch auf vierundzwanzig Manapunkte pro Wurf gesprungen, nachdem die Zaubereffizienz die Manakosten reduziert hatte. Er konnte jetzt nur noch *maximal* um die zwölf Klingen losschicken!

»Whoa. Verdammt, Kumpel«, Kai, der Mönchstyp, schlug ihm grob auf die Schulter. Die freundliche Geste verringerte Sams Gesundheit um fünf Punkte und richtete damit mehr Schaden an als die gesamte Gruppe von Horninchen. Der Mönch schien es kaum zu bemerken. »Coole Angriffe, aber du musst wirklich an deinen coolen Sprüchen arbeiten, wenn du sie erledigst.«

»Sie starben aus natürlichen Gründen. Ein Windstoß, der sie zerschneidet, würde *natürlich* jeden töten.« Sam grinste breit.

»Das war eine wirklich beeindruckende Metzelei, Bruder. Ich glaube, ich habe noch nie jemanden gesehen, der die Horninchen so erledigt hat. Kein Wunder, dass Dizz so wild entschlossen war, dich und deinen Kumpel zu rekrutieren.«

»Das kannst du laut sagen, Kai!« Sphinx erschien auf Sams anderer Seite. »Das war eine verdammt beeindruckende Arbeit, Kumpel! Ich mag meinen Werdegang, aber vielleicht sollte ich alles noch einmal überdenken und es noch einmal versuchen! Ich habe auch die Tests gemacht, aber vielleicht habe ich mich einfach nicht genug angestrengt, um so eine Klasse zu bekommen.«

»Schätzchen, so sollte man das nicht sehen, weißt du?« Kai ging zu den geschlachteten Hasen hinüber, ließ sich auf ein Knie fallen und zog ein einfaches Steinmesser aus einer dicken seidenen Schärpe, die er sich um die Hüfte gebunden hatte. Seine Hände bewegten sich mit geübter Leichtigkeit, als er Haut und Muskeln durchtrennte und das Fleisch und die Felle zerteilte. »Wenn du dich immer mit anderen Spielern misst, wirst du ständig neu würfeln müssen. Die Sache ist die – jede Klasse hat ihre eigenen Vorteile und so, verstehst du? Außerdem ist deine Klasse *total* cool. Sie wird im späteren Spiel super stark sein.«

»Ach du meine Güte, glaubst du das wirklich?«, antwortete Sphinx, wobei sich ein Hauch von Rot in ihre Wangen schlich.

»Total, Schwester. Ich schwöre.«

»Was ist deine Klasse, wenn ich fragen darf?«, fragte Sam, während er beobachtete, wie die Felle praktisch von den Horninchen fielen.

»Oh, natürlich, ich habe nichts dagegen zu teilen, Magierschätzchen. Ich bin ein *Infiltrator*, das ist eine Unterklasse des Schurken mit einer Neigung zum Töten und zur Sabotage. Ich habe mich mit ein paar Meisterschurken unterhalten und anscheinend ist das die beste Unterklasse für diejenigen, die sich später als Assassinen spezialisieren wollen.«

»Spezialisieren?« Sam zuckte mit einer Augenbraue. »Diesen Begriff habe ich noch nie gehört.«

»Was meinst du, du großer Trottel? Willst du mir sagen, dass dir niemand an deiner schicken Hochschule erklärt hat, wie die Spezialisierung funktioniert?« Sie schürzte die Lippen zu einer dünnen Linie und schüttelte den Kopf. »Okay. Mal sehen, ob ich es dir verständlich erklären kann. Jeder fängt mit einer Basisklasse an – einige seltene, einige einfache und so ziemlich alles dazwischen, weißt du – aber du behältst eine Basisklasse nicht für immer, okay? Wenn eine Person Stufe zehn erreicht, kann sie sich spezialisieren und es gibt eine ganze Menge verschiedener Spezialisierungen. Sogar einige *versteckte*, von denen niemand etwas weiß, wenn man dem Klatsch und Tratsch da draußen glaubt. Eine seltene Basisklasse zu haben, garantiert fast, dass man eine seltene Spezialisierung bekommt, aber selbst die häufigsten Basisklassen können unter den richtigen Umständen einige verdammt faszinierende spielbare Optionen freischalten.«

»Als Infiltrator werde ich wahrscheinlich als eine Art spezialisierter Assassine enden. Wenn ich weiter vorankomme, werde ich einen richtigen Klassentrainer finden, der mich in die Assassinen einweiht, woraufhin sich meine Klasse offiziell vom Infiltrator zum Assassinen ändert. Von da an werde ich weiter arbeiten, trainieren und Aufgaben erledigen, bis ich mich noch weiter spezialisiere – wahrscheinlich werde ich als Todesadept, Freiklinge oder Tempelassassine enden. Das bedeutet, dass ich nicht wie ein typischer Schurke Taschendiebstahl begehen oder stehlen kann, aber ich werde verstohlener als ein Schatten und tödlicher als eine Bärenmutter sein, die ihr Junges beschützt.«

»Du *willst* ein Assassine sein?« Sam war mehr als nur ein wenig geschockt. Es schien einfach nicht zu passen. Warum in aller Welt sollte diese süße Mutter aus dem Mittleren Westen online gehen und Leute ermorden wollen?

»Sicher. Es ist eine nette Abwechslung, nehme ich an«, erklärte sie Sam mit einem Lächeln und einem Schulterzucken. »Ganz anders als das, was ich sonst mache. Ich bin Lehrerin an einer Mittelschule, aber da dank Ferien zurzeit keine Schule ist, dachte ich, dass es mir guttun würde, ein bisschen Zeit hier zu verbringen. Zurück zu meinen Gaming-Wurzeln, weißt du. Zuerst war ich ein wenig besorgt über den Assassinenpfad, da dieses ganze Spiel einfach so verdammt real ist, aber ich habe mit meiner Therapeutin darüber gesprochen und sie scheint zu glauben, dass es katharsisch für mich sein wird. Einfach die ganze schwelende, aufgestaute Wut, die sich in meiner Brust aufgestaut hat, wie ein Hurrikan aus Blut und Feuer herauslassen. Es in einem Spiel auszuleben kann ja nicht so schlimm sein, oder?«

Wow, die ist aber wirklich schnell düster geworden.

»Also gut, wohin gehen wir als Nächstes?« Sam entfernte sich ein paar Schritte von Sphinx, begierig darauf, das Thema auf *buchstäblich* alles andere zu ändern.

»Tja, Bruder, wenn du den großen Erfahrungsgewinn willst, müssen wir ins Wolfsmenschen-Territorium gehen. Auch wenn ich keine Chance sehe, dass du wieder so ein Massaker hinterlässt, wenn du diese Typen ausschaltest.« Kai stupste den Kadaver eines Hasen mit der Spitze seines Leinenschuhs an. »Fürs Erste arbeiten wir uns ins Fuchsrevier vor und sehen, wie du dich gegen diese kleinen, pelzigen Kerle schlägst. Sie sind zäher als die Horninchen, aber ich denke, du wirst es schaffen. Danach fängt die *richtige* Schinderei an.«

Kapitel 16

In den nächsten Stunden mordeten sie sich durch das Territorium von Horninchen und Füchsen, während die Sonne langsam einen Bogen über den Himmel zog. Schließlich hielten sie inne, als die glühende Kugel direkt über ihnen stand wie das wachsame Auge eines großen, goldenen Gottes. Da es Mittag war, entschieden sie sich, schnell einen Happen zu essen – gegrilltes Horninchenfleisch und Brot, das von Sphinx bereitgestellt wurde. Nach all ihrem Gerede über Tod, Töten und Attentate war Sam verständlicherweise misstrauisch, irgendetwas zu essen, das sie angefasst hatte, aber das Essen war ausgezeichnet. Er war sich sicher, dass der Geschmack von der Tatsache unterstützt wurde, dass er nicht sofort starb. Seltsam, wie das die Wahrnehmung einer Mahlzeit verändern konnte.

Dann, mit vollen Bäuchen, packten sie ein und machten sich wieder auf den Weg, immer weiter nach Norden und Westen. Die Landschaft hatte sich bis jetzt nicht sehr verändert, obwohl am Horizont nicht weit entfernt Kiefern zu sehen waren. Laut Kai war dies das Kennzeichen eines Wolfsgebietes. Wo es Wölfe gab, war auch die Wahrscheinlichkeit groß, Wolfsmenschen zu finden.

»Ich sehe da vorne eine Bewegung«, rief Sphinx in einem tiefen Ton, der nur bis zum Rand der Gruppe drang. Sie hob eine geschlossene Faust. *Halt.* »Graues Fell und mehr als einer. Eindeutig Wölfe, aber ich glaube nicht, dass wir schon in die Aggro-Trigger-Zone gekommen sind.«

Sam blinzelte, runzelte die Stirn und versuchte zu erkennen, was immer sie gesehen hatte. Für ihn sah alles nur wie ein grüner und brauner Fleck am Horizont aus. Sie musste eine *wahnsinnig* gute Wahrnehmung haben, um aus dieser Entfernung etwas sehen zu können, aber er nahm an, dass das durchaus Sinn ergab. Ein Möchtegern-Assassine brauchte wahrscheinlich eine gesunde Portion Wahrnehmung, um sich nahtlos in eine Menschenmenge einzufügen und potenzielle Ziele zu verfolgen, ohne aufzufallen. Kai grunzte nur, nickte zustimmend und rieb sich nachdenklich am Kinn.

»Okay, du hast dich gegen Meister Lampe und die Familie Reineke erfolgreich gewehrt«, er warf einen Seitenblick auf Sam, »aber diese Wölfe sind eine andere Geschichte, mein Kumpel. Wir sind schon ein paar Mal gegen sie angetreten und diese *Hombres* sind eine ernste Sache. Das Gelände begünstigt uns hier nicht und die Wölfe kommen nicht einzeln auf dich zu. Sie kämpfen im Rudel. Zuerst umzingeln sie dich komplett und dann werden sie dich von allen Seiten bedrängen, dich zu Boden reißen und dich mit einem Biss nach dem anderen ausbluten lassen.«

»Bis jetzt hast du dich gut geschlagen, weil du auf Distanz töten konntest, aber diese Viecher haben eine hohe Lebensenergie. Es gibt keine Möglichkeit, diese brutalen Tiere mit einem oder sogar *zwei* Schüssen zu erledigen und sie sind schnell genug, um dir auf die Pelle zu rücken. Das heißt, du wirst Treffer einstecken müssen. Hast du irgendeine Art von Verteidigung?«

»Magierrüstung«, antwortete Sam mit einem Nicken. »Ich habe auch einen Dolch, für den Nahkampf ... obwohl ... hoffentlich wird es nicht dazu kommen. Ich habe ihn noch nie benutzt.«

»Dazu wird es kommen«, versprach Sphinx mit verschränkten Armen, den Blick auf die Baumgrenze gerichtet.

»Wahrscheinlich ist es das Beste, wenn wir dich nicht allein mit diesen Typen lassen.« Kai nickte, als hätte er endlich einen festen Entschluss gefasst. »Wenn sie sich nähern, werden sie deine Gesundheit zerfetzen, bevor wir überhaupt die Chance haben, einzugreifen. Wenn das passiert, wird dich die KI dafür bestrafen, dass du einen dummen Tod gestorben bist.«

»Also, gehen wir auf Nummer sicher.« Kai drehte sich in einem langsamen Kreis und begutachtete die Landschaft. »Da.«

Ungefähr fünfzehn Meter entfernt lag ein zerklüfteter Felsblock, der wie ein abgebrochener Zahn aus dem schwankenden Meer aus Gras ragte. Der Felsbrocken war nicht groß, vielleicht drei Meter hoch und zweieinhalb breit, aber er bot einen gewissen Überblick über das Schlachtfeld.

»Wir können das für uns arbeiten lassen. Kumpel«, Kai klopfte Sam leicht mit dem Handrücken auf die Schulter, »ich werde dich auf dem Ding postieren. Du wirst in der Luft sein, was dich zur Zielscheibe macht, aber da wir es mit Wölfen zu tun haben, sollten wir das wie Profis handhaben können.«

»Ich tanke die Wölfe etwa zwei Meter weiter draußen und du lässt dein Luftschlag-Dingsda runterregnen. Sphinx«, Kai warf ihr einen Blick zu, »du ziehst die Fell-Bros, während wir uns aufstellen, aber dann gehst du direkt vor den Felsen. Sam wird Hardcore-Unterdrückungszauber-Feuer legen, also wirst du unser mobiler Verteidiger sein. Ich will, dass du dich links und rechts bewegst und eine große Reichweite beibehälst, damit die Wölfe uns nicht von den Seiten flankieren können.«

»Okie-dokie, artichokie!« Sphinx nickte zustimmend, zog ein schimmerndes Messer aus einer Scheide und drehte es flink in einer Hand. »Das hört sich nach einem guten Plan an, aber es besteht eine vielversprechende Chance, dass es trotzdem schiefgeht. Ich rechne mit mindestens vier Wölfen. Wenn wir die Sache nicht *richtig* angehen, werden uns diese Viecher auffressen. Sind wir sicher, dass wir das versuchen wollen?«

Interessanterweise richtete sie einen fragenden Blick auf Sam, nicht auf Kai. Sam musste nicht einmal darüber nachdenken. »Groß rauskommen oder nach Hause gehen, richtig? Ich habe noch nicht genug Erfahrung gesammelt, um nach Hause zu gehen und zu Hause ist die Magierhochschule. Igitt. Lass es uns tun.«

»Das ist mein Mann.« Kai nickte anerkennend, dann bot er Sam eine Faust zum Anstoßen an. Die beiden machten sich sofort auf den Weg zum Felsen, schlüpften durch die hohen Gräser und um das gelegentlich niedrig stehende Gestrüpp herum. Kai war in Sekundenschnelle in Position, aber das Erklimmen des Felsens erwies sich als viel schwieriger, als es für Sam hätte sein sollen.

Die Kante des Felsbrockens war etwas höher als seine Schulter, aber die Felswand selbst war fast vollkommen glatt, sodass es keine guten Finger- oder Zehengriffe gab, mit denen er sich hätte hochziehen können. Obwohl er kein großer Sportfan war, hatten er und sein Vater während seiner Highschool-Zeit ab und zu Kletterkurse gemacht. Das hier hätte eigentlich *nichts* sein sollen, aber seine mittelmäßige Kraft und seine mangelhafte Konstitution erhöhten die Schwierigkeit um das Hundertfache. Er hätte Kai einfach um Hilfe bitten können, aber er glaubte nicht, dass sein Ego den Schlag verkraften würde, also hielt er durch. Er riss sich die Hand an einer scharfen Steinkante auf und ihm wurde klar, dass er sich besser schützen musste.

Mit einem Gedanken beschwor er die Magierrüstung. Eine halbdurchsichtige, blaue Barriere schimmerte um ihn herum zum Leben, bevor sie verschwand und nur ein schwaches Leuchten hinterließ. Er wendete zweihundertfünfzig Mana für seinen Zauber auf und verausgabte sich dabei fast. Zehn Prozent der zugewiesenen Kosten würden sich nicht regenerieren, während der Schutz aktiv war, aber fünfundzwanzig Mana, die weggesperrt wurden, um etwa hundertfünfundzwanzig physische Schadenspunkte zu verhindern, waren die Kosten wert. Er freute sich darauf, den Rang des Zaubers zu erhöhen, sodass er ein besseres Mana-Schadenspunkte-Verhältnis haben würde.

Eine Welle der Müdigkeit ließ ihn fast den nächsten Griff verpassen, aber das klärte sich, als sein Mana sich zu regenerieren begann. Er brauchte den Schutz vielleicht nicht, aber in einem Kampf wie diesem war es besser, auf Nummer sicher zu gehen. Wie sein Vater oft sagte: ›*Semper Prepared*‹, das *wahre* Motto eines US-Marines im Feld. Es dauerte satte drei Minuten – in denen sich sein Mana wieder auf ein normales Maß regenerierte – aber schließlich erklomm er den Gipfel des Felsbrockens und schaffte es sogar, sich für seine Mühe und Ausdauer eine Auszeichnung zu verdienen.

Eines muss man dir lassen: Du gibst nicht gerne auf. Um die Spitze des höchsten Gipfels zu erreichen, brauchst du etwas Erfahrung. +100 Erfahrungspunkte. Aber vielleicht versuchst du das nächste Mal einfach, ein wenig Würde zu bewahren? Denn, Sam, der kleine Findling ist nur der höchste Gipfel für DICH.

Mit einem Grummeln verwarf Sam die übermäßig wertende Nachricht und bereitete sich auf den Kampf vor, der bereits in Form eines Wolfsrudels auf ihn zustürmte. Sphinx war nirgends zu sehen, wahrscheinlich getarnt, aber die grauen Flecken, die wie tief fliegende Fellraketen durch das Gras schossen, waren selbst mit seiner schrecklichen Wahrnehmung offensichtlich. Er zählte vier sich schnell bewegende Gestalten.

Jede von ihnen hatte die Größe eines kleinen Pferdes. Drahtige Muskeln kräuselten sich unter silbernen Fellen, die Lefzen waren von großen Reißzähnen weggezogen, die speziell für das Zerreißen von Fleisch und Muskeln konstruiert waren. Sie durchquerten den Bereich vor dem Fels in einem *absurden* Tempo und zum ersten Mal, seit sie die befestigten Mauern der Stadt verlassen hatten, begann Sam zu glauben, dass er einen Fehler gemacht hatte. Die Hasen und Füchse waren eine Sache, aber diese Kreaturen waren auf einer ganz anderen Ebene.

»Mach dich bereit, Kumpel!«, rief Kai, während er sich in eine Reiterstellung fallen ließ, eine Hand nach außen gestreckt, die Handfläche geöffnet, die andere eingerollt und bereit zum Blocken. Die Angst nagte an Sam, aber er schob sie weg – nicht so sehr für sich selbst, sondern für Kai und Sphinx. Sam war eine *Tötungsmaschine* und obwohl sie in der Unterzahl waren, konnte er das Spielfeld mit seinen Zauberkünsten ausgleichen, aber nur, wenn er so konzentriert blieb wie ein Laserstrahl.

Wenn er einen Fehler machte, auch nur für einen Augenblick, würden die Wölfe Sphinx ausmanövrieren, Kai mit ihrer schieren Anzahl überwältigen und die Gruppe auf einen Schlag töten. Das wollte er nicht geschehen *lassen*. Sam kannte die beiden noch nicht lange, aber sie waren sein

Team, daher wollte er sie nicht gegen ihren ersten richtigen Gegner im Stich lassen.

Sam setzte sich auf die Füße und hob seine Arme, als die ersten beiden Wölfe ankamen. Der erste, ein großes Männchen mit einer Narbe auf der Schnauze, sprang hoch und schnappte mit den Kiefern nach Kais Kehle. Der Mönch blitzte mit seiner eigenen, unnatürlichen Geschwindigkeit, wich dem Angriff aus und holte mit einer geschlossenen Faust aus, wobei seine Hand in die Kehle des Wolfes schlug und die Kreatur zur Seite warf.

Der zweite Wolf – ein kleineres Weibchen mit schlanker Statur – schlug tief und von links zu und traf Kai in die ungeschützte Seite. Die Zähne bohrten sich in das verwundbare Fleisch – oder versuchten es zumindest. Stattdessen fand der Angriff der Wölfin keinen Halt, als wäre Kais Haut mit gehärtetem Stahl statt mit einfachem Stoff und Seide bedeckt. Ohne einen Moment zu verschwenden, schlug der Mönch mit einem donnernden Seitentritt zu, der die Wölfin einen halben Meter zurückschleuderte und der Kreatur dabei offensichtlich einen guten Teil ihrer Gesundheit nahm.

Sams Zeit zu glänzen war gekommen. Er begann Windklingen zu wirken und schickte tödliche Bögen geschärfter Luft auf das Weibchen, das noch immer vom Schlag des Mönchs taumelte. Die Rasierklingen der komprimierten Luft schnitten durch Fell und Haut und hinterließen tiefe Furchen im darunterliegenden Fleisch. Leider richteten Sams Angriffe nicht genug Schaden an, um die Wölfin endgültig aus dem Kampf zu nehmen. Das wilde Tier erholte sich schnell und begann mit einer Reihe von flinken Ausweichmanövern, wobei sie mit unglaublicher Geschwindigkeit nach links und rechts auswich.

Sam versuchte verzweifelt, dem Wolfsweibchen zu folgen – eine Welle nach der anderen von magischen Angriffen – aber sie war zu schnell und seine Geschicklichkeit und Wahrnehmung waren einfach zu *gering*, als dass er mit der nötigen Präzision hätte zielen können. Seine Zaubersprüche pflügten harmlos in den Dreck und das Gras, scherten grüne Halme und warfen braune Erde auf, vergossen aber leider keinen weiteren Tropfen Blut.

In der Zwischenzeit umkreiste das große Alphamännchen Kai, wobei es dieses Mal etwas vorsichtiger vorging, während die beiden anderen Wölfe näher kamen. Sie hatten länger gebraucht, um in den Kampf einzutreten und der Grund *dafür* wurde schnell klar: Sie waren in einem weiten Bogen gelaufen und hatten sich an die Flanken begeben, um von beiden Seiten angreifen zu können.

Sphinx erschien wie eine rußige Rauchwolke, ihre Beine wirbelten mit unheimlicher Anmut durch die Luft, während sie schlanke, nachtschwarze Dolche auf den ankommenden Wolf zur Linken schleuderte. Ihre Klingen erzielten einen Volltreffer, eine grub sich in die Brust der Kreatur, die andere schnitt eines der dreieckigen Ohren des Wolfes ab. Die verletzte Bestie wankte und stieß ein panisches Schmerzensgeheul aus. Sphinx nutzte den Moment des Zögerns, verringerte den Abstand innerhalb eines Wimpernschlags und zog ein Kampfmesser aus der Scheide an ihrem Gürtel.

Damit blieb der andere angreifende Wolf übrig, der sie von rechts flankierte. Sam konnte das einfach nicht zulassen. Wenn der Wolf es schaffte, hinter Kai zu kommen, könnte er den Mönch lähmen und dann wäre das Spiel für den Frontkämpfer vorbei. Das oder er würde sich auf Sam stürzen, was genauso verheerend wäre – zumindest für Sam.

Er hatte sein Sperrfeuer aus Windklingen auf das schlaksige Weibchen aufrechterhalten. Obwohl er sie seit seiner ersten Angriffswelle nicht mehr getroffen hatte, hatte der Ansturm sie zurückgetrieben und ihm ein wenig Luft verschafft. Nicht genug Spielraum, um wieder sicher zu sein, aber immerhin ... vielleicht genug, um kreativ zu werden.

Da er dual zaubern konnte, war es ihm zumindest *möglich,* sowohl die magere Wölfin als auch die ankommende neue Bedrohung unter Druck zu setzen. Seine Genauigkeit würde miserabel sein und die Chancen, tatsächlich einen Treffer zu landen – vor allem bei der erhöhten Fehlschlagquote von Zaubern beim dualen Zauern – waren gering, aber das war für ihn in Ordnung. Sam musste schließlich nicht beide Wölfe allein ausschalten. Alles, was er tun musste, war, genug Unterdrückungsfeuer zu wirken, um Kai und Sphinx die Zeit zu geben, die sie brauchten, um die ersten beiden Wölfe zu erledigen. Sam stieß einen Urschrei aus, während er seine Arme hin und her schwang und in die unmittelbare Nähe der beiden Wölfe zielte.

Der angreifende Wolf auf der rechten Flanke war nicht auf Sams Wut vorbereitet und es gelang dem Magier, einen glücklichen Klingenschlag auf ein Bein zu landen, der das pelzige Viech zwar verlangsamte, es jedoch nicht einmal zum Hinken brachte. Die Wölfin war jedoch so schnell wie immer und wich Sams Angriffen fast mühelos aus, während sie sich immer näher an seinen zum Sitzplatz umfunktionierten Felsen heranmanövrierte. Sie war vorher nicht in der Lage gewesen, Boden zu gewinnen, aber Sam hatte seine Aufmerksamkeit vorher auch nicht geteilt. Sie holte langsam auf und es gab nichts, was Sam dagegen tun konnte, außer zu hoffen, dass Kai und Sphinx ihre jeweiligen Kämpfe gewinnen würden.

Ein scharfes *Quietschen* malträtierte Sams Ohren, das Geräusch vergleichbar mit Nägeln auf einer Kreidetafel und er warf einen Blick in Richtung Sphinx. *Ja!* Die Infiltratorin hatte den Wolf zur Strecke gebracht, sein pelziger Körper war mit Blut bedeckt und lag in einem blutigen Haufen im hohen Gras. *Einer erledigt, bleiben noch drei.* Sam riss seine Augen von der Szene des Sieges weg … oh nein.

Er hatte die Wölfin aus den Augen verloren. Er hatte sie höchstens zwei Sekunden lang nicht im Blick gehabt und irgendwie hatte sie seine kleine Unaufmerksamkeit ausgenutzt. Die Wölfin, die sich von rechts näherte, war weniger als drei Meter entfernt. Er wusste, dass es ein Risiko war, aber er richtete beide Hände auf die Kreatur und konzentrierte all seine magischen Fähigkeiten auf das einzelne Tier. Er musste es ausschalten, bevor es Sam zerfleischte wie ein tollwütiger … Wolf. *Richtig.* Die aufeinanderfolgenden Stöße zerrissen die Luft. Sein schlecht gezielter Wind zerriss den Boden und verschiedene Pflanzen, aber zum Glück bekam das Wolfsweibchen den Hauptschaden des Angriffs ab.

Das Tier war einfach zu nah dran, um den Angriffen vollständig auszuweichen und im Gegensatz zu der mageren Wölfin, die es geschafft hatte, Sams Aufmerksamkeit zu entgehen, hatte diese Kreatur noch nicht Sams volle Aufmerksamkeit erfahren. Seine Windklingen *verwüsteten* die Kreatur auf diese Entfernung und nach mehreren aufeinanderfolgenden Treffern stürzte das Tier, wobei eine Blutlache, gespeist aus verschiedenen Schnitten, die aufgewühlte Erde in purpurnen Schlamm verwandelte. Ein paar weitere Luftstöße zerrissen den Kadaver, bevor er sicher war, dass das Tier sich nicht mehr bewegte. »*Wie geht's* euch, Jungs?«

Sam schaute weg, als ihn etwas von der Seite traf wie ein Sack voller pelziger Ziegelsteine. Seine Magierrüstung erwachte mit einer leuchtenden blauen Explosion zum Leben und absorbierte den größten Teil des Schadens, obwohl das Mana, mit dem sie betrieben wurde, schnell verbraucht war. Sam stürzte in einer Rolle rückwärts von dem Felsen, die Welt drehte sich in Blitzen von blauem Himmel und grüner Erde. Eine Linie des Schmerzes tanzte lustig an seinem Brustkorb entlang. *Abgrund, das tut weh.* Dann schlug er wie ein Asteroid auf dem Boden auf, eine Staubwolke schoss um ihn herum auf. Er rang nach Luft – jedes Einatmen fühlte sich an, als würde er durch ein nasses Handtuch atmen – und sein Verstand rekapitulierte verzweifelt, was gerade passiert war.

Die Antwort kam schnell, die Wölfin hatte ihren Zug gemacht. Mit einem Grunzen stieß sich Sam auf seine Handflächen hoch, sein Kopf drehte sich noch immer von dem Sturz und er nahm den pelzigen Gegner sofort ins Visier. »Ich nenne dich Mozart, weil du dich in einer Wolf-Gang herumtreibst.«

Talent gesteigert: Magierrüstung (Anfänger III). Getroffen zu werden, macht dich besser darin, getroffen zu werden, ohne verletzt zu werden! Logisch, oder?

Sie hockte tief an den Boden gepresst, die Nackenhaare gesträubt, die Reißzähne entblößt. Irgendetwas sagte Sam, dass sie seinen Witz nur dann zu schätzen wusste, wenn sie ihn als Snack genoss. Sie war weniger als einen Meter entfernt, in Zuschnappdistanz, aber sie wartete … fast so, als wollte sie entscheiden, ob er noch mehr fiese Tricks im Ärmel hatte.

Leider hatte er das nicht. Nicht wirklich. Die Magierrüstung hatte ihn am Leben und mehr oder weniger intakt gehalten, aber er hatte immer noch ein gutes Viertel seines recht winzigen Gesundheitspools durch den Sturz verloren.

Echter Terrain-Schaden? Sams Verstand schwirrte. Er hatte mehr als genug Mana, um Windklinge doppelt zu wirken, aber auf diese Entfernung würde sein Zauber so gut wie nichts bewirken.

Er könnte die Wölfin treffen, aber wahrscheinlich nur *einmal*. Dann würde sie auf ihn losgehen und ihm die Kehle und das Gesicht zerreißen. Die Magierrüstung war ein hilfreiches Talent, aber wenn es eine Sache gab, die ihm sein Professor für Verteidigungsmagie beigebracht hatte, dann war es, dass die Magierrüstung *keinen* anhaltenden Nahkampfschaden aushalten konnte – jedenfalls nicht lange. Sie war dafür gedacht, dass sie den Träger vor einem verirrten Pfeil oder einem Dolchstoß in den Rücken schützen konnte, aber offensichtlich nicht vor einem Sturz von einem großen Stein. Es war keine mystische Plattenpanzerung, die jemanden vor einem kompletten Zerfleischen beschützen konnte.

Sam hatte jedoch seine Klinge und wenn er schon sterben musste … dann wollte er es auf seinen Füßen tun und mit allem, was er hatte schwingen. Sam knurrte – er wusste von seinem Wolfmenschen-Kurs, dass die Kreatur das als Bedrohung auffassen würde – und kam wieder auf die Beine. Er zog den Dolch aus der Scheide an seinem Gürtel und fuchtelte damit herum. Er hatte keine Ahnung, wie er ihn benutzen sollte, aber das wusste der Wolf ja nicht. Vielleicht würde er sich mit einem Bluff aus dieser Situation herauswinden können. Er bewegte seinen einen Fuß nach hinten, um eine stabile Stellung zu haben und hob das Messer in der rechten Hand, die linke Hand mit der offenen Handfläche nach außen.

»Dann komm schon«, presste er heraus und wirkte gleichzeitig mit der freien Hand eine Windklinge. Die Wölfin stürzte sich auf ihn, schluckte den Zauber wie ein

Preisboxer und rannte weiter, obwohl ihr Gesicht von der komprimierten Luft zerfetzt worden war. *Tja. So viel zum Bluffen.*

Sam schrie auf und schlug mit dem Messer zu, ein unbeholfener Schlag, der nicht einmal eine nasse Papiertüte verletzen würde. Als die kurze Klinge sich einen Weg durch die Luft bahnte, kanalisierte Sam instinktiv die Windklinge durch seinen rechten Arm und lenkte sie *in den* Dolch und durch die Klinge hinaus. Sam war völlig überrascht, als sich eine geisterhafte blaue Kurve vom Ende des Dolches ausbreitete und die einfache Waffe in einen regelrechten Säbel verwandelte. Der Trick erwischte den Wolf *völlig* unvorbereitet und als Folge davon machte die Kreatur *einen Zickzackkurs* nach links, wo sie eigentlich *einen Zickzackkurs nach* rechts hätte machen müssen. Die beschworene Klinge bohrte sich mit einem dumpfen Knirschen in den Schädel des Wolfes, ein reiner Glücksfall und kein Kunststück. Das Spiel bestätigte ihm dies im nächsten Moment.

Glück +1! Das war schrecklich. Wow! Du hattest eine sechsprozentige Chance, das durchzuziehen. Einfach nur wow.

Talent gesteigert: Windklinge (Neuling IX). So langsam bekommst du richtig Übung, was?

Die Augen der Wölfin wurden glasig, als der letzte Rest ihrer Gesundheit in einem Wimpernschlag verschwand. Ein wütendes Inferno aus goldenem Licht explodierte um Sam herum, hob ihn sanft in die Luft, streichelte ihn mit goldenen Fingern und löschte den Schmutz und das Blut aus, das über seine Kleidung und Haut gespritzt war.

Während der noch mit der Abwehr der Wölfin beschäftigt

war, schien es, dass der Rest seiner Gruppe den Kampf mittlerweile beendet hatte. Er wusste das nur, weil goldenes Licht aus ihm herauszufluten begann. *Was war ...?* Er hatte eine Stufe gewonnen! Sam genoss den Moment, sonnte sich in den glorreichen, euphorischen Gefühlen und kümmerte sich überhaupt nicht darum, was er hatte tun müssen, um an diesen Punkt zu gelangen. Doch das Gefühl verflog viel zu schnell. Er hörte das Gejohle von Kai und Sphinx, die sich offenbar nach dem Kampf zu ihm gesellt hatten. Sie drängten sich gerade um ihn herum und genossen eindeutig den Flächeneffekt des Hochstufungsprozesses.

Sam nahm es ihnen nicht im Geringsten übel. Während seine neuen Teamkollegen die Tötungen feierten und sich daran machten, die Leichen zu plündern – Kai bestand darauf, dass sowohl das Fleisch als auch die nicht verwesten Felle in der Stadt einen guten Preis erzielen würden – nahm sich Sam eine Minute Zeit, um einen Blick auf seine Statistiken und die neue Fähigkeit zu werfen, die er während seines letzten Kampfes mit der tödlichen Wölfin freigeschaltet hatte.

Name: *Sam_K ›Horninchen-Schnitter‹*
Klasse: *Aeolus-Magier*
Beruf: *entsperrt*
Stufe: *5*
Erfahrungspunkte: *10.043*
Erfahrungspunkte zur nächsten Stufe: *4.957*
Trefferpunkte: *67/90*
Mana: *280/280*
Manaregeneration: *8,1/Sek.*
Ausdauer: *90/90*

Charakterattribut*: Grundwert (Modifikator)*
Stärke*: 14 (1,14)*
Geschicklichkeit*: 15 (1,15)*
Konstitution*: 14 (1,14)*
Intelligenz*: 28 (1,28)*
Weisheit*: 27 (1,27)*
Charisma*: 13 (1,13)*
Wahrnehmung*: 9 (0,09)*
Glück*: 16 (1,16)*
Karmisches Glück*: +2*

Stufe 5 war in gewisser Weise das Schlimmste, weil sie zwar hart verdient war, aber keine greifbare Erhöhung der Fertigkeitspunkte für seine Klasse mit sich brachte. Er verdiente einen Punkt Intelligenz und Weisheit auf geraden Stufen und seine üblichen vier Eigenschaftspunkte auf jeder dritten Stufe. Also, ein großer, fetter Nichts-Burger ohne Geschmacksverstärker dieses Mal – obwohl Stufe 6 episch werden würde, da alle Punkte zur gleichen Zeit eintreffen würden, was ihm einen gesunden Schub für seine Gesamtpunktzahl geben würde. Auf der positiven Seite war er nun so viel näher an Stufe 6 und jetzt, wo er auf Stufe 5 war, würde er in der Lage sein, einen Beruf freizuschalten, vorausgesetzt, er stieß auf einen, der sowohl angemessen als auch interessant schien.

Das i-Tüpfelchen war das neue Talent, das es zu berücksichtigen galt:

Herzlichen Glückwunsch! Indem du deine Talente und arkanen Künste auf unkonventionelle Weise eingesetzt hast, hast du eine Variante des Zaubers ›Windklinge‹ erlernt: Aeolus-Schwert (Neuling I). Effekt: Du kanalisierst deinen Zauber

›Windklinge‹ in eine konventionelle Waffe und verwandelst so einen einfachen Gegenstand wie einen Dolch in ein tödliches Kurzschwert aus gehärteter Luft. Das Aeolus-Schwert wird wie ein Schwert behandelt und verursacht 5n + 5x Schaden pro Treffer, wobei n der Talentstufe und x dem Talent Schwertbeherrschung entspricht. Auf Wind ausgerichtete Magie. Kostet 10n Mana zum Wirken, +2n pro Sekunde zum Aufrechterhalten.

Neues Talent erhalten: Schwertbeherrschung (Neuling I). Du hast einen Schritt auf dem Pfad des Schwertmeisters gemacht. Du kannst jetzt ein spitzes Stück Metall in deinen Gegner stecken, wobei du dich hoffentlich nicht selbst dabei schneidest! Erhöht den Basis-Waffenschaden mit Schwertern um 1n%, wobei n der Talentstufe entspricht. +1 Geschicklichkeit!

Zufrieden mit seinen Erfolgen schloss Sam die Benachrichtigungen und fand sein Team vor, das auf ihn wartete. Kai und Sphinx hatten mit den Wolfsleichen kurzen Prozess gemacht und sie mit geübter Finesse zerlegt, um sicherzugehen, dass nichts übrig blieb, was verschwendet werden konnte.

»Ich würde liebend gerne weitergehen, mein Bruder«, Kai wischte sich eine Blutspur aus dem Gesicht, als er sah, dass Sam endlich wieder bei ihnen war, »aber das war zu knapp und wenn man bedenkt, wie spät es ist … Ich denke, das Beste wäre, zurückzugehen.«

»Ja, ich stimme zu.« Sphinx stemmte die Hände in die Hüften. »Das war ein verdammt guter erster Ausflug, aber wir haben einen späten Start erwischt. Wir wollen auf keinen Fall die Ausgangssperre verpassen und nach Einbruch der Dunkelheit hier draußen feststizen. Außerdem sammeln wir auf dem Rückweg auch noch ein wenig mehr Erfahrung.«

»Hey, das ist mein erstes Mal«, zuckte Sam bei ihren offensichtlichen Überredungsversuchen mit den Schultern, »also nehme ich euch beim Wort.« Sein Magen gab ein langes, leises Grummeln von sich. »Außerdem könnte ich zur Feier des Tages einen guten Happen vertragen. Lass uns zurückgehen.«

Kapitel 17

Der Rückweg in die Stadt verlief größtenteils ereignislos. Die Gruppe ging in einem gemächlichen Tempo und lernte sich mit jedem Schritt besser kennen. Sphinx stammte aus Carson City, Michigan. Sie war fünfunddreißig, geschieden und hatte keine Kinder, obwohl sie Kinder *liebte* – was bei ihrer Berufswahl als Lehrerin offensichtlich war – und eines Tages eine eigene Brut haben wollte, aber bis jetzt hatte es einfach nicht geklappt. Obwohl sie weitaus älter war als Sam und überhaupt nicht das war, was er erwartet hatte, war sie eine ernstzunehmende Gamerin. Sie hatte alle großen Spiele gespielt – Masterwind, World of Alphastorm, Celestial Conquest – und hatte sich sogar in ein paar Offline-Kampagnen mit Stift und Papier ausprobiert.

Kai hingegen war nur ein paar Jahre älter als Sam und lebte in einer kleinen Studiowohnung in San Diego. In vielerlei Hinsicht war sein Hintergrund ähnlich wie der von Sam – der dritte Sohn reicher Finanziers und Geierkapitalisten. Nur hatte er etwas getan, wovon Sam nicht einmal zu träumen gewagt hätte: Kai hatte sich dem System widersetzt. Er war ein Highschool-Absolvent, der *sich* vehement *weigerte*, aufs College zu gehen und sich stattdessen an einer Berufsschule bewarb. Er hatte vor, Schweißer zu werden. Er weigerte sich, dem Plan zu folgen, mit dem Strom zu schwimmen oder in das Familienunternehmen einzusteigen. Sam bedauerte seine Entscheidung nicht, obwohl er eine seltsame Mischung aus Neid und Mitleid für den Surferjungen empfand, der den Mut hatte, sich seinem sorgfältig geplanten ›Schicksal‹ zu widersetzen.

Wie der Surfer, der zum Schweißer und zum Mönch wurde, in Eternium gelandet war – und das zu einem hohen Preis – war ebenfalls eine interessante Geschichte. Wie Sam war auch der Mönch an eine Kapsel gebunden, aber sein Ausflug in das Spiel war kein Geschenk zum Schulabschluss, sondern ein Mittel, um aus der Öffentlichkeit zu verschwinden.

Sein Vater bereitete sich darauf vor, für ein politisches Amt zu kandidieren und der Mann dachte, es wäre das Beste, wenn sein ›Versager von einem Sohn‹ in einer staubigen Ecke des Internets versteckt wäre, wo Reporter ihn nicht finden konnten – wo Kai keine ›Szene machen‹ oder ›seine Familie weiter blamieren‹ konnte. Kai erzählte die Geschichte beiläufig, fast nonchalant, aber Sam konnte den Schmerz spüren, der unter der Oberfläche der glänzenden, lässigen Fassade des Mönchs lauerte.

Während die drei sich unterhielten, metzelten sie sich durch alle Füchse und Horninchen, die das Pech hatten, in ihren Weg zu stolpern. Nachdem sie gegen das Wolfsrudel gekämpft hatten, fühlte es sich wie ein Kinderspiel an, die unkoordinierten Gruppen von Tieren auszuschalten. Anstatt die Viecher mit seinem Fernkampfzauber *Windklinge* auszulöschen, benutzte er seinen neuen Zauber *Aeolus-Schwert* und rief das mystische Kurzschwert in einem Blitz aus blauem Licht herbei. Dank seiner eher geringen Konstitution und Stärke war der Kampf mit den pelzigen Biestern *weitaus* schwieriger, als er erwartet hatte, aber sie schienen perfekte Ziele zu sein, um die Grundlagen zu üben.

Am Anfang war seine Schwertarbeit einfach schrecklich. Er hatte noch nie ein richtiges Schwert in der Hand gehalten und er hatte genau *null* Ahnung, wie man es effektiv einsetzt. Seine Schwünge waren wild und schlampig und er verfehlte *viel öfter,* als er einen Schlag landete. Selbst wenn es ihm gelang, einen Treffer zu landen, war es genauso wahrscheinlich, dass er mit der flachen Seite der beschworenen Klinge traf, wie deren Schneide.

Sam hatte bei seinem Kampf gegen die Wölfin wirklich enormes Glück gehabt. Vielleicht zahlte sich ein erhöhter Glückswert nur aus, wenn es hart auf hart kam, denn das war das Einzige, was Sinn ergab. Schließlich hatte Sphinx Erbarmen mit ihm und nahm sich etwas Zeit, um ihm die Grundlagen des Schwertkampfes im Einzelunterricht zu erklären.

Sie benutzte zwar Dolche und keine Schwerter, aber sie konnte hervorragend mit der Klinge umgehen und die wichtigsten Tricks, die sie zu vermitteln hatte, hatten mehr mit dynamischen Bewegungen zu tun als alles andere. Ihre Lektionen waren alles andere als umfangreich – zwanglos zwischen Gesprächen und Kämpfen abgehalten – aber als sie fertig waren, fühlte sich Sam hundertmal besser als am Morgen, als er losgezogen war.

Sphinx brachte ihm bei, wie man das Schwert richtig hielt – in der dominanten Hand, mit der Klinge nach unten – und zeigte ihm verschiedene Stellungen, kombiniert mit einigen rudimentären Übungen für die Beinarbeit, die er in seiner Auszeit üben konnte. Falls er jemals eine Auszeit bekommen würde. Wenn er jetzt übte, waren seine Füße schulterbreit auseinander, die Hüften leicht gebeugt, sein Gewicht gleichmäßig auf den Fußballen verteilt, was ihm erlaubte, in jede Richtung loszusprinten. Er würde einen Gegner nie mit roher Gewalt überwältigen – das war als Magier nicht drin – aber er konnte einen unvorbereiteten Gegner möglicherweise ausmanövrieren, wenn er seine Geschicklichkeit hoch genug ansetzte.

Sobald er seine Haltung mehr oder weniger im Griff hatte, führte sie ihn durch eine Reihe von offensiven und defensiven Manövern. Er würde in naher Zukunft kein Duell gewinnen, aber er konnte einen grundlegenden Ausfallschritt und Stoß ausführen. Er verstand auch die Grundlagen einer Finte, einer Parade, eines Schlags und einer Riposte. Dann unterrichtete sie ihn – zusammen mit ein paar hilfreichen Leckerbissen von Kai – über die ›Kampfeinstellung‹, bevor sie die verschiedenen *nicht-physischen* Faktoren durchging, an die er denken musste.

Zum Beispiel war das Fallen in ein vorhersehbares Muster eine leicht zu bildende Gewohnheit und eine Angewohnheit, die einen früher oder später umbringen würde. Außerdem wie man das Tempo des Kampfes durch den Einsatz von Distanz kontrollierte und zu guter Letzt noch Techniken zur Aufrechterhaltung des Situationsbewusstseins auch in der Hitze des Gefechts.

Er verdiente nur eine Handvoll Talenterfahrung durch das improvisierte Tutorial, aber er schaffte es, seine *Schwertbeherrschung* auf Neuling V zu steigern – VI, wenn er seinen Bonus vom *Dolch des mystischen Pfades* mit einbezog – *und* er verdiente einen weiteren Punkt in Geschicklichkeit und Konstitution für seine Bemühungen. Er überlegte, ob er diese Sitzungen mit Sphinx und Kai zu einem regelmäßigen Bestandteil seines Zeitplans machen sollte. Sam wollte nicht den Weg über mehrere Klassen gehen, aber niemand würde von einem Magier erwarten, dass er in einem Nahkampf *etwas* anrichten könnte. Das bedeutete, dass er einen Feind an einem entscheidenden Punkt völlig unvorbereitet treffen konnte. Ein solcher Vorteil war es wert, entwickelt zu werden.

Sie waren vielleicht zwei Kilometer von den Stadtmauern entfernt, als sie die zweite Hälfte ihrer Gruppe entdeckten, die über die Grasebenen stapfte. Gutes Timing, denn die Sonne war bereits im Boden versunken, die Strahlen des späten Tageslichts malten die Skyline mit leuchtenden Fingern in Rosa und Gold und die Wolken hatten die Farbe von frischen Pflaumen.

»Wer hätte das erwartet, euch Hooligans über den Weg zu laufen«, rief Finn, als sie näher kamen und wedelte mit einer Hand in der Luft, wobei seine Roben von der Bewegung flatterten. »Ich kann euch gar nicht sagen, wie *fantastisch* der heutige Tag war! Vielleicht der beste Tag meines *Lebens*. Ich bin auf Stufe 6 aufgestiegen, was keine kleine Leistung ist, das kann ich euch sagen und ich habe einige *ausgezeichnete* Kampftipps von der großartigen Dizzy bekommen.«

Der Magier warf der gepanzerten Kriegerin ein Tausend-Watt-Grinsen zu. »Sie war einfach fantastisch. Wahrhaftig.«

Dizzy zuckte wegen des Kompliments nur verlegen mit den Schultern, aber Sam bemerkte, dass auch sie den Blick abwandte, wobei sich eine schwache Spur von Rot in ihre Wangen schlich. Obwohl Finn schlaksig und eher unbeholfen war, konnte er charmant sein, wenn er wollte. Offensichtlich hatte er dieses Charisma auf Dizzy übertragen.

»Du hast Stufe 6 erreicht?« Sam dachte über seinen eigenen Tag nach. »Das kann nicht richtig sein. Du kommst *aus Ardania. Du musst doch sicher eine höhere* Stufe haben … oder?«

Finn zog eine Grimasse und schüttelte den Kopf. »Ich kann durchaus verstehen, warum du so denkst, aber du bist ein Außenseiter. Du bist hierher gekommen, um Abenteuer und Action zu erleben, aber die meisten Einheimischen wollen nur über die Runden kommen. Noch wichtiger ist, dass ihr alle wieder auftaucht, wenn euch ein unglückliches und unzeitiges Schicksal ereilt. Nicht aber meine Sippe und ich. Die meisten der guten Bürger von Ardania gehen kommerziellen Jobs nach, die weit weniger riskant sind. Du wirst feststellen, dass die Mehrheit der höher gestellten Bürger in Ardania dazu neigt, Händler und Handwerker zu werden. Sich jenseits der Tore zu wagen ist für die meisten ein Todesurteil und die Ergebnisse sind selten die Mühe wert. Es gibt natürlich auch Söldner – wie die Krieger, die uns auf unseren Kanalisationsmissionen begleiten – aber die sind eigentlich ziemlich selten.«

»Natürlich gibt es die Wachen zu berücksichtigen, aber als Faustregel gilt, dass sie sich genauso wenig nach draußen trauen wie der Rest von uns. Magier sind eine Ausnahme von dieser Regel. Wir können uns in der relativen Sicherheit der Hochschule weiterbilden und – wenn eure Erfahrung heute so war wie meine – habt ihr sicherlich gesehen, dass unsere Profession ziemlich mächtig sein kann. Aber ich habe keine formale Kampfausbildung als Adliger und da ich *gerade erst* in die Hochschule aufgenommen wurde, ist meine Stufe noch ziemlich niedrig. Ich denke aber, wenn wir weiterhin solche Missionen durchführen können, wird sich das alles ändern.« Sein Lächeln wurde breiter. »Denn selbst wenn wir nur *einmal in der Woche* auf solche Missionen gehen können, denke ich, dass du und ich das Potenzial haben, die mächtigsten Magier des Jahrhunderts zu werden.«

»Zumindest, *wenn* du überlebst«, sprach eine vertraute und *sehr* unwillkommene Stimme. Headshot.

Der notorische Spielerkiller und seine Crew schlichen hinter einem Wäldchen aus Eichen und Kiefern unweit der Straße hervor, die Waffen gezogen. Sie hatten gewartet, um einen Hinterhalt zu starten? Wie lange hatten sie einfach … dort *gesessen*?

In den wenigen Sekunden angespannter Stille, die folgten, schossen Sam mögliche Szenarien durch den Kopf. Sie waren höchstens einen Kilometer vom Tor entfernt, leicht in Sichtweite des Fallgatters und der gewaltigen Tore, aber es gab keine Möglichkeit, dass sie davonlaufen konnten. Headshot hatte drei Bogenschützen bei sich, die alle schlanke Bögen und gefüllte Köcher voller Pfeile trugen. Selbst wenn die Bogenschützen totale Anfänger waren, würden sie Sam und seine Freunde in die Zange nehmen, bevor sie mehr als fünfzig Meter weit gekommen waren und das setzte voraus, dass sie überhaupt an Headshot und seinen schwer bewaffneten Nahkämpfern vorbeikommen würden.

Was sie nicht konnten. Zumindest nicht ohne einen Kampf. Headshot und ein halbes Dutzend Krieger in Platten- oder Kettenhemden waren vor ihnen aufgereiht und stellten sicher, dass es kein einfaches Entkommen geben würde. Sam nahm an, dass sie einen taktischen Rückzug antreten könnten, sich langsam zurückziehen, bis sie umdrehen und in die Wildnis fliehen konnten, aber auch das war eine aussichtslose Option. Kurzfristig würde es vielleicht funktionieren, aber die Sonne würde in einer halben Stunde oder so untergehen, was bedeutete, dass sie die Hardcores nur überleben würden, um dann durch die Hände der Schrecken zu sterben, die nach Einbruch der Dunkelheit durch die Wildnis streiften.

Nein, wenn sie zurück in die Stadt wollten, gab es nur zwei Möglichkeiten: *erstens*, Headshot bluffen lassen, wie

Dizzy es vorhin getan hatte oder *zweitens*, die Sache in einen Kampf ausarten lassen und das Beste hoffen. Sie waren neun zu sechs in der Unterzahl, aber Sam *wusste, dass* sie es mit diesen Clowns aufnehmen konnten, wenn es hart auf hart kam. Er und Finn hatten beide hochgestuft und mit ihren arkanen Kräften konnten sie ernsthafte Verwüstung anrichten.

»Was wollt ihr?« Dizzy bellte und trat vor, bis sie in Schlagweite von Headshot war. Headshot zog ein langes Schwer hervor, dessen gebogenes Klinge das Licht der schwindenden Sonne einfing und blutig schimmerte.

»Das ist *einfach*, Dizz.« Er streckte einen Finger in die Luft. »Erstens: Ich will Geld. Zehn Goldstücke pro Kopf, wenn ich *ein paar* von deiner Crew gehen lasse.«

»Ihr wollt wissen, wer im *Krankenhaus* ist?« Sam versuchte, die Gruppe einzuschüchtern. Keiner antwortete, aber alle Augen waren auf ihn gerichtet. »*Kranke* Leute! Wollt ihr euch zu ihnen gesellen?«

Ein weiterer Finger hob sich in die Luft neben dem ersten von Headshot. »Zweitens: Ich will diese Magier bei den Hardcores haben, also entweder sie stimmen zu, sich uns anzuschließen oder ich weide sie aus, wo sie stehen. Wenn wir sie nicht haben können, dann soll sie niemand haben. Punkt.«

Ein dritter Finger kam nach oben. »Drei, ich werde *dich* aus Prinzip töten, weil *mich* niemand respektlos behandelt.«

Er stürzte nach vorne, die Klinge blitzte, als er versuchte, die Spitze in Dizzys Bauch zu rammen. Sie war auf den billigen Schlag vorbereitet, sprang zurück und drängte seinen Schlag mit ihrem gerüsteten Unterarm zur Seite. Die Aktion verhinderte knapp einen kritischen und wahrscheinlich *tödlichen* Treffer, aber sie war zu nah dran, um ihren schweren

Streithammer zu ziehen. Ohne eine Waffe in der Hand hatte Headshot einen deutlichen Vorteil. Zumindest *hatte* er einen Vorteil, bis Finn sich in Bewegung setzte, seinen Stab mit einem ursprünglichen Kriegsschrei nach vorne stieß und einen handgelenkdicken Speer aus Eis freisetzte, der in Headshots Schulter einschlug. Die gefrorene Lanze aus Magie durchschlug Headshots Plattenpanzer wie ein Nagel die Seite einer Aluminiumdose und wirbelte den dreckigen Spielerkiller im Kreis herum.

Damit war der zaghafte Waffenstillstand gebrochen und *alle* stürzten sich in den Kampf, eine Schar von chaotischen und oft widersprüchlichen Befehlen erfüllte die Luft. Niemand war darauf vorbereitet gewesen, dass die Dinge so laufen würden, daher schien auch niemand wirklich zu wissen, was zum Abgrund jeder tun sollte.

Sam musste nur hoffen, dass jeder auf seiner Seite der Gleichung solide Grundlagen spielen und sich an ihre vorgegebenen Rollen halten würde. Anstatt sich ins Getümmel zu stürzen und mit seinem Schwert herumzuschlagen, zog sich Sam zurück, um den nötigen Abstand zu gewinnen und seine Magie wirken zu lassen. Arrow, der Ranger, tat dasselbe und postierte sich etwa zehn Meter von der Kampflinie entfernt, während er Pfeile abfeuerte und akribisch auf die Fernkampfunterstützung im Team der Hardcores zielte. Gefiederte Schäfte bohrten sich in Lederrüstungen oder fanden verwundbares Fleisch. Es waren zu viele der feindlichen Ranger im Feld, also fand Sam, es sei höchste Zeit, die Chancen auszugleichen.

Sam hatte die Magierrüstung im Kampf gegen die Horninchen erneuert, sodass er seine Offensivbemühungen auf einen schlanken Waldläufer konzentrieren konnte, der in eine leichte, schwarze, mit Messingnieten besetzte

Brigandenrüstung gekleidet war. Sam stieß seine Hände nach vorne und wirkte eine breite Windklinge. Der blaue Lichtbogen schlug in den Waldläufer ein und reduzierte dessen Gesundheit mit verheerender Effektivität. Bei Neuling IX richtete der Zauber siebenundzwanzig Schaden an. Sam glaubte nicht, dass jemand, der wahrscheinlich alle seine Punkte in Geschicklichkeit und Wahrnehmung steckte, viel mehr als die Basis von fünfzig Lebenspunkten haben würde und er beschloss, seine Theorie zu testen.

Der Waldläufer stieß ein Gurgeln aus, Blut sprudelte aus seinem Mund, während er nach links huschte und versuchte, etwas Abstand und Zeit zu gewinnen. Nachdem er gegen die blitzschnellen Wölfe gekämpft hatte, schien dieser Kerl so langsam wie gefrorene Melasse zu sein. Sam schickte eine weitere Windklinge, die den Rest der Lebenspunkte des Waldläufers im Handumdrehen entfernte. *Theorie bewiesen.* Ohne eine Sekunde zu verlieren, huschte Sams Blick über das Schlachtfeld, um zu sehen, wo er am meisten gebraucht wurde.

Zwei der drei Ranger waren am Boden – einer durch seine Hand – und Arrow war gerade mit dem dritten beschäftigt, der die blondhaarige Frau mit einem Projektil nach dem anderen beschoss. Headshot war irgendwie noch am Leben, aber Dizzy stürzte sich auf ihn wie ein wütendes Nashorn und hämmerte mit ihrem riesigen Streithammer, den sie endlich gezogen hatte, auf ihn ein. Das war das erste Mal, dass Sam sie in Aktion sah und *wow*, konnte sie zuschlagen. Sie bewegte sich langsamer als Kai, Sphinx oder Arrow, aber sie war ein unaufhaltsamer Moloch, der immer näher an seinen Gegner herankam. Sie schwang ihren Streithammer herum, als würde er nicht mehr wiegen als ein Plastikschläger, aber wenn er *traf* ... gab es den knochenbrechenden Beweis, dass er seine Klassifizierung als *schwere* Waffe verdiente.

Finn setzte seine metaphysische Macht auch gegen den Anführer der Hardcores ein. Er benutzte Gefrierzauber, um Headshots Bewegungsrate zu verringern und schleuderte außerdem bei jeder sich bietenden Gelegenheit eine Eislanze.

In der Zwischenzeit hatte Kai eine Position auf der rechten Seite eingenommen und kämpfte gegen zwei in Kettenhemden gekleidete Krieger, die mit kruden Breitschwertern bewaffnet waren. Obwohl er in der Unterzahl war, bewegte sich der Mönch zwischen den beiden Gegnern wie Rauch, wippte, wankte und lenkte schließlich ihre plumpen Angriffe ab. Gleichzeitig führte er ein Bombardement von blitzschnellen Handflächenhieben aus, die langsam aber sicher ihre Gesundheit aufzehrten.

Sphinx hingegen war kurz davor, überwältigt zu werden, als sich drei Hardcores um sie scharrten. Sie hatten offensichtlich schon gegen Assassinen gekämpft und drängten immer weiter auf sie ein, damit sie nicht in einen Schatten schlüpfen konnte. Zwei der drei Hardcores sahen aus wie gewöhnliche Kämpfer, aber der dritte trug eine ähnliche Kleidung wie Sphinx – dunkles, weiches Leder, ein Bandolier mit Wurfmessern quer über die Brust, eine Kutte, die die untere Hälfte seines Gesichts bedeckte. Er war eine Art Dieb oder Möchtegern-Assassine und er machte der unerschrockenen Infiltratorin das Leben schwer. Sie brauchte Hilfe und sie brauchte sie *jetzt*. Leider war ihr Kampf ein Gewirr von Gliedmaßen, ein Wirbelwind von blitzenden Klingen und wirbelnden Körpern.

Sphinx und ihr Trio von Angreifern bewegten sich so schnell, dass Sam genauso wahrscheinlich Sphinx traf wie die Hardcores. Er war sich nicht sicher, ob seine Zauber auch auf Verbündete wirken würden oder nicht, aber jetzt war definitiv *nicht* der ideale Zeitpunkt, das herauszufinden. Er konnte sich für ihre Lektionen im Schwertkampf revanchieren, indem er das Wissen, das sie ihm beigebracht hatte, jetzt anwenden würde, obwohl er dabei auf Nummer sicher gehen musste, da seine Ausdauer schnell zu Ende gehen würde. Dennoch war es seine beste Option. Wer würde schon von einem Glaskanonen-Magier erwarten, dass er mit einem Schwert in die Schlacht zieht?

Leise wie ein schreiendes Kleinkind schoss Sam nach vorne, zog den Dolch aus seinem Gürtel und murmelte die Worte, um sein Aeolus-Schwert zu rufen. Die magische Klinge fuhr zu voller Größe aus – kühl blau und tödlich – bevor er sich auf den feindlichen Schurken stürzte, der Sam praktischerweise den Rücken zugewandt hatte. Die ironische Gerechtigkeit, als Magier einen Dieb zu hintergehen, war Sam nicht entgangen. Er stürzte sich nach vorne und führte einen lehrbuchmäßigen – wenn auch recht einfachen – Stoß aus. Manchmal waren die einfachen Dinge die effektivsten, denn die Klinge stieß in den unteren Rücken des Schurken und entzog ihm sechzehn Lebenspunkte.

Was nicht einmal annähernd reichte, um den Dieb zu töten, aber mehr als genug Schaden, um seine Aufmerksamkeit zu erregen. Der Schurke stieß ein gutturales Heulen aus und stürzte sich auf Sam, einen schwarzen Dolch in jeder Hand. »Das wirst du noch bereuen, du kleiner Scheißhaufen.«

»Kackhaufen sind braun, nicht blutrot gefärbt wie meine Kleidung … es sei denn, du hast irgendwelche anderen Probleme?«, verspottete Sam den Mörder. Vielleicht nicht sein klügster Schachzug.

Der Schurke löste sich von Sphinx und tanzte mit flüssiger Anmut auf Sam zu, die offensichtlich hohe Geschicklichkeit des Kerls war in vollem Umfang zu sehen. Er kam auf Sam zu wie eine Kobra mit Verstopfung und erzeugte eine ständige Kombination aus koordinierten Stößen und Hieben. Sam wich zurück, um den Schurken wegzulocken, aber es kostete ihn alles, um den Angriff abzuwehren.

Sam war *viel* zu langsam, um mit einem eigenen Gegenangriff zu reagieren. Der Schurke startete eine Reihe von weiten Hieben, dann sprang er in die Luft und schleuderte ein paar Wurfmesser mit seiner freien Hand. Beide trafen voll ins Schwarze und durchschlugen Sams Magierrüstung. Eines schlug in seine rechte Schulter ein, während das andere in seinen Bauch eindrang. Der Schmerz war schlimmer als alles, was Sam je zuvor gefühlt hatte und das, obwohl sein *miserabler* Wahrnehmungsstatus ihn herabsetzte.

Damals, in der sechsten Klasse, hatte sich Sam die Schulter ausgekugelt. Er konnte sich bis ins kleinste Detail an den Tag erinnern; die Sonne hoch über ihm, der heiße Stahl einer Halfpipe, die unter der Kante seines Skateboards abfiel, das *Klirren* und *Klappern* von Metall auf Metall. Er wippte unsicher auf der Kante der Pipe, sein Herz pochte, als er den Mut aufbrachte, sich zum ersten Mal hineinfallen zu lassen. Es war die kleine Halfpipe, nur drei Meter tief, aber für Sammy, der in der sechsten Klasse war, sah dieser Abstieg *unvorstellbar* hoch aus – wie ein Sprung vom Rand des Grand Canyon. Doch trotz der Angst lehnte er sich nach vorne und stürzte sich gerade nach unten.

Er begann fast augenblicklich zu taumeln und kugelte sich beim Aufprall die Schulter aus. Das hier fühlte sich ähnlich an, obwohl der Schmerz irgendwie reißender war. Das Aeolus-Schwert klapperte und erstarb, als er die

Klinge fallenließ, unfähig, den Griff durch die Wellen des Schmerzes hindurch festzuhalten. Er stolperte, betrunken von Schock und Trauma und fiel auf den Rücken, seine gute Hand krampfte nach dem Dolch, der aus seinem Bauch ragte.

Seine Magierrüstung hatte ihn vor dem sicheren Tod bewahrt, aber seine Gesundheit war auf weniger als die Hälfte gesunken und er verlor blutend mit jeder Sekunde, die die Messer in seinem Körper steckten, weitere Trefferpunkte. Mit einem Keuchen und einer Grimasse zog er den Dolch in seinem Bauch heraus und machte sich dann an der Klinge zu schaffen, die aus seiner Schulter ragte.

Diese steckte fester – vermutlich hatte sein Gegner einen Knochen getroffen – also musste er sich frei winden, was ungefähr hundertmal schmerzhafter war, als überhaupt erst erstochen zu werden. Schließlich waren die Klingen verschwunden und lagen in einem Grasfleck in der Nähe, aber er war noch nicht aus dem heißen Wasser. Der Schurke pirschte sich mit den tödlichen Bewegungen eines jagenden Panthers vorwärts, bereit, seine Beute zu erledigen … obwohl dieses Raubtier mit kaltem Eisen tötete, anstatt mit reißenden Kiefern.

»Du hättest dich uns anschließen sollen, als du die Chance dazu hattest, Schwachkopf«, knurrte der Schurke, seine Stimme kratzig und leicht verzerrt von der Störung durch ein Mikrofon. Dieser Kerl war nicht in einer Kapsel, so viel war sicher.

»Lieber sterbe ich«, brachte Sam mühsam heraus, seine Spucke war rot vom Blut gefärbt.

»Gut«, erwiderte der Schurke und ließ seine Dolche in den Händen rotieren. »Erlaube mir, dir dabei zu helfen …«

Er beendete den Satz nie. Eine Eislanze schlug seitlich in seine Kehle ein, fuhr ganz hindurch und hinterließ ein klaffendes Loch. Der Schurke schluckte und bewegte seine Kiefer wie ein Fisch auf dem Trockenen, dann kippte er um, die Schwerkraft setzte ein, als seine Beine nachgaben. Und mit einem Mal so hatten Sam und Co. hier tatsächlich eine Chance.

Erfüllt von einem neuen Adrenalinschub sprang Sam auf die Füße und machte seine Hände bereit, aber ... es gab niemanden mehr zum Kämpfen, niemanden mehr zum Töten. Jedes einzelne Mitglied der Hardcores lag tot im Gras, Lachen aus schlammigem Blut umgaben ihre Leichen wie grässliche Heiligenscheine. Irgendwie, wie durch ein Wunder, hatten sie es geschafft!

Sie hatten entgegen der unwahrscheinlichen Chance gesiegt und noch beeindruckender war, dass *jedes einzelne Mitglied* ihrer Gruppe die Begegnung überlebt hatte. Sie hatten es gerade mit einem aggressiven Hinterhalt aufgenommen, ohne einen einzigen Verlust zu erleiden! Als Sam sich umschaute, sah er, dass Finn den Großteil der schweren Arbeit geleistet hatte, denn vier der neun Leichen waren mit blauweißen Eisstacheln übersät.

Die Botschaft war klar – mit Magiern ist *nicht* zu spaßen. Die Leute an der Hochschule mochten ein Haufen aufgeblasener Besserwisser sein, aber es gab einen Grund für ihre Überlegenheitsgefühle.

»Ich werd nicht mehr!«, brüllte Dizzy und stieß ihren Streithammer in die Luft. Sie warf den Kopf zurück und gackerte. »Ihr Jungs seid einfach Spielverderber!«

Ihr wahnsinniges Lachen verebbte langsam. »Mit euch beiden in unserem Team wird uns niemand aufhalten können! Lasst uns in die Stadt gehen, bevor sie die Tore schließen und eine kleine Feier veranstalten. Die Drinks gehen auf mich!«

Kapitel 18

Sie schafften es fünfzehn Minuten vor Einbruch der Dunkelheit zurück durch die Tore. Das war knapp, wenn man die möglichen Folgen bedachte, aber alle waren viel zu guter Laune, um sich darum zu kümmern. Die Gruppe war begeistert von ihren Erfolgen an diesem Tag und die Hardcores auszuschalten war nur die Kirsche auf dem Sahnehäubchen. Sicher, sie *verdienten* nichts dafür, dass sie Headshot und seine Schläger ausgeschaltet hatten – Eternium hielt Spielerkiller davon ab, indem es sicherstellte, dass sie keine Erfahrung verdienten und keine Leichen plündern konnten – aber sie bekamen auch keinen Ärger. Abgesehen davon, dass es keinen greifbaren *Nutzen* für das Abschlachten anderer Spieler gab, *bestrafte* das Spiel Spielerkiller aktiv, indem es Erfahrung und Ruf abzog und Ihnen eine Spielerkiller-Aura verlieh, die es Leuten ermöglichte, *sie* für Belohnungen zu töten oder Kopfgelder von den örtlichen Wachen zu kassieren.

Wenn man einen anderen Spieler in einem Akt der *Selbstverteidigung* tötete, gab es natürlich keine negativen Auswirkungen. In ihrem Fall gab es zumindest eine positive Seite – sie konnten den Hardcores eine wohlverdiente Lektion erteilen. Um den Sieg zu feiern, machten sie sich auf den Weg zum Gasthof *Zum platten Hund*, der fast bis auf den letzten Platz mit Abenteurern gefüllt war, die gerade einen langen Tag hinter sich hatten, um Erfahrung zu sammeln und die örtliche Fauna mit rücksichtsloser Hingabe zu töten.

Anhand des Grünzeugs, mit dem einige bedeckt waren, vermutete Sam, dass auch eine beträchtliche Menge an *Flora* zerstört worden war.

Der Dudelsack spielende Barde war verschwunden und wurde durch eine Truppe spärlich bekleideter brünetter Drillinge ersetzt, von denen jede ein anderes Instrument spielte. Eine saß auf einem niedrigen Hocker und zupfte die vielen Saiten einer Zither, während eine andere auf einem lederbezogenen Instrument, das wie eine Mischung aus einer kleinen Trommel und einem modernen Tamburin aussah, ein flottes Tempo anschlug. Der Krach klang wie … Krach. Allen *anderen* schien es zu gefallen, also seufzte Sam einfach und fügte einen weiteren Grund zu seiner geistigen Liste hinzu, um seine Wahrnehmung zu steigern. Während er grummelte, stand der dritte Drilling in der ersten Reihe und schwang sich über die Bühne, während sie eine Melodie trällerte, die Sams Wangen rot werden ließ, als er sich die Zeit nahm, dem Text zuzuhören. Es schien, dass in dieser Taverne nur Gäste ab achtzehn Jahren zugelassen waren.

Die Kneipenbesucher schienen jedoch nicht verärgert über den Text zu sein, ganz im Gegenteil. Sie stampften mit, schwenkten volle Bierkrüge, während nicht wenige mitsangen wie bei einer Runde Karaoke. Die meisten der Mitsänger könnten nicht einmal eine Melodie halten, wenn man einen Griff dranflanschen würde, aber das machte nichts, jeder in der Taverne schien die absolut beste Zeit seines Lebens zu haben. Strahlen von farbigen Lichtern huschten über eine Tanzfläche, die mit groovenden Körpern gefüllt war. Sam blickte nach oben und sah, dass irgendeine unternehmungslustige Seele farbige Glasstücke an dem massiven schmiedeeisernen Kronleuchter über ihm befestigt hatte, was den ganzen Apparat in eine behelfsmäßige Discokugel verwandelte. Der schiere Einfallsreichtum der Menschen hörte nie auf, Sam zu verblüffen.

»Kommt schon«, rief Dizzy über ihre Schulter, während sie sich in das Gedränge schob und sich mit ihrer körperlichen Kraft einen Weg wie ein Eisbrecher bahnte. Sie kämpften sich bis in den hinteren Teil des Gasthauses vor, wo Dizzy Essen und Getränke für alle Mitglieder des Teams bestellte. Nicht, dass Sam eine Ahnung gehabt hätte, wo genau sie sitzen sollten. Zum Abgrund, selbst einen Stehplatz zu finden wäre eine Herausforderung gewesen, wenn man bedachte, wie voll dieser Ort war. Dizzy beugte sich vor und wechselte ein paar leise Worte mit dem Barkeeper. Nach ein paar Augenblicken verließ eine kleine Ledertasche ihre Handfläche und fand ihren Weg in seine Tasche.

»Folgt mir«, rief Dizzy und legte eine Hand als Trichter um ihren Mund, um über den Lärm und das Getöse des Raumes hinweg gehört zu werden. »Ich habe es geschafft, uns ein privates Zimmer im hinteren Teil als Gegenleistung für eine kleine Spende zu besorgen.«

Neben der Bar war eine Tür, von der Sam gerade angenommen hatte, dass sie zurück in die Küche führte. Falsch. Die Tür führte in einen langen Flur mit ein paar privaten Räumen links und rechts davon. Die Räume waren nicht riesig, aber sie waren in die Wände eingelassen und viel abgeschiedener als die Sitzgelegenheiten im Gemeinschaftsbereich. Auch die Tische und Stühle waren von einer viel feineren Qualität als das, was für die Masse zur Verfügung stand. Statt knarrender Holzdielen waren in den Privaträumen bunte Teppiche ausgelegt, Kandelaber ragten aus den Wänden und elegante Tische aus poliertem Nussbaumholz standen auf Böcken.

Dizzy hatte ihnen gerade Zugang zum VIP-Bereich des Gasthofes verschafft. Nett. Sam dachte, dass er sich an diese Art der Behandlung gewöhnen könnte. Die meisten privaten Räume waren bereits mit Partys von fein gekleideten Abenteurern belegt, aber der letzte Raum auf der rechten Seite war offen und wartete auf sie.

Krüge und Abendessen standen bereits auf dem Tisch. Sam hatte keine Kellner gesehen, aber irgendwie hatten sie es geschafft, das Essen und die Getränke in der kurzen Zeit, die die Gruppe brauchte, um hierher zurückzukommen, herauszubringen. Also, *das* war Service! Oder das Essen hatte schon eine Weile dort gestanden ... er entschied sich, an guten Service zu glauben. Die Gruppe drängte sich um den Tisch und ließ sich in gepolsterte Lederstühle fallen – Stühle, die *tausendmal* bequemer waren als die Holzbänke im vorderen Bereich. *Und bequemer als im Speisesaal der Hochschule.* Sam stieß ein unwillkürliches Stöhnen aus, als er sich niederließ. Das fühlte sich *himmlisch an* für seine schmerzenden Füße und müden Beine.

Dann schlug ihm der Duft des Essens in die Nase und alle Gedanken an Erschöpfung verflogen, als Sam sich daran erinnerte, wie hungrig er war ... und wie viel Zeit seit dem improvisierten Mittagessen vergangen war. Er beugte sich vor, die Unterarme auf die polierte Tischplatte gestützt und atmete den Dampf ein, der aus der Holzschüssel vor ihm aufstieg.

Sam nahm einen Löffel und löffelte einen Bissen in seinen Mund, wobei er sich die Zunge verbrannte. In Gedanken kreiste er ›guter Service‹ ein und strich ›Essen stand noch von vorher rum‹ durch, dann wandte er sich wieder dem Essen zu. Es war ein Eintopf mit zarten Lammfleischstücken, geschnittenen Karotten und Kartoffelwürfeln, alles bedeckt mit einer dicken, braunen Soße, die auf seiner Zunge zu singen versuchte. Reichhaltig, salzig, mit nur ein wenig Gewürz, um das Lamm auszugleichen. Der einzige Nachteil war, dass nach dem anfänglichen Ausbruch des Geschmacks seine Wahrnehmung dafür sorgte, dass er nur noch die *Textur* des Essens schmeckte. An diesem Punkt hätte es genauso gut eine besondere Überraschung aus der Küche sein können oder die Bratkrümel aus der Pfanne.

Wenigstens war er nicht der einzige, der aß, sonst hätte er vielleicht einfach aufgegeben. So wie es war, war er sich sicher, dass er eine Art ›Qualitätsessen‹-Bonus bekommen würde, also machte er weiter. Der Tisch war still, bis auf das Kratzen der Löffel gegen die Schalen und das leise Schmatzen, während alle aßen.

Ungefähr nach der Hälfte der Mahlzeit brachte ein Serviermädchen in einem Wollkleid mehrere frische Brote und kleine Holzschüsseln, die bis zum Rand mit cremig geschlagener Butter gefüllt waren. Sam schuftete sich gerade durch eine zweite Schüssel Eintopf, als Dizzy ihren Becher hob und mit einem silbernen Löffel gegen den Rand klopfte, wobei das *ting-ting-ting* die Aufmerksamkeit aller auf sich zog.

»Jeder, der mich kennt, weiß, dass ich eigentlich nicht für große Reden zu haben bin, aber nach einem Tag wie heute ... dachte ich mir, jemand sollte *etwas* sagen.« Sie zuckte entschuldigend mit den Schultern. »Wie auch immer, ich wollte mich nur bei *euch allen bedanken*, dass ihr heute alles aufs Spiel gesetzt habt. Wir haben hart gearbeitet, sind einige Risiken eingegangen und haben eine Schlacht gewonnen, wo wir es nicht erwartet hätten. Aber wir *haben es geschafft*, weil wir durchgehalten, als Team zusammengearbeitet und uns gegenseitig vertraut haben. Ich könnte nicht stolzer sein. Ich glaube, mit diesen beiden Zauberkünstlern werden wir *unaufhaltsam sein*. Ich kann es in meinen Knochen spüren. Obwohl wir noch nicht wissen, wie wir eine richtige Gilde gründen, ist es höchste Zeit, dass wir uns einen Namen geben. Leute wie die Hardcores sollten wissen, wen sie verfluchen können, nachdem wir ihnen die Zähne eingeschlagen haben.« Sie hielt inne, schaute sich nacheinander die Gesichter an, wobei ihre Augen neugierig auf Finn verweilten. »Also ... Ideen?«

Eine nachdenkliche Stille legte sich wie eine dicke Decke über die Versammlung.

»Wie wäre es mit dem Wolfsrudel?«, bot Sphinx an, nachdem genug Zeit vergangen war, dass das Schweigen langsam unangenehm wurde.

»Aber ... die Wölfe sind unsere *Feinde*«, erklärte Finn höflich, eine Augenbraue hochgezogen, während er seinen Becher schwenkte.

»Das ist wirklich wahr, weißt du«, Sphinx wippte mit dem Kopf als Anerkennung, »aber ich denke, das macht es noch *besser*. Es lässt jeden wissen, dass man uns besser nicht in die Quere kommt, wenn man nicht mehr Ärger haben will, als man vertragen kann. Außerdem haben wir heute einen Rudelkampf gesehen. Vier Wölfe hätten uns fast umgebracht und *hätten* es wahrscheinlich auch unter anderen Umständen getan. Sie arbeiteten als Team und hatten keine Angst, das zu verteidigen, was ihnen gehörte. Sie haben sich von niemandem herumschubsen lassen, richtig? Das erinnert mich sehr an uns, als wir heute die Hardcores ausgeschaltet haben. Diese Pelzjungs kämpften wild und klug, aber sie sind trotzdem nur übergroße Hunde. Stellt euch vor, wir hätten diese Koordination, aber mit der Intelligenz und der Führung, die sie unterstützen.«

»Alte«, intonierte Kai feierlich, als wäre das einzelne Wort eine große Proklamation. »Das ist wie … super tiefgründig oder so. Ich stimme dir vollkommen zu. Es gibt tausend schlechtere Beispiele für ein Team, nach denen man sich richten könnte. Du hast meine Stimme, Rudelschwester.«

»Das Wolfsrudel«, testete Dizzy langsam, wie sich die Worte auf ihrer Zungenspitze anfühlten. »Wolfsrudel. Ja, das gefällt mir. Sam, Finn, Arrow? Irgendwelche Einwände?«

»Ich für meinen Teil bin einfach froh, hier zu sein«, lenkte Finn mit einem breiten Grinsen ab. »Ich möchte hinzufügen, dass ich auch für den Namen bin. Obwohl ich ehrlich gesagt mehr als nur ein wenig voreingenommen bin, da das Wappen des Hauses Laustsen ein springender Wolf auf einem Feld aus Gold und Schwarz ist.«

»Nun, das muss doch ein Zeichen sein, oder?«, fügte Sam hinzu. »Wenn du mich fragst, ich finde es auch cool.«

Er stieß mit der Hand in die Mitte des Tisches. »Also, kann ich ein ›Wolfsrudel‹ auf drei bekommen?«

Sie stapelten nacheinander alle ihre Hände in der Mitte – Finn sah völlig verloren aus, fügte aber seine Handfläche kommentarlos dem Stapel hinzu – und ließen die Hände dann nach einem »Go~o~o Wolfsrudel!« hochfliegen.

»Also«, Sam stand vom Tisch auf, »wenn niemand mehr etwas hat, ist da draußen eine Party! Da dies mein einziger freier Tag in einer Woche ist, habe ich vor, ihn *voll auszunutzen*! Wer macht mit?«

Mit vollen Bäuchen und einigem Alkohol im Blut schlenderten sie zurück in den Gemeinschaftsraum. Sam war mehr als nur ein wenig überrascht, als er sah, wie Dizzy Finn bei der Hand nahm und ihn auf die Tanzfläche zog, mit einem Grinsen im Gesicht und einem roten Schimmer auf ihren Wangen. Sam stand einfach nur da und ließ die berauschende Atmosphäre über sich ergehen wie die ankommende Flut und nahm den schrillen Schrei des Saiteninstruments, das Hämmern der Trommel sowie die schwüle Stimme der Frontsängerin in sich auf. Er versuchte, den Duft von Pfeifenrauch und gebratenem Lamm in der Luft zu genießen, in dem Moment, bevor alles zu einem Gemisch nach ... Körpergeruch wurde. Wenigstens konnte er das gutmütige Lachen, das Klirren von Gläsern und das Klimpern von Silbermünzen genießen, wenn sie den Besitzer wechselten oder über die Tische geschoben wurden.

Das ... *das* war es, was Sam vermisst hatte, seit er nach Eternium gekommen war. Genau in diesem Moment entschied er, dass er es leid war, nach den Regeln anderer Leute zu spielen. Er liebte seine Kurse und wollte sie zu Ende bringen, aber er wollte nicht mehr zulassen, dass diese Tölpel in der Hochschule ihn übergingen. Er musste seine Aufgaben erledigen und seine Kurse besuchen, aber sobald er morgen etwas Freizeit hatte, würde er seine spärlichen Habseligkeiten zusammenpacken und sich irgendwo anders einnisten. In der Hochschule zu wohnen war *praktisch – vor allem*, wenn man die üblichen Arbeitszeiten bedachte – aber er weigerte sich, sich von Octavius den Spaß an dieser fantastischen Welt nehmen zu lassen.

Arrow schlich sich neben ihn und klopfte ihm auf die Schulter. »Das ist wirklich toll hier, nicht wahr? Kaum zu glauben, dass das alles nur ein Teil eines riesigen Videospiels ist. Ich bin erst seit ein paar Tagen hier, aber ich fange schon an zu denken, dass es vielleicht gar nicht so schlecht wäre, für immer hier zu bleiben.«

Sam verschluckte sich. »Warte, ist das möglich?«

»Nicht *offiziell*«, antwortete der Mann und klopfte sich verschwörerisch auf die Seite der Nase. »Man munkelt allerdings, dass es eine Handvoll Leute gibt, die *perma* gehen. Meistens Leute, die unheilbar krank sind, aber haufenweise Geld haben. Nun, genug davon. Also wenn einer deine Laune runterziehen kann, dann bin wohl ich das.« Arrow schwieg, als wüsste er nicht, wie er fortfahren sollte. Nach einem Moment fragte er: »Hey, ich nehme nicht an, dass du Karten spielst, oder?«

Das einzige Kartenspiel, das Sam je gespielt hatte, war Enchanted Gathering, aber er bezweifelte, dass *das* ein Kartenspiel war, welches der Ranger meinte. Trotzdem war er guter Dinge und war mehr als glücklich, ein wenig Silber zu verlieren, wenn es mehr Zeit mit seinen neuen Freunden bedeutete.

»Nö«, antwortete Sam, »aber ich würde es gerne lernen! Erklär mir die Regeln …«

Der Rest des Abends verging mit zu lauter Musik, frei fließendem Alkohol und einem Kartenspiel nach dem anderen. Sam hatte noch nie Texas Hold 'Em gespielt und dabei zwanzig Silberstücke und vierzig Kupferstücke verloren, aber so viel Spaß hatte er schon *lange* nicht mehr gehabt. Es schien, dass das Spielen von Glücksspielen auch einen sekundären Nutzen hatte.

Eigenschaften-Training abgeschlossen! +1 in Glück! Dieser Wert kann durch nichts anderes als Systembelohnungen, Pauken oder Praxis nach 24 Stunden Spielzeit weiter gesteigert werden.

Schließlich zog ihn Sphinx auf die Tanzfläche, wo er sich fast eine halbe Stunde lang austobte. Ehrlich gesagt hatte er noch nie so viel Spaß in seinem Erwachsenenleben gehabt. Sam war aufrichtig traurig, als ein größtenteils nüchterner

Finn einen Arm um seine Schultern legte und ihn praktisch auf die Straße zerrte.

Es war schon weit nach Mitternacht – also eigentlich der nächste Tag – und sowohl Sam als auch Finn mussten um sechs Uhr aufstehen, um sich auf ihre morgendliche Arbeit vorzubereiten. Es würde ein *furchtbar* früher Tag werden, das war sicher und wenn man bedachte, wie viel Alkohol er getrunken hatte, befürchtete Sam, dass es ein furchtbar *schmerzhafter* Morgen werden würde. Er hatte seit seinem ersten Studienjahr keinen Kater mehr gehabt, als er auf seiner ersten Berkeley-Party ›versehentlich‹ einen ganzen Mixer mit Margaritas heruntergekippt hatte. Die erste *und* letzte, wie sich herausstellte.

Sam erinnerte sich deutlich an den nächsten Morgen, als er in einen Duschvorhang eingewickelt aufgewacht war und ihm seine linke Augenbraue fehlte – irgendeine großzügige Seele hatte sie ihm in der Nacht abrasiert. Er hatte fast einen Monat lang eine falsche Braue mit Bleistift aufmalen müssen, die nicht einmal *annähernd* natürlich aussah. Er fühlte sich heute Abend ebenso betrunken und betete im Stillen, dass die Dinge dieses Mal etwas weniger chaotisch sein würden, wenn es hell wurde. Gemeinsam machten sich Sam und Finn auf den Weg zurück zur Hochschule, wobei sie sich an die gut beleuchteten Teile der Stadt hielten, da sie beide nicht mehr nüchtern waren und Sam stark bezweifelte, dass ihre Magie überhaupt funktionieren würde.

Die beiden ernteten einige neugierige oder gar missbilligende Blicke von der Nachtpatrouille, aber niemand hielt sie auf ihrem Weg zurück zur Hochschule auf. Die Tatsache, dass Finn wie ein Adliger gekleidet war und ständig ein Schneegestöber als Umhang um sich herum beschwor, hatte *vielleicht* etwas damit zu tun. Sam wusste nicht alles über diese Stadt, aber es schien unwahrscheinlich, dass die Wachen sich freiwillig mit einem Spross eines noch so *kleinen* Hauses anlegen würden, da die politischen Konsequenzen verheerend sein könnten. Das galt wahrscheinlich *doppelt* für die Lehrlinge der Magierhochschule.

Die Magier von Ardania verfügten über ein ungesundes Maß an Macht und Einfluss auf die Stadt und niemand, so schien es, wollte, dass sich diese Macht gegen sie richtete. Kurz nach ein Uhr morgens stolperten Sam und Finn durch das Fallgitter in den östlichen Innenhof. Sam mochte die Hochschule nicht besonders, aber er freute sich auf jeden Fall darauf, sich auf sein unbequemes Bettchen zu legen und so viel Schlaf wie möglich zu bekommen, bevor der neue Tag mit seiner Litanei von Aufgaben, Unterricht und Verantwortlichkeiten offiziell begann.

»Ähhhh, Sam«, kam Finns Stimme, seine Worte undeutlich und verworren, »ich glaube, wir haben ein Problem.«

Sam blinzelte träge und konzentrierte sich auf die Gegenwart … Wie um alles in der Welt hatte er nicht bemerkt, dass sich zu dieser gottlosen Stunde eine kleine Menschenmenge im Innenhof tummelte? Ach ja, richtig. Seine lausig geringe Wahrnehmung. Das und der Alkohol.

Bei näherer Betrachtung sah Sam, dass es sich um eine Gruppe von Magiern handelte, zehn Mann stark, zusammen mit einem Paar Hochschulwächtern, die schwere Rüstungen trugen und verzauberte Hellebarden mit sich führten, die in opalisierendem Licht schimmerten wie aufgestaute Mondstrahlen. Ein kaltes Gefühl des Grauens erfüllte Sam und ernüchterte ihn in einem Augenblick, als ein Magier aus der versammelten Gruppe hervortrat und seine Kutte senkte, um keinen anderen als Octavius Ignitor zu enthüllen, Erdmagier und Spitzenstudent, der dafür verantwortlich war, ihnen das Leben absolut zur Hölle zu machen.

Sam hatte keine Ahnung, was diese versammelten Magier wollten, aber es hatte offensichtlich mit ihm und Finn zu tun und in Anbetracht der Umstände ... Nun, diese Typen waren wahrscheinlich nicht hier, um ihnen zu ihrem Sieg über die Hardcores zu gratulieren.

»Wenn das nicht unsere beiden eigensinnigen Kinder sind, die nach einem langen Tag nach Hause kommen, an dem sie *jede* Regel gebrochen haben, die das Leben eines richtigen Magiers regelt. Noch dazu betrunken, was eine weitere Anklage gegen euch ist. Öffentliche Schlamperei ist unpassend für ein Mitglied unseres illustren Ordens. Wachen«, Octavius blickte zu den beiden gepanzerten Wachen, die neben der Magiergruppe darauf warteten einzugreifen, »bitte nehmt sie jetzt in Gewahrsam.«

Finn stieß sich von Sam ab, schwankte leicht und blinzelte mit schweren Augen, als er seine Hände hob und eine sich langsam drehende Kugel aus Frost beschwor. Die umliegenden Magier handelten sofort, die Magie sprudelte in farbigen Schüben hervor. Hier schimmerte die blaue Magierrüstung zum Leben, dort bildete sich eine Wolke aus smaragdgrünem Licht in der Luft ... während sie sich darauf vorbereiteten, Finn notfalls mit Gewalt niederzuschlagen.

»Das *würde* ich an deiner Stelle *nicht* tun«, Octavius wurde von Sekunde zu Sekunde selbstgefälliger. »Wir hatten eigentlich vor, euch beide *lebendig* zu ihm zu bringen, aber ich bin sicher, der Erzmagier wird uns verzeihen, wenn ein *Unfall* passiert, während wir versuchen, die beiden Gentlemen *festzuhalten*.«

Irgendwie hat Octavius dem Wort ›Gentlemen‹ so viel Verachtung eingeflößt, dass es wie ein Schimpfwort klangt.

»Als ob du uns in Gewahrsam nehmen würdest, du sadistischer, scheinheiliger Mistkerl.« Die Konfrontation hatte Finn offenbar überhaupt nicht ausgenüchtert. »Mein Freund Sam und ich«, der Eismagier gestikulierte mit der freien Hand in die falsche Richtung, »haben *nichts* verbrochen. Unter *welcher* Anklage verhaftest du uns denn, Lord Schickimicki? Hm? Vielleicht wegen des hohen Verbrechens *Spaß* zu haben? Ich *kann* verstehen, dass ihr mürrischen, selbstgefälligen Verlierer gegen alles seid, was nach Unterhaltung aussieht.«

Octavius warf einen Blick auf einen kahlköpfigen Magier in violetten Roben und nickte ihm knapp zu. Der Mann bewegte sich sofort und sprach einen kurzen Zauberh, während sich violettes Licht in seinen Handflächen aufbaute wie ein sterbender Stern. Der Zauber schoss aus seinen Händen und schlug in Finn ein wie ein Torpedo, aber er schien keinen spürbaren Schaden anzurichten. Für einen langen Schlag war sich Sam nicht sicher, welchen Zweck der Zauber hatte. Dann öffnete Finn seinen Mund, zweifellos um eine weitere ebenso bösartige wie betrunkene Tirade loszulassen, aber es kam nichts heraus. Kein einziges Wort. Finns Augen weiteten sich, als er sich an die Kehle griff. Es herrschte Stille.

»Ah, *das höre* ich gerne von dir, Novize Laustsen.« Octavius machte sich dieses Mal nicht die Mühe, sein Lächeln zu verbergen. »Was eure Verbrechen angeht … ich wüsste gar nicht, wo ich anfangen sollte!«

Octavius verschränkte die Hände hinter dem Rücken und begann langsam auf und ab zu gehen, die Stiefel klickten und die Robe rauschte. »Also, ich werde mir nicht die Mühe machen. Außerdem nehme ich an, dass ihr beide sowieso zu berauscht seid, um die Anschuldigungen richtig zu verstehen. Aber keine Angst, morgen wird euch alles erklärt und zwar von keinem Geringeren als dem Erzmagier selbst! Ich hoffe, ihr habt einen schönen Morgen. Wir werden uns sehr, sehr bald wiedersehen.«

Kapitel 19

Novizenmagier Sam_K und Finneas Laustsen«, intonierte der Erzmagier, seine schmierige Stimme ließ Sam einen Schauer über den Rücken laufen, »tretet vor den Rat und bereitet euch darauf vor, euer Urteil zu erhalten.«

»Urteil?«, rief Sam schockiert und sprang auf die Füße. »Wir wissen nicht einmal, was wir *falsch* gemacht haben … Euer Exzellenz.«

Er versuchte, seine schwelende Wut im Zaum zu halten, aber das war gar nicht so einfach. Die Wachen hatten Sam und Finn in eine eiskalte Zelle geworfen, die so eng war, dass sie kaum sitzen konnten und an Hinlegen war überhaupt nicht zu denken. Sie hatten nichts erhalten – keine Decken, kein Wasser, kein Essen, keine Informationen. Trotz der beengten, schrecklichen und unmenschlichen Bedingungen in der Zelle hatte Finn es irgendwie geschafft, für ein paar Stunden ohnmächtig zu werden … Nicht so Sam.

Den Rest der Nacht hatte er in einer lauwarmen Pfütze verbracht, den Rücken an den kalten, grauen Stein gepresst, die Knie fest an die Brust gezogen. Er hatte keinen einzigen Moment geschlafen. Dann, in aller Frühe, waren die Wachen zurückgekehrt, hatten sie aus der Zelle gezerrt und sie dem Rat vorgeführt. Der Rat, der sie nun mit erbarmungslosen Blicken anstarrte, die Stirn in Enttäuschung und Verurteilung gefurcht.

Schlimmer noch, derselbe glatzköpfige, lila gewandete Magier vom Vorabend hatte Finn mit einem weiteren Schweigezauber belegt, sodass er sich nicht einmal gegen dieses Witztribunal verteidigen konnte. Sam hatte um einen Anwalt gebeten – wegen eines *ordentlichen Verfahrens*. Die Wachen hatten ihm offen ins Gesicht gelacht, als hätte er gerade gefragt, ob der Mond aus Blauschimmelkäse gemacht sei. Das bedeutete, dass es nun an Sam lag, die Dinge zu regeln. Er hatte nie Anwalt werden *wollen*, aber er würde eher bis zum Abgrund gehen, bevor er sich kampflos ergeben würde.

»Ich weigere mich, irgendein Urteil dieses Gremiums zu akzeptieren, bevor ich nicht *genau* weiß, gegen welche Gesetze wir verstoßen haben«, knurrte Sam und ballte die Hände zu festen Fäusten.

»Die Anschuldigungen sollten *offensichtlich* sein, selbst für jemanden, der so neu ist wie du, aber ich nehme an, dass ich dich um der anderen anwesenden Magier willen erziehen kann, *Kind*. Ihr zwei habt eine nicht genehmigte Gruppe mit Abenteurern gebildet, eine Gruppe, *die nicht* von der Hochschulleitung *genehmigt wurde*. Außerdem habt ihr euch auf eine nicht genehmigte Suche außerhalb der Stadt begeben, ohne vorher eine Genehmigung von der Magier-Jagd- und Wildtierabteilung zu erhalten. Darüber hinaus habt ihr ohne *unsere* ausdrückliche Erlaubnis *zehn* Reisende mutwillig umgebracht! Zu allem Überfluss habt ihr euch in einer *gewöhnlichen* Taverne vergnügt und ausgelassen, ein Verhalten, das dieser erhabenen Institution nicht würdig ist.«

Jeder neue Vorwurf fühlte sich wie ein Schlag ins Gesicht an. *Das war's? Questen mit einer Gruppe in einem Spiel, das zum Questen gedacht ist? Die Hardcores in Selbstverteidigung zu töten? Ein paar Bierchen trinken, um zu feiern?*

»Ernsthaft?« Sams Gesichtszüge verzogen sich vor Fassungslosigkeit. »Das sind die Anschuldigungen? Das ist doch ein Scherz, oder? Wie … eine Art Schikanierritual, das uns durcheinander bringen soll?«

»Wie kannst du es wagen, dieses Verfahren so auf die leichte Schulter zu nehmen?«, knurrte der Erzmagier und beugte sich vor wie ein Kampfhund, der zum Angriff bereit ist. Ein weiterer verbaler Faustschlag ins Gesicht folgte prompt. »Magier Suetonius, notiere dir die Unverschämtheit dieses Mannes. Er wird eine zusätzliche Woche Strafe wegen Verachtung des Rates erhalten.«

»*Was*? Ich versuche *nicht*, frech zu sein. Ernsthaft, das bin ich nicht! Ich verstehe es nur wirklich nicht. Wir haben nichts falsch gemacht!«

»Octavius«, die Wangen des Erzmagiers flatterten wie lederne Handtaschen in einem Wirbelsturm, als er sprach, »ich werde nicht meinen Atem verschwenden, um zu erklären, was *einfach zu wissen* sein sollte. Informiere diesen Narren.«

»Gerne, Erzmagier«, antwortete Octavius und rauschte in einem Wirbel aus erlesenem Stoff vorwärts. »Diese Gruppe, mit der du dich zusammengetan hast, wurde sie von der Magierhochschule *vorher genehmigt*?«

»Nein«, erwiderte Sam langsam, »aber was macht das schon …«

»Wenn sie nicht *vorher genehmigt* wurden«, unterbrach ihn Octavius, »woher weißt du dann mit Sicherheit, dass sie nicht ein Verhalten an den Tag legen würden, das dem Willen der Hochschule zuwiderlaufen könnte, hmmm? Was ist mit den anderen Kriegern, die ihr getötet haben? Auch wenn euer Handeln in ›angeblicher‹ Selbstverteidigung geschah, könntet ihr durchaus eine Gruppe angegriffen haben, die

Verbindungen zu unserer Hochschule hatte und mit eurer Dummheit einen möglichen diplomatischen *Zwischenfall* verursacht haben.«

»*Waren* sie denn eine Gruppe mit Verbindungen zur Hochschule?«, schoss Sam zurück.

»Nein«, erwiderte Octavius barsch, »aber das ist für die vorliegende Angelegenheit unerheblich. Der wichtige Punkt ist, dass sie es *hätten* sein *können* und du nicht *wusstest, dass* sie es nicht waren, dennoch hast du in deinem *eigenen* Interesse gehandelt ... anstatt im Interesse der Hochschule. Sogar euer nicht autorisiertes Questen gefährdete das Kollegium und sogar das menschliche Königreich Ardania selbst! Wir Magier dienen der *Krone* und im Falle eines Wolfsmenschenangriffs hätten unsere Mitglieder zum Kampf mobilisiert werden müssen. Normalerweise übernehmen die Novizen die Verteidigung des Hochschulcampus, sodass unsere älteren Mitglieder die Bedrohung neutralisieren können, aber da du und Lord Laustsen euch außerhalb der Stadt *herumgetrieben* habt, wäre ein älteres Mitglied der Hochschule gezwungen gewesen, zurückzubleiben, um eure Lücke zu schließen.«

»Aber nichts davon *ist passiert*«, stotterte Sam, obwohl er bereits wusste, dass er diesen Streit nicht gewinnen würde.

»Nein«, sagte Octavius wieder, »aber es *hätte sein können*. Als du den Kontrakt unterzeichnet hast, hast du zugestimmt, Demut zu zeigen und deine eigene weltliche Weisheit gegen die Weisheit deiner Vorgesetzten einzutauschen. Für die Weisheit dieser Institution.«

Er breitete seine Hände aus und drehte sich in einem langsamen Kreis. »Aber du und Lord Laustsen habt spektakulär versagt und Schande über euch, eure Häuser und diese Hochschule gebracht. Dafür müsst ihr eure Lektion lernen.«

»Gut gesagt, Octavius«, bekräftige der Erzmagier mit seinem knolligen Kopf nickend. Seine vielen Kinne wackelten bei der Bewegung wie eine Schüssel mit fleischigem Wackelpudding. »Da dies euer erstes Vergehen ist und wir glauben, dass es ein Verstoß aus *Unwissenheit* und nicht aus Böswilligkeit war, wird die Strafe leicht ausfallen. Jedem von euch wird eine Geldstrafe von fünfzig Goldstücken auferlegt und ihr dürft euch einen Monat lang nicht außerhalb des Campus aufhalten.«

»Kein Verlassen des Geländes aus *irgendeinem* Grund, es sei denn, es gibt eine ausdrückliche Anweisung von Spitzenstudent Octavius oder einem Magier mit dem Rang eines Experten oder höher. Um sicherzustellen, dass diese Lektion nachhaltig ist, soll jeder von euch täglich eine Stunde – *zusätzlich* zu seinen regulären Pflichten und dem Unterricht – sein Mana dem Kontrakt widmen. Dies wird nicht weniger als einen Monat dauern und die erste Sitzung wird in diesem Moment beginnen.«

Es gab ein leises Aufatmen, gefolgt von leisem Stimmengemurmel von den Zuschauertribünen. Sam war sich nicht sicher, was ›sein Mana dem Kontrakt widmen‹ bedeutete, aber den Reaktionen im Raum nach zu urteilen war es schlecht. *Wirklich* schlecht.

Du hast eine neu Quest erhalten: Bestrafung für deine Verbrechen! Verbüße deine Strafe in der Magierhochschule, indem du fünfzig Goldstücke bezahlst, deine Freiheitsrechte für einen Monat und eine Woche verwirkst und das Mana des Kontraktes für eine Stunde pro Tag für einen Monat und eine Woche auftankst (zusätzliche Strafe für Missachtung des Rates)! Diese Quest ist obligatorisch, wenn du den Kontrakt unterzeichnet hast, da sie vom Erzmagier angeboten wurde.

Belohnungen: Du wirst nicht von der Hochschule gejagt. Annehmen? **[Ja / Ja]**

Sam konnte nicht glauben, was er da gerade las – eine Pflichtaufgabe, die er nicht ablehnen konnte? Das war absolut *lächerlich*. Bestraft dafür, dass er mit Freunden eine Quest unternahm und jemanden tötete, der versucht hatte, sie zu erpressen? Absurd und nicht mal *im Entferntesten* das, wofür er sich gemeldet hatte. Das war *Müll* und er hatte nicht vor, einen Monat und ein paar Zerquetschte in diesem langweiligen Gefängnis zu verbringen. *Nö.*

Sam *weigerte sich* strikt, einen Monat lang für so Knilche wie Octavius und den Erzmagier zu schuften. Schwere Entscheidung. Er hatte sich eine *Menge* Mist gefallen lassen, seit er Eternium betreten und seinen Weg zur Magierhochschule gemacht hatte. Er hatte Geschirr geschrubbt, Ställe ausgemistet, war durch die Kanalisation gewatet und hatte Octavius von vorne bis hinten den Arsch nachgetragen, anstatt sich in die weite Welt hinauszuwagen und das Spiel zu spielen wie *jeder andere* vernünftige Mensch in der großen, weiten Welt. Das war's. Er wollte sich das nicht länger gefallen lassen. Einen Moment lang erwog er, die Quest zu ignorieren, dem Erzmagier ins Gesicht zu spucken, Octavius in seins zu schlagen und dann in einem Feuerwerk des Ruhms zu verschwinden, während er Magie schleuderte, bis ihn jemand kaltstellte.

Aber so verlockend dieser Weg auch war – und das *war er* – *jetzt* war weder die Zeit noch der Ort dafür. Erstens, wenn er die Quest ignorierte und eine improvisierte Revolte anzettelte, bestand die Möglichkeit, dass Finn in das Chaos hineingezogen und getötet wurde. Sam würde wieder auftauchen, Finn nicht und das war nicht in Ordnung. Zu diesem

Zeitpunkt klang die Idee, ein Hexenmeister zu sein, gar nicht mal so schlecht, denn wenn die Dinge *wirklich* außer Kontrolle gerieten, konnte er jederzeit aufhören und einen neuen Charakter spielen. Aber nicht Finn. Dies war Finns *Leben* und wenn Sam sich selbst zerstörte, gab es eine solide Chance, dass der junge Eismagier sich nie davon erholen würde.

Es gab auch noch einen anderen Hintergedanken ... Ja, er könnte Octavius ins Gesicht schlagen, was zutiefst befriedigend sein würde, aber sein Sieg wäre nur von kurzer Dauer. Aber es gab einen Weg, wie Sam den Spitzenstudent weitaus schlimmer verletzen konnte, denn er konnte ihn in Schwierigkeiten mit der Magierhochschule bringen. Er wusste genau, wie er das anstellen konnte, obwohl es bedeuten würde, die dumme Bestrafungsaufgabe des Erzmagiers zu erfüllen. Sam war sich sicher, dass das, was sie für ihn auf Lager hatten, schrecklich sein würde, aber sich an Octavius zu rächen, wäre es am Ende absolut wert. Widerwillig drückte er also auf ›Ja‹ und machte sich auf eine Welt voller Schmerzen gefasst.

»Ausgezeichnet«, dröhnte der Erzmagier. »Dieser geschätzte Rat hat heute viel zu tun, also lasst uns unsere Geschäfte abschließen, ja? Octavius, bereite unsere abtrünnigen Novizen auf ihre Bestrafung vor.«

Der Spitzenstudent nickte, mit einem tödlichen Schimmer in den Augen, während er Finn mit einer Hand und Sam mit der anderen packte. Octavius führte die beiden die Marmortreppe hinauf und zu demselben Podest, auf dem Sam vor wenigen Tagen das seltsame Buch unterzeichnet hatte. Ohne ein Wort der Warnung stieß Octavius Finn weg, dann nahm er Sams Handgelenke und drückte seine Hände unsanft gegen die glühende Glasröhre, die den Kontrakt enthielt. In dem Moment, in dem Sams Hände Kontakt hatten, schossen Feuer und Eis seine Arme hinauf und rasten durch seinen Körper. Seine Muskeln spannten sich an, als er von dem Schock der rohen Macht, die ihn durchströmte, ergriffen wurde.

Einmal, als Sam sechs Jahre alt war, beschloss er, mit einem kleinen Schraubenzieher, den er aus dem Werkzeugkasten seines Vaters geklaut hatte, mit den Steckdosen zu experimentieren. Seine Eltern hatten ihn tausendmal davor gewarnt, mit den Steckdosen herumzuspielen, aber Sam – mit der unendlichen Weisheit, die nur Sechsjährige besitzen – entschied, dass sie etwas *Lustiges* verstecken mussten. Schließlich hatten die meisten lustigen Dinge mit den Steckdosen zu tun. Sie erweckten den Fernseher zum Leben, brachten seine Spielkonsole zum Laufen und luden die Stereoanlage auf, die abends Musik ins Haus brachte. Was für tolle Dinge, fragte sich der junge Sam, würde die Steckdose für ihn tun?

Er hätte fast einen *Herzinfarkt* bekommen, war die Antwort. Eine Antwort und eine Lektion, die Sam nie vergessen hatte. Jetzt das? Das war fast *genau* so – die Kraft, die durch seinen Körper strömte, seine Nervenenden verbrannte, seinen Verstand und seine Lungen versengte und es fast unmöglich machte, zu atmen. Nach ein paar Sekunden verstärkte sich der Schmerz noch mehr, als die beißende Kraft in seine Manakanäle floss und sich ihren Weg in den blauweißen Kern bahnte, der in seinem Zentrum brodelte. Das Mana strömte wie ein Tsunami aus ihm heraus und drohte ihn mit seiner Wildheit zu überwältigen. Es war so schwer, durch den Schmerz hindurch zu denken, aber er hörte Magierin Akoras Vortrag in seinem Hinterkopf:

Dieses riesige Reservoir an Macht kann für diejenigen gefährlich sein, die ihren richtigen Gebrauch nicht verstehen.

Wenn einer von euch einen Zauber ausspricht, ohne diesen Ansturm an Kraft durch die entsprechenden Kanäle zu leiten, könnte er großen Schaden anrichten – alles von Erschöpfung über Schmerzen bis hin zu Anfällen von starker Übelkeit. In gewisser Weise wäre es so, als würde ein Stausee über die Ufer treten, all das Wasser würde umherfließen, ohne irgendwohin zu gelangen und alles in seinem Weg wahllos zerstören. Ihr müsst euer Mana beherrschen, ihr müsst die Kraft in die richtigen Bahnen lenken oder ihr werdet von *ihr beherrscht werden.*

Der Schmerz war intensiv, viel schlimmer sogar, als von einer Klinge in die Eingeweide gestochen zu werden. Wenn Sam überleben wollte, musste er den Prozess beherrschen, nicht von ihm kontrolliert werden. Während er sich also die Worte der Magierin Akora immer wieder durch den Kopf gehen ließ, wie eine Schallplatte auf Wiederholung, drängte Sam sich durch den Schmerz und zwang den massiven Exodus der Macht, durch seine Manakanäle zu fließen, genau wie es ihm beigebracht worden war. Der Schmerz ließ nicht im Geringsten nach, aber Sams *Bewusstsein* für diese Empfindung verblasste und wurde zu einem Hintergrundgeräusch in seinem Kopf. Jedes Mal, wenn sein Mana zur Neige ging, schaltete der Schmerz ab, nur um ihn aufzurütteln, wenn seine Manaregeneration einen Tropfen Energie ersetzte.

Dennoch konnte er *es sich* nicht *leisten,* den Schmerz anzuerkennen, denn er brauchte vollständige und totale Konzentration, um die tobenden Fluten der Macht auf seine Manakanäle zu beschränken. Diesen wahnsinnigen Ansturm arkaner Energie zu lenken, fühlte sich an, als würde er versuchen, eine hungrige Anakonda mit bloßen Händen zu bändigen, aber als er die Dinge endlich unter Kontrolle hatte, begann sich die Geschwindigkeit seiner Manaerschöpfung rapide zu verlangsamen. Als Aeolus-Magier hatte er einen beachtlichen Manapool und seine Weisheit bedeutete, dass er eine natürlich hohe Manaregenerationsrate hatte. Nicht genug, um mit dem *Manaverlust* Schritt halten zu können, aber es hielt ihn viel länger auf den Beinen als Finn.

Der Eismagier krampfte die ganze Zeit heftig, sein Körper zitterte wie ein Blatt in einer starken Brise, sein Kopf flatterte, seine Zähne klapperten unkontrolliert. Sein Freund hielt höchstens zehn Minuten durch, bevor seine Knie nachgaben und Finn auf den Boden fiel. Er war bewusstlos, aber seine Hände hatten die Glasröhre nie verlassen. Anstatt Finn zu Hilfe zu eilen, sah Octavius nur zu, die Arme verschränkt, ein amüsiertes Lächeln auf dem Gesicht.

Das war unfassbar brutal und Finn sowie er selbst waren fünf Wochen lang jeden Tag zu einer Stunde davon verurteilt worden. Falls Sam irgendwelche Bedenken hatte, die Hochschule zu verraten, verschwanden sie in dem Moment, in dem seine Hände endlich vom Glas weggezogen wurden. Er zog eine Grimasse, als er seine Handflächen betrachtete. Die Haut war so rau und rot, als hätte er sie gerade eine Stunde lang gegen eine heiße Herdplatte gedrückt. Ein Benachrichtigungssymbol flackerte in seinem Augenwinkel auf und er rief es instinktiv auf.

Talent gesteigert: Manamanipulation (Anfänger III). Dein Training unter der Magierin Akora hat sich in hohem Maße ausgezahlt und dank eines eisernen Willens und eines harten Kopfes hast du dich dort durchgesetzt, wo nur wenige andere durchhalten konnten. Gute Arbeit!

Neues Talent erhalten: Manaverbindung (Neuling I). Glückwunsch! Durch Konzentration und Einsatz hast du gelernt, dein Mana effektiv zu kanalisieren! Mit fünfundsiebzig Prozent der Zauberkosten pro Sekunde kannst du eine Verbindung zu einem Zauber aufrechterhalten, der sonst das ihm zugewiesene Mana verbrauchen würde und so seine Wirkung mit der Zeit erhöhen. -0.2 % Manakosten und +1 % Zauberschaden pro Sekunde pro Talentstufe.

»Das reicht für heute, nehme ich an«, erklärte der Erzmagier *großmütig*, seine Stimme klang wie ein Gong in der ansonsten stillen Kammer. »Octavius, schaff diese Übeltäter sofort aus meiner Gegenwart. Oh, und Octavius, ich sollte das nicht sagen müssen … aber ich werde es tun. Diese beiden sind *deine* Verantwortung als Spitzenstudent, was bedeutet, dass ihr Versagen teilweise auch dein eigenes ist. Sorge dafür, dass sie keinen weiteren Ärger machen oder *du* wirst hier oben sein und den Kontrakt mit deinem Mana auffüllen. Ich hoffe, das ist klar.«

»Ja, Erzmagier«, antwortete Octavius, seine Stimme so eisig wie ein arktischer Schneesturm. »Ich garantiere, dass sie nie wieder auch nur einen Zeh aus der Reihe tanzen lassen werden.« Der Erdmagier funkelte die beiden Studenten an. »Jetzt, ihr beiden. Aufstehen. Eure Anwesenheit in dieser Halle ist ein Schandfleck und ich werde dafür sorgen, dass er entfernt wird.«

Finn kam mit einem Stöhnen auf die Beine, seine Beine wackelten, das Gesicht war schweißnass. Sam folgte einen Moment später, schien aber nicht ganz das Gleichgewicht zu finden. Seine Beine fühlten sich so schlaff und nutzlos an wie nasse Nudeln. Er machte einen zaghaften Schritt und taumelte zur Seite, wobei er fast von der erhöhten Tribüne fiel, was ein passendes Ende für diese schreckliche Nacht gewesen wäre. Octavius packte ihn am Arm, seine

Finger gruben sich in Sams Fleisch, als er ihn vom Rand wegzog.

»So leicht entkommst du mir nicht, Novize. Jetzt *marschiere*«, knurrte Octavius in einem tiefen Ton. Er gab Sam einen groben Schubs, der ihn zur Bewegung anspornen sollte. »Du wirst Toiletten putzen, bis du mit dem Kopf in der Porzellanschüssel eingeschlafen bist.«

Als Sam die Treppe hinunterging, hinter Finn her, musste er ein böses Lächeln unterdrücken. In seiner Hand befand sich ein Schlüsselbund, den er vorsichtig von Octavius' Gürtel genommen hatte, als der Spitzenstudent mit ihm rang. Wenn *er* unterging, wollte er so viel von diesem Ort niederbrennen, wie er konnte – vor allem Octavius' aufkeimende Karriere. Wie Sams Vater oft sagte: ›*Spiele dumme Spiele, gewinne dumme Preise.*‹ Diese Magier hatten ein *sehr* dummes Spiel gespielt und jetzt waren sie dabei, den passendsten Preis von allen zu bekommen.

Kapitel 20

Der Rest des Tages verging in einem Wirbel aus Hausarbeiten und Unterricht, unterbrochen von den kürzesten Momenten der Ruhe, in denen Sam nach einem Bissen harten Brots oder einem Schluck Wasser krabbeln durfte. Natürlich hatte er an diesem Tag seinen regulären Unterricht zu besuchen. Heute war es eine Sitzung in *Manamanipulation und Innere Verschmelzung*, was nach der Sitzung mit dem Kontrakt zuvor der reine Mord war. Dann gab es noch Dungeonkunde, aber jede andere Sekunde war durch Hausarbeit oder ›Arbeitsgruppen‹ belegt.

Nicht, dass irgendetwas an diesen Gruppen auch nur im entferntesten *Spaß gemacht hätte*. Octavius schob ihn von einer miserablen Aktivität zur nächsten. Toiletten- und Badezimmerpatrouille, gefolgt von Grundstückspflege, gefolgt von Küchendienst … und so weiter und so fort. Octavius schien sich in ein Wesen verwandelt zu haben, das nur noch von Bosheit und Rachsucht angetrieben wurde.

Aber all das wird sich bald ändern, dachte Sam düster. Er hatte das Frühstück und das Mittagessen verpasst, aber es war ihm gelungen, ein mageres Abendessen zu ergattern, während er in der Küchenzeile arbeitete und das Essen verschlang, während der leitende Küchenmagier, Nesren Misrokovy, anderweitig beschäftigt war. Er hatte gerade seine Schicht beendet und hatte – Gott sei Dank – keine anderen Aufgaben für den Tag. Es war schon spät, fast neun Uhr abends und er sollte um fünf Uhr früh aufstehen, um *erneut* sein Mana in den Kontrakt zu leiten.

Das würde nicht passieren. Nicht noch einmal. Anstatt sich auf den Weg in sein Zimmer zu machen, tastete Sam nach seiner Tasche und fühlte die Ausbuchtung des Messingschlüsselbundes, den er Octavius abgenommen hatte. Es war nur eine Frage der Zeit, bis der Spitzenstudent bemerkte, dass die Schlüssel fehlten – wenn er es nicht schon getan hatte – also war es jetzt an der Zeit zu handeln, bevor sich jemand in der Hochschule vorbereiten konnte.

Sam bahnte sich seinen Weg durch die schwach beleuchteten Gänge und steuerte auf die Bibliothek zu, so wie er es schon so oft getan hatte. Die Gänge waren zu dieser Stunde größtenteils leer – obwohl ein paar Schreiber und Lehrlinge herumwuselten – aber dennoch ging er schnell, den Kopf gesenkt und versuchte, keine unerwünschte Aufmerksamkeit zu erregen. Die ganze Zeit über schlug sein Herz wie ein Presslufthammer in seiner Brust und weißglühendes Adrenalin strömte durch seine Adern. Er hatte das Gefühl, dass jeder einen Seitenblick auf ihn warf und er konnte nicht anders, als sich zu fragen, ob sie irgendwie von dem Kaperzug wussten, den er vorhatte zu veranstalten.

Es war Paranoia, das wusste er, aber wie ein anderer weiser Magier einmal sagte: ›*Nur weil du paranoid bist, heißt das nicht, dass nicht gerade ein Monster dabei ist, dein Gesicht zu fressen.*‹

Es gab einen potenziellen Fallstrick in seinem Plan, den Sam nicht ganz ausschließen konnte – Octavius. Sam hatte absolut keine Ahnung, *wo* sich der Spitzenstudent im Moment aufhielt. Wenn Octavius ihn in der Bibliothek fand, würde das ohne Zweifel eine Katastrophe bedeuten. Sam leckte sich über die Lippen und beschleunigte sein Tempo, denn das war nur ein weiterer Grund, sich schnell zu bewegen. Er bog um eine vertraute Kurve und eine Welle von Schwindelgefühl schlug wie ein Schildbuckel auf ihn ein. Die ganze Welt schwankte und seine Beine zitterten wie wild, als die Schwerkraftverzerrung, die den Übergang zum Anbau markierte, ihn überspülte.

Dieses unglückliche Gefühl war eine Sache, unter vielen, die Sam an diesem Ort nicht vermissen würde. Er *hasste es,* durch den Anbau zu gehen, aber es gab einen wenig bekannten Korridor, der zu einem Nebeneingang zum *Unendlichen Athenäum* führte und die Chancen waren gering, dass Octavius jemals diesen Weg gehen würde. Der Spitzenstudent war zu ›gut‹ um durch den Anbau zu wandern, wenn es sich vermeiden ließ. Sam folgte den Runenmarkierungen auf den Torbögen, bis er schließlich in einen Korridor schlüpfte, der an einer einfachen Tür endete, weit weniger pompös als der eigentliche Eingang zur Bibliothek. Mit angehaltenem Atem und schweißnassen Händen zog Sam die Tür auf und steckte seinen Kopf in die Bibliothek.

Er hatte halb erwartet, dass Octavius im Foyer auf ihn wartete, umgeben von einem Trupp schwertschwingender Wachen, die darauf warteten, Sam in Ketten zu legen und ihn ins Gefängnis zu schleppen. Aber nein. Der Eingangsbereich war leer, bis auf den verhutzelten Magier Solis, der hinter dem Schreibtisch des Bibliothekars saß, sein bärtiges Kinn auf die Brust gestützt und die Augen geschlossen. Er schnarchte laut, das Geräusch klang wie eine wirbelnde Kreissäge; auf dem Schreibtisch vor ihm lag sein Exemplar von *Die fesselnden Abenteuer von D.K. Esquire: Dungeonausräumer*. Er war eingeschlafen, während er von einem guten Buch gefesselt war – eine Notlage, die Sam aus vielerlei persönlicher Erfahrung nachempfinden konnte.

Von allen Magiern an der Hochschule war der sanftmütige, gutherzige Solis der einzige, den Sam auch nur im Entferntesten vermissen würde – von Finn ganz zu schweigen, der genauso ein Außenseiter war wie Sam selbst. Ehrlich gesagt fühlte sich Sam ein wenig schlecht bei dem, was er vorhatte, denn es bestand eine geringe Chance, dass Magier Solis einen Teil der Verantwortung dafür übernehmen musste. Hoffentlich würde die Verantwortung – und damit die Strafe – direkt auf Octavius fallen, aber das konnte man nicht mit Sicherheit sagen. Magier Solis war immerhin der Chefbibliothekar der Nachtschicht, aber der alte Magier war ein Meister, also wenn es überhaupt irgendwelche Konsequenzen für den älteren Bücherliebhaber geben *würde*, war Sam ziemlich sicher, dass sie höchstens minimal sein würden.

Seine Nerven stählend, schlich sich Sam in die Bibliothek und über die Mosaikböden in Richtung der massiven, schwarzen Stahltüren, die mit Glyphen und Runen der Macht bedeckt waren und die zugangsbeschränkten Etagen bewachten – eine Abteilung, die die begehrtesten Schätze der Hochschule enthielt, eine Abteilung, für die Sam dank Octavius *zufällig* die Schlüssel hatte.

Das war einer der Hauptmängel der Hochschule – einer von vielen – wenn es um die Novizen des Instituts ging. Sie behandelten die Novizen wie Müll, während sie ihnen *gleichzeitig* ungeahnte Macht und unsagbare Geheimnisse anvertrauten. Sie dachten nicht einmal darüber nach, dass sie es taten, weil die Obermagier so arrogant waren, dass sie sich niemals *vorstellen* konnten, dass ein Novize sich in irgendeiner Weise gegen das System auflehnen würde.

Sam war im Begriff, ihnen eine schmerzhafte und teure Lektion für ihre Kurzsichtigkeit zu erteilen. Octavius'

Schlüssel ließen ihn in die Hauptkammer mit ihren bunten Portalen, die alle in verschiedenen Farbtönen gehalten waren. Magier Solis rührte sich nicht einmal, zu Sams Erleichterung.

Sam hatte jetzt Zugang zu jeder Ebene der Bibliothek, aber er war sich nicht sicher, wohin er gehen sollte. Er konnte nicht allzu lange hier verweilen. Er hatte es geschafft, sauber hineinzukommen, aber je länger er blieb, desto größer waren seine Chancen, einem anderen Magier zu begegnen. Die *offensichtliche* Wahl war, in die Abteilung der Weisen zu gehen – dort befanden sich die wertvollsten Bände und Schätze – und er *würde* dorthin gehen … irgendwann. Das Problem war, dass die meisten dieser Bücher bei Weitem zu kompliziert für Sam waren. Sie waren zwar mächtiger und seltener, aber er würde sie *lange Zeit* nicht verstehen oder benutzen können.

Es bestand eine echte Chance, dass die ganze Sache schiefgehen würde und er seinen Charakter neu würfeln müsste, aber er wollte es zumindest als Hexenmeister versuchen. Würde es einfach werden? Nein. Aber es konnte nicht viel schwieriger sein als ein Novize zu sein. Er würde keinen Zugang zur Hochschule und seinen unzähligen Klassen oder Klassenlehrern haben, also musste er an seine kurzfristige Zukunft denken und das bedeutete, dass er sich ein paar Texte schnappen musste, die ein wenig *unmittelbarer* praktisch waren. Der erste Halt war also das orangefarbene Tor zu den Büchern im Studentenrang.

Sam entschied sich, das untere Lehrlingstor zu überspringen, da er davon ausging, dass er einige der grundlegenderen Fertigkeiten und Zauber dank seiner Klasse und seines Talents *Instinktive Zauberei* auf natürliche Weise lernen würde, aber die Zauber der Lehrlingsstufe waren weitaus komplizierter. Außerdem hatte er während seiner Zeit als Forschungsassistent von Octavius die meiste Zeit auf der Lehrlingsetage verbracht, also wusste er genau, wo er hin musste. Er holte tief Luft und schlüpfte durch das orangefarbene Portal in einen Teil der Bibliothek, der wie eine mittelalterliche Burg aussah.

Dieser Bereich der beschränkten Bibliothek bestand aus verwittertem, grauem Stein – Böden, Wände und Decken – akzentuiert durch gelegentliche Teppiche oder Wandteppiche, die einige der berühmtesten Szenen aus der Geschichte der Magierhochschule darstellten. Ein Wandteppich zeigte einen Magier mit wallenden, schwarzen Haarlocken, der hoch und stolz auf einer Felsspitze stand, seinen Kampfstab hoch in die Luft erhoben, während ein Meer von deformierten, bleichen Gesichtern auf ihn zuströmte. *Das letzte Gefecht von Brenward dem Kühnen gegen die Goblingeißel*. Ein anderes zeigte den aktuellen Erzmagier – wenn auch eine *viel* schlankere, jüngere und schneidigere Version des Mannes – mit einem stattlichen Mann, der eine Krone trug, beide standen ehrfürchtig vor dem Kontrakt.

Sam nahm einen langsamen Laufschritt auf, der seine Ausdauer strapazierte, aber er hatte es nicht weit. Er schlug einen Haken nach links und bog dann scharf nach rechts ab, um in eine Abteilung mit grundlegenden Zaubersprüchen und Magieanwendungen zu gelangen. Die Bücher waren Legion, aber Sam hatte im Geiste bereits die Liste der Titel katalogisiert, die er klauen wollte, bevor er sein Leben anderswo fortführte. Sein Blick hüpfte über einen staubigen Wälzer nach dem anderen. Mit schnellen Schritten nahm er die entsprechenden Bücher aus den Regalen und schob jedes in die handliche *Bodenlose Flasche des Trunkenbolds* – den magischen Behälter, den er in Nicks Kramkiste gekauft hatte.

Aber der Behälter erlaubte ihm nur 90 Kilogramm zusätzlich zu transportieren und wie jeder, der schon einmal eine Kiste mit Büchern bewegt hat, bestätigen kann, sind die Schwarten *schwer*. Diese Monstrositäten noch mehr, denn die meisten Bände waren dicker als Telefonbücher und in Leder gebunden.

Erst wanderte *Fundamentalwissen der Kernkultivierung* in den Stauraum, kurz darauf *Brillante Blüten: Eine Feldanleitung für grundlegende Kräuterkunde*, dann *Das Buch der verlorenen Beschwörungen – Wiederentdeckt!*, gefolgt von *Ein Kompendium magischer Omen* und schließlich *Kompaktes Fundamentalwissen der Elementarmagie – Aeolus-Ausgabe*. Es gab noch so viele weitere Bücher, die er mitnehmen wollte, aber schon jetzt fühlte er, wie seine Haut kribbelte und juckte, als ob in jedem Schatten Augen waren, die ihn bei seiner Aufgabe beobachteten.

»Kein Grund, gierig zu sein«, murmelte er vor sich hin. Außerdem wollte er Platz für etwas besonders Interessantes aufsparen, das er oben in der Abteilung der Weisen entdecken könnte. Nachdem er seine Aufgabe erledigt hatte, ging er zurück in die Hauptkammer und machte sich auf den Weg zu seinem endgültigen Ziel – der brennenden, violetten Tür am Ende des Ganges.

Wie zuvor raste kalte Energie über Sams Haut wie arktisches Feuer, aber das Gefühl verging in einem Wimpernschlag, als er auf den halbdurchsichtigen Boden aus violettem Glas trat. Da er nur ein einziges Mal auf dieser Etage gewesen war – und das auch nur kurz – war er sich nicht annähernd so sicher, wohin er gehen oder was er bei seiner großen Flucht mitnehmen sollte. Nun, das stimmte nicht *ganz*.

Er hatte *einen* Gegenstand fest im Blick – den wahren Schatz, der das alles lohnenswert machen und hoffentlich Octavius' guten Ruf auf ewig versenken würde: das Buch, das hinter den kristallenen Gittern eingeschlossen war. Sam hatte absolut keine Ahnung, was das Buch war – welche Zaubersprüche oder welches verbotene Wissen es enthielt – aber alles, was *so* fest verschlossen war, musste unvorstellbar wertvoll sein.

Die Tatsache, dass Octavius ihm mit unendlichem Verderben gedroht hatte, wenn er sich an dem Band zu schaffen machte, verlieh seinem wahrscheinlichen Wert ein gewisses Gewicht. Also machte sich Sam im Sprint – oder dem, was für einen Magier ohne ausgeprägte körperliche Attribute als Sprint durchging – auf den Weg durch die Halle, wobei seine Stiefel bei jedem Schritt leise auf dem Boden klatschten. Während er rannte, hastete sein Blick über die hoch aufragenden Bücherregale und hielt Ausschau nach allem, was ihm ins Auge stach. Die meisten Titel – wenn es überhaupt welche gab – waren viel zu kompliziert, als dass er sich einen Reim darauf machen konnte: *Ungekürzte Ratschläge zu Transfigurationen und Metamorphing, Analytische Kalibrierungen zu Arkanum-Amplaturen* oder *Wesentliche Daten für lebenswichtige medimagische Weisen*.

Sam war sich sicher, dass die Informationen in diesen arkanen Wälzern wertvoll waren, aber er hatte keine Ahnung, ob die Informationen für *ihn* wertvoll waren. Er schwankte jedoch, als seine Augen über einen Band huschten, bei dem sein innerer Gamer nach *Quest* schrie: *Kompendium der geschützten und gefährlichen Orte*. Ohne die Seiten richtig durchzusehen, konnte Sam nicht sicher sein, was in dem Buch stand, aber wenn der Titel auch nur *im Entferntesten* mit dem Inhalt zwischen den Buchdeckeln übereinstimmte, dann hatte es das Potenzial, eine Schatztruhe zu sein. *Buchstäblich*. Also steckte er den Wälzer nach einer kurzen Pause in die magische Flasche und setzte seinen Weg fort.

Ehe Sam sich versah, stand er vor einer Nische, die nicht viel größer war als eine Besenkammer, von der Welt abgeschottet durch gewaltige Stahlgitter, die *zusätzlich* durch ein schweres, violettes Schloss gesichert waren. Auf dem Steinsockel jenseits der Gitterstäbe lag das weinrote Buch, das aus groben Lederstreifen gefertigt und grob zusammengenäht war, sodass die Streifen ein verdrehtes, humanoides Gesicht bildeten. *Wie groß sind die Chancen*, fragte sich Sam, *dass dieses Ding das Eternium-Äquivalent zum Necronomicon ist? Ein Buch, das ein großes, unaussprechliches Übel auf die Welt loslassen würde?*

Allein vom Aussehen her waren die Chancen ziemlich hoch, entschied Sam. *Aber was soll's?* Solange das besagte, unaussprechliche Böse zuerst die Magierhochschule angriff, würde Sam mit dem Ergebnis zufrieden sein. Hey, vielleicht war es gar nicht böse und dies war nur einer dieser Fälle, in denen man ein Buch nie nach seinem Umschlag beurteilen sollte? So oder so, das war der große Preis und Sam wollte ihn haben. Noch einmal zog er Octavius' gestohlenen Schlüsselbund aus seiner Tasche und arbeitete sich schnell durch die Schlüssel, bis er den lila schimmernden Kristallschlüssel herauszog, der – zumindest oberflächlich betrachtet – zum Schloss zu passen schien. Ein Zittern lief Sams Arm hinauf und die Haare stellten sich in seinem Nacken auf. Das war er. Der Moment der Wahrheit.

Sam nahm ein paar tiefe Atemzüge, um seine zerfetzten Nerven zu beruhigen, *ein, aus, ein, aus,* dann schob er langsam den Schlüssel ins Schloss, begleitet vom leisen Kratzen von Stein auf Stein. Mit einem Schlucken drehte er den Schlüssel. *Klick*.

Anstatt sich zu öffnen, löste sich das Schloss einfach in einem Schimmer prismatischen Lichts auf und als es das tat, begannen die Gitterstäbe, die über der Ecke Wache hielten, in einem bernsteinfarbenen Licht zu leuchten, das von Sekunde zu Sekunde an Brillanz gewann. Das Licht wurde immer intensiver, bis Sam seine Augen abschirmen musste, um nicht blind zu werden. Nach ein paar Augenblicken, die sich ins Unendliche zu erstrecken schienen, flackerte das goldene Licht ein letztes Mal auf und tätowierte ein violettes Nachbild in Sams Netzhaut – und das, obwohl er seine Augen fest geschlossen gehalten hatte. Als er seine Augenlider einen Moment später öffnete, waren die Gitterstäbe verschwunden, genauso wie das Schloss.

Was das Buch auf dem Sockel anging ... es bewegte sich von *selbst*. Sam zögerte nur eine Sekunde, bevor er in die Nische stürzte und das lederne Buch aus seiner Halterung zog. In dem Moment, in dem er das tat, brach die Welt in Chaos aus und ein Alarm ertönte wie tausend Gongs, die wie ein einziger angeschlagen wurden.

Kapitel 21

Das Geräusch, das die Luft erfüllte, war so laut wie ein Gewitter, das Dröhnen der Warnglocken hallte die Flure auf und ab und wurde von den hohen Decken der Bibliothek zurückgeworfen. *Tja, das ist wahrscheinlich nichts Gutes.* Sam ignorierte vorübergehend den ohrenbetäubenden Lärm der Alarme, während er seine Aufmerksamkeit auf eine Eingabeaufforderung richtete, die in seinem Augenwinkel erschienen war:

Möchtest du dich mit dem Heiligen Folianten des Bibliomanten verbinden? Wenn du dies tust, wird ein dauerhaftes Seelenband entstehen und frühere vertragliche Verpflichtungen könnten aufgehoben werden. Da du das Buch gefunden hast, hast du offensichtlich die Möglichkeiten und Auswirkungen dieser Aktion genau studiert. **[Ja / Nein]**

Was war das jetzt?, fragte sich Sam. Er konnte sich mit diesem seltsamen Ding *verbinden*? Er war sich weder ganz sicher, was das Binden mit einem Objekt bedeutete, noch was die langfristigen Auswirkungen sein würden, aber es gab eine Sache, die er von endlosen Kampagnen als Gamer wusste – wenn eine uralte Magie einem die Chance gab, etwas zu tun, dann *tat* man es. Denn *offensichtlich tut* man es einfach. Hier befand sich ein heiliges Buch, das in der Abteilung der Weisen versteckt und *außerdem* hinter einer Reihe von mystischen Gittern verschlossen war, für die man einen speziellen

Schlüssel brauchte, um sie zu öffnen. Wenn ihm das nicht eine Art geheime, ultra-seltene Questlinie einbrachte ... dann würde er den Glauben an dieses Spiel verlieren.

Jeder Instinkt, den er hatte, schrie in verzweifelter Freude, sodass er nur weniger als einen Herzschlag lang darüber nachdachte, bevor er ›Ja‹ drückte.

Vertrag mit dem Heiligen Folianten des Bibliomanten geschlossen! Die Bindung an dieses Artefakt hat deine Unterschrift im Kontrakt der Magierhochschule annulliert. Du bist ein Feind der Magierhochschule geworden und bist nun ein Hexenmeister! Dein Ansehen bei der Hochschule ist auf -6.000 gesunken. Aktueller Ruf: Verabscheut. Wow, das ist schnell eskaliert! Du machst keine halben Sachen, oder? Ich schätze, Glückwünsche sind angebracht? Also ... Glückwunsch, du Halunke! So macht man sich einen Namen! Also wenn man es lebend aus der Hochschule rausschafft. Du solltest vielleicht weglaufen.

Sam taumelte trunken, als eine Welle aus goldenem Licht und ungezügelter Energie aus dem Buch strömte und in ihn eindrang wie Wasser in einen knochentrockenen Schwamm. Das Licht hob ihn vom Boden ab, was bisher bedeutete, dass er aufgestiegen war. Das fühlte sich überhaupt nicht so an wie die anderen Male, die er zuvor hochgestuft wurde. Es tat weh. Diesmal brannte die goldene Kraft, fast so, als würde Magma durch seine Adern fließen und Splitter von pulverisiertem Glas direkt in seine Muskeln injiziert werden. Seine Atmung kam in kurzen, sporadischen Stößen und sein Kopf pochte, als würde sein Gehirn anschwellen und gegen das Innere seines Schädels prallen ... nur dass es nicht den Platz hatte, den es brauchte, um angemessen zu wachsen.

Während Sam dort in der Luft hing und sich langsam drehte, blühte das Wissen in seinem Kopf auf, während er mit einer Vielzahl von neuen Benachrichtigungen überschwemmt wurde.

Warnung! Erzwungener Klassenwechsel! Du hast die Klasse ›Aeolus-Magier‹ verloren und alle folgenden klassenspezifischen Zauber sind gesperrt: Windklinge, Aeolus-Schwert, Magierrüstung! Du hast die Klasse ›Bibliomantischer Zauberer‹ angenommen! Du hast die Fähigkeit erhalten: Instinktives Zaubern. Du hast einen dauerhaft bindenden Mana-Vertrag mit dem Heiligen Folianten des Bibliomanten, bekannt als Bill, besser bekannt als Sir William the Bravi, geschlossen.

Du hast eine verborgene einzigartige Quest abgeschlossen: Symbiotisches Wissen! Gewonnene Erfahrung: 10.000.

Du hast Charakterstufe 6 erreicht!

Du hast einen neuen Titel erhalten: Kleine Schläge erhöhen das Denkvermögen! Wenn du jemanden mit einem Stock schlägst, besteht eine 1%ige Chance, dass dieser in Fleischbrocken explodiert! Pass nur auf, dass du dich nicht selbst triffst!

Bibliomantischer Zauberer (Artefakt). Im Gegensatz zu anderen Magierklassen bezieht diese extrem seltene Unterklasse ihre Kräfte und Zaubersprüche nicht von den arkanen Kräften der Natur, sondern von dem uralten Artefakt, an das sie sich gebunden haben. Auf diese Weise sind sie eigentlich näher an Beschwörern als an Magiern. Obwohl bibliomantische Magier über einen großen potenziellen Pool an Zaubern verfügen, müssen sie oft Materialien im Voraus vorbereiten und können nur eine begrenzte Anzahl von Zaubern wirken, je nachdem, wie viele Orbitalzauberbücher sie zu einem bestimmten

Zeitpunkt zur Verfügung haben.

Der Bibliomantische Magier versteht die Magie seiner Klasse intuitiv – sie ist ein Teil von ihm, der so natürlich ist wie das Atmen. Diejenigen, die diese Klasse wählen, haben von Natur aus große Manapools und regenerieren Mana schneller als ihre allgemeiner ausgerichteten Magierkollegen. Insgesamt sind ihre Zauber weniger mächtig als die eines einfachen Magiers auf derselben Stufe, aber die Zauber können weniger als die Hälfte des Manas kosten. Sie erlernen außerdem auf natürliche Weise jede dritte Stufe neue, mit der Klasse kompatible Zaubersprüche, ohne dass sie von einer äußeren Quelle trainiert werden müssen, obwohl in diesem Fall das gebundene Artefakt als Klassentrainer fungieren kann, was ihnen erlaubt, neue Fähigkeiten und Zaubersprüche mit einer weitaus schnelleren Rate als die meisten Magier freizuschalten.

Aufgrund ihres großen potenziellen Zauberpools können bibliomantische Magier in einer Reihe von verschiedenen Gruppenkapazitäten agieren, je nachdem, wie sie ihre verfügbaren Zauberslots ausbauen. Die volle Bandbreite vom Kampfmagier bis zum Gruppenunterstützungsmagier ist mit genügend Training und reichlich Vorbereitung möglich. Der Bibliomantische Magier erhält vier Attributpunkte, die er alle drei Stufen ausgeben kann, sowie +2 auf Intelligenz, +2 auf Weisheit und +1 auf Geschicklichkeit auf jeder geraden Stufe (Artefaktbonus). Er erhält drei freie Talentpunkte, die er pro Stufe ausgeben kann. Er erhält außerdem einen kleinen Boost auf seine gesamten Attributpunkte, da er enger mit seinem gewählten Artefakt verschmilzt!

Aufgrund ihrer Affinität zur Zauberei sind die vorgeschlagenen Attribute für diese Klasse Intelligenz, Weisheit und Geschicklichkeit.

Das war aber nur der Anfang der Meldungen, es folgte eine wahre Flut von Informationen.

Durch die Verbindung mit dem Heiligen Folianten des Bibliomanten hast du den Titel Seelenbinder Stufe 1 (aufrüstbar) freigeschaltet. Effekt: Du erhältst einen einmaligen Charakterbonus, indem du einen Teil der Attributpunkte des Heiligen Folianten des Bibliomanten absorbierst. +1 Stärke, +3 Geschicklichkeit, +1 Konstitution, +5 Intelligenz, +4 Weisheit, +2 Charisma, +2 Wahrnehmung, -5 Glück, -5 Karmisches Glück (Bonus für künstliche Artefakte). Wenn du dich enger mit dem Heiligen Folianten des Bibliomanten verbindest, kannst du diesen Titel auf maximal Stufe 4 der Seelenbindung aufwerten, wobei du mit jeder weiteren Aufwertung einen neuen, einmaligen Charakterbonus freischaltest! Bis zum maximalen Rang kann dieser Titel weder mit anderen Titeln kombiniert noch aus irgendeinem Grund entfernt werden.

Name: *Sam_K ›Horninchen-Schnitter‹*
Klasse: *Aeolus-Magier -> Bibliomantischer Zauberer*
Beruf: *entsperrt*
Stufe: *6*
Erfahrungspunkte: *20.043*
Erfahrungspunkte zur nächsten Stufe: *957*
Trefferpunkte: *110/110*
Mana: *373/373*
Manaregeneration: *12,24/Sek. (0,25->0,3 pro Weisheitspunkt)*
Ausdauer: *105/105*

Charakterattribut: *Grundwert (Modifikator)*
Stärke: *15 (1,15)*
Geschicklichkeit: *21 (1,21)*

Konstitution: *16 (1,16)*
Intelligenz: *36 (1,36)*
Weisheit: *34 (1,34)*
Charisma: *15 (1,15)*
Wahrnehmung: *11 (1,11)*
Glück: *11 (1,11)*
Karmisches Glück: *-3*

Du hast die folgenden Zaubersprüche freigeschaltet:
Orbitalzauberbücher einsetzen (Neuling I): Dies ist der primäre Mechanismus, mit dem Bibliomantische Magier Zauber wirken. Du kannst bis zu (6) magische Bücher binden, die dich umkreisen. Jeder Foliant kann 1x/2 (aufgerundet) vorbereitete Zaubersprüche enthalten, wobei x der Talentstufe entspricht. Die Zaubersprüche können nach Belieben ausgetauscht werden, aber das ist zeitaufwendig und während des Kampfes nicht zu empfehlen, also wähle sie mit Bedacht. Darüber hinaus beeinflusst die Qualität – Abfall, beschädigt, gewöhnlich, ungewöhnlich, selten, besonders, einzigartig, Artefakt – des Buchpapiers, der Tinte und der Seitenzahl des Buches die Stärke und die Anzahl der verfügbaren Zauberplätze.

Magisches Origami (Neuling I): Erstelle mit vorbereitetem Papier und optionaler Tinte eine Anleitung, die automatisch eine Papierwaffe faltet und erstellt. Qualität und potenzieller Schaden der erstellten Waffe basieren auf der Talentstufe. 10n potenzieller Schaden, wobei n der Talentstufe entspricht, Schaden erhöht sich je nach verwendeten Materialien. Kosten: 5 Mana pro Sekunde, bis der Vorgang abgeschlossen oder der Versuch fehlgeschlagen ist. Achtung! Nicht alle Materialien können hohe Mengen an Mana aufnehmen!

Origami-Aktivierung (Neuling I): Wählt ein feindliches Ziel aus, um es mit einem vorbereiteten Zauber anzugreifen, wobei 2n Schaden + Schaden in Höhe des vorbereiteten Zaubers verursacht wird. 20-n % Chance, dass die Aktivierung fehlschlägt, wobei ›n‹ der Talentstufe entspricht (Magie auf Papierbasis) Reichweite: 10 Meter. Kosten: 2n Mana. Begrenzt durch die Anzahl der vorbereiteten Zauber im gebundenen Orbitalzauberbuch. Abklingzeit: 1,5 Sekunden. Zum Wirken müssen Handgesten ausgeführt werden.

Du hast die grundlegendste Variantenform des Zaubers ›Magisches Origami‹ erlernt: Papier-Shuriken (Neuling I). Effekt: Weist einem deiner gebundenen Orbitalzauberbücher den Zauber ›Papier-Origami‹ zu, der es dir ermöglicht, automatisch einen gefalteten Papier-Shuriken auf deine Feinde zu schleudern, der magischen Schnittschaden verursacht. Schaden, Kosten und Reichweite ergeben sich aus den Basistalenten ›Magisches Origami‹ und ›Origami-Aktivierung‹. Papier-Shuriken verursacht pro Schadenspunkt zusätzlich 0,5 Schaden gegen Wesen mit Erdausrichtung, erleidet aber einen Malus von 0,5 gegen Wesen mit Feuerausrichtung.

Alarm! Magierrüstung wurde absorbiert und in Pappmachérüstung umgewandelt!

Pappmachérüstung (Anfänger III): Hülle dich in eine Schicht aus flexibler und vielseitiger Pappmaché, die als Magierrüstung fungiert! Sicher, die Leute werden lachen, aber du wirst den letzten Lacher haben, indem du nicht grausam stirbst! Wirkung: Für jeden Manapunkt, der diesem Zauber gewidmet wird, negierst du zwei Schadenspunkte von primären Quellen physischen Schadens und einen halben Punkt von primären Quellen magischen Schadens. Negiert zusätzlich 0,75

Schaden von den Elementareffekten Wind und Erde, erleidet aber zusätzlich 0,75 Schaden gegen die Elementareffekte Feuer und Wasser. Erhöht die Umwandlung von Mana in Schadenspunkte um 0,025n, wobei n der Talentstufe entspricht.

Alarm! Aeolus-Schwert wurde absorbiert und in Federkielklinge verwandelt!

Federkielklinge (Neuling I): Rufe das Bibliomanten-Artefakt ›Bills Federkiel‹ auf. Federkielklinge wirkt wie ein Einhandschwert und verursacht maximal 2n Schaden pro Treffer, wobei n der Talentstufe entspricht + 2x Schaden pro Treffer, wobei x die Stufe des Talents Schwertbeherrschung ist (Magie auf Papierbasis). Kosten: 10n Mana zum Wirken, +2n pro Sekunde zum Aufrechterhalten. Warum sich mit einem Stift zufriedengeben, der mächtiger als ein Schwert ist, wenn man einen Stift haben kann, der ein Schwert ist?

Warnung! Mindestschwelle für Normalität erreicht für Attribut Wahrnehmung! Körpermodifikation im Gange in drei ... zwei ... eins ...

Das goldene Leuchten, das Sam wie eine Wolke umgab, verschwand und er fiel aus der Luft und brach zu einem Haufen zusammen, während er nach Atem und Gedanken rang. Für einen langen Moment war *alles abgeschnitten*. Als befände er sich in einer sensorischen Deprivationskammer, verlor er den Kontakt mit der Welt um ihn herum. Das hätte einen Augenblick oder eine Ewigkeit dauern können, aber dann kam alles zu ihm zurück.

Mit einem Stöhnen drückte er sich auf seine Handflächen, dann zuckte er zusammen angesichts der Kakofonie von Geräuschen, die seine Ohren attackierten. Wow, aber alles *tat weh*. Seine Muskeln fühlten sich schmerzhafter an, als er sich jemals daran erinnern konnte und die kleinste Empfindung wurde um das Zehnfache verstärkt, als hätte er die schlimmste Migräne der Welt. Die Gegend um ihn herum war viel *fester* und realer, als sie es noch Sekunden zuvor gewesen war. Die Unschärfe in seiner Sicht war weg, spurlos verschwunden. Jedes Geräusch war schärfer, *klarer* und sogar seine Nase schien Überstunden zu machen ... Verdammt, er stank abscheulich.

Seine Haut war mit einer Art schwarzem Schleim überzogen und stank wie ein Dixi-Klo, das zu lange auf einem Festival in der Sonne gestanden hatte. *Igitt.* Mehr als alles andere wollte Sam sich ausziehen und eine lange heiße Dusche nehmen, um sowohl den Muskelkater als auch den anhaltenden Geruch loszuwerden. *Nein!* Was er *wirklich* brauchte, war, sich wieder hochzustufen, denn das würde alle seine Gestankprobleme lösen. Leider brauchte er weitere 957 Erfahrungspunkte, um in die nächste Stufe aufzusteigen, was wahrscheinlich nicht so bald geschehen würde.

<*Hey, du!*> Die Stimme kam aus dem Nichts und Sam sprang panisch auf die Füße und wirbelte herum, während er nach der Quelle der Stimme suchte. Hatten die Wachen ihn etwa *schon* gefunden? Wenn ja, bestand die Möglichkeit, dass er hier nicht mehr lebend herauskommen würde. Tot herauszugehen wäre noch beeindruckender, aber auch unwahrscheinlich. Sam suchte die langgestreckten Gänge ab, die in beide Richtungen abgingen und sah glücklicherweise niemanden. Es gab keine hämmernden Schritte, keine Wachen, die mit erhobenen Waffen und blutrünstiger Absicht auf ihn zustürmten.

»Hallo?«, rief Sam leise, die Haare in seinem Nacken standen ab. »Ist da jemand?«

Er hob die Hände, bereit, Windklinge zu wirken, als ihm einfiel, dass er *das nicht konnte*. Nicht mehr. Er hatte diese Tür geschlossen, wie es schien und nun musste er neue Fähigkeiten beherrschen, wenn er hoffen wollte, für eine gewisse Zeit zu überleben.

<*Hier unten. Komm schon, du kannst mir nicht erzählen, dass das außerhalb deines Bereiches der Möglichkeiten liegt*>, kam die Stimme wieder. Es gab eine flatternde Bewegung neben Sams Füßen. Dort, auf dem Boden liegend, war das Buch.

Es *bewegte sich*. Die Seiten flatterten und raschelten gegeneinander wie die Beine einer riesigen Grille. Noch beunruhigender war jedoch, dass das Gesicht, das wie eine Krebsgeschwulst aus dem Umschlag ragte, seine Augen geöffnet hatte und ihn nun stirnrunzelnd und missbilligend ansah.

»Es tut mir leid«, schaffte Sam zu sprechen, während sich die Welt um ihn herum kopfüber drehte. »Bist … bist du das Buch? Die Person, die mit mir spricht, meine ich?«

<*Ding, ding, ding, gib dem Kind ein Fleißsternchen*>, antwortete das Buch, obwohl sich seine schmollenden, ledrigen Lippen nicht bewegten. <*Ja. Ich bin ›das Buch‹. Obwohl, wenn ich ehrlich bin – und ich habe wirklich das Gefühl, dass wir unsere Beziehung mit völliger Ehrlichkeit beginnen sollten – fühlt sich der Begriff ›Buch‹ ein wenig herablassend an … Ich mache nur Spaß mit dir. ›Buch‹ ist in Ordnung, obwohl ich auch sehr gut auf Bill höre. Das war mein menschlicher Name, bevor ich von der Magierhochschule buchifiziert wurde.*>

»Also … du warst vorher ein Mensch? Du bist ein sprechendes Buch?« Sam war immer noch verwirrt von der Interaktion, die sich gerade in seinem Kopf abspielte.

Der große, ledergebundene Band rollte mit seinen smaragdfarbenen Augen. <*Das ist eine lange Geschichte und jetzt ist wahrscheinlich nicht der beste Zeitpunkt dafür. Außerdem ist das Reden ein wenig subjektiv, da ich tatsächlich mit meinem Geist zu dir spreche – nur einer der vielen Vorteile, wenn man eine Seele teilt, aber wie ich schon sagte, wir können alle Details klären, sobald wir hier raus sind.>*

Trotzdem zögerte Sam. »Bevor ich dich aufhebe und herumschleppe, sag mir, warum du eingesperrt wurdest. Wenn du eine Art *Urböses* bist, bin ich mir nicht sicher, ob ich dir helfen will.«

<Phft. Böse. Wie bitte? Nein, nicht mal ein kleines bisschen. Ich bin nicht mal wirklich gefährlich; eher gefährlich nervig, wenn man die spießigen, alten Muffel fragt, die in der Hochschule herumhängen. Ich habe nur den Kontrakt herausgefordert – weil dieses magische Konstrukt böse ist – und eine kleine Rebellion angezettelt. Boom. Lange Rede, kurzer Sinn, ich endete als ein Buch. Sie hätten mich am liebsten zerstört – diese verklemmten Magier mochten es nicht, dass ich ein Freidenker bin – aber ich bin unzerstörbar. Sie verletzten mich und schafften es, mich auf Stufe 1 zu reduzieren, aber sie konnten mich nicht loswerden. Also, magisches Koma. Ziemlich standardmäßig, wie diese Dinge laufen. Nebenbei, das alles liegt hinter mir. Alte Geschichte. Wir sollten uns auf die Gegenwart konzentrieren, denn wir sind jetzt Lebensgefährten. Du hast nicht nur mein Gefängnis geöffnet, du hast mich an deine Seele gebunden. Apropos Verbrechen, es kommen eine Menge Magier auf uns zu und wenn ich raten müsste, werden sie sehr mürrisch sein, wenn sie sehen, was du getan hast. Also, wenn du nicht in magische Asche verwandelt werden möchtest, sollten wir vielleicht unsere Flucht ... buchen?>

»Ja, das ist ... Ich kann verstehen, warum du damals eingesperrt wurdest«, murmelte Sam. Die Gongs klirrten immer noch über ihm und es war nur eine Frage der Zeit, bis die anderen Magier ihn finden würden. Wenn die Strafe für den Beitritt zu einer ›nicht autorisierten Abenteurergruppe‹ für eine einfache Jagd-Session vor den Toren der Stadt ein Monat war, in dem er den Kontrakt mit seinem Mana anheizen musste, konnte sich Sam nicht einmal ansatzweise *vorstellen*, was sie ihm für diese … kleine … Übertretung antun würden. Also war es wahrscheinlich das Beste, ein wenig Kniegas zu geben, bevor er zu Hackfleisch verarbeitet wurde.

Sam beugte sich vor und hob das Buch vom Boden auf. In der Sekunde, in der er den dicken Band in der Hand hielt, brach eine geisterhafte, silberne Kette aus dem Buchrücken hervor, schlängelte sich nach unten und grub sich mit einem scharfen Zwicken in Sams Hüfte. Sam ließ erschrocken das Buch los, aber anstatt zu Boden zu fallen, hing der Wälzer einfach in der Luft vor ihm. Er schwebte. Sam blickte auf die seltsame Kette hinunter und bemerkte, dass ein sanfter Schwall blauen Lichts von ihm zu dem Buch floss.

<*Stell dir einfach vor ich wäre ein Buch über Anti-Schwerkraft. Es ist unmöglich, mich wegzulegen. Komm schon, guck nicht so überrascht!*>, erklärte Bill. <*Wir teilen eine Seele – einen Kern – was bedeutet, dass wir auch ein Mana-Band teilen. Das ist das Ketten-Ding. Wir kleben jetzt buchstäblich aneinander, also hoffe ich, dass du kein Introvertierter bist, denn ich werde bei dir sein, wohin du auch gehst. Für immer! Muhahaha!*>

Sam fühlte, wie sich sein Magen bei der Vorstellung zusammenzog, für den Rest seiner Zeit in Eternium mit diesem Ding festzusitzen. Er war nicht gerade erfreut über die Vorstellung. Aber darüber würde er sich später Gedanken machen können. Über das Klirren der Gongs hinweg konnte Sam nun den fernen Ruf von Stimmen und das schwere

Stampfen von Schritten hören. Schritte, die sich langsam seiner Position näherten.

»Okay, wie zum Abgrund sollen wir hier rauskommen?«, flüsterte Sam, sein Blick hüpfte den Korridor entlang. »Wir sind in der sichersten Abteilung der sichersten Bibliothek in Ardania gefangen.«

<Zufällig haben wir Glück, denn ich kann dich hier rausführen. Ich weiß so ziemlich alles, was es über die Hochschule zu wissen gibt. Ich war dabei, als der erste Rituarchitekt, der Weise Cognitionis, diesen Ort gebaut hat. Der Kerl war eine Art Klotz am Bein, aber wir waren trotzdem Kumpel. Das war natürlich, bevor sie ihn ermordeten, weil er seinen magischen Zirkel erweitern wollte. Die Verwaltung hier mag es nicht, wenn man neue Dinge ausprobiert. Ich kenne Wege hier rein und raus, die sonst keiner kennt, aber es klingt, als kämen sie näher. Vielleicht muss ich ein paar Schläge austeilen, um den Weg freizumachen. Hier, nimm das.>

Es gab einen brillanten Schimmer von opalisierendem Licht und ein breitkrempiger Kavaliershut aus feinem Filz erschien in Sams Händen. Ein rotes Samtband umgab den Hut, aus dem eine riesige, kobaltfarbene Straußenfeder herausragte.

»Wo um Himmels willen kommt *dieses* Ding her?«, stotterte Sam überrascht und drehte den Hut in seinen Händen um.

<Seelenraum>, erklärte Bill trocken. <Ich kann einen Gegenstand in mir aufbewahren, eine Art magischer Behälter. Außer Bücher. Ich kann alle Bücher aufbewahren, die dein Talent erlaubt dich zu umkreisen. Dort werden wir die anderen Bücher aufbewahren, wenn wir sie nicht zum Zaubern benutzen. Leider habe ich im Moment nur den Hut.>

»Warum ein Hut? Außerdem, warum gerade *dieser* Hut?«

BIBLIOMANT

<Hey, kein Urteil jetzt. Fürs Protokoll: Das war mein Lieblingshut. Du solltest wirklich weniger frech und dankbarer sein! Was glaubst du, woher deine Federkielklinge kommt, von irgendeinem zufälligen Federkiel?> Das Buch blinzelte spitz in Richtung der riesigen Feder, die aus der Krempe ragte. Sam rief schnell die Gegenstandsbeschreibung auf.

Bills geckenhafter Hut. Siehst du nicht einfach lächerlich aus? Mit dem Rest des Outfits könntest du als Komparse bei den Drei Musketieren durchgehen. Um der Wahrheit die Ehre zu geben, der Hut ist ein wirklich starkes magisches Artefakt. Während man diesen Hut trägt: Stärke +5, Geschicklichkeit +5, Charisma +5, +10 % Widerstand gegen Feuer, +2 Talentstufen bei Klingenwaffen. Der Hut ist nicht nur ein interessantes Modestatement, sondern dient auch als Hülle für das Bibliomanten-Artefakt ›Bills Federkiel‹. Dieser Gegenstand kann nicht verkauft, gestohlen oder zerstört werden, da er mit dem Heiligen Folianten des Bibliomanten seelengebunden ist.

<Hey, sieht schon besser aus! Wir müssen uns jetzt wirklich beeilen. Wie wär's, wenn du dir ein paar von den Büchern dort schnappst?> Das Buch deutete mit den Augen auf ein Regal in der Nähe. <Die sind alle magisch, also sollten wir die gut nutzen können. Nimm einfach ein paar dicke, alte, fette Bände – je mehr Seiten, desto besser – es ist egal, welche, aber wir brauchen sie, um Zauber zu sprechen. Beweg lieber deinen Hintern, denn die bösen Jungs kommen immer näher und wenn sie erst einmal in Reichweite sind, wirst du nicht mehr in der Lage sein, Zaubersprüche zu wirken. Du wirst ziemlich schnell lernen, wie fantastisch diese Klasse ist, aber sie hat ein paar ... Einschränkungen. Vorherige Vorbereitung ist eine davon.>

Wie benommen schlüpfte Sam zum Bücherregal hinüber und zog die beiden dicksten Türstopper heraus, die er finden konnte – *Fantastische Irrtümer und wo sie zu finden sind*, in blaues Leder gebunden und *Die Gefahren der Arithmetik*, in karminrotes Leinen gebunden. Instinktive Informationen blühten in Sams Kopf auf – genau wie damals, als er ein Aeolus-Magier wurde – und mit einem Gedanken und einer kurzen Willensanstrengung begann Sam, dem einen Wälzer *Magisches Origami* zuzuordnen.

Mana flutete aus ihm heraus, wobei er etwa fünf Mana pro Sekunde benötigte. Es schien, dass seine Zauberstabilität sowie seine Reduktionsboni durch die Manaverbindung hier berücksichtigt wurden, Gott sei Dank. Zehn ... fünfzehn Sekunden vergingen und sechsundfünfzig Mana waren aus seinem System heraus und im Buch enthalten. Dreißig Sekunden später war der Zauber Pappmachérüstung dem anderen Folianten zugeordnet.

Mit müheloser Leichtigkeit warf Sam die beiden Bücher in die Luft, ohne zu überlegen, als hätte er genau das schon tausendmal getan. Anstatt mit einem dumpfen Knall auf den Boden zu fallen, schwebten die Bücher in der Luft und begaben sich in eine langsame Umlaufbahn um ihn, wie ein Paar winziger Planeten, die eine Sonne in Form von Sam umkreisten. Nicht einen Moment zu früh. Ein Trio von Magiern in farbenfrohen Roben schlitterte um das Ende des Ganges.

»Da ist er!«, rief einer von ihnen, einen Finger ausgestreckt und zitternd. »Wir dürfen ihn nicht entkommen lassen oder der Erzmagier wird uns alle köpfen! Bringt ihn zum Schweigen, reißt ihm die Gliedmaßen ab und kauterisiert die Löcher, damit wir ihn lebend fassen können!«

Kapitel 22

un, steh da nicht nur rum wie 'ne Buchstütze!> donnerte Bill in seinem Kopf. <*Lauf! Und ich meine bewegen oder das wird ein schnelles Buchende! Wo kein Eis ist kann gerannt werden!*>

Sam musste nicht zweimal darüber nachdenken. Er wandte sich von den Magiern am Ende des Flurs ab und lief in die entgegengesetzte Richtung, ein Adrenalinstoß trieb ihn immer schneller voran. Die Luft rauschte an seinem Gesicht vorbei und seine Lungen arbeiteten auf Hochtouren, als die Bücherregale auf beiden Seiten an ihm vorbeirauschten und die Titel in einem Wirbel aus schimmernder Magie und farbigem Leder verschmolzen. Interessanterweise hielt sein schwebendes Bücher-Trio – Bill vorne, verbunden durch die silberne Seelenkette, die anderen beiden wirbelten um ihn herum – Schritt, ohne einen Takt zu verpassen oder seine Bewegungen auch nur im Geringsten zu stören.

Das war eine nette Vergünstigung. Während er sprintete, rief Bill ihm die Richtung zu: <*Links! Rechts! Oh nein, neue Gruppe im Anmarsch, wieder zurück!*>

Nach nur wenigen Minuten, in denen er mit vollem Einsatz gerannt war, ließ seine Ausdauer nach und Sam begann sich ernsthaft Sorgen zu machen, wie lange er die Flucht aufrechterhalten konnte. Das Schlimmste, was passieren konnte, war ein schneller Tod durch die Hand eines wütenden Magiers, gefolgt von einer Systemwiederbelebung zurück auf dem Marktplatz von Ardania. Oder ... war das die *beste*

Option? Er dachte zurück an Bill, der hinter magischen Gittern gefangen war ... was, wenn sie ihn nicht töteten, sondern es schafften, ihn lebend zu fangen? Wenn *das* passierte, würden sie ihn in den engen Kerker werfen und den Schlüssel wegwerfen.

Selbst *wenn* – *und* das war ein großes *Wenn* – Sam es schaffte, sie zu zwingen ihn zu töten, gab es keine Garantie, dass sie nicht einfach am Brunnen auf ihn warten würden, wenn er wieder auftauchte. Von dort aus wäre es eine einfache Sache, ihn zu fassen. Sobald er in diesen Kreislauf geriet, würde er mit ziemlicher Sicherheit gezwungen sein, diesen Charakter zu verlassen und neu anzufangen. Etwas, das er jetzt nach Möglichkeit vermeiden wollte. Er wusste zwar nicht genau, was die Bibliomanten-Klasse auf lange Sicht für ihn bereithielt, aber er schätzte, dass diese Klasse ziemlich selten war, was ein riesiges Potenzial für die Zukunft bedeutete.

Sam musste nur überleben und entkommen. Dieser Gedanke ließ ihn weitermachen, auch wenn es sich anfühlte, als würden seine Beine nachgeben und seine Lungen vor Anstrengung explodieren. Er schlitterte um eine Ecke und fand sich an einer Kreuzung mit spitz zulaufenden Steinbögen wieder. Direkt vor ihm stand ein Trupp Magier, vier an der Zahl und an ihrer Spitze stand kein Geringerer als Octavius Igenitor. *Ach. Du. Scheiße. Der sieht echt angepisst aus.*

»Du«, knurrte Octavius, sein Gesicht zu einer Grimasse des absoluten Hasses verzogen. »*Du hast* das getan. Du hast meine Schlüssel gestohlen und gedacht, du könntest diese geschätzte Institution um einen ihrer *wertvollsten* Schätze berauben. Du hast mich zum letzten Mal in Verlegenheit gebracht ...!«

Sam wartete nicht darauf, dass der Spitzenstudent sein Gezeter beendete. Ein Rinnsal von Mana floss aus ihm heraus und das rot ummantelte Buch *Gefahren der Arithmetik* schoss nach vorne und in die Mitte, das Buch sprang auf, als Sam instinktiv seinen Windklingen-Ersatzzauber – *Papier-Shuriken* – einsetzte. Ein vierblättriger Papier-Ninjastern, nicht größer als Sams Handfläche, explodierte aus dem Buch und schrie dem Erdmagier entgegen wie eine wütende Harpyie.

»Hältst du denn nie die Klappe?«, presste Sam hervor, als die Papierklinge in die Schulter des Spitzenstudenten einschlug. Ein Teil von Sam erwartete, dass der alberne Origami-Stern fruchtlos abprallen würde – es war schließlich nur ein Stück Papier – aber überraschenderweise drang der Shuriken tief ein, schnitt mühelos durch Octavius' Robe und blieb im Fleisch stecken. Der Felsenmagier stieß einen erschrockenen Schrei aus und wich einen Schritt zurück, denn er hatte sich nicht einmal die Mühe gemacht, seine Magierrüstung anzulegen. Dank Sams Zeit im Judo erkannte er eine Schwäche, wenn er eine sah und er hatte die Absicht, sie auszunutzen.

Aber er weigerte sich auch, den gleichen Fehler zu machen, den Octavius gemacht hatte. Er war in der Unterzahl und deutlich unterlegen. Das Einzige, was für ihn sprach, war das Überraschungsmoment. Die Chancen standen gut, dass niemand in der Hochschule genau wusste, *welche* Tricks ein Bibliomantischer Zauberer im Ärmel hatte. Der andere Vorteil war Bills Wissen über den Aufbau der Hochschule. Mit einem Gedanken und einem kleinen Impuls von Mana wirkte er die Pappmachérüstung. Der blau gebundene Band *Fantastische Irrtümer und wo sie zu finden sind* sprang auf, genau wie das erste Buch und spuckte einen Schwall Papier aus.

Die Seiten wirbelten für einen kurzen Moment um Sam herum, bevor sie sich an seiner Gestalt festhielten und sich um seinen Körper formten. In weniger als einem Wimpernschlag setzten sich die Seiten und Sam fand sich in einer Rüstung wieder, die wie eine spanische Konquistadorrüstung aussah, mit einem abgerundeten Brustpanzer, ausladenden, gepanzerten Schultern, einer spitz zulaufenden Taille und bauchigen, ballonartigen Hosen. Vervollständigt wurde das Outfit durch Stiefel, Stulpen und sogar ein kurzes, flatterndes Halbcape, das ihm den Rücken hinunterlief … nur dass alles – jedes einzelne Teil – aus sich überlappenden Pappmachéplatten bestand. Dadurch wog die ›Rüstung‹ so gut wie nichts und schränkte seine Bewegungen nicht im Geringsten ein. Aber sie sah absolut lächerlich aus.

Besser lebendig und lächerlich als tot und vernünftig, dachte er. Die Magier am Ende des Ganges starrten ihn an, offensichtlich verblüfft von seiner plötzlichen Verwandlung. Sam belohnte sie für ihr schnelles Denken und Handeln, indem er einen weiteren Papier-Shuriken in Richtung der verblüfften Magier schleuderte.

<*Gute Arbeit, aber steh nicht schadenfroh herum!*>, brüllte Bill in seinem Kopf. <*Der linke Gang! Geh jetzt! Hinter uns kommt eine weitere Gruppe von Magiern.*>

Ohne eine Sekunde zu verschwenden lief Sam los, aber er hörte nicht auf, jedes Mal Papier-Shuriken zu wirken, wenn die Abklingzeit abgelaufen war. Wie durch ein Wunder schwang das Buch aus purpurrotem Leder *hinter* ihn und obwohl Sam nicht sehen konnte, was er tat, spürte er, wie das Mana aus seinem Inneren strömte. Das sagte ihm, dass er immer noch gefaltete Ninjasterne auf jeden schleuderte, der ihm von hinten folgen wollte.

BIBLIOMANT

Neues Talent erhalten: Sichtloses Zaubern (Neuling I). Als Bibliomantischer Zauberer brauchst du nicht zu schauen, wohin du zauberst! Indem du dich auf deine seelengebundene Verbindung zu Bill, dem Heiligen Folianten des Bibliomanten, verlässt, kannst du die ungefähre Position deiner Feinde wahrnehmen und deine Orbitalzauberbücher einsetzen, um Zauber auf Feinde in jeder Richtung zu werfen, selbst wenn diese Richtung hinter dir liegt! Dies ist eine deutliche Erinnerung daran, dass manchmal die beste Offensive eine gute Verteidigung ist und manchmal ist die beste Verteidigung, so schnell wie möglich wegzulaufen! Wirkung: Wirkt jeden Zauber, der einem aktiven Orbitalzauberbuch zugewiesen wurde, in eine beliebige Richtung. 15+n % Genauigkeit bei Verwendung von Zaubern ohne Sicht, wobei n der Talentstufe entspricht.

Verdammt cool. Vielleicht war das Zaubern ohne Sicht nicht besonders genau – noch nicht – aber die Möglichkeit, Zauber zu schleudern, während man sich zurückzog, schien eine böse Überraschung für Leute zu sein, die ihn verfolgten. Ein kurzer Blick über eine Schulter bestätigte seinen Verdacht. Die Papier-Shuriken trafen nicht wirklich jemanden, aber sie verschafften ihm gerade genug Zeit, um den Abstand zwischen ihm und seinen Verfolgern langsam zu vergrößern.

Es gab noch eine Sache, die er tun konnte, die Octavius mit Sicherheit noch weiter verlangsamen würde. Sam wich nach rechts aus, schnappte sich einen Haufen Bücher – die meisten von ihnen schimmerten mit mystischer Energie – und zog sie unsanft aus den Regalen. Die Bücher *plumpsten* auf den Boden, was Octavius und seine magischen Lakaien zu einem hohen Schrei veranlasste. Sam konnte das verstehen. Als Bücherliebhaber war der Gedanke, guterhaltene und vor allem wertvolle Bücher auf den Boden zu schleudern, abscheulich, aber wenn er zwischen seinem Hals und einem beliebigen Buch wählen musste? Er würde tun, was getan werden musste.

<Schnelles Denken, Junge!>, krähte Bill in seinem Kopf. *<Du hast mich gerade auf eine Idee gebracht! Nimm die nächsten vier Rechtskurven, dann sofort eine Kehrtwende mit vier Linkskurven.>*

Sams nachlassende Ausdauer würde schon bald ein Problem werden, aber das war ein Problem für den zukünftigen Sam. Der gegenwärtige Sam musste sich bewegen und er musste sich *schnell* bewegen. Also gab er trotz seines klopfenden Herzens, seiner brennenden Lungen und des Schweißes, der ihm in Strömen über das Gesicht lief, noch einmal richtig Gas und befolgte Bills Anweisungen, auch wenn sie extrem kontraintuitiv erschienen. Er flog um jede Kurve, aber egal, wie schnell er rannte, die Geräusche der Verfolgung wurden immer lauter und lauter.

Octavius – oder vielleicht eine andere Gruppe von Magiern – holte auf und er konnte das wirklich nicht ewig durchhalten. Sam bog um die letzte Kurve und kam sofort zum Stehen, als eine ominöse Gerade auftauchte. Dieser Abschnitt der Bibliothek der Weisen war … *anders* als die anderen, in denen er bisher gewesen war. Halbtransparente, violette Steine säumten immer noch den Boden, aber die Bücherregale hier waren alle aus schwarzem Obsidian, der in einem krebsartigen grünen Licht schimmerte. Es gab keine Kerzen oder Lichter in der Halle, aber das war auch nicht nötig, da wirbelnde Wolken aus jadefarbener Energie durch die Luft strömten und alles mit einer düsteren grünen Beleuchtung bemalten.

An der Stirnwand des Ganges war ein Plakat angebracht, auf dem ›Arcanum der verbotenen Eldritch-Magie! EXTREME VORSICHT GEBOTEN!‹ zu lesen war.

»Du *willst*, dass ich hier lang gehe?«, brüllte Sam, die Augen weit aufgerissen, der Mund plötzlich staubig und trocken.

<*Pffft! Du machst dir zu viele Sorgen. Das ist absolut sicher, solange du genau tust, was ich sage und nur Dinge anfasst, die ich dir sage, dass du sie anfassen sollst. Ernsthaft, fass nichts anderes an oder wir werden in einen Eldritch-Albtraum gezogen, aus dem wir vielleicht nie wieder entkommen. War schön mit dir zu reden. Jetzt beweg dich.*>

»*Da ist er!*«, donnerte jemand von hinten.

Sam warf einen Blick zurück. Nicht Octavius und seine Blödmannsgehilfen, sondern eine weitere fünfköpfige Gruppe von Magiern. Er erkannte keinen von ihnen auf den ersten Blick, aber das bedeutete nicht wirklich viel, denn sie würden genauso effektiv den Boden mit ihm aufwischen. Ihr plötzliches Auftauchen sorgte für eine Entscheidung Sams und er stolpterte vorwärts, wobei er sich viel langsamer bewegte, als er wollte. Seine Ausdauer ging zur Neige, also hatte er nicht wirklich eine Wahl in dieser Angelegenheit.

»Nein, du Narr!«, rief der Magier von hinten. »Geh nicht weiter, wenn dir dein Leben und dein Verstand lieb sind!«

Sam ignorierte sie völlig und ging tiefer in den Gang hinein. Es dauerte nicht lange, da wirbelten und tanzten die Wolken aus grünem Hexenlicht um Sam herum, während er sich bewegte, streichelten seine Haut und flüsterten ihm seltsame Worte ins Ohr. Diese Worte schienen in keiner Sprache zu sein, die Sam jemals zuvor gehört hatte, doch irgendwie schien er sie trotzdem zu verstehen.

»*Komm, Jünger. Hier entlang*«, flüsterten sie sanft. »*Erkenne den Wahnsinn. Umarme die Dunkelheit. Atme das Chaos ein. Sprich die Worte. Deskhidati porta sik aduketi alberk patrulea ororile adankului adenci.*«

Während ihm die Worte durch den Kopf gingen, hätte Sam *schwören können, dass* er Gesichter sah, die sich im grünen Licht manifestierten, allerdings war es immer *nur* aus dem Augenwinkel. Ein Aufblitzen von schlaffer, mit Stacheln besetzter Haut, hier. Die geschwungenen Kanten abstehender Hörner dort. Ein Schimmer von gezackten Zähnen und reißenden Klauen. Mehrere Buchtitel zerrten an seinem Verstand, drängten ihn näher und näher, *bettelten* mit ihm, *flehten* ihn an, *befahlen* ihm, den Buchdeckel zu lüften und einen kleinen Blick auf die Wunder zu werfen, die darin enthalten waren.

<*Dieser Typ gehört mir!*>, rief Bill, obwohl Sam den deutlichen Eindruck hatte, dass sein neuer Begleiter nicht mit Sam sprach. <*Ich war zuerst hier. Ich war zuerst hier und ich weiß, dass selbst Eldritch-Abscheulichkeiten das alte Gesetz der Reservierung respektieren! Lasst uns hier nicht barbarisch werden.*>

Das ist legitim, flüsterte eine der kratzenden Stimmen im Gegenzug. *Ein Hoch auf das Recht der Reservierung und die verbindlichen Gesetze des großen Paktes. Inklinatie-va inainte ve compaktual sacruk et reservare.*

<*Diese Typen sind nicht annähernd so wohlwollend wie ich, aber ich habe immer gesagt, dass sie einen schlechten Ruf haben. Ich meine, sicher, sie werden deinen Verstand zerstören und dir die Augen aus dem Kopf schmelzen, wenn du einen Blick auf ihre Inhalte wirfst, aber hey ... jeder hat seine Probleme, habe ich recht?*>

»Stählt euch, Magier! Haltet euren Geist fest und berührt *nichts* – egal, was euch versprochen wird. Nur Tod und Wahnsinn liegen in dieser Richtung. Keiner soll einen Zauber abfeuern, wir können es uns nicht leisten, aus Versehen eines dieser Bücher zu treffen.«

Sam blickte nicht zurück. Sie waren fast am Ende des seltsamen Ganges angelangt, als Bill wieder sprach: <*Ja! Ich hatte gehofft, es wäre noch da. Siehst du das Buch da drüben auf der rechten Seite? Das, das mit etwas bedeckt ist, das wie Schlangenhaut aussieht?*>

Sam tat es. Es war schwer, das Buch nicht zu sehen, denn das Schlangenleder verdrehte und schlängelte sich unter seinem Blick, als wäre es ein lebendiges Wesen. Schlimmer noch, dieses Buch *hasste* ihn, *hasste* die Welt und jedes Lebewesen darin. Es gab noch ein anderes Gefühl, das unter diesen anderen Empfindungen brodelte, etwas Tieferes und viel Ursprünglicheres wie eine mächtige Meeresströmung. *Hunger.* Dieses Buch, was immer es war und was immer es enthielt, wollte *essen.*

»Ja«, antwortete Sam mit einem knappen Nicken und machte unbewusst einen Schritt *weg* von dem Wälzer. »Schwer, das Buch zu ignorieren, das uns wie eine Tüte Chips anstarrt.«

<*Ja, mach dir darüber keine Sorgen. Wir kennen uns schon ewig und er schuldet mir was. Nimm einfach, äh ... das Buch runter, leg es sanft auf den Boden, dann schlag die Seiten auf und renn, als ob dich etwas Riesiges fressen will. Außerdem kann ich nicht stark genug betonen, dass das mit dem Fressen ausnahmsweise keine Metapher ist.*>

Alles an diesem Satz ließ bei Sam die Alarmglocken schrillen. Erstens teilte er jetzt eine Seele mit einer Artefakt-Person, die eine lange Vergangenheit mit einer Eldritch-Abscheulichkeit hatte, der ihm einen Gefallen schuldete. Im Nachhinein betrachtet war das wahrscheinlich eine schlechte Sache. Außerdem fiel Sam auf, dass all diese extrem mächtigen Folianten *nicht* weggeschlossen waren, während Bill es war, was eine Frage aufkommen ließ – was genau in den

Abgründen war der Heilige Foliant des Bibliomanten? *Wie* gefährlich war Bill genau? Das waren Fragen, auf die Sam keine Antwort hatte, aber er war bereits *viel* zu entschlossen, um jetzt umzukehren.

Obwohl er es nicht wirklich *wollte*, folgte Sam Bills Anweisungen. Die Magier, die ihn verfolgten, holten schnell auf, aber Sam hatte es nicht eilig. Vorsichtig nahm er das Buch aus dem Regal – eine scharfe Lanze der Angst explodierte in seinem Inneren, sobald er den Wälzer berührte – und legte es auf den Boden, genau in der Mitte des Flurs. Sein Überlebensinstinkt schnatterte wie ein panischer Affe in seinem Hinterkopf und kreischte immer und immer wieder, was für eine *schreckliche* Idee das war. Er ignorierte den Angst-Gibbon … und schlug die Seiten weit auf.

Konstitution +1! Weisheit -1!

Die Abdeckung landete mit einem dumpfen Schlag und Zischen, wie zwei Trommeln und eine Schlange, die einen Hügel hinunterfallen. *Ba-dum, zisch!* Sam war bereits in Bewegung und er schaute *nicht* zurück. Seine Ausdauer hatte sich gerade so weit erholt, dass er loslaufen konnte und siehe da, er lief los, wie es noch nie jemand zuvor getan hatte. Als er es bis zum Ende des Ganges geschafft hatte, begann das Schreien hinter ihm. Obwohl er es nicht *wollte*, fühlte er sich gezwungen, nachzusehen, welchen Schrecken sein neuer Kumpel Bill und er auf die Welt losgelassen hatten.

»Ich hätte nicht zurückschauen dürfen.« Sam würgte, unfähig, seine Augen wegzureißen. Riesige, violette Tentakel mit neonpinken Saugnäpfen – jeder so groß wie eine Teetasse – und onyxschwarzen Stacheln, größer als Sams Daumen, fuchtelten in der Luft herum. Ein gummiartiges

Glied, leicht so dick wie Sams Oberschenkel, zog eine Magierin von den Füßen, während sich ein anderer Tentakel wie eine Python um ihre Mitte schlang. Ein zweiter Magier schleuderte einen leuchtenden Ball aus orange-goldenem Feuer, der gegen den Wald aus peitschenden Extremitäten prallte. Der Angriff schien die jenseitige Abscheulichkeit nicht einmal ein wenig zu verletzen, erregte aber die Aufmerksamkeit der Kreatur.

Ein kleinerer Tentakel, nicht dicker als Sams Handgelenk, schlängelte sich in Richtung des Kopfes des Feuerwerfers. Einen kurzen Schwinger später sackte der Magier zu Boden, alles oberhalb seiner Schulter *fehlte* einfach.

»Kennst du das Ding?«, erkundigte Sam zutiefst beunruhigt.

<*Yeah. Vh'uzathel der Hundertarmige, Neunte Prinzipalität der Tiefen, Konsul der Mysterien und unheiliger Göttlicher des Ostens. Ein rundum großartiger Kerl, der eine abgrundtiefe Grillparty schmeißen kann, glaub mir.*> Es gab eine lange Pause, als ob Bill nachdachte. <*Er hat eine kleine gemeine Ader, wenn er hungrig ist. Aber hey, das ist deren Problem. Außerdem, sieh mal, wem sie keine Aufmerksamkeit schenken, na? Na? Es hat funktioniert!*>

Zumindest in diesem Punkt lag das Buch nicht falsch. Die Magier waren so sehr damit beschäftigt, nicht zu sterben – während sie gleichzeitig versuchten, die Kreatur zurück in die Seiten zu zwingen – dass niemand einen zweiten Blick für Sam übrig hatte. Also ein Sieg ... nahm Sam an? Er schüttelte den Kopf, drehte dem Ort des Gemetzels den Rücken zu und lief in einen Verbindungsgang herein. Bill führte ihn weiter und schon bald befanden sie sich in einer staubigen Sackgasse, die aussah, als hätte er seit hundert Jahren keinen menschlichen Besucher mehr gesehen. Die

Böden und Regale waren mit einer dicken Schicht seit Jahrzehnten ungestörten Staubs überzogen und sogar ein paar Spinnweben zierten die Regale. Allerdings sah Sam keine Spinnen.

Wahrscheinlich handelte es sich um ganz gewöhnliche Spinnen, aber nachdem er Bills Bücherfreund Vh'uzathel, den Hundertarmigen, kennengelernt hatte, hatte Sam absolut *keine* Lust zu sehen, welche anderen Dinge diesen Ort ihr Zuhause nennen könnten.

Weisheit +1!

»Wohin jetzt?«, fragte Sam in einem leisen Flüsterton.

Seit der Entfesselung der Eldritch-Abscheulichkeit hatten sie keine neuen Gruppen von Magiern gesehen, aber das bedeutete nicht, dass sie nicht die stampfenden Füße verzweifelter Magier und die Rufe von Suchtrupps *gehört* hatten. Irgendwie hatte Bill es ihnen ermöglicht, knapp unter dem Radar zu fliegen, aber der Bereich der Weisen war nicht unendlich groß. Soweit Sam wusste, gab es nur einen Weg nach draußen – durch die Hauptkammer mit ihren vielfarbigen Türen. Was bedeutete, dass es nur eine Frage der Zeit war, bis sie auf eine andere Gruppe trafen. Wenn der Heilige Foliant des Bibliomanten nicht noch ein paar andere raffinierte Tricks hatte, hatten sie Pech.

<*Du denkst, das ist meine erste Flucht, Packesel? Stört es dich, wenn ich dich ›Packesel‹ nenne? Da du, du weißt schon, der tragende Teil der Operation bist?*>

»Ja, *es stört mich*«, schnauzte Sam.

<*Jeesh. Ein wirklich sensibler Typ. Schön, ich werde weiter nach einem guten Spitznamen suchen. Was das Rauskommen von diesem Ort angeht, zerbreche dir nicht deinen hübschen,*

kleinen Kopf. Ich habe das im Griff! Oder, genauer gesagt, der Wandteppich am Ende des Flurs tut es. Siehst du ihn?>

Jepp. Ein verblasstes, fadenscheiniges Ding, das die gesamte Steinfläche der Wand bedeckte. Ehrlich gesagt war es nicht besonders schön anzusehen – ein eher schlichtes Stück, bestickt mit einer Vielzahl komplexer geometrischer Formen in gedämpften Grau- und Brauntönen. Sam konzentrierte sich auf den Stoff und fand, dass es ihm *besonders schwer* fiel, sich zu konzentrieren. Sein Blick *glitt* irgendwie ... um den Wandteppich herum und er hatte das seltsame Bedürfnis, sich einfach umzudrehen und wegzugehen. *Kümmer dich um deine eigenen Angelegenheiten. Hier gibt es nichts für dich zu sehen.* Es erinnerte ihn an das erste Mal, als er Nicks Kramecke gesehen hatte, obwohl das Gefühl, *hinzuschauen,* aber *nichts zu sehen,* etwa tausend Prozent stärker war.

<Spürst du das, Packesel? Das ist ein mystischer Schutz, der diejenigen mit niedriger Wahrnehmung dazu zwingen soll, seine Existenz zu ignorieren, aber der Typ, der diesen hier gemacht hat, hat ihn irgendwie überladen, weshalb dieser Gang verlassen aussieht. Hier war seit Jahren niemand mehr. Magie ist manchmal so cool. Wie auch immer, das hier ist unser Ausgang. Also, du musst Folgendes tun ...>

Sam schlich sich ans Ende des Flurs und befolgte Bills Anweisungen perfekt. Er drückte und betastete die Ziegelsteine, die den Wandteppich umgaben und fuhr dann mit den Fingern über die verschiedenen geometrischen Formen und Muster, die in den Stoff eingearbeitet waren. Zuerst schien nichts zu passieren, aber nach etwa dreißig Sekunden begannen die verschlungenen Formen und Linien auf dem verblichenen Stoff zu leuchten, gespeist von einem Rinnsal geisterhaften blauen Manas, das aus Sams Fingerspitzen sickerte. Nach ein paar weiteren Durchgängen gab es ein hörbares *Klick* und der untere Teil des Wandteppichs flatterte in einer ungefühlten Brise. Mit einem Gefühl der Erleichterung hob Sam den Wandteppich an und fand einen gähnenden Gang, der in die Wand gegraben war.

Wahrnehmung +1!

<*Siehste! Ich sagte doch, ich habe das im Griff. Wir haben jetzt nicht mehr viel Zeit. Wenn der Durchgang offen ist, wird der Wahrnehmungsschutz heruntergefahren und das ganze Mana, das du gerade benutzt hast, um den Weg freizulegen, wird für die anderen Magier wie ein Freudenfeuer sein. Zum Glück ist der Durchgang mit ein paar unglaublich tödlichen Fallen gespickt, die mit ziemlicher Sicherheit jeden töten werden, der uns hindurch folgt!*>

»Warte, was war das gerade?« Sam stockte am Rande der Schwelle. »Unglaublich tödliche Fallen?«

<*Ja. Voll von ihnen! Dieser Ort wurde von Erzmagus Zigrun dem Paranoiden erschaffen. Der Kerl stand total auf Fallen, aber ich war in der Nähe als er hier dran baute, also sollte es uns gut gehen. Wie ich schon sagte, ziemliche Sicherheit! Jetzt lauflos! Lauf aber nur so schnell, dass du noch rechtzeitig anhalten kannst, sollte ich dich warnen.*>

Sam gefiel das alles nicht, aber welche andere Wahl hatte er? Mit einem widerwilligen Seufzer duckte er sich in den Gang und machte sich auf das gefasst, was die Magierhochschule ihm an neuen Schrecken auftischen würde.

Kapitel 23

Sam verbrachte die nächste Stunde damit, *vorsichtig* durch den Geheimgang zu navigieren, auch wenn der Weg selbst pfeilgerade war. Verschiedene Fallen waren überall verstreut, einige so tödlich wie das Buch mit der hungrigen Schlange. Offensichtlich hatte Erzmagus Zigrun der Paranoide seinen Spitznamen aus gutem Grund verdient, denn es gab genug Fallen, um eine nicht gerade kleine Armee auszuschalten und eine war tödlicher und einfallsreicher als die andere.

Druckplatten, die Güsse von magischem Feuer auslösten, das wie Sternschnuppen brannte und alles in einem Radius von drei Metern versengte. Federgetriebene Pfeile, die mit ranzigem Gift beschichtet waren und aus den Wänden hervorschossen. Riesige, magisch leuchtende, axtschwingende Pendel. Falsche Böden, übersät mit allem von Stacheln bis Säure.

Der Korridor war eine absolute Todesfalle, aber Bill erwies sich als *unheimlich gut* darin, die Probleme zu erkennen. Sam fragte natürlich das Buch, *warum* er so gut darin war. War Bill eine Art Schurke gewesen? Oder war das Aufspüren von Fallen ein Teil der Bibliomanten-Klasse? Bill *bestand darauf, dass* es nichts mit einer dieser Möglichkeiten zu tun hatte. Ihm zufolge waren er und Zigrun der Paranoide sogar Freunde gewesen, bevor der *jetzige* Erzmagier aufgrund des Kontraktes zu einer bedeutenden Persönlichkeit aufstieg.

Wenn man Bill glauben durfte, hatte er Zigrun geholfen, die meisten Fallen an diesem Ort *aufzustellen*, aber keiner von ihnen war je dazu gekommen, den Fluchttunnel zu *benutzen*. Zigruns Paranoia hatte sich als völlig gerechtfertigt erwiesen, seit der amtierende Erzmagier einen Putsch inszeniert und ihn gewaltsam entfernt hatte.

»Hat der Erzmagier dich deshalb eingesperrt?«, fragte Sam, während die beiden durch den Tunnel schlichen und die Ohren nach den fernen Geräuschen wütender Wachen spitzten. Bis jetzt nichts. »Weil du mit dem Kerl befreundet warst, den er gestürzt hat?«

<*Nun, das hatte sicherlich einen großen Teil daran*>, antwortete Bill leichthin, <*aber hauptsächlich war es, weil ich wusste, was er wirklich mit diesem Kontrakt vorhatte. Weißt du, im Prinzip ist der Vertrag, den du mit mir geschlossen hast, fast identisch mit dem, den du in Form des Kontrakts gemacht hast. Als Bibliomant war ich mit dem Vertragsrecht bestens vertraut. Als der Erzmagier darauf drängte, dass andere Magier die Verträge unterzeichnen sollten, um ›uns selbst zur Verantwortung zu führen‹, wusste ich, was er vorhatte.*>

<*Das Monster, das wir entfesselt haben? Vh'uzathel der Hundertarmige? Der Kontrakt ist im Grunde nicht anders als diese Kreatur. Sie sind lebende Wesenheiten, nicht-genau-atmend-aber-sowas-in-der-Art. Der Kontrakt ist eine durch Magie ermächtigte Kreatur, die den Verstand und die Herzen der Magier an der Hochschule versklavt hat, aber anstatt sich von zerrissenem Fleisch zu ernähren wie unser Freund mit den Tentakeln, ernährt der Kontrakt sich von den riesigen Mana-Reserven derer, die zur Unterschrift gezwungen wurden. Die Art von Bindung, die du jetzt mit mir hast? Das ist die gleiche Art von Bindung, die der jetzige Erzmagier mit*

den Verträgen hat. Dieser Idiot hat seine Leute für persönliche Macht verkauft. Ich wusste es und wollte es den Leuten sagen, deshalb wollte er mich vernichten. Als er das nicht konnte, hat er sich damit abgefunden, mich einzusperren, damit sein kleines, schmutziges Geheimnis nicht rauskommt.>

»Das ist furchtbar«, flüsterte Sam, obwohl es auch sehr viel Sinn ergab. »Wir müssen etwas dagegen tun.«

<*Wollen wir das?>*, bot Bill erheitert an. <*Ich bin nicht sicher, ob du meiner Geschichte richtig zugehört hast, aber zu viel zu wissen und zu versuchen zu helfen, ist der Grund, warum ich in ein Buch verwandelt und für die letzten dreihundert Jahre eingesperrt wurde. Außerdem sind wir nicht in der Lage, jemandem zu helfen. Wir können froh sein, wenn wir uns selbst helfen können. Seien wir ehrlich, ich bin fantastisch, aber du bist das Äquivalent eines halb ausgebildeten Affen. Nichts für ungut.>*

»Das war jetzt aber sehr beleidigend.«

<*Nein, das siehst du falsch. Ich sagte ›nichts für ungut‹, also ist es in Ordnung. Wie auch immer. Konzentrieren wir uns also darauf, die nächsten 24 Stunden zu überstehen. Dann können wir die Sache neu bewerten. Okay, Kürbis? Apropos überleben, wir haben das Ende des Fluchttunnels erreicht! Mit Teamwork schafft man alles, oder?>*

Vor ihnen lag eine weitere Sackgasse, die mit einem Wandteppich verschlossen war, genau wie der, der sie an diesen Ort geführt hatte. Noch einmal führte Bill Sam durch die ausgeklügelten und sorgfältig einstudierten Bewegungen, die nötig waren, um den Ausgang zu öffnen. Bald darauf folgte ein **Klick** und dieses Mal verschwand der Wandteppich vollständig und ließ einen bitterkalten Windstoß herein, der wie ein flammender Dolch durch seine Papierrüstung schnitt. Der Atem blieb Sam in der Kehle stecken, als er nach unten blickte. *Was zum Abgrund?* Sie waren in zehn Meter Höhe und geradeaus ging es über wogende Grasfelder und sanfte Hügel, die mit einer Mischung an langem Gras und kleinen Büschen bedeckt waren.

Nicht weit entfernt waren die dunklen Formen von Bäumen, die hoch und hager gegen den nachtschwarzen Horizont standen. Das war unmöglich.

Irgendwie befanden sie sich *innerhalb* der äußeren Mauer, die Ardania umgab, aber das konnte nicht sein. Die Magierhochschule war so weit von der Außenmauer entfernt, wie man nur sein konnte – übertroffen nur vom Königspalast. Sie waren zwar schon eine Stunde unterwegs, aber sie hatten sich nicht *schnell* bewegt, nicht mit all den tödlichen Fallen, die es zu umgehen galt.

Wenn Sam raten müsste, würde er sagen, dass sie *vielleicht* etwas mehr als zwei Kilometer zurückgelegt hatten, aber das war nicht annähernd weit genug, um sie an den Rand der Stadt zu bringen. Der Landschaft und der Lage der Baumgrenze nach zu urteilen, war dies nicht annähernd das Tor, durch das er sich mit dem Wolfsrudel schon einmal gewagt hatte, aber das änderte nicht wirklich etwas. Schließlich stotterte er: »Aber *wie*?«

<*Siehst du, deshalb habe ich dich einen halb ausgebildeten Affen genannt. Nichts für ungut. Es gibt immer noch eine Menge, was du nicht über diese Welt weißt. Die Raummagie, die in der Hochschule funktioniert, funktioniert nicht nur dort. Es ist am einfachsten, den Raum dort zu falten, weil das Gebäude als Kanalisierung entworfen wurde, um die Manamanipulation einfacher und effizienter zu machen, aber das gleiche Prinzip kann auch anderswo verwendet werden. Vorausgesetzt, man hat den Manapool und die Fähigkeiten, die man dafür braucht ... was fast niemand hat. Heutzutage*

nicht mehr. Aber es gab eine Zeit, in der solche außergewöhnlichen Taten weitaus üblicher waren.>

<Ich gebe zu, dass ich auch nicht die Fähigkeit habe, so etwas zu machen, aber ich verstehe die Theorie dahinter. Du machst zwei Ankerpunkte. In diesem Fall einen Ankerpunkt in der Hochschule und einen Ankerpunkt, wo auch immer du den Ausgang haben willst und dann stanzt du einfach ein Loch durch den Raum! Die Details sind etwas unscharf in meiner Erinnerung, aber ich bin mir ziemlich sicher, dass man eine ätherische Manabrücke zwischen den beiden Punkten konstruieren muss, die sich zu einem temporalen Gang wie diesem verhärtet. Mehr oder weniger.> Das Buch konnte nicht zucken, weil es keine Schultern hatte, aber Sam konnte *das* Zucken in Bills Stimme *hören*.

»Ich glaube, du solltest deine Definition von *einfach* nochmal gründlich überdenken.« Sam begann, sich den Nasenrücken zu reiben. Er spürte, dass er Kopfschmerzen bekam, aber ob es am Stress, Schlafmangel oder Dehydrierung lag, konnte er nicht genau sagen. Vielleicht lag es auch an dem schrecklichen Geruch, der von dem schwarzen Schleim ausging, der seinen Körper und seine Kleidung bedeckte. »Das größere Problem ist allerdings, was zum Teufel sollen wir jetzt tun?«

<Äh, ich meine, ich bin nicht derjenige mit den Beinen in dieser Beziehung – ich will dir nicht sagen, wie du deinen Job machen sollst oder so – aber es scheint, dass ein Sprung eine gute Idee wäre.>

»Wird sind ungefähr ... in zehn Meter Höhe!«

<Okay, also ... so weit wie möglich runterhangeln, loslassen und abrollen? Scheint nicht so kompliziert zu sein. Außerdem hast du eine Pappmachérüstung, was definitiv beim Aufprall helfen wird. Zumindest genug, damit wir überleben.>

»Du übersiehst ein größeres Problem«, informierte Sam das herablassende Buch, »es ist Mitternacht. Wenn wir jetzt springen, gibt es für uns keine Möglichkeit, vor dem Morgen zurück in die Stadt zu kommen und allem Anschein nach ist es ein absolutes Todesurteil, nach Einbruch der Dunkelheit vor den Stadttoren festzusitzen.«

<Huh. Schätze, die Dinge haben sich ein klein wenig verändert, seit ich das letzte Mal wach war. Hmmm. Ich meine … wir könnten hier kampieren und hoffen, dass die Idioten in der Hochschule den Wandteppich und den Notausgang übersehen? Oder von den ganzen Fallen in die Luft gesprengt werden? Wir warten, bis die Sonne aufgeht, hüpfen runter und schleichen uns unbemerkt in die Stadt zurück.>

Sam fing an, unruhig auf und ab zu gehen, während er seine Optionen durchging. Warten war kein guter Plan und überließ vieles dem Zufall, aber es war nicht so, als hätte er eine große Anzahl von Optionen. Sie konnten nicht den Weg zurückgehen, den sie gekommen waren – so viel war sicher – und er wollte keine Wanderung durch die nachtaktive Wildnis riskieren. Wenn er starb, würde er wieder auftauchen, sicher, aber er würde auf dem Marktplatz von Ardania wieder auftauchen, wie jeder andere auch. Was sollte die Magier davon abhalten, eine Gruppe von Kopfgeldjägern zu entsenden, die einfach auf dem Marktplatz campieren würden, bis er wieder auftauchte? Absolut nichts. In der Tat musste Sam zugeben, dass er genau das tun würde, wenn die Rollen vertauscht wären.

So ließ er sich schließlich auf den Gangboden fallen und drückte sich mit dem Rücken an die Wand, wobei er sich mehr als nur ein wenig geschlaucht fühlte. Er war bis auf die Knochen erschöpft – im wahrsten Sinne des Wortes – dank des unglaublich langen Tages, den er hinter sich hatte – ein

Tag, der sich anfühlte, als würde er niemals aufhören. Während er um sein Leben kämpfte, hatte er nicht bemerkt, wie müde er war, nicht mit all dem Adrenalin, das durch seine Adern floss. Aber der weißglühende Adrenalinstoß war jetzt weg und er fühlte sich hohl und schwach durch seine Abwesenheit. Jetzt war er hier, gestrandet in einem staubigen Korridor am Ende eines Mörderkorridors und betete im Stillen, dass er nicht in sein Verderben springen musste.

Sam stützte sich auf die Knie und rieb sich die Augen, wobei er seine Handflächen in die Augenhöhlen presste, aber es war sinnlos. Er stöhnte leise, streckte seine Beine aus und atmete ein paar Mal tief durch, bevor er die Augen schloss. Das war genau der Moment, in dem das Geräusch von sich nähernden Schritten an sein Ohr drang. Das Geräusch war leise – nur ein entferntes Knirschen von angesammeltem Staub und Dreck auf einem Steinboden – aber es war deutlich genug, um sofort seine Aufmerksamkeit zu erregen. Sam war blitzschnell auf den Beinen, die Augen geschlossen, die Ohren auf das Geräusch gerichtet. War da wirklich jemand ... oder erfand sein von Erschöpfung geplagtes Gehirn nur Dinge?

<*Ich habe es auch gehört*>, kam Bills Stimme eine Sekunde später, <*aber es ist schwer, hier irgendeine Art von magischen Signaturen zu spüren. Es ist zu viel Mana in der Luft, dank all der Fallen und räumlichen Verzerrungen.*>

Es gab ein lautes *Klick-Klick* und in der Ferne des Ganges ein Aufflackern von Licht, als jemand eine Falle auslöste. »Gah! Es hat meinen verdammten Arm in Brand gesetzt! Mach es aus!«

Das war eine Stimme, die Sam nie vergessen konnte. *Octavius.* Dass eine der Fallen gerade den Spitzenstudenten in Brand gesetzt hatte, verschaffte Sam einen kleinen Anflug von selbstgefälliger Genugtuung, aber die Tatsache, dass Octavius es *überhaupt* geschafft hatte zu überleben, war zutiefst enttäuschend. Schlimmer noch, das Geräusch war nah – zu nah für seinen Geschmack – und es war immer noch nicht annähernd Morgengrauen – fünf oder sechs Stunden entfernt, mindestens. Es gab eine blitzartige Bewegung und Octavius erschien aus der Dunkelheit des Tunnels, materialisierte sich wie ein wütender Poltergeist, der seine Rache fordern wollte. Ein Trio von Magiern begleitete den Erdmagier, irgendwie alles Magier mit niedrigeren Rängen. Zwei waren auf der Schülerstufe, genau wie Octavius.

Tullus Adventus war ein dickschultriger Rohling, während Elsia Derumaux eine hauchdünne Frau war. Er erkannte sie vom Sehen her und das Einzige, was Sam wirklich über sie *wusste*, war, dass sie Octavius wie treue Bluthunde folgten und alles tun würden, was er sagte, sobald er nur den Hut fallen ließ. Der dritte anwesende Magier jedoch war ein Messer in seinen Eingeweiden – Finn. Der Eismagier hob sich von den anderen ab und die blauen Flecken an seinen Armen und die Ringe in seinen Augen sagten Sam alles, was er wissen musste.

Sein Freund hatte ihn nicht verraten, aber es war klar, dass Finn für Sams Taten furchtbar leiden würde. Octavius würde auch bestraft werden, aber es gab ein altes Sprichwort, das Sams Vater gerne benutzte: *Scheiße fließt unweigerlich bergab.* Es schien, als würde Finn mehr als seinen gerechten Anteil davon abbekommen.

»Sieht so aus, als gäbe es für dich keinen Platz mehr zum Weglaufen.« Octavius' Grinsen war so tief und breit wie ein Abgrund. »Du hast mir mehr Schande bereitet, als du dir je vorstellen kannst, aber ich kann dir versichern, dass ich meine Belohnung aus deinem Fleisch bekommen werde, du gemeines Stück Dreck. Wenn du jetzt aufgibst, ist es möglich, dass ich den Erzmagier dazu überreden kann, ein gewisses Maß an Nachsicht zu zeigen ... nicht, dass du es verdient hättest. Trotzdem, ich kann sowohl großmütig als auch gnädig sein, aber wenn du dich auch nur im Geringsten wehrst ...«

Octavius zögerte, sein Grinsen verwandelte sich in ein bösartiges, wildes Lächeln, das Schmerz versprach. »Nun, du wirst es bis zu deinem Todestag bereuen ... wie weit der auch immer entfernt sein mag.« Er richtete seinen kalten, berechnenden Blick auf Finn. »Du. Versager. Bring ihn zur Vernunft. Dafür haben wir dich ja schließlich mitgenommen. Wenn du ihn davon überzeugen kannst, ohne weiteren Widerstand zu kapitulieren, wird das vielleicht auch *deine* Strafe mindern.«

Die Worte waren beiläufig gesprochen, grausam und Sam vermutete, dass sie ebenso für seine Ohren bestimmt waren wie für Finn. Sam zögerte, *nicht* weil er wirklich glaubte, dass Octavius *ein gewisses* Maß an Nachsicht walten lassen würde, sondern weil er sich Sorgen machte, was mit Finn passieren könnte, wenn er sich aus dem Staub machen würde. Für Sam war dies ein Spiel, eines, das er jederzeit beenden und neu starten konnte, aber für den jungen Adeligen war dies sein Leben. Es gab keine Wiederbelebung. Kein schnelles Ausloggen und eine neue Charaktererstellung. Finn würde feststecken, egal welche Entscheidung Sam traf ... Sein Freund würde derjenige sein, der *wirklich* den Preis dafür zahlen musste.

Doch, bevor Sam sich für die eine oder andere Seite entscheiden konnte, handelte Finn. Der Eismagier bewegte sich schnell und warf sich gegen den bulligen Tullus Adventus, während er gleichzeitig einen Eisblitz in Elsia Derumaux'

Hals schleuderte. Keiner der beiden Angriffe würde die in eine Magierrüstung gekleideten Schüler ernsthaft verletzen, aber es sorgte für eine verdammt gute Ablenkung und das – mehr als alles andere – ließ Sam seine Entscheidung fällen.

Mit einem Gedanken beschwor er seinen Origami-Wälzer und brachte ihn zum Einsatz, indem er einige Papier-Shuriken auf Octavius feuerte, der von dieser aktuellen Wendung der Ereignisse *völlig* verblüfft aussah. Die Papierwurfsterne trafen genau seinen Oberkörper und schleuderten Octavius nach hinten und gegen die Wand, während Bögen aus leuchtend blauem Mana von seiner Rüstung in die Luft sprühten.

»Lauf, Sam!«, rief Finn und feuerte eine Welle von Eisstacheln auf Octavius und seine Kumpanen. Im Handumdrehen raste Finn auf das gähnende Loch am Ende des Ganges zu, griff im Vorbeigehen nach Sams Ärmel und zog ihn in Bewegung. »Steh da nicht so rum! Wir haben nur diesen einen Versuch!«

Bevor Sam darüber nachdenken konnte, schubste Finn ihn mit beiden Händen. Im nächsten Moment stürzte der frisch gebackene Bibliomant seitlich von der Mauer und fiel mit rudernden Armen hinab, während Schmetterlinge in seinem Bauch auf und ab flogen. Sam schlug auf dem Boden auf wie ein Sack Kartoffeln, der Schock des Aufpralls ließ seine Beine hochschnellen.

Zum Glück kam sein Judotraining zum Tragen. Wenn es *eine* Sache gab, die man beim Judo lernte, dann war es, wie man einen Sturz auffängt. Mit reinem Muskelgedächtnis winkelte sich Sam nach vorne und machte eine enge Vorwärtsrolle, die den Großteil des Aufpralls abfederte und ihn schnell wieder auf die Beine brachte, mehr oder weniger unverletzt.

Sicher, er hatte seine gesamte Rüstung und zehn Lebenspunkte durch den Sturz verbrannt, aber er hatte sich kein

Bein gebrochen oder sich anderweitig ernsthaft verletzt. Die Zahlen wirbelten in seinem Kopf herum und er erkannte, dass er selbst mit der hervorragenden Landung immer noch das Äquivalent von zweihundert Lebenspunkten durch diesen Sturz verbrannt hatte.

Er drehte sich im Kreis, auf der Suche nach einem Zeichen von Finn, aber stattdessen zog ein Tumult oben in der Felswand seine Aufmerksamkeit auf sich. Octavius' bulliger Schläger, Tullus, hatte den kleineren Eismagier von hinten in eine enge Umarmung verwickelt. Finn trat wild um sich, ruckte hin und her, als er versuchte, sich zu befreien, aber der ältere Student sah völlig ungerührt aus. Er hielt Finn fest wie ein Vater, der ein mürrisches Kleinkind zurückhält, das einen Wutanfall hat.

<*Ich hasse es, dir das zu sagen, aber wir sind noch nicht ganz in Sicherheit!*>, kommentierte Bill einen Augenblick bevor ein Feuerball von der Größe von Sams Schädel nicht einmal einen Meter entfernt in die Erde einschlug. Der Boden explodierte in einem Geysir aus Licht, Hitze und felsigem Schrapnell. Elsia drängte sich an den vorderen Rand des Tunnels, sie hatte sich offenbar von Finns Angriff erholt. Selbst von hier aus sah sie aus wie eine Gewitterwolke, ihr Gesicht erleuchtet von einem Flammenmantel, der sie wie ein Heiligenschein umgab. Offensichtlich war sie eine Feuermagierin und jetzt hatte sie einen persönlichen Rachefeldzug gegen Sam ausgerufen.

Na ist ja wunderbar. Es war ja nicht so, dass bibliomantische Magier *besonders* schwach gegen Flammenangriffe waren oder so. Sam musste fliehen, aber er konnte Finn nicht einfach der Gnade dieser magischen Tyrannen überlassen. Er benutzte seinen Origami-Wälzer, um einen Shuriken abzufeuern, aber ein Flammenkegel schoss aus dem Nichts und verbrannte seinen gefalteten Stern. Asche regnete in grauen und schwarzen Schwaden herab. Jepp. Das war *genau* so effektiv gewesen, wie er es sich vorgestellt hatte.

<*Es tut mir leid, Junge*>, flüsterte Bill in Sams Hinterkopf. <*Es gibt nichts, was du für ihn tun kannst. Nicht jetzt. Das Einzige, was wir hier tun können, ist gehen.*>

Wenn Sam es nicht besser wüsste, würde er sagen, das Buch klang aufrichtig entschuldigend. Octavius stieß eine Hand vor und die Erde unter Sams Füßen bebte. Eine Lanze aus gehärtetem Felsen explodierte nach oben, der Steinspeer schlitzte die Außenseite von Sams Arm auf, knappte ein ganzes Viertel von Sams Gesundheit ab und hinterließ einen brennenden Schmerz in seinem Kielwasser. Himmlische *Fäkalien*! Ein paar Zentimeter weiter links und das Ding hätte ihn wie einen Schweinebraten aufgespießt!

Mit einem Aufschrei machte Sam auf dem Absatz kehrt und stürmte zur Baumgrenze, bevor Octavius oder einer seiner Kumpane einen weiteren sauberen Schuss abgeben konnte. Während Sam rannte – er wich nach links und rechts aus, damit es schwieriger war, auf seinen fliehenden Rücken zu zielen – schickte er seinen Folianten nach hinten und ließ jedes Mal, wenn die Abklingzeit des Zaubers abgelaufen war, einen gefalteten Stern auf die Magier los, die immer noch am Eingang des Geheimtunnels standen.

<*Ja, tut mir wirklich leid, dass ich dich daran erinnern muss, aber die Reichweite dieser bösen Jungs beträgt nur zehn Meter. Du verschwendest Mana, hör auf.*> Bills Worte durchschnitten Sams Wut und er konzentrierte sich einfach auf das Laufen.

Er blickte nicht zurück und blieb auch nicht stehen, als er das niedrige Gestrüpp hinter sich ließ und in die Deckung der Baumreihe gelangte, die ihn vor allen tödlichen

Zaubern schützen würde, die das Trio in seine Richtung schleudern könnte. Sam duckte sich schnell hinter eine breite Eiche, dann fischte er einen Gesundheitstrank aus dem Lederbandelier, das er über der Brust trug. Er drückte den Korken mit dem Daumen ab und schluckte das Gebräu hinunter, wobei er ein wenig von der sirupartigen Konsistenz und dem übelriechenden Geschmack überreifer Früchte würgte.

Die Ekelhaftigkeit war das Ergebnis vollkommen wert. Energie und ein Gefühl des Wohlbefindens durchströmten ihn und fügten das zerrissene Fleisch augenblicklich wieder zusammen. Sein ganzer Körper juckte und kribbelte, als das magische Gebräu seine volle Wirkung entfaltete, aber das seltsame Gefühl war fast so schnell verschwunden, wie es gekommen war. Im Handumdrehen war er wieder in Kampfform.

Sam steckte die leere Glasphiole in seinen Unendlichen Flachmann – nichts verschwenden und so weiter – streckte seinen Kopf hinter dem Stamm des Baumes hervor und suchte aufmerksam die Felswand ab. Von Tullus oder Finn war nichts zu sehen, aber Elsia hielt in jeder erhobenen Hand eine flackernde Feuerkugel, die sie und Octavius sogar in der Dunkelheit kennzeichnete. Die beiden suchten ihrerseits die Landschaft ab, aber Sam wusste, dass dies ein eher nutzloses Unterfangen war, da sich die Dunkelheit wie eine dicke Winterdecke über die Landschaft legte.

»Das spielt keine Rolle!«, rief Octavius in die Nacht, seine Stimme klang kristallklar in der stillen Gegend. »Du wirst keine *Stunde* da draußen überleben! Du bist nachts außerhalb der Stadtmauern, die Zaubersprüche und das Geschrei werden alle Monster in diese Gegend locken! Du hast das Unvermeidliche nur hinausgezögert und einen Tod gegen einen anderen eingetauscht. Wenn du wieder auftauchst, werde ich auf dich warten! Hörst du mich, du *Verräter*? Ich werde auf dich *warten*!«

So sehr Sam es auch hasste, es zuzugeben, Octavius hatte nicht Unrecht. Nicht weit entfernt knackte ein Ast und in der Ferne durchdrang ein geisterhaftes Heulen die Luft. Es würde eine sehr, *sehr* lange Nacht werden … oder eine sehr kurze.

Kapitel 24

Sam schoss nach links und ließ ein Papier-Shuriken auf einen heranstürmenden, rostfarbenen Fuchs von der Größe eines Ponys los. Der gefaltete Ninjastern bohrte sich in den Nacken und das Kinn der Kreatur und fraß ihr schließlich den letzten Rest an Gesundheit weg. Sie fiel mit einem dumpfen Aufprall zu Boden *und* wirbelte eine kleine Wolke staubiger Erde auf. Sam hatte jedoch keine Zeit zum Durchatmen, denn ein zweiter Fuchs näherte sich zu seiner Rechten, das Fell sträubte sich, die schwarzen Lippen zogen sich von den Reißzähnen zurück, die im Mondlicht silbern schimmerten. Sam überlegte, ob er Shuriken auf das wilde Tier abfeuern sollte, entschied sich aber sofort dagegen.

Im Gegensatz zu Octavius' Behauptung *hatte* er mehr als eine Stunde überlebt. Die Monster waren so dicht wie Fliegen auf einem frischen Kadaver und sie waren *viel* mächtiger und blutrünstiger als damals, als er sich mit Dizzy und dem Rest der Wolfsrudel-Crew hinausgewagt hatte. Sie waren *größer*. Sie bewegten sich schneller, schlugen härter zu und arbeiteten effizienter. Das Wichtigste: Sie gaben *nicht* auf. Seine Zeit, in der er durch die Wildnis stolperte, war ein fast ständiger Angriff von bärengroßen Hasen, ponygroßen Füchsen ... Nur Bill, der in der Lage war, zu erkennen, wo die Feinde um sie herum waren, hielt Sam am Leben.

Die Dunkelheit war *nicht* sein Freund und wenn er sich auf seine Augen hätte verlassen müssen, wäre er schon ein

Dutzend Mal tot gewesen. Positiv zu vermerken war, dass sein Papier-Shuriken-Angriff gegen diese ungepanzerten Gegner tödlich effektiv war, aber er lernte schnell, dass seine neue Klasse eine *bedeutende* Einschränkung hatte, die ihn am Ende vielleicht sogar umbringen würde – sein Papierverbrauch.

Obwohl das Wirken der Zaubersprüche über die Origami-Aktivierung so gut wie nichts kostete, eigentlich nur … eins-komma-fünf-vier Mana pro Anwendung, war er durch die Menge an Papier, die er zur Hand hatte, *stark* eingeschränkt. Ging ihm das magische Papier aus, hatte er auch keine Zaubersprüche mehr. Er konnte den Wälzern Zaubersprüche zuweisen, während Feinde in Reichweite waren, aber das kostete etwa vier Mana pro Sekunde, bis der Vorgang abgeschlossen war. Bill sagte, dass es eine schlechte Idee wäre, den Prozess zu unterbrechen und es schien, dass es hier draußen *immer* Feinde in Reichweite gab, die bereit waren, ihn zu unterbrechen. All das bedeutete, dass er es nicht riskieren konnte, eines der zusätzlichen Bücher zu benutzen, die er in seinem Fläschchen verstaut hatte.

Sam hatte noch einen Trick auf Lager. Mit einem Knurren beschwor er seine neue Federkielklinge. Dreiundzwanzig Mana verschwanden aus seinem Kern und die übergroße Straußenfeder, die aus seinem Kavaliershut ragte, erhob sich in die Luft, glühte auf und verwandelte sich, als sie in seine ausgestreckte Hand sprang.

Im Nu war die kobaltblaue Feder mit schimmerndem Silber überzogen, geisterhafte blaue Runen zogen sich über die gesamte Länge der Klinge. Der Federkiel der übergroßen Feder war in geschmeidiges, schwarzes Leder eingewickelt und diente als Schwertgriff und anstelle eines richtigen

Knaufs gab es eine silberne, mit Stacheln besetzte Feder, die laut Bill sogar ganz gut schrieb.

Bill behauptete, dass ein gut ausgebildeter Bibliomant auf höheren Stufen tatsächlich einige Zaubersprüche in die Luft selbst einschreiben konnte – kein Papier erforderlich – und so nahezu undurchdringliche Schutzwälle und mystische Barrieren erschaffen konnte. Die Außen- und Innenfahnen dienten als Schneiden der Waffe, während die Spitze mehr als scharf genug war, um jede Kreatur aufzuspießen, die das Pech hatte, in Reichweite zu kommen. Wieder einmal schien es, dass sein Kanalisierungstalent die Manakosten für die Aufrechterhaltung der Klinge reduzierte, da sein Mana nur mit etwas mehr als viereinhalb Punkten pro Sekunde abfloss.

Der Fuchs vor Sam knurrte und stürzte sich mit weit geöffneten Kiefern vorwärts, aber Sam war auf den Angriff vorbereitet. Die Füchse waren schnell, das stimmt, aber sie waren ziemlich berechenbar und schienen einer relativ kleinen Anzahl von geskripteten Angriffskombinationen zu folgen. Das bedeutete, dass es nach einer Weile einfach genug war, vorherzusagen, was sie tun würden und wohin sie gehen würden. Der Finte nach rechts und dem Ausfallschritt nach vorne folgte fast immer ein wilder Sprung. Sam wich nach rechts aus, als der Fuchs in die Luft sprang. Er schwang die Federkielklinge schreiend wie eine Holzfälleraxt in einen langen Bogen und erwischte das pelzige Viech mitten im Flug.

Die gezackten, rasiermesserscharfen Federn bissen sich tief in die Schulter des Fuchses und fraßen sich durch zwanzig Punkte seiner Gesundheit. Bei einem Fuchs am Tag wäre das genug gewesen, um den Kampf zu beenden. Aber nicht hier, nicht jetzt. Der Fuchs stieß einen Schrei aus, als er zu Boden stürzte, kam aber schnell wieder auf die Beine.

Wenigstens hatte Sams Gegenangriff eines seiner Vorderbeine verkrüppelt und seine Bewegungsgeschwindigkeit stark verlangsamt. Ein weiterer blitzschneller Hieb auf den entstellten Hals erledigte den Fuchs, bevor er die Chance hatte, auszuweichen und sich zu erholen.

Erfahrungspunkte: 240 (Dartmoor-Fuchs × 4) + 180 (Hasenbär × 6). Mystisch veränderte Kreaturen.

Talent gesteigert: Papier-Shuriken (Neuling IV). Nicht schlecht, wenn man bedenkt, dass du diesen Zauber erst seit ein paar Stunden hast! Ist da eine Mordserie oder etwas anderes im Gange?

Talent gesteigert: Magisches Origami (Neuling IV). Es ist schwer für ein abgeleitetes Talent, das Talent, auf dem es basiert zu übertreffen, wenn du weißt, was ich meine?

Talent gesteigert: Origami-Aktivierung (Neuling II). Aktiviere das oft und in verschiedenen Kombinationen, um schneller aufzusteigen! Wiederholungen sorgen für langsames Lernen.

Schwer atmend, seine Ausdauer lächerlich gering und seine Gesundheit bei knapp über sechzig Prozent, verbannte Sam die Federkielklinge aus seiner Hand, bevor sie noch mehr von seinem Mana verbrauchen konnte. Die Feder schimmerte und flog zurück an die Krempe seines Hutes, nur noch eine bunte Feder. Er war wieder einmal dankbar für sein Training mit Sphinx. Wenn die Schurkin ihn nicht in Klingenwaffen unterrichtet hätte, wäre er schon lange tot.

<*Das war eine ziemlich ausgefallene Fußarbeit, Packesel.*> Bill kicherte, als Sam bei dem Spitznamen mit den Augen rollte. <*Die meisten Magier vermeiden es, auch nur die Grundlagen zu lernen, wenn es um den physischen Kampf geht, als ob jemanden mit Magie zu töten irgendwie*

beeindruckender wäre, als jemandem mit einem Dolch ins Auge zu stechen. Gut zu sehen, dass du die Grundlagen beherrschst. Zu wissen, wie man die Klinge benutzt, hat mir öfter den Hals gerettet, als ich an zwei Händen abzählen kann, nicht dass ich überhaupt Hände hätte, wohlgemerkt. Oder einen Hals. Zumindest nicht mehr.>

»Du hast zumindest einen *Rücken*, nicht wahr?« Sam grinste über das Stöhnen, das er als Antwort bekam. Vielleicht würde die Sache mit dem Packesel verschwinden, wenn er so weitermachte. »Das Problem ist, ich glaube nicht, dass ich gut genug bin, um uns bis zum Morgengrauen am Leben zu halten. Diese Angriffe werden immer schlimmer und jedes Geräusch, das wir machen, bringt mehr von ihnen zu uns. Außerdem werden mir früher oder später die Zaubersprüche ausgehen. Sobald das passiert, ist es nur eine Frage der Zeit, bis meine Ausdauer nachlässt und diese Dinger mich überwältigen. Wir brauchen einen Plan, Bill.«

<*Nun, damit hast du nicht unrecht*>, stimmte das Buch zu. <*Weißt du, was wir wirklich brauchen könnten, ist eine leicht zu verteidigende Position, in der wir uns bis zum Morgen verkriechen können. Wir könnten auf einen Baum klettern, vielleicht? Uns einfach auf einen Ast kauern und versuchen, den Tag abzuwarten? Wie weit kann der Morgen noch entfernt sein?*>

Es war nicht die schlechteste Idee, die Sam je gehört hatte, aber er vermutete, dass es nicht so einfach sein würde. Er konnte sich leicht vorstellen, wie er auf einen hohen Ast kletterte, sich an den Baum lehnte und einschlief ... nur um dann aufzuwachen und ein Rudel hungriger Wölfe vorzufinden, die den Stamm umkreisten, aber die Worte des Buches brachten ihn auf eine Idee. Sam steuerte auf eine monströse Tanne zu, die hoch, ziemlich hoch und noch ein bisschen höher ragte, unvorstellbar hoch über dem Blätterdach. Es war ein ziemliches Risiko, aber wenn Sam einen ausreichend hohen Aussichtspunkt erreichen konnte, war er vielleicht in der Lage, eine Stelle zu finden, die eine gute Verteidigungsposition darstellte.

Also kletterte er hoch, Hand über Fuß, zog sich von einem Ast zum nächsten, bis er etwa fünfzehn Meter in der Luft war. Seine Ausdauer verringerte sich mit jeder Sekunde, die er kletterte, sodass er immer wieder Pausen einlegen musste, um sich auf einen Ast zu stellen. Es dauerte nicht lange, bis Sam die äußere Mauer von Ardania entdeckte, eine gewundene Schlange aus grauem Stein, die sich durch die wilde Landschaft schlängelte. Angesichts der totalen Dunkelheit auf dem Land war der Sonnenaufgang noch vier oder fünf Stunden entfernt. Jetzt auf die Mauer zuzugehen würde ihm keinen Gefallen tun – ganz im Gegenteil.

Es würde ihn im Freien zurücklassen, ohne Deckung, ohne Fluchtmöglichkeit und ohne die Möglichkeit, sich zu verteidigen, wenn es hart auf hart käme. Er entdeckte jedoch etwas, von dem er hoffte, dass es sich um eine Felsengruppe handelte, die in einiger Entfernung aus einem dicht bewaldeten Abschnitt ragte. Zum Glück gab es Mondlicht. Er blinzelte und zog die Stirn in Falten, als er die Steinformation studierte. Er konnte sich irren, aber es sah aus, als gäbe es einen dunklen Spalt in der Felswand.

»Bill«, flüsterte er und stieß mit einem Finger in Richtung der Felsen, »meinst du, das ist eine Höhle?«

<*Ja … könnte durchaus sein*>, stimmte das Buch nach einer langen Pause zu. <*Da wir nicht gerade in der Position sind wählerisch zu sein, würde ich vorschlagen, dass wir uns das mal ansehen.*>

»Was ist, wenn etwas ... da drin ist?« Sams müder und paranoider Verstand arbeitete alle Möglichkeiten durch, wie dieser Plan furchtbar schiefgehen könnte.

<Äh. Ganz ehrlich? Es ist wahrscheinlich bewohnt. Die Dinge haben sich ein wenig geändert, seit ich weg war, aber es gab Bären in dieser Gegend. Das sieht genau wie die Art von Ort aus, den ein Bär sein trautes Heim nennen würde. Wenn ich ein Glücksspieler wäre ... äh ... Buch, würde ich sagen, es gibt eine achtzigprozentige Chance, dass wir auf einen nachtaktiven Schwarzbären treffen.>

»Das ist in *keiner* Weise befriedigend«, erwiderte Sam, wobei sein verwirrter Verstand den Überblick über die richtige Wortwahl verlor.

<Yeah. Wenn es einen Bären gibt, ... weißt du was? Hier ist ein kleiner Denkanstoß. Wenn da etwas Böses drin ist und wir es irgendwie schaffen, einen Bären zu töten, dann werden wir es fast sicher bis zum Morgen schaffen! Sieh es doch mal so, das Tier wird frühestens in acht Stunden wieder auftauchen und die meisten kleineren Lebewesen neigen dazu, den Aufenthaltsort größerer Raubtiere zu meiden, was bedeutet, dass die Hasen, Füchse und sogar Wölfe diesen Ort meiden werden, da sie auch nicht gefressen werden wollen.>

Bill wartete, bekam aber keine Antwort. <Sind unsere Chancen groß, das zu töten, was auch immer dort lebt? Nein. Glaube ich, dass wir eine echte Chance haben, es zu töten? Auch nein! Aber entweder das oder wir stolpern die nächsten fünf Stunden in der Wildnis herum. Im Grunde läuft es darauf hinaus, dass wir versuchen, ein großes Ding oder hundert kleine Dinger zu töten.>

»Wenn es nicht eine Bärenhöhle ist? Wenn es etwas Schlimmeres ist, wie ein geheimer Dungeon?«

<Nun, wenigstens haben wir es warm, wenn wir grausam zu Grunde gehen.> So verrückt es auch klang, Sam musste zugeben, dass Bills Argumentation *eine* gewisse Logik enthielt. <Gehen wir oder nicht? Weißt du was, während wir ein paar Sekunden Zeit haben, wie wär's, wenn du einfach mal reinhaust und neue Shuriken vorbereitest?>

Achtzehn Sekunden später war ein zweites Buch mit den magischen Voraussetzungen für Papier-Shuriken vorbereitet. »Hat das länger gedauert, um es zu aktivieren? Hey ... warum heißt es eigentlich Papier-Shuriken, wenn ich ständig Ninja-Sterne auswerfe? Das *sind doch* verschiedene Dinge.«

<Wie wäre es, wenn du einfach loslegen würdest, anstatt wie ein Klugscheißer Unstimmigkeiten zu analysieren?>, schoss Bill zurück. <Du hast den Rang deines Origami-Talents erhöht, richtig? Das bedeutet, du kannst mehr Mana in die Seiten packen und *das* ist es, was wirklich Schaden anrichtet. Deshalb dauert die Vorbereitung auch länger.

Sam seufzte und begann, den Baum hinunterzuklettern. Sie machten sich auf den Weg durch das dichte Gedränge der Bäume, bewegten sich kaum mehr als im Schneckentempo, da sie sich im Schutz der Dunkelheit durch den Wald bewegen mussten. Sams Wahrnehmungsvermögen hatte die Minimalstufe erreicht, sodass er wenigstens nicht mehr im Defizit arbeitete, aber es war *immer noch* fast unmöglich, etwas zu sehen. Das dichte Blätterdach über ihnen blockierte den größten Teil des wässrigen, silbernen Mondlichts und das Gewirr von kleinen Sträuchern und hervorstehenden Wurzeln, die den Waldboden säumten, drohte ihm bei jeder möglichen Gelegenheit ein Bein zu stellen.

Eine Stunde anstrengenden Trekkings und einen weiteren Fuchs-Hinterhalt später bahnte sich Sam einen Weg durch ein Kiefernwäldchen und tauchte auf einer sternenklaren Lichtung mit Felsen auf, die wie eine Stachelkrone aus dem Boden ragten.

Erfahrungspunkte: 60 (Dartmoor-Fuchs × 1, mystisch verändert).

Aus dieser Nähe war es klar, dass der Riss, den er in der Felswand gesehen hatte, tatsächlich der Eingang zu einer Art Höhlensystem war. Wie tief die Höhle war, konnte er nicht sagen – nicht, ohne hineinzugehen und sie gründlicher zu erkunden. Sam ließ sich in die Hocke fallen und beobachtete den Eingang für ein paar Minuten, wobei er völlig still blieb. Es gab keine erkennbare Bewegung und er hörte kein monströses Gebrüll, das aus den Tiefen der Höhle heraufschallte. Trotzdem schien dies bei genauerer Betrachtung eine *schreckliche* Idee zu sein.

Im Freien zu bleiben war allerdings eine noch viel schlechtere Idee und tief im Inneren wusste er das. Entschlossen stahl er sich aus der Baumreihe und schlich geräuschlos über die Wiese. Er beschloss, seine um ihn kreisenden Wälzer noch *nicht zu* beschwören, da ein Trio glühender und wirbelnder magischer Bücher ihn mit ziemlicher Sicherheit auffliegen lassen würde, aber er war bereit, seine Federkielklinge beim ersten Anzeichen von Ärger zu beschwören.

Der Spalt war ziemlich eng und er musste sich zur Seite drehen, um durch den Durchgang zu kommen. Nach ein paar Metern weitete sich der felsige Spalt dramatisch und öffnete sich zu einer großen Kammer mit rauen Wänden. Der Gestank von Moschus, muffigem Fell und der metallische Geruch von altem Blut schlug ihm wie ein Roundhouse-Tritt in die Nase. Stechend. Überwältigend. *Bestialisch.*

Er machte einen Schritt und etwas knirschte und knackte unter seiner Stiefelsohle, das Geräusch war wie der Schuss eines Gewehrs in dem geschlossenen Raum. Auf dem sandigen Boden lagen unzählige vergilbte Knochen. Die meisten stammten von Horninchen oder Füchsen, aber ein paar verdächtig lange Oberschenkelknochen hätten leicht von einem Menschen stammen können.

Ja, diese Höhle gehörte *definitiv* einer Art von Tier. Wenn das, was auch immer hier lebte, zufällig gerade zu Hause war, würde es dank des Knackens der Knochen wissen, dass es einen Eindringling gab. Plötzlich bedauerte Sam zutiefst, dass er sich von Sphinx nicht die Grundlagen der Tarnung hatte zeigen lassen. Aber deshalb gab es ja Gruppen – weil ein Spiel wie dieses nicht dafür gedacht war, allein gespielt zu werden. Keiner konnte *alles* machen. Er war nur in der wenig beneidenswerten Lage, keine andere Wahl zu haben, keine Optionen und keine Freunde, auf die er sich verlassen konnte. Wenn er das hier lebend überstehen würde, hatte er vor, das schnellstmöglich zu korrigieren.

Ein Schacht aus Mondlicht beleuchtete einen weiteren Tunnel auf der anderen Seite der kleinen Kaverne. Er schlängelte sich außer Sichtweite und führte vermutlich tiefer in die Erde. Sam wollte *auf keinen Fall* weitergehen – er wusste, dass ihn dort unten wahrscheinlich der sichere Tod erwartete – aber er konnte nicht hier bleiben, mit einem potenziell tödlichen Feind in seinem Rücken. Weglaufen hatte ihm bisher gute Dienste geleistet, aber dieses Mal wusste Sam, dass die beste Vorgehensweise … nun ja … *Handeln* war. Wenn er bis zum Morgen überleben wollte, musste er das Höhlensystem räumen.

Er berührte Bills Buch und rief seine gebundenen Bücher aus ihrem Vorratsbehälter in Bills Seelenraum. Die

Wälzer erschienen um ihn herum in einem Lichtblitz und begannen sich langsam um ihn zu drehen. Sam wollte so viel Magie wie möglich sparen, also zog er statt seiner Federkielklinge seinen Dolch aus der Scheide an seinem Gürtel, seine Knöchel waren weiß, als er den Griff umklammerte. Als er das getan hatte, beschwor er noch einmal die Pappmachérüstung. Ein Wirbelwind aus Seiten wirbelte aus einem seiner Bücher und hüllte ihn erneut in eine flexible, mit Tinte bedeckte Konquistadorrüstung. Er zuckte zusammen, als er sah, wie *dünn* das Buch geworden war.

Er war so bereit, wie er nur sein konnte und es war eine schlechte Idee, ihn hinzuhalten. Der Gang am Ende der Kammer schlug einen scharfen Haken nach links und machte dann eine Biegung um sich selbst, etwa fünf Meter lang. Das Mondlicht vom Eingang reichte nicht so tief in das Höhlensystem hinein und er hätte eigentlich nichts sehen können … doch da war ein schwaches, orangefarbenes Leuchten, das von da vorne ausging.

<*Das gefällt mir nicht, Bei… Sam. Ich könnte mich irren, aber das sieht sehr nach Feuer aus.*> Sam widersprach Bill nicht, aber er wagte es nicht, etwas zu sagen und zu riskieren, dass potenzielle Feinde auf seine Anwesenheit aufmerksam wurden. Trotz der Tatsache, dass alles an dieser Situation ein Warnsignal war, machte Sam weiter. Sie hatten diesen Plan bereits ausgearbeitet und dies war immer noch ihre beste Möglichkeit, die Nacht zu überleben. Der Gang schlängelte sich weg und endete an einer geschnitzten Treppe mit fackelgesäumten Wänden.

<*Ich habe keine Ahnung, was das ist, aber ich weiß, was es nicht ist – eine Bärenhöhle. Könnte ein Banditenlager sein oder vielleicht sogar etwas Schlimmeres. Wir werden es nicht überleben, was auch immer es ist. Ich bin der Erste, der zugibt,*

dass ich mich geirrt habe und ich hatte Unrecht. Wir müssen umdrehen und die Beine in die Hand nehmen. Jetzt.>

Sam zögerte, weil er wusste, dass Bill wahrscheinlich recht hatte. Dennoch kribbelte es in seinem Spielerspürsinn, genau das hier war Quest-Futter. Umzukehren wäre das Klügste gewesen, aber was auch immer für ein Geheimnis am Ende dieser Treppe lag, war wahrscheinlich spielverändernd. Ja, wenn er sich noch weiter vorwagte, könnte er sterben, aber selbst wenn er umkehrte, würde er wahrscheinlich sowieso sterben. In einem nachtschwarzen Wald zu sterben, aufgefressen von einem Haufen hungriger, übergroßer Horninchen, war sicherlich *nicht* besser, als von der Klinge eines Banditen durchbohrt zu werden.

»Es ist besser, in einem Feuerwerk des Ruhmes zu sterben, mit dem potenziellen Vorteil einer großen Aufgabe oder einer Belohnung für den ersten Erfolg.« Er fühlte einen berauschenden Rausch und flüsterte: »Nein. Mach dich bereit zu kämpfen. Wir gehen jetzt rein.«

<Ich mag deinen Mumm, Packesel. Du bist eindeutig dümmer als ein Haufen Steine – komisch, wenn man deinen Intelligenzquotienten bedenkt – aber du hast Mumm. Lass mich einfach wissen, wie es ist, im Unrecht zu sein, wenn das Ding, das hier lebt, damit fertig ist, uns in Stücke zu reißen.>

Sam schlich die Treppe hinunter, bewegte sich wie ein Schatten und hielt den Atem an, aus Angst, gehört zu werden. Nach etwa zwanzig Metern mündete die Treppe in eine riesige Kammer, aber im Gegensatz zu der natürlichen Höhle oben war dieser Ort künstlich angelegt worden, eine Art alter Tempel, der in der Erde versteckt war. So etwas hatte Sam noch nie gesehen. Geriffelte Säulen verliefen entlang der Natursteinwände und stützten ein kunstvolles Deckengewölbe, das wiederum ein Trio riesiger Kronleuchter aus schwarzem Schmiedeeisen und blassen Knochen trug. Weitere schwarze Kandelaber schmückten die Säulen, alle gefüllt mit gelben Talgkerzen, die in rußig-orangem Licht brannten.

Am anderen Ende der Kammer stand ein erhöhtes Podest mit einer Statue eines großen, gehörnten Tieres mit Lupinengesicht, das aufrecht auf kräftigen Beinen stand und die Hände mit den Klauen flehend zum Himmel erhob. Vor der Statue war ein grober Steinblock aufgestellt, den Sam für einen Opferaltar hielt. Der blutige Körper, der auf der Oberfläche des Tisches ausgebreitet war, *unterstützte* seine Theorie. Der Altar wurde von einem Wolfsmenschen bewacht, der einen Zeremoniendolch aus schwarzem Glas und grünem Smaragd in der Hand hielt. Das Fell des Schamanen war blass silbern und braune Wollgewänder hingen an seinem hageren Körper wie schlecht sitzende, abgetragene Kleidungsstücke.

Das war schlecht, aber vielleicht nicht unmöglich. Immerhin waren keine anderen Wolfsmenschen anwesend. Es wäre ein Zweikampf. Sam hatte das Überraschungsmoment auf seiner Seite und da dieser Kerl ein Magier war ... Sam würde wahrscheinlich nur ein paar solide Treffer landen müssen, um ihn für immer auszuschalten. Einen Wolfsmenschen mitten in einem Opferritual zu töten, würde ihm zweifellos ein paar ernsthafte Erfahrungspunkte einbringen.

Ja, er konnte das tun. Er fühlte einen plötzlichen Schub an Selbstvertrauen und hob seine Hände, wobei seine Orbitalzauberbücher nach vorne schossen. Die Buchdeckel spreizten sich, bereit, die Papierwut zu entfesseln ... und genau in diesem Moment schloss sich eine riesige, schwielenbedeckte Handfläche um seine Kehle, rasiermesserscharfe Krallen drückten gegen sein zartes Fleisch.

Kapitel 25

Ich würde es nicht tun, wenn ich du wäre, Häppchen«, kam ein knurrendes Raspeln, die Worte guttural. Ein paar Wolfsmenschen traten zu seiner Linken und Rechten ins Blickfeld. Einer war ein massiger Mann mit gelbbraunem Fell, der andere ein geschmeidiges Weibchen mit tiefschwarzem Fell. Beide trugen dunkelbraune Lederrüstungen und trugen böse, einschneidige Klingen, die mehr als scharf genug aussahen, um ihn in zwei Teile zu säbeln. Offensichtlich hatte Sam seine Fähigkeiten gewaltig überschätzt und jetzt sollte er den Preis dafür zahlen. Er überlegte kurz, ob er trotzdem angreifen sollte, verwarf diese Idee aber wieder, da er wahrscheinlich sterben würde, bevor er auch nur einen einzigen Zauber zustande bringen würde.

Widerwillig entließ er seine schwebenden Bücher, die in einem Schimmer magischen Lichts in Bills Seelenraum zurückkehrten. Der Druck um Sams empfindliche Kehle ließ minutiös nach und sein Entführer knurrte: »Eine weise Entscheidung.«

Weisheit +1!

Der gelbbraune Wächter holte ein paar schwere Fesseln aus einer an seiner Seiten hängenden Ledertasche und befestigte die Eisen schnell um Sams Handgelenke. Nachdem dies geschehen war, ließ der Wolfsmensch Sams Kehle vollständig los – eine willkommene Erleichterung – und setzte ihn grob in Bewegung. Der Schamane mit dem Silberpelz beobachtete Sam mit goldenen Augen, als die Wachen ihn durch die Kammer führten und ihn mit einem weiteren Satz schwerer Ketten an der Wand befestigten.

<Ich habe versucht, dich zu warnen>, murmelte Bill in seinem Kopf und klang dabei ziemlich selbstgefällig. <Ich meine, ich bin nicht wirklich einer, der sagt, ich habe es dir gesagt, aber ich habe es dir absolut gesagt. Das Gute daran ist, dass sie uns wahrscheinlich rituell opfern werden.>

»Ich verstehe nicht, wie rituelle Opfer eine gute Sache sein sollen«, zischte Sam, als er beobachtete, wie der Anführer der Wache – der Schläger, der ihn fast erwürgt hatte – harte, gutturale Worte mit dem Schamanen wechselte.

<Nun, ich habe zu meiner Zeit ein oder zwei Opferrituale gesehen und soweit ich mich erinnere, benutzen sie ein spezielles Messer, das bei Berührung tötet. Theoretisch sollte es nicht mal wehtun! Zumindest glaube ich das nicht. Ich meine, ich habe keine Nervenenden, also bin ich vielleicht nicht der Beste, um gefragt zu werden.>

»Das darf nicht passieren, Bill. Wir *müssen* von hier verschwinden. Gibt es nicht etwas, was du tun kannst? Irgendeinen Bibliomanten-Trick, den du mir noch nicht beigebracht hast?«

<Offensichtlich gibt es eine Menge Dinge, die ich dir nicht beigebracht habe, aber diese Klasse passt nicht gut zu ›Improvisation‹. Wir sind keine Magier der spontanen Beschwörung. Wir können es mit jedem Magier da draußen aufnehmen, aber nur, wenn wir bereit sind. In einem Stück hier rauszukommen ist ein totales Hirngespinst ... aber gut für dich, dass du so optimistisch bleibst!>

»Bringt ihn her«, bellte der Wolfsmenschen-Schamane den rotpelzigen Wächter in der gutturalen Wolfsmensch-Sprache an, bevor er mit einer krallenbewehrten Hand in Richtung des Altars gestikulierte.

»Nein, nein, nein!« Sam zischte, Panik schoss durch ihn hindurch. »So wird meine Geschichte *nicht* enden. Ich habe es zu weit geschafft, um hier zu sterben. Ich *weigere mich*, mich von diesen Dingern umbringen zu lassen, nur um direkt in Octavius' Händen wieder zu erwachen. Aber was könnte denn …?«

Nun, es gab *eine* Sache, die er nicht versucht hatte. Als die Wache sich näherte, ließ Sam die Schultern hängen, senkte die Augen und hob das Kinn in Unterwerfung, um die Körpersprache nachzuahmen, die er in seinem Kurs zum Thema Dungeonkunde gelernt hatte. Dann drückte er die Augen zu – der Verstand wirbelte wie verrückt – und versuchte, den seltsamen Satz zu beschwören, den er den Wolfsmensch aus seinem Kurs hatte sagen hören. »*Seid gegrüßt, Fellbrüder. Ruazhi noare vragnik, ibois najstarkei vragnu prinosit velichayshuyu silzha.*«

Der Wächter schwankte, die Ohren zuckten zurück, Verwirrung blitzte über seine Schnauze, dann schimmerte es in seinen schlammbraunen Augen. Er blickte über eine Schulter zurück zum Schamanen. Der Schamane sah ebenso skeptisch aus, die Lippen von den glänzenden Reißzähnen zurückgezogen, die goldenen Augen misstrauisch zusammengekniffen. Der Schamane winkte die Wache zurück, dann kam er näher, die Nase in der Luft schnüffelnd, als könnte er Sams Täuschung riechen. »*Wie kommt es, dass du unsere Sprache sprichst, Magierlein?*«

»*Wer hat dir diese Worte beigebracht?*«, bellte der Schamane in der Sprache der Wolfsmenschen weiter. »*Wähle deine Worte mit Bedacht. Wenn ich irgendeine Trickserei wittere, sehe ich dich tot, bevor du zweimal blinzeln kannst.*«

Prüfung. Keine Täuschung oder Trickserei.

»*Die Magierhochschule*«, platzte Sam heraus. »*Ich habe einen Kurs über Wolfsmenschen-Wortsprache belegt. Jemand hatte einen eurer Späher gefangen genommen, ein Wolfsmensch namens …*«

Sam zögerte, sein Verstand suchte nach dem Namen der Kreatur. *Velman?* Nein. *Veklek?* Nein, das war auch nicht ganz richtig, aber es war nah dran. Er presste die Augen zusammen und stellte sich die Kreatur mit ihrem groben, grauen Fell und den bernsteinfarbenen Augen vor, die sich nicht so sehr von den Augen des Schamanen unterschieden. Unfähig zu übersetzen, beendete er es mit: »Velkan vom Stamm der Rotmähnen.«

»Du bist also von der Hochschule der Magie«, knurrte der Schamane in der menschlichen Sprache. »Ein Feind des Volkes.«

»*Nein! Nicht!*« Sam spuckte die Worte praktisch aus, während er energisch den Kopf schüttelte.

<*Saubere Arbeit. Du klingst super überzeugend und überhaupt nicht verdächtig.*>

»*Ich sprechen Wahrheit!*«, fuhr Sam radebrechend fort und ignorierte Bill völlig. »*Ich bin ein Feind der Magier-Trainingsgruppe! Ich bin genau wie du. Ich trainiere für eine Weile. Heute Nacht kein Freund der Magier ich mehr. Deshalb ich nachts unterwegs. Ich auf Flucht. Abtrünniger Magier. Ich stahl große Bedeutungsbücher und wurde gejagt auf Weg nach draußen.*«

Der Wolfsmensch-Schamane rieb sich mit einem krallenbewehrten Daumen am Kinn, ein gefährlicher Schimmer in den Augen.

»Welpen«, knurrte er nach einigen Herzschlägen, »dieser soll uns auf andere Weise dienen. Macht euch bereit, den

Reisenden zu transportieren. Wir werden ihn zu O'Baba bringen und sie über sein Schicksal entscheiden lassen.«

Sam sah einfach nur ausdruckslos zu, wie Worte ausgetauscht wurden, die er nicht verstehen konnte, ohne zu wissen, wie sehr sie seine Zukunft verändern würden.

✶ ✶ ✶

Das stahlgraue Licht der Morgendämmerung zog bereits über den Himmel, als Sam endlich die gezackten Palisaden des hölzernen Außenpostens durch das Blätterdach des Waldes ragen sah. Die Reise war unangenehm gewesen; die Wolfsmenschen hatten versucht, Bill zu entfernen, aber als sie merkten, dass die Kette, die Sam mit dem Buch verband, nicht durchtrennt werden konnte, begnügten sie sich damit, Sam zu fesseln, zu knebeln und ihn wie einen Sack Kartoffeln zu tragen. Anders als die Hardcores, die ihn vor nicht allzu langer Zeit so sehr unterschätzt hatten, gingen die Wolfsmenschen kein Risiko mit einem potenziellen feindlichen Magier in ihrer Mitte ein. Sie behandelten ihn wie eine Kobra – mächtig, tödlich und in der Lage, jeden Moment zuzuschlagen.

Der Außenposten der Wolfsmenschen selbst hatte die Größe einer kleinen Stadt und war vollständig von einer bestimmt sieben Meter hohen Holzpalisade in kruder Bauweise umgeben. Die Wolfsmenschen hatten jeden Baum im Umkreis von bestimmt dreißig Metern um die Mauer zurückgeschnitten, um sicherzustellen, dass kein verschlagener Schurke oder wagemutiger Abenteurer in der Lage sein würde, sich unter dem Schutz der Bäume hindurchzuschleichen und das Lager ungesehen zu infiltrieren. Seltsamerweise blieben jedoch die Bäume *innerhalb* der

Palisade völlig intakt. Uralte Eschen und dickstämmige Eichen reckten ihre belaubten Äste in den Himmel wie Heilige beim Gebet, während die unteren Äste eine Vielzahl von Holzhütten trugen, die alle durch eine Reihe von schmalen Gängen und baufällig aussehenden Seilbrücken verbunden waren.

Das waren nicht die einzigen Merkwürdigkeiten an diesem seltsamen Baumdorf oder vielleicht ... militärischen Außenposten? Das Seltsamste von allem war, dass es in der Palisade kein Tor gab – kein sichtbarer Weg, den Sam sehen konnte, um in die Siedlung hinein- oder hinauszukommen. Das schien die Wolfsmenschen aber nicht im Geringsten abzuschrecken. Sam beobachtete, wie eine der vielen Wachen, die auf dem Gelände patrouillierten, so mühelos wie eine Spinne die Palisade hinaufhuschte und mit ihren langen Krallen in Sekundenschnelle die Spitze der Zinnen erreichte, bevor sie einfach in die Luft sprang, ein baumelndes Seil ergriff und sich auf eine nahe gelegene Plattform schwang.

Es war, als würde man einen Tarzan-Film sehen, nur dass der lianenschwingende Affenmensch dieses Mal einen schlimmen Fall von Lykanthropie hatte. Sams Entführer tauschten ein paar gutturale Phrasen mit den Wachen aus, die an der Absperrung patrouillierten und wurden dann zum Einlass ins Lager durchgewunken.

Die Wolfsmenschen ließen eine Seilwiege herab, mit der sie Sam nach oben zogen, denn sie wussten, dass er auf keinen Fall die Wand erklimmen konnte, nicht einmal wenn er nicht wie ein Thanksgiving-Truthahn gefesselt wäre. Die anderen kletterten über die Holzwand, ohne auch nur ins Schwitzen zu kommen. Sam musste zugeben, dass es eine ziemlich bemerkenswerte Demonstration von Geschwindigkeit, Kraft und Beweglichkeit war.

Obwohl eine Reihe von Hütten die dicken Äste der Bäume schmückten, waren die größeren Gemeinschaftsgebäude auf dem Boden gebaut. Anders als die menschliche Hauptstadt Ardania, die in einem ordentlichen Raster angelegt war – ein Platz für alles und alles an seinem Platz – war das Wolfsmenschendorf eine zufällige Ausbreitung, die keinen wirklichen Rhythmus oder Grund hinter der Anordnung zu haben schien.

Vielmehr, so erinnerte sich Sam, schien es keinen Grund zu geben, den er herausfinden konnte. Für die Wolfsmenschen machte es wahrscheinlich einen perfekten Sinn. Obwohl ein Großteil der Gebäude aus Holz gebaut war, waren einige akribisch aus Stein errichtet. Das donnernde Klirren von Stahl, der auf Stahl schlägt, kam von einem solchen Gebäude – wahrscheinlich eine Schmiede, obwohl das Gebäude auf keine erkennbare Weise gekennzeichnet war.

Sam und seine Begleiter schlängelten sich durch das Dorf und ernteten neugierige Blicke von den Bewohnern mit den Fellgesichtern, bis sie schließlich vor einem riesigen Langhaus standen, das eine Art zentrale Versammlungshalle zu sein schien.

Sam spürte, wie ihm ein Schauer der Angst über den Rücken lief, aber er konnte nicht nach einer Erklärung fragen. Zum Glück fuhr Bill ohne Aufforderung fort: <*Dieser Ort stinkt geradezu nach Magie. Um so viel Saft ausströmen zu lassen, müssen sie in jeden Stein und jedes Brett Verzauberungen eingebacken haben. Abyss, ich kann mir nicht einmal vorstellen, wie viel Kraft man braucht, um so etwas zu tun. Wenn ich so darüber nachdenke, bin ich mir gar nicht sicher, was die Magie hier soll. Die Funktionsweise und die Bindungen sind mir fremd, was wirklich etwas heißt, denn ich bin schon lange dabei. Ich sage dir eins, es ist wirklich beeindruckend.*>

Schließlich, nach gefühlten *Stunden*, ließen die Wolfsmenschen Sam kurzerhand in den Dreck fallen, rissen ihm den Knebel aus dem Mund und schnitten die Fesseln an seinen Füßen und Beinen durch, sodass er aus eigener Kraft gehen konnte. Als er versuchte, aufzustehen, fiel er fast wieder um, denn seine Beine waren ihm eingeschlafen. Unscharfe Nadelstiche rasten an seinen unteren Gliedmaßen entlang und seine Füße fühlten sich an wie ein paar Bleigewichte, die an das Ende jedes Knöchels gebunden waren.

»*Wartet hier*«, wies der Schamane die anderen Wachen knapp an, bevor er Sam im Nacken packte. Seine Krallen drückten fest genug, um Blut hervortreten zu lassen und Sam wurde durch die breiten Türen in das eigentliche Langhaus gelenkt. Jeder Schritt fühlte sich dank seiner unkooperativen Beine wie ein gefährliches Unterfangen an. Sam erwartete, dass das Innere der Hütte karg sein würde, aber er wurde erneut überrascht.

Der Boden war mit einem üppigen Teppich aus makellosem, grünem Gras bedeckt, das an einigen Stellen von den bunten Blüten der Wildblumen akzentuiert wurde. Es gab eine Reihe von niedrigen Holztischen, die in der Halle verteilt waren, offensichtlich zum Essen gedacht, obwohl man auf dem Boden sitzen musste, anstatt einen Stuhl zu benutzen. An den Wänden hingen bunte Wandteppiche, gewebt aus hauchdünner Seide und verziert mit komplizierten, keltisch anmutenden Knoten und hartkantigen, geometrischen Mustern. Die Wolfsmenschen waren keine Menschen und ihre Gesellschaft unterschied sich offensichtlich stark von der menschlichen Version ... aber dies waren definitiv keine Wilden.

Der Schamane führte Sam energisch an den Tischen vorbei und schob ihn dann durch eine *weitere* Tür, die in einen großen Küchenbereich führte. Die Böden waren aus poliertem Kopfsteinpflaster, die Wände aus Holz und an der anderen Seite des Raumes lauerte ein massiver Kamin. Granit-Arbeitsplatten säumten die anderen Wände, alle bedeckt mit einem Sortiment von Töpfen und Pfannen, Messern und Hackmessern, Regalen mit Gewürzen und Bergen von Fleisch. In der Mitte des Raumes stand ein quadratischer, hüfthoher Arbeitstisch. Dahinter stand der einzige Bewohner der Küche – ein alter, weiblicher Wolfsmensch.

Sie stand an der Theke und zerlegte eine Scheibe blutrotes Fleisch mit einem riesigen Hackbeil. Sie musste der älteste Wolfsmensch sein, den Sam je gesehen hatte. Die Frau war eher klein, ihr Rücken vom Alter gekrümmt, das Fell ein fast metallisches Silber, gesprenkelt mit Weiß. Sie trug einen Seidenschal, der über ihren Rücken und ihre Schultern drapiert war und eine lange Lederschürze, die ihre Vorderseite bedeckte.

»O'Baba«, knurrte Sams schamanischer Entführer in der Wolfssprache und kauerte sich zusammen, bis er kleiner war als die gebeugte Wölfin, die das Fleisch zerlegte. »*Das ist der, von dem ich dir eine Nachricht geschickt habe.*«

Sie musterte Sam einen Moment lang mit Augen, die so golden waren, dass sie fast wie ein verbranntes Orange wirkten und ihre Nasenlöcher weiteten sich, als sie die Luft kostete. »*Das hast du gut gemacht, BrightBlood. Ehre für dich und dein Haus.*« Sie neigte den Kopf nur einen Bruchteil eines Zentimeters in Respekt. »*Nun lasst uns allein.*«

Der Wolfsmann zögerte einen Moment. »*Bist du sicher, dass es sicher ist, O'Baba?*«

Ihre Augen verengten sich und ihre Reißzähne blitzten auf. »*Ich komme mit dem Welpen gut genug allein zurecht, mein Junge. Wenn du etwas anderes denkst, wäre ich mehr als glücklich, meine Fähigkeiten als Alphaweibchen zu demonstrieren.«*

Das Hackbeil in ihrer Hand begann, ein septisches schwarzes Licht zu verströmen, das wie gespritzter Tod aussah. Die Augen des männlichen Schamanen weiteten sich sichtbar vor Schock, der schnell in Angst umschlug. Er senkte sich noch mehr, bis er fast den Boden berührte.

»*Das wird nicht nötig sein, große O'Baba.*« Er verbeugte sich zurück aus dem Raum, ohne der Alten den Rücken zuzuwenden und ohne seine Augen von ihrem Gesicht zu nehmen.

<*Woof. Sie hat ihn gerade in seine Schranken gewiesen, knallhart! Bleib wachsam bei ihr, Sammy. Sie ist eine Kraft, mit der man rechnen muss.*>

»Die Welpen heutzutage«, murmelte O'Baba, dieses Mal in akzentuierter Menschensprache. Nach einem Moment seufzte sie und richtete ihren feurigen Blick direkt auf Sam. »Du. Magier-Welpe. Bevor du auf komische Gedanken kommst, solltest du wissen, dass ich dich ohne mit der Wimper zu zucken töten könnte, *ja*? Also, wenn ich das richtig verstehe, bist du ein Außenseiter. Ein abtrünniger Magier. Einer, der von seinen eigenen Leuten gejagt wird. Ist das wahr?«

Sam leckte sich über die Lippen, die Augen starr auf das schwere Beil in ihrer Hand gerichtet. In Anbetracht des unverhohlenen *Schreckens,* den er im Gesicht des Schamanen gesehen hatte, musste er annehmen, dass diese Frau die Anführerin dieser Gruppe von Wolfsmenschen und wahrscheinlich weitaus tödlicher war, als sie nach außen hin zu sein schien. Sie anzulügen oder zu versuchen, sie auf irgendeine Weise auszutricksen, würde wahrscheinlich damit enden, dass er tot war und sein Kopf irgendwo als Warnung für andere Möchtegern-Helden einen Spieß zieren würde. Er würde wieder auftauchen, aber das wollte er vermeiden, wenn er konnte. Immerhin hatten sie ihn so lange am Leben gelassen, was bedeutete, dass er eine reelle Chance hatte, aus diesem Schlamassel heil herauszukommen.

»Ja«, bestätigte er schließlich. »All das ist wahr.«

»Also. Wenn wir dich leben lassen würden, dich *laufen* lassen würden«, sie winkte mit der freien Hand, als würde sie eine lästige Fliege verscheuchen, »was würdest du tun, mmh? Wo würdest du hingehen?«

Sam hielt inne und runzelte die Stirn. Von allen Fragen, die er erwartet hatte, war das nicht darunter. Sein Stirnrunzeln verwandelte sich in eine Grimasse, als er sich eine Reihe möglicher Optionen durch den Kopf gehen ließ. »Ehrlich gesagt? Ich weiß es nicht. Es gibt kein Leben für mich an der Hochschule, aber ich habe eine coole neue Klasse, die ich irgendwie behalten möchte. Ich würde es lieber vermeiden, neu anzufangen, wenn ich kann.« Er wippte mit dem Kopf hin und her. »Ich nehme an, Ardania ist groß genug für mich, um mich dort zu verstecken? Es *muss* für mich einen Weg geben, unter dem Radar zu fliegen, also werde ich wohl versuchen zu verschwinden. Außerhalb der Sichtweite der Wachen bleiben. Vielleicht arbeite ich daran, die Magierhochschule zu sabotieren, denn sie haben es verdient.«

Die Wölfin betrachtete ihn lange, lange Zeit, ihr unmenschlicher Blick schnitt tief, häutete ihn bis in seine Seele, legte jeden Gedanken und jedes Motiv offen. Sie wog ihn ab, maß ihn ... aber *wofür*?

»Was wäre, wenn es eine *andere* Möglichkeit gäbe, junger Welpe?«, erlaubte sie schließlich nach einer gefühlten Ewigkeit. »Du bist jetzt ein Außenseiter – das hast du selbst gesagt.« Sie hielt inne, leckte sich die Reißzähne, dann kehrte sie zu ihrer Arbeit mit dem Hackbeil zurück und hackte auf die blutige Fleischplatte auf dem Tisch. »Du bist kein Fan deines eigenen Volkes. Du willst die Zerstörung der Magierhochschule, genau wie wir. Wir könnten euch helfen. Vielleicht schließt du dich mit uns zusammen, statt mit deinem eigenen Volk. Es würde *viele Vorteile bringen.*«

»Moment. Wie bitte? Versuchst du, mich zu *rekrutieren*?«

<*Sie versucht offensichtlich, mich zu rekrutieren! Ich denke, du solltest sie wissen lassen, dass du mir folgen wirst, wenn ich gehe. Außerdem mag ich Bestechungsgelder. Sie soll mir einen Liebesroman besorgen.*>

»Ich dachte, die Wolfsmenschen ... *hassen* Menschen?« Sam tat sein Bestes, um Bill zu ignorieren.

»Hassen? Nein.« Sie schüttelte ihren zotteligen Kopf. »Wir *ehren* unsere Feinde. Da ist kein Hass im Spiel. Vielmehr ist es eine Frage des Überlebens, junger Welpe. Deine Art oder meine. Nur einer kann überleben, ungebrochen. Es scheint, dass du sowieso gegen die Interessen deines eigenen Volkes arbeitest, also warum hilfst du uns nicht? Wir brauchen Augen und Ohren innerhalb der Mauern von Ardania. Wir brauchen Saboteure. Die Vorteile einer solchen Vereinbarung sind vielfältig. Sollten wir den kommenden Konflikt gewinnen, wirst du ein Lord unseres Volkes sein. Du bist auch ein Magier. Wir haben viele Schamanen und Bücher, von denen selbst die Hochschule nichts weiß. Im Gegensatz zu den Magiern werden wir dich nicht mit exorbitanten Gebühren auspressen oder dich zu magischen Verträgen zwingen. Wir bieten *Ausbildung*. Wir können dir einen neuen Seelenbindungsort geben, hier unter unseren Leuten. Wir haben sogar Mittel innerhalb der Stadt, um bei Bedarf zu helfen.«

Sam dachte darüber nach. Ehrlich gesagt, das klang *fantastisch*. In den meisten Spielen wählte er eine andere Rasse als die menschliche und dies war seine Chance, dies wieder zu tun. Er würde nicht wirklich ein Wolfsmensch werden, aber er würde mit ihnen zusammenarbeiten, was verdammt cool war. Die Vorstellung, die gesamte Menschheit zu verraten, ließ ihn ein wenig unbehaglich fühlen, aber dies war ein *Spiel*. Als Spion für die Rebellenfraktion zu spielen, das klang toll. Besonders, wenn es bedeutete, die Hochschule und diesen Idioten Octavius auszuschalten. Diesen Weg zu gehen bedeutete auch, dass er keinen neuen Charakter würfeln musste! Das war *genau* die Antwort, nach der er gesucht hatte. Trotzdem gab er nicht sofort nach.

»Ich würde lügen, wenn ich sagen würde, dass ich nicht fasziniert bin. Aber ich habe eine Frage. Was wäre, wenn ich ein paar andere Leute mitbringen würde? Andere, für die ich bürgen könnte? Ich gehöre zu einem Team, das eine Gilde gründen will, nur wissen wir nicht einmal, wie wir mit der menschlichen Fraktion anfangen sollen. Wenn du uns eine Gilden-Charta innerhalb der Wolfsmenschen-Fraktion garantierst, bin ich mir sicher, dass sie auch mit an Bord sind.«

O'Baba dachte nur eine Sekunde lang über seine Bitte nach. »Wir werden deinen Rudelkameraden Zuflucht gewähren, Magierlein. Wenn sie aus freien Stücken überlaufen, werde ich ihnen persönlich einen Gildenstatus verleihen. Sie sollen die erste menschliche Gilde unseres Volkes werden und dafür unter unseresgleichen hoch angesehen sein, aber es gibt eine Sache. Sie ... *genauer gesagt* ... müssen sich zuerst bei uns beweisen. Wir haben festgestellt, dass eure Art mehr als glücklich ist, ein endloses Meer von Worten zu vergießen, aber selten seid ihr bereit, *Blut* zu vergießen. Wenn du und deine Rudelkameraden eins mit dem Volk werden wollt, müsst ihr eure Treue zu unserer Sache beweisen.«

Sam nickte langsam. Natürlich würde es eine Art von Test geben. »Okay. Ich kann verstehen, dass das Sinn ergibt. Was genau schwebt dir denn vor?«

»Zwei Dinge, Welpe.« Ihre Nasenlöcher blähten sich auf und sie hob zwei knorrige, mit Arthritis durchsetzte Finger in die Luft. »Erstens. Meine Späher haben herausgefunden, dass die Magierhochschule plant, einen Magier hierher zu schicken, um einen mächtigen Zauber auszuführen, der möglicherweise sogar in der Lage ist, diesen Außenposten von der Landkarte zu tilgen. Die uralte Magie des Volkes hat uns bisher beschützt, aber dieser neue Zauber wird unseren gesamten Außenposten in das Herz der Erde selbst verschlingen. Wenn du und deine Rudelmitglieder ein Geist mit uns sein wollt, müsst ihr das stören. Jede Hoffnung sabotieren, es geschehen zu lassen. Darin dürft ihr nicht versagen. Wenn du Erfolg hast, wirst du einer von uns sein.«

Sie hielt kurz inne. »Die zweite Angelegenheit ist persönlicher Natur, Welpe. Du hast meinem Schamanen gegenüber erwähnt, dass ein gewisser Wolfsmensch, Velkan vom Stamm der Rotmähnen, in der Hochschule gefangen gehalten wird. Er ist mir bekannt.« Sie knurrte, weißglühende Wut blitzte in ihren Augen auf. »Er ist mein Blut. Mein Groß-Welpe. Wenn er noch lebt, möchte ich, dass er befreit wird. Wenn er tot ist, kann man nichts mehr tun. Wie wir in der alten Sprache sagen, *suntse ikzlazi kade na nas vsekh. Die Sonne geht über uns allen auf und unter, zur rechten Zeit.* Wenn du ihn retten kannst, stehe ich in deiner Schuld. Das ist keine Kleinigkeit.«

Sie brachte das Hackbeil mit einem dumpfen Aufprall zu Fall und hackte damit durch ein fleischiges Gelenk. Sam sagte feierlich: »Ich akzeptiere. Du hast auch erwähnt, dass ich meinen Bindungspunkt hier fixieren kann. Ist …« Er zögerte. Er befand sich hier auf unsicherem Boden und um einen Gefallen zu bitten, könnte ihn das bisschen Wohlwollen kosten, das er sich bisher irgendwie erarbeitet hatte.

<Oh, du Schisser, frag sie schon. Was ist das Schlimmste, was passieren kann? Dass sie dich tötet? Das ist das, was wir erwartet haben, als wir in diese Sache hereingestolpert sind. Sie braucht uns offensichtlich, also mach dir nichts draus.>

Bill hatte recht. »Ist es möglich, dass ich meinen Wiederbelebungspunkt hier und jetzt binde?«

»Es ist nicht nur möglich, es ist *erforderlich*«, knurrte O'Baba als Antwort. »Wir sind nicht vertrauensselig. Du musst *beweisen, dass du* einer von uns bist. Wie es unsere Art ist, gibt es Konsequenzen für Versagen. Solltest du in deinem Bestreben, die Hochschule aufzuhalten, scheitern, wirst du sterben und hier wiedergeboren werden, nur um wieder und wieder zu sterben. *Viele* Male, um unsere Zaubersprüche zu verstärken. Solltest du mein Angebot jetzt ablehnen, werde ich dich einmal töten – aber *nur* einmal. Ein schmerzloser Tod und unsere Wege trennen sich oder du riskierst alles und beweist dem Volk deinen Wert. Es ist deine Entscheidung. Was hättest du gern?«

Quest-Alarm! Das Vertrauen des Rudels: Die Schamanin O'Baba hat dir und allen Teamkameraden, die du rekrutierst, angeboten, die Menschheit zu verraten, um im Gegenzug einen dauerhaften Platz im Volk zu erhalten. Um sich das Vertrauen des Volkes zu verdienen, musst du einen tödlichen neuen Zauber aufdecken und vereiteln, den die Magierhochschule plant und der den Wolfsmenschen-Außenposten Narvik zerstören soll. Du hast eine Woche Zeit, um diesen Teil der Quest zu erfüllen oder du wirst automatisch durch den Fluch der Schamanin O'Baba sterben.

Das Erfüllen dieser Aufgabe wird dir die Gunst der Wolfsmenschen einbringen und deine rassische Ausrichtung ändern. Als Belohnung wird dir eine Gilden-Charta und eine Questlinie versprochen, die dir eine Lordschaft gewährt. Warnung! Das Ändern der Rassenausrichtung hat ernste Konsequenzen! Du wirst dich damit gegen die gesamte Menschheit stellen! Zusätzliche Belohnungen: +2.000 Ruf beim Wolfsmenschenvolk. Erfahrungspunkte: 10.000. **[Annehmen / Ablehnen]**

Quest-Alarm! Blut ist dick: Die Schamanin O'Baba hat dich zusätzlich gebeten, ihren Blutsverwandten Velkan vom Stamm der Rotmähnen zu befreien, der in der Magierhochschule gefangen gehalten wird. Es gibt keine Strafe für das Nicht-Erfüllen dieser Aufgabe! Das Erfüllen dieser Aufgabe wird jedoch dein Ansehen bei den Wolfsmenschen und dein persönliches Ansehen bei O'Baba erhöhen. Belohnung: +1.000 Reputation beim Wolfsmenschenvolk. Aufwand: 1.000. Segen der O'Baba. **[Annehmen / Ablehnen]**

Sam las sich beide Aufforderungen durch, aber er hatte sich bereits entschieden. Das war *genau* das, was er wollte. Noch besser, er hatte bereits eine gute Vorstellung von der Art des Zaubers, den er vereiteln musste. *Octavius* war ein Erdmagier. Er hatte an einem neuen Zauber gearbeitet, mit dem man die Wolfsmenschen angreifen konnte. Man musste kein Genie sein, um herauszufinden, dass es seine Aufgabe war, die Pläne des Spitzenstudenten zu vereiteln.

Fantastisch! Er würde sich nicht nur den Außenseitern anschließen – das war Absicht – sondern er würde Octavius dabei königlich einen reinwürgen können. Das war eine Win-Win-Situation für alle. Sam akzeptierte beide Aufforderungen. »Okay! Ich bin voll dabei!«

»Ausgezeichnet«, ließ O'Baba ein wölfisches Lächeln über ihre Schnauze huschen. »Dann hast du eine Woche Zeit, um diese Mission zu erfüllen. Ich würde dir Glück wünschen, aber mein Volk glaubt, dass du dein Glück durch die Stärke deines Arms selbst bestimmst. Also, lass deinen Arm stark und deinen Verstand scharf sein. Du wirst beides brauchen, um erfolgreich zu sein.«

Kapitel 26

Sam lungerte in einem Gebüsch nicht weit vor dem westlichen Tor nach Ardania herum. Als er sich mit Dizzy und den anderen auf die Suche gemacht hatte, waren sie durch das nördliche Tor gegangen, aber anscheinend hatte ihn der Geheimgang von der Sektion der Weisen in der Bibliothek *weit* von diesem Ort entfernt ausgespuckt. Zurück in die Stadt zu kommen, nachdem er sein Geschäft mit O'Baba erledigt hatte, war relativ einfach gewesen. Nachdem er eine Nacht auf der Flucht verbracht hatte und von Füchsen, Wölfen und Wolfsmenschen angegriffen worden war, fühlte sich das Töten von ein paar Horninchen wie ein gemütlicher Spaziergang im Park an. Apropos die Nacht überleben, seine kleine Heldentat hatte ihm einen schicken neuen Titel und einen Schub an Erfahrung eingebracht.

Es schien, dass er der erste Reisende war, der eine Nacht allein außerhalb der Mauern überlebt hatte.

Ding-Ding-Ding! Weltweit Erster! Titel freigeschaltet: Nächtlicher Herumtreiber. Es gibt dunkle und tödliche Dinge, die in der Nacht ihr Unwesen treiben, aber kümmert dich das? Nö! Tatsächlich könntest du eines dieser Dinge sein! Während der Rest der Welt in warmen Betten liegt und sich hinter hohen Mauern verschanzt, bist du draußen in der tiefsten Dunkelheit! Dafür, dass du der erste Reisende bist, der eine ganze Nacht außerhalb der Stadttore überlebt hat, erhältst du +2 Talentpunkte zur freien Verteilung, +1 auf Glück und +75 persönliches Ansehen bei Ardania! Effekt: Du erhältst das passive Talent Dunkelsicht.

Neues Talent erhalten: Dunkelsicht (Neuling I). Du bist in der Lage, in völliger Dunkelheit zu sehen, ohne einen Nachteil zu erleiden. Die Sichtweite wird halbiert. Passiv, keine Kosten.

Von allen Titeln, die er sich bisher verdient hatte, hatte dieser den praktischsten Effekt. Wenn in der nächsten Woche alles gut lief, würde er offiziell zum Team der Wolfsmenschen gehören, was bedeutete, dass er wahrscheinlich eine ganze Reihe von Nachteinsätzen machen würde. Die Fähigkeit, in der Dunkelheit perfekt sehen zu können, auch wenn seine Sichtweite eingeschränkt war, würde eine *enorme* Hilfe sein.

Sam wartete noch ein paar Minuten ab, beobachtete den Verkehrsfluss und hielt Ausschau nach jemandem, der von der Hochschule sein könnte. Sam bezweifelte sehr, dass er Octavius oder andere Leute hier würde herumschleichen sehen. Warum sollten die Magier die Tore bewachen, wenn niemand eine Nacht außerhalb der Mauern überlebte? Trotzdem war Sam nicht so weit gekommen, um durch Leichtsinn alles zu verlieren. So war er schließlich erst in diesen Schlamassel geraten, jetzt war es an der Zeit, die Dinge *vorsichtig* anzugehen.

Also wartete er. Er beobachtete die Spieler, ja, aber vor allem beobachtete er die beiden Stadtwachen in ihren Kettenhemden. Beide Wachen waren älter, Mitte vierzig oder Anfang fünfzig und sahen erschöpft aus von unzähligen Nächten mit zu wenig Schlaf. Sie winkten die Leute träge durch das Tor, ohne sie eines Blickes zu würdigen. Einer unterdrückte ein gewaltiges Gähnen mit der geschlossenen

Faust. Der arme Kerl sah aus, als könnte er jeden Moment dort, wo er stand, in Ohnmacht fallen.

In der Gewissheit, dass es sich nicht um eine ausgeklügelte Falle handelte, die ihn in ein falsches Gefühl der Sicherheit locken sollte, wartete Sam darauf, dass eine besonders große Gruppe von Abenteurern hinausschlüpfte, bevor er aus seinem Versteck hervorkam und sich hineinschlich. Trotzdem erwartete Sam halb, das Klappern von Waffen und das Klingeln von Warnglocken zu hören, aber nichts davon geschah. Er hatte es geschafft! Er war trotz aller Widrigkeiten der Hochschule entkommen, hatte die Nacht im Freien überstanden und es irgendwie ohne Zwischenfälle zurück in die Stadt geschafft. Sam grinste wie ein Verrückter und pfiff leise, als er in das Gewirr von Straßen und Gassen der Stadt schritt.

Trotz seiner plötzlichen guten Laune und dem frischen Ausbruch von Optimismus gab es immer noch eine Sache, die er überprüfen musste – den Stadtplatz, auf dem Spieler, die an Ardania gebunden waren, wieder auftauchten. Wenn die Magier in großer Zahl unterwegs waren und nach ihm suchten, war das der wahrscheinlichste Ort, an dem sie sich aufhielten. Sam wollte nicht erwischt werden, aber er wollte auch wissen, mit welcher Art von Gegner er es zu tun hatte. Wenn die Hochschule einen einzelnen Kopfgeldjäger geschickt hatte, wäre es einfach, in einer Stadt dieser Größe eine einzelne Person zu umgehen. Hätten sie dagegen einen Zug von Kopfgeldjägern und eine Schwadron von Magiern geschickt, um ihn zu fangen, würde Sam in den nächsten Tagen und Wochen viel vorsichtiger vorgehen müssen.

Der Plan stand fest und Sam ging zügig los – nicht schlendernd, aber auch nicht rennend. Er wollte wie jemand aussehen, der seinen Platz hatte, nicht wie jemand, der etwas zu verbergen hat.

<Wow, dieser Ort hat sich wirklich verändert, seit ich das letzte Mal frei war>, staunte Bill in seinem Kopf. <Ich habe den Erzmagier nie besonders gemocht, aber König Henry war immer ein guter Kerl. Ich habe in den ersten Tagen für ihn gekämpft, damit er die Krone übernimmt und er hat der Stadt definitiv gut getan.>

»Warte. Was?«, flüsterte Sam wütend. »Du kennst den König persönlich?«

<Hey, du weißt, dass wir reden können, ohne zu reden, oder?> Bill klang ein wenig verärgert. <Wir haben eine telepathische Verbindung, also wenn du ganz fest an mich denkst, können wir von Geist zu Geist plaudern und niemand wird es merken. Vielleicht könntest du das mal ausprobieren, damit es nicht so aussieht, als wärst du ein verrückter Landstreicher, der vor sich hin plappert. Denn das wird definitiv unerwünschte Aufmerksamkeit auf sich ziehen.>

Sam fühlte sich, als hätte ihn gerade jemand geohrfeigt. Er konnte mit Bill telepathisch sprechen? Aber wie? Sams Schritte stockten und er blieb mitten auf der Straße stehen und verursachte einen kleinen menschlichen Stau, der ihm ein paar hitzige Worte von vorbeihastenden Reisenden einbrachte. Sein Talent Instinktives Zaubern schien ihm auch hier zu helfen, denn nach nur wenigen Sekunden war er in der Lage, ein Nervenbündel *in seinem Inneren* zu lokalisieren. *Das* war jetzt interessant.

Er schlurfte an den Straßenrand und lehnte sich an ein Backsteingebäude, während er die Augen fest zusammenpresste. Er stellte sich seinen Kern vor, so wie Magierin Akora ihn gelehrt hatte. Sein Zentrum entfaltete sich vor ihm wie eine Schriftrolle. Sam erkannte sofort den blau-weißen

Wirbelsturm, der sein eigener Kern war, aber seltsamerweise befand sich nicht weit von seinem Kern eine zweite Kugel aus wirbelnder, goldener Energie.

Bills Kern?

Die beiden waren durch eine dünne Energieranke verbunden, die nicht dicker als ein paar Haarsträhnen war. Sam stellte sich den goldenen Ball vor, der Bill war und schickte eine Welle der Absicht aus seinem Kern heraus, die ihn durch das dünne Band des verbindenden Manas schob.

<KANNST ... DU MICH HÖREN?>

<*Hey, wow. Kein Grund zu schreien*>, schoss Bill süffisant zurück. <*Vielleicht solltest du dich weniger konzentrieren. Ja, ich kann dich definitiv hören.*>

<Entschuldige bitte>, schickte Sam und ließ diesmal nur ein Rinnsal von ›Absicht‹ durch das Band.

<*Perfekt. Genau so geht es. Mach dir nichts draus. Das war ziemlich gut, wenn man bedenkt, dass du zum ersten Mal mit deinen Gedanken sprichst. Also, warum gehen wir nicht weiter? Die Leute sehen uns schon komisch an.*>

<Richtig. Natürlich>, Sam senkte den Kopf und setzte seine Füße wieder in Bewegung. <So zurück zu dem Punkt, dass du den König persönlich kennst. Das hättest du vielleicht vorher erwähnen sollen.>

<*Hey, wir kennen uns gerade mal seit zwölf Stunden. Falls du das Memorandum nicht erhalten hast, ich bin über 300 Jahre alt. Es ist schwer, während der Lebensspanne einer typischen Eintagsfliege ein ganzes Leben an Geschichten weiterzugeben. Außerdem waren wir damit beschäftigt, nicht von Magiern und Wolfsmenschen ermordet zu werden. Aber, ja, ich kannte den König. Ob du es glaubst oder nicht, aber ich habe meine Karriere als Bravi begonnen. Schwertrufer. Wir konnten Klingen zu uns rufen, egal wo wir waren und obwohl*>

der Bravi eine Nahkampfklasse ist, konnten wir Mana durch beschworenen Stahl kanalisieren.>

<Wir waren die Besten, Packesel>, fuhr er fort, fast wehmütig klingend. *<Die Allerbesten. Mein Orden und ich waren Söldner, wir nahmen Auftragsarbeit für den Höchstbietenden an. Damals war der Höchstbietende ein mutiger, junger Ex-Prinz namens Henry, der hoffte, die Scherben der zerrütteten Menschheit zusammenzufügen und zu etwas Neuem zu schmieden. Zu etwas Besserem. Er wollte die Stadt bauen, die du hier siehst. Er war ein guter Junge. Klug. Vor allem hatte er das nötige Kleingeld, um sich die Dienste meines Ordens zu sichern. Daher stammen der Hut und die Federkielklinge, weißt du. Das waren die Markenzeichen der Bravi, obwohl es – soweit ich weiß – keine Praktizierenden meiner Kunst mehr gibt.>*

<Und wie wurdest du von einem Söldner im Dienste des zukünftigen Königs zu einem Bibliomanten und dann ... nun, du weißt schon ... Ein Buch?>

<Das ist eine Geschichte für ein anderes Mal, Sam. Bleib wachsam. Wir sind da.>

Die Straße schloss direkt an den Hauptplatz der Stadt an, der von dem riesigen Brunnen dominiert wurde, der als Bindungspunkt für die überwiegende Mehrheit der mit der menschlichen Rasse verbündeten Spieler diente. Sam kroch in einen schattigen Bereich, der von einer bunten Seidenmarkise geworfen wurde. Er schnappte sich den extravaganten Hut vom Kopf und zog eine Lehrlingskutte aus seiner Flasche des Trunkenbolds. Der Bravi-Hut war beeindruckend, aber er hob sich in der Menge ab wie eine Straßenfackel, die schrie: ›Seht mich an!‹ Das war Aufmerksamkeit, die er nicht wollte.

Sam überblickte das wahre Meer von Menschen, die sich auf dem Platz tummelten. Es dauerte weniger als dreißig

Sekunden, bis er Octavius entdeckte. Der Spitzenstudent fiel auf durch seine farbenfrohe und stattliche Robe, den finsteren Blick, der sein Gesicht wie eine Gewitterwolke zierte und natürlich durch die vier Hochschul-Wachen, die in einem losen Kreis um ihn herumstanden und alle versuchten, lässig auszusehen, was ihnen aber nicht wirklich gelang.

<*Junge, wir haben da wirklich in ein Hornissennest getreten*>, bemerkte Bill.

<Ja, ich sehe Octavius>, antwortete Sam leise.

<*Ha. Du bist so süß naiv. Ich rede nicht von dem offensichtlichen Magier mit den offensichtlichen Wachen, die alle extrem offensichtlich sind. Sieh genauer hin. Achte auf die Seitenstraßen, die oberen Hausfenster. Abgrund, sogar die Anzahl der einfach aussehenden ›Bürger‹, die nur in Gruppen von zwei oder drei herumhängen.*>

Sam hielt inne und riss seinen Blick von Octavius los, um den Platz zum ersten Mal *wirklich* zu betrachten. Was er dieses Mal sah, stahl ihm den Atem aus den Lungen. Schlicht gekleidete Männer und Frauen, die sich an Waffen klammerten, die viel zu beeindruckend für so eine frühe Spielphase waren. Stadtwachen mit verschlagenen Augen. Eine unverhältnismäßig große Anzahl von ›Bürgern‹ in schlichten, braunen Gewändern – offensichtlich eine Ausrüstung für ›neue Spieler‹ – die gleichzeitig verzauberte Stäbe und schlanke Zauberstäbe in der Hand hielten. Diese magischen Waffen verrieten die wahre Geschichte – mächtige Magier, die sich im Verborgenen hielten. Diese Leute warteten alle nur darauf, dass ein lästiger Hexenmeister wieder auftauchte, damit sie ihn ohne Probleme festnehmen konnten.

»Wow, ich stecke in *so* vielen Schwierigkeiten«, murmelte Sam. Er wusste, dass er sich mit dem Überfall auf die Bibliothek und der Befreiung von Bill ein paar mächtige Feinde gemacht hatte, aber es mussten ganze zwanzig Magier hier sein und mindestens doppelt so viele Hochschul-Wachen. Er würde vorsichtig vorgehen müssen, besonders in den nächsten Tagen. Seine Unterkunft in der Hochschule konnte er verständlicherweise abschreiben, also würde er sich eine neue Bleibe suchen müssen, während er den Kopfgeldjägern der Hochschule aus dem Weg ging. Außerdem musste er einen Weg finden, den gefangenen Wolfsmenschen zu befreien, sich vergewissern, dass es Finn gut ging, Octavius' Zauber entgleisen lassen – und das alles, während er versuchte, eine brandneue Klasse zu meistern.

»Ich werde es ganz allein tun müssen«, flüsterte er unter seinem Atem, während er die Magier beobachtete.

<Allein?>, mischte sich Bill fröhlich ein, <*Du bist nie allein. Nicht mehr! Wer braucht schon gesunde Grenzen?*>

<Ich könnte nicht begeisterter sein>, entgegnete Sam rundheraus.

<*Ich habe das unbestimmte Gefühl, dass du vielleicht sarkastisch bist. Gibt es da, wo du herkommst, Sarkasmus?*> Sam blickte finster auf das Buch als Antwort. <*Okay. Dann war das definitiv Sarkasmus. Aber, die Sache ist die. Du solltest wirklich froh sein, mich als Wegbegleiter in deinem Kopf zu haben, denn ich bin ein riesiger Wissensspeicher. Erstens weiß ich so ziemlich alles, was es über den Grundriss der Hochschule zu wissen gibt, also wenn uns jemand ungesehen rein und wieder raus bringen kann, dann doch wohl ich. Obwohl, um das zu tun, musst du dich wirklich anstrengen, aber das bringt mich zu Punkt zwei. Ich bin zufällig ein bibliomantischer Talent- und Klassentrainer. Der einzige, um genau zu sein.*>

<Warte>, Sams Augenbrauen hoben sich schockiert in Richtung Haaransatz, <Du bist ein Talenttrainer? Willst du

mir sagen, dass *du* mir Zaubersprüche und passive Talente beibringen kannst?>

<*Äh ... ja. Ich meine, als Erfinder und Begründer dieses speziellen Pfades kann ich dir alles beibringen, was du wissen musst, um der böseste Bücherschleuderer zu werden. Als ehemaliger Bravi bin ich zudem gar nicht so schlecht mit der Klinge, was bedeutet, dass ich dir ein oder zwei Dinge über den Umgang mit deiner Federkielklinge beibringen kann. Zugegeben, es gibt ein paar Talente und Fähigkeiten, die du noch nicht lernen kannst, weil du das geistige Niveau einer gewöhnlichen Hauskatze hast, aber mit ein bisschen Zeit, Ausdauer und Training machen wir etwas Besonderes aus dir. Da wir Partner sind, würde ich dir meine Dienste nicht einmal in Rechnung stellen ... abgesehen von der Unterkunft und Verpflegung, weil ich in deinem Kopf leben darf.*>

<Oh! Wie großzügig von dir>, schickte Sam zurück, aber er konnte sich ein Grinsen nicht verkneifen.

<*Ah, denk dir nichts dabei. Warte! Nein. Ich nehme das zurück. Bitte denke daran, wie großzügig ich* üblicherweise *bin. Am besten, wir legen los. Wir haben nur eine Woche zur Verfügung, also müssen wir ein paar ernsthafte Vorbereitungen treffen. Das beginnt mit einem Ausflug in den Laden. Leider kann es teuer werden, ein Bibliomant zu sein, also hoffe ich, dass du ein paar Extra-Münzen herumliegen hast. Entweder das oder wir müssen kreativ werden und dich in einen Klepto-manten verwandeln. Unser erster Pflichthalt sollte ein gewöhnlicher Buchladen sein. Irgendwo, wo man Pergament, Spezialtinte und Material für Manainfusion kaufen kann.*>

Sam wandte sich ab, bewegte sich langsam, aber zielstrebig, um keine unerwünschte Aufmerksamkeit auf sich zu ziehen und entfernte sich so stetig vom Stadtplatz.

Sobald er ein paar Blocks entfernt war, tauschte er die gewöhnliche Lehrlingskutte gegen seinen extravaganten Kavaliershut. Jetzt, da Sam die Geschichte des Hutes kannte – dass er eine Verbindung zu einer dreihundert Jahre alten Klasse war, die schon lange tot war – fühlte er eine neue Welle des Stolzes, ihn auf dem Kopf zu haben, egal wie albern er damit aussah.

Es dauerte eine halbe Stunde und eine Runde höflicher Erkundigungen, aber schließlich fand sich Sam vor einem urigen Backstein-Buchladen wieder, der *Die beschworene Schriftrolle* hieß. Laut der Handvoll Leute, mit denen er geplaudert hatte, war dies der beste und *günstigste* Buch- und Papiergroßhändler im gesamten nördlichen Teil der Stadt, den die Einheimischen Upper North Fulham oder kurz UpNoHam nannten.

Das Innere der *Beschworenen Schriftrolle* war fast genau so, wie Sam sich eine magische Buchhandlung vorgestellt hatte. Der Ort war eher schwach beleuchtet und roch nach poliertem Holz, altem Leder, dem beißenden Gestank von abgefüllter Tinte und dem muffigen Geruch von Unmengen von altem Papier. Massive Bücherregale nahmen den größten Teil der Wandfläche ein und zeigten eine stattliche Anzahl von in Leder gebundenen Bänden.

Nachdem er einige Zeit im *Unendlichen Athenäum* verbracht hatte, wirkte dieser Ort geradezu … urig. Lederne Clubsessel verteilten sich auf dem ansonsten offenen Grundriss, alle vor schweren Schreibtischen positioniert, die aussahen wie Arbeitsbereiche für die Lernwilligen. Außerdem gab es mehrere Vitrinen mit Glasfronten, in denen besonders wertvolle Bücher, Fässer mit magischer Tinte und verzauberte Federkiele ausgestellt waren.

»Na, hallo, junger Mann!«, krächzte eine eher mausgraue Frau, die sich um eine der Vitrinen im hinteren Teil des

Ladens kümmerte. Sie war gut fünfzehn Zentimeter größer als Sam, dafür aber fast skelettartig hager, mit kantigen Gesichtszügen und einem ziemlich verkniffenen Gesicht. Ihr braunes Haar war am Hinterkopf zu einem festen Knoten hochgezogen und betonte ihre Wangenknochen, die scharf genug aussahen, um Glas zu schneiden. Sie trug eine dickrandige Brille mit seltsamen Runen, die direkt über das Glas geätzt waren. Sie faltete ihre Hände auf der Milchglasvitrine und lächelte, was ihr Gesicht augenblicklich von streng zu warm und offen werden ließ. »Womit kann ich Ihnen heute helfen?«

<*Oh, dieser Ort ist genau das was wir suchen*>, krähte Bill gierig. <*Ooh ... schau dir die Romanabteilung an! Ich wette, ich könnte dort den ganzen Tag das Komma-Sutra üben! Oh, ah ... sag ihr, dass wir genau das brauchen ...*>

Kapitel 27

»Das Zimmer ist gleich hier entlang, junger Herr. Genau hier entlang.« Der Gastwirt humpelte vor Sam her, die Knie seltsam gebeugt, als hätte er ein ganzes Leben auf dem Rücken eines Pferdes verbracht. Was Sinn ergab, wenn man bedenkt, dass das Gasthaus *Zum robusten Sattel* hieß. Die Dielen knarrten, quietschten und stöhnten unter den schweren Schritten des Gastwirts und die schwachen, orangefarbenen Flammen, die am Ende der Talgkerzen tanzten, flackerten, als Sam vorbeiging.

Der Gastwirt schien ganz nett zu sein, aber der *Robuste Sattel*? Nicht so sehr. Es lag mitten in einem Teil der Stadt, der als ›Cheapside‹ bekannt war und Sam begann zu vermuten, dass der Name wohl verdient war. Im Gegensatz zu den anderen Gegenden von Ardania, die er bisher besucht hatte, war Cheapside heruntergekommen. Das Gasthaus war nicht anders. Alles war brauchbar – zumindest im *technischen* Sinne des Wortes – aber abgenutzt, schmutzig und wurde mit guter alter Ellbogenschmiere zusammengehalten. Sam hatte noch nie Ellbogenschmiere *gesehen*, aber er war sich ziemlich sicher, dass die Kleckse aus schwarzem … *irgendetwas* …, die die Treppe zusammenhielten, genau aus diesem Zeug bestanden.

Aber wenn es einen Ort gab, an dem er wahrscheinlich sicher sein würde, dann war es Cheapside. Die Magier waren mächtig, daran bestand kein Zweifel, aber Cheapside war die Heimat von schlechten Schauspielern jeder Art.

Nachdem er die *Beschworene Schriftrolle* um volle zweihundert Gold ärmer und mit genug Federkielen, Pergament und Tinte beladen verlassen hatte, um einen Elefanten zu ertränken, hatte Sam gelernt, dass Cheapside der Bruderschaft der Aufrechten – der örtlichen Diebesgilde – genauso sicher gehörte wie die Hochschule den Magiern. Auch die Wache mied diese Gegend, es sei denn, es gab einen Aufstand und obwohl die Magier *theoretisch* hierher kommen könnten, würden sie es normalerweise nicht tun.

Zum einen würde sich kein Magier freiwillig erniedrigen, indem er einen ›edlen‹ Fuß in die Nähe eines Slums setzt. Zum anderen befanden sich die Aufrechten in einer Art stillem Krieg mit den Magiern, was es für jeden Magier zu einer gefährlichen Angelegenheit machte, sich in dieser Gegend aufzuhalten. Es war ein *perfekter* Ort für Sam, um sich zu verstecken; allerdings musste er sich vor Halsabschneidern in Acht nehmen, die ihm die Kehle aufschlitzen und ihn bis aufs letzte Hemd ausrauben wollten. Nicht unbedingt in dieser Reihenfolge.

Der Gastwirt blieb schließlich vor einer unscheinbaren Tür im dritten Stock stehen und angelte einen Satz baumelnder Schlüssel aus seinem Gürtel. Seine Hände zitterten leicht, als er einen dicken Messingschlüssel abstreifte und das Schloss der Tür mit einem kräftigen *Klirren* öffnete. Der Gastwirt blickte über eine gebeugte Schulter und schenkte Sam ein herzhaftes, schiefes Lächeln, das von Zahnlücken dominiert wurde. Er schob die Tür auf, reichte Sam den Schlüssel, erwähnte, dass es zwischen sechs und neun Uhr ein kontinentales Frühstück gab und verbeugte sich dann nach einer kurzen Runde des Gute-Nacht-Wünschens.

Sams provisorische Unterkunft war genauso heruntergekommen wie alles andere im Gasthaus, aber der Raum selbst war deutlich *größer* als sein bisheriges Zimmer in der Magierhochschule. Ehrlich gesagt war es nicht in schlechterem Zustand, was alles darüber aussagte, wie die Hochschule seine Anwärter behandelte. Es gab ein schmales Doppelbett mit einer entsetzlich lumpig aussehenden Matratze und einen kleinen Beistelltisch mit einer gesprungenen Porzellanschüssel und einem Krug Wasser. In der Ecke stand ein klobiger Kleiderschrank, der überlebt zu haben schien, als er von einem Balkon im dritten Stock gefallen war. Vielleicht sogar mehrmals.

<*Das ist perfekt!*>, dröhnte Bill und schlug aufgeregt mit dem Buchdeckel. <*Nun, ich meine, es ist alles schrecklich – ich bin sogar irgendwie froh, dass ich keinen Körper mehr habe … Auf dieser Matratze zu schlafen ist wahrscheinlich eine schlimmere Qual als alles, was die Magier dir angetan hätten – aber der Raum selbst wird für unsere Zwecke gut funktionieren! Wir sollten mehr als genug Platz für das haben, was wir tun müssen. Ich meine, es ist immer möglich, dass wir diese ganze flohverseuchte Hütte aus Versehen niederbrennen, aber wir werden unser Bestes tun, um das zu vermeiden! Also, ich sage, wir machen uns an die Arbeit!*>

»Ja, was das angeht.« Sam kickte seine Stiefel weg. »Eine Kleinigkeit wäre da noch …«

<*Und die wäre?*>

Daraufhin ließ sich Sam bäuchlings auf das Bett fallen, das genau so unbequem war, wie es aussah und sein Kopf landete im Nu auf dem Kissen. Obwohl sowohl das Bett quietschte als auch Bills schnatternde Stimme weiterredeten, war Sam in weniger als einem Wimpernschlag eingeschlafen.

Irgendwann später schreckte er auf, obwohl es schwer zu sagen war, wie lange er geschlafen hatte. Als er durch die hölzernen Lamellen blickte, die das einzige Fenster des

Zimmers bedeckten, sah er, wie das goldene Licht des späten Nachmittags alles überflutete und Cheapside wie eine Art idyllischen Touristenort aussehen ließ, genau die Art von Ort, die er auf dem europäischen Festland erwartet hätte. Es sah so aus, als bekäme er doch noch seinen Urlaub oder zumindest Teile davon. Dieser Urlaub kam mit einem zusätzlichen Bonus – Magie.

Sam grinste bei dem Gedanken und zog sich aus dem Bett, er fühlte sich so gut wie *schon lange nicht mehr.*

Schwächung entfernt: Schlafentzug III. Entfernter Effekt: -5 Intelligenz, -5 Weisheit, -30 % Ausdauer.

Nun ... das erklärte einiges. Er öffnete seinen Statusbildschirm und beschloss, sich einmal richtig umzusehen. Sam fand eine Registerkarte mit aktiven Effekten und bemerkte eine ›Stinkend IV‹-Schwächung, der sein Charisma um acht Punkte senkte und die Preise um vierhundert Prozent erhöhte. Außerdem gab es die Schwächungen ›Verhungert II‹ und ›Dehydriert III‹, die sein Mana und seine Ausdauer um zwanzig beziehungsweise dreißig Prozent reduzierten. Dann bemerkte er, dass er fünfzehn freie Talentpunkte hatte.

»Soll ich sie ausgeben ... oder warten, bis ich sie in etwas einbringen kann, das von Bedeutung ist?« Sam schwankte hin und her und entschied dann, dass er, wenn er schon so lange warten wollte, auch noch ein bisschen länger warten konnte.

Name: *Sam_K ›Horninchen-Schnitter‹*
Klasse: *Bibliomantischer Zauberer*
Beruf: *entsperrt*
Stufe: *6*

Erfahrungspunkte: *20.523*
Erfahrungspunkte zur nächsten Stufe: *477*
Trefferpunkte: *120/120*
Mana: *373,5/373,5*
Manaregeneration: *12.6/Sek.*
Ausdauer: *135/135*

Charakterattribut: *Grundwert (Modifikator)*
Stärke: *20 (15+5 Ausrüstungsbonus) (1,15)*
Geschicklichkeit: *26 (21+5 Ausrüstungsbonus) (1,21)*
Konstitution: *17 (1,17)*
Intelligenz: *36 (1,36)*
Weisheit: *35 (1,35)*
Charisma: *20 (15+5 Ausrüstungsbonus) (1,15)*
Wahrnehmung: *12 (1,12)*
Glück: *12 (1,12)*
Karmisches Glück: *-6*

Okay, die Dinge waren nicht *perfekt*. Er war ein abtrünniger Magier auf der Flucht vor der Hochschule und im Begriff, die gesamte Menschheit zugunsten der Wolfsmenschen zu verraten. Vorausgesetzt, er *schaffte es überhaupt*, Octavius aufzuhalten, was alles andere als garantiert war. Also … vielleicht lief nicht alles nach Plan, aber er hatte es geschafft, aus der Hochschule zu fliehen und war nicht gerade in Ketten gewickelt. Er war mit Bill entkommen, er hatte eine neue Bleibe, weit weg von der Stadt und was am wichtigsten war, er würde sich mit rücksichtsloser Hingabe in seine neue Klasse stürzen und hoffentlich ein paar raffinierte neue Tricks lernen.

<*Ich sehe, du bist endlich damit fertig, nervtötend menschlich zu sein*>, spottete Bill über ihn.

»Was, du schläfst nicht?« Sam unterdrückte ein gewaltiges Gähnen, während er auf seine Füße kletterte.

<Pffft. Schön wär's. Manchmal kann ich tief genug meditieren, um den Schlaf zu imitieren – oder meinen Verstand für eine Weile auszuschalten – aber Bücher haben nicht den Luxus von echtem Schlaf. Nun, wenn du endlich damit fertig bist, mir deine ausgefallene Fähigkeit träumen zu können unter die nicht-existente Nase zu reiben, lass uns endlich zum Zaubern kommen! Wenn wir die Woche überleben wollen, musst du gut werden und zwar schnell. Also ... wir haben wirklich keine Zeit zu verschwenden.>

»Vielleicht erst mal ein kleines Frühstück?« Sam unterdrückte verlegen das Grummeln in seinem Magen.

<Schlafen. Träumen. Jetzt essen? Lass mich raten, danach willst du ein Bad. Du willst mich nur leiden sehen, nicht wahr?>, grummelte das Buch.

Sam schlüpfte zwanzig Minuten später zurück ins Zimmer, den Bauch voll und zufrieden, nachdem er eine Schüssel mit sehr fragwürdigem ›Rinder‹-Eintopf verputzt hatte, der mit freundlicher Empfehlung des Gasthauses vor ihm auf dem Tisch abgestellt worden war. Ein ›kontinentales Frühstück‹ in der Tat. Wenigstens war er kein Fan von Kaffee, sonst wäre er noch mehr enttäuscht gewesen.

<Aufregend. Nun, wenn du tatsächlich fertig bist, können wir dann bitte, bitte, bitte anfangen?>

»Ich bin ganz Ohr«, stimmte Sam mit einem Nicken zu.

Bill war einen langen Moment lang still. <War das eine Anspielung darauf, dass ich keine Ohren habe?>

»Ich könnte deine Seiten mit ein paar Eselsohren versehen, wenn du wirklich welche willst?«

<Ich werde das nicht einmal mit einer Antwort würdigen. Bleiben wir einfach bei der Sache, okay? Also, das Wichtigste

zuerst. Wir müssen unsere Vorräte inventarisieren. Lege sorgfältig alles aus, was wir gestern gekauft haben ... oder war es heute Morgen? Mann, es ist schwer, das Zeitgefühl zu behalten.>

»Wir gehen noch mal durch, *warum* du mich dazu gebracht hast, mein Bankkonto für dieses Zeug fast komplett zu leeren, richtig?« Sam versuchte, nicht daran zu denken, dass er über zehntausend Dollar in der realen Welt für etwas ausgab, dessen Nutzen er nicht erkennen konnte.

<Du denkst, dass das Kollegium nicht anfangen wird, ein Auge auf die Bank zu werfen, jetzt wo du verschwunden bist? Betrachte die Bank jetzt als feindliches Gebiet der Stufe 50.> Bills Worte klangen wahr, sodass Sam nur grummeln konnte, ehe er sich vor das Bett kniete.

Er öffnete seine Bodenlose Flasche und zog vorsichtig jeden Gegenstand aus dem magischen Behälter, ordnete sie in geordneten Spalten und Reihen an, damit es einfacher sein würde, zu katalogisieren, was sie hatten. Zuerst kam das Papier, große Stapel von fein gepresstem Papyrus, hochwertigem Pergament und noch teurerem Velinpapier. Alles in allem fünfhundert Blatt Schreibmaterial. Als Nächstes fügte er das Buchbinderwerkzeug hinzu, das er mitgenommen hatte. Er holte eine Ahle mit Holzgriff und rasiermesserscharfer Spitze heraus, ein Falzbein aus Wolfsknochen, mehrere Spulen mit gewachstem Garn in verschiedenen Farben, mehrere lange, gebogene Nadeln und einen Leimpinsel sowie eine Glasflasche mit dem Äquivalent von Epoxidharz.

<Ein großer Teil des Bibliomantentums ist die Verwaltung von Vorräten und Inventar>, erklärte Bill, während Sam daran arbeitete, die Stapel zu ordnen und die Ausrüstung zu sortieren. *<Siehst du, die Sache ist die, dass wir einige*

wirklich coole Zauber durchführen können – wie du gleich herausfinden wirst – aber alles, was wir tun, hängt von den Zutaten ab. Auch wenn es sich technisch gesehen um eine Zauberer-Klasse handelt, die wiederum eine Unterklasse des Magiers ist, bist du an dieser Stelle funktionell ein spezialisierter Verzauberer. Mehr dazu in einer Sekunde.>

Nachdem das Pergament und die Buchbindematerialien ausgelegt und abgezählt waren, fügte Sam Federkiele in verschiedenen Größen, Arten und Farben hinzu. Federkiele aus Fischadlerfedern mit feinen Metallfedern, andere sorgfältig aus Falkenfedern mit Knochenspitzen gefertigt. Die Federvariationen waren vielfältig – Pfau, Adler, Falke, Geier – die Federtypen ebenso vielfältig – Eisen, Gold, Silber, Bronze, Jade, Knochen ... Diamant.

Für Sam schienen die Unterschiede größtenteils kosmetisch zu sein, aber Bill *bestand darauf,* dass das nur daran lag, dass er nicht wusste, was er tat, weil er noch nicht das *wahre Auge* eines Weltklasse-Bibliomanten hatte. Laut Bill würden die verschiedenen Sorten Sam erlauben, eine größere Vielfalt an Zaubersprüchen zu schreiben und sie obendrein viel mächtiger zu machen.

Willst du einen Zauber mit zerfallenden Elementen entfesseln? Nun, dann nimmst du einen Onyxgeier-Federkiel mit einer speziellen Basiliskknochen-Feder. Ein Luftzauber? Eine Habichtfeder mit einer Kristallspitze. Es ergab alles einen seltsamen Sinn, als Bill es erklärte, aber Sam konnte sich nicht einmal ansatzweise vorstellen, wie jemand ohne einen Lehrmeister über diese Art von Informationen stolpern konnte.

Danach kamen die Tinten, die genauso einzigartig, seltsam und vielfältig waren wie die Federkiele. Es gab mehrere verschiedene Arten von schwarzer Tinte, die auf den ersten Blick alle gleich aussahen. Ein kleiner Zettel, der mit einem Stück brauner Schnur an jeder Flasche befestigt war, vermittelte dem neugierigen Käufer jedoch ein ganz anderes Bild. Ja, die *Basis* der Tinte war dieselbe, aber jede Flasche war mit einer Vielzahl verschiedener alchemistischer Zutaten gemischt – alles von Warzenkraut und Weißdorn bis hin zu Hornissenhonig und Rosmarin.

Diese alchemistischen Mischungen *grundierten* die Tinte, sodass sie, wenn sie schließlich mit Mana infundiert wurde, verschiedene Mana-Aspekte auf natürliche Weise leichter manifestieren würde. Es war ein hinterhältiger, kleiner Trick, der es einem erfahrenen Magier ermöglichte, seine Zaubersprüche aufzuladen, was den Schaden, die Reichweite oder die Wirkungsdauer erhöhte, um nur einige mögliche Vorteile zu nennen.

Sam holte die Bücher heraus, die er bei seinem Raubzug durch die Bibliothek mitgenommen hatte. Mit einem Anflug von Genugtuung über seine Ausbeute legte er *Fundamentalwissen der Kernkultivierung*, *Brillante Blüten: Eine Feldanleitung für grundlegende Kräuterkunde*, *Das Buch der verlorenen Beschwörungen – Wiederentdeckt!*, *Kompaktes Fundamentalwissen der Elementarmagie – Aeolus-Ausgabe*‹auf das Bett, gefolgt vom letzten Band, den er im Bibliotheksbereich für die Weisen gefunden hatte: *Kompendium der geschützten und gefährlichen Orte*. Dann zauberte er die beiden gebundenen Bände herbei, die derzeit in Bills Seelenraum versteckt waren und stellte sie neben die anderen Bücher.

Bill pfiff, als er die Fundgrube an Gegenständen begutachtete. ‹*Das hast du gut gemacht, Junge. Ehrlich. Das ist ein ordentlicher Tritt in den Hintern von diesen Säcken an der Magierhochschule. Besonders diese Bücher. So viele Bücher, von dieser Qualität? Das wird das Spiel für uns verändern. Der Basiszauber, den wir für so ziemlich alles benutzen, ist ›Orbitalzauberbücher einsetzen‹. Das ist die Grundlage der Bibliomanten-Klasse und der primäre Mechanismus, mit dem du und ich Magie schleudern, verstanden?>*

Sam blinzelte, schürzte die Lippen, legte die Stirn in Falten. »Ja, da bin ich mir nicht ganz sicher.«

<Amateur. Gut, lass mich mit den Grundlagen beginnen. Als Bibliomantischer Zauberer, der eine Variante der Klasse Bibliomant ist, kann man eine Unmenge von Zaubern lernen, aber man kann nur sechs aktive Zauber zu einem bestimmten Zeitpunkt haben und das liegt daran, dass man außer mir nur sechs Bücher zu einem bestimmten Zeitpunkt binden kann. Die Zahl ist sechs, weil das die maximale Anzahl an Wälzern ist, die ich an mich binden und in meinem Seelenraum aufbewahren kann. Ergibt das einen Sinn?>

Sam nickte. »Sechs Bücher. Sechs Zaubersprüche. Bis jetzt gefolgt.«

<Was für ein Fortschritt! Also gut! Nun, es gibt einige Ausnahmen von dieser Regel, auf die wir jetzt nicht eingehen werden, aber für die meisten deiner aktiven Zauber wirst du eine bestimmte Zauberform an ein bestimmtes Buch binden. Ein Zauberspruch, ein Buch. Wenn du dann diesen Zauber wirken willst, beschwörst du das entsprechende Buch, das um dich herum kreist und deine Feinde mit einem Gedanken mit Zaubern beschießt. Das Tolle daran ist, dass die Zauber so gut wie nichts kosten, um sie in der Hitze des Gefechts zu wirken. Das bedeutet, dass dir fast nie das Mana ausgeht, vor allem, da du bereits über einen respektablen Manapool und eine Monster-Regenerationsrate verfügst.>

»Wo ist das große *Aber*?« Sam kniff die Augen zusammen. »Nach allem, was ich gehört habe, sind die meisten Klassen ziemlich gut ausbalanciert. Das heißt, wenn es einen so großen Vorteil gibt, gibt es normalerweise auch eine Art von bedeutendem Nachteil.«

<Da will jemand aber unbedingt ein goldenes Fleißsternchen bekommen>, strahlte Bill ihn an. <Das ›aber‹ ist, dass deine Zaubermenge durch zwei Faktoren begrenzt ist. Der erste ist, dass es abgrundtief schwer ist, neue Zauber während eines aktiven Kampfes zuzuweisen oder zu tauschen, was bedeutet, dass du vorbereitet in einen Kampf gehen musst. Du wirst sicher mehr als sechs Zaubersprüche lernen, aber du wirst zu jedem Zeitpunkt nur Zugriff auf sechs haben. Zweitens ist die Anzahl der Seiten in einem magischen Buch der begrenzende Faktor dafür, wie oft du einen bestimmten Zauberspruch wirken kannst. Einige Zauber, wie zum Beispiel Papier-Shuriken, haben ein Verhältnis von eins zu eins. Ein Blatt mit Magie durchtränktes Papier pro einem gewirkten Papier-Shuriken.>

Kapitel 28

<Wenn du dreihundert Seiten in einem bestimmten Buch hast>, fuhr Bill fort, Sam zu unterrichten, <dann kannst du diesen Spruch dreihundert Mal fast ununterbrochen raushauen. Aber wenn das Buch dann leer ist? Dann bist du trocken. Punkt. Ende der Geschichte. Andere Zaubersprüche können viel höhere Kosten haben, abhängig von der Komplexität und dem Schadensausstoß des Zaubers, was bedeutet, dass man viel schneller durch die verfügbaren Seiten ist. Pappmachérüstung kostet fünfundzwanzig Blätter pro Zaubereinsatz, da man proportional mehr Papier benötigt, um eine Person zu bedecken, als um einen Wurfstern zu falten. Einige Zauber sind so mächtig und komplex, dass sie ein ganzes Buch voller Seiten benötigen, was sie effektiv zu einmaligen Zaubern macht, die nur ein einziges Mal verwendet werden können, bevor man wieder von vorne anfangen muss.>

»Ganz zu schweigen davon, dass einige der höherwertigen Papiere fast ein Gold pro Stück kosten. Okay«, seufzte Sam, als er an sein fast geleertes Bankkonto dachte, »das ergibt alles Sinn. Ich habe ein paar Fragen: Warum konnte ich Papier-Shuriken und Pappmachérüstung zaubern, ohne vorher Bücher vorzubereiten? Was passiert, wenn die Bücher kein Papier mehr haben? Schiebe ich dann einfach einen Haufen leeres Pergament zwischen die Buchdeckel und mache weiter?«

<Deine Fragen werden immer besser. Du bist vielleicht schon scharfsinnig genug, um irgendwann einen richtiger

Bibliomant zu werden! Also, um deine erste Frage zu beantworten: Bücher der Magie sind etwas Besonderes. Wirklich, wirklich, wirklich besonders, weswegen sie gehortet werden wie Drachengold. Sie sind unglaublich schwer zu bekommen, extrem selten und wahnsinnig teuer, weshalb wir in der Buchhandlung auch keine gesehen haben.>

Bill hielt inne, um seine nächsten Worte richtig wirken zu lassen. *<Jedes dieser Bücher, die du vor dir hast, kostet mindestens fünftausend Goldstücke, vielleicht sogar mehr, da die Magierhochschule die Möglichkeit unterdrückt, sie anderswo zu kaufen. Deshalb solltest du unbedingt ein Buch-Kleptomane werden. Siehst du ein magisches Buch, das nicht an den Tisch genagelt ist? Klau es.>*

Sam saß einen Moment lang einfach nur da, geschockt bis ins Mark. *Fünftausend* Gold oder mehr für ein Buch? Das war lächerlich. Aber wenn es stimmte … über wie viel Reichtum verfügte die Hochschule dann? Sam stotterte nach einer Sekunde: »*Warum* sind sie so wertvoll?«

<Nun, der offensichtliche Grund ist, dass sie Zaubersprüche und andere mächtige Informationen enthalten. Abhängig von der Seltenheit des Buches und der Reinheit seiner Informationen kann ein magischer Band dem Leser sofort einen Zauberspruch beibringen oder einen bekannten Zauberspruch bis in den Expertenrang erheben. Magische Wälzer haben für uns Bibliomanten auch eine sekundäre Funktion. Sowohl die Tinte als auch das Pergament in diesen Büchern sind bereits mit Mana durchtränkt, was bedeutet, dass du mit diesen Büchern zaubern kannst, ohne die Materialien jemals vorzubereiten. Das liegt daran, dass ein anderer Magier die schwere Arbeit bereits erledigt hat. Was bedeutet, dass wir sofort zaubern können, wenn du in Zukunft Bücher stiehlst.>

»Aber das Problem ist, dass es nicht viele magische Bücher gibt, die überall herumliegen«, sprach Sam das Problem laut aus.

<Den Nagel genau auf den Kopf getroffen.>

»Also, was ist mit nicht-magischen Büchern. Können wir die stattdessen auch benutzen?«

<Nee. Leider können wir keine Zaubersprüche aus normalen Büchern sprechen. Sie werden die Befehle nicht annehmen und sie können nicht gebunden werden. Wenn du versuchst, ein normales Buch zu binden, wird es dir im Gesicht explodieren. Du versuchst im Grunde, Mana durch ein Gefäß zu zwingen, das nicht dafür ausgerüstet ist, es zu halten. Sehr gefährlich und du würdest dich wahrscheinlich umbringen. Vielleicht auch ein paar andere Leute, die um dich herumstehen.>

<Was uns zu deiner zweiten Frage bringt>, fuhr Bill fort. <Was passiert, wenn deinen schicken Büchern das mit Mana infundierte Papier ausgeht? Die kurze Antwort ist, du musst sie wieder auffüllen. Easy peasy. Dafür sind diese ganzen Materialien da! Wir müssen Ersatzseiten erstellen. Eine Menge davon. Wenn dann ein bestimmtes Buch leer ist, setzt man die dazu passenden Ersatzseiten ein und bumm, schon ist man wieder startklar. Diesen Teil kann man schnell während des Kampfes erledigen, solange man nicht versucht, die Zauberzuweisung eines Buches zu ändern.>

»Als würde man das Magazin in einem Gewehr austauschen ...« In Sams Kopf fing alles an, sich zu fügen. Obwohl die magischen Bücher *wie* Bücher *aussahen*, waren sie im Grunde sechs magische Maschinengewehre. Einige feuerten schnell und fassten eine Tonne Patronen, waren aber weniger stark. Andere waren mächtiger, hatten aber eine geringere Kapazität für Munition, wie eine Schrotflinte mit großen, tödlichen Projektilen. Einige wenige waren übermächtig, aber nur für den einmaligen Gebrauch, wie ein Raketenwerfer. Aber Sam musste seine eigenen Kugeln herstellen. Die Analogie war nicht perfekt, aber wenn man so darüber nachdachte, half es Sam, die Mechanik des Zauberns als Bibliomant zu begreifen.

»Ich glaube, ich kann dir folgen.« Sam setzte sich abwesend auf das Bett. »Also, noch ein paar Fragen. Wenn ich magisch infundiertes *Papier* habe, könnte ich dann den äußeren Einband eines normalen Buches verwenden?«

<*Nein. Magische Bücher – einschließlich des Einbands – sind speziell hergestellt, um mit Mana infundiertes Papier zu bewahren. Ohne die richtige Hülle wird das Mana langsam auslaufen und mit der Zeit schlecht werden. Manchmal schnell, manchmal langsam. Genauso wie man Tränke in spezielle Flaschen abfüllt oder Fleisch in ein Eisfach legt. Außerdem neigen magische Bücher dazu, von höherer Qualität zu sein und je besser die Qualität deiner Materialien ist, desto besser werden deine Zaubersprüche sein. Sie werden härter zuschlagen, weniger wahrscheinlich beim Wirken scheitern und sogar zusätzliche Schadens- oder Effektboni bieten, wenn du hochwertige Materialien nutzt.*>

<*Gute Vorbereitung ist in dieser Hinsicht von großer Bedeutung. Obwohl du Zaubersprüche aus einem beliebig zugewiesenen magischen Text wirken kannst, werden diese Zaubersprüche etwa dreißig Prozent weniger effektiv sein als vergleichbare Zaubersprüche, die mit Material gewirkt werden, das du selbst vorbereitet hast.*>

»Warte. Was ist? Also sind alle Zauber, die ich bisher gewirkt habe, *ein Drittel* weniger mächtig, als sie hätten sein können?«

<*Du hast es erfasst*>, antwortete Bill. <*Du hast mit schwachen Sprüchen operiert, was dir genau sagen sollte, wie*

mächtig wir werden können, wenn wir ein bisschen Zeit und Geld haben. Wie du siehst, ist das grundlegendste Element, das du für deine Zaubersprüche benötigst, ein Haufen magischer Bücher mit ebenso magischem Papier. Nun, wenn du die Materialien selbst vorbereitest, könntest du zusätzliche Zaubersprüche auf jede Seite ritzen. Willst du einen Papier-Shuriken, der bei Kontakt explodiert? Kein Problem, ritze einfach eine einfache Feuerball-Aktivierung auf die Seite.>

Bill gluckste. *<Ich sage ›kein Problem‹, aber das ist ein ganzer Talentzweig für sich. Wie auch immer. Wenn der Shuriken trifft, erleidet das Ziel den ursprünglichen Schaden, aber dann nimmt es zusätzlichen Schaden, wenn sich der Zauber auf dem Papier entlädt. Das Problem ist, je komplizierter der Zauber ist, desto mehr Zeit und Mana braucht er und desto größer ist die Chance, dass er dir um die Ohren fliegt.>*

Sam stand auf und schritt umher, sein Verstand wirbelte bei all den Möglichkeiten. Mit dieser Klasse würde er vielleicht nie so rein mächtig und sofort vielseitig sein wie einige der anderen Magierklassen. Seine Zauber waren auf Gegenständen aufgebaut, die ihm ausgehen konnten, aber wenn er die Vorräte, das Geld, die Zeit und die Mana-Reserven hatte … war es möglich, dass er seine ›Klasse‹ im Grunde *nach Belieben ändern* konnte. Wenn er sich ganz auf den Kampf konzentrieren wollte, könnte er *theoretisch* sechs verschiedene Versionen von Papier-Shuriken, alle mit unterschiedlichen elementaren Effekten, an sechs verschiedene Bücher binden. Er wäre in der Lage, Shuriken auf Feuer- oder Eisbasis mit gleicher Leichtigkeit zu schleudern, was ihn zu einer Kraft machen würde, mit der man rechnen müsste.

»Das klingt fantastisch!« Ein breites Grinsen machte sich auf Sams Gesicht breit. Immer noch auf und ab gehend, fuhr er sich mit einer Hand durch sein kurzgeschnittenes Haar. »Wo sollen wir anfangen?«

<Ganz am Anfang>, antwortete Bill düster. <Grundkurs Vertragsvorbereitung und Grundlagen der Vertragsmagie.>

Sam spürte, wie ihm der Wind aus den Segeln genommen wurde und eine Schlange des Zweifels ihr ängstliches Haupt in seiner Brust aufrichtete. Vertragsmagie schrie ›Kontrakt‹, was ihn zutiefst beunruhigte. Außerdem klang der Begriff verdächtig nach einer Art magischem Juristenjargon und damit wollte Sam *nichts zu tun haben*. Er hatte die reale Welt hinter sich gelassen in der Hoffnung, Dinge wie Vertragsrecht für eine Weile zu vergessen. »Tut mir leid, sagtest du ... Vertragsmagie? Wie wäre es, wenn wir mit Feuerbällen anfangen? Oder Eisbolzen? Können wir nicht mit etwas Coolen anfangen?«

Bill seufzte in seinem Kopf, das Geräusch war wie ein Wind, der im Sommer durch hohes Gras wehte. <Hör zu, *Packesel*, ich weiß, es ist nicht glamourös, aber das ist eine Lektion, die du am besten jetzt lernst. Ein bibliomantischer Zauberer und schließlich ein Bibliomant zu sein ist nicht glamourös. Es ist eine Menge langweiliger, mühsamer, unglamouröser Arbeit *hinter den Kulissen*, um ein paar Minuten Ruhm auf dem Schlachtfeld zu erhalten. Nur weil etwas langweilig und mühsam *klingt*, heißt das nicht, dass es nicht *mächtig ist*. Was denkst du, welche Klasse der Erzmagier der Hochschule hat?>

Bevor Sam auch nur eine Vermutung wagen konnte, antwortete Bill für ihn: <*Ein Arkaner Kontraktualist – ein Spezialist für Vertragsmagie. Ein Bibliomant ist eigentlich nicht so viel anders als das, was er ist. Es ist eigentlich die andere Seite der gleichen Medaille. Die meisten Magier rümpfen die Nase über Kontraktmagie, weil sie nicht auffällig oder stilvoll ist und die Magier, die sie praktizieren, sind persönlich eher schwache Magier. Sie mögen riesige Manareserven haben, aber sie können mit all dieser Kraft kaum etwas anfangen. Nicht alleine. Meistens ziehen die Kontraktualisten den Kürzeren, denn die meisten von ihnen werden in Verwaltungspositionen in feuchten Räumen tief in den Eingeweiden der Hochschule abgeschoben.>*

<Außer für den Erzmagier und mich, heißt das. Wir haben beide die wahre Macht in Verträgen erkannt. Unsere prägende Arbeit bestand nicht nur aus Papierkram, so viel kann ich dir sagen. Er und ich haben herausgefunden, dass wir durch Vertragsmagie die gewaltigen Kräfte der Magie an uns binden können. Wir wären zwar nicht so mächtig wie andere Magier, aber wir könnten uns die Macht der Mächtigsten zunutze machen und ihre Magie nach unserem Willen beugen.>

<Ich? Ich habe mich darauf konzentriert, Verträge mit den mächtigsten Gegenständen, die mir einfielen, zu erstellen. Der Erzmagier erkannte, dass er mit Vertragsmagie andere Magier versklaven kann. Ein unsichtbares Halsband, das jedem anderen Magieanwender um den Hals gelegt wurde.>

<All das ist uralte Geschichte und geht uns im Moment nicht viel an, aber es gibt eine wichtige Lektion darin. Echte Macht ist nicht immer schick oder auffällig und sie sieht selten so aus, wie man denkt, dass sie aussehen sollte. Wahre Macht ist nicht der Schwerthieb irgendeines Soldaten an der Frontlinie, sondern der Befehl eines Generals, der hunderttausend Soldaten an die Front schicken kann. Wahre Macht beruht im Kern auf der Kontrolle von Kräften, die weit größer sind als das Individuum. So eine Klasse in Eternium zu finden, ist selten. Kontraktualisten, wie dieser Trottel, der Erzmagier, Ritualisten und Bibliomanten, um nur einige zu nennen.>

»Was ist ein Ritualist?«, fragte Sam, dessen Aufmerksamkeit plötzlich geweckt war.

<*Ach. Nichts. Denk nicht mal daran. Der Erzmagier hat den letzten Ritualisten vor zweihundert Jahren zur Strecke gebracht. Ich bezweifle, dass wir wieder einen von denen sehen werden, aber wenn doch ... würg. Sie können sich wie eine Seuche ausbreiten und man weiß nie, was sie vorhaben. Sie verschwinden wochenlang, tauchen dann mit einem einzigen lächerlichen Zauber auf und verschwinden wieder. Der Punkt ist, es gibt Klassen mit echter Macht da draußen und du bist über eine gestolpert. Verschwende sie nicht, denn sie erfordert tatsächliche Arbeit.*>

Sam dachte über die Worte des Buches nach und so sehr er auch widersprechen wollte, wusste er doch, wie recht Bill hatte. Er dachte zurück an sein wirkliches Leben, an die Senatoren und Geschäftsleute, die von Zeit zu Zeit mit seinem Vater zusammenarbeiteten. Die meisten von ihnen waren bescheidene Männer und Frauen. Sie waren nicht sonderlich berühmt und auf den ersten Blick wirkten sie weder gefährlich noch mächtig. Senator Lonstein war fast siebzig, mit einem Schopf silberner Haare und einem Doppelkinn, das wackelte wie eine Schüssel Wackelpudding – er erinnerte Sam tatsächlich an den Erzmagier – aber dieser unscheinbare Mann konnte mit einem Telefonanruf ein Gesetz im Kongress durchbringen oder vernichten. Und Elise Robertson, Geschäftsführerin von BlackWater Trust, konnte jemanden mit ihrer Armee von Anwälten begraben oder ihn mit ihren Zügen von schwarz gekleideten, privaten ›Sicherheits‹-Wächtern auf *physische Art und Weise ausschalten.*

Jeder dieser Wächter – die meisten von ihnen ehemalige Militärs – konnte Elise Robertson wie einen Zweig brechen, doch *sie* war diejenige, die das Sagen hatte, nicht ihre

Angestellten. Das war *echte* Macht ... und das war es, was Bill Sam anbot.

Er war sein ganzes Leben lang vor der Macht geflohen, hatte Angst, dass er nicht ›würdig‹ sei oder dass er sich in jemanden wie Barron Calloway verwandeln würde. Aber er konnte nicht länger vor der Macht weglaufen. Er wäre ein Narr, wenn er Bills Anweisungen ablehnen würde.

»In Ordnung«, Sams Stimme strotzte vor Entschlossenheit, »lass uns ein bisschen Vertragsmagie lernen.«

Kapitel 29

Es stellte sich heraus, dass Vertragsmagie genauso langweilig war, wie es sich anhörte. Dank Sams juristischer Vorbildung verging der Kurs wie im Flug. Zuerst führte Bill ihn durch die Grundlagen der Materialverwendung, wie man Federkiele schärft, das richtige Papier auswählt, Tinte mischt und pflegt und die Grundlagen der Kalligrafie von Zauberformeln. All das brachte ihm in weniger als einer Stunde vier neue Talente ein und alle begannen auf der Anfängerstufe Null – eine beeindruckende Leistung, die nur dank Bills Fachwissen auf diesem Gebiet möglich war.

Die Ausbildung durch einen Meister seines Handwerks hat deine Auffassungsgabe stark erhöht!
Neues Talent erhalten: Vorbereitung und Pflege der Feder. (Anfänger 0). Scharfe Federkiele bedeuten scharfes und genaues Schreiben oder Zeichnen! Jeder Rang dieses Talents erhöht die Haltbarkeit der Federkiele um 2%.
Neues Talent erhalten: Vorbereitung der Tinte. (Anfänger 0). Die Herstellung der richtigen Farbe und Konsistenz der Tinte ist von größter Bedeutung für die Erstellung schöner literarischer Werke. Jeder Rang dieses Talents erhöht die Reinheit der Tinte um 2% und verringert die Zeit zur Herstellung der gewünschten Tinte um 2%.
Neues Talent erhalten: Papierauswahl und Herstellung. (Anfänger 0). Nur weil das Papier verfügbar ist, heißt das noch

lange nicht, dass es sich lohnt, es zu benutzen! Jeder Rang dieses Talents erhöht die Haltbarkeit von Papier um 2 %, wenn es von dir verwendet oder hergestellt wird.

Neues Talent erhalten: Schreiben (Anfänger 0). Das Erlernen der Grundtalente dieses Handwerks hat zu einer massiven Erhöhung des Starttalents geführt!

Von da an tauchte Bill in die großen Zusammenhänge des magischen Rechts und der Vertragstheorie ein, was tatsächlich ein wenig faszinierender – und *erschreckender* – war, als Sam vermutet hätte. Um ehrlich zu sein, waren die Rechtsprinzipien hier in Eternium im Grunde die gleichen wie in der realen Welt. Es war eine Flut von juristischen Ausdrücken, Klauseln, Nebensätzen und anderen Kleinigkeiten, die jeder praktizierende Anwalt sofort erkannt hätte. Der größte Unterschied bestand jedoch darin, wie Verträge *durchgesetzt wurden*.

Im wirklichen Leben, wenn eine Partei einen Vertrag unterzeichnete, waren sie *rechtlich* verpflichtet, die Bedingungen des Vertrages zu erfüllen, aber der einzige wirkliche Rückgriff, wenn eine Partei ihren Teil der Abmachung nicht einhielt, war ein Gerichtsverfahren und ein Urteil, das entweder durch einen Mediator oder durch ein Gericht gefällt wurde. Die *Vertragsmagie* funktionierte ein *wenig* anders und machte die Verträge von Eternium *weitaus* verbindlicher.

Es handelte sich nicht um eine rein *rechtliche* Verpflichtung, sondern um eine *erzwungene* magische Verpflichtung. Anstatt einfach zu schwören, sich an die Bedingungen der Abmachung zu halten ... wenn jemand hier im Spiel einen Vertrag unterschrieb, wurde er durch einen Manafaden ermächtigt, der den *Kern* des Unterzeichners mit dem Vertrag verband. Das aufgewendete Mana war so gering, dass es kaum registriert wurde ... bis eine der Parteien die Bedingungen des Vertrags *brach*. Dann trat die magische Bindung auf den Plan und verursachte *schreckliche* Konsequenzen. Alles von unerträglichen Schmerzen über lähmenden Manaverlust bis hin zu *erzwungenen* Verhaltens- und Persönlichkeitsänderungen.

Wahrhaft schreckliche Strafen, die Sam erkennen ließen, wie sehr er einer sprichwörtlichen Kugel ausgewichen war, indem er seine rechtliche Bindung mit dem Kontrakt *annullieren konnte* und den geschlossenen Vertrag dabei nicht *brach*. Hätte er sich nicht an Bill gebunden – was einen erzwungenen Klassenwechsel zur Folge hatte, der es ihm ermöglichte, dem Vertrag ohne größere Auswirkungen auf seine Seele zu entkommen – wäre er für den Rest seiner Tage im Spiel mit Leib und Seele an der Hochschule versklavt gewesen.

<Richtig>, Bill schien fast beeindruckt zu sein, als Sam die Lektion beendete. <*Das hast du gut gemacht und wir haben eine solide Grundlage, auf der wir aufbauen können. Jetzt ist es an der Zeit, sich mit den Details der Magischen Materialerstellung zu beschäftigen. Das metaphysische Gerüst zu kennen, wie diese Verträge funktionieren, ist nicht genug – man muss auch in der Lage sein, etwas herzustellen.*>

»Klingt nach einem Riesenspaß!«, antwortete Sam mit einem Grinsen und kniff sich in den Rücken, der schon vom langen Sitzen schmerzte. »Ich bin *so* bereit, mit dem Basteln anzufangen.«

<*Ich bin froh, das zu hören, denn du wirst die Magische Materialschöpfung* dreimal *hintereinander lernen müssen. Was die Sache noch lustiger machen dürfte. Nichts ist besser als endlose Wiederholungen, stimmt's?*>

»Was war das jetzt?« Sam dachte, dass er das Buch *sicher* nur falsch verstanden hatte. »Es hörte sich fast so an, als hättest du gesagt, ich müsste Magische Materialschöpfung dreimal lernen? Das ist doch absurd. Warum in aller Welt sollte ich das tun müssen?«

<*Nein. Du hast richtig gehört. Dreimal. Hintereinander. Du hast wohl noch nicht gelernt, wie man die Seelenschmiede einsetzt, was?*>

Sam zog eine ratlose Grimasse und schüttelte den Kopf.

<*Ja. War ja klar. Sie haben dich wirklich gern an der Hochschule und das ist genau die Art von Information, die sie unter Verschluss halten wollen, bis du fest in ihrer Tasche bist. Hör zu, die Seelenschmiede-Fähigkeit ist so gefährlich wie mächtig und sie ist der primäre Weg, einen neuen und einzigartigen Pfad zu schmieden. Es ist der Mechanismus, den ich benutzt habe, um die Klasse Bibliomant überhaupt erst zu erschaffen. Der Bibliomant ist im Grunde eine Synergie zwischen vier verschiedenen, bereits spezialisierten Klassen: Kontraktualist, Verzauberer, Magier und meine ursprüngliche Klasse, Bravi.*>

<*Einige Talente und Fähigkeiten haben auch kompatible Synergie. Das bedeutet, dass sie so zusammenarbeiten, dass du sie zu einem einzigen, neuen Talent kombinieren kannst. Du kannst sogar mehr als ein Talent miteinander kombinieren, aber das ist, wo die Dinge, nun ja ... ein wenig knifflig werden. Sogar die Reihenfolge, in der man sie kombiniert, spielt eine Rolle und wenn man es falsch macht, könnte man am Ende ein einziges seltenes, aber total wertloses Talent haben, anstatt zwei oder mehr mittelmäßige, aber dafür praktische Talente. Offensichtlich will die Hochschule diese Art von Wissen geheim halten, weil sie nicht wollen, dass Initiaten unerlaubte Magie ›erschaffen‹ – es sei denn, besagter*

Initiat hat den ausdrücklichen ›Segen‹ der Hochschule für dieses Unterfangen.>

»Aber da du diese Klasse erschaffen hast«, Sam hatte jetzt ein glückliches Funkeln in den Augen, »weißt du, welche Talente du in welcher Reihenfolge kombinieren musst, um die besten Bibliomanten-Zauber und -Talente zu erschaffen.«

Keine Frage, sondern eine Feststellung kalter Tatsachen und Bill wusste es. *<Jemand hat aufgepasst, scheint es mir. Da ein großer Teil unserer Klasse eine Verzauberer-Basis ist, können wir durch die Kombination von ›Magische Materialerschaffung‹ mit einigen anderen wichtigen Talenten eine ganz neue Welt von Möglichkeiten eröffnen.>*

»Bringe es mir bei«, befahl Sam halb, halb fragte er, bevor er sich in Meditationshaltung auf den Boden sinken ließ.

<Alles klar. Schnapp dir eines der Tintenfässer dort.> Sam nahm ein eher schlichtes Glasfläschchen mit schwarzer Tinte, die keine besonderen Eigenschaften hatte. Er wirbelte die Tinte ein wenig mit seinem Handgelenk herum und beobachtete, wie die klebrige Flüssigkeit gegen die Innenseite des Glases schwappte, bevor sie sich langsam wieder absetzte. Nur einfache, alte Standardtinte.

<Nun werde ich dich durch diesen Teil des Prozesses führen, da es für Neulinge ein wenig knifflig sein kann. Obwohl ich denke, dass du mit deinem Instinktiven Zaubern alles gut hinbekommst. Was du hier tun wirst ist, die Tinte mit Mana vollzupacken. Stell dir vor, du benutzt einen Blasebalg in der Schmiede. Das Mana ist die Luft, die du aus dem Blasebalg herausdrücken und ins Feuer leitest, um die Flammen zu schüren. Du musst das Mana langsam aus deinem Kern in die Tinte pressen. Es wird versuchen zu entkommen, also musst du auch um die Tinte herum eine Hülle aus Wille

und Mana schmieden. Stell dir das wie die Ziegelwände einer Schmiede vor, die die Hitze im Inneren halten sollen.>

Sam wusste absolut nichts über Schmieden oder Blasebälge, außer dem, was er in Spielen und Filmen gesehen hatte, aber er glaubte zu verstehen, worauf Bill hinaus wollte. Er konzentrierte sich auf die Flasche in seiner Hand, fühlte die Glätte des Glases, das Gewicht der Tinte in seiner Handfläche. Er öffnete seinen Kern, zwang eine dünne Ranke Mana heraus und drückte sie in die Tinte. In seinem Geist stellte er sich vor, wie er einen Ballon aufblies, wie er die Luft aus seinen Lungen presste und die gummiartigen Wände des Ballons aufblies, die die Luft daran hinderten, in die Atmosphäre zu entweichen. Mit einem Gedanken und einer reinen Willensanstrengung schmiedete er eine moleküldünne Hülle aus Mana zwischen der Tinte und dem Glas selbst und isolierte die klebrige, schwarze Substanz von der Flasche.

Aber er hinterließ ein dünnes Loch, nicht größer als ein Nadelstich, in der gehärteten Schale – eine Öffnung für ihn, um mehr und mehr Mana hineinzupumpen. Aus den Augenwinkeln sah er, wie sein Mana sank. Erst um fünfzig, dann um hundert, dann um zweihundert. So viel Mana in so kurzer Zeit zu verbrauchen, ließ Sam taumeln und schwindelig werden, aber er machte weiter. Jetzt zu zögern hieße komplett zu versagen. Sam sättigte das Gebräu mit Energie, bis es sich anfühlte, als ob die Barriere, die er um die Tinte herum erschaffen hatte, so straff gespannt war, dass *ein einziger* weiterer Punkt Mana das Ganze mit Sicherheit zum Platzen bringen und direkt in seinem Gesicht explodieren lassen würde.

<Gut, gut. Das ist perfekt. Jetzt versiegel das Loch und halte die Spannung. Lass das Mana einfach in die Tinte einziehen.

Es ist wie Hühnchen, das in einem Topf mariniert und all den guten, magischen Geschmack absorbiert. Lecker, lecker. Nicht umrühren.> Sam nickte leicht, sprach aber nicht, zu sehr damit beschäftigt, das Mana in der Flasche zu halten, um sich auf etwas anderes zu konzentrieren.

Minuten vergingen und obwohl er nicht mehr aktiv Mana in die Tinte pumpte, lief Sam der Schweiß die Stirn hinunter und tropfte ihm in die Augen. Seine Arme zitterten von der unsichtbaren Anstrengung und seine Lungen rangen nach Luft. Es fühlte sich an, als würde er versuchen, einen Marathon zu sprinten, während er einen Felsbrocken schleppte. Gerade als es so aussah, als könne er die Energie keine Sekunde länger zurückhalten, öffnete er instinktiv den kleinen Spalt in der Hülle und ließ das überschüssige Mana in die Umgebung entweichen.

Dünne Strähnen von geisterhaftem, blauem Licht stiegen auf und verflüchtigten sich in der Atmosphäre. Nach ein paar Augenblicken ebbte das Zischen des entweichenden Manas zu einem bloßen Rinnsal ab und etwas *klickte* in der Tinte an seinem Platz und normalisierte den Druck in der Flasche wie in der Kabine eines Flugzeugs. Sam leckte sich über die Lippen und löste vorsichtig die Hülle um die Tinte, während er sich auf eine Explosion vorbereitete, die seine Welt erschüttern würde. Stattdessen erhielt er eine Systemmeldung, die ihn über eine neue Fähigkeit informierte:

Neues Talent erhalten: Magische Materialschöpfung (Anfänger 0). Eine riesige Menge an Mana und keine wirkliche Verwendung dafür führt unweigerlich zu gefährlichen Experimenten. So wurde dieses Talent ursprünglich geschaffen! Erhöht die Dichte der Manamatrix um 1n % pro Talentstufe.

<Hey, nicht so schlimm. Ich meine, du hast wahrscheinlich die fünffache Menge an Mana in die Flasche gepumpt, als nötig gewesen wäre. Für einen ersten Versuch, würde ich sagen, hast du es wie ein Champion gehandhabt. Beim nächsten Mal wirst du noch besser sein. Apropos, lasst uns endlich mit dem Seelenschmieden anfangen! Das erste Mal wird abschreckend sein, das kann ich dir sagen und es wird teuer, aber am Ende wird es sich lohnen. Was du tun wirst, ist, deine fünf glänzenden neuen Talente in einen riesigen Kochtopf zu werfen und sie für die nächsten sechzig Stunden oder so köcheln zu lassen, während wir ein paar weitere Talente herausschlagen.>

»Sechzig Stunden?«, würgte Sam heraus.

<Äh. Teil des Preises, den wir für Wissen zahlen. Man muss dasitzen und darauf warten, dass erstaunliche Dinge köcheln, nachdem man sich die ganze Mühe gemacht hat, aber keine Sorge, du wirst so sehr damit beschäftigt sein, Tinte zu mischen und Zaubersprüche zu schreiben, dass du die nächsten sechzig Stunden kaum bemerken wirst!>

Sam rollte mit den Augen und seufzte, folgte aber den Anweisungen des Buches. Sam konzentrierte sich auf die fünf neuen Fähigkeiten, die er erworben hatte und eine neue Eingabeaufforderung erschien:

Extreme Talentsynergie entdeckt! Vorbereitung und Pflege der Feder, Vorbereitung der Tinte, Papierauswahl und Herstellung, Schreiben und Magische Materialschöpfung haben alle ähnliche Eigenschaften und können zu einem neuen Talent kombiniert werden. Wenn du achthundert Goldstücke bezahlst, kannst du diese fünf Talente zu einem einzigen Talent kombinieren.

Die Stufe des neuen Talents entspricht dem Durchschnitt der ursprünglichen Talente und alle verbleibenden

Talentpunkte (aufgerundet) werden als kostenlose Talentpunkte zurückgegeben! Wenn du nicht das nötige Gold zur Hand haben solltest, kannst du diese Talente zu einem späteren Zeitpunkt kombinieren oder das Geld von deinem Bankkonto abbuchen lassen. Da dies das erste Mal ist, dass du zwei oder mehr Talente mit extremer Synergie gefunden hast, wurdest du aus Höflichkeit darüber informiert. Du erhältst vom System keine weiteren Informationen zu Talentsynergien.

Neues Systemmenü verfügbar! Herzlichen Glückwunsch! Du hast die Fähigkeit ›Seelenschmiede‹ freigeschaltet! Wenn du bestimmte Voraussetzungen erfüllst, kannst du Talente oder sogar Klassen kombinieren! Sei vorsichtig, da die Kombination von Talenten mit geringer Synergie die Wirksamkeit des neuen Talents verringert.

Du bist dabei, fünf Talente zu kombinieren: Vorbereitung und Pflege der Feder, Vorbereitung der Tinte, Papierauswahl und Herstellung, Schreiben und Magische Materialschöpfung. Bist du sicher? **[Ja / Nein]**

Sams Augen weiteten sich beim Anblick des Preises. *Achthundert verdammte Goldstücke!* Nach der Zeit, die er an der Hochschule verbracht hatte und seinen zwei Besorgungen – zuerst bei *Nicks Kramkiste* und dann bei der *Beschworenen Schriftrolle* – war er auf zweitausend Gold runter. Wenn er diesen Weg weiterverfolgte, würde sein Guthaben auf zwölfhundert Goldstücke absinken und er hatte immer noch den größten Teil von fünf Monaten im Spiel zu überstehen.

<Brauchst nicht so geschockt zu sein wegen des Preises>, mischte sich Bill ein, als hätte er Sams Gedanken gelesen. <Wenn wir erst einmal alle deine Fähigkeiten zum Laufen gebracht haben, wirst du eine regelrechte Gelddruckmaschine sein. Du wirst in der Lage sein, im Handumdrehen

Schriftrollen zu produzieren, für die die Leute viel Geld bezahlen werden. Das ist eine weitere Lektion über echte Macht. Wenn ein Talent selten genug ist, rechtfertigt das ultimative Preisaufschläge, weil niemand sonst sie beherrscht. Vertrau mir einfach dabei, okay?>

Sam schluckte, drückte seine Augen zu, nahm ein paar tiefe Atemzüge, um seine Nerven zu beruhigen und nahm die Talentkombination an, bevor er zu viel über den Vorgang nachdenken und kneifen konnte. Mitgefangen, mitgehangen, richtig?

Kapitel 30

ing-Ding-Ding! Weltweit Erster! Klar, warum nicht einfach fünf verschiedene Fähigkeiten zusammenmischen? Vielleicht wird es gut, vielleicht auch nicht, aber du bist keiner, der vorher seinen Zeh ins Wasser hält! Nein, du springst mit beiden Füßen rein. Du wirst es weit bringen ... wahrscheinlich in ein frühes Grab als Ergebnis einer katastrophalen Explosion, die du selbst verursacht hast ... aber definitiv weit! Dafür, dass du der allererste Spieler bist, der die Seelenschmiede in Eternium benutzt, erhältst du dauerhaft +5 Intelligenz, +5 Wahrnehmung, -1 Weisheit und +50 persönliches Ansehen bei Ardania! Titel freigeschaltet: Experimenteller Schmied!

Experimenteller Schmied: Dieser Titel reduziert die für die Verwendung der Seelenschmiede notwendige Zeit um 15%! Nach der Erstellung von zehn Talenten oder drei Klassen verwandelt sich dieser Titel in ein Talent, mit der du die Synergie von Talente messen kannst. (Dies ist eine erweiterte Version des Titels ›Niemals zufrieden‹)
Zeit, bis die Fähigkeiten kombiniert sind: 60 Stunden. Hinweis! Der Titel Experimenteller Schmied hat die Bearbeitungszeit um 15% reduziert. 51 Stunden bis zur Fertigstellung!

<Alles klar! Jetzt geht's los! Als Nächstes stehen zwei weitere Runden der Magischen Materialschöpfung an. Wenn du ein Talent, einen Zauber oder eine Fähigkeit kombinierst,

verlierst du diese Fähigkeit, da sie zu einem neuen Talent verschmolzen wird. Glücklicherweise kann man dieselbe Fähigkeit immer wieder neu erlernen – es sei denn, es handelt sich um ein Talent mit dem Seltenheitsrang ›Einzigartig‹. Lass uns diese einfach nacheinander abhaken und dann können wir zu einigen der auffälligeren Elemente unserer Klasse übergehen.>

Sam nahm die nächste Flasche Tinte in die Hand – eine Spezialmischung, die mit verschiedenen Kräutern gefiltert und destilliert wurde – und lernte wieder mühsam, die Tinte mit Mana zu tränken. Diesmal ging er sogar noch langsamer vor, weil Sam das Gefühl hatte, dass er eine Ahnung davon haben *sollte*, was er tat. Es frustrierte ihn unendlich, dass er sich nicht mehr *daran erinnern konnte,* was er beim letzten Mal gemacht hatte.

Er übersättigte das Gebräu bei Weitem mit seinem Mana. Wenn er beim letzten Mal fünfmal so viel verschwendet hatte wie nötig, reichte das aus, um seine Kontrolle immer wieder fast entgleiten zu lassen. Als es endlich an der Zeit war, das Gebräu zu entlüften, zischte das Mana frei, wie das Überdruckventils eines Schnellkochtopfs. Die Tinte hatte kaum etwas von dem Mana absorbiert, das er investiert hatte, aber plötzlich wurde Sam klar, was er falsch gemacht hatte, als ihm die Informationen über die Talente wieder in den Kopf kamen.

Wieder einmal erlangte Sam das Talent *Magische Materialschöpfung* und in einer interessanten Wendung der Ereignisse war das Talent wieder einmal auf Anfänger-Null. Sie zu verlieren bedeutete offenbar wirklich sie *zu verlieren,* aber Sam fand, dass er sich darüber nicht aufregen konnte. Er hatte zu viel zu tun. *<Alles klar, du bekommst hier eine kurze Pause, weil wir ein weiteres Talent für die nächste*

Seelenschmiedekombination brauchen. Keine Sorge, dieses nächste Talent wird ein Kinderspiel sein. Ich möchte, dass du dir ein beliebiges Blatt Papier nimmst, die Flasche mit Manainfundierter Tinte, die wir gerade hergestellt haben und eine unserer Federn. Welche das ist, spielt für diesen Teil der Lektion keine Rolle, also nimm eine billige.>

Sam gehorchte und legte ein Blatt Pergament vor sich hin, bevor er sich Tinte und einen feinen Federkiel aus einer glänzenden, blauschwarzen Rabenfeder schnappte. *<Bumm. Perfekt. Jetzt möchte ich nur noch, dass du die einfachste Zauberformel für Papier-Shuriken aufschreibst. Nichts Ausgefallenes. Keine Schnörkel. Nur einen einzigen, einfachen Zauberspruch.>*

Das schien für Sam nicht so schwer zu sein, aber vielleicht sprach da die Instinktive Zauberei. Er runzelte die Stirn, als er sich nach vorne beugte, den Federkiel eintauchte und dann sorgfältig die einfachen Linien und geometrischen Formen seines einfachsten Zaubers skizzierte. Das Mana musste sich *in diese* Richtung drehen, dann *hier* abprallen, um das Papier von flach in *gefaltet* umzuwandeln. Dann ging es hier entlang für Richtung, Geschwindigkeit, Reichweite ...

In dem Moment, in dem er mit dem Entwurf fertig war, aktivierte sich seine *magische* Origami-Fähigkeit und er merkte, wie Mana in einem Rinnsal aus ihm herausfloss und die Zeilen, die er auf das Blatt gekritzelt hatte, mit mächtiger Kraft füllte. Dieser Prozess schien unglaublich intuitiv zu sein, daher war er mehr als nur ein wenig überrascht, als er eine Systemmeldung erhielt und das Blatt Papier vor ihm in einem Feuerball explodierte und ihn quer durch den Raum schleuderte.

Gesundheit: 92/120
Neues Talent erhalten: Worte der Macht (geschrieben) (Neuling I). Du hast es instinktiv geschafft, einen Zauberspruch in seine grundlegendste Form zu destillieren! Indem du die Zauberformel auf eine Schriftrolle schreibst, hat jeder, der die Schriftrolle liest, die Chance, den Zauber zu lernen. Basiswahrscheinlichkeit, den Zauberspruch von der Schriftrolle zu lernen: 20 %. Jeder Rang in diesem Talent erhöht die Chance, den Zauberspruch zu erlernen, um 2 %, aber die persönliche Fähigkeit des Lesenden wird berücksichtigt. Jede Schriftrolle hat eine Mindestcharakteristik, die benötigt wird, um den Zauberspruch zu lernen. Der Zauberspruch muss in der Grundzauberform vorliegen, damit die Schriftrolle gültig ist.

<Oh. Richtig, das passiert ab und an mal.> Bill hielt inne, als Sam mit einem Stöhnen aufstand. <*Lass uns alles wegräumen, außer dem, womit du arbeitest, damit wir es nicht beim nächsten Malheur verlieren.*>

»Das *nächste* Malheur?«, verlangte Sam, als er alles in seinen Flachmann fegte.

<*Nun, ja. Ich nehme an, du könntet das als einen dieser ›Nachteile‹ betrachten, nach denen du gefragt hattest. Um ehrlich zu sein, jeder verletzt sich beim Ausüben seines Handwerks. Schwertkämpfer werden geschnitten, Bogenschützen werden von Bogensehnen getroffen, Magier explodieren manchmal. Man gewöhnt sich daran. Diesmal tränkst du das Papier mit Mana, bevor du einen Spruch darauf schreibst. Und natürlich den Federkiel. Oh. Ups. Dein Tintenfass ist explodiert. Ich vergaß zu erwähnen, dass du das Glasfläschchen vor der Tinte ebenfalls mit Mana tränken musst, sonst verlierst du sehr viel Material.*>

Sam machte sich an die Arbeit und verlor drei gläserne Tintenfässer und zwei Federkiele, bevor er den Dreh raus hatte. Seine Gesundheit war auf achtundsechzig gesunken und er hatte keine einfache Möglichkeit, sich zu heilen, ohne einen Heiltrank zu benutzen. Diese würden aufgrund des Monopols der Hochschule in naher Zukunft *wirklich* schwer zu bekommen sein. Trotzdem hatte er ein paar Stunden später alle Grundlagen fertig und es sogar geschafft, die Magische Materialschöpfung auf Anfängerrang III zu bringen.

<*Hey, nicht schlecht. Außerdem darf ich dir mitteilen, dass das Erlernen von ›Worte der Macht‹ beim ersten Versuch so respektabel ist, wie es nur geht. Die meisten Leute vergeigen es direkt beim ersten Versuch, deshalb ist die Jagd nach den Worten der Macht so selten! Nun, da du ›Worte der Macht (geschrieben)‹ und die Grundausrüstung hast, können wir uns an die wichtigste Talentkombination deines jungen Lebens machen! Obwohl, ein Wort der Warnung ... diese nächste Seelenschmiede-Kombination wird lächerlich schmerzhaft sein.*>

Sam errötete und stellte sich schreckliche Szenen vor, in denen sein Körper auseinandergerissen wurde ... das oder ein noch höherer Preis als die letzte Kombination. Sam war sich nicht sicher, was die schmerzhaftere Erfahrung sein würde. Offenbar sickerten einige dieser Bilder durch die mentale Verbindung, die er mit dem Buch hatte, denn Bill schreckte sofort zurück.

<*Nicht diese Art von Schmerz, Packesel! Ich habe es im übertragenen Sinne gemeint. Es wird dich nicht wirklich körperlich verletzen, sondern vielmehr eine emotionale Wunde sein. Du musst Magische Materialschöpfung und die geschriebenen Machtworte mit dem wertvollsten Talent kombinieren, über das du verfügst: Instinktives Zaubern.*>

Sam erstarrte bei den Worten. *Was?* Aber ... aber Instinktives Zaubern war wirklich das Einzige, was von dem übrig geblieben war, womit er das Spiel begonnen hatte! Bill hatte nicht unrecht, denn dieses Talent war seine größte Stärke. Sein *Vorteil*. Es hatte ihn immer wieder gerettet und wenn er es jetzt mit Magischer Materialschöpfung kombinierte, wäre es *weg*. *Puff. Verschwunden.* Da das instinktive Wirken ein wesentliches Element eines Aeolus-Magiers war, konnte man es, soweit er wusste, weder lehren noch neu erlernen. Abyss, wenn er dieses Talent in der Seelenschmiede mit einem anderen verband, würde er vielleicht *ganz* aufhören, ein Magier zu sein!

Schlimmer noch, er würde nicht mehr instinktiv wissen, wie man Magie benutzt, noch würde er auf jeder dritten Stufe einen neuen Zauberspruch lernen.

<*Hör mal, ich weiß, es erscheint ... drastisch*>, sprach Bill langsam in seinem Kopf, so wie man mit einem verängstigten Tier oder einem Unfallopfer reden würde. <*Es ist ein großer Verlust. Ich weiß das besser als die meisten. Du brauchst es nicht, okay? Ich bringe dir Zaubersprüche bei und wie man sie anwendet. Es wird wehtun, aber ich schwöre, die Talente, die du stattdessen bekommst, machen alle Nachteile des Verlustes mehr als wett.*>

Sam hasste es. Er *hasste* es zutiefst. Die Wahl zu treffen fühlte sich an als würde er einen Teil von sich selbst töten ... aber er drückte trotzdem ab. Er wusste, Bill würde es ihm nicht befehlen, wenn es sich nicht lohnte. Mit einem mehr als nur geringem Widerwillen kombinierte Sam die drei Talente, was ihn diesmal ›nur‹ zweihundert Goldstücke kostete. Das Kombinieren eines Talents mit einem anderen dauerte zwölf Stunden und für jedes weitere Talent kamen zwölf Stunden hinzu. Sein Titel reduzierte die Zeit um fünfzehn Prozent und das bedeutete ...

Zeit, bis die Talente kombiniert sind: 20:24:00.

»Zwanzig Stunden, vierundzwanzig Minuten.« Sam seufzte, als er an all seine Zaubersprüche dachte. Im Moment sahen sie in seinem Kopf wie geometrischer Müll aus und er hatte keine *Ahnung,* wie er sie wirken sollte. Für den nächsten Tag war er absolut wehrlos.

Kapitel 31

<Okay, wie man in dieser Gegend sagt, aller guten Dinge sind drei. Lass uns die letzte Runde der Magischen Materialschöpfung absolvieren, dann können wir uns den wirklich lustigen Dingen widmen.> Bills Stimme holte Sam aus seiner besorgten Träumerei heraus. Sam hatte gedacht, dass er nicht in der Lage wäre, irgendetwas Magisches zu tun, aber in Wirklichkeit musste er nur lernen, wie man es unter dem wachsamen Auge eines Profis macht, genau wie ein ... *schauder* ... normaler Magier.

Ein Tag mit dem Mischen von Tinte, dem Anspitzen von Federkielen und dem Stapeln von Papier verging langsam. Wenigstens brachte das Wiedererlernen des Talents, Mana in Gegenstände einfließen zu lassen etwas Licht ins Dunkel. Wie hatten die Menschen jemals den Tag überstanden, wenn sie nichts zu tun hatten? Vierundzwanzig Stunden sinnloses Warten und Infundieren, nur weil keiner von ihnen wirklich bedacht hatte, wie sehr sich Sam auf seine Instinkte verlassen hatte.

Seit er sein Talent ›Instinktives Zaubern‹ geopfert hatte, waren die Tage, an denen er ohne Hilfe Magie wirken konnte, vorbei. Sobald er die Fähigkeit des instinktiven Zauberns verloren hatte, hatte er eine kleine Klassenänderung erhalten. Er war nicht länger ein Bibliomantischer Zauberer.

Jetzt war er wohl oder übel ein Bibliomant.

Trotzdem hatte Bill recht damit gehabt, Instinktive Zauberei aufzugeben oder besser gesagt, es mit Magischer

Materialschöpfung und den Worten der Macht in Schriftform zu kombinieren. Dank dieses Opfers hatte Sam eine neue Fähigkeit erlangt – Kernlose Zauberinfusion.

Neues Talent erhalten: Kernlose Zauberinfusion (Neuling V). Magie ist eine seltene Sache in dieser Welt und die Fähigkeit, mühelos Magie in alles von Schriftrollen und Büchern bis hin zu Schwertern und Schilden einzubringen, ist ein noch selteneres Talent. Und dann noch ohne die Notwendigkeit von Seelensteinen, den Kernen erlegter Monster? Nun, du scheinst immer den leichtesten Weg zu finden. Dies ist ein mächtiges Talent, also hüte es mit Vorsicht. Ein weiser Mann würde dieses besondere Talent sicherlich für sich behalten.

Effekt: Infusion eines beliebigen Zaubers direkt in einen ordnungsgemäß vorbereiteten Gegenstand. Die Monsterkernkomponente, die für die meisten Zauberinfusionen benötigt wird, wird bis zu Kernen des Rangs ›Ungewöhnlich‹ negiert. Zauber, die Seltene oder höhere Kerne benötigen, sind von der kernlosen Komponente dieser Fähigkeit nicht betroffen. Alle anderen Zauberinfusionseffekte und benötigten Komponenten bleiben gleich.

Durch das Infundieren einer Zauberform auf einer Schriftrolle hat jeder, der die Schriftrolle liest, die Chance, den Zauber auf der Stufe unterhalb der infundierten Stufe zu lernen. Das bedeutet, wenn dein Verständnis des Zaubers auf Anfängerrang ist, kann der Leser versuchen das Talent auf Neulingsrang zu lernen. Basiswahrscheinlichkeit, einen Zauber aus einer infundierten Schriftrolle zu lernen: 20 %. Jeder Rang in diesem Talent erhöht die Chance, den Zauberspruch zu erlernen, um 2 %, aber die persönlichen Fähigkeiten müssen berücksichtigt werden. Jede Schriftrolle hat eine Mindestcharakteristik, die benötigt wird, um den Zauber zu lernen.

BIBLIOMANT

Der Zauberspruch muss in der Grundzauberform vorliegen, damit die Schriftrolle gültig ist. Abgewandelte Zauberformen können von einem Leser nicht erlernt werden.

Im Wesentlichen erlaubte ihm diese Klassenfähigkeit, *jeden* Zaubereffekt, den er kannte, direkt in eine Schriftrolle, ein Buch oder einen Gegenstand einzubringen. Für Zauber niedrigeren Ranges musste er nicht einmal einen Monsterkern verwenden, was später enorme Vorteile mit sich bringen würde, da selbst kleinere Kerne selten und teuer waren. Es gab jedoch einige Vorbehalte gegen diese Fähigkeit.

Theoretisch konnte Sam nun magische Effekte auf Gegenstände anwenden ... nur hatte er weder das Wissen über Verzauberungen noch über Schmiedekunst, um dies zu tun. Mit seinem ständig wachsenden Wissen über Schriftrollen, Papier, Tinte und Bücher konnte er diese Zaubereffekte *absolut* in seine Bücher einbringen, was es ihm ermöglichte, jede seiner Bibliomanten-Fähigkeiten mit Leichtigkeit zu verbessern. Feuerball-Papier-Shuriken? *Check.* Ninja-Sterne, die Feinde bei Kontakt lähmen? *Darauf kannst du wetten*, wie Sphinx sagen würde. Dank Bills fast enzyklopädischem Wissen über die Klasse war Sams Bibliomanten-Zauberarsenal in *erstaunlichem* Tempo gewachsen.

Zusätzlich zum Papier-Shuriken, der immer noch sein bevorzugter Kampfzauber war, fügte er auch ein Trio neuer Offensivzauber zu seinem Arsenal hinzu. Dann lernte er als *vierten* neuen Zauber etwas, das als Hypnosezauber klassifiziert wurde!

Neues Talent erhalten: Lesezeichen (Neuling V). Verlier nie wieder die Stelle! Dieser Zauber kann nicht allein gewirkt, sondern muss mit einem beliebigen anderen Angriffszauber kombiniert werden! Lesezeichen-Zaubersprüche müssen vor dem Kampf auf geeignete Materialien aufgebracht werden, was zusätzliche Kosten von 2 Mana pro Sekunde verursacht, bis der Zauber vollendet ist oder der Versuch scheitert.

Der Zaubernde kann ein bestimmtes Lesezeichen während des Kampfes aktivieren und so den Zauber auf einen bestimmten Ort oder ein bestimmtes Ziel fixieren. Sobald ein Lesezeichen aktiviert ist, zielen alle nachfolgenden mit Lesezeichen versehenen Zauber automatisch auf das ursprüngliche Lesezeichen, auch wenn sich das Ziel in Bewegung befindet! Erhöht die Trefferquote um 5n % und verringert die Fehlschlagquote von Zaubern um 5n %, wobei n der Talentstufe entspricht. Aktiviere nach Belieben ein neues Lesezeichen, um Ort oder Ziel zu ändern.

Neues Talent erhalten: Tintenlanze (Neuling IV). Der edle Oktopus ist nicht die einzige Kreatur, die wahllos Tinte auf ihre Gegner schießt. Auch du hast dich dem gepriesenen Adelsstand angeschlossen! Macht dich das zu einem rückgratlosen, wirbellosen Tier? Schwer zu sagen! Schieße einen klebrigen Klecks mit Mana-infundierter Tinte aus der geschriebenen Seite selbst, der deine Feinde verstrickt und ihre Bewegungsgeschwindigkeit drastisch einschränkt. Außerdem lässt sich die Tinte nur sehr schwer aus Stoff entfernen. Sehr unpraktisch!

Effekte: Verlangsamt die Bewegungsgeschwindigkeit 15 Sekunden lang um 12+(n/2) %, verursacht außerdem 1n Punkte schwachen Säureschaden für die Dauer des Zaubers, wobei n der Talentstufe entspricht. Produktionskosten: 5 Mana pro Sekunde, bis das Zauberskript abgeschlossen ist oder der Versuch fehlschlägt. Wirkkosten: 1 Blatt tintengetränktes Papier pro gewirktem Zauber. Da beim Wirken dieses Zaubers nur die Tinte verbraucht wird, kann das Papier zu einem späteren Zeitpunkt wieder beschrieben werden!

BIBLIOMANT

Neues Talent erhalten: Buchbombe des Buchbinders (Neuling VII). Es gibt immer eine Ausnahme, die die Regel bestätigt. Diese Ausnahme hört auf den Namen ›Buchbombe des Buchbinders‹! Als Bibliomant werden die meisten deiner Zauber mit der Orbitalzauberbücher-Mechanik ausgeführt, aber das hält dich nicht davon ab, jedes Buch, das du mit deinen schmutzigen, tintenverschmierten Fingern in die Hände bekommst, als Waffe einzusetzen! Indem du eine einfache Rune in den Rücken eines beliebigen Buches – ob weltlich oder magisch – schreibst, kannst du es in eine tödliche Bombe verwandeln!

Es gibt drei Auslöser-Runen-Variationen. Diese Auslöser-Variationen ermöglichen es dir, Buchbomben auf drei verschiedene Arten zu aktivieren, durch Sprachbefehl, Druck oder beim Aufprall. Warnung! Die Verwendung der Buchbombe des Buchmachers zerstört das betreffende Buch dauerhaft! Herstellungskosten: 1 Buch mit einem Minimum von 100 Seiten, 250 Mana. Wirkkosten: keine. 10n Schaden + Schaden in Höhe des vorbereiteten Zaubers, wobei n der Talentstufe entspricht.

Neues Talent erhalten: Rorschach-Test (Neuling II). Eine riesige Schriftrolle entfaltet sich in der Luft etwa drei Meter über dem Kampffeld und zeigt einen zufälligen Tintenklecks. Jeder Feind, der sich in Sichtweite des Tintenkleckses befindet (zehn Meter in einem Kegel, der von der beschworenen Schriftrolle ausgeht), muss einen Rettungswurf gegen Intelligenz machen oder der Rorschach enthüllt seine größte Angst, wodurch er für bis zu einer Minute aus dem Kampf flieht.

Jeder, der eine Konstitutionsprüfung nicht besteht, erleidet zusätzlichen psionischen Schaden der Stärke n, wobei n der Talentstufe entspricht. Produktionskosten: 30 Mana pro Sekunde, bis das Zauberskript abgeschlossen oder der Versuch fehlgeschlagen ist. Wirkkosten: 150 Blatt Papier pro Wurf.

Letzterer war ein potenziell mächtiger Wirkungsbereich-Zauber, obwohl die Manakosten für seine Erstellung hoch und die Kosten für das Wirken ebenso gewaltig waren. Bei einhundertfünfzig Blatt Papier pro Zauber würde Sam den Zauber wahrscheinlich *höchstens* zweimal während eines Kampfes wirken können. Außerdem würde es ihn etwa dreißig reale Dollar pro Zauberspruch kosten. Das ließ ihn ein wenig würgen. Es war also auf keinen Fall ein Standardzauber wie Tintenlanze oder Papier-Shuriken, aber … als Backup-Zauber für den Fall, dass es *wirklich* hart auf hart kam? Ja, dafür war er perfekt.

Die nächsten drei Tage vergingen schlaflos, nur durch das schnelle Lesen von Büchern und das Studieren von arkanen Gesetzen. All dies wurde durch das Herstellen von Gegenständen ausgeglichen – das Einfüllen von Tinte, das Vorbereiten und Einfärben von Unmengen von Papier, das Binden von Buchrücken und das Erstellen von Schriftrollen der Macht. Das Schreiben von Zaubersprüchen nahm den größten Teil seiner Zeit in Anspruch und obwohl der Prozess nicht sonderlich *kompliziert* war, dauerte er doch unheimlich lange. Selbst ein kurzes Nachlassen der Konzentration oder des Urteilsvermögens hatte verheerende Folgen. Jeden Tag gab es einen kleinen grauen Fleck auf seinem Gesundheitsbalken, der die Gesundheit anzeigte, die nicht natürlich zurückkehren würde, bis er richtig und magisch geheilt wurde.

Ehrlich gesagt, war es im wahrsten Sinne des Wortes eine *Schinderei*. Sam verließ sein Zimmer nur für kurze Mahlzeiten mit kaltem Haferbrei oder alter Suppe, aber die Ergebnisse waren die Anstrengung wert und *noch einiges mehr*. Er lernte mehr und steigerte seine Fähigkeiten schneller als während seines gesamten Aufenthalts an der Hochschule.

Nachdem sie mit dem Kombinieren der Talente und den gefühlt endlosen Iterationen der Erschaffung magischer Materialien fertig waren, ließ Bill Sam alle verschiedenen Zauberbücher durcharbeiten, die er aus der Bibliothek mitgenommen hatte. Diese fast unbezahlbaren Wälzer enthielten magische Tinte auf magischem Papier, was bedeutete, dass sie mit potenzieller Munition vollgestopft waren. Der Nachteil war, dass sobald Sam die Originalseiten als Kanonenfutter benutzte, das Wissen und die Zaubersprüche, die diese Bücher enthielten, verloren gehen würden. So unwiderruflich, wie sein *Instinktives Zaubern*. Das war eine *schreckliche* Verschwendung.

Also studierte Sam sklavisch die meiste Zeit des Tages, wenn er nicht arbeitete. *Fundamentalwissen der Kernkultivierung* war ein einfacher Text, der das Terrain abdeckte, das er bereits mit der Magierin Akora, seiner *früheren* Lehrerin für Manamanipulation und Innere Verschmelzung, betreten hatte. Dennoch gab es einige neue Leckerbissen, einschließlich einer seltsamen flachen Atemtechnik, die ihm *angeblich* helfen würde, das Mana effektiver durch seinen Kern zu leiten.

Der Beweis für die Behauptung stand noch aus, aber durch das Lesen des Textes *wurde* sein Manamanipulationstalent von Anfänger III auf Anfänger V erhöht, was laut Bill allein schon erstaunlich war. Nicht zu schäbig, wenn man bedachte, wie viel Zeit er bisher im Spiel verbracht hatte. Obwohl, wenn Sam daran dachte, wie *viel* Geld er für seine Werte ausgegeben hatte, fühlte sich die Leistung etwas weniger beeindruckend an. Trotzdem nahm er alles gelassen hin. Bezahlen, um zu gewinnen war eine gültige Strategie, richtig? Sicher, die Leute neigten dazu, es zu missbilligen, aber was geschehen war, war geschehen und er musste seine Siege feiern, wo er konnte.

Brilliante Blüten: Eine Feldanleitung für grundlegende Kräuterkunde war ein recht einfaches Handbuch, das eine Reihe von gewöhnlichen – und auch einige ungewöhnliche – Pflanzen in ganz Eternium identifizierte. Es beschrieb auch ihre verschiedenen Verwendungen in Tränken, Tinkturen und Verzauberungen. Das Handbuch war so langweilig wie das Trocknen von Farbe, aber es brachte ihm eine neue Fähigkeit namens *Kräuterkunde ein.*

Neues Talent erworben! Kräuterkunde (Neuling IV). Pflanze? Was für eine Pflanze? Du siehst nur Zutaten! Ob sie zum Essen oder zur Herstellung von Tränken dienen, liegt an dir! Brauchbare, unverarbeitete Pflanzen sind 1 % leichter zu finden, 1 % leichter zu verarbeiten und haben 1 % größere Wirkung pro Talentstufe!

Obwohl er das *Kompendium magischer Omen*, das eigentlich ein Text mit Lehrlingsrang sein sollte, gelesen und sogar noch einmal gelesen hatte, hatte Sam keinen blassen Schimmer, um was es in dem Buch eigentlich ging. Der gesamte Band bereitete ihm einfach nur Kopfschmerzen und brachte ihm eine Reihe von fehlgeschlagenen Wahrnehmungs- und Wissenstests ein, *was* darauf hindeutet, dass das Buch möglicherweise nicht richtig in der Bibliothek eingeordnet worden war. Das *Kompendium über geschützte und gefährliche Orte* hatte einen ähnlichen Effekt, was Sam sagte, dass diese Bücher für eine spätere Überprüfung beiseite gelegt werden mussten. Nur weil sie *jetzt* wertlos waren, hieß das nicht, dass sie keinen greifbaren Wert haben würden, sobald er eine höhere Stufe erreicht hatte.

Zum Glück erwiesen sich *Kompaktes Fundamentalwissen der Elementarmagie – Aeolus-Ausgabe* und *Das Buch der verlorenen Beschwörungen – Wiederentdeckt!* als unschätzbare Fundstücke. Allein mit diesen beiden Bänden – und nachdem Bill ihm erklärt hatte, was er lernen musste – hatte er eine Schar von Grundzaubern erlernt: *Feuerball (Neuling I), Eiskugel (Neuling I), Schwaches Säurespray (Neuling I), Schwache Lähmung (Neuling I)* und einmal mehr *Windklinge (Neuling I)*, der ihm wie ein Zauber aus einer längst vergangenen Zeit vorkam.

Leider konnte er keinen dieser Zaubersprüche wirklich wirken, zumindest nicht direkt wie ein Verzauberer oder Magier. Nicht mehr. Jetzt waren es nur noch Zaubersprüche auf dem Papier. Abgesehen von all dem Erfolg, den er sah, gab es einen kleinen Rückschlag, den er am Morgen seines vierten Tages erlitt.

Während er eine Seite einfärbte, um sie als Papier-Shuriken zu verwenden, der sowohl mit einem Feuerball-Zauber als auch mit einer Lesezeichen-Rune versehen war ... schwankte Sams Aufmerksamkeit für einen kurzen Moment – ein kleiner, *winziger* Lapsus. Die Zaubersprüche waren ziemlich repetitiv, sodass es ein leicht zu machender Fehler war, besonders da Sam nicht nur *eine*, sondern *hunderte* von Seiten bearbeitete. Trotzdem dauerte es nur eine Sekunde, in der er unkonzentriert war und sein Mana außer Kontrolle geriet, was den Zauber vorzeitig aktivierte und zu einem ziemlich bösen **Kaboom** führte.

Ein **Kaboom**, das seine Gesundheit innerhalb eines Wimpernschlags vernichtete und ihn für acht Stunden zum Wiederbelebungspunkt schickte – so ziemlich das Schlimmste, was passieren konnte, wenn man bedachte, dass er einen engen Zeitplan hatte. Tschüss, zwölfhundert Erfahrungspunkte. Vom Wolfsmenschen-Außenposten zurück in die Stadt zu kommen verschlang weitere sechs

Stunden, die er nicht übrig hatte. Nicht ideal, aber Sam hatte seine langweilige Wiederbelebungszeit zu seinem Vorteil genutzt.

Er hatte sich nicht mehr bei seinen Eltern gemeldet, seit er das Spiel betreten hatte. Das war nur eine Woche in der realen Welt, aber es war toll, mit ihnen zu sprechen. Seine Mutter und sein Vater sprangen beide auf den Anruf an und wollten verständlicherweise alles wissen. Wie läuft es mit dem Spiel? Welche Klasse hatte er gewählt? Hatte er schon Freunde gefunden? Hatte er Spaß? Sam musste mehr als ein paar Mal ausweichen, was ihm ein schlechtes Gewissen einbrachte. Er wollte seine Eltern nicht anlügen, aber er konnte nur gefiltert von seinen Erlebnissen berichten, ohne bei ihnen irgendwelche elterliche Alarme auszulösen.

Nach diesem Anruf nahm sich Sam ein paar Stunden Zeit, um online zu gehen und die verschiedenen Foren und Wikis zu durchforsten, die scheinbar über Nacht über Eternium aufgetaucht waren. Leider waren die Informationen, die zu diesem Zeitpunkt verfügbar waren, absolut *grundlegend* und drehten sich größtenteils um Grafiken nach dem Motto ›*OMG, sind die so toll oder was?*‹, ein paar Anmerkungen zu Attributen und Stufen und gelegentlich ein paar hitzige Diskussionen über die ›Testphasen‹ vor dem Spiel. Alles interessant, aber nichts, was Sam auch nur im Entferntesten geholfen hätte. Es gab *NICHTs* über die Magierhochschule, außer dass sie innerhalb des Spiels existierte, fast so, als gäbe es eine Art schwarzes Informationsloch in Bezug auf die geheimnisvolle Organisation.

Sam vermutete, dass die Spielentwickler wahrscheinlich alle Informationen über die Hochschule zurückhielten, weil sie nicht wollten, dass die absurde ›Pay-to-Play‹-Natur der Schule potenzielle Spieler abschreckte. Eine tiefere Suche lehrte ihn, dass der Grund dafür, dass überhaupt Informationen zu finden waren, der war, dass jedes Mal, wenn Informationen auftauchten, die *tatsächlich* nützlich waren, sie in weniger als zehn Minuten weg waren. Dies war tatsächlich einer der *am meisten* diskutierten Aspekte in den Foren, da niemand herausfinden konnte, *wie* das passierte.

Die meiste Zeit versuchte Sam allerdings, *sich zu entspannen*. Sterben war beim besten Willen keine angenehme Erfahrung, aber es hatte einen greifbaren Vorteil, denn Bills mentale Präsenz war nirgendwo zu finden. Bill – mit seiner ruppigen und gelegentlich beißenden Art – wuchs in Sam wie eine Art Pilz, aber ein paar Minuten allein in seinem eigenen Schädel zu haben ... das fühlte sich wie der Himmel an.

Genauso schnell wie sein Tod gekommen war, nahm sein Leben wieder seinen Lauf. Ein Schritt durch das Portal und es ging direkt zurück in die Plackerei, aber dieses Mal mit einem Gang der Schande weg von lachenden Wolfsmenschen. Danach war Sam *viel* vorsichtiger bei seiner Arbeit. Sicher, er hatte den Mini-Urlaub genossen, aber er hatte zu viel zu tun und keine Zeit zu verlieren.

Abgesehen von diesem einen, kleinen Ausrutscher, lief alles so gut wie möglich. Das Sterben hatte seine Gesundheit vollständig wiederhergestellt, was ein Vorteil war, den er nicht noch einmal auszunutzen gedachte, wenn er es vermeiden konnte. Abgesehen von den Zaubersprüchen und Talentstufen hatte er auch eine Handvoll zusätzlicher Attributpunkte durch eine Art ›Charaktertraining‹ erhalten. Intelligenz, Geschicklichkeit und Weisheit waren in den letzten vier Tagen um jeweils vier Punkte gestiegen, Konstitution und Wahrnehmung um jeweils zwei ... und er hatte es geschafft, seinen ersten Beruf freizuschalten – Buchbinder.

Du kannst einen Beruf auf der fünften Stufe und einen weiteren auf Stufe zehn wählen. Es wird empfohlen, zuerst einen materialsammelnden/-produzierenden Beruf zu wählen, um die Materialien zu erhalten, die für den nächsten Beruf benötigt werden, den du wählst.

Buchbinder: Nur diejenigen, die sich wirklich den Büchern und der Literatur verschrieben haben, finden den Weg auf diesem bescheidenen Pfad. Der Buchbinder ist ein spezialisierter Handwerker, einer, der die tiefen Geheimnisse der koptischen Bindung, der äthiopischen Bindung, der Langstichbindung und tausend anderer Methoden kennt. Er kann Velinpapier und Pergament auf tausend Schritte unterscheiden und ist mit den verschiedenen Papierformen so vertraut wie mit dem Rücken seiner eigenen Hand. Mit nur einer Berührung können sie selbst stark beschädigte Texte reparieren oder in wenigen Augenblicken die Seltenheit eines Buches einschätzen. Diese wandernden Handwerker sind ein Segen für jede Bibliothek und ihre Dienste werden oft von denen in Anspruch genommen, die über große Wissensspeicher verfügen.

Berufsvorteile auf der ersten Stufe: Erhöht die Geschwindigkeit beim Lesen und Schreiben um 50 %. Reduziert die Kosten und Produktionszeit für Papier, Tinte und Bucheinbindungen um 25 %.

Der Beruf war viel umfangreicher, als Sam anfangs realisiert hatte. Er kannte jetzt den Unterschied zwischen der Vorder- und Rückseite eines Blattes, konnte die Definitionen herunterrasseln, die Besonderheiten von Buchrücken erklären oder jemandem beibringen, wie man einen traditionellen Einband erstellt und gleichzeitig ein Manuskript veredelt. Definitiv eine Fähigkeit, die Sam nie – nicht in einer Million Jahren – erwartet hätte, aber als Bibliomant war es der *perfekte* Beruf. Außerdem harmonierte es mit seiner anderen neu kombinierten Fähigkeit.

Magisches Buchbinden (Anfänger V). Das Erstellen von magischen Dokumenten ist mühsam und schwierig, oft sogar tödlich. Die Risiken zu minimieren ist das Beste, was du dir erhoffen kannst. Effekt: Jeder Rang dieses Talents erhöht die Haltbarkeit des magischen Federkiels um 3 %, die Reinheit der magischen Tinte um 4 %, die Haltbarkeit von infundiertem Papier um 3 %, wenn es von dir benutzt oder hergestellt wird und verringert die Zeit zur Herstellung der gewünschten magischen Tinte um 5 %. +2 % Schreibgeschwindigkeit und -genauigkeit. Erhöht die mögliche Komplexität und Stabilität des geschriebenen Zauberdiagramms um 2n % pro Talentstufe, wobei n der Talentstufe entspricht.

Talent gesteigert: Kernlose Zauberinfusion (Neuling IX). So nah dran, dass du es schmecken kannst, oder? Sieht aus, als bräuchtest du eine kleine Inspiration, um diesen Engpass zu überwinden!

Name: *Sam_K ›Experimenteller Schmied‹*
Klasse: *Bibliomant*
Beruf: *Buchbinder*
Stufe: *6*
Erfahrungspunkte: *19.323*
Erfahrungspunkte zur nächsten Stufe: *1.677*
Trefferpunkte: *140/140*
Mana: *478/478*
Manaregeneration: *13,68/Sek.*
Ausdauer: *145/145*

Charakterattribut: *Grundwert (Modifikator)*
Stärke: *20 (15+5 Ausrüstungsbonus) (1,15)*

Geschicklichkeit: *30 (25+5 Ausrüstungsbonus) (1,25)*
Konstitution: *19 (1,19)*
Intelligenz: *45 (1,45)*
Weisheit: *38 (1,38)*
Charisma: *20 (15+5 Ausrüstungsbonus) (1,15)*
Wahrnehmung: *19 (1,19)*
Glück: *12 (1,12)*
Karmisches Glück: *-11*

Insgesamt war Sam unglaublich zufrieden mit seinen Fortschritten, aber die Zeit des Lernens – für das Schleifen von Talente, das Schreiben von Zaubersprüchen und die Herstellung magischer Materialien – war zu Ende.

Talent gesteigert: Manaverbindung (Neuling VIII). Interessant. Fast alle Zauber, die du außerhalb des Kampfes erschaffst, nutzen dieses Talent, während fast keiner deiner Zauber im Kampf dies tut. Was für eine nette Abweichung von der Norm!

Er hatte bereits den größten Teil seines Sieben-Tage-Limits verbrannt und war immer noch nicht näher dran, Octavius ein Ende zu setzen, die Magier aufzuhalten, den Wolfsmenschen-Außenposten zu retten oder Velkan vom Rotmähnen-Stamm zu befreien. Vorausgesetzt, der Wolfsmenschen-Späher war noch am Leben. Sam hatte während der langen Tage und kurzen, unruhigen Nächte einige Zeit, um darüber nachzudenken, *wie er* seine gewaltige Aufgabe bewältigen konnte. Es gab immer noch eine Menge potenzieller Fallstricke, die es auszuarbeiten galt, aber zweier Dinge war sich Sam sicher.

Erstens: Er konnte Octavius nicht aufhalten, solange er in diesem kleinen Raum eingesperrt war. Zweitens: Er konnte es nicht allein tun. Sosehr er auch unter Bills wachsamem Blick gewachsen war, Sam wusste, dass er ernsthafte Hilfe brauchte, um das durchzuziehen. Es war an der Zeit, Leute zu rekrutieren. Es war an der Zeit, den Untergang der Menschheit einzuleiten.

Kapitel 32

Bist *du sicher, dass sie hier sind, Sam?>* Bill klang ziemlich skeptisch, zumindest für ein sprechenden Buch. *<Ich meine, nicht dass ich dir nicht glaube. Ich bin sicher, du hast echte Freunde, die völlig real sind und überhaupt nicht ... äh, wie heißt das Wort, nach dem ich suche ... ah, richtig – die einsamen Wahnvorstellungen eines isolierten Magiers. Selbst wenn sie real sind, verschwenden wir eine Menge Zeit damit, nur herumzustehen und unsere kollektiven Daumen zu drehen. Nun, deine Daumen, da ich keine Daumen mehr habe.>*

»Ich habe gerade die letzten vier Tage damit verbracht, dieselben acht Zaubersprüche fünfhundert Mal zu sprechen und meine Gesundheit immer wieder zu verbrauchen«, antwortete Sam flach und verschränkte die Arme zur Betonung. »Ich denke, wir können noch einen Augenblick warten. Außerdem werden wir diese Mission auf keinen Fall ohne Hilfe bewältigen können.«

Sam schlich sich an den Rand der Gasse und drückte seine Schulter gegen die Wand eines nahe gelegenen Gebäudes. Er blickte auf das baufällige Gebäude – das Gasthaus *Zum platten Hund*. Dies war sein Treffpunkt mit Dizzy und dem Rest des Wolfsrudels und heute war der Tag, an dem er und Finn sich zu ihrer wöchentlichen Schleifsession treffen sollten. Sam war *sich* absolut sicher, dass Dizzy ihn nicht versetzen würde. Das Problem war nur, dass er nicht einfach in das Gasthaus spazieren konnte, ganz ohne Schickimicki, lächelnd und so tuend, als ob nichts wäre.

Die Magierhochschule war immer noch aktiv auf der Jagd nach ihm und sie *kannten* die Verbindung zwischen ihm und Dizzy. Es ergab Sinn, dass sie das Wolfsrudel beschatteten, nur für den *Fall, dass* Sam aus heiterem Himmel auftauchte und Hilfe brauchte. Selbst wenn die Magier diesen Ort *nicht* aktiv überwachten, schien eine Rebellion gegen die Menschheit in einer überfüllten Bar voller menschlicher Abenteurer ein ziemlich guter Weg zu sein, um von ... nun, so ziemlich jedem ermordet zu werden.

Nein, es würde nicht gehen, seine Geheimnisse irgendwo im Umkreis von hundert Kilometern eines anderen Zeugen preiszugeben. Das bedeutete, dass Sams einzige Option darin bestand, darauf zu warten, dass Dizzy und ihre Crew die Stadt verließen, um sich von potenziellen Lauschern fernzuhalten, bevor er sie mit seinem Angebot zur Meuterei in die Enge trieb.

»Sie werden hier sein, Bill«, flüsterte Sam, obwohl ein Flattern des Unbehagens seine Worte Lügen strafte. *Hoffentlich* werden sie hier sein, korrigierte er leise seine Aussage.

<*Sagen wir mal, ich glaube dir. Was passiert, wenn dieser Plan einwandfrei funktioniert, aber sie lehnen ab? Hast du darüber überhaupt nachgedacht? Vielleicht lehnen sie höflich ab oder sie fallen über dich her wie tollwütige Hunde. Denkst du, du kannst ihre ganze Gruppe ausschalten? Selbst wenn du es könntest, hast du tatsächlich die Eier dazu, diese ›Freunde‹ von dir zu töten?*>

<Warum bist du so gegen diese Idee?>, schickte Sam zurück und entschied sich, wortlos zu sprechen. Sie wollten unauffällig bleiben. <Du bist ziemlich mürrisch, seit ich erwähnt habe, dass ich diese Jungs an Bord holen will. Fast so, als wärst du in der Defensive. Empfindlich wegen irgendwas? Hast du eine Art Vertrauensproblem?>

<Pfft. Nein. Ich bin wegen gar nichts empfindlich. Wenn überhaupt, bist du derjenige, der defensiv ist. Ich denke, du musst einfach mehr Vertrauen in uns als Zweierteam haben. Wir sind gut zusammen, du und ich. Wenn ich dich über die erste Intelligenzschwelle bringe, kann ich dir ein paar epische Wirkungszauber beibringen. Danach? Brauchen wir niemanden mehr. Nur du und ich gegen den Rest der Welt.>

<Siehst du, das ist die Sache mit der Verteidigung, von der ich gesprochen habe>, erwiderte Sam, während er die Möglichkeiten durchspielte. Bill war in ein Buch verwandelt worden, daher war es nicht abwegig zu denken, dass mehr hinter der Geschichte steckte. <Ich kann dich *buchstäblich* lesen, also was ist los?>

Bill schwieg mit einem Schlag, fast so, als hätte sich seine Präsenz aus Sams Schädel zurückgezogen. Das Gefühl war unheimlich. Es stellte sich heraus, dass Bill einfach nach den richtigen Worten suchte. <Fein. Vielleicht bin ich nur ein wenig defensiv, musst du wissen. Die Wahrheit ist, dass fast jeder Freund, den ich in meinem ganzen Leben hatte, mich irgendwann verraten hat. Sogar meine Brüder im Orden der Bravi haben mich verkauft, als es nützlicher wurde, mich nicht um sich zu haben.>

<Es gibt einen Grund, warum meine besten Freunde Bücher waren, nicht andere Menschen. Bücher stechen dir kein Messer in den Rücken, wenn du nicht aufpasst. Meiner Erfahrung nach ist es ein todsicherer Weg, für ein paar hundert Jahre in einem magisch induzierten Koma zu enden, wenn man sich auf jemanden verlässt.>

Dies war eine Seite von Bill, die Sam noch nicht gesehen hatte. Es war auch eine deutliche Erinnerung daran, dass die Nicht-Spieler-Charaktere in diesem Spiel mehr waren, als sie zu sein schienen. Oberflächlich betrachtet wirkte

Bill selbstbewusst und selbstsicher ... aber darunter war er ein Außenseiter, genau wie Sam, ein Mensch, der mit echten Freundschaften zu kämpfen hatte und mit Gefühlen des Verrats rang. In vielerlei Hinsicht war Bill *wie* Sam – der einzige Unterschied war, dass Bill sich Büchern aus der Bibliothek zugewandt hatte, während Sam sich dem Computerspielen widmete.

Ein weiterer großer Unterschied – zum ersten Mal in seinem Leben erkannte Sam, dass es keine Option war, den Weg des einsamen Wolfs zu gehen. Auf Gedeih und Verderb *brauchte* er andere Leute. So gerne er es auch getan hätte – so bequem es auch gewesen wäre – er konnte den Gruppenauftrag diesmal einfach nicht allein erledigen.

<Diesmal wird es anders sein>, versprach Sam, gerade als die Eingangstür des *Platten Hundes* aufschwang und Dizzy sowie den Rest des Wolfsrudels auf die kopfsteingepflasterte Straße entließ.

<*Das hoffe ich sehr, Sam. Ich hoffe es wirklich.*> Bill klang nicht im Geringsten hoffnungsvoll.

»*Hör zu*, Arrow«, warf Dizzy verärgert die Hände hoch, »ich *weiß nicht*, was ich dir sagen soll. Ich dachte, sie würden auch hier sein, aber offensichtlich waren Sam und Finn nicht so sehr daran interessiert, sich mit uns zu verbünden, wie ich dachte, okay? Da sie offensichtlich nicht kommen, gibt es keinen Grund, noch länger zu warten. Lasst uns einfach ein paar Mobs töten, bevor dieser Tag eine komplette Verschwendung ist.«

Ohne ein weiteres Wort drehte sie sich um und stürmte davon, den Rücken kerzengerade, die Hände wütend zu Fäusten geballt. Arrow zog eine Grimasse, zuckte mit den Schultern und richtete leise Worte an die anderen. Sphinx nickte als Antwort auf das, was Arrow vorgeschlagen hatte und gemeinsam machte sich der Rest des Wolfsrudels auf den Weg, um Dizzys Rückzug zu verfolgen, wobei alle völlig niedergeschlagen aussahen. Entmutigt. Besiegt.

<Warte eine Sekunde>, knurrte Bill, als Sam gerade aus dem Schatten treten wollte. Auf der anderen Seite der offenen Fläche schlüpfte ein weiterer Mann aus einem Pool von tiefschwarzen Schatten. Seine dunkelblauen Gewänder und sein knorriger Stab wiesen ihn als Magier aus. Wahrscheinlich ein Kopfgeldjäger und niemand, den Sam zuvor gesehen hatte.

<*Tja, das ist alles noch viel komplizierter geworden*>, murmelte Bill müde. <*Es könnte nichts sein, aber im Sinne einer gesunden Paranoia ... Ich sage, wir geben ihnen allen etwas mehr Abstand.*> Bill hatte nicht unrecht.

Sam wartete darauf, dass der blau gewandete Magier sich in den Strom der Menschen einreihte und wagte sich dann selbst hinaus. Er folgte ihm mit einem Abstand von etwa fünfzig Schritten, wobei sein Blick weder den Kopfgeldjäger noch die Mitglieder des Wolfsrudels verließ. Das verkomplizierte Sams Pläne, aber es änderte sie nicht *unbedingt wesentlich*.

Er *musste* mit Dizzy und den anderen reden und er musste es weit weg von neugierigen Bürgern tun, die ihn den Behörden melden würden, sobald er sich mit den Wolfsmenschen verbündete. Wie *genau* er das schaffen würde, wenn der Magier in der Nähe war, wusste Sam nicht, aber er dachte sich, dass er diese Brücke überqueren würde, sobald sie in Flammen stand und ihn bei lebendigem Leib zu verbrennen drohte.

Sam schaffte es ohne Probleme durch die Nordtore. Das war eine große Erleichterung, denn er hatte sich Sorgen gemacht, dass die Magier an jedem Eingang zur Stadt jemanden postiert haben könnten. Zum Glück für ihn und zum Unglück für die Menschheit hatten die Kettenhemd-tragenden Torwächter keinerlei Interesse daran, dass Leute die Stadt verließen. So wie es aussah, war es ihre Aufgabe, unliebsame Leute oder gefährliche Monster daran zu hindern, *nach* Ardania zu kommen und nicht, ehrliche, monstermordende Abenteurer davon abzuhalten, die riesigen Tore der Stadt zu *verlassen*. Abgesehen von dem Magier in Blau, der wie ein wunder Daumen herausstach, waren keine Magier in Sicht.

In den nächsten zwei Stunden folgte Sam der Gruppe und ihrem unbemerkten Stalker und hielt einen gesunden Abstand, während er sich von Büschen zu Bäumen und zu Felsvorsprüngen schlich. Eine Sache, die Sam fast sofort lernte, war, dass er *schrecklich* im Schleichen war. Jeder Schritt klang wie Donner in seinen eigenen Ohren und er schaffte es irgendwie, auf jeden Zweig zu treten, der jemals von einem Ast gefallen war.

Es war ein absolutes Wunder, dass er nicht in den ersten fünf Minuten nach dem Start erwischt wurde. Seine einzige wirkliche Rettung war, dass der Magier in Blau ebenso schlecht im Tarnen war. Der Typ, vielleicht Ende dreißig mit struppigem braunem Haar, machte genauso viel Lärm wie Sam. Er war *so sehr auf* die Verfolgung von Dizzy und dem Wolfsrudel konzentriert, dass er sich nicht ein einziges Mal umdrehte.

Dizzy und die anderen waren so sehr damit beschäftigt, Hasen und Füchse zu erlegen, dass sie den blau gewandeten Magier, der ihnen auf den Fersen war, nicht zu bemerken schienen. Ehrlich gesagt, warum sollten sie auch? Sie hatten keine Ahnung, was in der Hochschule vorgefallen war und daher auch keinen Grund, zu vermuten, dass sie verfolgt wurden. Leider hatte Sam auch nach zwei Stunden immer noch keine Ahnung, wie er mit der Situation umgehen sollte, die er vor sich hatte.

Er war sich ziemlich sicher, dass er Dizzys Aufmerksamkeit erregen konnte, aber nicht ohne sich auch dem magischen Kopfgeldjäger zu verraten. In der Sekunde, in der der feindliche Magier Sam entdeckte, würde es Zeit für Royal Rumble sein. Das Problem war, dass Sam keine Ahnung hatte, wie stark dieser Kerl war. Zwar hatte Sam in den letzten Tagen fleißig in den Büchern gestöbert, aber er hatte keine Ahnung, wie effektiv seine neuen Zaubersprüche sein würden. Nach allem, was er wusste, hätte der nicht gerade zimperliche Magier vor ihm ein Meister der Kampfmagie sein können. Die Wahrscheinlichkeit dafür war gering, da die Magierschule wahrscheinlich keinen Meistermagier dafür verschwenden würde, einen Haufen Reisender zu verfolgen ... aber es gab keine Möglichkeit für Sam, sicher zu sein. Nicht ohne einen Kampf zu riskieren.

Doch als Dizzy und das Wolfsrudel sich an die Baumgrenze heranschlichen, geschah etwas, das Sam die Entscheidung aus den Händen riss. Sie hatten kaum das schattige Blätterdach betreten, als ein *echtes* Wolfsrudel, zehn Mann stark, aus dem Nichts auftauchte. Das gesamte Rudel schien sich aus dem Nichts zu materialisieren, das Fell sträubte sich, die Schnauzen knurrten, der Sabber hing in großen Fäden herunter, als sie Sams Freunde von allen Seiten umzingelten. Schlimmer noch, in den Bäumen über ihnen, zusammengekauert auf einem besonders dicken Ast, lauerte eine andere Bedrohung – ein Wolfsschamane. Ein Schamane, den Sam von seinem Beinahezusammenstoß mit einem Opfersteinaltar her kannte. Yurij BrightBlood.

Ein so großes Wolfsrudel, das von einem Schamanen mit ungeheuren magischen Kräften geführt wurde, war so gut wie ein Todesurteil für Dizzy und die anderen. Sam hatte keine Ahnung, wie sehr sie sich hochgestuft hatten, seit er sie vor einer Woche gesehen hatte, aber es war auf keinen Fall genug, um das *eigentliche* Wolfsrudel auszuschalten, das sich gegen sie aufgestellt hatte. Nicht ohne ein wenig magische Unterstützung.

Wenn Sam sich ins Getümmel stürzte, konnte er vielleicht das Blatt wenden, aber er würde jeden Überraschungsmoment opfern und den blau gewandeten Magier sofort auf seine Anwesenheit aufmerksam machen. Es war eine Lose-Lose-Situation. Aber welche Wahl gab es? Wenn er nicht half, würde er leben, aber seine Freunde wären tot und müssten einen halben Tag auf ihre Wiederbelebung warten. Dann würde Sam *immer noch die* gleiche Prozedur durchmachen müssen und es gab keine Garantie, dass die Dinge beim nächsten Mal besser laufen würden.

Es hieß jetzt oder nie. Sich für den Kampf stählend, griff Sam nach Bill und beschwor seine neuen Zauberbücher, die er augenblicklich aus Bills Seelenraum zog. Anstelle von zwei Bänden, die um ihn herum zum Leben erwachten, erhob sich eine ganze Reihe von *sechs* Büchern in die Luft. In einer langsamen Umlaufbahn drehend, glühte jeder Band in sanftem blauen Hexenlicht. Mit einem Gedanken und einem Rinnsal Mana aktivierte Sam die Pappmachérüstung und kleidete sich in die seltsame, aber vertraute Rüstung im Stil eines Konquistadors.

Er entschied sich, vorerst nicht seine Federkielklinge zu beschwören, denn Fernangriffe waren in einem Kampf wie diesem seine beste Option. Bevor er es sich anders überlegen konnte, setzte er sich in Bewegung, brach aus der Deckung und stürzte sich auf die Wölfe, die bereits auf seine Freunde losgingen.

»Heute nicht, Fellgesichter!« Sams Stimme war leise, aber aufgeregt.

»Kai, ich brauche dich an der rechten Flanke!« Dizzy brummte, während sie mit ihrem riesigen Streithammer zuschlug und die stumpfe Fläche mit einem zotteligen Kopf traf. Mit einem Aufschrei schickte sie die Kreatur in die Flucht. »Sphinx, du spielst Zonendeckung. Arrow, wir brauchen Deckungsfeuer! Stellt sicher, dass diese Dinger nicht hinter uns kommen!«

Dafür war es zu spät. Drei stämmige Wölfe hatten sich bereits hinter die Gruppe manövriert und so sehr sich Arrow auch bemühte, er war einfach nicht schnell und treffsicher genug mit seinem Bogen, um alle drei Wölfe auf einmal zu erwischen.

Sam konnte das in Ordnung bringen. Innerhalb von ein paar Herzschlägen war er in Reichweite. Anstatt nur ein Buch nach vorne zu bringen, brachte er zwei Bücher nach vorne, eines auf der Zehn-Uhr-Position, das andere auf der Zwei-Uhr-Position. Da er die Fähigkeit des Doppelzaubers besaß, konnte er zwei Zauber gleichzeitig wirken, was allerdings die Gesamtgenauigkeit verringerte und die Fehlerquote des Zaubers erhöhte. Das war ein Preis, den Sam zu zahlen bereit war. Außerdem *brauchte* er mit einigen der Upgrades, die er in den letzten Tagen gemacht hatte, nicht einmal direkt einen Zauber zu wirken, um den Hinterhalt aufzulösen.

Mit einem Kriegsschrei entfesselte Sam eine Doppelsalve von Papier-Shuriken. Zwei gefaltete Sterne – einer brannte mit sanftem, orangenem Licht, der andere strahlte arktischviolette Kraft aus – schossen aus den Seiten der Bände zu seiner Linken und Rechten. Der erste Shuriken landete mit einer Bombenexplosion. Er schnitt mit rasiermesserscharfen

Kanten durch das Fell, bohrte sich mit Leichtigkeit in das Fleisch und explodierte dann mit atemberaubender Hitze und Wucht. Ein einziger sauberer Treffer und schon lagen Wolfsstücke über den dicht bewachsenen Waldboden verstreut.

Angerichteter Schaden: 39 (34 Papier-Shuriken + 5 Feuerball)

»*Scheiß die Wand an!*«, rief Sam entsetzt. Er hatte das, was er *für einen* recht einfachen Feuerball-Zauber *hielt*, auf jeder Seite des roten Lederbandes hinzugefügt. Er hatte vielleicht ein wenig zusätzlichen Feuerschaden bei jedem Angriff erwartet. Sicherlich keine Ninja-Stern-Handgranaten, die er mit einer Geschwindigkeit von einem Schuss pro Sekunde abfeuern konnte. Der zum Shuriken hinzugefügte Feuerball sorgte dafür, dass der *gesamte* Schadenspool einen Wirkungsbereich hatte, auch wenn dieser im Moment nur etwa einen Meter im Durchmesser war. Das war nicht überraschend, da dieser Zauber auf der Neulingsstufe I begann.

In der Zwischenzeit hatten die arktisch-lila Shuriken einen subtileren Effekt, der aber auf seine eigene Art und Weise ebenso brutal war. Als die Papierklingen auftrafen, entfesselten sie einen mächtigen Ausbruch eisiger Energie, die sich wie Finger von Frostbeulen über den Körper des Ziels krallten und mit der Zeit zusätzlichen Kälteschaden verursachten.

Angerichteter Schaden: 25 (20 Papier-Shuriken + 5 Eisschaden über 3 Sekunden). Das Ziel wird 3 Sekunden lang um 12 % verlangsamt!

Leider unterschieden seine neuen Zaubersprüche nicht zwischen Freund und Feind, was bedeutete, dass er sehr vorsichtig sein musste, wie er sie einsetzte. Zwei der drei Wölfe waren innerhalb von Sekunden am Boden – tot oder sterbend – was Arrow die Möglichkeit gab, den dritten Wolf mit einer Reihe von sorgfältig gezielten Schüssen auszuschalten, die sich durch Fell und Muskeln bohrten. Es war ein guter Anfang, aber Dizzy und Co. waren noch lange nicht über den Berg.

Mehr Wölfe strömten herein und stürzten sich auf Dizzy. Als Tank, also jemand mit hohen Gesundheits- und Verteidigungswerten, zog sie die Aggression der Tiere an. Kai und Sphinx bewegten sich beide wie ein geölter Blitz, der Mönch lieferte blitzschnelle Schläge und ebensolche Tritte, während der schurkische Assassine Messer schleuderte und auf verwundbare Schnauzen einschlug. Es waren einfach *so* viele Feinde.

Innerhalb von Sekunden waren sie kurz davor, überwältigt zu werden. Sam betrachtete die Situation nur einen kurzen Moment, bevor er die Bücher wechselte, sein Eis-Orbitalbuch nach hinten drehte und einen normalen Papier-Shuriken-Band in den Vordergrund brachte. Bei dem Gedränge von Körpern, der Ebbe und Flut des Kampfes konnte Sam nicht erwarten, dass er mit Zaubern versehene gefaltete Sterne abfeuern konnte, ohne auch seine Freunde zufällig zu erwischen. Zum Glück war er mit seinen normalen Shuriken viel genauer … und er hatte einen weiteren neuen Trick, den er ausprobieren konnte.

Fünf Wölfe waren vor Dizzy wie die Finger einer geballten Faust und kämpften gemeinsam in einer vereinten Front. Es schien eine brutal effektive Taktik zu sein, die Dizzy dazu zwang, in die Verteidigung zu gehen und sich ständig vor schnappenden Zähnen oder reißenden Klauen zu schützen, ohne jemals die Möglichkeit zu haben, einen offensiven Schlag zu erwidern.

Gegen Sam wäre es eine schreckliche Idee gewesen, so zusammengeballt zu bleiben. Er konzentrierte sich auf den kräftigen Wolf in der Mitte der Faust – sein Fell war schwarz wie Mitternacht, seine Augen hatten die Farbe von geschmolzenem Kupfer – und ließ einen normalen Shuriken los, der den Lesezeicheneffekt auslöste, als der Zauber flog.

Das gefaltete Papier kreischte wie eine Kreissäge durch die Luft und schlitterte nur um Zentimeter an Dizzys Gesicht vorbei, bevor es herunterfiel und in einer gekrümmten, wölfischen Schulter versank. Dizzy warf einen Blick über eine Schulter zurück, ihre Augen weiteten sich vor Überraschung, als sie Sam entdeckte. Sie nickte ihm kurz zu, dann stürzte sie sich wieder in die Aktion. Neugierig, *wie* Lesezeichen funktionierte, drehte sich Sam um und feuerte einen Shuriken von der schwarzpelzigen Wölfin *weg*. Er fühlte eine Art schwindelerregende Freude, als der Papierstern herausschoss und sich wie ein Bumerang krümmte, in einem bösartigen Bogen herumschwang, bevor er mit tödlicher Präzision in die Seite des Wolfes einschlug.

Dann sah Sam schockiert zu, wie der Shuriken *wieder* auf ihn zukam und sich in das Buch einfügte. Ein Pop-up erschien in der Ecke seines Blickfeldes.

Neues Talent erhalten: Paperang (Neuling I). Reduzieren, wiederverwenden, recyceln! Ein Bibliomant zu sein ist nicht billig! Aber mit Paperang können die Kosten ein wenig gemildert werden, indem du deine Waffen des Todes und der Zerstörung verantwortungsvoll wiederverwendest! Effekt: Papier-Shuriken und andere Gegenstände, die als Papierorigami klassifiziert sind, haben eine Chance von 1n% (wobei n der Talentstufe entspricht), zum Zaubernden zurückzukehren und wiederverwendet zu werden, es sei denn, der Gegenstand wird beim Aufprall so stark zerstört, dass er nicht mehr wiederhergestellt werden kann. Papier-Shurikens und als Papierorigami klassifizierte Gegenstände, die ihr Ziel oder einen anderen Gegenstand nicht treffen, haben eine Chance von 2n%, zum Zaubernden zurückzukehren.

Glück +1!

Sam wischte den Hinweis sofort beiseite und feuerte einen dritten Shuriken ab, dieses Mal aus dem roten Band, das mit dem Zauberspruch ›Feuerball‹ erweitert wurde. Ein orangefarbener, glühender Stern schoss hervor und folgte der gleichen Flugbahn wie der letzte Shuriken. Er krümmte sich scharf wie ein ... *Paperang* und schlug in das Hinterteil des Wolfes ein. Der Zauber brüllte, hüllte den Wolf in ein lagerfeuergroßes Inferno ein und verbrannte ihn und die anderen um ihn herum, was jedem von ihnen insgesamt dreißig Schadenspunkte zufügte.

Die Dinge standen immer noch schlecht, aber vielleicht *konnten* sie das hier gewinnen. Die letzte Woche hatte sich ziemlich anstrengend und mehr als nur ein wenig hoffnungslos angefühlt, aber zum ersten Mal seit seiner Flucht aus der Hochschule ... fand Sam, dass er *Spaß hatte!* *Dafür war* er hergekommen! Um mit Freunden gegen die Widrigkeiten zu kämpfen. Um neue Fähigkeiten zu erlernen. Um Abenteuer zu erleben, zu suchen und zu *gewinnen!* Das war es, was seinem Leben gefehlt hatte und jetzt, wo seine Ziele fast in Reichweite waren ... musste er härter kämpfen als je zuvor. Er wollte *nicht* zulassen, dass ihm das jemand wegnimmt.

»Sam, *hinter dir*!« Der Pfeil riss Sam aus seinem Moment der beschwingten Klarheit. Der Bogenschütze sah geradezu verzweifelt aus, als er einen Finger ausstreckte und auf etwas zeigte, das gerade außerhalb von Sams Sicht lag.

Kapitel 33

Sam drehte sich gerade noch rechtzeitig um, um zu sehen, wie der blau gewandete Magier eine gezackte Blitzlanze schleuderte. *Oh, Mist.* Sam wich nach links aus, aber *viel* zu langsam. Der Blitz aus arkaner Energie schlug wie eine Abrissbirne in ihm ein, hob ihn von den Füßen und schleuderte ihn durch die Luft. Sam landete unsanft, der Kopf drehte sich, die Beine waren seltsam schwer, Schmerzensstiche rasten durch beide Arme, während ihm die Haare zu Berge standen. Wow, der Typ konnte einen *fiesen* metaphysischen Schlag austeilen. Wenn Sams Pappmachérüstung nicht gewesen wäre, wäre er tot gewesen – daran gab es keinen Zweifel.

Gesundheit -119 (449 erlittener Schaden. 330 von Pappmachérüstung absorbierter Schaden.)
Talent gesteigert: Pappmachérüstung (Anfänger IV). Wenn du Schaden nimmst, erfährst du, wie du nicht mehr auf die gleiche Weise Schaden nehmen kannst! Juhu!

Er hatte vierhundert Mana in diese Rüstung investiert, als er sie entwarf und sie war mit einem *einzigen* Treffer weg? So wie es aussah, hatte er nur noch einundzwanzig Lebenspunkte. Ein Windstoß oder ein geworfener *Stein* hätte ihn zu diesem Zeitpunkt töten können. Sam konnte es sich nicht leisten, auch nur einen weiteren *Streifschuss* von dem Blitzmagier einzustecken.

Ein scharfer *Schnapp-Knall* zerriss die Luft, als ein weiterer Blitzbogen auf Sam zuraste. Er rollte nach rechts und wich nur knapp der Explosion aus, als sie in die Stelle einschlug, an der er Sekunden zuvor noch gelegen hatte. Erde, Gras und Steine wurden aufgewirbelt, als der blauweiße Bogen einen fleischigen Krater in den Boden ritzte. Sam *zwang* sich auf die Beine und rief ein tiefschwarzes Buch hervor. Früher waren es das *Fundamentalwissen der Kernkultivierung* gewesen ... aber jetzt hatte es einen neuen Zweck.

Die Seiten *schnappten* auf und spuckten einen schwarzen Speer in Richtung des feindlichen Magiers. Der Blitzmagier beschwor eine Kuppel aus blauem Licht herauf, zweifellos eine Art Magierschild, um Schaden zu absorbieren oder abzuleiten. Sams Tintenlanze landete wie ein Hammerschlag, aber anstatt an der blauen Barriere zu zerschellen, *verspritzte* die schwarze Substanz und verwandelte sich in einen teerähnlichen Schleimklumpen.

Tintenlanze verursachte derzeit fünfzehn Sekunden lang jede Sekunde drei Punkte Säureschaden. Leider *zischte* der blaue Schild nur und beraubte den Zauber seiner schadensverursachenden Komponente. Glücklicherweise war das nur *ein* Teil der Wirkung des Zaubers. Die Tinte begann sich mit einem Eigenleben zu winden, schwarze Tentakel wanderten entlang des beschworenen Schildes. Tintenartige Finger tropften auf die erhobenen Arme des Magiers und begannen prompt zu *klettern*.

Der Magier stieß einen Schrei des Schreckens aus, sein Schild löste sich auf, während er gegen die schwarzen Stränge ankämpfte, die sich wie eine Plage über seinen Körper ausbreiteten. Die schiere *Klebrigkeit* der kriechenden Tinte verlangsamte den Magier, verkleisterte seine Finger, wickelte sich um seine Handgelenke und machte es ihm schwerer, sich zu bewegen – oder Zauber zu wirken … oder auszuweichen. Plötzlich hatte Sam ein wenig Luft zum Atmen. Er warf einen Blick hinter sich auf den verzweifelten Kampf zwischen dem Wolfsrudel und den echten Wölfen.

Die Dinge liefen besser, nicht zuletzt dank Sams Einsatz, aber sein Team war immer noch nicht in Sicherheit. Sam drehte sein reguläres Shuriken-Buch auf die Sechs-Uhr-Position und warf eine neue Runde gefalteter Sterne, die auf eine zottelige Wölfin zielten, die Kai angriff. Der erste Papierstern ging daneben, aber der zweite traf genau und Sam nutzte dies, indem er Lesezeichen auslöste. Indem er seine Fähigkeiten *Doppelwirkung* und *Sichtloses Zaubern* kombinierte, begann Sam, die Wölfin mit Shuriken zu bewerfen, während er seine Aufmerksamkeit wieder auf den blau gewandeten Hochschul-Magier richtete. Die Tinte hatte endlich aufgehört sich auszubreiten und trocknete auf der Robe des Magiers – wie *unangenehm* – und nahm dabei *leider* den Schwächungszauber *Bewegungseinschränkung* mit.

Aber die Tinte hatte ihre Arbeit getan. Sam brachte sein Eis-Orbitalzauberbuch zum Vorschein und schleuderte einen glitzernden, lilafarbenen Stern auf den Magier. Der Kopfgeldjäger war nicht einmal *im Entferntesten* darauf vorbereitet, sich gegen einen Angriff aus Eis zu verteidigen. Der erste Stern schlug in ihn ein und ließ den Magier zu Boden fallen, während sich ein Reif aus weißem Eis über die mit Tinte bespritzte Robe des Magiers ausbreitete. Sam schleuderte eine weitere Runde von Sternen und zog seinen Standard-Shuriken herum, um sich dem Angriff anzuschließen. Der Magier war zwar damit beschäftigt, wegzukriechen, aber er hatte die Geistesgegenwart, seine flackernde blaue

Barriere wieder zum Leben zu erwecken. Sams Sterne prallten harmlos ab.

Nein, das war *inakzeptabel*. Sam konnte diesem Mann keine Chance geben, sich neu zu sammeln. Er musste das *jetzt beenden*. Mit einem Gebrüll beschwor Sam seine Federkielklinge und griff an. In Sekundenschnelle war er an dem Magier dran. Er schoss vorwärts und stieß die Spitze seines beschworenen Schwertes in die magische Barriere. Die Klinge prallte ab, aber der Schild flackerte durch den Aufprall.

Der Schild zog zweifellos aus dem Manapool des Magiers und wenn er ähnlich funktionierte wie die Magierrüstung, dann musste Sam dem Schild nur genug Mana entziehen und er würde sich von selbst auflösen. *Puff. Verschwunden.* Also startete Sam mit einer Wut, die aus dem Bedürfnis zu überleben geboren war, eine Reihe von Angriffen, stach, hackte, schnitt – seine Klinge ritzte mit jedem Schlag ein Stück des Manapools des Magiers weg. Dann geschah es.

Sam ließ sein Schwert in einem kraftvollen Überhandschlag fallen und der Schild explodierte in einem schillernden Schauspiel aus goldenen Ausbrüchen und blitzblauen Funken. Sein Schwung ging geradewegs durch und die Klinge fraß sich mit einem feuchten **Dump** in den Hals des Magiers.

Kritischer Treffer! 33 Hiebschaden zugefügt! Blutung (Schwer): -10 Gesundheit pro Sekunde!

Der Magier stotterte einen Moment lang, als könne er einfach nicht *glauben*, was gerade passiert war. Ein ›Das sollte nicht möglich sein‹-Blick klebte auf seinem Gesicht. Sam setzte einen Fuß auf die Brust des Magiers und trat zu, verursachte einen einzigen Schadenspunkt und zog im selben Moment seine Klinge frei. Der Magier sank zu Boden, der Körper schlaff, die Augen glasig, der Mund zu einem schockierten ›O‹ verformt.

Du hast einen aktiven, sanktionierten Agenten der Magierhochschule getötet! Ich würde sagen, gut gemacht, aber hast du das wirklich durchdacht? Wie auch immer, du tust, was du tust. Glückwunsch, du bist nicht länger nur ein Hexenmeister! Da du die Gesetze des Königreichs gebrochen hast, hast du einen neuen Titel erhalten! Dein Ansehen bei der Hochschule ist um -1500 gesunken! Aktueller Ruf: Blutfehde.

Titel erhalten: Hexenmeister IV. Du hast das Gesetz des Königreichs gebrochen und das sieht man! -10 Charisma und die Preise steigen um 50 %, wenn du mit denjenigen interagierst, die dem Königreich Ardania treu sind. Wenn sie überhaupt an dich verkaufen. Die Wachen werden nach jedem Grund suchen, um dich zu verhaften oder anzugreifen. Da es keinen aktiven Haftbefehl gibt, der auf dich ausgestellt ist, werden sie dies nicht ohne Grund tun können.

Talent gesteigert: Doppelwirkung (Neuling VI). Du hast große Fortschritte bei der Beherrschung der Doppelwirkung gemacht und es wird dir offensichtlich zur zweiten Natur!

Talent gesteigert: Federkielklinge (Neuling IV). Wer hat gesagt, es gäbe keine Belohnung für Mord? Offensichtlich jemand, der seine quantifizierte Progression nicht sehen kann!

Talent gesteigert: Orbitalzauberbücher einsetzen (Neuling III). Das ist dein eigenes, persönliches Cashbackprogramm. Mach einfach so weiter, dann steigert sich das Talent schon!

Magisches Origami, Origami-Aktivierung, Papier-Shuriken, Lesezeichen, Tintenlanze, Feuerball und Eiskugel hatten sich ebenfalls um einen Rang erhöht, was eine gewisse

Erleichterung darstellte. Die Vorbereitung auf sie hatte den Zauber überhaupt nicht erhöht und es schien, dass er sie im Kampf einsetzen musste, damit sich sein Verständnis für sie erhöhte. Das ergab in gewisser Weise Sinn – wie sollte er wissen, worauf er sich konzentrieren sollte, ohne es in Aktion zu sehen? Er blickte auf den in eine Robe gekleideten Körper hinunter. Den feindlichen Magier zu töten war befriedigend, da die Magierhochschule Sam durch die Hölle geschickt *hatte*, aber er konnte sich nicht zu lange an dem Sieg erfreuen. Es gab immer noch Dizzy und die anderen zu bedenken.

Er drehte sich um und stellte fest, dass sich der Kampf in den wenigen Sekunden, in denen er mit dem kopfgeldjagenden Magier beschäftigt gewesen war, dramatisch verschoben hatte. Dizzy und die anderen hatten den Rest der Wölfe ausgeschaltet, aber es war noch ein Feind übrig – der Wolfsschamane *Yurij BrightBlood*.

»Nein, nein, *nein*!« Sam konnte das nicht zulassen. Nicht jetzt. Dizzy und Yurij waren beide Verbündete – oder zumindest *potenzielle* Verbündete – und sie waren dabei, sich gegenseitig zu massakrieren. Sam brauchte einen Waffenstillstand und es gab eine Waffe in seinem Arsenal, die diesen Zweck erfüllen konnte und obwohl er *es hasste*, einen so kostspieligen Zauber zu benutzen, gab es nichts, was es nicht gab.

Er brachte einen braunen Band mit goldenem Buchrücken nach vorne und entfesselte seinen einzigen Wirkungsbereichszauber. Seiten und Tinte explodierten in einem Wirbelwind, drehten sich und verzerrten sich, als sie in den Himmel stiegen und sich in eine einzige riesige Schriftrolle verwandelten. Aufgrund seiner Position konnte Sam nicht sehen, was auf der Vorderseite der schwebenden Schriftrolle geschrieben stand, aber aus der Beschreibung des Zaubers wusste er, dass alle anderen einen riesigen Rorschach-Test sehen würden – einen, der absoluten Terror auslösen sollte.

Die Auswirkungen waren sofort spürbar. *Yurij Bright-Blood* heulte vor wahnsinniger Angst, sein Fell stand ihm zu Berge, als er aufsah ... nur konnte er nirgendwo hin, da er bereits auf einem Ast hoch über dem Boden saß.

Dizzy, Kai und Arrow stießen ähnliche Panikschreie aus und rannten in alle Richtungen, wobei sie jeden Gedanken an einen Kampf für den Moment völlig vergaßen. Ihre wilden Augen, die voller Angst waren, sagten Sam, dass das, was sie sahen, viel schlimmer war als jedes Bild, das er sich selbst hätte ausmalen können – eine deutliche Erinnerung daran, dass man immer sein eigener schlimmster Feind war. Nur Sphinx war nicht betroffen, was bedeutete, dass sie irgendwie in der Lage gewesen sein musste, die Auswirkungen zu ignorieren.

»Sam!« Sphinx drehte sich mit gezogenen Waffen um und fokussierte ihn mit tödlicher Absicht. Sie knurrte ihn praktisch an, die Augen verengten sich zu Schlitzen, als sie sich in die Hocke fallen ließ. »Was ist hier los? Was hast du getan?«

<*Kann sein, dass ich mich irre*>, kommentierte Bill in seinem Kopf, <*aber ich glaube, deine ›Freundin‹ ist gerade dabei, dich mit extremer Voreingenommenheit zu töten.*>

»Halt die Klappe«, zischte Sam als Antwort, »du bist nicht einmal im Entferntesten hilfreich.«

»*Was* hast du gerade zu mir gesagt?«, schoss Sphinx zurück und klang jetzt geradezu boshaft. »Ich dachte, du wärst ein guter Junge, aber verflixt, vielleicht habe ich mich in dir getäuscht.«

»Was?« Sams Augenbrauen kletterten in Richtung seines Haaransatzes. »Nein. Nein! Sphinx! Ich habe nicht mit dir geredet. Ich habe mit Bill geredet.«

Er winkte mit dem schwebenden Buch, das mit der geisterhaften Silberkette an seiner Hüfte befestigt war. »Was *wahrscheinlich* keinen Sinn ergibt. Tatsächlich weiß ich, wie das aussehen muss, aber ich *schwöre,* ich kann alles erklären. Nur ... nicht jetzt.«

Er schüttelte den Kopf, so frustriert war er von sich selbst. »Hör mir zu, mein Zauber wird jeden Moment nachlassen. Wenn das passiert, wird deine Crew versuchen, den Wolfsmensch zu zerlegen, aber das können wir *nicht* zulassen. Ich weiß, es ist viel verlangt, aber bitte, *bitte,* halte sie von ihm fern. Ich kümmere mich um den Schamanen ... und dann schwöre ich, dass ich alles erklären werde. Okay?«

Sam studierte ihr Gesicht, aber ihr Ausdruck war weitgehend unleserlich. Schließlich seufzte sie und nickte, obwohl Sam bemerkte, dass sie ihre Waffen nicht verstaute. »Ich werde dir helfen, aber bitte lass es mich nicht bereuen, Schatz, sonst *wirst du* es bereuen.«

Sie drehte ihm ihren Rücken zu, ein Zeichen von echtem Vertrauen und eilte davon, um ihre Teamkollegen einzuholen, bevor sie sich neu formieren konnten. Sam wiederum nutzte den Moment des Durcheinanders, um sich fest zwischen seine Freunde und dem Wolfsschamanen zu positionieren. Als er und Sphinx in Position waren, hatte sich der von Rorschach inspirierte Schrecken endlich verflüchtigt.

»Yurij BrightBlood«, rief Sam dem Wolfsmenschen zu, wobei er seinen Hals entblößte und gleichzeitig die Schultern hängen ließ. »Ich bin's, Sam. Du hast mich vor ein paar Tagen zu O'Baba gebracht.«

»*Ich kenne deinen Geruch*«, knurrte der Schamane in der gutturalen Wolfsmenschensprache zu ihm herunter. Er griff nach einem bronzenen Zeremoniendolch, der in einem Ledergürtel steckte, der um seine Taille gewickelt war. »*Ich wusste, dass O'Baba töricht war, einem von deiner Sorte zu vertrauen. Ich hätte dich töten sollen, als ich die Chance dazu hatte. Ein Fehler, den ich jetzt beheben werde.*«

»Nein«, rief Sam und hob die Hände, die Handflächen nach innen und zu seinem Gesicht gewinkelt, um zu zeigen, dass er es nicht böse meinte. »Es ist *nicht* so, wie du denkst. Es ist nur ein schrecklicher Zufall. Das sind meine ehemaligen Teamkollegen und ich arbeite daran, sie für die Sache der Wolfsmänner zu rekrutieren. Ich konnte nicht früher mit ihnen in Kontakt treten, weil ein Magier der Hochschule sie verfolgt hat.«

Er neigte die Schultern und gestikulierte auf den Leichnam des blau gewandeten Magiers, der nicht weit entfernt tot lag. »Euer listiger Hinterhalt zwang mich, mich vorzeitig zu offenbaren. Ich kann dir versichern, dass diese Menschen *nicht* deine Feinde sind. Sie sind zukünftige Verbündete, aber ihr müsst mich die Situation erklären lassen.«

Der Schamane hockte sich hin, die Krallen gruben sich in die Rinde des Astes und schnupperte, seine Nasenlöcher blähten sich auf. »*Ich rieche keine Täuschung in dir, Magierlein. Wenn ich herausfinde, dass du mich betrogen hast, werde ich dich zum Blutfeind erklären und ich werde* nicht *aufhören, bis du durch meine Klauen zerfetzt vor mir liegst. Jedes Mal, wenn du wieder auftauchst. Verstanden?*«

<*Wow und ich dachte, ICH wäre schlecht im Umgang mit Menschen. Jeder will DICH umbringen! Ehrlich gesagt bin ich mehr beeindruckt als alles andere.*>

»Verstanden, geschätzter Schamane«, bellte Sam und senkte seinen Kopf so tief, dass er fast den Boden berührte. *Ich bin dir völlig ausgeliefert.*

Als Sam einen Moment später vom Boden aufblickte, war der Schamane verschwunden. Die Krallenspuren, die in die raue Rinde des Baumes geritzt waren, waren das einzige Zeichen dafür, dass Yurij jemals dort gewesen war. Sam stieß einen tiefen Seufzer der Erleichterung aus. Eine potenzielle Krise abgewendet ... nur noch eine, um die er sich kümmern musste. Er klappte sein Charakterblatt auf, um alles durchzusehen, während er darauf wartete, dass sich das Team neu formierte. Das könnte eine Weile dauern.

Name: *Sam_K ›Experimenteller Schmied‹*
Klasse: *Bibliomant*
Beruf: *Buchbinder*
Stufe: *6*
Erfahrungspunkte: *19.646*
Erfahrungspunkte zur nächsten Stufe: *1.354*
Trefferpunkte: *21/140*
Mana: *478/478*
Manaregeneration: *13.68/Sek.*
Ausdauer: *145/145*

Charakterattribut: *Grundwert (Modifikator)*
Stärke: *20 (15+5 Ausrüstungsbonus) (1,15)*
Geschicklichkeit: *30 (25+5 Ausrüstungsbonus) (1,25)*
Konstitution: *19 (1,19)*
Intelligenz: *45 (1,45)*
Weisheit: *38 (1,38)*
Charisma: *20 (15+5 Ausrüstungsbonus) (1,15)*
Wahrnehmung: *19 (1,19)*

Glück: *14 (1,14)*
Karmisches Glück: *-11*

Hm ... er hatte 323 Erfahrungspunkte für das Töten der Wölfe gesammelt. Wann war das passiert? Sam hörte ein Schnappen, drehte sich um und erstarrte. Hinter ihm, in einem losen Halbkreis aufgestellt, stand sein ehemaliges Team, das Wolfsrudel. Dizzy stand vorne und in der Mitte, breitbeinig, den Streithammer an die Schulter gelehnt. Kai stand zu ihrer Linken, seine Fäuste glühten in einem subtilen, orangefarbenen Licht, seine Augen loderten in unterdrücktem Zorn. Sphinx wartete links von ihr, die Wurfdolche im Anschlag und bereit zum Schleudern, während Arrow es irgendwie geschafft hatte, sich in einem Baum zu positionieren – genau wie Yurij – einen Pfeil eingelegt, die Bogensehne gespannt.

Bill gackerte wahnsinnig. <*Das war* so *ein toller Plan, Packesel! Ich bin so froh, dass ich auf dich gehört habe. Wir sehen uns morgen. Ich hoffe, du genießt deine Wiederauferstehung.*>

<Wir schaffen das schon>, schickte Sam leise und berechnete die Chancen, lebend aus dieser Situation herauszukommen. Er wollte Bill nicht die Genugtuung geben, recht zu haben, aber wenn er das Wolfsrudel nicht davon überzeugen konnte, sich seiner Sache anzuschließen ... Nun, es gab keine Möglichkeit, dass er wegging. Er war sich sicher, dass er es schaffen konnte, denn sie waren hier, um zu spielen, um Spaß zu haben, um ein paar Quests zu beenden und etwas epische Beute zu verdienen. Sein Vorhaben? *Das* war der beste Weg, um all diese Dinge zu tun.

»Sam«, Dizzys Ton war eisig, »ich habe keine Ahnung, was hier los ist, aber du hast ungefähr fünf Sekunden, um es zu erklären oder wir lassen dich tot da liegen, wo du stehst. Fang an zu reden.«

»Gerne«, Sam hob langsam die Arme und verstaute seine kreisenden Wälzer, »aber ich weiß gar nicht, wo ich anfangen soll.«

»Meine Güte, *ich weiß nicht*. Wie wär's mit dem Teil, wo du uns versetzt hast, nur dass du uns eigentlich *gestalkt hast*? Oder wie wäre es damit? Das letzte Mal, als ich dich gesehen habe – erst vor *einer Woche* – warst *du* ein Luftmagier, aber jetzt bist du«, sie funkelte ihn an und starrte dabei gezielt Bill an, »eine Art magischer Bibliothekar? Und wer ist *dieser* Typ?« Sie nickte in Richtung des feindlichen Magiers, der tot und auf dem Boden ausgestreckt lag. »Wo ist *Finn*? Warum hast du gerade mit einem Wolfsmenschen-Schamanen gesprochen? *Und wie*? Und noch wichtiger: Was hättest du sagen können, um dieses Monster dazu zu bringen, kampflos zu gehen? Hm?«

Sam holte tief Luft und blies seine Wangen auf, während seine Gedanken rasten. »Was wäre, wenn ich dir sagen würde, dass ich eine … Gelegenheit habe? Das und eine Chance für uns als Team, die erste offizielle Gilde im *ganzen* Spiel zu werden?«

Einen Moment lang herrschte schockierte Stille, als Dizzy und die anderen sich gegenseitig vorsichtige Blicke zuwarfen. Dizzys Haltung verriet, dass sie wie immer bereit war, loszuschlagen. »Wir sind *vielleicht* bereit zuzuhören.«

»Gut, dann hör mir zu und versprich mir, dass du mich nicht umbringst, bis ich dir alles erzählt habe. Es fing alles letzte Woche an, als Finn und ich nach unserem gemeinsamen Jagdausflug zurück zur Hochschule gingen …« Sam spulte die Geschichte in der nächsten halben Stunde Stück für Stück ab und erzählte ihnen von dem Schauprozess, den er hatte und wie Finn gezwungen worden war, unter der Aufsicht des korrupten und machthungrigen Erzmagiers zu leiden.

Er erzählte von der Bibliothek und dem trickreichen Taschenspielertrick, der dazu geführt hatte, dass er die Schlüssel zum mächtigsten Wissensspeicher in ganz Ardania in die Hände bekommen hatte. Als er ihnen von der Entfesselung von Vh'uzathel dem Hundertarmigen erzählte, bevor er durch einen geheimen, magischen Tunnel, der mit den Außenwänden der Stadt verbunden war, aus der Bibliothek entkam, keuchte Sphinx, während Dizzy vor Lachen heulte.

Sam erzählte weiter, von seiner Gefangennahme und dem anschließenden Deal mit O'Baba, den er detailliert beschrieb. Seine Rückkehr in die Stadt. Seine endlosen Mühen der letzten Tage, gefolgt von seinem Plan, sie aufzuspüren. Sie hörten aufmerksam zu, murmelten an den richtigen Stellen düster und lachten über die schiere Absurdität des Ganzen. Niemand schien daran interessiert zu sein, ihn zu töten, als er in Schweigen verfiel und die ganze Geschichte endlich erzählt hatte.

»*Alter*«, Kais Worte trieften vor Ehrfurcht, er hob die Hände zu einer *verblüfften* Geste, »das ist wie … *Woah*, Kumpel.«

»Die Hochschule hat das also wirklich alles gemacht, *nur* weil du und Finn ein paar Stunden mit uns gefeiert habt?« Arrow klang fast so schockiert und beeindruckt wie Kai. »Die Sache mit dem Kontrakt … Ich kann nicht glauben, dass die Spieleentwickler so etwas einfach so durchgehen lassen würden. Ich meine, es ist *so* räuberisch, weißt du?«

»Oh, glaub mir, ich weiß, was du meinst«, antwortete Sam mit einem entschiedenen Nicken und erinnerte sich daran, wie schmerzhaft es gewesen war, den Kontrakt mit seinem Mana ›aufzufüllen‹. »Ich glaube, meine Erfahrung ist nur die Spitze des Eisbergs. Wenn Magier aufsteigen, müssen sie den Kontrakt immer wieder unterschreiben und ich glaube, das gibt dem Erzmagier noch mehr Macht über sie.«

»Ich wette, es ist eine Questkette.« Sphinx begann, unruhig hinter dem Rest der Gruppe auf und ab zu gehen, wobei sie eine Hand müßig über den Griff ihres Dolches rieb. »Wahrscheinlich eine Art verstecktes Ereignis mit riesigen Belohnungen für jeden, der herausfindet, wie man den Erzmagier stürzt.«

»Ja, wahrscheinlich«, stimmte Dizzy zu und strich nachdenklich über ihr Kinn.

»Was bedeutet, dass ein Zusammenschluss mit Sam der beste Weg sein könnte, das ganze System zu Fall zu bringen«, warf Arrow ein. Der Bogenschütze saß jetzt im Schneidersitz im Gras und drehte abwesend einen Pfeil zwischen seinen Handflächen. »Außerdem sind die Vorteile, sich den Wolfsmenschen anzuschließen, ziemlich beeindruckend. Ich meine, wir könnten Adelige sein. Denkt darüber nach. *Adelige.* In jeder Stunde, in der ich nicht im Spiel bin, bin ich in den Foren und ich habe noch von *niemandem* gehört, der so eine Errungenschaft freischalten kann. Wir könnten die *Weltersten* sein, Leute.«

»Die garantierte Gildencharta ist auch ein netter Bonus«, fügte Dizzy abwesend hinzu. »Wirklich jeder Arsch versucht gerade, eine offizielle Gilde auf der menschlichen Seite der Kampagne zu gründen. Die Konkurrenz ist jetzt schon verrückt und es wird nur noch schlimmer werden, aber ich wette, bei den Wölfen ist alles offen. Das könnte unsere Chance sein.«

»Ja, aber dann müssen wir die Menschheit verraten.« Kai klang nicht so, als wäre er *gegen die* Idee, er legte nur die Fakten dar.

»Und?« Dizzy schoss zurück und zog eine Augenbraue hoch. »Es ist nur ein *Spiel*.« Sie zuckte lässig mit den Schultern. »Die Tatsache, dass es einen gangbaren Weg gibt, den Wolfsmenschen beizutreten – auch wenn die meisten Leute nicht wissen, dass es eine spielbare Wolfsmenschen-Fraktion gibt – bedeutet, dass die Entwickler beabsichtigten, dass zumindest *ein Teil* der Spielerpopulation diesen Weg einschlägt. Ich denke, das ist eine einmalige Gelegenheit. Es gibt nur eine Frage, die ich habe …«

»Und die wäre?« Sam war sich plötzlich unsicher. Bis jetzt lief alles gut, aber das konnte sich jeden Moment ändern. Eine falsche Antwort und er könnte mit einem Schwert in den Eingeweiden enden oder mit einem überdimensionalen Streithammer, der seinen Kopf wie eine Kokosnuss aufbrechen konnte.

»Finn.« Dizzys Stimme war so eisig wie Sams Eiskugelzauber. »Wenn das, was du sagst, wahr ist, dann foltern ihn diese Magier in der Hochschule praktisch. Wir können ihn nicht einfach dort *lassen*. Ich bin dabei, aber nur, wenn wir einen Weg finden, ihn aus der Hochschule herauszuholen.«

»Eigentlich ist es ein wichtiger Teil des Plans, zu Finn zu kommen.« Sam spürte eine Flut der Erleichterung. »Ohne ihn können wir Octavius nicht wirklich aufhalten. Er hat den Kontrakt unterschrieben, aber nur ein einziges Mal. Wenn wir ihn von der Hochschule wegdrängen können, hat O'Baba eine Möglichkeit, ihn von der Macht des Kontrakts zu befreien. Er könnte sich wehren, weil der Kontrakt ihm *sonst* schadet, aber wir können es schaffen. Soweit ich weiß, hebt der offizielle Beitritt zur Wolfsmenschen-Fraktion automatisch alle menschlichen Bindungen auf. Also ist es eigentlich perfekt.«

»Es gibt allerdings einen Haken«, fuhr Sam nach einer langen Pause fort. »Wisst ihr, ich bin mir ziemlich sicher, dass Octavius' Zauber außerhalb der Hochschul-Mauern stattfinden wird. Wahrscheinich irgendwo in der Nähe des Wolfsmenschen-Außenpostens. Die Sache ist die, dass ich nicht genau weiß, *wo* der Ort ist und ich weiß auch nicht genau, wie man den Zauber sabotieren kann, aber ich weiß, dass sich alle seine Forschungen in der Hochschul-Bibliothek befinden. Wenn wir dort reinkommen, kann ich herausfinden, was Octavius plant und das sollte mir sagen, wie ich ihn aufhalten kann.«

»Warte«, Dizzy hielt eine Hand hoch. »Du sagst, wir müssen *in* die Hochschule einbrechen? Ein Ort, der voll von den mächtigsten NSCs im Spiel ist, die alle wollen, dass du entweder tot umfällst oder gefangen genommen wirst?«

»Nun ... wenn du es so sagst, klingt es verrückt«, murmelte Sam und wippte unbehaglich von einem Fuß auf den anderen.

»Ich sage nicht, dass du verrückt bist und ich sage auch nicht *nein*. Ich will nur sicher sein, dass ich genau verstehe, worum du uns bittest.«

»Ja«, erwiderte Sam unverblümt und neigte sein Kinn. »Das ist es, worum ich dich bitte. Ich muss in die Hochschule einbrechen, Finn bei der Flucht helfen, einen Weg finden, einen gefangenen Wolfsmenschen herauszuschmuggeln und herausfinden, wo Octavius plant, diesen Über-Zauber zu wirken. All das, damit wir ihn ausschalten können, bevor er den Außenposten in einen rauchenden Krater im Boden verwandelt.«

»Nichts für ungut, Kumpel«, verschränkte Kai seine schlanken Arme, »aber das klingt irgendwie total unmöglich oder so. Ich will ja helfen, aber ich bin nicht an einer Selbstmordmission interessiert. Wie sollen wir denn überhaupt *in* die Hochschule kommen?«

»Wir haben eine Geheimwaffe.« Sam nickte Bill grinsend zu. Das Buch, das neben ihm in der Luft hing, flatterte mit seinen Seiten und zog alle Blicke auf sich, als seine staubigen Lederlippen zum ersten Mal aufknarrten.

»Hey, Kinder. Ich bin Bill«, krächzte das Buch, seine Stimme war trockener und papierener, als Sam es in Erinnerung hatte, aber andererseits hatte Sam Bill noch nie sprechen *gehört*. Bis jetzt hatte das Buch immer nur telepathisch mit Sam kommuniziert. Ehrlich gesagt, war Sam ein wenig überrascht, dass das Buch laut sprechen *konnte*. »Ich bin seit ungefähr dreihundert Jahren hier und hoffe, da kommen noch ein paar Jahre drauf.«

»Fürs Protokoll, ich kann uns in die Abwasserkanäle bringen, die unter der Hochschule verlaufen. Weil ich fantastisch bin, kann ich uns auch wieder *rausbringen*, ohne dass jemand weiß, dass wir jemals dort waren.«

»Ich weiß nicht«, Dizzy blickte finster auf das schwebende Buch, als würde sie ihm nicht ganz trauen.

Sphinx hingegen stieß einen lautstarken Freudenschrei aus. »Wenn du uns einen Weg in die Hochschule hinein und einen Weg wieder heraus verschaffen kannst, haben wir eine verdammt gute Chance, das zu schaffen.«

»Ernsthaft?« Arrows Skepsis war fast so spürbar wie die von Dizzy.

»Ein Infiltrator zu sein hat seine Vorteile«, bot Sphinx dem Bogenschützen mit einem strahlenden Grinsen an. »Wenn wir das ernst meinen, kenne ich genau die Leute, die uns helfen können. Ich sage nicht, dass wir *schon jetzt* irgendetwas vereinbaren sollten, aber ich denke, es ist an der Zeit, dass wir uns mit einigen meiner Freunde unterhalten, die einer Diebesgilde beigetreten sind. Die Aufrechten werden alles darüber wissen wollen.«

Kapitel 34

Sphinx geleitete die Gruppe durch die engen, staubigen Straßen von Cheapside. Straßen, mit denen Sam in den letzten Tagen überhaupt nicht vertraut geworden war, da er in einem kleinen Raum eingesperrt war. Schließlich hielten sie vor einem zweistöckigen, weiß verputzten Gebäude, das seine besten Tage – mit viel gutem Willen – schon vor fünfzig Jahren gesehen hatte.

Der helle Anstrich war stark abgenutzt, an einigen Stellen sogar abgeplatzt. Viele der Fenster, die die Fassade des Gebäudes zierten, waren mit Brettern vernagelt. Eine Stange ragte über einer einzelnen Tür hervor, die in einem hellen, leuchtenden Rot gestrichen war. An der Stange hing an rostbedeckten Ketten ein ziemlich verwittertes Schild mit der Aufschrift *Die frommen Knappen des Heiligen Saagar*.

Auf der rechten Seite verlief eine schmale Gasse, die mit Barackenzelten, angelehntem Schrott und einem breiten Streifen schmutziger Gesichter und Körper gefüllt war, bei denen man selbst auf zwanzig Meter Entfernung noch riechen konnte, dass die Wiedererfindung des Deos diese Welt revolutionieren würde. Ein besonders hagerer Mann, begraben unter Schichten und Lagen von ungewaschener Kleidung und Ausrüstung, stand neben der Tür und starrte mit rheumatischen, milchweißen Augen in die Welt hinaus, die Sam seltsamerweise an die verbretterten Fenster über ihm erinnerten.

<*Nun, das könnte nicht verdächtiger aussehen, selbst wenn sie es versuchen würden*>, grummelte Bill. <*Mit einem Schild, auf dem steht ›Kriminelle bei der Arbeit‹.*>

»Was ist das für ein Ort?« Sam hakte seine Daumen in seinen Gürtel, während er die Vorderseite des Gebäudes betrachtete, auf der Suche nach irgendwelchen Hinweisen, die auf seinen wahren Zweck hinweisen könnten.

»Wer hätte das gedacht, es ist ein Obdachlosenheim und eine Suppenküche für die Unterdrückten.« Sphinx' Augen funkelten, als sie ihnen ein breites Lächeln schenkte.

»Warum hast du uns nicht schon früher etwas davon erzählt?« Dizzy hatte keinen Hauch von Belustigung in ihrer Stimme. »Wir sind ein Team, Sphinx. Es scheint nicht so, als hättest du jegliche Geschäfte, die du mit einem ›Obdachlosenheim‹ hast, mit dem Rest von uns geteilt.«

Sphinx' Wangen blitzten dezent rot auf. »Dieser Ort ist etwas Besonderes und wir dürfen es Außenstehenden nicht erzählen. Eine der Regeln des Clubs, aber wenn es jemals eine Zeit gab, die Regeln zu brechen, dann ist es wohl jetzt.«

<*Oh, die müssen wir unbedingt bei uns behalten, Packesel. Jeder, der die Regeln mit Stil brechen kann, ist in meinem Buch gut.*>

<*Du bist* ein *Buch*>, schickte Sam leise zurück.

<*Dann weißt du genau, wie ernst ich dieses Kompliment nehme!*>

»Was ist daran so besonders, Engelchen?« Kai senkte seine Stimme leise, damit die Bettler ihn nicht hören konnten.

»Es ist ein Eingang zum Netzwerk der Bruderschaft. Als Novize darf ich nur herkommen, wenn ich in ernsten Schwierigkeiten stecke. Ich denke, das hier zählt wahrscheinlich.« Sie hielt inne und strich sich eine lose Haarsträhne hinters Ohr. »Gebt mir nur eine Minute.«

Sie ging hinüber zu dem blinden Bettler, der vor der bunt bemalten Tür stand. Sie fischte eine fette Goldmünze aus ihrer Tasche, obwohl Sam schon von Weitem erkennen konnte, dass es keine normale Münze war. Sie war zu dünn, die Ränder waren gezackt und grob geschnitten.

»Almosen für die Armen, Fräulein?«, fragte der blinde Bettler atemlos, kräuselte die Lippen und zeigte einen Mund, der fast keine Zähne hatte. Er streckte eine schmutzige Hand, der ein Finger fehlte, mit der Handfläche nach oben aus.

»Natürlich, gütiger Herr. Der Heilige Saagar lebt in meinem Herzen und in den Herzen aller wahrhaft Frommen und Bedürftigen«, rezitierte Sphinx und drückte ihm die Münze in die Mitte der Hand. »Wer könnte nicht ein wenig Hilfe in einer Zeit der Not gebrauchen?«

Der Bettler ließ die Münze mit einem Fingerschnippen verschwinden, wippte mit dem Kopf und nahm seinen Posten an der Tür wieder ein. Sam bemerkte jedoch, dass der Bettler seinen Daumen gegen die Außenseite des Gebäudes drückte. Die Bewegung war schnell, fast zu schnell, um sie zu verfolgen, aber ein sanftes Aufflackern von gedämpftem braunem Licht – das in einem Wimpernschlag wieder verschwunden war – erregte seine Aufmerksamkeit. In die Oberfläche des Putzes war ein winziges Symbol gemeißelt, nicht größer als ein Zehncentstück.

Sam war sich nicht sicher, was das Symbol bedeutete, aber er hatte eine ähnliche Markierung in den Korridoren der Hochschule gesehen. Er hatte immer angenommen, dass es wie die anderen Markierungen war, um Besuchern und Studenten zu helfen, sich in den weitläufigen Fluren zurechtzufinden ... aber vielleicht diente es auch einer anderen Funktion.

<*Es ist eine Raumeindämmungsrune*>, erklärte Bill, der wahrscheinlich Sams abschweifende Gedanken aufnahm.

<*Für einen Haufen Straßenschläger ist das ziemlich fortschrittliche Magie, wenn du mich fragst.*>

<Das muss Magierarbeit sein, oder?> fragte Sam zurück. <Wie glaubst du, dass ein Haufen Diebe an so etwas kommt?>

<*Äh. Ganz einfach. Die Magier sind an den Kontrakt gebunden, aber das bedeutet nicht, dass sie nicht in Schwierigkeiten geraten können. Ich bin nicht vertraut mit den Aufrechten, muss nach meinem erzwungenen Nickerchen gekommen sein, aber meiner Erfahrung nach sind Diebe ähnlich wie Söldner. Sie können Probleme verschwinden lassen, wenn man das Geld zum Bezahlen hat. In einem Land, in dem Magie seltener ist als Gold, ist ein Schuldschein von einem Magier viel wertvoller als Münzen. Alles, was es braucht, ist ein dummer Adliger – von denen es Hunderte gibt, glaube mir – mit mehr Magie als gesundem Menschenverstand, um in eine Notlage zu geraten und diese Leute um einen Gefallen zu bitten. Bämm, einfach so, Unterschlupf mit Raummagie.*>

Sphinx führte sie ins Innere, das – ein kleiner Schock – tatsächlich wie eine Obdachlosensuppenküche aussah. Mittellose Männer und Frauen drängten sich um grob behauene Tische und schlürften lautstark dampfende Suppe aus Holzschüsseln. Das war nur die Vorderseite, wie Sam und die anderen schnell erfuhren, als einer der ›frommen Knappen‹ des Heiligen Saagar sie zu einem Schrank im hinteren Teil führte, der förmlich vor mächtiger Magie *summte*.

»Scheint ziemlich schäbig zu sein, eine kriminelle Organisation hinter einer erfundenen Wohltätigkeitsorganisation zu verstecken«, brummte Dizzy, als sie durch die Tür zur Vorratskammer und in einen nachtschwarzen Flur traten, der einem Riss im Gewebe des Universums ähnelte. »Sich als

Mönche auszugeben, die den Bedürftigen helfen, erscheint selbst für Diebe ein ziemlich niedriges Niveau zu sein.«

»Ach *du meine Güte*.« Sphinx brach in ein schallendes Gelächter aus. »Die Mönche *sind nicht* unecht und das Heim ist es auch nicht. Die frommen Knappen des Heiligen Saagar sind ein echter heiliger Orden, einer, der sich um die Armen kümmert. Die Stadt und die Adligen wenden selten Zeit oder Geld auf, um den Entrechteten zu helfen, aber die Diebe tun es. Interessanter Leckerbissen, aber die Diebe haben sich nicht die Aufrechten genannt. Die Bedürftigen von Ardania haben ihnen diesen Titel verliehen. Die Knappen haben überall in der Stadt Notunterkünfte, die meisten davon sind völlig legal und die ganze Operation wird von der Bruderschaft finanziert.«

Ihr Lächeln wurde breiter. »Nicht alles ist so, wie es scheint, weißt du. Nur weil jemand ein *Bösewicht* ist, heißt das noch lange nicht, dass er ein Bösewicht *ist*. Der Beruf sagt nicht immer was zur Person aus.«

Sphinx führte sie durch den kurzen Tunnel und hinaus in einen Raum, der unmöglich im Inneren des heruntergekommenen Hauses existieren konnte. Es war eine riesige, gewölbte Kammer, die Sam sofort an die U-Bahn-Stationen in New York erinnerte. Er hatte New York zweimal mit seinen Eltern besucht. Obwohl beide Reisen nicht von langer Dauer gewesen waren, blieben diese Erinnerungen in Sams Kopf hängen wie ein Kaugummi an der Unterseite eines Tennisschuhs. All die Autos. Das unendliche Meer von Menschen. Am meisten erinnerte er sich an die ausufernden U-Bahnen, eine ganze unterirdische Welt, die irgendwie uralt schien.

Die Wände waren aus dunkelrotem Backstein gefertigt, die Böden mit Dielen mit poliertem Holz bedeckt, dreizehn gewölbte Gänge verteilten sich auf den Raum wie die Speichen eines riesigen Fahrrads. Metallene Kandelaber flankierten den Eingang zu jedem Gang, während ein riesiger Kronleuchter – gefertigt aus einer ganzen Reihe von Dolchen und Kurzschwertern – von oben herabhing. Männer und Frauen strömten durch die Kammer, ohne dem Wolfsrudel einen zweiten Blick zu schenken. Warum sollten sie auch? Wenn Sphinx die Wahrheit sagte, war dieser Ort das Ardana-Äquivalent zur Grand Central Station. Jeder, so schien es, hatte einen Ort, an dem er sein musste und keine Zeit, die er an eine Gruppe gaffender Touristen verschwenden konnte.

Es waren Männer und Frauen, die sich sowohl mit Dringlichkeit als auch mit Zielstrebigkeit bewegten. Obwohl viele der Leute in der Kammer dunkles Leder, weiche Stiefel und lange Dolche trugen, die sie als Diebe, Schurken oder Schlimmeres auswiesen, gab es ebenso viele Leute, die die Kleidung von Köchen trugen oder als Mägde, Gastwirte oder sogar Stadtwachen gekleidet waren.

Vielleicht waren die Aufrechten nicht so offenkundig mächtig wie die Magier der Hochschule, aber wenn dieser kleine Querschnitt der Bewohner Ardanias irgendein Anzeichen war, waren sie auf ihre eigene Weise *furchtbar* einflussreich ... und *weitaus* weiter verbreitet.

Es dauerte ein paar Minuten und ein paar kurze Worte an einen hageren Herrn, der hinter dem Empfangstresen stand, aber schließlich wurden Sam und die anderen in reich ausgestattete Privatquartiere geführt. Kaum hatten sie sich eingerichtet, klopfte es an der Tür und ein Küchenmädchen in schwarzem Kleid und ordentlicher weißer Schürze schob einen Wagen herein, der mit einem wahren Festmahl beladen war. Kartoffelpüree und dicke braune Bratensoße. Pikante grüne Bohnen, gekocht in einer Art

Knoblauch-Basilikum-Sauce. Als Hauptgericht gab es einen dicken Braten, umringt von zarten Karotten und knolligen Zwiebeln.

So wichtig es auch war, sich einen Plan auszudenken, Sam lief das Wasser im Mund zusammen. Alles, woran er denken konnte, war, so viel Essen hinunterzuschlingen, wie menschlich – oder unmenschlich – möglich war. Sicher, er hatte während seiner Tage des unerbittlichen Studiums und der Vorbereitung gegessen, aber er hatte nur genug gegessen, um zu überleben und nichts davon war das, was irgendjemand anderes als ein hungernder Mann als *gut* bezeichnen würde. Sicherlich nichts wie dieser Aufstrich. Noch besser ... seine Wahrnehmung war hoch genug, um dieses Essen *zu genießen*!

<*Hau rein, Kleiner*>, sagte Bill unaufgefordert. <*Du wirst dir noch die Zunge abbeißen, wenn du nicht isst, also lass mich das machen.*>

<Danke, Bill>, entgegnete Sam und schöpfte sofort eine Riesenportion Fleisch und Gemüse auf einen Silberteller.

<*Keine Sorge, Kleiner*>, Bill erhob sich in die Luft, bis er über dem Tisch schwebte. <*Du hast die Karte?*>

<Ja. Eine Sekunde.> Sam öffnete seine magische Flasche und zog eine riesige, handgezeichnete Karte des ersten Stocks der Hochschule heraus. Nun, zumindest Teile davon.

Da sich die gesamte Hochschule weigerte, den Gesetzen der Physik oder der Natur zu entsprechen, war es schwierig, einen wirklich genauen Grundriss des Komplexes zu erstellen. Mit Bills Fachwissen und Einsicht hatten sie eine respektable Arbeit geleistet. Die Gänge, die sie brauchten, waren alle sorgfältig und akribisch skizziert, zusammen mit den entsprechenden Glyphen und Runen, die als Wegweiser für jeden dienten, der sie zu lesen wusste.

Bill hatte seine Erinnerungen durchforstet und nicht nach den *schnellsten* Wegen gesucht, um von Punkt A nach Punkt B zu gelangen, sondern nach den *verschlungensten* und am wenigsten begangenen Wegen. Theoretisch hätte das Wolfsrudel, wenn es der von ihm festgelegten Route folgte, fast keine Chance, auf die anderen Hochschul-Bewohner zu treffen. Die größten Risiken lagen direkt nach dem Verlassen der Kanalisation und beim Betreten der Bibliothek. Es gab keine Möglichkeit, diese Engpässe zu umgehen, also mussten sie einfach die Würfel werfen und auf das Beste hoffen.

»Okay«, Bills Stimme war ruppig und unerschütterlich. »Der Junge und ich haben das schon hundertmal durchgesprochen und wir denken, wir haben einen soliden Plan, wie wir in die Hochschule einbrechen können. Wie wir schon sagten, werden wir etwas Hilfe brauchen. Der Weg hinein ist relativ einfach. Die meisten Leute wissen, dass es eine Reihe von Abwassertunneln gibt, die unter der Hochschule verlaufen, aber was die meisten Leute *nicht* wissen, ist, dass die Magierhochschule viermal pro Woche eine Patrouille aussendet, um diese Abwasserkanäle zu säubern.«

»Die Sache ist die«, fuhr Bill fort, während die anderen aßen, »die Hochschule produziert *eine Menge* magischen Abfall und all das abfließende Mana sammelt sich in den empfindungsfähigen Jellies, die, wenn sie unkontrolliert bleiben, zu enormer Größe anwachsen können. Diese Jellies sind nicht wirklich gefährlich, aber sie sind *magisch*, was bedeutet, dass gewöhnliche Gewalt sie nicht töten kann. Daher schicken die Magier Gruppen von Novizen, die die Drecksarbeit erledigen – die Jellies ausrotten und Monsterkerne sammeln, wenn sie auftauchen, die die Hochschule für Zaubersprüche und Verzauberungen verwendet.«

»Der Junge hier«, Bill rollte seine beunruhigenden, smaragdgrünen Augen in Richtung Sam, »hat diesen Dienst schon ein paar Mal gemacht und Finn wird mit ziemlicher Sicherheit auf Kanalisationspatrouille gehen, denn das ist die Strafarbeit, die wirklich *niemand* machen will. Außerdem steht er auf der Dauerarschkartenliste der Hochschulführung. Ich? Ich kenne die Hochschule besser als meinen Buchrücken – bildlich gesprochen – und ich kann uns ohne Probleme in die Kanalisation bringen. Wir schleichen uns ein, überfallen die Patrouille, wenn sie mit den Jellies beschäftigt ist und schon haben wir ein Einweg-Ticket in die Hochschule.«

»Klingt vernünftig genug.« Dizzy lehnte sich in ihrem Stuhl zurück, die Hände über ihrem Bauch gefaltet. »Wo ist der Haken?«

»Wer sagt, dass es einen Haken gibt?«, fragte Sam unschuldig genug und sprach um einen Bissen voll Braten herum. *Himmlisch.* Das Essen war schmackhaft – reichhaltig, herzhaft, pikant, mit nur einer Prise Schärfe, die seine Geschmacksknospen wie ein Feuerwerk zum Leuchten brachte.

»Es gibt *immer* einen Haken.« Dizzy verschränkte die Arme. »Außerdem hast du *eine Menge* Ärger auf dich genommen, um zu uns zu kommen und das hättest du nicht getan, wenn das alles so einfach wäre, wie dein schwebender Buchfreund es klingen lässt.«

»Gut«, mischte sich Sam ein, während er seine Mundwinkel mit einer Leinenserviette abtupfte. »Gut, also *vielleicht* gibt es einen Haken ... Na gut, ein *paar* Haken. Zunächst einmal wird es mindestens zwei weitere Magier geben, die wir in der Kanalisation außer Gefecht setzen müssen. Sie sind Novizen, aber auch die können eine Bedrohung sein.

Dann sind da noch die Hochschulwachen. Normalerweise gibt es zwei von ihnen und beide sind recht hochgestuft. So gut Bill und ich auch sind, wir können nicht die ganze Mannschaft ausschalten, vor allem, da wir sie nicht töten können, ohne massive Kopfgelder zu kassieren, was wir auf keinen Fall wollen. Das heißt, wir müssen einen Weg finden, sie kampfunfähig zu machen.«

»Okay. Ich spiele mit«, warf Arrow ein. »Sagen wir, dein Buch bringt uns rein und irgendwie schaffen wir es, die Kanalreinigungsmannschaft auszuschalten und dabei hoffentlich Finn zu befreien. Was dann? Es ist ja nicht so, dass sie eine Gruppe von Außenseitern, die mit Kanalisationsmist bedeckt sind, einfach unbehelligt in den Hochschulfluren herumtrampeln lassen. Jemand wird uns bemerken und anfangen, Fragen zu stellen. Selbst wenn wir es in die Bibliothek schaffen, gibt es keine Möglichkeit, dass wir in einem Stück wieder rauskommen. Auf keinen Fall.«

»Äh. Wir sind uns einig, dass wir uns nicht einig sind«, erklärte Bill sachlich. »Ich sage dir, Packesel und ich, wir haben es ausgearbeitet. Im Grunde ziehen wir den alten ›Verkleiden-als-Feind‹-Trick ab. Wir werden die Kanalisationspatrouille lange genug außer Gefecht setzen, damit wir an ihrer Stelle zurück in die Hochschule gehen können. Ein paar von euch verkleiden sich als Wachen, alle anderen als Novizen in gewöhnlichen, braunen Roben. Von dort aus werden wir die Gruppe aufteilen. Sam und ich gehen rüber zum Anbau, um Velkan zu retten, vorausgesetzt, der Köter lebt noch.«

»Finn wird auch gefesselt werden müssen, es sei denn, er kann dem Zwang des Kontraktes lange genug widerstehen, um alle anderen in die Bibliothek zu bringen. Wenn er es nicht kann, muss der Rest von euch der Karte folgen und sich holen, was wir brauchen, um Octavius auszuschalten und den großen bösen Zauber zu vereiteln. Von dort aus werden Sam und ich mit unserem Wolfsmenschen-Freund im Schlepptau zurückkehren, euch in der Bibliothek treffen und uns dann durch einen anderen geheimen Ausgang, versteckt im Hauptgeschoss der Bibliothek, hinausschleichen. Dieser Ausgang führt uns in den Keller eines Käseladens namens *Feta und Söhne* drüben im Nordwasser-Viertel.«

»Von dort aus«, Sam zuckte mit den Schultern, »gruppieren wir uns einfach neu und legen einen Hinterhalt für Octavius und seine zaubernden Kumpels. Es ist simpel, auch wenn es nicht leicht sein wird.«

Für einen langen Moment waren alle still. Was Sam als gutes Zeichen wertete ... bis Dizzy ihren Mund öffnete.

»Wow. Ich weiß gar nicht, wo ich anfangen soll, mit all den Möglichkeiten, wie dieser Plan schiefgehen könnte. Erstens, die Gruppe aufzuteilen, während man *in* der Hochschule ist? Das ist ... das ist *verrückt*. Ernsthaft, hast du noch nie D&D gespielt? Man teilt *nie* die Gruppe auf. Das ist DIE *Regel*. Außerdem – und ich denke, ich sollte das nicht sagen müssen – aber wie in aller Welt glaubst du, dass du einen *Wolfsmenschen* durch die gesamte Hochschule schmuggeln kannst, ohne entdeckt zu werden? Häh?«

»Ja, ich weiß, wie das klingt«, stimmte Sam zu, »aber ich *war* in der Hochschule und Bill kennt diesen Ort wirklich besser als jeder andere. Allein in den Anbau zu schleichen, wird viel einfacher sein, als die ganze Gruppe mitzuschleppen. Um *vom* Nebengebäude zur Bibliothek zu gelangen, gibt es einen Hintereingang, den fast niemand nimmt. Die Magier *hassen* den Anbau wegen all der Raumverzerrungen und Zeitfluktuationen, also denke ich, dass es eine mindestens 70-prozentige Chance gibt, dass ich es schaffe, ohne dass mich jemand erwischt. Es ist ein kalkuliertes Risiko und ich bin *wirklich* gut in Mathe.«

Dizzy grunzte unverbindlich und verschränkte die Arme, während sie auf den Tisch starrte. Die Rädchen in ihrem Kopf arbeiteten eindeutig auf Hochtouren, während sie versuchte, den Plan zu zerpflücken.

»Es scheint mir, dass es schwierig sein wird, in die Bibliothek selbst zu kommen«, mischte sich Arrow ein. »Ich meine, ich gebe gerne zu, dass ich noch nie in der Hochschule war, aber wenn es wirklich dieses riesige Lager für super seltene Bücher und andere magische Gegenstände ist ... ich bezweifle, dass sie einfach einen Haufen randalierender Wächter hineinlassen.«

»Nur, dass es nicht nur ein Haufen ›randalierender‹ Wachen sein wird«, erwiderte Bill. »Vertrau mir, wenn wir an Finn rankommen, wird er dich ohne Probleme am Chefbibliothekar vorbeischleusen können.«

»Warum gehen wir nicht einfach *durch die* Bibliothek rein?«, forderte Kai. Er lehnte sich vor, die Unterarme auf die Tischkante gestützt. »Ihr habt doch gesagt, dass es eine Art Tunnel vom Hauptgeschoss der Bibliothek zu diesem Käseladen gibt, oder? Warum gehen wir also nicht einfach durch den Käseladen und kommen *in der* Bibliothek wieder raus oder so? Auf diese Weise müssen wir uns nicht mit der Kanalisation, den Wachen oder sonst was herumschlagen.«

»Das ist ein guter Gedanke«, antwortete Bill in neidvoller Bewunderung, »aber dieser spezielle Raumtunnel funktioniert nur in eine Richtung. Der Eingang öffnet sich von der Seite der Hochschule, nicht von der Seite des Käseladens. Wenn wir erst einmal in der Hochschule sind, gibt es viele Möglichkeiten, hinauszukommen, aber nur sehr, *sehr* wenige, um *hineinzukommen*. So etwas würde es einer feindlichen Macht zu leicht machen, in die Hochschule einzudringen, deshalb sind die meisten dieser Fluchttunnel nur Notausgänge. Kein Wiedereinlass.«

»Also, die Kanalisation ist der einzige Weg hinein, denn natürlich ist sie das«, bemerkte Dizzy abwesend, »aber nehmen wir an, wir kommen hinein und schalten die Wachen aus. Es gibt immer noch einen großen Haken. Wir können nicht einfach die Uniformen der Wachen stehlen. Selbst wenn wir sie töten – was wir laut deiner Aussage nicht tun sollten – gibt es keine Möglichkeit, ihre Leichen zu plündern. Wie geben wir uns also aus?«

Sphinx' Hand schoss in die Luft, ein Lächeln brach über ihr Gesicht. »Oje, aber das ist perfekt. Dafür sind die Infiltratoren *ausgebildet*. Die Aufrechten haben Schneider hier in der Anlage, die auf gefälschte Uniformen und Rüstungen spezialisiert sind. Es wird uns ein bisschen Geld kosten, aber wir sollten in der Lage sein, alles zu bekommen, was wir für die Verkleidungen brauchen. Überhaupt kein Problem.«

Sie hielt inne und blinzelte ihn an. »Ich kann sogar bei Sams Status als Hexenmeister helfen. Wenn du dein Gesicht einfach unter einer Kutte versteckst, leuchtest du immer noch rot, wenn dich jemand in der Magierhochschule ansieht, aber Infiltratoren können deine Klasse, deine Ausrichtung und *jeden* unerwünschten Statuseffekt maskieren. Sogar deinen Namen in den Kampfprotokollen, wenn du einen Spieler tötest. Das ist einer der Vorzüge der Infiltrator-Klasse. Es wird nicht lange andauern – höchstens ein oder zwei Stunden – aber wenn wir diesen Job nicht innerhalb einer Stunde durchziehen können, dann haben wir es verdient, erwischt zu werden.«

»Glaubst du, wir haben wirklich eine Chance, Sphinx?« Dizzy gab sich keine Mühe, ihre Skepsis zu verbergen. Die

Infiltratorin schenkte ihnen ein wildes Lächeln, das so ganz und gar nicht zu ihrer süßen Lehrerpersönlichkeit passte.

»Dafür wurde ich *geschaffen*, Diz. Es wird gefährlich sein, aber mit Sam und Bill als Insider haben wir eine echte Chance. Ich denke, wir sollten sie ergreifen, wenn es sich lohnt. Etwas, das ich noch niemandem erzählt habe, aber ich habe eine herausragende Quest-Anforderung. Wenn ich ein Gebäude oder eine Organisation mit einem Schwierigkeitsgrad von ›Selten‹ oder höher infiltrieren kann, habe ich eine Chance, in meiner Spezialisierung voranzukommen. Die Magierhochschule ist eine *einzigartige* Organisation, also ist das perfekt für mich. Außerdem, wenn wir das durchziehen … retten wir Finn. Zudem bekommen wir die Chance, die erste Wolfsmenschengilde im Spiel zu gründen. Es ist ein großes Risiko, aber die Belohnung ist es mehr als wert.«

»Gut. In Ordnung.« Dizzy seufzte und rieb sich mit einer Hand an ihrem Nasenrücken. Sie warf die Hände in eindeutiger Verzweiflung hoch. »Lasst uns die Hochschule ausrauben, würde ich mal sagen.«

Kapitel 35

Das leise Plätschern von Wasser und das Geplapper von Stimmen hallte von den mit Schleim überzogenen Tunneln tief in den Eingeweiden unter der Hochschule wider. Die Stimmen waren durch die Entfernung und die seltsame Akustik der Kanalisation verzerrt, sodass es fast unmöglich war zu erkennen, was die Sprecher sagten, aber sie kamen näher – das war das Wichtigste. Sam hockte in einer übel riechenden Ecke, verdeckt von den Schatten, während er darauf wartete, seine sorgfältig arrangierten Fallen auszulösen, die verstreut in diesem Tunnelabschnitt lagen.

<Es wird schon gut gehen>, flüsterte Bill voller Zuversicht. Das Buch *brauchte* nicht zu flüstern, aber es fühlte sich richtig an, angesichts ihrer derzeitigen Situation. Fast so, als könnte auch nur ein falscher *Gedanke* sie verraten. <*Die Zaubersprüche sind erstklassig. So ungern ich auch zugebe, dass ich mich geirrt habe, aber deine Crew scheint ziemlich scharf zu sein.*>

Sam atmete die verdorbene Luft tief ein – nicht, um seine Nerven zu beruhigen, sondern um den hibbeligen Ausbruch von aufgeregtem Adrenalin zu unterdrücken, der durch seine Adern floss. Bill dachte, Sam hätte Angst, aber genau das Gegenteil war der Fall. Er war noch nie so *aufgeregt* gewesen. Stand viel auf dem Spiel? Sicher. War ein Scheitern wahrscheinlich? Auf jeden Fall.

Das machte es umso besser. Das war die Spielerfahrung, für die er nach Eternium gekommen war – durch die

Kanalisation schleichen, Wachen überwältigen, Festungen stürmen, mit Freunden im Rücken gegen alle Widrigkeiten kämpfen. Er war sich nicht sicher gewesen, ob es die richtige Entscheidung gewesen war, sich von der Hochschule loszusagen und den Wolfsmenschen anzuschließen, aber jetzt wusste er es. Hier gehörte er hin.

Ein Flackern des tanzenden Feuerlichts hüpfte über die hintere Wand und warf einen langen, unheilvollen Schatten auf die Wand neben ihm. Die schattenhafte Gestalt sah aus wie ein schlanker Ghul, der über einen Friedhof schleicht, aber Sam wusste, dass das nur seine Fantasie war.

»Es ist seltsam ruhig«, kam die vertraute und schroffe Stimme von Geffery dem Roten – der bullige Wächter, der so breit wie eine Scheune war und in ein silbernes Kettenhemd gekleidet war. »Wir sind noch keinem einzigen Jelly begegnet.«

Sam spähte um die Ecke und versuchte, den ranzigen, graugrünen Schleim zu ignorieren, der seine Wange streifte. Es gab keine Jellies, denn Sam und der Rest des Wolfsrudels hatten die Route bereits gesäubert, die gallertartigen Kreaturen ausgeschaltet und dabei ihre fünf kompletten Müll-Kerne eingesammelt. Da er die *kernlose Zauberinfusion* freigeschaltet hatte, *brauchte* er die Kerne nicht unbedingt, aber sie würden auf dem freien Markt sicherlich einen guten Preis erzielen. Selbst diese qualitativ minderwertigen Kerne waren bei Alchemisten, Magiern und Verzauberern sehr begehrt.

Das *plitsch-platsch* der Füße wurde lauter und Geffery kam ins Blickfeld. Hinter ihm kauerten ein paar Magier in braunen Roben, die Sam noch nie gesehen hatte. Entweder waren es neue Novizen oder ein paar alte Lehrlinge, die sich mit jemandem angelegt hatten und dadurch in Ungnade gefallen waren. Beide sahen nicht besonders mächtig aus, obwohl Sam aus erster Hand wusste, dass es nicht klug war, jemanden zu unterschätzen. Niemals. Schon *gar* nicht Magier. Wenn man Leute unterschätzte, endete man mit einem abtrünnigen Magier, der zum Bibliomant wurde. Außerdem *hatte* Sam Geffery in einem Kampf gesehen und der Kerl war so zäh und rücksichtslos wie eine Spule mit rostigem Bandstacheldraht.

Leider gab es kein Anzeichen von Finn, aber vielleicht war das gar nicht so schlecht. Die Kanalisationsgruppe teilte sich normalerweise in zwei Gruppen auf – Geffery führte ein Team an und seine schweigsame Partnerin, Karren die Klinge, das andere. Von den beiden Wächtern war Karren die härtere – und wohl auch die *gemeinere* – *also* wenn Finn in ihrer Gruppe war …

»Hier liegt etwas in der Luft«, riss Gefferys Stimme Sam aus seinen Gedanken. »Bleibt alle wachsam, ja? Die Jellies sind normalerweise nicht schlau genug, um eine Falle zu stellen, aber es ist schon mal passiert. Ein oder zweimal, schätze ich.«

<*Welp, wir haben es versucht. Ab zur Wiederbelebung.*> Bill schien schon aufgegeben zu haben.

<Halt die Klappe>, schickte Sam über die geistige Verbindung und leckte sich über die trockenen Lippen, als er die Gruppe näher kommen sah. Er verschränkte die Finger, murmelte ein stilles Gebet und hoffte inständig, dass sie die böse Überraschung, die er für sie hinterlassen hatte, nicht sahen. Zumindest nicht, bevor es zu spät war.

Einen Moment später gab es ein leises **Klick**, als Geffery nach vorne stieß und Sam fühlte einen Rausch der Erregung, als das Wasser unter den Füßen des Wächters mit einem donnernden Tosen ausbrach. Der Wassergeysir kräuselte sich in der Luft, schlammiger, brauner Schlamm vereiste in einem Blitz aus azurblauer Kraft. Geffery stolperte zurück, brüllte unzusammenhängend, während er nach seiner Waffe tastete, auf der Suche nach einem Feind, den er angreifen konnte ... aber es gab keinen. Noch nicht. Er hatte nur das Pech gehabt, eine der vielen Bücherbomben auszulösen, mit denen Sam den Boden des Tunnels mühsam ausgekleidet hatte.

Angerichteter Schaden: 75 (70 + 5 Eisschaden). Ziel um 12 % verlangsamt!

Bevor Geffery mehr als ein paar Schritte gehen konnte, strich die arktische Kraft, die durch die Luft kroch, mit eisblauen Fingern über seine Rüstung. Eine Schicht aus kristallinem Raureif schlängelte sich über seinen stählernen Panzer, sandte eisige Ranken in die Armschienen und Beinschienen, blockierte Gefferys Gelenke und sperrte den Kämpfer in einen Käfig aus seiner eigenen Rüstung. Geffery fluchte und kämpfte, wütete vergeblich gegen die Rüstung, die sich nun jedem Versuch einer Bewegung widersetzte. Einer der Novizen, die Geffery begleiteten, stieß einen verzweifelten Schrei aus, als er versuchte, einen Rückzieher zu machen ... nur um genau auf eine Bücherbombe zu treten, die mit einer schwachen Lähmung versehen war.

Angerichteter Schaden: 70. Ziel ist für 0,5 Sekunden gelähmt!

Anstatt in einem Geysir aus gefrorenem Eis auszubrechen, spuckte dieses Buch einen Sprühnebel aus klebriger, schwarzer Tinte aus, der in Schüben über den Körper des Magiers kroch, seine Arme und Beine an seine Seiten klebte und den jungen Magier daran hinderte, die Körper- und Handgesten auszuführen, die notwendig waren, um auch nur die einfachsten Zauber zu wirken. Zu schade, dass es nur eine halbe Sekunde dauerte. Zumindest war es genug, um den Jungen zu erschrecken. Zum Glück war er in eine nun beschädigte Magierrüstung gehüllt, sonst hätte ihn die Bücherbombe vielleicht umgebracht.

»Zeigt euch«, kreischte die zweite Magierin und hob abwehrend die Hände. Violett gefärbte Dunkelheit umgab sie wie ein bösartiger, lebender Schatten, etwas, das Sam noch nie gesehen hatte. Kai, gekleidet in einen ärmellosen Judogi, trat aus einer schmalen Nische neben Sam.

»Schnuckelchen, ich werde dein Huckleberry sein«, seine Worte waren absichtlich verwirrend und er trug ein Grinsen auf dem Gesicht, als er angriff und von einer Haltung in die andere wechselte.

»Ich weiß nicht, wer du bist, aber du hast gerade eine *sehr* schlechte Wahl getroffen«, knurrte die Magierin und stieß eine Hand nach außen. Ein kleiner Wald aus rasiermesserscharfen Stacheln explodierte aus den nahen Schatten, die alle versuchten, Kai wie ein Stück schmackhaftes Fleisch aufzuspießen.

Den Mönch störte das absolut gar nicht. Kai wich mühelos jedem Stachel aus, so schnell wie sie ihn heraufbeschwören konnte, floss zwischen den Schattenlanzen hindurch und schloss den Abstand im Nu. Schock und Angst flackerten über ihr Gesicht, als Kai in ihre Deckung eindrang und sie mit einer Flut von blitzschnellen Schlägen, Angriffen mit der Messerhand und niedrigen, ausladenden Tritten attackierte. Sie war auf den Fersen und versuchte verzweifelt, seine Schläge mit einem knorrigen Holzstab abzuwehren, der mit arkanem violettem Licht brannte, aber Kai war *viel* zu schnell.

Licht flackerte um die Frau herum, als ihre Magierrüstung einen Teil des Schadens absorbierte. Ihre Gesundheit rührte sich überhaupt nicht, aber das lag einfach daran, dass Kai nicht *versuchte,* sie zu verletzen. Sam wusste, dass er den *Zitternden Schlag* immer und immer wieder einsetzte, in der Hoffnung, sie zu betäuben, damit sie untätig blieb.

Apropos Gegner betäuben: Sam musste sich auf seinen eigenen Kampf konzentrieren. Immerhin waren der Tank, Geffery und der mit Tinte bedeckte Magier nur *vorübergehend* außer Gefecht gesetzt. Der Eiskugel-Zauber würde nicht so lange halten und seine schwache Lähmung war bereits abgeklungen. Zum Glück war er auf diese Begegnung vorbereitet. Er schob ein neues Buch vor, das mit Papier-Shuriken gefüllt war, die er mit der *Schwachen Lähmung,* die er aufgesammelt hatte, verstärkt hatte. Der Zauber war zwar alles andere als perfekt, hatte aber eine zwölfprozentige Chance, das Ziel zu lähmen.

Mit einem Gedanken schickte Sam einen gefalteten Stern nach dem anderen durch die Luft, wobei er zuerst Geffery traf, da er die größere der beiden Bedrohungen war. Die Shuriken selbst schnitten in Gefferys Gesundheit ein, aber der Mann schien mehr Konstitution zu haben, als man mit einem Stock erschüttern konnte. Das war in Ordnung, denn genau wie Kai war Sam nicht auf den Tod aus. Lediglich die Betäubung. Schwache Lähmung löste mit einem Schimmer smaragdgrünen Lichts beim siebten Treffer aus und blockierte den Körper des Tanks für die nächste halbe Sekunde. Unfähig, sich aufrecht zu halten, kippte Geffery mit einem Spritzer trüben Wassers um und kam auf dem Rücken in einer zehn Zentimeter dicken Schlammschicht zum Liegen.

Sam wandte seine Kraft sofort auf den um sich kämpfenden Magiernovizen an. Er hatte Glück und landete mit seinem ersten Shuriken eine *schwache Lähmung*, die den Jungen neben dem gepanzerten Wächter, der sich bereits wieder auf die Beine kämpfte, ins Wasser schickte.

<*Diese Zauber werden nicht halten*>, dröhnte Bill in seinem Kopf, als Geffery und der feindliche Magier in den Schlamm und Morast kollabierten. <*Schieß weiter auf sie ein und mach schon mit den Seilen!*>

Sam konnte dem nicht widersprechen. Er zog seinen Flachmann heraus und holte das Unentbehrlichste, was ein Abenteurer je bei sich tragen konnte – ein schweres Seil. Als er aufblickte, saß Sphinx auf Geffery und hatte ihren Dolch nur ein Haar von seinen Augen entfernt. Das schien *viel* effektiver zu sein als seine Lähmung.

Geffery aus dem zähflüssigen Wasser zu heben, damit sie seine Arme, Hände und Knöchel fesseln konnten, war unglaublich schwierig, da die Wache gefühlte 500 Kilogramm wog. So viel totes Gewicht mit sich herumzuschleppen war für jemanden mit Sams Kraft und seiner insgesamt schwachen Konstitution fast unmöglich. Trotz seiner Schwierigkeiten gelang es Sam und dem Team. Mit ein wenig fachkundiger Anleitung von Bill knüpfte er auch ein paar Weltklasse-Knoten, die nicht einmal Geffery auseinanderziehen könnte. Verglichen mit dem bulligen, metallisch gekleideten Trottel war der Magiernovize tausendmal leichter zu handhaben, da er dürr war und nur Magierroben trug.

Als Sam fertig war, war es für beide zu spät, etwas anderes zu tun als zu grunzen, zu fluchen und sich vergeblich gegen ihre Fesseln zu wehren. Noch besser war, dass Kai die schattenschwingende Magierin erledigt hatte, indem er sie irgendwie bewusstlos schlug, ohne sie zu töten. Sie war gefesselt wie ein Schwein, das auf den Markt muss. Wie vor Beginn des Kampfes vereinbart, blieben Sam und Kai, um die Gefangenen zu sichern, während der Rest der Gruppe zum nächsten Punkt vorging. In Null Komma Nichts hatten Sam und Kai alle drei in eine trockene Ecke verladen, weg von der Hauptabwasserleitung, wo sie hoffentlich unbemerkt bleiben würden, bis jemand herunterkam und eine richtige Suche nach ihnen startete.

Dann fischte Sam sicherheitshalber die Handvoll unbenutzter Bücherbomben aus ihren Verstecken, die während des Kampfes mit den Wachen nicht aktiviert worden waren und legte sie sorgfältig quer über den Eingang zu der Ecke, in der das Trio gefangen war. Sollten sich die Gefangenen befreien, würden die Bücher sie nicht von der Flucht abhalten, aber das war nicht wirklich ihr Zweck. Hoffentlich würden diese Bücher alle abtrünnigen Jellies abwehren, die Sam und Co. bei ihrer ersten Durchsuchung der ranzigen Unterwelt übersehen haben könnten.

Theoretisch würden die Jellies erst nach einem Tag oder länger wieder auftauchen, aber Sam gefiel die Vorstellung nicht, dass Geffery und die beiden Magier einen langsamen Tod durch die gnadenlosen Hände der schleimigen Kreaturen sterben würden. Es stimmte, Sam hatte sich auf die Seite der ›Monster‹ gestellt, die gegen die Menschheit kämpften, aber das bedeutete nicht, dass *er* sich wie ein Monster *verhalten musste*. Nachdem die Aufgabe erledigt war, machte sich das Duo im Eiltempo auf den Weg zu dem geplanten Gebiet, in dem sie – wenn alles gut lief – Finn gefangen nehmen würden.

Während das Duo schweigend weiterwanderte, wurde Sam das Gefühl nicht los, dass jeden Moment der andere Schuh fallen würde. Das war die *Magierhochschule*.

Sicherlich würde es nicht so einfach sein, einzubrechen, oder? Es stimmte, er hatte die Abteilung der Weisen in der Bibliothek ausgeraubt und war ungeschoren davongekommen, aber das musste ein Zufall sein. Oder nicht? Die Magierhochschule war eine der mächtigsten und heimtückischsten Organisationen in Eternium. Nach dem, was in der Bibliothek passiert war, *musste* Sam annehmen, dass sie in höchster Alarmbereitschaft sein würden. Doch er fand keine Fallen, keine zusätzlichen Patrouillen, keine schrillenden Alarmglocken ... *nichts Ungewöhnliches.*

<*Was ist los, Kleiner?*>, fragte Bill. <*Auf einmal scheinst du angespannter zu sein als eine Taschenuhr. Was hast du auf dem Herzen?*>

<*Das scheint einfach ... ich weiß nicht, zu einfach, schätze ich?*>, schickte Sam zurück, die Augen auf die Schatten um sie herum gerichtet, die unzählige Feinde verbergen konnten. Nur *waren* sie es *nicht*, aus Gründen, die Sam nicht ganz begreifen konnte. <*Ich meine, sie haben Kopfgeldjäger auf uns angesetzt. Sie* wissen*, dass wir da draußen sind, also warum sollten sie nicht überall in der Hochschule zusätzliche Sicherheitsposten aufstellen? Versteh mich nicht falsch, ich bin froh, dass sie* es nicht getan haben*. Aber ein Teil von mir war sich sicher, dass es* nicht *nach Plan laufen würde.*>

<*Nein. Ergibt für mich total Sinn. Die Magier sind von sich selbst eingenommen. Sie denken, sie sind besser als alle anderen und das aus gutem Grund – sie sind besser als alle anderen. Sie haben Macht, Geld und Einfluss, der nur vom König selbst übertroffen wird. Niemand käme je auf die Idee, die Hochschule anzugreifen. Es ist ein Selbstmordkommando für so ziemlich jeden, aber das gibt uns einen Vorteil. Dieser Plan ist so waghalsig, dass sie ihn niemals kommen sehen werden. Keiner wäre so dumm, die Magier in ihrem*

Machtzentrum herauszufordern. Der letzte Ort, an dem sie dich suchen werden – ein Hexenmeister auf der Flucht vor der Magierhochschule – ist hier. Das ist der allerletzte Ort, an den du je kommen würdest. Angenommen, du wärst ein gesunder, rationaler, normaler Mensch. Was du nicht bist und das ist ein großes Lob.>

Der Rest des Weges verlief in nachdenklichem Schweigen. Sie fanden Dizzy und die anderen am Treffpunkt vor, keine Spur von Karren der Klinge – Grefferys Gegenpart – oder dem anderen feindlichen Magier, aber Sam brach in ein manisches Grinsen aus, als er einen Neuzugang in der Gruppe erblickte – einen schlaksigen Jungen mit drahtigem Körperbau, widerspenstigem Haar aus Mais-Seide und einer Brille, die auf einer kantigen Nase saß. Finn! Der andere Junge hatte Sam den Rücken zugewandt und die Hände hinter sich verschränkt, während er mit Dizzy sprach. Er war nicht schlauer, als Sam ihn von hinten wie ein Linebacker umarmte, dann hochhob und in eine Umarmung verwickelte.

»*Gah*! Ich werde angegriffen! Jemand muss mir helfen!« Der Eismagier schlug und fuchtelte wild mit den Beinen. Sam setzte ihn ab und wirbelte ihn herum, sein Grinsen wurde breiter.

»Sam! Ich kann nicht glauben, dass du es wirklich bist!«, rief Finn und ein Lächeln, zu gleichen Teilen Schock und Freude, bahnte sich seinen Weg über sein Gesicht. »Ich meine ... als Dizzy mir sagte, dass du hier bist, konnte ich es einfach nicht glauben. Ich bin gerührt, wirklich, dass du meinetwegen zurückgekommen bist. Aber ich muss fragen – bist du noch ganz *sauber*? Ehrlich gesagt, du solltest nicht in einem 10-Kilometer-Radius um diesen Ort oder sogar in der Stadt sein, wenn du überhaupt *etwas* Verstand hast.

Stattdessen finde ich heraus, dass du einen persönlichen Krieg gegen die Hochschule selbst führst. Das ist gewiss *mutig*, das gebe ich zu, aber was bringt dich dazu, so etwas zu tun? Was denkst du dir dabei? Du kannst dich nicht gegen die Hochschule stellen! Ich ... ich kann das nicht zulassen.«

»Was *denke* ich nur?« Sam trat einen Schritt zurück und hielt Finn auf Armeslänge. Er studierte das Gesicht des anderen Jungen. Aus dieser Nähe war es leicht, die geschwollenen, lila Säcke zu sehen, die wie Pflaumen unter Finns Augen hingen. Den Riss, der seine Unterlippe spaltete. Wie blass und wächsern seine Haut war. »Ich denke, dass ich keine Freunde zurücklasse. Ich denke, dass ich mich nicht von Tyrannen fertigmachen lasse. Nicht mehr. Damals, vor Eternium, gab es einen Typen, den ich kannte ... Er war ein unbedeutender Idiot, ein Tyrann, der mich die meiste Zeit meines Lebens wie eine Fußmatte zum Abtreten schmutziger Schuhe behandelt hat. Ich habe mich nicht gegen ihn gewehrt, aber ich habe beschlossen, dass ich mich von niemandem mehr so behandeln lassen werde. Was ist die Magierhochschule, wenn nicht eine riesige, institutionalisierte Version eines Tyrannen? Ich habe es satt, ihnen ihren Willen zu lassen. Ich verliere vielleicht, aber ich werde mich wehren, egal was passiert. Zufällig denke ich auch, dass *du* zu klein denkst, Finn. Ich? Ich führe nicht nur Krieg gegen die Hochschule. Ich führe Krieg gegen die Menschheit selbst. Die Hochschule ist nicht so weit gekommen, ohne dass andere mitschuldig waren und es zugelassen haben. Ein Krieg steht bevor – wenn er nicht schon da ist – und ich und der Rest des Wolfsrudels haben beschlossen, dass wir im Team der Wolfsmenschen sind.«

»Die *Wolfsmenschen*?« Finn errötete sichtlich. Er murmelte etwas vor sich hin, während er sich mit einer schmutzigen Hand durch die Haare fuhr. »Aber das ist *Verrat*, Sam. Verstehst du das? *Verrat*. Mit einem großen ›V‹. Wir könnten alle hingerichtet werden, nur weil wir dieses Gespräch überhaupt führen.«

»Du hast recht. Deshalb hast *du* immer noch eine Wahl, Finn. Du hast dem hier nicht zugestimmt. Nicht mit irgendetwas davon. Eternium ist dein Zuhause, deine Welt, dein Leben. Also, wenn du dich uns nicht anschließen willst, werde ich dich mit den anderen fesseln. Du bekommst noch einen Klaps auf die Hand, weil du uns nicht aufgehalten hast, aber du wirst nicht am Hals auf dem Marktplatz hängen.«

Finn zögerte und grübelte. »Aber warum? Warum ausgerechnet die *Wolfsmenschen*?«

Sam lächelte. »Warum *nicht*? Ich meine, sie haben mir mehr Gnade erwiesen, als es die Hochschule je getan hat und sie versuchen nur zu überleben. Sie wollen uns nicht unterjochen, sie wollen nur frei sein. Das ist etwas, womit ich mich anfreunden kann. Außerdem haben sie uns einen Platz angeboten, Finn. Eine Gilde. Eine Satzung. Zugang zu Büchern, Wissen und Ressourcen, an die nicht mal die Magierhochschule rankommt. Das Beste ist, kein Kontrakt. Es ist ein Risiko, aber eines, das uns in die Lage versetzt, an der Basis von etwas Epischem zu stehen.«

Sam trat zurück und verschränkte die Arme vor der Brust. Offensichtlich war Finn das unangenehm und Sam konnte es ihm nicht verdenken. Er verlangte von Finn, alles wegzuwerfen, sich nicht nur gegen einen Tyrannen zu wehren, sondern seinem ganzen Leben den Rücken zu kehren.

»Du hast den Kontrakt erwähnt«, sprach Finn nach einer Weile. »Auch wenn die Wolfsmenschen den Kontrakt nicht haben, habe ich ihn schon einmal unterschrieben. Ich kann die Hochschule nicht einfach verlassen. Der Kontrakt gibt uns einen Grund, eine Struktur. Wir können sie nicht einfach wegwerfen. Das kann ich nicht zulassen.«

»Das ist kein Problem, Finn. Den Wolfsmenschen beizutreten hat auch einen zusätzlichen Vorteil – es annulliert alle vorherigen Verträge und Bindungen mit anderen menschlichen Organisationen. Der Mechanismus für Meuterei ist buchstäblich in das System eingebacken. Wenn du beitrittst, bekommst du eine zweite Chance. Einen Neuanfang.«

»Ich *kann nicht*. Der Kontrakt ist alles für …« Finn zögerte, sein Blick war nicht auf Sam, sondern auf Dizzy gerichtet. Schließlich seufzte er. »Das Wappen des Hauses Laustsen *ist* ein sich aufbäumender Wolf auf einem Feld aus Gold und Schwarz … Vielleicht war es die ganze Zeit ein Zeichen. Meine Familie ist nie wirklich darüber hinweggekommen, den Krieg gegen König Henry verloren zu haben. Wenn ich sowieso sterbe, kann ich genauso gut das tun, was meine Familie am besten kann – einen Aufstand anzetteln. Also, was genau ist der Plan hier, wenn ich so kühn sein darf zu fragen? Solange ich nichts tue, was den Kontrakt verrät …«

Finn begann zu husten, winkte Sam aber weiter, um fortzufahren.

»Einfach. Nicht unbedingt *einfach*, aber *simpel*, informierte Sam seinen Freund, auch wenn das Husten weiterging. »Ich muss zum Anbau und einen Wolfsmenschen-Späher befreien, der gegen seinen Willen festgehalten wird. Bill und ich werden das allein machen, während du den Rest der Crew in die Bibliothek führst. Wir brauchen Octavius' Forschungsergebnisse, damit wir herausfinden können, wie wir dem neuen Zauber, an dem er arbeitet, einen Strich durch die Rechnung machen können.«

»Oh nein.« Finns Gesicht verblasste weiter. In gedämpftem Ton fügte er hinzu: »Sam, du bist vielleicht schon zu spät dran. Ich habe gestern Abend mit Octavius gearbeitet. Er hat dem Projekt den letzten Schliff gegeben. Er bereitet sich darauf vor, es heute zu zaubern. Vielleicht fängt er gerade jetzt schon damit an.«

»Nein, nein, nein!« Sams Brustkorb zog sich zusammen. Er ging einen nervösen Schritt, seine Stiefel klatschten mit einem *Plätschern* auf den Boden. Sie waren *so* nah dran! Das konnte doch nicht wahr sein! »Weißt du, wo Octavius ist? Wir müssen zu ihm, Finn. Wir müssen es schnell tun.«

»Was meinst du, Sam? Octavius ist *hier*. Er *startet* den Zauberspruch von der Bibliothek aus!« Sam hielt inne.

»Was meinst du damit, er ist ›hier‹?«, brachte Dizzy die Worte hervor, bevor Sam sie selbst herausbekommen konnte. »Ich dachte, er muss irgendwo hin, um den Zauber durchzuführen. Wie eine Sichtlinie zum Wolfsmenschen-Außenposten oder so?«

»Nicht ganz.« Finn schüttelte den Kopf, der Hustenanfall ließ nach. »Es hat sich herausgestellt, dass Octavius nicht nur an einem komplett neuen *Zauber* gearbeitet hat, sondern daran, eine *Waffe* zu bauen. Ich habe ihm in der letzten Woche dabei geholfen. Sie heißt Langstrecken-Amplifikations-Waffe oder LAW. Es ist eine Art tragbarer Belagerungsturm, der sich mithilfe von Raummagie mit einem Magier verbindet und es ihm ermöglicht, von fast überall in Eternium verheerende Zauber zu wirken. Wenn Magier in den Krieg ziehen, sind sie fast immer das erste Ziel des Feindes. Mit der LAW können sie tödliche Zaubersprüche wirken, ohne die Sicherheit der Hochschul-Mauern zu verlassen. Schlimmer noch, das Gerät *verstärkt* jeden gegebenen Zauberspruch fast um das Hundertfache.«

»Also, wo ist dieser Belagerungsturm? Vielleicht können wir dort hinkommen und ihn sprengen, bevor Octavius die Chance hat zu handeln.«

Finn blies seine Wangen auf. »Dafür ist es viel zu spät, fürchte ich. Angenommen, wir brechen jetzt auf, dann brauchen wir mindestens einen halben Tag, um den Ort zu erreichen und bis dahin bezweifle ich, dass es einen Wolfsmenschen-Außenposten gibt, mit dem wir zusammenarbeiten können. Aber die LAW ist an den Werfer gebunden. Octavius nennt es ›Sympathische Magie‹. Er führt hier eine kleine Version des Zaubers aus, sicher mit einer verkleinerten Nachbildung des Belagerungsturms. Die LAW schwingt mit und wirkt denselben Zauber, nur größer. Verstärkt.«

»Aber warte ... Das bedeutet, wenn wir Octavius hier aufhalten können, wird die ganze Zauberformel in sich selbst implodieren«, dröhnte Bill, was Finn dazu veranlasste, vor Schreck einen halben Meter in die Luft zu springen. »Töte die Wurzel, zerstöre den Baum.«

»Äh, ähm, ja«, bot Finn zaghaft an. »Ja, genau. Hat dieses schwebende Buch gerade gesprochen?«

»Mein Name ist Bill«, stellte sich das Buch höflich vor. »Ja. Ich rede. Eine ganz schön lange Geschichte, Magierlein. Wir können es später besprechen, wenn wir wieder raus sind. Fürs Erste müssen wir diesen Zauber stoppen.«

»Er hat recht.« Dizzy schien ruhig, besonnen und *überhaupt* nicht in Panik zu sein. Sie war nicht umsonst die Teamleiterin. »Was wird hier gespielt, Sam? Das ist deine Operation. Du gibst die Befehle.«

Ursprünglich sollten sie sich an diesem Punkt aufteilen – Sam und Bill würden den Wolfsmenschen-Späher befreien, während die anderen mit Finn zur Bibliothek gingen. In Anbetracht der Dringlichkeit der Situation war es sinnvoll, dass sie den Wolfsmenschen ganz aufgaben. Velkan zu retten war eine optionale Aufgabe und es würde keine Strafe für ein Versagen geben. Dennoch … wenn Sam ihn jetzt nicht befreite, würde er nie wieder eine Chance bekommen. Jetzt, wo er mehr über die Wolfsmenschen wusste, gefiel ihm der Gedanke nicht, Velkan der Barmherzigkeit der Hochschulführung zu überlassen.

Er kannte Velkan nicht, nicht wirklich, aber er wusste, dass niemand es verdiente, so in einen Käfig gesperrt zu werden. Gefoltert. An ihm zu experimentieren. Zur Belustigung und zum Nutzen anderer ausgebeutet zu werden. Außerdem war dies ein Spiel und die Belohnung für das Erfüllen einer solchen Aufgabe für eine Frau wie O'Baba? Das musste etwas *wirklich* Cooles wert sein. Der Gamer in ihm konnte sich die Gelegenheit einfach nicht entgehen lassen, auch wenn es das Risiko der Mission erhöhte. Außerdem würde es höchstens ein paar Minuten dauern, in den Anbau zu gelangen und wenn sie gegen Octavius antreten müssten … wäre es eine große Hilfe, einen total angepissten Wolfsmenschen in ihrem Team zu haben.

Sam nickte, der Entschluss stand fest. Jepp. Definitiv das Risiko wert und es war das Richtige. »Keine Veränderung. Bill und ich werden Velkan allein befreien. Alle anderen gehen mit Finn. Geht zur Bibliothek, lasst euch nicht erwischen und tut nichts, bis ich da bin. Es sei denn, es gibt keine andere Möglichkeit. Haltet Octavius lange genug auf, bis ich zurück bin. Es wird Zeit, dass wir uns unseren Platz im *echten* Wolfsrudel verdienen.«

Kapitel 36

as ist riskant, Packesel>, brummte Bill in Sams Kopf. <Mir gefällt das nicht. Du hattest vorhin vielleicht doch recht.>

Sam konnte die Stimmung des Buches durchaus verstehen. Aus der Kanalisation in die eigentliche Hochschule zu gelangen, war ... überraschend einfach gewesen.

Nachdem sie dem Plan zugestimmt hatten, zogen Dizzy und die anderen die gefälschten Wächter-Outfits an, die Sphinx durch ihre Verbindungen zu den Aufrechten beschafft hatte. Dizzy spielte die Rolle von Karren der Klinge – sie ging so weit, dass sie sich ein glänzendes Schwert an die Hüfte schnallte – während Kai die Rolle von Geffery dem Roten übernahm. Kai sah Geffery nicht wirklich ähnlich, aber nach Sams Erfahrung schenkten die Magier niemandem viel Aufmerksamkeit, den sie für ›niederes Personal‹ hielten. Arrow und Sphinx verstauten beide ihre Ausrüstung und schlüpften in klobige, braune Novizenroben, die mit tiefen Kapuzen ausgestattet waren, um ihre Gesichter zu verbergen.

Sam hatte das Gleiche getan, zog sich widerwillig seine normale Ausrüstung aus, um nicht aufzufallen und stülpte sich dann eine spezielle Maske über sein Gesicht. Es *hätte* ein hübsches Sümmchen gekostet, wenn Sam jemand anderes als Sam gewesen wäre. Bill hatte die ganze Zeit recht gehabt, denn mit *Kernlose Zauberinfusion* in seinem Repertoire hatte er wirklich eine Lizenz zum Gelddrucken.

Er hatte einfach drei Eiskugelfallen und ein paar schwache Lähmungszauber hergestellt, weniger als eine halbe Stunde Arbeit für alle Einweggegenstände im Novizenrang und dann ging er mit dem Spezialgegenstand aus den tiefen Gewölben der Aufrechten weg – einer seltsamen, durchsichtigen Maske, die die historische Figur *Der Graue Fawkes*, den berüchtigten Anführer der Diebesgilde, darstellte.

Es war ein seltener Gegenstand, der, einmal aufgetragen, nahtlos mit dem Gesicht des Trägers verschmolz, obwohl er dem Träger – ob Mann oder Frau – einen verräterischen Satz rosiger Wangen, einen verwegenen Schnurrbart und einen hauchdünn rasierten Unterlippenbart verlieh, worauf Sam in keiner Weise auch nur *im Entferntesten* vorbereitet gewesen war. Ehrlich gesagt, fand Sam, dass der Gesamteffekt ihm ein Gesicht verlieh, dass zum Reinschlagen einlud – was ziemlich unglücklich war – aber die Maske hatte Eigenschaften, die sie mehr als lohnend machten. Einmal aufgesetzt, gab ihm die Maske einen zufälligen Namen und ersetzte bis zu einer Stunde lang jeden negativen durch einen neutralen Status. Der Effekt konnte wieder verwendet werden, aber erst nach einer zwölfstündigen Abkühlzeit.

Die Maske des glücklichen Rebellen. Führst du einen Aufstand an? Große Pläne, um es mit einem Tyrannen aufzunehmen? Du willst einfach nur deinen Freund Bernd treffen, ohne dass die Nachbarn reden? Nun, keine Angst, die Maske des glücklichen Rebellen deckt dich – und das im wahrsten Sinne des Wortes! Mit diesem bösen Buben kannst du jemand anderes sein, zumindest für eine kurze Zeit. Aber große Macht hat einen hohen Preis: Ich hoffe, du magst kunstvolle Gesichtsbehaarung und eine selbstgefällige Ausstrahlung, denn das hast du nun in Hülle und Fülle.

Durch die Aktivierung des Effekts erhält der Träger einen zufällig generierten Benutzernamen und alle negativen Statusmarkierungen werden für die Dauer des Effekts durch neutrale Statusmarkierungen ersetzt. Außerdem verschwinden alle Kopfgelder, die du erhälst, während du die Maske mit aktiviertem Effekt trägst, sobald der Effekt der Maske abläuft. +2 Charisma beim Tragen, +1 Weisheit, +1 Glück. Der aktive Effekt ›Soziales Chamäleon‹ kann einmal alle zwölf Stunden mit einer Dauer von einer Stunde aktiviert werden. Nebeneffekt: Unabhängig vom Geschlecht nimmst du, während du die Maske trägst, die vornehme Gesichtsbehaarung des Grauen Fawkes selbst an.

Von der Gesichtsbehaarung abgesehen war die Maske absolut perfekt. Sam stolzierte durch die Gänge, ohne auch nur einen neugierigen Blick von den anderen Magiern auf sich zu ziehen, die durch die Gänge huschten. Als Sam das eigentliche Nebengebäude erreichte, schaffte er es mit Bills Hilfe, sich in den Gängen zurechtzufinden.

Das heißt, bis jetzt. Sie hatten es zum Klassenzimmer der Dungeonkunde geschafft, nur um festzustellen, dass der Lehrer da war. Sir Tomas – der Abenteurer, der sich in einen Anthropologen verwandelt hatte, der seine besten Jahre vor einem Jahrhundert erlebt hatte – döste an seinem Schreibtisch, die Fersen auf der Tischplatte, eine Stoffmütze über sein Gesicht gezogen, während er leise schnarchte. Die Spitzen seines weißen Schnurrbarts flatterten bei jedem Ausatmen. Auf dem Schreibtisch neben ihm ruhte sein massiver Streitkolben, eine Waffe, die viel zu groß für den gebrechlichen Kerl zu sein schien.

In Eternium *wusste* Sam, *dass der* Schein trügen konnte und er wusste auch, dass er nicht das geschäftliche Ende des Streitkolbens kennenlernen wollte. Nachdem er sich mit Geffery angelegt hatte und als Sieger hervorging, erwartete Sam, dass er den Lehrer in einer Schlägerei besiegen könnte, aber das konnte er *nicht* tun, ohne jeden Magier in der Magierhochschule zu alarmieren, dass etwas nicht stimmte.

Selbst an einem so seltsamen Ort wie der Hochschule musste jemandem ein alter Abenteurer auffallen, der lauthals brüllte, während er einen ›Novizen‹ mit einem riesigen Streitkolben durch die Gänge jagte. Aber sie waren schon so weit gekommen und Sam hatte nicht vor, umzukehren – nicht, wenn der Preis so nah war.

<Es wird schon gut gehen, Bill. Wie du schon in der Kanalisation sagtest, niemand würde je in die Hochschule eindringen. Das gilt auch für das Einschleichen in den Anbau, um einen potenziell blutrünstigen Wolfsmenschen zu befreien. Wir müssen nur den Kopf einziehen und uns ruhig verhalten. Dann wird alles gut gehen. Das muss es einfach.>

Mit einem neuen Anflug von nervöser Erregung watschelte Sam vorwärts, tastete sich an den Rändern des Raumes entlang und rutschte dann langsam, *sehr langsam* die Treppe hinunter, wobei er jede Stufe mit der Spitze seines Stiefels prüfte. Schon eine einzige quietschende Bodendiele konnte ihm zum Verhängnis werden. Sam befürchtete, sein Herz könnte wie ein Alien-Schlüpfling in seiner Brust explodieren, als er sich am Schreibtisch vorbeischlich, nur wenige Meter von dem dösenden Professor entfernt … aber der Mann war wie weggetreten. Er bewegte sich nicht einmal in seinem Stuhl.

Nach einer gefühlten Ewigkeit – obwohl es eigentlich nur ein paar Sekunden waren – stand Sam vor der schweren Tür, die den Lagerraum absperrte. Er leckte sich über die Lippen, warf einen Blick über die Schulter, schlüpfte dann lautlos wie ein Geist hinein und ließ die Tür mit einem Flüstern hinter sich zufallen. Sam fand sich in einem Lagerraum wieder, der gefüllt war mit Regalen voller Unterrichtsmaterialien und Abenteurerausrüstung – alles von Seilen und Spitzhacken bis hin zu Fackeln und stumpfen Übungsschwertern.

Der eigentliche Preis war in der hinteren Ecke des Raumes versteckt – ein massiver Käfig, der auf einer Holzplattform aufgebaut war. In dem Käfig kauerte ein Klumpen aus Fell und mageren Muskeln, der nach wochenlangem Tod stank. Sams Atem stockte bei dem Geruch und einen Moment lang dachte er, dass er zu spät war ... dass Velkan vom Stamm der Rotmähnen den Geist aufgegeben hatte. Doch dann rührte sich der Fellklumpen und die Kreatur sprang auf und stieß ein so lautes, gutturales Brüllen aus, das ein metallverkleidetes Schild von der Wand fiel. Es klapperte auf dem Boden wie ein angeschlagener Gong. Alles, was Sam tun konnte, war zusammenzuzucken.

<*Ja tolle Wurst*>, schickte Bill wütend. <*So gut, dass wir so vorsichtig waren, uns hier reinzuschleichen. Vielleicht kannst du mir noch mal sagen, warum wir uns entschieden haben, unser Leben zu riskieren, um diesen stinkenden Bettvorleger zu befreien?*>

»Du wurdest dreihundert Jahre lang von den Magiern gefangen gehalten«, schoss Sam zurück. »Ich habe das Gefühl, dass du von allen *Menschen* am meisten Mitgefühl haben solltest. Jetzt halte am besten mal den Buchdeckel!

»Kommst du, um mich noch mehr zu quälen?«, knurrte Velkan in der Sprache seines Volkes, warf sich gegen den Käfig und rüttelte an den Gitterstäben, als er seine krallenbewehrten Hände durch die Lücken stieß. Er strebte nach Freiheit ... oder vielleicht auch nur danach, jemanden zu ermorden. *»Foltert mich so viel ihr wollt. Ich werde niemals*

meinen Stamm oder mein Volk verraten. Zeig mir was du drauf hast, Mensch, es wird mich nicht schocken.«

Sam krümmte seinen Rücken und senkte den Blick. »*Ich nicht hier, um dir wehzutun, Velkan. Ich bin hier, um dir Freiheit zu verschaffen.*«

Der Wolfsmensch hockte sich auf seine Hüften, die Augen zu dünnen Schlitzen verengt, während er Sam musterte. Seine Ohren zuckten in Unsicherheit. »*Das ist zumindest eine interessante Masche. War mal Abwechslung nötig? Warum sollte ich dir glauben, menschlicher Abschaum?*«

»*Ich habe keine Zeit für sowas*«, knurrte Sam in seiner gebrochenen Wolfsmenschensprache, hob den Blick und fletschte die Zähne, um seine Dominanz über den Späher zu behaupten. »*O'Baba schickt mich. Sie nennt dich Verwandtschaft. Ich lasse dich raus und erfülle meinen Teil der Abmachung. Du kannst tun, was du willst, aber willst du es lebend aus dem Magier-Trainingshaus schaffen? Dann kommst du mit mir. Verstanden?*«

Schock flackerte durch Velkans goldene Augen. Einfach so hatte Sam geschafft, was Sir Tomas wochenlang nicht geschafft hatte – Velkans Kooperation zu bekommen.

»*Verstanden*«, brummte das Biest, während Sam daran arbeitete, den Käfig zu öffnen.

Sam erwartete halb, dass der ausgemergelte Wolfsmensch sich auf ihn stürzen würde, sobald die schwere Stahltür frei schwang, aber nein. In diesem Moment wurde Sam klar, dass der pelzige Späher nur noch Haut und Knochen war. Der Wolfsmensch war völlig abgemagert, als hätte er seit Tagen oder – wahrscheinlicher – Wochen nichts mehr zu essen bekommen.

Seine Schnauze war abgemagert, dünne Haut spannte sich über ausgeprägte Knochen und obwohl er immer noch wütend genug war, steckte nicht mehr viel Kampfgeist in seinem Körper. Er wurde schwer misshandelt und das sah man ihm an. Sam holte einen Satz schäbiger, brauner Novizenroben aus seinem magischen Behälter und warf sie dem Wolfsmenschen-Späher zu. Sie würden nichts dazu beitragen, ihn richtig zu tarnen, aber wenn Velkan die Kapuze aufsetzte und den Kopf nach unten hielt, konnte er vielleicht durch eine oberflächliche Musterung kommen, wenn niemand *zu* genau hinsah. Oder aus kurzer Entfernung ... oder aus großer Entfernung.

Als die Robe an ihrem Platz war, nahm sich der Wolfsmensch auch eine Minute Zeit, um sich einen Ledergürtel zu schnappen, zusammen mit einem Kurzschwert, das er an seine Seite schnallte. Sam hoffte nur, dass die Klinge nicht nötig sein würde. Fertig ausgerüstet schlichen sich Sam, Bill und Velkan aus dem Lagerraum.

Natürlich wartete Sir Tomas auf sie. Der altgediente Abenteurer war auf den Beinen, sein schwerer Streitkolben lehnte fast lässig an der einen Schulter, die andere Hand ruhte auf der ausgestreckten Hüfte.

»Nun, was ist *das* hier?« Sein Schnurrbart wippte, während er sprach. »Wenn ich es nicht besser *wüsste*, würde ich sagen, dass jemand versucht, aus dem Gefängnis auszubrechen, hmm? Also, erklär dich, *Köter*, oder bereite dich darauf vor, Stahl zu fressen. Hast du schon deine tägliche Portion *Eisen* bekommen?«

Ehrlich gesagt, Sir Tomas klang positiv *begeistert* von der Vorstellung einer Schlägerei, was wahrscheinlich ein schlechtes Zeichen war. Wie groß waren die Chancen, dass der alte Kerl ein bisschen zäher war, als er aussah? Sam leckte sich über die Lippen und bereitete sich darauf vor, seine Orbitalzauberbücher zu beschwören und dem alten Kauz die magische Hölle zu bereiten.

<Nicht, Junge. Ich habe das hier unter Kontrolle>, schickte Bill ihm über ihre geistige Verbindung und überraschte den jungen Bibliomanten. Das Buch schwebte nach oben, der Einband brannte mit übernatürlichem Licht.

»Wie *kannst* du *es wagen*! Wer bist du, dass du uns infrage stellst? Du verwelkter, *austauschbarer* Hilfsprofessor! Weißt du, wer ich bin? *Hm*? Ich, Sir William der Bravi«, fuhr Bill fort, ohne dem stotternden Professor eine Chance zur Antwort zu geben, »Meister der Bibliotheksmagie, Dekan der Disziplin und ordentlicher Professor für Bibliomantik sollte dich auf der Stelle für deine Unverschämtheit *verbrennen*!«

»*Aber-aber-aber*«, stotterte Sir Tomas, der unter Bills unerbittlichem Ansturm verwelkte. »Nun, ich dachte …«

»Dein Platz ist *nicht*, um zu denken. Wer von uns schwingt eine überdimensionale Keule und wer von uns ist ein magisches, sprechendes Buch? Überlass das Denken mir, *Abenteurer*!«, donnerte Bill, das Glühen um ihn herum wurde intensiver.

»Natürlich, Mylord. Ja, natürlich. Tausendmal Verzeihung.« Sir Tomas nahm seine Mütze ab und verbeugte sich fast doppelt in der Taille. »Kann ich irgendetwas tun, um zu helfen?«

»Ganz und *gar* nicht. Wenn du deinen jämmerlichen Job hier behalten willst, geh mir aus dem Weg und behalte diese Begegnung für dich.« Bill kam näher und senkte seine Stimme zu einem verschwörerischen Flüstern, als wolle er den Dozenten in etwas höchst Geheimes einweihen: »Ich brauche dieses Exemplar für einen sehr *vertraulichen* Zauber, den ersten Schritt, um die verdammten Wolfsmenschen von der Landkarte zu tilgen und dein Gefangener hier wird uns dabei helfen. Siehst du, er befindet sich offensichtlich bereits in meiner Gewalt.«

Bill hielt inne und blätterte in seinen Seiten, als würde er nachdenken. »Weißt du, wenn alles gut geht, lege ich vielleicht sogar ein gutes Wort für dich ein. Immerhin *bist* du derjenige, der diese Kreatur gefangen hat ...«

Sir Tomas schien sich daraufhin merklich zu erheitern. »Oy, danke, Sir William. Tausendfachen Dank. Sie können von mir äußerste Diskretion erwarten. Viel Glück mit Ihrem Zauberspruch. Wird endlich *Zeit, dass* jemand einen Schuss vor den Bug auf diese räudigen Hunde abfeuert!«

»Genau so.« Bill wippte in der Luft. Bevor Sir Tomas ihre Geschichte weiter vertiefen konnte, schlüpften Sam und Bill aus dem Raum und in den eigentlichen Anbau, wobei Velkan ein paar Schritte hinter ihnen herlief.

‹Das war unglaublich!›, schickte Sam, als sie den Flur entlang geisterten. ‹Woher wusstest du, dass das funktionieren würde?›

‹Äh. *Ganz einfach, Packesel. Manchmal ist alles, was man braucht, um eine Schlacht zu gewinnen, ein Stock und ein Zuckerbrot. Bei echter Macht geht es nicht immer darum, Leute zu verletzen – es geht darum, sie zu überzeugen, dass man mehr tun kann, als sie zu verletzen. Der arme Trottel da hinten will nur seinen Job behalten und sich an dem bisschen Macht erfreuen, das er hier an der Hochschule hat. Das bedeutet dieser Art von Mann mehr als alles andere. Also, gib ihm das Gefühl, dass du ihm dieses kleine bisschen Macht wegnehmen kannst und du hast den Krieg schon gewonnen. Nun lass uns weitermachen, denn die wirkliche Schlacht liegt noch vor uns. Ehrlich gesagt glaube ich nicht, dass wir uns da rausreden können.*›

Kapitel 37

Verglichen damit, den Wolfsmenschen-Späher aus dem Gefängnis zu holen, war der Weg vom Nebengebäude zum Hintereingang der Bibliothek ein Kinderspiel. Der wenig bekannte Korridor, der von niemandem benutzt wurde, war völlig leer. Es gab *einen* Moment herzzerreißender Spannung, in dem Sam die schweren Schritte eines herannahenden Magiers hörte, aber mit einem schnellen Blick von Bill schafften sie es, einen noch *weniger benutzten* Durchgang zu finden, der sie leise und unerkannt an ihr Ziel brachte. Ja, Sam, Bill und Velkan mussten Schwindelanfälle ertragen, plötzliche Gravitationswirbel, die sich anfühlten, als könnten sie Sams Innereien zerquetschen und Momente, in denen die Zeit zu einem Schneckentempo zu verlangsamen schien, aber das war es absolut wert.

Das Foyer der Bibliothek war menschenleer, was Sam beunruhigend fand. An dem großen Schreibtisch in der Eingangshalle hatte *immer* jemand Dienst. Um diese Uhrzeit hätte der Magier Solis eigentlich faulenzen und Gesundheitstränke schlürfen müssen, wie ein normaler Mensch Tee trinkt oder sich zumindest auf den *Beginn seiner* Schicht vorbereiten müssen. Sam entdeckte Solis' ramponiertes Exemplar von *Die fesselnden Abenteuer von D.K. Esquire: Dungeonausräumer* auf dem Schreibtisch liegend, was seinen Verdacht bestätigte, aber es gab keine Spur von dem Mann. Sam war sich nicht sicher, was das bedeutete, aber er hoffte gegen jede Vernunft, dass dem alten Mann nichts passiert war. Obwohl Solis ein hochrangiges Mitglied der Hochschule war, war er immer eine sanfte, gutherzige Seele gewesen.

Sam hoffte, dass ihm nichts zugestoßen war. Grob schob Sam seine Angst und Zweifel in den Hintergrund, streckte die Hand nach Bill aus und beschwor mit der geringsten Willensanstrengung seine Orbitalzauberbücher. Sechs Bücher erwachten um ihn herum zum Leben und drehten sich in einem trägen Kreis. Er hatte *alles mitgebracht*. Drei Bände waren vollgestopft mit Papier-Shuriken in verschiedenen Variationen – ein Buch war dem Feuerball gewidmet, ein anderes der Eiskugel und ein drittes der Schwachen Lähmung. Sein viertes Zauberbuch enthielt die Pappmachérüstung, die er sofort einsetzte, wobei er seine Arme seitlich ausbreitete, während ein Strudel aus eingefärbten Seiten seinen Körper umhüllte. Der fünfte Band enthielt seinen Grundzauber Tintenlanze, während der sechste und letzte Band mit Seiten für seinen Rorschach-Test gefüllt war – genug für drei Zauber.

Zugegeben, Sam war mehr als nur ein wenig besorgt über die Verwendung dieses Zaubers, da das Ziel die Möglichkeit hatte, die Auswirkungen einfach zu ignorieren. Obwohl Octavius und seine Freunde allesamt willige Werkzeuge der Hochschule waren, war sich Sam sicher, dass sie einen Weg finden würden, ihre Gedanken zu schützen. Es gab nichts, was er dagegen tun konnte, also musste er einfach bereit für jede Möglichkeit sein.

Mit seiner Pappmachérüstung fest an seinem Platz, zog Sam Bills Kavaliershut mit der verzauberten Federkielklinge heraus und setzte ihn sich zur Sicherheit auf den Kopf. Es hatte keinen Sinn mehr, seine Identität zu verbergen. Wenn

Octavius hier *war*, würde Sam gegen ihn kämpfen müssen und er würde jeden möglichen Vorteil brauchen, den er bekommen konnte.

»*Weißt du*«, sprach Sam über eine Schulter zu Velkan in der gutturalen Wolfsmenschen-Sprache, »*wenn du mit mir kommst, besteht die Chance, dass du hier nicht lebend herauskommst. Ich werde keinen Groll hegen, wenn du dich entscheidest, deinen Weg zu gehen. Versuche, zum Stamm zurückzukehren und ihnen mitzuteilen, was passiert ist.*«

Der Späher betrachtete Sam einen langen Moment, während er die Worte analysierte, dann senkte er seine Schnauze, schnippte mit den Ohren und schüttelte seinen zotteligen Kopf. Er antwortete in gebrochener Menschensprache: »Velkan könnte nicht mit Schande leben. Mit Ehre zu sterben, ist nicht so schlimm.«

Ein kolossaler **Bumms** erschütterte eine Sekunde später die Luft, der Boden bebte unter Sams Stiefeln.

<*Sieht aus, als hätten deine Kumpels die Party ohne dich angefangen, Kleiner! Beweg deinen Hintern, wenn du nicht für den Rest deines Lebens auf einem Wolfsopferaltar enden willst!*>

Sam machte sich nicht einmal die Mühe zu antworten. Er gab Vollgas und sprintete einen Gang hinunter, der bis zum Rand mit Büchern gefüllt war und folgte dem wohlbekannten Weg, der zu Octavius' Arbeitsplatz führte. Er flog um die Ecken und rannte die Geraden entlang, wobei der laute Klang der Schlacht mit jedem Schritt lauter und bedrohlicher wurde. Weitere donnernde **Booms** erschütterten die Luft, durchsetzt mit dem scharfen **Klirren** von Stahl, Schmerzensschreien und Blitzen von äußerster Brillanz. Zackige, leuchtende Spritzer von Gold, Grün und Rot warfen sich über den Boden, die Regale und die ledergebundenen Bücher wie eine Bombenexplosion aus Konfetti und Spätnachmittags-Sonnenstrahlen.

Sam rannte um eine scharfe Kurve und fand sich plötzlich in Octavius' Arbeitszimmer wieder, das in ein magisches Kriegsgebiet verwandelt worden war. Die Tische und gepolsterten Ledersessel, die sich perfekt für ein gemütliches Studium eigneten, waren nirgends zu sehen. An ihrer Stelle befand sich ein komplizierter Turm aus Holz, Stein und Metall, der mit faustgroßen Bronzenieten zusammengeschraubt und mit leuchtenden Runen bedeckt war, die Sam schon einige Male gesehen hatte, alles dank der Notizen und Blaupausen, die er in langen Nächten bei Octavius betrachtet hatte.

Ein Kristall von der Größe von Sams Faust *schwebte* an der Spitze des seltsamen Turms in der Luft, ohne eine sichtbare Halterung, während er mit amethystfarbener Kraft brannte. Das *musste* ein Seelenstein, ein Monsterkern sein und in Anbetracht seiner Größe und Strahlkraft vermutete Sam, dass es ein *mächtiger* war. Auf der anderen Seite des Turms stand ein geschnitztes Holzpult, auf dem ein dickes Buch ausgebreitet war.

Octavius' persönliches Grimoire.

Vermutlich das Buch, das den bösen Zauber enthielt, den der Spitzenstudent verstärken wollte. Der Rest des Raumes war Chaos und Wahnsinn. Magie flog in leuchtenden Sprüchen durch die Luft. Waffen blitzten in tödlicher Erwiderung. Auf dem Boden lagen Leichen und Sam war es unangenehm zu sehen, dass einer seiner Freunde bereits am Boden lag und dass es dem Rest des Wolfsrudels nicht viel besser ging.

Arrow lag unbeweglich nur eine Handvoll Meter vom magischen Turm entfernt, sein Körper stark verkohlt. Was von seinem Gesicht übrig geblieben war, verzerrte sich zu einer Grimasse des Schmerzes. Außerdem ragte ein verbogenes Schwert aus irgendeinem unerkennbaren Metall aus seiner Brust wie ein Schrapnell aus einem Autowrack. Ein braun gekleideter Magier, den Sam nicht erkannte, lag in einem Gewirr von Gliedmaßen in der Nähe, seine Brust ein regelrechtes Nadelkissen aus Federschäften. Um ihn herum sammelte sich Blut, das im Feuerschein glitzerte.

Sphinx tanzte mit Tullus, Octavius' dickköpfigem, begriffsstutzigem Schläger. Sam hatte Tullus noch nie in Aktion gesehen, aber er vermutete, dass der Mann eine Art Kampfmagier oder eine Zauberklinge sein musste, wie die Nahkampfspezialisten hießen, die mit Magie ihre Waffen beschworen. Anstelle der typischen Roben, die die meisten Akolythen trugen, hatte Tullus ein Kettenhemd beschworen, das in Gold und Silber blinkte, wenn er sich bewegte. Vor ihm schwebte ein Trio von beschworenen Schwertern, die aus eigenem Antrieb kämpften. Sphinx duckte sich und wich den scharfen, smaragdfarbenen Waffen aus, bewegte sich mit gewundener Anmut, aber die Schwerter waren gottlos schnell. Daher blutete sie bereits aus einer Unzahl kleinerer Risswunden.

Tullus hingegen sah nicht schlechter aus als zuvor. Es war eine kalte, harte, *brutale* Erinnerung daran, wie übermächtig Magier in der Welt von Eternium sein konnten. In der Zwischenzeit kämpften Finn und Dizzy mit Elsia, der Feuermagierin, die Sam bei seiner Flucht aus der Bibliothek fast in einen Ball aus geschmolzenem Glibber verwandelt hatte. Sie sah geradezu tödlich aus. Ihre Augen brannten wie geschmolzenes Gold, ihr rotes Haar stand aufrecht und schwebte wie die flackernden Zungen einer Kerze. Ein Mantel aus *echtem* Feuer zog sich über ihren Rücken, während weitere Flammen ihre ausgestreckten Hände umhüllten. Mit einem Schrei, der so hoch war, dass Sam vor dem Lärm zurückschreckte, presste sie ihre Handflächen zusammen und schleuderte eine Magmasäule auf Sams Freunde.

Dizzy wich nach rechts aus und kam schnell wieder auf die Beine, während Finn einen Gegenzauber auslöste – eine ebenso gewaltige Säule aus lila-blauem Eis. Die beiden Magieströme prallten aufeinander wie Sumo-Ringer, beide arbeiteten wütend daran, den anderen aus dem Ring zu drängen. Arktische Kraft wetteiferte mit einem Strahl aus Sonnenfeuer, goldene Funken und Bögen aus blauen Blitzen blitzten dort auf, wo sich die beiden Strahlen trafen. Es wäre schön gewesen, wenn nicht die potenziell tödlichen Folgen gewesen wären.

Der Kampf sah nach einem Unentschieden aus, bis Dizzy auf Elsias Flanke zustürmte und ihren Streithammer in einem bösen Bogen direkt auf den verwundbaren Kopf der Feuermagierin richtete. Mit einem Knurren brach Elsia ihren Angriff ab und zog sich widerwillig gegen die kombinierte Kraft von Finn und Dizzy zurück. So stark Elsia auch sein mochte, Sam war sich sicher, dass sie in diesem Fall unterlegen war.

Es gab aber noch eine andere große Bedrohung, über die man sich Sorgen machen musste – Octavius. Der Erdmagier stand in der Nähe und trug nicht seine typische Kleidung, sondern ein buntes Gewand, das aus einer Art seidenem Stoff gewebt und mit einer Vielzahl kleinerer, leuchtender Edelsteine besetzt war. Außerdem trug er einen Ausdruck absoluter *Wut* auf seinem Gesicht. Unkontrollierte *Wut*.

»Ich weigere mich, das geschehen zu lassen!«, schrie er, sein Gesicht war knallrot, Spucke flog von seinen Lippen. »Ich habe zu hart gearbeitet, zu viele Stunden darauf verwendet, um jetzt zu versagen! Das ist endlich die Chance für Haus Igenitor, die Ehre zu verdienen, die uns schon immer zustand! Bei dem Blut meiner Vorfahren weigere ich mich, mir das von irgendeinem ordinären *Gesindel wegnehmen zu* lassen.«

Octavius stieß seine rechte Hand nach vorne und ein Speer aus Obsidiangestein explodierte aus seiner Handfläche und schoss wie ein Marschflugkörper auf Kai zu. Der Mönch sprang und drehte sich in der Luft, landete auf seinen Händen und sprang dann weg, wobei er dem steinernen Speer knapp auswich, der in ein Bücherregal *prallte*, aber Octavius schien das kaum zu kümmern. Er holte mit der linken Hand aus und ein schlammiges, braunes Glühen, durchzogen von roten und goldenen Adern, umhüllte seine Hand. Der Boden rumpelte und ächzte unter Protest, als Bretter knickten, knackten und auseinanderbrachen. Sam verspürte einen Moment der Ehrfurcht, als Stein, Schmutz und körniger Sand in einer wirbelnden Säule aufstiegen und sich augenblicklich zu einer riesigen Hand formten, die zwei Meter hoch und anderthalb Meter breit war und Octavius' eigene Hand perfekt nachahmte.

Mit einem Knurren peitschte Octavius seine Arme durch die Luft und die steinerne Hand antwortete in gleicher Weise und traf Kai mit knochenbrechender Wucht. Der Mönch wurde über den Boden geschleudert wie eine achtlos weggeworfene Puppe. In einem Augenblick färbte sich Kais Gesundheit in einem alarmierenden Rotton. Er war noch am Leben und bevor Kai sich erholen oder den Schlag abschütteln konnte, hob ihn die riesige Hand vom Boden auf. Kolossale, felsige Finger umschlangen ihn und klammerten sich an ihn wie eine Kohorte von Pythons, die auf Rache aus waren. Das Leben wurde brutal aus dem kämpfenden Mönch herausgepresst, Zentimeter für Zentimeter, Schadenspunkt für Schadenspunkt.

Zeit, *dem* ein Ende zu setzen! <Bill, wir müssen hier zusammenarbeiten.>

<*Was denkst du, Sam?*>

<Sichtloses Zaubern und Doppelwirkung. Du musst dir diesen Holzkopf Tullus vornehmen. Benutze die Eiskugel-Shuriken, um ihn etwas zu verlangsamen. Mach dir keine Sorgen, ihn auszuschalten, verschaffe Sphinx nur ein wenig Luft. Ich werde sehen, ob ich bei Octavius nicht direkt meine Faust in seinen Zähnen parken kann.>

<*Auf geht's!*>, schickte das Buch erfreut. Der blau gebundene Eiskugel-Wälzer drehte sich auf die Drei-Uhr-Position, wobei die Einbände auseinanderflogen und ungefähr einmal pro Sekunde Papiersterne ausbrachen. Gleichzeitig schaltete Sam den Feuerball-Wälzer auf die Zwölf-Uhr-Position und ließ einen feurigen Todesstern nach dem anderen los. Kai war fast tot, also konzentrierte sich Sam, anstatt sofort auf Octavius zu zielen, auf die steinerne Hand, die das Leben aus seinem Freund herausquetschte.

Die Shuriken schlugen in die handgelenksähnliche Basis des beschworenen Gliedes ein, explodierten in einem Ball aus roter und goldener Energie und rissen Stück für Stück riesige Löcher in die Hand. Der Raum bebte unter der Wucht jeder Explosion. Unfähig, ihre Form unter dem Sperrfeuer der Feuerballzauber zu halten, explodierte die beschworene Hand einfach in einer Wolke aus pulverisiertem Stein und Staub.

Kai keuchte, als er sich aus dem Trümmerhaufen zog und sich mit einer Hand an die Brust klammerte. Er war in schlechter Verfassung, seine Gesundheit lächerlich gering ... aber er war am Leben, zumindest vorerst. Zum Glück würde der Mönch dank der Spielphysik bald wieder auf den Beinen sein und seinen Gegnern in den Hintern treten. Octavius wirbelte herum, seine Augen verengten sich zu wilden Schlitzen, während sich seine Lippen zu einem Knurren verzogen, das einem wütenden Wolfsmenschen gut zu Gesicht gestanden hätte.

Apropos Wolfsmenschen? Wo in aller Welt war Velkan? Sam stellte fest, dass der Späher nirgendwo zu sehen war. Hatte er ihn verloren, während er durch die Regalreihen lief oder hatte der Späher einfach seine Meinung über den fast sicheren Tod geändert? Sam war sich nicht sicher, aber darüber konnte er im Moment nicht nachdenken. Er musste sich um Octavius kümmern. Wenn er in diesem Moment nicht völlig präsent war, wusste er, dass der Erdmagier ihn ohne zu zögern in Stücke reißen würde.

»Du«, fluchte Octavius, als sein Blick auf Sam fiel. Die Wirkung der Maske schien abgelaufen zu sein. »*Du steckst* dahinter! Ich hätte es wissen müssen. Ich war dein *Mentor*. Habe dich unter meine Fittiche genommen und dir eine Chance auf Erfolg gegeben. Du hast dich für meine *Freundlichkeit* revanchiert, indem du ein unbezahlbares Artefakt gestohlen und das Haus Igenitor beschämt hast. Aber war das genug für dich? Offensichtlich *nicht*.« Octavius schüttelte den Kopf. »Nein, du wirst nicht zufrieden sein, bevor du mich nicht völlig vernichtet hast. Ich verstehe. Nun, ich denke, du wirst feststellen, dass ich nicht so leicht zu besiegen bin. Diesmal wirst du nicht entkommen. Du wirst für deine Verbrechen vor ein Magiertribunal gestellt und mein Name wird wiederhergestellt.«

»Ich habe nur eine Sache zu sagen. Wenn du dich streitest, wirf nie mit Dreck nach deinem Gegner.« Sam machte sich zum Schlag bereit. »Damit verlierst du nur an Boden!«

Ohne auf eine Antwort zu warten, tauschte Sam die Feuerball-Shuriken gegen seinen Folianten der Tintenlanze aus. Das ebenholzfarbene Buch schoss in Position, schwarze Stränge aus klebriger Tinte explodierten aus den Seiten und wickelten sich um Octavius, bevor sie auf den Boden spritzten.

Schaden: 0. Säureschaden widerstanden! Langsamer Effekt widerstanden!

»Niedlich«, schnaubte Octavius, »aber ich fürchte, da musst du dir etwas Besseres einfallen lassen.«

Octavius ballte seine Hand zu einer festen Faust und Sand brach aus dem Boden hervor, umwirbelte den Studenten wie ein Staubteufel und verdeckte kurzzeitig Sams Sicht. Als sich die Luft eine Sekunde später wieder beruhigt hatte, trug Octavius nicht mehr seine aufwendige Robe, sondern war in eine steinerne Rüstung gekleidet. Er war jetzt über zwei Meter groß und sah eher wie ein Erdgolem als ein Mensch aus. Nur Octavius' selbstgefälliges, selbstzufriedenes Gesicht, das aus der Erdrüstung herausschaute, verriet Sam, dass der Magier nicht nur einen Elementar beschworen hatte, um für ihn zu kämpfen.

Obsidianstacheln ragten aus blockigen, irdenen Panzerplatten und obwohl Octavius keine sichtbare Waffe trug, waren seine Unterarme *riesig* und wurden von Fäusten in der Größe von Esstellern gekrönt. Jeder Fingerknöchel war mit einem Sporn aus glitzerndem, rasiermesserscharfem Quarz besetzt. Ein Schlag würde Sams Gesicht in einen seit Stunden im Rinnstein liegenden Pizzarest verwandeln.

»Es gibt *so* viele Möglichkeiten, wie ich dich zu Ackerboden zermahlen könnte«, stapfte Octavius vorwärts, wobei das Gewicht jedes Schritts den Raum erschütterte, »aber ich denke, dies wird mit Abstand die befriedigendste Art sein.«

Ja, das war wahrscheinlich schlecht, aber Sam konnte nur grinsen, als ihm zwei Worte in Wiederholung durch den Kopf gingen.

Boss Fight! Boss Fight! Boss Fight!

Kapitel 38

ill! Bill!>, schrie Sam in Gedanken. <Ich brauche deine *volle* Aufmerksamkeit für die nächsten Minuten!>

Octavius stapfte vorwärts und bewegte sich mit einer übernatürlich schnellen Geschwindigkeit für eine Kreatur, die so groß und beherrschend war. Sam hatte halb erwartet, dass der Anzug der Magierrüstung auf Erdbasis träge und langsam sein würde, aber wenn überhaupt, war Octavius sogar noch *schneller* als zuvor. Das schien nicht einmal *im Entferntesten* fair zu sein! Octavius holte aus, eine Faust von der Größe eines Kochschinkens schwang auf Sam zu wie eine Abrissbirne.

<*Ja, ja! Ich bin dabei*>, rief Bill, als Sam davon tanzte und seinen Kopf um Haaresbreite behielt.

Ein riesiger, mit Steinen bedeckter Fuß schoss wie ein Rammbock hervor und zielte genau auf Brusthöhe. Durch sein Muskelgedächtnis und seinen Instinkt warf sich Sam zur Seite, rollte sich zu einem Ball zusammen und kam schnell wieder auf die Beine, während er seinen Glückssternen für seine Zeit auf der Judomatte dankte.

<Was soll ich hier tun, Bill?>, schickte er, während er nach rechts kreiste, niedrig bleibend, bereit, sofort loszurennen. <Was zum Teufel ist dieses Ding und wie kann ich es aufhalten?>

Mit einem Gedanken brachte Sam seinen ›Schwache Lähmung‹-Shuriken-Wälzer nach vorne und feuerte eine

Handvoll Ninjasterne ab, einen nach dem anderen. Die Shuriken schlugen in den heranstürmenden Spitzenstudent ein ... prallten aber nutzlos ab und konnten weder Schaden anrichten noch die steinerne Rüstung auffressen, die Octavius von Kopf bis Fuß bedeckte.

Angerichteter Schaden: 0 (56 Schaden absorbiert.) Lähmung widerstanden!

<Okay. Scheiße. Ich sehe das Problem>, schickte Bill in einer seltsam gemächlichen Art weiter. <Schwer zu sagen, was genau Octavius getan hat ... aber wenn ich raten müsste, würde ich sagen, er hat Magierrüstung, Beschworene Waffe und einen Beschwörungszauber für einen kleinen Erdelementar in der Seelenschmiede zusammengemischt. Diese spezielle Kombination habe ich noch nie gesehen.>

<Interessante Info, aber du hast den *wichtigen* Teil vergessen. Wie kann ich es *stoppen*?>

<Äh ... Feuerball? Vielleicht?> Nun, das war absolut nicht hilfreich.

Da er jedoch keine anderen Anhaltspunkte hatte, brachte Sam seinen Feuerball-Wälzer in die vorderste Position und schleuderte einen Shuriken aus weniger als einem Meter Entfernung. Der Ninjastern explodierte beim Aufprall mit verheerender Wucht – unglücklicherweise befand sich Sam mit einer Entfernung von nur einem Meter innerhalb des Explosionsradius. Eine Flammenfaust stieß Sam in die Rippen, warf ihn zurück und versengte seine Augenbrauen, ohne jedoch seine Gesundheit zu beeinträchtigen.

Angerichteter Schaden: 0 (66 Schaden absorbiert.) Feuerschaden widerstanden!

Angerichteter Schaden: 115,5 (66 Feuerball-Papier-Shuriken × 1,75 Bonus-Feuerschaden gegen Pappmachérüstung).
Pappmachérüstung: 288,25 verbleibende Haltbarkeit. Vorsicht! Bei Feuer -10 Haltbarkeit pro Sekunde, bis sie nicht mehr brennt.

Gut, dass er fast seinen gesamten Manapool von 475 Mana investiert hatte, als er diesen Zauber gewirkt hatte. Ein schwarzer Brandfleck befleckte seine Brustplatte und dünne rote und orangefarbene Glut kroch an der Oberfläche seiner Stulpen entlang, die graue Asche aufwirbelten. Sam tat das Einzige, woran er denken konnte – anhalten, fallen lassen und abrollen.

<*Das ist völlig würdelos*>, schimpfte Bill, während Sam um sich schlug und die Flammen erstickte, bevor sie sich weiter ausbreiten konnten. <*Aber so wie das gelaufen ist ... Ich lehne mich mal aus dem Fenster und sage, dass Feuerball-Shuriken definitiv nicht die beste Option sind.*>

Bill hatte sich nicht geirrt. Als Sam auf die Füße kam – die aufkeimenden Flammen waren endlich erloschen – hatte sich die Rauchwolke seines letzten Angriffs verzogen und zeigte Octavius völlig unverletzt. Es gab nicht einmal einen Rußfleck auf der felsigen Oberfläche seiner Elementarrüstung.

»Netter Versuch, du *Wurm*, aber ich bin ein Spitzenstudent an der Schwelle zum Gesellen-Status. Du hattest nie eine *Chance* ... und wirst sie auch nie haben.«

Octavius stieß eine steinbedeckte Hand vor, die Handfläche nach oben, die Finger gespreizt, ein Zauberspruch kam von seinen Lippen. Der Boden rumpelte und Wellen messerscharfer Erde brachen unter Sams Füßen hervor und versuchten verzweifelt, ihn in ein menschliches Schaschlik zu verwandeln. Sam war darauf vorbereitet.

Er wich nach links aus, rollte sich nach rechts und machte dann prompt einen Rückzieher, wobei er einem tödlichen Schlag nur knapp entging. Leider hatte Octavius die Ablenkung genutzt, um den Abstand zu verringern und nun war er mit seinen großen, blockigen Fäusten in Schlagweite. Da er so nah dran war, wagte Sam es nicht, einen seiner verstärkten Zauber zu benutzen. Er konnte es sich nicht leisten, sich wieder in Brand zu setzen oder sich versehentlich mit einer Schicht lähmenden Frosts zu überziehen.

Nein, es blieb die Tatsache, dass man Zaubersprüche am besten aus der Ferne wirken sollte, nicht einen Meter entfernt von einem mörderischen Steingolem. Stattdessen beschwor Sam seine Federkielklinge mit einem Schwall von Mana und einer geflüsterten Beschwörung.

Die Feder aus seinem Hut flog aus der Halterung, drehte sich, wirbelte herum und flog dann in Sams ausgestreckte Handfläche, wobei sie schimmerte und sich in das vertraute Schwert mit der eleganten, silbernen Federklinge verwandelte. Sein Gewicht war irgendwie beruhigend. Octavius mochte ihn zur Wiederbelebung schicken, aber Sam würde nicht ohne einen Kampf gehen, bei dem es um Leben und Tod ging. Mit der Waffe in der Hand schlug Sam zu.

Er wich nach rechts aus, dann einem schwerfälligen Frontaltritt, der zweifellos seine Brusthöhle ausgehöhlt hätte und hackte auf Octavius' geschützten linken Unterarm ein. Die gefiederte Klinge landete mit einem scharfen *Twang*, schnitt unerwarteterweise eine schmale Furche in den Fels, drang aber nicht tief genug ein, um das Fleisch des Spitzenstudents zu treffen. Die Tatsache, dass er die Rüstung *überhaupt* beschädigt hatte, gab Sam ein kleines Maß an Hoffnung – Hoffnung, dass Octavius vielleicht, nur *vielleicht*, doch noch geschlagen werden konnte. Octavius drängte sich vor und versuchte, ihn in eine nahe gelegene Nische zu drängen, aber Sam wich geschickt aus und weigerte sich, sich von Octavius festhalten zu lassen.

<So macht man das, Packesel! Halte diesen Witzbold auf Trab und bald nenne ich dich ›Träger‹! Das ist ein fingerfertiger Schwertkampf für einen Novizen! Sieh zu, dass du ein wenig Abstand zu seinem Körper gewinnst. Wir wollen nicht in Armreichweite sein. Benutze dein Gehirn!>

<Du hast leicht reden>, grunzte Sam, Schweiß rann ihm übers Gesicht, während er die Handvoll Schwertformen abarbeitete, die Sphinx und Bill ihm beigebracht hatten. In seinem Kopf begann er zu singen: »Kopf, Schultern, Knie und Zehen ... Knie und Zehen.« *Verfluchter Bill!*

Sam wich nach links und rechts aus und führte eine Reihe von Ausfallschritten, Stößen und Schlägen aus, während er pflichtbewusst die tödlichen Haken, Hiebe und Tritte von Octavius konterte und ihnen auswich. Bill hatte in einem recht. Nah dran zu sein war nicht toll, aber es hatte *einen* bedeutenden Vorteil – nämlich, dass Octavius genauso eingeschränkt war wie Sam, wenn es um Zauberei ging.

Sicher, Sam hatte nicht den Spielraum, um dem Erdmagier etwas entgegenzusetzen, aber das beruhte auf Gegenseitigkeit. Jedes Mal, wenn der Spitzenstudent versuchte, irgendeinen neuen und potenziell *lebensgefährlichen* Zauber zu entfesseln, stürzte sich Sam in seinen Nahbereich. Die Federkielklinge kratzte an der Rüstung und ließ Octavius zusammenzucken, wodurch selbst die einfachsten Zauber unterbrochen wurden.

Auch wenn Octavius offensichtlich noch weniger Erfahrung im Nahkampf hatte als Sam, war dies ein Kampf, den Sam auf Dauer nicht gewinnen konnte. Nicht auf diese Weise. Er war sehr bemüht, *nicht* grausam zu sterben, aber er fügte ihm keinen Schaden zu. Keinen. *Null*. Außerdem hätte Octavius nur *einen* soliden Schlag gebraucht, um die Sache endgültig zu beenden.

Sam war ein Magier, ein Zaubersprüchewerfer! Nicht ein *Nahkämpfer*. Was er tun *musste*, war, seine Magie ins Spiel zu bringen. Er hatte einen knallharten Zauber in seinem Arsenal, der Octavius schaden würde, egal *wie* viel Rüstung der Mann trug, aber um ihn einzusetzen, brauchte er Platz. Eine Menge davon. Also griff Sam wider besseres Wissen an und schrie, als er Octavius mit einer Reihe von weiten, ausladenden Hieben attackierte. Das ging über in einen unerbittlichen Ansturm von kurzen, rasenden Schlägen mit seinem voll ausgefahrenen Waffenarm. Die schiere Wildheit seines Angriffs warf Octavius um einige Schritte zurück und bereitete den Erdmagier auf das vor, was Bill ›die zweite Absicht‹ nannte.

Als Sams Ausdauer zu schwinden begann – er war schließlich ein Magier, kein Krieger – ließ er schließlich nach, zog sein Schwert zurück und fiel in eine Abwehrhaltung, die Klinge hoch erhoben, während er nach Luft rang. Der Angriff war *so* offensichtlich, dass Sam *sicher war*, Octavius würde wissen, was er vorhatte. Nur – so kam es Sam plötzlich in den Sinn – Octavius *wusste es* wahrscheinlich *nicht*. Sam musste sich daran erinnern, dass Octavius auch kein Kämpfer war. Sam bezweifelte, dass der Mann etwas anderes als die nackten Grundlagen des Nahkampfes kannte. Er verließ sich völlig auf Magie und erwartete wahrscheinlich, dass Sam das auch tat.

Daher war es nicht völlig überraschend, als Sam das Schwert in einen tiefen, weiten Schwung brachte und der Spitzenstudent den Köder schluckte, um den Angriff mit seiner übergroßen Faust zu parieren. Sam drehte sich kurz vor dem Auftreffen des Schwertes nach rechts und landete auf Octavius' ungeschützter Flanke. Anstatt mit dem Schwert zuzuschlagen, setzte er seinen Tintenlanzen-Wälzer ein und schoss einen klebrigen Klumpen tiefschwarzer Tinte in Octavius' ungeschütztes Gesicht.

Angerichteter Schaden: 4 pro Sekunde für 15 Sekunden! Das Ziel wird um 14 Prozent verlangsamt!

Die Säure biss sich in den Fels und das Gesicht, als sich die Tinte ausbreitete, aber der eigentliche Vorteil war, dass der Zauber den Mann *gerade* so weit verlangsamte, dass Sam zurückweichen und etwas Platz zwischen ihnen schaffen konnte – genug Platz, um seinen Notfallzauber zu wirken. »Rorschach-Test!«

In Sekundenschnelle explodierten Seiten und Tinte in einem Wirbelwind, verschwammen miteinander und verwandelten sich in die vertraute, riesige Schriftrolle, die frei in der Luft hing. Die Wirkung trat ein und Sams Bedenken, dass der Magier mentale Abwehrkräfte haben könnte, wurden zerstreut. Genau wie beim letzten Mal, als er sie benutzt hatte, war die Wirkung sofort da. Octavius' Augen weiteten sich zu gleichen Teilen schockiert und entsetzt, sein Gesicht verzerrte sich zu einer Maske des reinsten Entsetzens über das, was er auf der Schriftrolle eingezeichnet sah.

Der Spitzenstudent drehte sich und schrie, Sam schien angesichts seiner Angst vergessen. Perfekt! Jetzt hatte er den nötigen Spielraum, um den Gipfelschüler ohne Angst mit Feuerball- oder Eiskugel-Shurikens zu bewerfen. Egal *wie* stark Octavius oder seine beschworene Rüstung war, er würde nicht in der Lage sein, zwanzig oder dreißig gespammten Feuerbällen standzuhalten. Auf keinen Fall.

In seinem Siegesrausch ließ Sam den Folianten mit den Feuerball-Shuriken nach vorne kreisen. Die Seiten platzten auf, bereit, einen Sturm von Papierwut zu entfesseln ... Bevor Sam allerdings seinen ersten Zauberspruch aktivieren konnte, schlug etwas gegen seine Schulter. Etwas Scharfes. Etwas unvorstellbar Schmerzhaftes. Unter stummem Schock blickte Sam nach unten und sah, dass ein Felsspeer aus seinem Arm ragte.

Schaden genommen: 46 (550. 504 von Pappmachérüstung absorbierter Schaden (288,25 × 1,75 Erdmagieresistenz).) Blutung, leicht. -3 Gesundheit pro Sekunde, bis verarztet.
Gesundheit: 84/140

»Wie ... wie ist das passiert?« Als Sam da stand und auf die Wunde starrte und versuchte, einen Gedanken zu formulieren, polterte der Boden unter ihm und dieselbe riesige Faust, die Octavius so effektiv gegen Kai eingesetzt hatte, brach aus dem Boden. Stumpfe, blockige Finger legten sich wie eine Zwangsjacke um Sam, hielten seine Arme an der Seite fest und hinderten ihn daran, die grundlegenden Handbewegungen auszuführen, die er für seine Zaubersprüche brauchte.

Das war *unmöglich*! Der Rorschach-Test ... der hätte Octavius für eine gute Minute beschäftigen sollen. *Es sei denn* ... Octavius stellte sich ihm entgegen. Der Ausdruck der Angst, den Sam Sekunden zuvor noch auf seinem Gesicht gesehen hatte, war verschwunden. Jetzt *lachte* er. Mit einer Bewegung einer riesigen Hand ließ Octavius die Rüstung verschwinden, die ihn umgab und kehrte mit einem Augenzwinkern zu der verzierten, fließenden Robe zurück, die er vor Beginn des Kampfes getragen hatte.

BIBLIOMANT

»Hast du wirklich geglaubt, dass du und deine Bande von *Übeltätern* jemals eine Chance hattet, *mich* aufzuhalten? Wirklich? Ich bin Octavius Igenitor aus dem *Hause* Igenitor, Praktiker der arkanen Künste, Gestalter der Elemente, Verkünder des Wissens! Und was ist mit dir? *Du* bist nur ein Bürgerlicher. Ein *Niemand*, dem es über den Kopf gewachsen ist. Du hast verloren und ich habe gewonnen, so wie es *vorherbestimmt war*.«

Mit einem mulmigen Gefühl in der Magengegend blickte sich Sam zum ersten Mal seit Beginn des Kampfes gegen Octavius um und erkannte, dass sein Team verloren hatte, gründlich. Kai lag tot am Boden, nicht weit von Arrow entfernt, während Dizzy, Finn und Sphinx alle von Octavius' Teamkameraden gefangen genommen worden waren. Die drei waren gegen ein nahegelegenes Bücherregal gelehnt, bewusstlos und in schrecklicher Verfassung, aber sie atmeten.

»Du warst mir nie gewachsen«, krähte Octavius. »Hast du wirklich geglaubt, dass deine verbotene Gedankenmagie gegen *mich* funktionieren würde?«

Er hielt inne, der Inbegriff von Selbstgefälligkeit und zog ein kleines Lederjournal aus einem überdimensionalen Ärmel. »Nachdem du mit diesem dummen, kleinen *Buch entkommen* bist, habe ich ein wenig nachgeforscht. Es hat sich herausgestellt, dass doch nicht *alle* Aufzeichnungen des berüchtigten ›Bibliomanten‹ zerstört wurden. Dies ist ein Bericht aus erster Hand vom Erzmagier selbst, in dem die am häufigsten verwendeten Bibliomanten-Zaubersprüche aufgeführt sind. Als du diesen Zauberspruch gesprochen hast, wusste ich *genau*, welchen Effekt ich imitieren musste. Du hast deine Deckung fallen lassen und ich habe die Gelegenheit genutzt, um zuzuschlagen.«

»Gut. Du hast gewonnen«, spuckte Sam aus. »Töte uns einfach.«

»Ha. Als *ob*. So einfach wirst du mir nicht entkommen. Du und der Rest deiner Freunde werden das Vergnügen haben, eine Zelle im Kerker zu zieren und den Kontrakt für den Rest eures vorhersehbaren Lebens zu befeuern. Bevor ihr das tut, solltet ihr mir zusehen, wie ich den Zauber beende, den ihr so gerne zerstören wolltet. Obwohl ...« Er hielt inne und rieb sich am Kinn. »Ja, ich würde nicht wollen, dass du etwas versuchst, während ich arbeite.«

Mit einem entschlossenen Nicken schritt Octavius vorwärts und murmelte im Gehen einen Zauberspruch. Ein schlammig-goldenes Licht blitzte auf und plötzlich hatte Octavius einen schweren Kriegshammer in der Hand, der komplett aus rosafarbenem Quarz bestand.

»Der Rosenhammer sollte den Trick ganz gut machen, denke ich ...« Octavius blieb vor Sam stehen, stellte seine Füße schulterbreit auseinander und hob die Waffe wie ein Golfer, der ein Hole-in-One anstrebt. Bevor Sam vollständig verarbeiten konnte, was passieren würde, krachte die stumpfe Fläche des Hammers mit einem donnernden *Pop* in seine linke Kniescheibe, das durch den Raum hallte.

Schaden genommen: 20 (20 stumpfer Schaden). Zusätzlicher Debuff: Verkrüppeltes linkes Bein! Suche einen Heiler auf.

Eine Welle unbeschreiblichen Schmerzes durchflutete Sam, Blitze und Feuer wüteten in seinen Knochen und schrien in seinem Kopf. Mit einem grausamen Lächeln hob Octavius den Hammer und schlug erneut zu. Er zerquetschte

Sams *anderes* Knie so leicht, wie jemand anderes eine Limodose zerdrücken würde.

Schaden genommen: 15 (15 stumpfer Schaden). Zusätzlicher Debuff: Verkrüppeltes rechtes Bein! Suche einen Heiler auf.

Der Schmerz war unglaublich. Unergründlich. Noch erstaunlicher war die Tatsache, dass Octavius es geschafft hatte, beide Schläge zu landen, ohne Sam direkt *zu töten*. Sams Gesundheitszustand war abgrundtief schlecht, aber unglaublich, er hing immer noch an der sterblichen Hülle. Das war ... eine Schande, eigentlich.

Gesundheit: 32/140

<*Halte durch, Sam*>, flüsterte Bill beruhigend. <*Du bist zäher als dieser Kerl. Er mag den Tag gewinnen, aber er kann dich nicht zum Aufgeben zwingen. Nicht, wenn du es ihm nicht gibst. Ich bin hier bei dir. Wir können ihn jederzeit ein anderes Mal erwischen.*>

»Jetzt«, hob Octavius seine Hand und verbannte die steingeschmiedete Waffe mit einer Fingerbewegung, »werde ich etwas Druck auf die Wunde ausüben, damit du nicht verblutest.«

Der Steinspieß in Sams Arm verschwand mit einem **Pop** und ein Steinband wickelte sich um das Loch. Octavius fuhr fort: »Lasst uns mit der Sache fortfahren. Es ist an der Zeit, diesem lästigen Wolfsmenschen-Außenposten ein Ende zu setzen und unsere Schulden bei der Krone einzutreiben.«

Octavius drehte Sam seinen Rücken zu. ›Du bist keine Bedrohung für mich‹ sagte die Geste unmissverständlich. Er schlenderte gemächlich zum Podium hinüber, wo sein Grimoire wartete.

<Bitte, Bill>, schickte Sam, sein Kopf schwamm von den Schmerzen. <Ich brauche Hilfe. Vielleicht einen Zauber ohne Augenlicht? Kannst du nicht *irgendwas* tun? Es muss doch *irgendwas geben*!

<*Es tut mir Leid, Sam. Wenn du nicht zaubern kannst, kann ich auch nicht zaubern. Das ist eine der wenigen Einschränkungen beim Zaubern ohne Sehkraft. Es gibt einfach nichts ...*> Die Worte verblassten mitten im Satz. <*Nun ... nicht sicher, ob es etwas bringt, aber ich schätze, es gibt eine Sache, die wir versuchen können.*>

<Was? Irgendetwas!>

<*Nun, du kommst nicht an einen Gesundheitstrank heran, weil du ihn trinken müsstest, aber du hast die fünf Seelensteine der Jellies in deinem Flachmann. Aus der Kanalisation. Du bist direkt an der Schwelle zu Stufe 7. Wenn du mit den Fingern wackeln und den Kolben öffnen könntest und sei es nur ein wenig, könntest du an einen dieser Kerne gelangen. Meistens benutzen die Leute sie für Zutaten, aber wenn du sie für Erfahrung verbrennst ... könnte es dich über die Grenze zur nächsten Stufe springen lassen. Magie kann eine heikle Sache sein und die Kraft, die durch das Hochstufen freigesetzt wird, könnte das Konstrukt, das er um dich errichtet hat, zerstören. Es ist im Grunde glorifizierter, verfestigter Schmutz und das Hochstufen reinigt dich. Es ist reine Spekulation, aber selbst wenn es dich nicht befreit, gibt es dir vielleicht die Chance, etwas zu tun ... ich weiß nicht, irgendwas, schätze ich?*>

Bill klang furchtbar unsicher, aber Sam sah keine anderen Möglichkeiten und sein Vater hatte ein *altes* Sprichwort: »Ein Ertrinkender greift sogar nach der Spitze eines Schwertes.« Im Ernst, was hatte er zu verlieren?

Sam konzentrierte sich auf seine Gedanken, versuchte verzweifelt, den Schmerz auszublenden, der von seinen

Beinen wie die Hitze eines Müllcontainers nach oben strahlte und tastete sich vorsichtig an die Bodenlose Flasche des Trunkenbolds heran. Mit kurzen, präzisen Bewegungen schraubte er den Metalldeckel ab und gelangte so in den Innenraum. Er konnte nichts sehen, aber mit ein wenig Herumtasten fand er schnell, wonach er suchte.

Ein glatter Stein, fast wie ein Stück geschliffenes Glas, das mit dem kleinsten Hauch von Wärme pulsierte. Wie ein Stein, der an einem warmen Sommertag in der Sonne gelegen hatte. Es waren fünf der Kerne in dem Fläschchen, aber es gab keine Möglichkeit, auf alle gleichzeitig zuzugreifen. Hoffentlich würde er schnell genug an sie herankommen, denn ihnen lief die Zeit davon.

Kapitel 39

am konzentrierte sich auf den Stein in seiner Hand und eine Eingabeaufforderung erschien in der Ecke seines Blickfeldes.

Seelenstein (Abfallrang) gefunden! Möchtest du diesen in Erfahrungspunkte umwandeln? Aktueller Wert: Dreihundert Erfahrungspunkte. **[Ja / Nein]**

Sam verschluckte sich fast, als er die Summe sah. Dreihundert Punkte! Das war fast die Erfahrung von zwei Tagen, wenn er nur nebenbei im Umland der Stadt jagen würde. Kein Wunder, dass die Magier so mächtig waren! Sie saßen auf einer Goldmine voller Erfahrung – und auch auf *echtem* Gold, da die Kerne jeweils ein kleines Vermögen kosteten. Im Moment war Geld die geringste von Sams Sorgen. Ohne eine Sekunde zu verlieren, sagte er »Ja.«

Die leichte Hitze, die von dem Stein ausging, verstärkte sich und der Stein löste sich auf; Energie sickerte in Sams Handfläche, dann sprintete sie seinen Arm entlang und steuerte auf seinen Kern zu. Die Energie strömte in sein Zentrum und während sie das tat, durchströmte ihn ein neues Gefühl. *Energie.* Rohe, unverdünnte *Energie.* Es war wie eine Frühlingsbrise. Wie das Licht eines neuen Tages. Wie der Aufgang des Vollmondes in einer wolkenlosen Nacht. Es war ursprünglich, wunderbar ... *süchtig machend.*

Er fütterte diese Sucht, nahm alle fünf Kerne auf und gewann fünfzehnhundert Erfahrungspunkte in weniger als zehn Sekunden. Schließlich explodierte ein Inferno durch ihn in einer Welle, die er mit dem Hochstufen assoziierte. Goldenes Licht flackerte um ihn herum wie ein Sonnenstrahl, verbannte Schmutz und Dreck und erfüllte ihn mit einem Gefühl des Wohlbefindens.

Noch besser: Wilde Bögen goldener Energie schossen heraus wie die fuchtelnden Tentakel einer monströsen Krake und obwohl seine Freunde nicht nahe genug dran waren, um davon zu profitieren, störte die Kraft die riesige, mit einem Zauber beschworene Faust, die sich in einem Todesgriff um ihn schlang. Bill hatte recht gehabt. Die beschworene Hand fiel in Stücke. Die steinernen Finger lösten sich vor Sams Augen auf und verwandelten sich in einen Haufen Staub, der seinen Sturz auf den Boden abfederte.

»Octavius«, rief Tullus Adventus, »Problem!«

»Was ist *denn jetzt schon wieder*?« Octavius knurrte und warf einen Blick über eine Schulter. »Wie zum Teufel …«

Er beendete seine Worte nie. Ein Brüllen zerriss die Luft und eine verschwommene Gestalt sprang von der Oberseite eines nahegelegenen Bücherregals und stürzte sich auf Octavius wie ein Amboss aus Fleisch und Reißzähnen. *Velkan!* Der Wolfsmensch hatte sie doch nicht im Stich gelassen! Er hatte nur auf einen günstigen Moment gewartet, um zuzuschlagen. Wie jetzt, zum Beispiel.

Der Wolfsmensch kämpfte wie ein hungriger Tiger, seine Klauen hackten auf Octavius' Gesicht und Brust ein, seine Kiefer schnappten nach dem verletzlichen, ungeschützten Fleisch. Sam beobachtete erstaunt, wie Octavius und Velkan in einem Gewirr von Gliedmaßen vom Podium stolperten, wobei karmesinrote Spritzer durch die Luft schossen. Eine sandbraun schimmernde Hülle bildete sich um den Erdmagier – wahrscheinlich seine Version des Magierschilds – aber sie konnte Velkans Angriff nicht aufhalten. Der Wolfsmensch war vielleicht nicht in der Lage, Octavius *zu verletzen*, aber er versuchte es, als ob sein Leben davon abhinge.

»Steht nicht einfach so da!«, kreischte Octavius. Diesmal war sein Schrecken nicht vorgetäuscht. »Dieses Ding zerfleischt mich! Helft mir, ihr Dummköpfe!«

»Aber die Gefangenen?« Tullus winkte Sam und den anderen zu.

»Wir werden mit ihnen fertig! Hilfe! Ich! *Jetzt!*«, kam Octavius' verzweifelte Antwort.

Tullus und Elsia tauschten flüchtige Blicke miteinander aus, Ungewissheit war in ihre Gesichter geätzt. Elsia zuckte mit den Schultern und seufzte: »Wie auch immer.«

Die beiden Schläger ließen Dizzy, Finn und Sphinx zurück und stürzten sich auf den verworrenen Wirbelwind, der Octavius und Velkan war. Weder Tullus noch Elsia konnten es riskieren, Zaubersprüche zu wirken, da sie dabei Octavius treffen könnten. Das bedeutete, dass sie handgreiflich werden mussten, um den blutrünstigen Wolfsmensch zu vertreiben.

Das bedeutete *auch*, dass sie dem kleinen alten Sam keine Aufmerksamkeit schenkten. Ehrlich gesagt, warum sollten sie? Sie hatten schon einmal den Boden mit ihm und seiner Gruppe aufgewischt; wenn es hart auf hart kam, könnten sie es wieder tun. *Mit Leichtigkeit.* Vor allem, da der Rest von Sams Teamkameraden ohnmächtig auf dem Boden lag.

Objektiv gesehen, *könnte* Sam sie in einem fairen Kampf *nicht* schlagen. Auf keinen Fall. Deshalb musste er *schummeln*. Sein Blick landete auf Octavius' Zauberbuch und die Saat eines Plans erblühte in seinem Kopf.

<*Oh, das ist gut, Packesel ... Oh, entschuldige, dass ich dich an deine zertrümmerten Kniescheiben erinnere, weil tragen ist ja gerade nicht so bei dir angesagt ...*> Bill hatte Sams Gedankengang aufgegriffen. <*Das könnte funktionieren. Es könnte funktionieren. Oh. Besser noch, du nimmst ein Auslösewort, damit es genau dann losgeht, wenn er den Spruch wirken will. Weißt du noch, was mit dir passierte, als du die Feuerball-Schriftrolle versaut hast?*>

Sam grinste und begann, sich über den Boden zu Octavius' ignoriertem Zauberbuch zu schleppen. Als er es erreichte, fischte er einen einfachen Federkiel und ein Fläschchen mit magisch aufgeladener Tinte aus seiner magischen Flasche. Während Octavius und seine Bande von dämlichen Schlägern mit Velkan rangen, schnappte sich Sam Octavius' unachtsam unbewachtes Grimoire.

In dem Buch befand sich eine Kopie der Blaupausen für die Langstrecken-Verstärkungswaffe – Sam nahm sich die Freiheit, diese für eine spätere Untersuchung in seine Flasche zu stecken – dann blätterte er schnell durch die Seiten des Wälzers, bis er das perfekte Wort für den Auslöser fand. In wilder Eile blätterte er auf die Rückseite, klatschte das einfachste Zauberskript hin, das er kannte und fügte dann eine dünne Linie mit einem stilisierten Dreieck am Ende ein, gefolgt von dem Auslösewort.

Es dauerte weniger als zehn Sekunden und fünfzig Mana bis zum Ende – zehn Sekunden, die sich wie eine *Ewigkeit* anfühlten. Sam war sich sicher, dass Octavius und Co. Velkan abfertigen und jeden Moment den Hammer fallen lassen würden, um seine Pläne und wahrscheinlich auch seine Hände buchstäblich zu zerstören. Aber irgendwie schaffte es der wütende Wolfsmenschen-Späher, sich zu behaupten.

Velkan war ein gewiefter Kämpfer und obwohl er niemals alle drei Magier gleichzeitig besiegen konnte, gelang es ihm hervorragend, sie in Schach zu halten. Zum Teil lag das daran, dass er klug kämpfte – er blieb immer in Bewegung und positionierte sich ständig neu, sodass die Magier ihn nie umzingeln konnten. Außerdem setzte Velkan nie auf große Angriffe, die ihn in Gefahr brachten. Er schlug nur auf schwache, verwundbare Ziele ein – einen ungeschützten Arm, einen umgedrehten Rücken – und ließ die drei mit kleinen Schlägen ausbluten.

Es war beeindruckend, ihm zuzusehen. Angenommen, Velkan überlebte, wollte Sam alles lernen, was der Wolfsmensch über den Nahkampf zu lehren hatte. Widerwillig lenkte Sam seine Aufmerksamkeit vom Kampf ab, legte das Buch auf die ursprüngliche Zauberseite zurück, damit Octavius nichts mitbekam und schleppte sich dann zu seinen verbliebenen Teamkollegen.

Alle drei waren *schwer* angeschlagen, aber mit Sicherheit am Leben. Bei näherer Betrachtung stellte Sam fest, dass alle drei genau wie er an gebrochenen Beinen litten. Frustrierend. Das war eine furchtbar brutale, aber offensichtlich *effektive* Methode, um Gefangene am Weglaufen zu hindern. Sam hatte nur noch einen Gesundheitstrank aus seiner Zeit an der Hochschule übrig.

Er hatte geplant, ihn vorher zu benutzen, aber das Sterben um ihn herum hatte ihn fertig gemacht. Er zog das Fläschchen heraus, öffnete den Deckel und hielt es Dizzy an die Lippen. Er zwang die zähe Kämpferin, das Gebräu in ein paar langen Schlucken hinunter zu trinken. Die Wirkung trat sofort ein, sie kam blitzschnell wieder zu Bewusstsein und erhielt fünfzig Gesundheitspunkte zurück. Innerhalb von drei Sekunden wurde sie so gründlich geheilt, wie die neue Stufe Sam geheilt hatte.

Ihre Augen sprangen auf und schweiften in schierer Wut durch den Raum. Dizzy war nicht verängstigt. Sie war nicht verletzt. Sie war *wütend*. Sie sprang auf und griff nach ihrem Streithammer, aber Sam hielt sie auf und packte sie am Handgelenk, bevor sie die Waffe ziehen und ausrasten konnte.

»Keine Zeit! Die Dinge sind dabei, hier den Bach runterzugehen ... auf eine *großartige* Art und Weise.« Sam zog die grobe Karte heraus, die er und Bill vorhin angefertigt hatten und drückte sie ihr in die Hand. »Du kennst den Weg nach draußen?«

»Ja«, antwortete sie mit einem frustrierten Nicken.

»Gut. Denkst du, du kannst die beiden hier raustragen?«

»Als ob du überhaupt fragen müsstest«, schoss sie zurück, bückte sich und hob kurzerhand erst Finn, dann Sphinx auf und warf sich jeweils einen über die Schulter wie einen Getreidesack. »Aber was ist mit dir?«

»Mach dir keine Sorgen um mich, Diz. Bill und ich werden zurückbleiben und dafür sorgen, dass diese Sache vorbei ist. Ganz im Ernst. Aber du? Du musst rennen. Halte nicht wegen *irgendetwas an*. Dieser Ort wird gleich in die Luft gehen wie ein Feuerwerk am Unabhängigkeitstag. Wenn ich überlebe, treffe ich euch in dem Käseladen. Versteckt euch dort, bis ich auftauche. Ich werde dort ankommen ... so oder so.«

Sie zögerte nur einen Moment, ihr Blick suchte sein Gesicht ab. Schließlich nickte sie. Mit einem Grunzen und einem Heben machte sie sich auf den Weg. »Ich hoffe, du weißt, was du tust.«

»Viel Glück, Sam«, rief sie über eine Schulter, bevor sie in den Stapeln der Bücher verschwand.

<*Ich mag diese Heldengeschichte, Sam. Das tue ich wirklich. Gut für dich. Aber ... wenn wir hier bleiben, sind wir*

so gut wie tot. Wenn das Ding in die Luft fliegt ... wird es schlimm.>

<Ich muss sehen, dass es passiert, Bill. Ich muss sicher sein, dass das wirklich funktioniert. Wir können es nicht dem Zufall überlassen und ich kann auch nicht einfach weglaufen. Ich meine, schau, was mit uns passiert ist. Octavius und seine Schlägertruppe dachten, wir wären so gut wie tot, als wir das erste Mal aus der Hochschule geflohen sind und doch ... sind wir hier, lebendig und machen uns bereit, sie alle in den Himmel zu jagen. Ich werde nicht gehen, bevor ich nicht Octavius' knusprigen Körper gesehen habe.>

Bill seufzte, der Klang war lang und schwer und erinnerte Sam an den Wind, der die Seiten eines Buches zerzauste. Nicht wirklich eine Überraschung.

<*Ja. Okay. Ich hab's verstanden. Aber wenn wir bleiben wollen, müssen wir clever sein. Wir brauchen Deckung.*> Bill schwebte hoch und durchsuchte den Raum. Es war ein heißes Durcheinander aus Blut, rauchenden Kratern, verstreuten Büchern und noch mehr Blut. <*Nichts davon wird reichen. Wenn das so läuft, wie ich denke, dann wird das ein großes Ding. Folge mir und beeil dich!*> Es gab mehrere Wege in und aus der Studienkammer und Bill brauchte nur eine Handvoll Sekunden, um den gewünschten zu finden. <*Da. Der da.*>

Tief einatmend hob Sam sich so weit er konnte und glitt wie ein verstohlener Gecko durch den Raum, ließ den magischen Belagerungsturm weit hinter sich und zog sich in den Verbindungsgang zurück. Die Geräusche des Kampfes verklangen schnell hinter ihm, gedämpft durch die Regale mit endlosen Büchern. Sam bewegte sich so schnell wie möglich und behielt seinen Kopf im Nacken, während er eine Kurve nach der anderen nahm, um nach Anzeichen der Hochschul-Wachen Ausschau zu halten, während er sich gleichzeitig von Bill durch das verwirrende Gewirr von Regalen, Gestellen, Gängen und Ausstellungsnischen navigieren ließ.

<Links hier. Nein, nicht das links – dein anderes links!>, spottete Bill in Sams Kopf, als der Mensch um eine Ecke bog, keuchend von der Anstrengung der Armee, so weit zu kriechen, wie er es getan hatte. Sam erstarrte, als er das Geschnatter vertrauter Stimmen hörte. *Octavius.*

<*Gut, gut, gut! Wir sind da, Packesel. Äh ... tut mir nochmal leid. Hey, wir haben es geschafft! Es hat etwas gedauert, aber wenn ich nicht falsch liege, sollten wir auf der Rückseite der Kammer sein. Ist es so weit, wie ich es haben will? Nein. Nicht mal annähernd. Aber werden uns die Bücher vor dem Rückschlag bewahren? Auch nein. Rutsch da rüber und sieh dir die Bücherreihe an.*>

Vorsichtig wandte sich Sam dem Bücherregal zu, das die linke Seite des Flurs säumte und spähte über die Oberkante der Bücher. Da war ein dünner Lichtspalt. Es war schwer zu erkennen, also zog Sam einen einzelnen Band heraus – er verstaute ihn in seiner magischen Flasche für eine spätere Verwendung – und warf einen Blick durch die schmale Öffnung. Der Atem blieb ihm im Hals stecken, als er eine sehr vertraute Szene sah, die sich vor ihm abspielte.

Sicherlich hatte Bill sie zu einem der vielen Stapel geführt, die parallel zu dem Arbeitsbereich verliefen, den Octavius für seinen Zauber benutzt hatte. Sam starrte gerade *hinter* einer der kleinen Studierecken hervor, die auf die größere Kammer blickten. Es gab keine Möglichkeit, dass Octavius ihn sehen konnte, aber er hatte einen fast ungehinderten Blick auf den Boden, das Grimoire und den kleinen mystischen Belagerungsturm, der in der Mitte des Raumes stand.

»Was sollen wir mit ihnen machen?« Tullus' Stimme war tief und rau.

»Trotz eurer völligen *Inkompetenz*«, spuckte Octavius, »werden sie dieses Mal auf keinen Fall aus der Bibliothek entkommen. Elsia, ich will, dass du Magier Solis und die Hochschul-Wache alarmierst. *Sofort*. Ich will, dass sie jeden Zentimeter der Bibliothek durchkämmen. Jeden. Einzelnen. Zentimeter. Habt ihr mich verstanden? Was dich betrifft, Tullus, du wirst hier stehen und mir den Rücken freihalten, während ich meinen Zauber beende.«

»Aber sollten wir nicht vielleicht … du weißt schon … *warten*? Mit dem Zauberspruch, meine ich?«, schlug Tullus vor. »Zumindest bis der Hexenmeister gefangen ist?«

»Ich habe genug Zeit mit diesem empfindungsfähigen Teichabschaum verschwendet. Du sollst einfach nur aufpassen, dass mich nicht *wieder* ein Wolfsmensch mitten im Zauber überfällt. Denkst du, du schaffst *das*, du Trottel?«

»Natürlich.« Tullus wippte mit dem Kopf und wandte den Blick ab. Apropos Wolfsmensch, Sam war überrascht, dass es nirgendwo ein Zeichen von Velkan gab. Nun, das stimmte nicht ganz. Es gab *überall* Kratzspuren und mehr Blut, als menschlich möglich schien, aber es gab keine Wolfsmenschenleiche.

Das bedeutete, dass der Späher es geschafft hatte, selbst nach dem Kampf mit drei *mächtigen* Magiern zu entkommen. Eine beeindruckende Leistung, die Sam dazu brachte, sich zu fragen, wie genau Sir Tomas, der Professor für Dungeonkunde, die schlaue Kreatur überhaupt gefangen hatte.

»Genug getrödelt! Los! Alle beide!« Octavius schnappte zu und klatschte in die Hände, als wolle er ein paar ungezogene Hunde verscheuchen. Elsia drehte sich auf dem Absatz um und ging wortlos davon, obwohl ihr Gesicht eine

Gewitterwolke aus Hass war. Tullus nickte nur und postierte sich in der Nähe des Eingangs zum Arbeitsbereich, sein Gesicht steinern und unleserlich. In der Zwischenzeit ging Octavius auf das Grimoire zu, sein Gesicht zu einer Grimasse des absoluten Hasses verzerrt.

»Greifst *mich* einfach an, ja? Du räudiger, von Flöhen befallener *Hund*«, murmelte er so laut, dass es jeder in Hörweite hören konnte. »Nun, ich konnte *dich* zwar nicht töten, aber ich werde mich rächen. Sobald ich das getan habe, werde ich zum Gesellen aufsteigen und dann wird der *Rest* eurer Art dafür bezahlen. *Jeder*, der *je* an mir gezweifelt hat, wird dafür bezahlen!«

Octavius stellte sich vor das Rednerpult, knackte mit dem Nacken und legte seine Hände mit den Handflächen nach unten auf beide Seiten des Grimoire. Er schloss für eine Sekunde die Augen, atmete tief durch die Nase, die Stirn in Konzentrationsfalten gelegt ... wahrscheinlich versuchte er, seinen Geist für den bevorstehenden Zauber zu klären. Alles andere als kristallklare Konzentration und laserfokussierte Absicht konnte bei der Arbeit an einem Zauber dieses Ausmaßes zum Verhängnis werden.

Schließlich öffnete Octavius die Augen, nickte sich selbst zu und begann, die komplizierten Worte zu rezitieren, die so sorgfältig in das Buch gekritzelt worden waren, während seine Hände in der Luft tanzten und enorm komplizierte Gesten und Muster ausführten, die zu lernen *eine Ewigkeit* gedauert hatte. Sein Gesang wurde immer inbrünstiger, je weiter er fortschritt, seine Handbewegungen wurden mit jeder Sekunde schneller und gleichzeitig flüssiger.

Während Octavius mystische Worte intonierte, die Sam nicht einmal ansatzweise verstehen konnte, begann der Belagerungsturm mit unheilvollem Leben zu summen. Ein

Summen wie das Dröhnen einer großen Wespe erfüllte die Luft, während der riesige Stein, der über der Maschine hing, mit giftigem, smaragdgrünem Licht brannte. Noch schneller kamen die Worte, die von Octavius' Zunge flossen wie ein Auktionator, der versuchte, den Preis in die Höhe zu treiben.

Energie baute sich um den Mann wie eine Gewitterwolke auf, als der Zauber zu einem Crescendo kam und sich zu etwas Elementarem und Tödlichem zusammenfügte.

Octavius' Stimme war sicher, seine Aussprache einwandfrei und exakt. »*Et matrem terræ devorabunt eos.*«

<*Halte deinen Hintern fest. Jetzt kommt's!*> Bill quietschte vergnügt. Sam konnte fast *sehen, wie* das Buch seine Hände in freudiger Erwartung aneinander rieb.

»*Hostis noster caro et sanguis. Lupus nocte luna profanum!*« Als Octavius das letzte Wort, *profanum,* aussprach, explodierte das Grimoire, das auf dem Rednerpult ausgebreitet war, in einer glühenden Feuersäule und traf Octavius mitten ins Gesicht. Er taumelte zurück, getroffen von der Explosion, obwohl er leider noch sehr lebendig war.

Die Buchbombe des Buchbinders war eine mächtige Waffe, aber nicht mächtig genug, um einen Magier von Octavius' Niveau auszuschalten. Glücklicherweise verließen sie sich nicht nur auf die Bombe, um die schwere Arbeit zu erledigen. Nein, sie hatten nur für einen Funken gesorgt. Jetzt würde das Pulverfass von *Octavius'* Magie den Job erledigen.

Die Wolke der Macht, die sich um Octavius versammelt hatte, flackerte wie verrückt, Bögen aus Elektrizität spuckten heraus und schlugen in alles ein, was zu nahe kam. Der Belagerungsturm selbst stieß nun einen gequälten Schrei aus, als Metall auf Metall rieb, Holz splitterte und zerbrach unter dem Gewicht des kaum kontrollierten Manas.

»Was ist *los*?« Octavius schrie in den Raum und drehte sich in einem langsamen Kreis, während er darum kämpfte, die Magie zu kontrollieren, die ihn durchströmte und drohte, aus der seltsamen Waffe, die er gebaut hatte, herauszusprudeln. Sam konnte nicht widerstehen. Er zog einige weitere Bände heraus, sodass ein ausreichend großer Spalt entstand, um seinen Kopf herauszustrecken.

»Hey, Octavius! Wie läuft's mit deinem Zauber? Soll das so sein?«

»Du! Was hast du getan?« Der Spitzenstudent wirbelte in seine Richtung, die Augen auf Sam gerichtet. Sein Körper zitterte unter der Anstrengung, die Magie einzudämmen, seine Lippen zogen sich zu einem Knurren zusammen.

»Was? *Ich*?« Sam antwortete mit einem unschuldigen Achselzucken. »Ich habe keine *Ahnung*, wovon du redest!«

Vielleicht war Sam *noch* kein Meister des Arkanen, aber es gab zumindest eine Sache, die er über Zaubersprüche gelernt hatte, seit er nach Eternium gekommen war. Je größer sie waren, desto gefährlicher konnten sie sein. Wenn man einen Zauber im falschen Moment unterbrach … Nun, diese Kraft musste *irgendwo hin*. Der wahrscheinlichste Ort war zurück in den Zaubernden, der als Verbindung zwischen der Zauberform und dem Manapool diente, der sie antrieb.

»Das kann *ich* doch unmöglich getan haben«, klang Sam völlig entgeistert. »Warum, *erinnerst* du dich nicht? Ich bin nur ein *Bürgerlicher*! Ich kann mir eh kaum vorstellen, welche *Verantwortung* und Hingabe von einem lizenzierten Magier verlangt wird. *Du* bist derjenige, der die arkanen Künste beherrscht, Octavius! Du bist derjenige, der die Elemente formen kann, der Verkünder allen Wissens. Ich bin nur ein lästiger Niemand, dem das über den Kopf gewachsen ist. Du *schaffst* das! Tschaka!«

Octavius öffnete den Mund, um zu antworten, aber was auch immer er sagen wollte, kam nicht über seine Lippen. Blendendes, blaugrünes Licht brach aus seinem Mund und seinen Augen hervor, während weitere Blitze wilder Energie durch seine Arme und Beine schossen und nach außen stachen. Einen Moment lang stellte sich die Welt auf den Kopf ... dann wurde sie weiß.

So weiß wie eine frische Leinwand. Kein Ton, keine Bewegung. Nur leere *Leere*. Eine formlose Leere. Die Welt um Sam herum schien unruhig zu zittern. Der Boden rumpelte, alles drehte sich durcheinander. Sam war *sicher, dass* er gestorben war. Es war die einzige plausible Erklärung ... aber dann kehrte der Ton zurück.

Ein hohes Quietschen erfüllte Sams Kopf wie eine Kreissäge, die ein Blech zerschneidet. Dann kamen Gerüche – der Geruch von verbranntem Holz, verbranntem Fleisch und schwelendem Papier. Zuletzt kam das Sehen, Formen, die sich langsam aus der formlosen Szenerie lösten. Sam blinzelte einige Male, presste seine Handflächen in die Augenhöhlen und schüttelte dann den Kopf, um die violetten Nachbilder, die sich in seine Netzhaut gebrannt hatten, zu vertreiben.

Die Maschine oder das, was von ihr übrig war, lag in einem Feld aus schwelenden Trümmern über die Studienkammer verstreut. Wo sie vorher gestanden hatte, war ein rauchender Krater, zweieinhalb Meter tief und anderthalb Meter breit. Von Octavius ... gab es keinerlei Spur. Nicht einmal ein Fetzen des Gewandes war übrig.

Er wurde so vollständig ausgelöscht, wie jemand nur ausgelöscht werden kann. Mit Haut und Haaren. Tullus erging es nur ein wenig besser. Er hatte nicht überlebt – dafür war er viel zu nahe am Epizentrum der Explosion – aber zumindest waren Teile von ihm übrig geblieben.

Nur genug, um einen Plastikstrandeimer zu füllen, aber wenigstens war da *etwas*. Jetzt ... musste Sam einen Gesundheitstrank finden, damit er wieder in Bewegung kommen konnte. Er wusste zufällig, wo Magier Solis den Vorrat versteckt hatte, den dieser benutzte, um mobil zu bleiben. Bei seinem Tempo war es ein ziemlicher Marsch, also fing Sam an zu kriechen.

Epilog

Quest abgeschlossen: Vertrauen des Rudels. Glückwunsch! Du hast die Pläne der Magierhochschule durchkreuzt, den Wolfsmenschenaußenposten mit einem tödlichen neuen Zauber auszulöschen. Damit hast du und die Mitglieder des Wolfsrudels der Magierhochschule offen den Krieg erklärt und die Menschheit erfolgreich verraten! Das alles im Austausch für einen dauerhaften Platz im Volk der Wolfsmenschen. War das der klügste Schachzug? Schwer zu sagen, aber niemand wird dir je vorwerfen können, dass du Probleme hast dich für eine Sache einzusetzen!

Du hast 10.000 Erfahrungspunkte für das Erfüllen dieser Aufgabe verdient und die Gunst der Wolfsmenschen gewonnen! Das Ansehen beim Volk hat sich um 2000 Punkte erhöht, von ›Neutral‹ direkt zu ›Freundlich‹ (unter Umgehung von ›Widerwillig freundlich‹). Es fehlen noch 1.000 Rufpunkte, um den Status ›Freund des Volkes‹ zu erreichen. Du hast den geheimen Titel ›Rassenverräter‹ freigeschaltet, der während des regulären Spielbetriebs vorerst verborgen bleiben wird.

»Das habt ihr gut gemacht«, säuselte O'Baba und richtete ihren goldenen Blick auf jedes Mitglied des Wolfsrudels, das sich in einem losen Halbkreis vor ihr aufstellte. Sam und der Rest seiner Crew waren alle wieder zusammengeflickt oder, im Fall von Kai und Arrow, frisch von ihrem Wiederbelebungspunkt nach dem Kampf mit Octavius. Sie waren endlich sicher und gesund in Narvik.

Aus der Bibliothek herauszuschlüpfen war überraschend einfach gewesen in dem Chaos, das auf die Explosion folgte. Elsia hatte schnell gehandelt und eine Horde von Wachen und Nachwuchsmagiern in die Bibliothek gerufen, aber es herrschte so viel Verwirrung, dass es für Sam ein Kinderspiel war, durch den Geheimgang hinauszuschlüpfen und das Rendezvous mit den anderen im Käseladen zu erreichen.

Das Überraschendste von allem war, dass *Velkan* es geschafft hatte! Nachdem er sich mit den Magiern angelegt hatte, hatte sich der Wolfsmenschen-Späher losgerissen und war dann zwischen den Buchstapeln verschwunden ... nur um kurze Zeit später Dizzys Fährte aufzunehmen. Nachdem er die Nase voll von Dizzys Blut hatte, war es ein Leichtes für ihn, den Notgang allein zu finden und sich mit dem Rest der Gruppe zu treffen. Das wärmte Sams Seele. Er hatte nicht viel Zeit mit dem Wolfsmensch verbracht – er wusste eigentlich so gut wie nichts über ihn – aber Sam wusste eines, das einzige, was wirklich zählte – als Sam in Schwierigkeiten war, war Velkan zu ihm gekommen, obwohl er genauso gut hätte weglaufen können.

»Um der Wahrheit Genüge zu tun ... als dieser Welpe hier«, O'Baba winkte mit einer krallenbewehrten Hand in Sams Richtung, um ihn aus seinen Gedanken zu reißen, »zu uns kam, war ich mir sicher, dass er verrückt ist wie eine Wasseradlernymphe. Sicherlich hätte ich nie gedacht, dass er sein Wort erfüllen würde. Noch nicht.«

Sie hielt inne und erhob sich von ihrem Sitz in der großen Hütte, die im Herzen des Wolfsmenschen-Außenpostens lag. »Doch hier steht er. Mit ihm sein eigenes Rudel. Ein Wolfsrudel im wahrsten Sinne des Wortes. Ihr alle mögt die Gesichter von Menschen haben, aber in euren Herzen habt ihr euch als *Wölfe* erwiesen. Ihr habt Blut für unsere Sache vergossen, sowohl euer eigenes als auch das eurer Feinde. Ihr habt geblutet und seid sogar *gestorben*, um das Überleben des Volkes zu sichern. Dafür sollt ihr *belohnt* werden.«

Ihre Ohren zuckten und Yurij BrightBlood – der Wolfsmenschenschamane, der Sam einst fast geopfert hatte – näherte sich mit einer kunstvoll geschnitzten Holzkiste, in deren Deckel polierte Knochen eingelegt waren. Die Schamanin O'Baba ruckte mit dem Kopf und Yurij krümmte die Schultern und machte eine tiefe Verbeugung, als er den Deckel anhob und die Kiste ausbreitete, um den Inhalt zu enthüllen.

Mit zarter Vorsicht griff O'Baba hinüber und zog einen Anhänger heraus. Es war nur ein einfaches Lederband mit einem goldenen Medaillon am Ende, das in der Mitte mit einem schimmernden Tigeraugenstein besetzt war. In die Vorderseite des Steins war ein einzelnes Runenzeichen geätzt, das Sam nicht erkannte … die gezackten Linien und harten Winkel gehörten zu keiner ihm bekannten Sprache. O'Baba näherte sich Sam und streifte ihm den Anhänger über den Kopf, dann zog sie eine andere, weniger komplizierte Version aus der Schachtel und näherte sich Dizzy.

»Diese Anhänger sind Zeichen unserer Gunst«, krächzte sie leise, fast zärtlich. »Die Rune stammt aus der Sprache des Volkes, aus der Zeit, bevor der Mond fiel und die Welt zerbrach. In eurer Sprache bedeutet sie grob übersetzt *Wolfsherz*. Diese Anhänger werden dich bei den Menschen bekannt machen. Für Sam bedeutet das, dass du ein *Herr* des Volkes bist. Die bloße Anwesenheit dieses Steins an eurer Person wird von jedem Mitglied unseres Volkes gespürt. Ihr seht vielleicht nicht so aus wie wir, aber ihr seid im Herzen eins mit uns, jetzt und für immer.«

Sie verstummte, während sie sich ihren Weg durch die Reihe bahnte und jedem Mitglied des Wolfsrudels eine der

Halsketten umhängte. Als sie endlich fertig war, zog sie den letzten Gegenstand in der verzierten Kiste heraus – eine Schriftrolle, in Pergament gewickelt und mit einem blutroten Stoffstreifen verschlossen.

»Dies ist die andere Belohnung, die dir versprochen wurde, eine Gildencharta. Hiermit ernenne ich das Wolfsrudel zur ersten Edlen Gilde der Wolfsmenschen!«

Sie bot es Sam an, aber er presste seine Lippen zu einer dünnen Linie und schüttelte den Kopf. »Nein. So gern ich das auch tun würde, ich bin hier nicht der Gildenleiter. Dizzy ist es. Sie ist diejenige, die diese Gruppe zusammengebracht hat, sie ist diejenige, die das hier möglich gemacht hat und sie verdient es, das Sagen zu haben. Ich bin froh, meinen Teil dazu beizutragen, aber eine Gilde zu leiten ist nicht die Rolle, die ich spielen möchte.« Eine Röte kroch in seine Wangen. »Um ehrlich zu sein, bin ich nur zum Spaß hier. Das sieht nach viel mehr Papierkram als nach Abenteuern aus.«

Er griff nach unten und tätschelte Bill. »Außerdem habe ich schon *mehr* als genug Papierkram zu erledigen.«

O'Baba schnaufte und wackelte mit den Ohren, was Sam als eine Art Lachen bei den Wolfsmensch ansah. Nach einem Moment ließ der ›Lachanfall‹ nach und O'Baba schlurfte heran und positionierte sich vor der gepanzerten Kriegerin.

»Es ist nicht die Wahl, die ich getroffen hätte«, knurrte sie und zuckte mit den Schultern, »aber das ist auch der Weg unseres Rudels. Es steht Außenstehenden nicht zu, zu entscheiden, wer die Jagd leiten soll. Wenn du dir sein Vertrauen verdient hast, dann hast du auch mein Vertrauen verdient, Jagdleiterin. Enttäusche uns nicht.«

Sie drückte Dizzy die Gildenurkunde in die Hand. Ein strahlendes Lächeln brach über das normalerweise ernste Gesicht der Kriegerin. »Jetzt«, sagte die Wölfin und erhob ihre Stimme, »würde ich gerne einen Moment mit dem Bibliomanten allein sein. Er und ich, wir haben noch etwas zu besprechen.«

Nach einer höflichen Verbeugungsrunde und einer respektvollen Verabschiedung führte Yurij den Rest des Wolfsrudels aus dem Langhaus und brachte sie zu ihrem neuen Quartier. Einfach so fand sich Sam allein mit O'Baba wieder. Die alte Frau betrachtete ihn durch verschleierte Augen, ihr Gesicht war nicht zu lesen. Zum zweiten Mal, seit er ihr begegnet war, hatte Sam das Gefühl, gewogen und gemessen zu werden … und er war sich nicht sicher, ob er ihr entsprach oder nicht.

<*Man, sie ist irgendwie intensiv, nicht wahr?*>, flüsterte Bill in Gedanken. <*Nicht unbedingt auf eine schlechte Art, nur auf eine intensive Art. Du glaubst doch nicht, dass sie versuchen wird, uns zu fressen, oder? Ich meine … sie könnte das nicht tun, nicht nach der Zeremonie? Uns als Herr des Volkes zu benennen und all das. Sam? Hörst du mir zu? Sam?*>

Sam hatte *nicht* zugehört. Er konzentrierte sich auf O'Baba und weigerte sich, vor ihrem sezierenden Blick zurückzuweichen oder wegzusehen. Sie war ein Raubtier, das stand außer Frage, aber Sam wollte sie wissen lassen, dass er selbst ein Raubtier war. Vielleicht hatte er keine Reißzähne und kein Fell, aber er war ein Kämpfer. Er war für sich selbst eingetreten, hatte sich seinen Ängsten gestellt, den Tyrannen konfrontiert und war siegreich mit einer Gruppe echter Freunde im Rücken davongekommen. Sam wollte nicht respektlos sein, immerhin war sie die spirituelle Anführerin dieses Volkes.

Schließlich schnaubte sie und wackelte mit den Ohren. »Ich hatte so ein Gefühl bei dir, weißt du. Ich glaube, du bist für große Dinge bestimmt, Sam_K. Die Hochschule zu unterwandern war eine beeindruckende Leistung, aber vielleicht noch beeindruckender finde ich, dass du meine Sippe gerettet hast. Velkan, er hat sich mit mir getroffen, weißt du. Er erzählte mir von deinem Kampf mit dem, den man Octavius nennt. Du hast dich hundertfach bewährt und dafür hast du meinen tiefsten Dank und meinen Segen.«

In einer Sekunde war sie an ihm heran, presste eine schwielige Hand gegen seine Schulter, ihre Krallen gruben sich mühelos durch seine Lederrüstung und durchstachen die Haut darunter. Es tat weh, aber nachdem ihm beide Kniescheiben zerschmettert worden waren, schien es nicht annähernd so eine große Sache zu sein. Manchmal kommt es auf die Perspektive an.

»Für deinen treuen Dienst an einem Volk, das nicht dein eigenes ist, nenne ich dich *meinen* Freund. Ich nenne dich Sam_K Magebane, den ersten Wolfsmenschen-Hexenmeister.« Sie drückte noch fester zu und trieb ihre Krallen weiter vor, während sie einen kurzen, wortlosen Spruch murmelte.

Macht baute sich in der Luft um sie herum auf wie ein Mantel, sickerte durch ihre Klauen und in Sams Arm. Ranken der Urkraft schlängelten sich *nach oben,* wickelten sich kurzzeitig um seine Kehle und erschwerten ihm das Atmen, bevor sie schließlich zu seinem Kopf wanderten. Sams Kopfhaut begann zu jucken und zu krabbeln, fast so, als würde etwas direkt unter seiner Haut zappeln. Nach einigen Herzschlägen ließ der Juckreiz nach. Währenddessen begann Sams kurzgeschnittenes Haar zu wachsen, das ihm dann in einer Masse von dunklen, federnden Locken bis zu den Schultern fiel.

Schließlich zog die O'Baba ihre Krallen zurück und eine Nachricht erschien.

Quest abgeschlossen: Blut ist dick. Wow! Sieh dich an. Trotz aller Widrigkeiten hast du Velkan vom Stamm der Rotmähnen gerettet, Blutsverwandter von O'Baba, Mutter der Wölfe. Das hätte ich nicht erwartet. Dadurch hat sich dein persönlicher Ruf beim Volk um 1.000 Punkte erhöht. Aktueller Ruf: Freund des Volkes. Toll! Außerdem war O'Baba so beeindruckt von dir, dass sie dir einen neuen Namen gegeben hat: Sam_K Magebane. Mit dem protzigen Titel kommt der Segen von O'Baba: Hundehaare I (Upgradefähig)!

Wirkung: Hundehaare verleiht dir die üppigsten Locken im ganzen Land. Du wirst von allen beneidet werden! Schau dich nur an, wie seidig glatt diese Frisur ist! Wahnsinn! Du kannst dein Haar nicht verändern oder umgestalten. Alle Versuche, dein Haar zu verstecken, werden scheitern – abgesehen von normalen Kopfbedeckungen wie Hüten – aber warum solltest du eine solche Schönheit überhaupt verdecken wollen? +5 Charisma, denn hey, du hast immer einen Good-Hair-Day! Außerdem können deine Haare gezupft und als alchemistische Zutat in Bucheinbänden verwendet werden, anstelle von durchtränktem Zwirn und gewachstem Faden!

Sei gewarnt, diese Art von Macht kommt immer mit einem Preis! In dem Moment, wo ein schamanistischer Segen in die Welt hinausgegangen ist, wurde auch ein schamanistischer Fluch freigesetzt. Die dunkle Macht wartet, bereit zuzuschlagen wie eine Kobra. Eines Tages, irgendwo, wird mich eine unglückliche Seele mürrisch machen und wenn das passiert ... wird sie mit unwiderruflicher Glatze für alle Tage verflucht sein. Aber wie stehen die Chancen, dass das für dich von Bedeutung sein wird? Du wirst diese Person wahrscheinlich sowieso nie treffen! Es ist nicht so, dass dies eine Art ominöses Vorzeichen ist, das dir garantiert, dass du einen Erzfeind fürs Leben haben wirst oder so. Schau einem geschenkten Gaul nicht ins Maul – das ist das, was ich damit sagen will!

»Nun, da Segnungen und Belohnungen erledigt sind«, winkte O'Baba zu einem Sitzplatz, »warum reden wir nicht über etwas anderes, das mein Verwandter Velkan erwähnte. Die Waffe, die Octavius gebaut hat, um sie gegen uns einzusetzen. Die Langstrecken-Amplifikations-Waffe. Was kannst du mir darüber sagen und wie funktioniert sie? Wie kann man sich dagegen verteidigen?«

»Was kann ich dir über die LAW sagen? Ich kann dir mehr als nur erzählen … ich kann es dir zeigen.« Er zog die Blaupause hervor.

O'Baba grinste, während ihre goldenen Augen über die präzisen Zeichnungen und sorgfältig gekritzelten Notizen hüpften. »Ja … in der Tat für große Dinge bestimmt …«

»Natürlich, das bin ich.« Sam zog seinen Hut ab und verbeugte sich, wobei er sein wallendes Haar um seine Schultern fallen ließ. »Immerhin …«

»*…bin* ich ein Bibliomant.«

Ende

—

Wie hat Dir das Buch gefallen? Schreib uns eine Rezension. Als Indie-Verlag, der den Ertrag in die Übersetzung neuer Serien steckt, haben wir nicht die Möglichkeit große Werbekampagnen zu starten. Daher sind konstruktive Rezensionen bei Amazon für uns sehr wertvoll, denn damit kannst Du die Sichtbarkeit dieses Buches massiv für neue Leser, die unsere Buchreihen noch nicht kennen, erhöhen.

Du ermöglichst uns damit, weitere neue Serien parallel in die deutsche Übersetzung zu nehmen.

Am Endes dieses Buches findest Du eine Liste aller unserer Bücher. Vielleicht ist ja noch ein andere Serie für Dich dabei. Ebenso findest Du da die Adresse unseres Newsletters und unserer Facebook-Seite und Fangruppe – dann verpasst Du kein neues, deutsches Buch von LMBPN International mehr.

Über LitRPG

Vielen Dank für das Lesen unseres nächsten LitRPG-Buches. Wir hoffen, es hat dir gefallen und dass du noch auf viele weitere Teile von Abenteuern mit Joe und seinen Freunden gespannt bist. Wenn es dir gefallen hat, würden wir uns über eine Rezension bei Amazon sehr freuen, denn das ist die beste Möglichkeit für uns Indie-Verlage, Werbung für unsere Bücher zu machen. Wenn dir das Buch nicht gefallen hat, freuen wir uns natürlich auch über eine konstruktive Rezension. Wir schauen vor allem die krtischen Rezensionen immer sehr aufmerksam durch und wenn da Sachen angesprochen werden, die wir ändern können, dann machen wir das auch.

Da das Genre LitRPG/GameLit im deutschen Sprachraum noch sehr jung ist, möchten wir dabei helfen, dass es in Deutschland weiter bekannt wird. Ein Ort, dies zu tun, ist eine Facebookgruppe, die sich dem Thema verschrieben hat: https://www.facebook.com/groups/deutsche.litrpg/

Das Team von LMBPN International unterstützt diese Gruppe, auch wenn du dann höchstwahrscheinlich auch Bücher anderer Verlage finden und lesen wirst. Das ist aber überhaupt nicht schlimm, denn gemeinsam mit den anderen Verlagen werden wir das Genre wachsen lassen. Und seien wir mal ehrlich, selbst zusammen mit unseren fleißigen Kollegen werden wir es wahrscheinlich nicht schaffen, deinen Lesedurst durchgehend zu stillen, oder?

Wenn du unser Verlagsprogramm noch nicht kennst, findest du nach dem Glossar noch unsere Buchliste und Links zu unserem Newsletter und unserer Facebook-Seite.

Jens Schulze für das Team von LMBPN International

Über James Hunter

Hallo zusammen, mein Name ist James Hunter und ich bin unter anderem Schriftsteller. Also nur ein wenig über mich: Ich bin ein ehemaliger Sergeant im Marine Corps, Kampfveteran und Piratenjäger (ernsthaft). Ich bin auch ein Mitglied des Royal Order of the Shellback – und den gibt es wirklich. Ich war auch Missionar und internationaler Entwicklungshelfer in Bangkok, Thailand. Und Raumschiffkapitän, das darf man auch nicht vergessen.

Okay ... das letzte ist nur in meiner Vorstellung.

Zurzeit bin ich ein Hausmann und kümmere mich um meine beiden Kinder, während ich gleichzeitig Vollzeit schreibe und mir absurde Geschichten ausdenke, von denen ich hoffe, dass die Leute sie weiterhin kaufen werden. Wenn ich nicht arbeite, schreibe oder Zeit mit der Familie verbringe, esse und schlafe ich gelegentlich.

Mit James englischsprachig in Kontakt treten:
Webseite: https://authorjamesahunter.com/
Patreon: https://www.patreon.com/JamesAHunter
Facebook-Seite:
https://www.facebook.com/WriterJamesAHunter
Twitter: https://twitter.com/WriterJAHunter

Über Dakota Krout

Ich lebe mit meiner Frau und meiner Tochter in einer ›ziemlich kanadischen‹ Stadt in Minnesota. Ich habe angefangen, die Serie ›The Divine Dungeon‹ zu schreiben, weil ich gerne lese und eine ganz eigene Welt erschaffen wollte. Zu meiner Überraschung und großen Freude fand ich Gleichgesinnte, die sich an den Inhalten meiner Gedanken erfreuen. Die Veröffentlichung meiner Geschichten war bisher ein unglaublicher Segen und ich hoffe, dass ich dich auch in den kommenden Jahren noch unterhalten kann!

Mit Dakota englischsprachig in Kontakt treten:
Webseite: https://www.mountaindalepress.com
Patreon: https://www.patreon.com/DakotaKrout
Facebook-Seite:
https://www.facebook.com/TheDivineDungeon
Facebook-Gruppe:
https://www.facebook.com/groups/krout/
Discord: https://discord.com/invite/8vjzGA5
Twitter: https://twitter.com/dakotakrout
Reddit: https://www.reddit.com/r/CALexicon/
Goodreads:
https://www.goodreads.com/author/show/15946423.Dakota_Krout

SOZIALE MEDIEN

Möchtest Du mehr?
Abonnier unseren Newsletter, dann bist Du bei neuen Büchern, die veröffentlicht werden, immer auf dem Laufenden:
https://lmbpn.com/de/newsletter/

Tritt der Facebook-Gruppe und der Fanseite hier bei:
https://www.facebook.com/groups/ZeitalterderExpansion/
(Facebook-Gruppe)
https://www.facebook.com/DasKurtherianischeGambit/
(Facebook-Fanseite)

Die E-Mail-Liste verschickt sporadische E-Mails bei neuen Veröffentlichungen, die Facebook-Gruppe ist für Veröffentlichungen und ›hinter den Kulissen‹-Informationen über das Schreiben der nächsten Geschichten. Sich über die Geschichten zu unterhalten ist sehr erwünscht.

Da ich nicht zusichern kann, dass alles was ich durch mein deutsches Team auf Facebook schreiben lasse, auch bei Dir ankommt, brauche ich die E-Mail-Liste, um alle Fans zu benachrichtigen wenn ein größeres Update erfolgt oder neue Bücher veröffentlicht werden.

Ich hoffe Dir gefallen unsere Buchserien, ich freue mich immer über konstruktive Rezensionen, denn die sorgen für die weitere Sichtbarkeit unserer Bücher und ist für unabhängige Verlage wie unseren die beste Werbung!

Jens Schulze für das Team von LMBPN International

**DEUTSCHE BÜCHER VON
LMBPN PUBLISHING**

Kurtherianisches-Gambit-Universum:

**Das kurtherianische Gambit
(Michael Anderle – Paranormal Science Fiction)**

Erster Zyklus:
Mutter der Nacht (01) · Queen Bitch – Das königliche Biest (02) · Verlorene Liebe (03) · Scheiß drauf! (04) · Niemals aufgegeben (05) · Zu Staub zertreten (06) · Knien oder Sterben (07)

Zweiter Zyklus:
Neue Horizonte (08) · Eine höllisch harte Wahl (09) · Entfessel die Hunde des Krieges (10) · Nackte Verzweiflung (11) · Unerwünschte Besucher (12) · Eiskalte Überraschung (13) · Mit harten Bandagen (14)

Dritter Zyklus:
Schritt über den Abgrund (15) · Bis zum bitteren Ende (16) · Ewige Feindschaft (17) · Das Recht des Stärkeren (18) · Volle Kraft voraus (19)

Kurzgeschichten:
Frank Kurns – Geschichten aus der Unbekannten Welt

In Vorbereitung:
...die restlichen Bücher bis Band 21

**Das zweite Dunkle Zeitalter
(Michael Anderle & Ell Leigh Clarke
– Paranormal Science Fiction)**
Der Dunkle Messias (01) · Die dunkelste Nacht (02)

In Vorbereitung sind die restlichen Bücher der Serie

**Aufstieg der Magie
(CM Raymond, LE Barbant &
Michael Anderle – Fantasy)**
Unterdrückung (01) · Wiedererwachen (02) ·
Rebellion (03) · Revolution (04) ·
Die Passage der Ungesetzlichen (05)
In Vorbereitung sind die restlichen Bücher der Serie

Oriceran-Universum:

**Die Leira-Chroniken
(Martha Carr & Michael Anderle – Urban Fantasy)**
Das Erwecken der Magie (01)
In Vorbereitung sind die restlichen Bücher der Serie

**Der unglaubliche Mr. Brownstone
(Michael Anderle – Urban Fantasy)**
Von der Hölle gefürchtet (01) · Vom Himmel verschmäht (02) ·
Auge um Auge (03) · Zahn um Zahn (04) ·
Die Witwenmacherin (05) · Wenn Engel weinen (06) ·
Bekämpfe Feuer mit Feuer (07)
In Vorbereitung sind die restlichen Bücher Serie

**Die Schule der grundlegenden Magie
(Martha Carr & Michael Anderle – Urban Fantasy)**
Dunkel ist ihre Natur (01)
In Vorbereitung sind die restlichen Bücher dieser Serie

**Die Schule der grundlegenden Magie: Raine Campbell
(Martha Carr & Michael Anderle – Urban Fantasy)**
Mündel des FBI (01)
In Vorbereitung sind die restlichen Bücher dieser Serie

Sonstige Serien

Die Chroniken des Komplettisten
(Dakota Krout – LitRPG/GameLit)
Ritualist (01) · Regizid (02) · Rexus (03) ·
Rückbau (04) · Rücksichtslos (05) ·
Bibliomant (Seitengeschichte)
In Vorbereitung sind die restlichen Bücher der Serie

Die Chroniken von KieraFreya
(Michael Anderle – LitRPG/GameLit)
Newbie (01)
Anfängerin (02)
In Vorbereitung sind die restlichen Bücher bis Band 6

Die guten Jungs
(Eric Ugland – LitRPG/GameLit)
Noch einmal mit Gefühl (01)
Heute Erbe, morgen Schachfigur (02)
In Vorbereitung sind die restlichen Bücher der Serie

Die bösen Jungs
(Eric Ugland – LitRPG/GameLit)
Schurken & Halunken (01)
In Vorbereitung sind die restlichen Bücher der Serie

Die Reiche
(C.M. Carney – LitRPG/GameLit)
Der König des Hügelgrabs (01)
In Vorbereitung sind die restlichen Bücher der Serie

Stahldrache
(Kevin McLaughlin & Michael Anderle – Urban Fantasy)
Drachenhaut (01) · Drachenaura (02) ·

Drachenschwingen (03) · Drachenerbe (04) ·
Dracheneid (05) · Drachenrecht (06) ·
Drachenparty (07) · Drachenrettung (08)
In Vorbereitung sind die restlichen Bücher bis Band 15

**So wird man eine knallharte Hexe
(Michael Anderle – Urban Fantasy)**
Magie & Marketing (01)

**Animus
(Joshua & Michael Anderle – Science Fiction)**
Novize (01) · Koop (02) · Deathmatch (03) ·
Fortschritt (04) · Wiedergänger (05) · Systemfehler (06) ·
Meister (07)
In Vorbereitung sind die restlichen Bücher bis Band 12

**Opus X
(Michael Anderle – Science Fiction)**
Der Obsidian-Detective (01)
Zerbrochene Wahrheit (02)
Suche nach der Täuschung (03)
In Vorbereitung sind die restlichen Bücher bis Band 12

**Die Geburt von Heavy Metal
(Michael Anderle – Science Fiction)**
Er war nicht vorbereitet (01)
Sie war seine Zeugin (02)
Hinterhältige Hinterlassenschaften (03)
In Vorbereitung sind die restlichen Bücher bis Band 8

**Unzähmbare Liv Beaufont
(Sarah Noffke & Michael Anderle – Urban Fantasy)**
Die rebellische Schwester (01)
Die eigensinnige Kriegerin (02)
Die aufsässige Magierin (03)

Die triumphierende Tochter (04)
Die loyale Freundin (05)
Die dickköpfige Fürsprecherin (06)
Die unbeugsame Kämpferin (07)
Die außergewöhnliche Kraft (08)
Die leidenschaftliche Delegierte (09)
Die unwahrscheinlichsten Helden (10)
Die kreative Strategin (11)
Die geborene Anführerin (12)

Die einzigartige S. Beaufont
(Sarah Noffke & Michael Anderle – Urban Fantasy)
Die außergewöhnliche Drachenreiterin (01)
Das Spiel mit der Angst (02)
Verhandlung oder Untergang (03)
Die Würfel sind gefallen (04)
In Vorbereitung sind die restlichen Bücher bis Band 24

Weihnachts-Kringle
(Michael Anderle –
Action-Adventure-Weihnachtsgeschichten)
Stille Nacht (01)